苏童短篇小说集

—珍藏版—

上卷

苏 童

著

夜间故事

人民文学出版社
PEOPLE'S LITERATURE PUBLISHING HOUSE

图书在版编目(CIP)数据

夜间故事:全2册 / 苏童著. —北京:人民文学出版社,2018(2025.1重印)
ISBN 978 - 7 - 02 - 014529 - 4

Ⅰ. ①夜… Ⅱ. ①苏… Ⅲ. ①短篇小说-小说集-中国-当代
Ⅳ. ①I247.7

中国版本图书馆 CIP 数据核字(2018)第 190095 号

出 品 人　黄育海
责任编辑　李　娜　李　殷
装帧设计　汪佳诗

出版发行　人民文学出版社
社　　址　北京市朝内大街 166 号
邮政编码　100705

印　　制　凸版艺彩(东莞)印刷有限公司
经　　销　全国新华书店等

字　　数　350 千字
开　　本　890 毫米×1240 毫米　1/32
印　　张　21.625
版　　次　2018 年 11 月北京第 1 版
印　　次　2025 年 1 月第 5 次印刷

书　　号　978-7-02-014529-4
定　　价　168.00 元(全 2 册)

如有印装质量问题,请与本社图书销售中心调换。电话:010 - 65233595

目录

香草营

一

　　尽管香草营与医院的住院部仅仅是一墙之隔，梁医生却从来没有走进过那条小巷。除了名字，这巷子实在乏善可陈。巷口有个公共厕所的标示牌，告诉路人前进二十米有公共厕所，有一次梁医生上班途中内急，差点就向香草营深处走了，他只走了五米左右，巷子里杂乱的人流和露天摊档挡住了他匆忙的脚步，路边有两个老妇人突然停止了聊天，其中一个对他露出了突兀的热情的笑容，王医生！是王医生吧？你怎么上这儿来了？梁医生不清楚那老妇人是喊错了名字，还是认错了人，他的生理需要被莫名其妙地干扰了，他朝两个老妇人挥挥手，果断放弃了原计划。梁医生是个思维缜密行事讲求科学的人，他想，与其前进二十米去这么个公共厕所，不如后退，多走几步路去自己的医院，毕竟医院里的厕所环境好一些，而且是天天消毒的。

梁医生万万没想到，有一天他会住到香草营来。

租房的事情一直由三病区的勤杂工老孙替他张罗，多少带一点秘密的性质。他把这么重要的事情委托给老孙，是不得已，也是必然。一方面老孙是医院附近锣鼓坊的老居民，周围人头熟，信息来源广泛，另一方面也是出于私交，梁医生是三病区最出名的主刀大夫，多年来不知收到了多少病人的礼物，他习惯把一部分廉价的礼物赠送给底层人员，勤杂工老孙是受惠最多的，因此也格外领情，每次到梁医生的办公室去拿东西，老孙总不忘向梁医生表达他的感激之心，梁医生，你有什么事情尽管吩咐，你的事情就是我的事情！

为什么要在医院附近租房？租房派什么用场？不用梁医生多费口舌，老孙替他说了理由，梁医生，你家住得那么远，又不开车，早该在附近租个房啦，你们开刀的医生，不缺钱，就是缺休息，租个房好，什么时候想休息就可以休息啦！至于这件事情为什么需要绝密，梁医生强调他妻子比较小气，又生性多疑，如果知道他花钱在外面租房子，一定疑神疑鬼，家里会吵翻天的。老孙没有追问他妻子会在哪方面疑神疑鬼，只是暧昧一笑，那点租金算什么？你跟我们不一样，老婆乌眼鸡似的，天天盯着你口袋里那几文钱，我可是知道你们医生的口袋深呀，红包奖金夜班费什么的，你夫人怎么知道？梁医生察觉到他的理由没有让老孙信服，他说老孙我跟你说知心话，你怎么不相信我呢？要是让别人知道我在香草营租房，那我就是搬起石头砸自己脚了！随后梁医生开始抱怨他的病人太多太麻烦，其他科室不管有没有必要都喜欢邀他会诊，而实习医生凡事都要请教他，要是知道他在附近租房，一定会天天找上门来，那他反而得不偿失了。听起来梁医生说的确实是知心话，老孙感受到了某种莫名的压力，他一边思考，一边开始频频点头，脸上的表情显得愈加复杂起来，眼神也深邃了许多，最后他用戴着橡胶手套的手在梁医生肩上重重地拍了一下，梁医生你放心，我只管给你找房子，其他的事，不该说的不说，就是该说的，我也不说！

二

老孙告诉他房子就在香草营，单门独院，一切都符合他的要求，不知为什么，梁医生当时有点意外。老孙以为他嫌远，说，香草营就是医院隔壁的巷子呀，几步路就到了，你还嫌远？梁医生摇头，不，不是嫌远。老孙眼睛一亮，那你嫌太近了？近了也不好？梁医生敏感地瞥了老孙一眼，反问道，近了怎么会不好？我不是嫌远嫌近，是觉得那条巷子有点那个，那个什么。老孙初步理解了梁医生的意思，我知道了，梁医生是嫌香草营环境不好吧？环境是差一点，没法跟你们家花园别墅比，可梁医生你想一想，租那儿的房子不是为了享受，是图方便，环境计较不得呀，你就把它当小旅馆住，人家小马的房子什么都有，比小旅馆干净多了，也方便多了。

梁医生跟着老孙匆匆地去看了一次房子。房子离那个公共厕所不远，是一幢再普通不过的七层楼房，楼体像一块巨大而笨拙的积木竖在香草营深处，所有的窗子和阳台都朝向街道，分别展示着鸟笼，盆花，拖把，棉被，腊肉，雪菜，以及形形色色的湿漉漉的衣物。五个门洞依次开在大楼的背面，每个门洞里都塞满了自行车和杂物，看上去乱糟糟的。老孙其实夸了海口，小马的房子根本不是什么单门独院，就是一个普通的底楼单元房，二室一厅，但这房子的隐蔽性似乎好过了梁医生的预期，位于第一个门洞，进出方便，还带有个临街的院子，院子里高高低低地堆满了木板箱和杂物，乍一看好像是战场上的临时工事，也像是一排天然的保护隐私的屏障。

梁医生对室内的陈设和家用电器并不关心，他最关注卧室的隐秘性，对卧室窗外面的那个小院，他观察得尤其细致。院子里有一棵梧桐树，树枝被房东发挥了衣架的作用，挂满了晾晒的衣物，衣物以及梧桐的树荫遮盖着房子的门窗，室内的光线显得幽暗而神秘。梁医生隔着窗子研究满院子的杂物和木板箱，它们勾勒出了一座棚屋的轮廓，人在窗内，仍然可以听见鸽子低沉的咕哝声，空中偶有鸽哨清脆地掠过，几只鸽子从远处归来，落在白塑料和油毛毡铺成的屋顶上，左顾右盼，姿态安详。很明显，院子里的棚屋是一个鸽房，梁医生并不讨厌鸽子，但那些鸽子让他产生了第一个疑问，鸽子怎么办？我搬进来以后，鸽子怎么办？

老孙说，鸽子哪儿要你管？小马说了，房子归你，院子归他的鸽子，鸽子当然是小马管。

梁医生说，还是有问题，他怎么去管鸽子？房子归了我，他不能从房间里进出了，怎么进那个院子？院子里没看见有边门，除非他天天跳墙头！

跳墙头？对啊，他跳墙头！老孙突然笑起来，小马就是这么说的，暂时他就只好跳墙头，他准备在院子里开个边门，但是开那个门要向街道申请，还要等批准，十天半月开不了。

他们正要离开，房东小马风风火火地赶来了。一个三十多岁的男子，眉眼周正，体型微胖，剃了个板寸头，脖子上用红线挂了块玉坠子，胳膊上夹了个黑色的人造革公文包。乍一看，他的身上穿得衣冠楚楚，但总觉得什么地方不协调，细细观察，梁医生差点笑出来，原来，房东小马的脚上竟然穿了一双塑料拖鞋。

房东小马嗓门很大，寒暄也跟吵架似的，他说，梁医生，你不认识我，我可是认识你的，你是医院的大名人！

梁医生谦虚地说，什么名人不名人的，我就是动刀子动多了，有点小名气罢了。

老孙在旁边补充道，你忘了，梁医生还是市里的政协委员啊。

梁医生摆摆手说，那也没什么了不起的，开开会举举手罢了。

房东小马笑着点了点头，对梁医生的谦逊表示欣赏，随后他话锋一转，梁医生你肯定不知道，我其实也很有名的！不养鸽子的人不认识我，只要他养鸽子，他一定知道香草营小马的名字，我是养鸽爱好者协会的副秘书长啊！

梁医生看见小马在掏名片，掏半天没有掏出来，便客气地制止了对方，不用名片了，我租你的房子，以后打交道的机会多呢，我看你性格很豪爽，我也一样，说不定我们会成哥们呢。

那天梁医生有手术要做，他向老孙交代了几句，急着赶回医院去。他伸出手去跟房东小马握手，这一握握了起码有两分钟。小马似乎对他的手依依不舍，他兀自摊开梁医生的手掌，察看梁医生的掌纹，嘴里说，梁医生我看看你的手相，看一下，马上就好！小马的手劲道很大，也很执着，出于礼貌，梁医生不好挣脱，任凭对方紧紧地捏着自己的手，老孙的脑袋也凑了上来，一边调侃小马道，你既然会看手相，先把自己的命好好算算嘛，人家梁医生的命，你的道行是看不出来的。梁医生无奈地看着两颗男人的脑袋在他的手掌上方浮动，小马的头发油腻腻的，沾着白色的头皮屑，老孙则未老先衰，满鬓白发，头顶上散发出一股难闻的热乎乎的酸臭味。然后梁医生听见了小马对自己命运的宣判，看见没有？到底是大名人，手长得也跟我们不一样，生命线，财富线，爱情线，样样都是畅通的！

三

梁医生和女药剂师的私情发端于一年以前在海南岛的集体

旅游，阳光沙滩和海浪并不一定能催生性欲，但在那样的环境里，匆忙的野合也容易给人浪漫的自我感觉。他们的私情就像海南森林里的亚热带植物，生长速度接近疯狂，一年以后就枝繁叶茂了，而且难以修剪。他们是一枚钱币的正反两面，肉体紧紧地纠葛在一起，心却是朝着不同的方向。他们都还深爱着自己的家庭，双方一直小心地逃避着某些严峻的话题，不谈家庭，不谈离婚，更不探讨将来。都是中年人了，或许他们清楚，偷欢是他们惟一正确的出路。他们巧妙地把幽会与工作结合起来。这一年间他们在医院各个掩人耳目的角落里做爱，仓促，紧张，有点刺激，但非常危险。他们互相思念对方的肉体，然后以快速的方法解决问题。当然，男女有别，对于梁医生来说，浇灭欲望之火是容易的，就像饥肠辘辘的时候吃一碗快餐面，谈不上美味，但可以果腹，而女药剂师总是要受点委屈。梁医生有点歉疚，毕竟都是从事医务工作的，有狂热的时候，必定会有冷静的时候，在医院附近租房幽会，是男方提议女方默许的结果。

他们去香草营的房子，大多是趁午休的时候，这个时间离开医院，可以有一个冠冕堂皇的理由，没有人会特别在意。通常是梁医生先到，五六分钟后女药剂师就闪身进来了。有时候女药剂师在外面转一圈再进来，那是因为有邻居在门洞前晒衣物或者给自行车轮胎打气，他们是很谨慎的，尽量不与别人打照面，毕竟是医生嘛，你不认识别人，不代表别人不认识你。

防盗门关起来，窗帘拉起来，室内就是一个安乐窝了。他们最初的几次幽会非常热烈，甚至有点狂暴，一切都很顺利，只是有一次客厅里的电话突然响了，他们不得不中断了好事，面面相觑之间，都从各自的眼神里发现了恐慌之色，梁医生说，是找小马的，我忘了，该把电话拔掉的。女药剂师抬起头环顾着房间的四周，说，我怎么也忘了，这是别人的房子啊！梁医生拔掉了电话线，然而双方的激情自此打了折扣，都有点心神不定的。女药剂师说，你听，外面什么声音？我老觉得外面有人走动。梁医生劝她放宽心，说，不是人，是鸽子，外面有个鸽房，小马在院子里养了好多鸽子。

他们掀开窗帘一角，朝窗外的院子观望。午后的阳光照耀着小马的院子，院子显得愈加凌乱不堪，几只灰鸽站在鸽棚的屋顶上，正面看鸽子，它们似乎正在监视窗内的人，侧面望过去，鸽子却像是在守护他们的窗子了。女药剂师说，这些鸽子是信鸽还是肉鸽？梁医生说，不知道，不管是信鸽还是肉鸽，都好吃，听说信鸽的肉更鲜嫩。女药剂师指着院子角落里的一包饲料说，鸽子吃小米，小米很贵呀，这房东自己那么穷酸，还养这么多鸽子！梁医生说，穷人有穷人的乐趣，那小马还是什么养鸽爱好者协会的头头呢。女药剂师环顾着卧室的四周，脸上露出一种恍惚的神色，好奇怪，我老觉得这屋子里有堆人影子在晃，是一家三口人的影子，女的影子在厨房里晃，男的影子到处走，还有一个小男孩扒着房门朝我们张望。梁医生不以为然地笑起来，你是恐怖电影看多了！女药剂师沉默了一会儿，又问，那小马的老婆孩子，你见过吗？梁医生说，没见过，见他们干什么？小马离婚好几年了，老婆带着孩子又嫁人了。女药剂师说，我倒是想看看那一家子的照片，可惜他把屋子收拾得干干净净的，一张照片都没留下。他们这么说着话，两个身体渐渐地冷了，两双手却握在了一起，女药剂师突然吸着鼻子说，你能闻到这屋子里的气味吗，我能闻出来，这房子里有一股又酸又苦的味道。梁医生也吸紧鼻子，试图闻出房子的气味，但除了女药剂师身体的体味和床下电蚊香片的香味，他什么也闻不出来，然后他听见女药剂师问，你换过门锁吗？他说，门锁换了，小马当着我面换的，你放心，他保证不会进来的，三把钥匙都在我们手上了，这房子现在不是他的，是我们两个人的。

房子是他们的了，但利用率并不高。除了卧室和卫生间，他们什么也不需要。通往小院的卧室门反锁了，还额外加了一把挂锁。他们与一群鸽子为邻，鸽子是无害的，尽管一只鸽子曾经飞到卧室的窗台上，轻轻啄击窗子的玻璃，打扰了窗子那一侧的好事，但鸽子毕竟是鸽子，它的羽毛和眼睛都显示出罕见的纯洁性，室内的男女并不怪罪鸽子。他们受到的惊吓还是来自人，来自房东小马。

那天上午医院开会，他们开会的时候四目相对，临时起意，两个人先后溜出了会议室。这次他们去香草营去早了，巷子里人多眼杂，不知什么人在公厕那里吵架，厕所外面围了一群人，最初是一个女人和一个男人吵，后来是一群女人和一个男人吵，再后来就是一片噪音了，只有一个声音依稀可辨，流氓，流氓，流氓。梁医生莫名地有点烦躁，他等了很久，才等到了女药剂师。女药剂师一进门就显出了懊恼之意，以后上午来不得了，这破巷子怎么那么多人？出什么事了？人都站在街上聊天，聊天就聊天吧，还都抽空瞪你一眼，不会有人认得我吧？梁医生宽慰她说，公厕那边有人吵架，你别疑神疑鬼，他们最多认得我，不会认得你的，你既不门诊又不发药，这里的居民怎么会知道你是谁呢？

他们在宽衣解带的时候听见了院子里的动静，先是墙角处响起一阵均匀急促的水流声，似乎有人正对着院墙撒尿，然后那个人开始走动，很大声地刷牙，一边刷牙一边清理喉咙。室内的两个人脱了一半，又都慌忙地穿上了。透过窗帘的缝隙，他们看见了刷牙的房东小马，头发凌乱，睡眼惺忪，上身穿了一件西装，下身则套着一条紧绷绷的旧棉毛裤，嘴角上沾满了白色的牙膏沫，看那样子，小马一定是刚刚起床的，这令人起疑，他的床在哪里呢？室内两个人的目光不约而同地落在那个狭窄破陋的鸽棚上，鸽棚的网窗里隐隐可见一条悬空的绳子，绳子上晾着一条毛巾，三只衣架分别挂着一件西装，一件衬衫，一条藏青色的裤子，梁医生从女药剂师的身体语言中感觉到她有惊叫的预兆，赶紧捂住了她的嘴。

他们完全没有料到，小马住在鸽棚里，他和鸽子住在一起！

室内的两个人面面相觑，对于这个意外的发现，他们都没有承受的准备，一时也无法做出理性的分析。女药剂师的眼神被一片惶恐的乌云笼罩着，似乎发现了一场阴谋，她不仅有一种被算计的感觉，还有上当受骗的错觉，她涨红了面孔质问梁医生，你们这唱的是哪一出戏？怪不得我老是闻到院子里有尿臊味，那房东一直住在鸽棚里呀，他没别的地方住，为什么要把房子租给你？天底下哪儿有这样的房东？你和他到底是什么关系？梁医生发现他突然陷入了一个荒唐的困境之中，不由得苦笑起来，指天发誓道，冤死我了，我和他什么关系都没有！是老孙介绍的，我什么都不知道，早知道是这个情况，再方便再便宜我也不租这房子。

　　女药剂师不知什么时候爬到了床角，人倚着墙，两只手把脸蒙住了。梁医生过去要摸她的脸，摸到的是她的手，很奇怪，他从她的手指上感受到了她紊乱的心跳。梁医生说，真不知道这人怎么混的？还吹牛呢，什么养鸽爱好者协会，什么副秘书长！父母家，兄弟姐妹家，朋友家，都可以想办法的，为什么偏要住鸽棚呢？女药剂师的眼睛透过指缝注视着梁医生，目光里有一种明显的怨恨，我们也可以想别的办法的，你为什么非要租他的房子呢？我们这种事本来没什么，这会儿，我怎么觉得自己那么脏呢？她瞥了一眼梁医生被三角裤包裹的突出部位，又补充道，你也一样，你也脏，像一个臭流氓。梁医生试探着去搂她，被果断地推开了。女药剂师侧过脸，看着窗帘说，谁还有那个心情？这地方，以后来不得了。梁医生知道她的意思，人颓唐地躺下来，顺手捏着女药剂师的脚趾，一颗一颗地捏过去，忽然觉得自己很冤屈，愤愤地说，谁让他穷呢，是他穷疯了！我们出钱租房天经地义，只要不犯法，干什么都行，我们有什么错呢？女药剂师没说什么，但她的脚趾从梁医生的手里逃逸了，他要抓没抓住，就拍了拍床铺说，咳，你不必那么高尚的，其实也不关我们的事，没准他喜欢和鸽子住一起呢。

四

　　他们的罗曼史就像在高速公路上行驶的汽车，突然遭遇了一场交通事故，不得不停下来，再启程，发现这辆汽车的引擎发动机也出故障了。房东小马无疑是那个肇事者，肇事过程如此奇特，梁医生没有办法让他做出任何赔偿。

　　梁医生和女药剂师还是经常在医院的走廊上或者食堂里相遇，每次梁医生用眼神询问她是否可以幽会的时候，那女药剂师总是按一下她的鼻子，那是代表她不方便。梁医生起初以为她是不愿意去香草营，他悄悄地告诉她，还有别的地方可以去，女药剂师还是按她的鼻子，说她是真的不方便，又说她丈夫最近对她很好。梁医生心里清楚了，不是她不方便，是她不需要他了。他们炽热的私情已经被一阵风吹冷了，房东小马就是那阵冷风。梁医生是个理性的人，处理自己的私生活也一样理性，他不会对一个秘密情人死缠烂打，但心里多少有点失落，失落过后就有点迁怒于房东小马。他当着老孙的面发泄对小马的怨气，我见过不把自己当人的，没见过这么自轻自贱的，我见过穷人怎么挣钱，没见过这么挣钱的，他还人模狗样的，天天穿西装打领带呢！老孙替小马打圆场，说小马还有一套房子，是毛坯房，没来得及装修。梁医生思维敏捷，当场驳斥了老孙，你听他吹牛，他就会吹牛！住毛坯房也比住鸽棚强一百倍，他要真有毛坯房，还用得着跟鸽子一起住？我看他穷得只剩下那套西装了!

香草营的房子,梁医生再也不愿意去了。他每天上班经过香草营巷口,下意识地会偏转脑袋,不敢朝巷子里张望,唯恐不小心撞见了房东小马。他自己都觉得很奇怪,一个故事匆匆开始,又草草收场,他留下了一些记忆,扫除了一些痕迹,香草营,这条巷子,现在跟他又没有关系了。

好在梁医生只预付了三个月的房租。租期未到,他就把钥匙交给了老孙。老孙拿着钥匙很诧异,说,你不是说要租一年的吗?梁医生说,还一年呢,住这样的房子,摊上这么个房东,迟早要惹上一大堆麻烦!

老孙还钥匙的时候一定与小马发生过什么插曲,回来后一直躲着梁医生,一千元的押金也没了下文,估计拿不回来了。有人说老孙跟人打架了,脸颊上新添了一块淤青。梁医生觉得蹊跷,去找老孙,一眼看见老孙的脸上果然有伤。是小马打的?梁医生问,他为什么打你?就因为我没住满一年?老孙吞吞吐吐的,自己要面子,还替小马要面子,什么要害都不肯说,只说没事没事,说小马的脾气来得快去得也快,这房子的事他负责到底了,有什么事都有他老孙挡着。

梁医生没想到房东小马会闯到他办公室来。那天小马仍然穿得西装革履,胳膊下夹了一只公文包,他径直走过来和梁医生握手,一边握手一边说,梁医生你不把我当朋友啊,租不租房没关系,一年三个月也没关系,你至少要跟我打个照面道个别吧?

梁医生说他忙。

忙？小马笑了一声，说，我知道你忙，你忙什么我也知道。

我忙什么？梁医生镇定地注视着小马的眼睛，我忙什么你说说看。

我不说。你忙那些事，跟我没关系，以前我生意好的时候，我也忙那些事。小马向梁医生挤眉弄眼，看对方脸色不好，自己拉了一把椅子坐下来，他从包里拿出一页纸，举起来给梁医生看，看看我在忙什么吧，梁医生，我忙什么跟你有关系的。我忙了一个多月，总算把院子开门的手续跑下来了，我刚刚找人把院墙砸开了，你却把钥匙送回来了。

这跟我没关系啊，房子以后租给别人，你又要养鸽子，那院子总要开个门的。

谁说我的房子还要租给别人的？我的房子，不是随便什么人都可以租的。是你梁医生梁委员面子大，我才租房给你的。

梁医生不置可否，耸了耸肩膀。

你不相信？小马说，你以为我是穷人？要靠房租吃饭过日子？

没有，我没那么说。

你没那么说，可你是那么想的。小马仍然目光炯炯地注视着梁医生，过了好一会儿，他突然叹了口气，我为你跳院墙跳了一个月，梁医生你不够朋友啊，你也够粗心的，你有没有注意到床底下的席梦思是新的？你有没有发现卫生间的热水器也是新的？

梁医生茫然地摇了摇头，席梦思？热水器？真的没注意。

我知道你们医生爱干净，我把旧的热水器拆了扔了，给你新装了一台，是阿里斯顿啊，进口的！席梦思也是名牌，你拿钥匙的前一天才放到床上的，还有沙发，台灯，都是新的！

那你的意思是？

没别的意思！你是名人，是知识分子，是政协委员，租我房子是我的荣幸，我不能怠慢你，你给我的三个月房租，我都花在房子里了，没赚你一分钱！你说要租一年，我相信你，我有计划的，可是你一点都不讲信用，才两个月多一点，你就拍屁股走人了。

你到底有什么计划？梁医生突然从小马的话里听出了悬念，他警觉地追问，你的计划跟我有关系吗？

有。小马点点头，直视着梁医生，忽然笑了笑，不过计划赶不上变化，你也不用打听了，现在我的计划要保密了。

梁医生的身体突然打了个冷战，他站起来，用一种强硬的口气说，我有手术要做，没时间陪你说话了，你就打开天窗说亮话吧，今天来你到底想要干什么？

不干什么。小马说，我就是来告诉你，我把手续跑下来了，我把院墙都砸了，你却把钥匙还给了我，我就是来告诉你，你耍了我。

那要不要我赔偿你的经济损失？

我不稀罕钱，你那一千元押金，我也还给你。小马从公文包里拿出一叠钱，啪地砸在桌上。这一千块钱，我本来想请你去顺风楼吃饭的，他说，现在我明白了，你瞧不起我，不会给我这个面子的。

梁医生突然觉得过意不去，押金应该是归小马的，他拿起那叠钱要往小马的公文包里塞，但小马敏捷地闪开了，表情看上去不屑一顾。小马夹着公文包走出办公室，带上门，又反身推开，从门缝里露出半张脸，对着梁医生挤眼睛，他的神情看上去有点诡谲，又有点轻薄，他说，梁医生啊，你那个女朋友，看上去很面熟嘛。

五

　　梁医生有了心病，尽管他不能确定小马的所谓计划是什么，但是按照常规的思维，他一直提防着来自香草营的敲诈勒索。

　　他与女药剂师的关系，一点一点地降温，他的理性能够果断地放下这段感情，但是欲望一时是放不下的，他每次看见女药剂师丰满性感的身影时，总是要制服自己的欲望。他制服欲望的媒介就是房东小马，有时候他会想象那场敲诈勒索的细节，涉及多少相关人士，涉及多少金钱，有时候他会想象小马敲诈勒索的手段，是写匿名信？给他和她写，还是给他们的妻子和丈夫写，或者写给医院？他会不会直接闯到医院来摊牌？梁医生的想象往往会产生奇妙的效果，有一次女药剂师从他面前经过，他耳朵里忽然灌满鸽子扑闪翅膀的声音，然后他眼前出现了那个荒诞的幻觉，他看见女药剂师的两个肩膀上站了两只鸽子，一灰一白，两只鸽子！

夏天风平浪静地过去了，什么事也没发生。梁医生对小马的戒备渐渐地放松了。八月的一天，老孙突然来梁医生的办公室，有事要说的样子。梁医生很敏感，跟着老孙到了走廊上，果然，老孙劈头第一句话就是小马来了，小马来了！梁医生的心悬了起来，他向走廊两边张望着，故作镇定地问，在哪儿？来干什么？老孙说，在四病区，他胃癌，晚期了。结果令人意外，梁医生愣了好一会儿，一时竟然不知道该说什么。老孙观察着梁医生的表情说，小马的意思要麻烦梁医生去四病区打个招呼，他到处跟别人说，说他和梁医生是好朋友，别人不相信他，他说你去打了招呼就好了。梁医生点了点头，抬腿就往楼梯口走，走了几步又站在了，回头问老孙，这人怎么回事？晚期了才进医院？这胃癌很疼的，他以前不知道自己得病了吗？老孙说，他以为自己是胃溃疡，一直乱吃药撑着，到现在都不相信自己得这个病。

他们再次相遇是在梁医生的地盘上，几个月不见，梁医生胖了一点，小马则消瘦了许多。梁医生忘不了他走进病房的时候小马向他伸出的那只手，那只干瘦的手上布满了输液针孔的痕迹，剧烈地颤抖着，他的眼神在梁医生和病友之间游移不定，落在梁医生脸上时，那眼神是感激的，因为感激过度而显得有一点卑琐，落在病房里的其他人身上时，则带着明显的炫耀和得意，他握住梁医生的手不放，一边对病房里的一个护士说，我告诉你我和梁医生是老朋友，这回你信了吧？

梁医生不管辖胃癌病人，但小马的病他确实没少过问。他向四病区的同事打了招呼，也仔细看了小马的病历。依照医生的职业判断，他知道小马的性命凶多吉少，这使他对小马没有了任何戒备，多的是一种深深的怜悯。他以老朋友的姿态出现在小马面前，两个人的亲近不是那么自然，却来得正是时候。有一次病房里没有旁人，他突然想起小马的那个神秘的计划，干脆就开口问了，小马，你那个计划到底是怎么回事？你是想修理我，还是讹诈我？小马的反应出乎他的预料，他的脸涨红了，眼睛里几乎渗出了委屈的泪水，梁医生你把我当什么人了？冤枉死我啦！小马指天发誓，否认了任何恶意，他说，我的计划其实也不叫计划，就是想趁你租我房子的机会，和你交个朋友！梁医生觉得他的解释不够令人信服，反问道，为什么要花那么大的成本和我交朋友？我对你有什么用，就是看个病方便一点罢了。小马这时候又露出了他诡谲的微笑，他竖起一根手指摇着，梁医生你错了，我这大半辈子为什么失败？就是缺少你这样的朋友，路越走越窄，你是名医，又是政协委员，政界商界，什么头面人物你不认识？你神通广大路路通，我要是和你交上了朋友，没有大路还有小路呢，升官我不想，发点小财总是有机会的。我是没想到你走那么快，联络感情的机会都没有，竹篮打水一场空呀。梁医生看他说得有点动容，赶紧安慰他说，我们这不交上朋友了吗？小马沉默了一会儿，苦笑着说，是啊，算是交上朋友了，可惜人算不如天算，最后身体不争气，就落了个看病有照应啦！

他们都是中年人了，互相知道信任的意义，百分百的信任是不存在的。梁医生多年行医阅人无数，他始终觉得小马的真诚与浮夸是一体的，小市民特有的狡黠和谋略，有时候会以一张率真的面孔出现。梁医生隐隐觉得小马还会有求于他，很快这预感被印证了。小马有一天以非常直露的语言，要求梁医生去区里帮他疏通关系，他想当养鸽爱好者协会的秘书长，而不是副秘书长。梁医生又好气又好笑，他无法理解这个狗屁职务对一个胃癌病人的意义，又不便当面奚落他，就含糊地表了个态，你先养好病，养好了病才能当秘书长！小马听得出梁医生的推诿，一下发急了，他说，万一这病养不好呢？万一我翘辫子了呢？我要是在养鸽爱好者协会都扶不了正，这一生不是太失败了吗？梁医生你替我想想，死了连悼词都不好写呀！梁医生想笑又不敢笑，他意识到这件荒唐的事情对于小马是一个最真切的梦想，他既不忍心伤害他，也不愿意鼓励他，就随口说，好吧，什么时候遇见刘区长，我试试看。

梁医生其实没有把这件事情放在心上，他凭着常识认定这养鸽爱好者协会的职位，不值得他出马走关系。小马进手术室的前一天，他去看望小马，小马的床竟然是空的，原来他溜回香草营伺候鸽子去了。梁医生知道他对自己的病情盲目乐观，也许这是好事，也许并不一定是好事。傍晚时分他准备离开医院回家，发现小马穿着病号服在楼梯口等他，他刚要批评他擅自离开医院，小马先急迫地开了口，梁医生，你见到刘区长了吗？那事再不办，我的黄花菜都凉了！梁医生一下恼了，虎着脸从他面前径直下了楼梯，一边走一边说，什么刘区长刘主任的，我没兴趣，你还是给我准备一下明天的手术吧！

覆水难收，后来梁医生一直懊悔他那天对小马粗暴的态度。

小马的手术结果很坏，主刀医生打开他的腹腔后又缝上了，因为癌细胞已经完全扩散，没有了做手术的必要。梁医生是第一时间知道这个结果的，很奇怪，他当时第一个想到的是香草营鸽棚里的那些鸽子，然后他眼前依稀出现了女药剂师丰满性感的身影，她从走廊上一闪而过，肩膀上驮着两块灰色的生动的影子，那应该是两只鸽子。

手术过后小马在四病区又住了一个多月。纸包不住火，小马最终知道自己是个没有未来的人了。梁医生去看望他的时候，发现他变得很沉默，他不再提养鸽爱好者协会的职务问题了，也不爱说话，他的眼神是冷的，怀着一丝敌意，还有讥讽，梁医生察觉到小马的心里涌动着仇恨，不公平的命运容易让病人情绪失衡，这一点梁医生能够理解，但他万万没想到，小马的仇恨最后是向他发泄出来的。有一天他收到病人送的一篮水果，一转身就提到四病区给小马了，小马没有接那篮水果，他在床上翻了个身，用屁股对着梁医生，然后他就听见了小马一串愠怒的叫声，少来这一套，谁要吃你的水果！你算什么名医，什么成功人士？什么政协委员？都他妈是骗人的，别人不知道你，我可知道你的底细，你是自私鬼，伪君子，大骗子，你还是一个大流氓！

梁医生是个自尊的人，各种各样的病人也见多了，他扪心自问，除了一次小小的食言，自己并不亏欠小马什么，实在没有理由遭受小马的侮辱，他不动声色地吩咐护士给小马服用镇定剂，走出了病房，从此以后再也没有去四病区看过小马。

小马出院的那天，老孙跑来告诉梁医生，说小马想跟他见个面，有话要跟他说。梁医生犹豫了一下，还是借故推托了，我要准备手术，他要说什么话尽管跟你说，你转告我就行了。老孙说，这话不好转告，他大概要当面跟你道歉呢。梁医生假装糊涂，道什么歉？没什么可道歉的，他不欠我什么，我也不欠他什么呀。梁医生看了一会儿报纸，什么也看不进去，就走到窗边朝楼外面张望，正好看见四病区那里出来几个人，小马西装革履地坐在一辆自行车后座上，垂着脑袋，他的背影看上去像一个孩子，有个肥胖的穿红衣服的中年女人推着自行车，自行车后面跟着一个腰背佝偻的老妇人，手里提着大包小包，一路小跑着，梁医生知道他们是小马最后的亲人，推车的是他轻度智障的姐姐，另一个是他年迈的母亲。

梁医生与香草营小马的故事风起云涌，最后却是一个不太愉快的记忆，既然不愉快，干脆就忘了。他的职业容易忽略一些旧的故事，因为每天都有新的故事开始。这年秋天梁医生买了一辆小汽车，天天开车来医院，不从香草营走了。他与香草营小马的相识缘于一段隐秘的私生活，当私生活无疾而终，小马也淡出了梁医生的记忆。直到十一月的一天，梁医生从手术室回到办公室，发现外面的秋风已经带着深深的寒意，桌子上躺着几片干枯的梧桐叶，办公室里很冷，他去关窗，忽然看见两只灰鸽子一左一右，静静地站立在窗台上。鸽子不怕他，他也不撵鸽子，他和两只鸽子隔窗对峙，发现两只鸽子的脚上都拴着一条黑布，鸽子灰色的羽毛看上去很湿润，像是被雨水淋湿了，一股悲伤的酸楚的气息扑面而来。

香草营离医院这么近，那边在下雨吗？不，不是下雨。梁医生敏感地扳了扳指头，一个月，两个月，三个月，三个月了。梁医生的心抽搐了一下，作为医学专家，他能够估算小马这类病人的寿限，他猜，香草营那边一定是有丧事了。

但梁医生不知道小马的鸽子为什么飞到他这里来。鸽子不应该喜欢医院的窗台，也许它们只是来替主人捎话的？鸽子捎来的是什么话，梁医生一时半会儿还猜不透，他不知道鸽子是来替主人道歉的，还是来替主人索债的。

巨
婴

乡村医生从篮子里抓起了一块饼。他简单的午餐一再推迟，完全是因为登门求子的不孕妇女太多了。饼是前几天烙的，已经发硬了，他摘下了墙上的军用水壶，这时候门外又响起了脚步声。那个女人的身影在竹帘外面晃了几下，最后停留在窗洞那里。窗洞很小，以前是配药的窗口，乡村医生能看见女人穿着白底红花的衬衣，以及衬衣下面微微隆起的乳房，却看不见她的脸。

　　到屋里来。乡村医生咬了一口饼说，站在外面怎么看病？

　　我就在外面。女人的嗓音很细小，好像怕过路的行人听到，她说，医生，你给我一帖药就行了，快一点，我还要赶回家去。

　　医生笑起来，他抱着水壶喝了一口水，说，没见过你这样的人，不看病怎么给你开药？你要开什么药？

　　送子汤。女人在外面用更低的声音说，他们说你的送子汤很灵验。医生，你就快一点吧，我急着赶回家去。

　　乡村医生觉得这女人来历蹊跷，他走到外面，站在台阶上向女人张望了一眼，看见女人戴着一顶草帽，草帽上的一圈棉布正好把她的脸遮盖住了，他认不出女人是谁，或许他根本就不认识她。

乡村医生决定不理睬这个鬼鬼祟祟的女人，他坐下来打开工作日志写上日期，一边大声地嚼着饼一边数落窗外的女人，我是医生，不是庙里的神仙，他说，我开的药虽然很灵验，但也不是仙丹，谁吃谁管用。不看病就要药？亏你想得出来！

女人不知道是什么时候进来的。乡村医生听见身后的凳子咯吱响了一下，他闻见一种很强烈的汗酸味，一回头就看见那个女人，已经端坐在凳子上了。

我不解裤子。女人说。

谁让你解裤子了？乡村医生有点恼火地说，你以为我干这行当是为了让你们解裤子？把你的手伸过来，让我搭脉。

女人犹豫着把手伸给乡村医生，乡村医生没有好气地把她的手粗暴地按在桌子上，他为女人诊脉的时候看见她的指甲缝里郁积着满满的黑垢，而且女人的手上散发着一种腥臭的鸡粪味。

你有男人了？乡村医生随口问了一句，他知道自己不该这么问，他不知道为什么对这个女人充满恶意。

女人低下了头，她不回答。乡村医生看见她的草帽上有一圈汗渍，就像男人的草帽一样，她的脖颈上戴着一只银项圈，本地的妇女早就不佩戴这种古老的饰物了，乡村医生由此判断女人来自山上的王堡一带，只有那里的女人才佩戴银项圈。

你是山上人？你从王堡来？乡村医生仔细听着女人的脉息，

对方长久的沉默突然引起了他的警觉，他说，怎么回事？你没有男人？你到底有没有结婚？乡村医生盯着女人草帽上的布圈，他忍不住想揭开它，但女人敏捷地躲闪开了，乡村医生嗤地一笑，他说，你脑筋不好吧，没男人怎么怀孩子？喝多少送子汤都没用！

女人的身子在凳子上左右扭动着，她的呼吸变得急促起来，然后乡村医生听见了女人嘤嘤的哭声，女人突然跪下来抱住医生的一条腿，她说，医生你救救我，给我一个孩子，给我一个男孩，让我报仇。

乡村医生下意识地跳起来，他的手臂将女人的草帽碰翻了，女人发出一声尖叫，与此同时乡村医生看见了一张世界上最丑陋的脸，那是一张高度灼伤的女人的脸，除了一双眼睛完好无损，女人的肌肤就像一块枯黑的松树皮。

此后发生的事情对于乡村医生来说恍若梦境，他记得女人拾起草帽冲了出去，乡村医生受到了惊吓，他瘫坐在那个窗洞前，他以为女人已经走了，但是紧接着他看见一只手从窗洞里伸进来，是那只指甲缝里积满黑垢的手。女人在窗外说，给我送子汤，求求你，给我送子汤，让我报仇。

乡村医生惊惶中拿起桌上的一串药包，他将药包递出去的时候触到了女人的手，乡村医生强压心头的恐惧抓住女人的手指，他说，报仇报仇，报什么仇？女人抽脱了她的手，她说，等我有了儿子你就知道了。

那是一个夏天的午后。天气很闷热。乡村医生记得他追出去看那个女人往哪里走，他预感到这个女人日后将是小镇人谈天说地的话题，他准备招呼对面理发铺、隔壁供销社的人看那个女人，但令人失望的是那些懒惰成性的人都趴在柜台上睡着了。那个来自山上的丑陋的女人，就像一个普通的农妇一样穿过小镇的石板路，没有引起任何人的注意，乡村医生看见她在玉米地那里拐弯，消失在通向山区的小路上。

整个下午乡村医生失魂落魄，大约在四点钟左右他听见天边掠过一串惊雷，雷声那么尖锐响亮，使乡村医生和屋子里的几个女人都捂住了耳朵。不知怎么乡村医生想到了那个离去的女人，他猜想此刻她正走在山路上，那个女人正在电闪雷鸣中赶路，乡村医生为他的一个幻觉感到不安，他依稀看见一道蓝色的闪电击中了女人头上的草帽，而女人手中的药包已经破碎，黑色的药草全部洒在泥泞的山路上。

王堡一带的人很少下山来，他们种植玉米、红薯和苹果，终日粗茶淡饭，身子却比进入小康生活的小镇人结实健康。很长一段时间里乡村医生喜欢与病人聊聊王堡的那个女人，但是谁也不认识她。镇上没有人记得这么个戴草帽的女人，他们对这个故事没有产生足够的兴趣，当乡村医生着重谈及她求子与复仇有关时，这些人的评价还是一句话，那个女人是疯的！

第二年春天供销社的流动售货车去了王堡，回来时带来一个耸人听闻的消息，说王堡有个黄花闺女生了孩子，生了三天三夜，最后产下了一个巨婴。说巨婴有十八斤重，看上去就像个三岁大的男孩，皮肤黝黑，嗓音雄壮，右手手指只有四根，更神奇的是巨婴的小鸡鸡，它被供销社的人描述成一根优质胡萝卜，供销社的女职员瞪大眼睛说，骗你们是狗，他的小鸡鸡旁边已经长出一圈毛毛来了！

乡村医生当时在供销社里买香烟，他仗着自己的医学知识呵斥那些女店员，说他们没有脑子，轻信别人的谣言。有个女店员却冲着乡村医生说，你才没脑子呢，怎么是谣言，我们亲眼看见那孩子了！乡村医生说，你们怎么知道那孩子才生下来？王堡那地方的人不开化，神神鬼鬼的，兴许那孩子就是三岁大了呢？女店员还是一副受了冤枉的样子，大叫一声，我们亲眼见她生的，我们给那姑娘家送棉花和被子，亲眼看见她在那儿生的。那姑娘的脸烧坏了，没人娶她，她是个姑娘家，一村人都围在外面看她生孩子啊！旁边有人嬉笑着说，黄花闺女不偷汉，怎么生孩子？女店员仍然瞪大眼睛激动地说，奇怪就奇怪在这里，一村人都说她没偷过男人，说是雷公让她怀的孕！不由你不信，要不她怎么就生下这么大个婴儿呢？

乡村医生猛然意识到什么，他愣了一会儿，说了声，我的药！拔腿就往他的小诊所跑。乡村医生心乱如麻，他焦急地找出去年的工作日记，找到了那天下午的发药记录。他看见了那个女人的名字：居春花。他还看见自己在病人婚姻状况和不孕病因栏里打了几个问号。

乡村医生回忆起居春花提走了六包药。他对自家祖传的药方突然感到一种恐惧，与雷公让姑娘家怀孕的说法相比，乡村医生情愿相信是自己配制的送子汤创造了这个传奇。从春天开始，乡村医生悄悄地提高了他的送子汤的价格，有的病人对他的做法表示了不满，乡村医生没有把居春花怀孕的事作为炫耀的资本，他知道这种奇迹毕竟是奇迹，说多了反而让人骂你是江湖骗子，所以乡村医生就把那本工作日志摊在桌上，他用圆珠笔指着那页纸说，王堡的居春花就是在我这儿配的药。每逢此时病人的脸上就出现了相仿的惊喜的表情，他们说，我说的嘛，雷公怎么能让人生孩子？闹半天还是你的药啊。乡村医生就淡然一笑，说，我的药，力气大，一分价钱一分货。

有一天一群怀抱孩子的妇女仓皇地出现在小镇的街道上，从他们脖子上的银项圈不难看出他们来自山上的王堡。女人孩子混杂在一起的哭声惊动了所有小镇人，他们看见那些王堡的母亲笨拙地抬着孩子的手，所有孩子的右手都用破布和棉絮包扎着，血迹斑斑。一个王堡女人举着她儿子的手向路人哭诉，再次提及了居春花的名字，她说，居春花生的不是孩子，是个狼崽啊，那狼崽把孩子的手指咬断啦！

他们啼哭着撞进了乡村医生的诊所。乡村医生从来没见过这种架势，慌了手脚，他发现那些孩子的右手小拇指就像刚刚被联合收割机碾过，它们像可怜的庄稼一样倒伏在手背上。乡村医生对不孕妇女很有办法，但是面对这些小拇指他急得满头大汗。他寻找着红汞和药棉，嘴里一迭声地问，这是怎么回事？你们王堡有疯狗吗？王堡的母亲们又大声嚎哭起来，她们说，不是疯狗，是居春花生下的怪胎儿子，他满地跑着咬小孩的手指啊。乡村医生说，这怎么可能？那孩子才半岁大，牙还没长出来。王堡的母亲们就说，医生，那孩子的牙已经出齐啦，他咬人比狼还狠。乡村医生说，这怎么可能？他才半岁大，走路都不会呀。女人们又叫起来，说，医生，那不是一般的孩子，是魔鬼呀，他生出来八天就满地乱跑，到处叼人的奶头，我们都让他喝了奶水，他力气大得吓人，推他也推不开。乡村医生惊惶地瞪着眼睛，怎么可能？他妈妈，居春花，她不管自己的孩子吗？女人们这时都纷纷嚷嚷起来，她们说，医生你不知道，是居春花教的呀！她儿子咬人的手指，她就在旁边看，她还笑！乡村医生的眼前再次出现了居春花的丑陋焦黑的脸，他沉吟了一会，问，这居春花，她到底要报什么仇？王堡的女人们一下就不说话了，乡村医生从她们脸上看出一丝内疚和自责，有个女人说，我们对她是不好，可是也不能怪我们，她那模样太怕人了。另一个女人说，我们主要是不让孩子看见她，孩子胆小，怕把孩子吓着。这居春花不是人啊，她要报仇也该冲着大人来，怎么把仇结到孩子身上来？乡村医生开始点头，他似乎有点明白这件事情的来龙去脉了。我懂了，乡村医生说，为什么咬小拇指？她要她的孩子跟你们的孩子一样，大家都只有四根手指。女人们都赞同他的分析，她们说，居春花，她的良心是狼粪做的！七个孩子，七根小拇指，乡村医生像扶苗一样固定在纱布里，他知道这样不能解决问题，所以他建议王堡的母亲们坐拖拉机去县医院做手术。在那些女人抱着孩子等待拖拉机到来时，乡村医生抽空打听了居春花的情况，当然主要是她脸上的大面积的灼伤，王堡人的回答使他感到意外，她们说，她从娘肚子里出来就这样，怪不了谁。乡村医生一时无言，后来他就问了他最想知道的问题，居春花，他的眼睛闪闪烁烁地看着那些焦急的女人，他说，居春花有没有告诉你们，她是在我这儿配的送子汤。女人们都木然地看着乡村医生，她们似乎不明白他的用意，有个女人突然大叫起来，说，什么送子汤呀？我们王堡人现在都闹明白了，哪来什么送子汤，哪来什么雷公？居春花是跟一匹狼，才生下个小狼崽！另一个女人附和道，是人都嫌她，就是狼不嫌她嘛。

乡村医生意识到面对这群悲愤过度的母亲，他已不能打听到关于居春花的真实面目。他想要验证这个传奇的实质，要验证他家祖传的药方，必须自己到王堡去一趟了。

乡村医生去王堡的那天是个阴天，为了防备下雨他带了一把雨伞。路不好走，乡村医生走到半山腰时已经衣衫尽湿，他看见了山坡上王堡的那些黄泥房屋，看见著名的王堡大苹果喜盈盈地挂在果树上。在村口乡村医生看见一个正在摘苹果的女孩，他问女孩居春花家怎么走，女孩好奇地看着他，反问道，你是警察吗，你是来把狼崽带走的吗？乡村医生还没说什么，女孩就把她的右手伸给他看，她说，狼崽也咬了我一口，我躲得快，就留下点牙印。乡村医生不知怎么不喜欢女孩对巨婴的称呼，他和蔼地对她说，不能随便叫人狼崽，他跟你一样，也是个孩子，不过是生长发育得太快而已。女孩清澈天真的眼神使他忍不住地向她透露了自己的秘密，他说，你知道吗，巨婴的妈妈居春花喝了我的药汤。

乡村医生跟着女孩走进村子，马上就察觉到笼罩在王堡上空的紧张异样的气氛，许多王堡的村民提着锄头、铁耙向大槐树下的一座土屋拥去，大人们一个个脸色阴沉，孩子们则像过节一样欢天喜地，乡村医生看见大槐树下已经围了黑压压的一群人。乡村医生问女孩，出了什么事？女孩说，他们要把居春花和她儿子撵出村子，不让狼崽再咬人了。

乡村医生快步向前走去，他风风火火拨开人群，引起了王堡人的注意，他们都瞪着他，问，你是什么人？小女孩在后面喊叫着，说，他是县里来的警察，来把狼崽抓到监狱里去！乡村医生无心解释什么，他急于要见到那个巨婴，众人不明就里，给他让了一条路，他推开居春花家虚掩的门，差点撞到了正在哺乳的那母子俩。这番景象不仅使乡村医生错愕，也使外面的人群一片哗然，谁也想不到这种时候居春花母子在安享天伦。乡村医生往后退了一步，他看见居春花正缓缓地放下她的儿子，他看见了那个真正的巨婴，巨婴看上去大约有七八岁大，皮肤状如黑炭，眉眼却还周正，他好奇地看着乡村医生，说，你是警察？你为什么要来抓我？乡村医生继续后退着，他向巨婴摇着头，一边向居春花喊，我是流水镇的张医生，你还记得吗，你服用了我的药汤。越过巨婴硕大的头顶，他看见居春花扶了一下她头上的草帽，她的脸还是躲藏在草帽和布条的阴影里，但他能觉察到她的漠然，他看见居春花拍了拍巨婴的头顶，居春花沙哑而平静的声音使他如遭雷击。

你爸爸来了。孩子，叫他爸爸。居春花对巨婴这么说。

乡村医生惊呆了，他站在那里，听见旁边的人群中响起一片嘤嘤嗡嗡的声音，乡村医生看见巨婴的那只不大不小的右手，只有四根手指的右手正急切地向他伸过来。他看见巨婴明亮的眼睛注视着他，巨婴红润的嘴唇已经启开，巨婴即将向他吐出那个简单而响亮的音节，爸、爸。乡村医生终于狂叫起来，不，不是！乡村医生丢下了他手中的雨伞，推开王堡的人群冲了出去。他感觉到后面有人在追他，他们向他叫喊着什么，但巨大的恐惧感使乡村医生丧失了听觉，他听见的声音近似冬天旷野中呼呼的风声。

秋冬之季流水镇的乡村医生身体不适，躺在家里静养了一段时间。镇上的人不知道他的王堡之行，等到乡村医生再次出现在小诊所时，人们都向他打听他得的什么病，乡村医生对自己的病情讳莫如深，他说他只是受到了一点风寒。

小诊所一开张，四周围的不孕妇女又蜂拥而至，但令他们失望的是乡村医生像是变了一个人似的，他对她们的态度非常冷淡，而且每次配药都是小剂量的一小包，有的不孕妇女当面埋怨说，张医生你是怎么回事？多拿药多给钱，你每次都像配砒霜似的，这么一点药有什么用？乡村医生仍然拉长了脸，他冷笑着问那些妇女，你不想要巨婴吧？你要是想要个正常的孩子，这点药就够了！

冬天的时候乡村医生经常和对面理发师傅坐在一起晒太阳。乡村医生对来往于小镇的陌生人，始终有一种特别的警觉，他曾经关照过理发师傅，一旦看见一个头戴草帽的女人，一定要招呼他一声。理发师傅当然要刨根问底，乡村医生几次都是欲言又止，只是说，是个冤家，她迟早要找上门来。

临近年关的一天，小镇的街道上出现了一个头戴草帽的女人，女人的手牵着一个十来岁的男孩，看那母子俩破衣烂衫风尘仆仆的样子，人们联想到的是山南地区的水灾，许多灾民都在富足的流水镇一带行乞。母子俩经过面条铺的时候，好心的老板娘端了一碗别人吃剩的面条追出来，递给那男孩，没想到那男孩怒目圆睁，手一挥，一碗面条全泼到了老板娘的脸上。老板娘尖叫起来，她掸去脸上的面条，追着戴草帽的女人骂道，该死，该死，你这当娘的，怎么养的孩子？老板娘看见女人侧过脸，突然掀起草帽上的补圈，露出她的焦黑丑陋的脸，她说，我这样的娘，就养这样的孩子。

面条铺子离乡村医生的小诊所不远，他听见了老板娘受惊的尖叫声。当他想出去看个究竟时居春花和巨婴已经站在诊所的台阶上了。他看见巨婴手里抓着他那天丢在王堡的雨伞，乡村医生的头脑一片空白，他喃喃地说，果然来了，我知道你们会来，可我跟你们没关系呀。

头戴草帽的居春花在阴影中注视着乡村医生，在阳光下能够看见一些尘土从她的身上草帽上冉冉升起，居春花似乎没有听见乡村医生的低语，她推了巨婴一下，说，把雨伞还给你爸爸。

乡村医生看见巨婴向他咧嘴一笑，露出一排焦黑的饱经沧桑的牙齿。他把雨伞塞在乡村医生的手里，随即用他的右手揪住乡村医生的胡子，乡村医生看着巨婴的四根手指，四根手指浑圆粗糙，它们在他的下巴上放肆地运动着。在巨婴的抚摸下乡村医生浑身颤抖，他觉得自己突然萎缩了，像是一个婴儿，而那个来自王堡的巨婴，他的嘴里喷出一股蒜头混合着烟臭的气味，使乡村医生想起了自己的祖父和父亲，那么难闻的噩梦般的气味，与他父亲和祖父的口臭如出一辙。恐惧和厌恶占据了乡村医生的心，他抓住巨婴的手腕，说，别这样，我不是你爸爸。

巨婴回过头看着他母亲。乡村医生也回头用乞求的目光看着居春花，他说，这种事你不能骗孩子，谁是他爸爸？这种事情你不能信口胡说啊。他看见居春花站在阳光地里，居春花突然打了一个嗝，她说，他说不是就不是吧，他不是你爸爸就是我们家的仇人，孩子，报仇，报仇！

然后乡村医生就挨了那记响亮的钻心刺骨的耳光。乡村医生看见巨婴挥起他的四根手指的巴掌，巨婴大叫着，报仇，报仇！乡村医生跌坐在台阶上，不仅感觉到那记耳光的力量，而且他依稀看见了传说中的晴天霹雳，晴天霹雳击中了他的脸颊，乡村医生忘了疼痛，任凭恐惧的泪水奔涌而出。正逢年关，小镇上已经有孩子提前放响了爆竹，在居春花母子消失的地方，一个卖年货的货郎正在和几个妇女打情骂俏。乡村医生忍痛打量着节日前的小镇，他想这些糊涂的人啊，他们不知道巨婴已经来了，他们还蒙在鼓里呢。他们不知道巨婴和他的母亲正在小镇徘徊，复仇的耳光将代替烟花爆竹，就像晴天霹雳，打在每一个人的脸上。

疼死你们！

向日葵

我以为项薇薇是个好学生，但盛老师说她不是。盛老师说项薇薇怎么样，你过一段时间就知道了。当时我们站在学院的展览厅中，盛老师带着我看染织专业的学生去工厂实习时的设计，她用一种悲悯的眼神看着我，说，不知你们年轻教师怎么看人的，都说她好，你们是被她羞答答的样子迷惑了。我没有辩解，我看见橱窗里有一块白色的棉布，上面印着硕大的金黄色的向日葵，一张标签贴在棉布的下角，标签上写着项薇薇的名字。我琢磨着怎么为自己辩解，我说，她的设计还不错，看上去很热烈，与别人的都不一样，但我看见盛老师嘴边凝结着一种鄙夷的冷笑，她说，她不肯动脑筋，向日葵的图案是抄来的。我有点吃惊，然后我听见盛老师低声地说，从来没见过这么不知廉耻的女孩！

　　我刚刚接手盛老师的辅导员工作，我能看出她对项薇薇很头疼，甚至带着某种敌意，我不知道她们师生之间有什么过节，只是疑惑那个瘦高挑的表情很羞涩的女孩为什么会得到这种残酷的评价。

青年教师的宿舍就在学生宿舍楼里，我从宿舍的窗口能看见来来往往的学生，都是学习艺术的男孩女孩，天生与众不同，许多男孩女孩穿着有破洞的或者被铰过裤腿的牛仔裤，满身挂着油彩和墨的痕迹，一路走一路敲着饭盒，从食堂的方向往宿舍走来。我不是经常看到项薇薇，有一次我看见她和一个男同学站在自行车棚那里说话，她说话的时候表情变得生动起来，身子一会儿向左扭，一会儿向右摆动，我不知道他们在那儿说什么，只是突然看见项薇薇作出了令人吃惊的举动，她突然朝那个男同学膝盖上踹了一脚，然后我看见她向宿舍楼跑来，一边跑一边向车棚那里回头，尽管她捂着嘴笑，我还是听见了她的类似男孩的沙哑而放肆的笑声。我看见她提着裙子跑进宿舍楼，由于这个动作我注意到了她的裙子，那条裙子很长很宽大，裙子的花色图案与她的实习作品如出一辙，是白底色上的金黄色的向日葵。

我对我的工作漫不经心，事实上我当时的年龄更适合与学生在一起学习或者胡闹，而不是当他们的辅导员。但项薇薇有一天找上门来，说是要谈谈她的助学金问题。她敲门走进我的宿舍，眼睛并不向我看，她一边用梳子从上而下梳理着刚刚洗过的头发，一边看着墙上的一幅风景挂历。我上个学期有助学金的，她说，这学期让老处女划掉了。老处女没有权利这么做，我们家的经济收入很低，我的成绩也不错，老处女她凭什么拿掉我的助学金？我刚想问老处女是谁，很快就反应过来，她是在说盛老师，我不明白的是盛老师明明是已婚的女人，她丈夫是音乐系的声乐老师，为什么管她叫老处女？我很想问清楚，但是碍于身份不便打听这种事情，我就说等我去系里问问清楚再给你答复。我记得项薇薇这时候站到了我的写字桌旁，她悄悄地用梳子打开我放在桌上的一本书，向书的内页扫了一眼，她用表情告诉我我在读一本无聊的书，然后我觉得她突然高兴起来，莞尔一笑，说，算了算了，就当我无理取闹，别去系里问了，反正我也不在乎那点钱。

我有点迷惑地看着她向门边走去，她好像猛然想起了什么，回过头来，问，你喜不喜欢打扑克？我顺口就说，看有没有刺激的。项薇薇的眼睛一下就亮了，我听见她用一种欣喜的声音说，有刺激，我们赌饭菜票啊！

那天我和几个学生一起打了几圈扑克，确实是赌饭菜票的，除了项薇薇，还有两个音乐系的男生。这事不知怎么传到系里领导的耳朵里，我当然是受到了批评。对于这件事情我是有自我认识的，我知道与学生一起赌博无论如何是不恰当的，但让我不安的是系领导提到项薇薇名字时候莫测高深的表情，我感觉到自己就像《霓虹灯下的哨兵》中的意志薄弱的童阿男，而项薇薇就像美女蛇曲曼丽。就在那天我意识到项薇薇在老师眼里的危险性，很明显，不光是盛老师对她有这样那样的偏见。

事情发生在六月，染织专业的学生都下去写生了，我闲着没事，被系里临时派到宣传科去协助工作。有一天我在办公室打印材料，突然听见走廊里一阵嘈杂，跑出去一看，一群男学生揪住了一个校外的青年，他们拼命地把那个青年向楼梯上推，而那个青年一直在努力地挣脱，嘴里骂着脏话，我听见他用本地的方言高声喊着，我是来找人的，我不是来打架的，要打架先约时间！

男学生们把那个青年强行推进了保卫科。有个学生很快跑来叫我，说，保卫科让你去一下。那个男孩龇着牙嘻嘻一笑，对我耳语道，那家伙是来找项薇薇的，项薇薇！他说他是项薇薇的男朋友。

我来到保卫科的时候那个青年已经安静下来了，他坐在椅子上，一只手摸着耳朵，另一只手不停地在膝盖上搓着，我进去的时候他向我瞄了一眼，又看看屋子里的其他几个人，我觉得他是被一屋子的人以及他们严峻的表情震慑了，看上去他不像刚才那么嚣张了。

你是什么时候认识她的？

去年。去年夏天。

怎么认识的？

那个青年这时候显得有点迟疑，过了一会儿他笑了笑，说，在电影院门口。就在电影院门口，又怎么样？

在电影院门口怎么认识的？

怎么认识的？就那么认识的。那个青年不停地摸着耳朵，他说，她问我有没有多余票，我说有，后来就一起进去看了。

我听见系领导打断了青年，等一下，他说，你要说得详细一点，她给你电影票的钱了吗？

没有。青年斜睨着系领导，似乎在嘲笑他的可笑的观念，他说，我也没向她要，谁会跟女孩子要电影票的钱？

说下去，然后呢？屋子里的人几乎同时交流了一下各自的眼神，他们看着青年的脸，等着他说下去，但那个青年开始做出一种无可奉告的样子。这使保卫科的人很愠怒，有个干事突然拍了下桌子，说，你给我老实点，你今天在我们学校又是打架又是砸门的，送你去公安局就是流氓罪，你要不要把事情交代清楚，自己掂量着办。

可以看出那青年是外强中干的类型。他在椅子上调整了几下坐姿，然后诚恳地望着屋子里的每一个人，他说，你们到底要弄清楚什么？我不骗你们，项薇薇和我在交朋友，交朋友的事情有什么可说的？你们不信，去看看她宿舍里的电视机，那是我送给她的。还有她脖子上那条项链，纯金的，也是我送的，我在她身上花了不少钱了！

屋子里的人又开始面面相觑，无疑他们从青年的申诉中发现了问题的严重性，我突然想起项薇薇宿舍里确实有一台十八英寸的彩电，她宿舍里的女生每天都坐在一起看电视里的综艺节目，一边七嘴八舌地批评那些主持人的造作或者愚笨。这时候我意识到项薇薇遇到大麻烦了。

那台电视，还有项链，是你送给她的还是她跟你要的？系领导铁青着脸问。

这怎么说呢？青年仍然挠着自己的耳朵，他说，女孩子说话都有技巧，其实花点钱无所谓的，她不应该对我撒谎。

她怎么对你撒谎的？

她撒谎你就是听不出来。我让她骗了好长时间了，她告诉我她是纺织厂的挡车工，也不知道她为什么撒这种谎，跟别人撒谎是相反的。她还告诉我她有白血病，每天要去医院治疗什么的，这些我不在乎，可我不明白她为什么躲着我，她想找我就来了，我要找她永远找不到，她不是在玩弄我的感情吗？

系领导对项薇薇撒谎的事情不是太感兴趣，我从他发问的内容和语气中听出他的目标，他已经怒不可遏。我听见他说，你现在告诉我们，她一共向你要了多少钱？

那个青年沉默了一会儿，他口袋里的呼机突然响了起来，他从腰后取下呼机看着上面的液晶显示，屋子里的人注意到他脸上丰富的表情变化，从期盼到沮丧，然后是突发性的愤怒，我为她买了这东西，可她一次都没呼过我，这小婊子！青年从椅子上腾地站起来，夺门而出，在门口他回过头，对我们屋里的人恶狠狠地说，多少钱？她骗了我八千块钱！她以为自己是什么，我配不上她？她算什么玩意？她就是一只鸡！

屋子里的人没有去阻拦他，保卫科的年轻干事扑哧笑了一声，别人都没笑，也不说话，现在轮到他们被那个青年震慑了，这一瞬间我觉得屋子里的所有人都同意他对项薇薇最后的评价。保卫科的人问我，她人现在在哪儿？我说他们染织专业的学生都到扬州写生去了。这时候系领导把我拉到一边，我觉得那个老人快要哭出来了，他压低声音对我说，这个学生，不处理是不行了。我点着头，但我不知道他准备如何处理。然后我听见他用更加怨恨的声音说，盛老师昨天打过电话回来，她肯定项薇薇怀孕了。我很惊愕，不知说什么好，只是听见系领导开始给我安排出差任务，他说，你明天就去扬州，把她带回来。

都说烟花三月下扬州，说的是多么美好的旅程，但我却是为了这么件倒霉的差事坐上了开往扬州的长途汽车。那天天气也跟烟花三月毫无关系，热得让人喘不过气来，我从车窗里看见瘦西湖的波光和平山堂的雕梁画栋时，身上隐隐地散发出一股汗味，我想起明天将要和一个怀孕的女学生再次坐上这辆汽车，心里就有一种古怪的念头，好像我与一件罪恶的淫秽的事情建立了某种关系，这使我在扬州的心情一直忐忑不宁。

学生们都住在一所职业大学的教室里。我到达的时候学生们都已写生归来，男同学在操场上踢球，女同学站在三层楼的三条走廊上，就像剧院包厢里的贵妇人在悠闲地欣赏男同学的运动。我没有看见项薇薇，却看见她的那条向日葵大裙子晾晒在三楼的铁丝上，闪着刺眼的金黄色的光芒。

带队的盛老师已经知道我的来意，她告诉我项薇薇去外面逛街了。没见过这么没心没肺的女孩子，盛老师说，还是疯疯癫癫的，这种时候，她去逛街了！我问她项薇薇是否知道我的来意，盛老师说，没必要瞒她，这是为她好，她总不能挺个肚子在学校里走。

外面有人在喊项薇薇的名字，我跑到走廊上看见项薇薇站在操场上，手里捧着一把香蕉，项薇薇掰下一只香蕉，扔给一个男生，又掰下一个扬手要扔，有几个男生都把手伸了出来，但项薇薇却改变了主意，她扔香蕉的动作在空中突然停止了，我听见她得意地笑起来，她一边笑一边逃离操场，对楼上的女生说，给他们吃？吃个屁！

第二天仍然很热，我早早地来到女生宿舍门口，还没开口项薇薇就出来了，脸上是一种从容就义的神情，她说，走就走吧。几个女生跟着我们到了汽车站，她们是来给项薇薇送行的，我能看出来项薇薇的群众关系还算不错。女孩们并不体贴她，有一个缠着项薇薇，说她把衣服泡在水里忘了洗，一定要项薇薇替她洗了，另一个女生则用一种领导的口气命令我，要我在路上好好照顾项薇薇。我觉得这么站在女孩堆里很不自然，先上了车，项薇薇不肯提前上车，我听见她逼着一个女生去买西瓜。几个女孩子利用开车前的几分钟吃掉了一只大西瓜，吃相很不雅观，而且也不跟我客气一下。在司机不停地按响喇叭以后，项薇薇终于上车了，她用手背擦额头上的汗水，但我清晰地看见她的眼睛里有一星泪光。

汽车在炎热的空气和马路之间行驶，著名的扬州很快消失在汽车尾气和漫天烟尘中。车厢里弥漫着一股酸臭的气味，有一个农村妇女模样的人带着两只母鸡坐在我们前面，两只母鸡似也难耐高温，始终在咯咯地叫着。我和项薇薇并肩坐着，两个人坐得都很拘谨，项薇薇用手掌扇风，她说，臭死了，难闻死了。我说，车上味道是难闻。我偷偷地注意了她的脖颈处，期望发现那条纯金的项链，但是我没有发现项链，只看见一条用黑丝线和玉石做成的挂件，虽然是个廉价品，却雍容大度地挂在女孩细长的脖子上。

对于我们双方来说这都是一次尴尬的旅程，我们之间似乎达成了共识，谁也不愿意率先谈论必须谈论的事。大约沉默了五分钟以后，我看见项薇薇从背包里拿出了一副扑克，她说，我来给你算命吧，他们都说我算命很准。我毫无兴趣，说，算了，不如打个瞌睡，我有点困了。我看到了她失望的眼神，她把扑克放在手上翻着翻着，突然问，准备怎么处理我？我一时不知如何回答，我说，回学校再说吧，系里院里还要讨论呢。项薇薇侧过脸，坚定地逼视着我，她说，你又不是什么官僚，打什么官腔，到底准备怎么处理我？会开除我的学籍？我摇头，我说这事确实还没有作出最后的决定。看项薇薇的眼神仍然不相信我，我一着急就说了句没水平的话，我为什么骗你？骗你是小狗。项薇薇终于转过脸去，她低下了头，我看见她手里的扑克牌一张张地洒落在地上，她的一只手抚弄着头上的木质发卡，五根手指都在轻微地颤抖，然后我听见她在啜泣，她低着头轻声地啜泣，狗拿耗子，多管闲事，她一边哭一边说，你们是狗拿耗子，多管闲事。

　　我那时候也很年轻，不管是教育人还是安慰人都缺乏经验，尤其是面对像项薇薇这样的女孩子，我不知道说什么好，我忘了自己对项薇薇说了些什么，后来项薇薇就站了起来，她向车窗外看了一眼，突然就站了起来。她走到车门口，用一种接近于蛮横的语气对司机说，开门，让我下车！

　　司机嘴里埋怨着什么，但还是顺从地打开了车门，他说，快一点，最多等你两分钟。

　　汽车停在一片农田旁边，田里长满了茂密高大的向日葵。我看着项薇薇向葵花地里走，以我对女性妊娠知识的了解，我猜测她是去呕吐的。但我看见她拨开了一棵棵向日葵，朝葵花地深处走，我想她也许是去解手的。整个事情没有什么预兆，一车乘客都在等她从葵花地里出来，有谁会想到项薇薇会一去不回呢。不知过了多长时间，那个焦急的司机先跳下车，向葵花地里骂着脏话，叫她赶紧出来，直到此时我才意识到出了问题，我也下了车，向葵花地里高声喊着项薇薇的名字，但是我没有听见项薇薇的回应，我被这件突发的意外事件弄糊涂了。我向葵花地的纵深处追赶了几步，听见一种细碎的声音从远处向更远处荡漾开去，好像是葵花的叶子被碰撞的声音，好像是葵花秆子被纷纷折断的声音。我终于意识到项薇薇在逃跑，就像一个真正的罪犯，她畏罪逃跑了！我在葵花地里跳起来，期望能发现她的身影，但除了几只惊飞的麻雀，我看不见她，我知道她在麻雀惊飞的地方奔跑，已经跑出去很远了，我知道我假如拼命地追，也许能够追上她，但我觉得没有必要。这么炎热的天气，这么烦躁的心情，让我去追赶项薇薇这种女孩子，我不干。

司机站在路边，恼怒地催促我，你到底上不上车？你要想追她我就开车走了。我快快地钻出了葵花地，我说，谁要追她？这小婊子！我听见自己嘴里吐出这句恶毒的脏话，吃了一惊，我对项薇薇逃进葵花地的事情很生气，她的莫名其妙的行为将使我在领导面前落下个无能的印象，我很生气，但我不知道自己为什么也骂出了那句脏话。

古巴刀

世纪末的知识分子突然开始热衷于一个拉丁美洲人的名字：切·格瓦拉。我在一些杂志和报纸上看见那个革命者的照片，是个英俊逼人的穿着军装的白种男子，头戴无舌帽，一脸络腮胡子，他的明亮深邃的眼神令人难忘。这样的眼神在现实生活中是罕见的，因此它使一些随波逐流又不甘平庸的灵魂感到惊悚。有个学西方历史的研究生告诉我，她每次看到格瓦拉的照片就会浑身颤抖。她的这种过度的反应使我惘然。我对一个已故的遥远的革命者的感情也是遥远的，他的照片让我浮想联翩，我猜想摄影师是在玻利维亚的崇山峻岭里拍下了这张具有珍贵价值的照片，那是他当年打游击的地方。我真正感兴趣的是具体的东西，也就是格瓦拉当时的目光所在，他在注视什么？我首先想到了山鹰，在我的意识中山鹰是常用的真正的革命者的象征，但后来我就在一张报纸上看到了一篇文章，文章说格瓦拉六十年代两度访问中国，并且和当时的政府做了一笔食糖生意，作者说那就是为什么三十年前许多中国人尝到了古巴红糖的原因。我回忆起小时候母亲菜篮里的那种酷似黄沙的红糖，甚至回想了它的滋味，不知为什么，我认为这样的联想对一个革命者是不恭的，也是不公平的，几乎是在突然之间，我觉得我理解了格瓦拉的眼神，那样的眼神来自六十年代，到达亘古未变的广袤的天空，到达地球另一侧的东方的中国，然后我看见格瓦拉手持一把刀在甘蔗田里砍甘蔗的情景，我要说的就是他手里的那种刀，那种刀被我和我的小学同学称为古巴刀，不管你信不信，我肯定格瓦拉的甘蔗刀产自中国，而且我可以肯定那是我们熟知的一家工厂的产品。

必须说说这家生产刀具的工厂。无论是过去还是现在，它在我的家乡都不是什么著名的工厂企业。过去它的名字叫做日用五金厂，孩子们有理由鄙视它，现在它更名为刀厂，同样也不能引起别人足够的尊敬。工厂就坐落在香椿树街上，对面是整个香椿树街最脏最臭的公共厕所。有时候你看见从厂里飞快地跑出来一个工人，心急火燎地冲进厕所，过了一会儿你看见那个人慢悠悠地走出厕所向厂门走去。孩子们对日用五金厂的鄙视有一部分是这些来往于厕所的人造成的。学校的老师说工人阶级领导一切，学生们就想起日用五金厂的那些急着上厕所的工人，他们对工厂的生活了如指掌。工厂里只有一个厕所。工人他们就像一台台机器一样照看另外一台台机器，他们守着一台台冲床、车床、铣床、刨床，让堆在露天的一叠叠钢板最后变成了各种各样的水果刀、电工刀、菜刀。谁会对这样的工厂感兴趣呢？让人感兴趣的是一些不确定的事，比如电镀车间的电镀池，传说人不小心掉进池子就会像冰一样融化，连骨头也捞不起来。但我们谁也没听说有这种悲剧发生。

除了古巴刀的故事，值得一说的是工厂大量的废脚料，总是有人在街上央求工厂的某个工人，问他能不能把厂里的下脚料带出来，钉在窗户上当铁栅栏用。那工人也许会说，你明天在围墙外面等着。孩子们在工厂围墙外面见过大量的隔墙飞出的铁皮，铁皮一张张落在地上，琅琅有声，给墙外等候的人带来一种丰收的喜悦。你看见一张张带有整齐图案的铁皮，它们早已经被机器冲压过了，留下来的空白部分乍看就像一片片绿叶，直到此时你才发现街上流行的绿叶型铁栅栏全部是这家工厂扔下的废料。除了古巴刀，你可以从许多人家的窗户上发现香椿树街与工厂惟一亲密的关系。

如果仔细考察，我们会发现日用五金厂的冲床工人陈辉是这种亲密关系的创造者。我前面所说的那个被家庭妇女们当街拦住的人，那个在围墙内侧扔铁皮的工人就是陈辉。

陈辉是个苍白的看上去病恹恹的青年，人们从他的脸色上就能得出他身体不好的结论，只是没有人知道他到底有什么病。我们街上著名的青年领袖三霸和陈辉混得很熟，三霸不认为陈辉有什么病，他说，这家伙经常让人打出血，血出多了就变成个白脸，这有什么奇怪的？三霸还反对别人把陈辉说成他的朋友，三霸说，这家伙窝囊，老挨人揍，他送我那么多刀是拍我马屁，他有事要我摆平。

我们都见过陈辉送给三霸的各种各样的水果刀和电工刀。陈辉下班经过三霸家时会顺便拐进去，推开三霸那间乌烟瘴气的房间的门，拿出他的礼品。有的刀三霸并不喜欢，顺手就送给了别人。我哥哥就在三霸那里得到过一把水果刀，是没有镀过的，刀背上刻着一行草书：上山下乡为人民。

我们头一次见到古巴刀是在冬天。那天下起了大雪，年轻人都很规矩地待在家里，我哥哥那帮人照例聚集在三霸的房间打康乐棋，那天他们看见陈辉像往常那样，有点拘谨地推开门走进来，他的绿色棉军帽上结着一层白色的雪珠。像往常一样，没有人向陈辉多看一眼。陈辉示意三霸到一边去。三霸却不动，三霸说，我在玩你没看见，有什么好东西放在桌上好了。陈辉站在一边，犹豫了一会儿，过了几秒钟他们看见陈辉把手伸进裤腰里，小心地抽出一把刀。一把造型奇特的刀，刀身一尺来长，带有一定的弧度，刀刃两侧都已经开锋，闪烁着银白色的光芒。

古巴刀，陈辉注视三霸的目光中明显地带有一种期盼，他说，你们都不知道的，我们厂里现在在生产古巴刀。

屋子里的人对这种刀都很陌生，他们觉得这是一把怪刀，就像它的名字一样。三霸说，什么古巴刀？为什么叫古巴刀？陈辉说，我也不知道，反正厂里人管它叫古巴刀，说是支援古巴革命的。三霸有点疑惑，问陈辉，古巴革命用刀？他们用刀打仗？陈辉说，有人说是砍甘蔗用的，不管那么多了，反正我觉得这刀不错，我在厂里试过了，砍铁皮，一砍就是两半。三霸嘿嘿地笑起来，他说，砍铁皮痛快，砍人就更痛快了，既然是好刀，明天再给我弄几把嘛，我这里的小兄弟，一人一把。

陈辉脸上流露出一种为难的表情，他避开三霸的眼睛，低头擦了下鼻子。不是我们车间做的。他说，是三车间在做古巴刀，看得很紧，拿那么多不行。陈辉的婉言谢绝使三霸很不习惯，三霸皱了下眉头，说，拿儿把刀有什么了不起的？我让你拿你就拿。谁找你的碴子，你找我解决。

陈辉站在那里，看着三霸把古巴刀扔在床底下。拿那么多肯定不行，最多再拿个两三把出来，他看着三霸说，你不知道，三车间看得很紧。三霸却不耐烦了，他挥挥手说，别跟我废话连篇的，你看着办吧。

然后三霸就和我哥哥他们继续打康乐棋，他们玩起来就把什么都忘了。陈辉过来，站在三霸身后看了一会儿，我哥哥记得他还给屋子里的人发了一圈香烟，是很高级的群英牌香烟，后来陈辉就不见了。他们打康乐棋打得热闹，人人眼睛盯着棋盘上的棋子，这种棋子天生就是被杆子击打的，他们看着棋子被打出各种角度的滑行路线，棋子撞在棋盘四壁发出清脆的响声，谁也不知道陈辉是什么时候走的。

说的仍然是那年冬天的事。第一场雪刚刚融化，第二场大雪又纷纷扬扬落在我们城市的大街小巷，走出家门满眼都是白色。这种雪量密集的冬天在南方是很少见的，孩子们得到了意外的礼物，他们在香椿树街的所有空地上堆起了雪人，我的两个表弟那天在日用五金厂门口堆雪人，他们恰好目睹了陈辉东窗事发的一幕。

表弟说他们看见陈辉和一群女工一起向工厂大门走来，有个女工的饭盒掉在地上了，正好掉在陈辉脚下。女工对陈辉喊着，陈辉，帮我捡一下。陈辉愣了一下，他说，你自己捡。陈辉站在那里看着地上的饭盒，他说，懒货，你自己没有手？那个女工叫着陈辉的绰号，死白脸，你拿什么架子？让你捡是看得起你！陈辉就笑了，他弯腰去捡地上的饭盒，旁边的人都发现他弯腰的动作很僵硬，好像是腰部出了毛病。陈辉的腰好像是出了毛病，他改变了姿势，就像给饭盒下跪一样，他跪下来捡那个女工的饭盒，女工们看着他，说，死白脸，你怎么这样笨，腰闪了？陈辉摇着头，他终于把饭盒捡了起来，与此同时，女工们都听见了他的工作服被什么利器划破的声音，她们走过去看他的衣服，紧接着女工们便发出了那阵惊叫声。

陈辉的裤腰里插着三把占巴刀，三把刀已经刺穿他的蓝色工装，露出锃亮的刀尖和刀锋。

表弟说他们看见陈辉被人围了起来，许多人从办公楼里向厂门口跑，然后他们看见陈辉从人群里冲了出来，陈辉举着三把刀从人群中冲出来，向外面跑，他的身后有一群人在追赶。他们看见陈辉的脸色像地上的积雪一样白，陈辉的口袋里有一串钥匙掉在雪地里，但他没有管它，他举着三把刀拼命地向香椿树街的西侧奔跑，工厂的那些人在后面追，他们一边追赶一边叫喊着，陈辉你别跑，回来把事情说清楚！陈辉不理睬他们，他举着三把古巴刀在街上狂奔，路上的行人都看见了他手里的刀，他们先是下意识地躲避，等到明白过来，那些人也加入了追赶的队伍，表弟说起码有二十几个人在后面追陈辉，但是他们都没有追上他。

人们看着陈辉跑进了三霸家，谁也没想到他会跑到三霸家，追赶的人后来就聚拢在三霸家门前，一边敲门一边议论着，他跑到三霸家是什么意思？

我哥哥那天也在三霸家。他们看见陈辉失魂落魄地闯进来，他把古巴刀扔在地上，喘着粗气，他说，古巴刀，我给你拿来了。三霸听见了门外的动静，他说，怎么回事？外面怎么这样闹？三霸到窗前向外面望了一眼就明白了，他说，给人逮着了？给人逮着你还往我家跑？陈辉站在那里，不敢直视三霸的眼睛，他说，你把他们撵开，你能把他们都撵开的。三霸冷冷地看着陈辉，不说话。陈辉求援似的看着屋子里的其他人，他说，是你们要古巴刀，我才拿的。你们出去把他们撵开吧。三霸把康乐棋棋杆扔在桌上，他说，好啊，陈辉，你倒是仗义，偷刀往我家跑，杀了人要不要也往我家跑？陈辉仍然不敢正视三霸，他侧着脸听着外面的动静。外面有人在用力敲门，外面的敲门声已经越来越粗暴越来越响亮了，可以听见敲门声中夹杂着厂里的保卫科长的北方口音，他在外面喊，三霸同志，请你开门，三霸同志你给我想想事情的后果！

据我哥哥透露，当时屋子里的气氛很紧张，他们都看着三霸，看得出来，三霸虽然装得若无其事，但他也有点紧张，他的目光在地上的三把刀和陈辉脸上闪闪烁烁的，他的脸上停留着一种虚假的微笑。大约这样沉默了五分钟，外面的嘈杂声更加厉害了，好像是派出所来了人。三霸向窗外瞥了一眼，然后他弯腰捡起了地上的刀，他将三把刀码齐了，往陈辉的怀里放，他说，拿着，你出去。

屋子里的人都看见了陈辉绝望的眼神，他没有接三霸手里的刀，他说，是给你的刀，是你们要的刀。我哥哥说他清楚地看到陈辉眼睛里的一星泪光，他觉得陈辉说那句话的时候快哭出来了。

三霸不看陈辉的眼睛，他说，把手伸开，接着刀。听见没有？把手伸开！

他们看着三霸将刀用下巴夹住，把陈辉背在身后的手扭了过来，然后三把刀准确地落在陈辉的怀里，三霸说，孬种，好好拿着，滚出去。

他们看见陈辉捧着三把古巴刀站在那里，陈辉傻眼了。陈辉失血的嘴唇恐惧地哆嗦着，他的眼睛却愤怒地瞪着三霸。他们看见陈辉捧着三把刀向门外移了两步，然后他回头瞪着三霸，他的嘴唇哆嗦着，说不出话。三霸说，你他妈瞪着我干什么？给我滚出去，滚出去！

一件不可思议的事情在瞬间发生了。我哥哥看见陈辉的脸在这个瞬间燃烧起来了，陈辉苍白的脸像一团火突然烧得通红，陈辉喉咙里的声音听上去就像一声呻吟，他说，三霸，我认识你了。然后他们看见陈辉调整了握刀的姿势，他的右手抓了两把刀，左手握了一把刀，他对三霸说，你给我开门，你要连开门都不敢，那你就是孬种。

是三霸为陈辉开的门，三霸打开门以后，陈辉像电影里的骑兵一样冲了出去，陈辉狂叫着挥舞手里的三把刀，围在门外的人一哄而散，但是仍然有几个人被吓呆了，他们看见陈辉怒吼着将手里的刀砍向两边的人群，他们不知道躲闪，结果就被砍倒了。我哥哥他们隔窗观望着外面的骚乱场面，他们很想知道陈辉这种人，逼急了他会做出多大的事情，他们都抱着与己无关的态度，看着陈辉手里的刀和刀向两边挥舞时划出的光带，竟然还有人向陈辉叫喊道，砍得好，砍得好！窗外响起了谁的惨叫声，一个看热闹的男孩突然跌倒在三霸家的窗玻璃上，我哥哥说他觉得有一股鲜血热乎乎地溅到他的脸上，然后他看见那男孩的一只手向他伸来，他看见男孩的另一条胳膊，它像一棵被折断的树枝在窗前悬荡。

突然出现的血腥场面使许多人乱了方寸，包括日用五金厂的人，包括闻讯赶来的民警，他们不能接近陈辉。抓住他，快抓住他，这样的叫喊声不绝于耳，但是谁也没有能及时制服陈辉。被砍伤的不止是那个男孩，还有杂货店的一个女店员，一个挑担卖菠菜的农民，一个本来腿脚就不方便的老头，人群向四周散去，很明显他们被疯狂的陈辉吓着了。陈辉的一把刀掉在地上，他蹲下去捡刀，就在这时意想不到的事情发生了，陈辉向三霸家的窗子看了一眼，看见三霸和一群青年挤在窗前，他们也在看他，陈辉捡起刀，他的鼻子急剧地抽搐着，然后人们听见疯狂的陈辉张大嘴巴哭了起来，他像一个受了委屈的孩子那样，张大嘴巴哭了起来。我哥哥说民警和保卫科长就是趁这个机会扑上去剪住了他的双手。这家伙不是那块料，我哥哥引用三霸的话说，草包充好汉，迟早要露馅的！

一个瘦小的腰系围裙的女人在曲终人散的时候赶到了三霸家门口。有人认出那是陈辉的母亲。他们看见她手里抓着一把鸡毛掸子。她用鸡毛掸子敲三霸家的窗户，三霸他们在里面继续打他们的康乐棋。三霸对大家说，别理她，她会用鸡毛掸子打人，别看是鸡毛掸子，打在头上也很疼。三霸他们不理睬陈辉的母亲，有人起身拉上了窗帘。过了一会儿他们听见了那个女人的哭声，三霸说，让她哭，千万别理她，让她进来我们就遭殃了。他们继续打康乐棋。康乐棋的棋子在棋盘四壁乒乒乓乓地响着，他们不再关心外面的动静。陈辉母亲也不再敲窗了，她的哭声渐渐地向西飘浮，渐渐地窗外恢复了平静。三霸站起来重新打开窗户，向街上张望了一眼，他说，陈辉现在肯定戴上铐子了。屋子里的青年都附和着说，那还跑得了他？肯定戴上了。然后他们听见三霸突然发出莫名其妙的笑声，看看我捡到了什么好东西？三霸转过身来，脸上笑开了花，他们看见他的手里拿着那把鸡毛掸子。

古巴刀在我们街上风行是在陈辉事件之后。冬天的时候人们都在谈论陈辉，谈论陈辉就一定会谈到他手中那种奇怪的刀，后来就连妇女和孩子都知道古巴刀的厉害了。据说日用五金厂在陈辉事件之后专门召开了全厂大会，警告所有的工人不得将古巴刀带出厂门。没有听说古巴刀是经过什么渠道流出工厂的，不知道是什么人在步陈辉的后尘，总是将危险的古巴刀带给别人。一九七八年发生在城北煤场的集体斗殴死了好多愣头青，警方收缴的武器大多是日用五金厂出产的古巴刀。这事相信香椿树街上的人都听说过，没听说过的是我前面提到的那个拉丁美洲人，切·格瓦拉。

我说的不是切·格瓦拉的故事，他的故事不属于我。这个优秀的革命者与我们无关，即使他的手里曾经握着我所熟悉的古巴刀，我也没有理由因此就同人家套近乎。

这是一种奇特的体验，我把一个早已被杀害的古巴革命者当成了我熟悉的友人，我热爱他的眼神和他的无舌帽。我对这个革命者一生的想象因此出现了某些无稽的内容，我想象古巴炎热的旱季，甘蔗地一望无边，我想象切·格瓦拉在甘蔗田里砍甘蔗，手里拿着我熟悉的古巴刀，我还把他出身高贵的母亲想象成一个普通的农妇，她从山冈上的茅屋里端出一盆清水，等待着儿子从甘蔗田归来。我没有见过他母亲的照片，所以在我的想象中那个南美洲母亲的形象与我母亲是一样的。我清晰地看见那个母亲倚门望子的表情，就像我母亲在七十年代的一些深夜倚门等待我哥哥归来一样。

而且我看见那个美洲母亲返身走进茅屋，再次出来时她的手里拿着一把鸡毛掸子。

大气压力

火车晚点了。月台笼罩在并不明亮的灯光下，小孟下车的时候有一片雪花飘到他的脖子上，风把他的大衣下摆吹向两侧，而且发出呼呼的声音，这使他注意到天城的气温比想象中的更要寒冷。小孟提着行李走在出站的人群中，他好几次抬头向四周张望，没有看到他记忆中的宋代砖塔，除了夜色、灯光和各地雷同的高层建筑愚笨的轮廓，他没有看到什么。那座宋代砖塔一定是被建筑物遮挡住了。

广场上泥雪交加，显得很空旷，人和汽车、三轮车、自行车紊乱地挤在出口处的栏杆外面。栏杆外的人看上去很亲切，却都是陌生人。小孟放下了行李。表哥不在外面，他感到有点意外。小孟又看了看手表，已经晚点两个小时了，他想表哥他们也许找地方打发时间去了。有人隔着栏杆来拉小孟的胳膊，说，同志要住宿吗？是个操外地口音的中年妇女，有好几个这样的妇女举着什么招待所什么旅店的牌子在那里揽客。小孟说，我不住宿，你听不出来我是本地人吗？小孟说了这句话以后就笑了，他能感觉到自己的天城方言是多么生硬。离开此地十多年，他其实已经不会说天城的方言了。

小孟在那里抽了两支烟。接站的人都走光了，小孟还是没有看见他的表哥或者亲戚，他不知道出了什么问题。风从广场上吹过来，带着刺骨的寒意。小孟有点焦躁，他看见一辆破旧的国产小面包车开过来，停在公共厕所门口。那辆车带给小孟一个希望，但随着一个男人从车上下来，小孟的希望马上就破灭了，他看着那个男人向出口处这里走来，男人手里举着的牌子越来越清楚，上面写着：第二教育招待所。服务周到。设施一流。价格便宜。教师优惠。

小孟东张西望的时候听见好几个揽客的妇女向他急切地宣传什么，他不搭理他们，他没有必要搭理他们。即使今天没地方可去，他也不想随随便便地投宿到一个陌生的低档旅社去。小孟避开了一个妇女的纠缠，转过脸看着广场上的大广告牌，广告牌上仍然保留着夏天的内容，一个衣着暴露面容靓丽的少女手握一瓶饮料，微笑着看着路人，广告词更是夏季风味的：喝了透心凉。小孟不由得笑了笑，这时他注意到那个从面包车上下来的男人，他也在笑，他微笑着对小孟摇晃着手上的牌子，用眼神示意小孟，让他看那块牌子。小孟摇头，说，我不是教师。那个人还是不说话，他突然把牌子反转过来，牌子的另一面内容原来是不一样的：应有尽有，舒适到家。彩电空调。桑拿按摩。

小孟觉得那个男人面熟，尤其是他看上去有点僵硬的微笑，小孟专注地盯了他一眼，脑子里突然蹦出一些奇怪的词语，大气，压力。小孟现在确信他是中学时代的物理教师，他想叫他，但小孟只是张了张嘴，他忘了他的姓名了。也许姓柴，也许姓蔡，也许都不是，小孟怎么也想不起来了。他想起来的是物理教师的绰号，柴油。小孟有点发窘，他的神色无疑让对方察觉到了某种希望，柴油——我们暂且这么称呼他——突然向小孟挤了挤眼睛，说，这么冷的天，何必站在这里受冻？去我们招待所，你不会后悔的，我们是学校办的招待所，人民教师不会骗人的。小孟嘻地一笑，他又听到了柴油的声音，是那种被人称做公鸭嗓的很响亮的声音。柴油打量着小孟，忽然蹲下来，一只戴着棉手套的手越过栏杆，拽住了小孟的旅行袋。他说，我们有专车接送，这么冷的天，我也不想守在这里，拉上你就开车，怎么样？小孟下意识地护住了行李，一种莫名的歉意使他有点慌张，他说，对不起，对不起。我不习惯住你们那种招待所。柴油的眼睛亮了一下，他站起来，仍然带着僵硬的微笑看着小孟，我们那种招待所？他说，先生，没有调查就没有发言权呀。你怎么知道我们的条件不好？我们是教育系统的招待所，跟他们不一样，我们不骗人的。说有暖气就有暖气，说有彩电就有彩电，说有热水就有热水！柴油发急的样子让小孟想起了从前的物理课。大气。压力。谁在说话？谁不想听课就给我滚出去！小孟断定柴油对自己已经了无印象，正因为如此，他内心的那种歉意更深了。小孟说，我不是那个意思。我不爱看电视。其实，其实就住一夜，条件好不好无所谓，干净最重要。小孟看见柴油嘴角上掠过一丝冷笑，就像从前他夹着作业本进教室时一样，你怎么知道我们不干净？告诉你我们是卫生标兵！柴油看上去有点愤怒了，他说，你以为我是骗子啊，啊？我当了三十年人民教师，现在退休来发挥一点余热而已，你以为我跑到火车站是来骗人的？啊？小孟开始感到惊慌了，现在他清晰地重温了好多年前在物理课上面对柴油的绝境，他永远不能准确地回答他的问题，而他却特别喜欢向他提问。小孟想他一眼就认出了柴油，他为什么认不出我来呢？栏杆外面的那几个妇女开始交头接耳，他们注视小孟的眼神充满责备的意味，谁让你接他的茬的？小孟涨红了脸，他把行李提起来在栏杆里面走了一圈，瞄了柴油一眼，柴油却不看他，他用手中的牌子一次次地敲打着栏杆，看得出来，老师的气还没有消，小孟又踱了一圈，一个非同寻常的决定几乎在瞬间变成了事实，小孟突然走到柴油面前，他说，好吧，我到你们招待所住一夜。

这个城市已经面目全非。发展是硬道理。城市的归宿是无数的建筑工地和霓虹灯，这没有错。小孟在那辆破面包车上颠簸了大约半个小时，车停了，他听见柴油对他说，到了，我告诉你不远就是不远，这是老城区，三十年代是天城最繁华的地方！

小孟不知道自己身在何处，这种被整体拆除的街道在如今的城市里比比皆是，遍地瓦砾残砖，只有一些可以再利用的木门木窗被人整齐地码放在一起，当你不能将建筑物或者树木作为坐标，迷失方向是必然的，小孟说，这是什么鬼地方？什么鬼地方？他看见一座三层楼房孤零零地竖在废墟之中，只有一楼亮着灯光。小孟说，这是一片废墟嘛。柴油没有答话，他夺过小孟的行李向楼房跑去，边跑边喊，张大姐，开一间房！

招待所里弥漫着一股阴冷潮湿的气息，服务台后的那个女人守着一台电暖器，不卑不亢地看着小孟。小孟站在服务台前面犹豫着，他说，看这样子，你们这里不会有暖气的。女人说，有空调。小孟说，什么一流设施，看这样子，你们这里什么设施也不会有。女人看了看小孟，又看看一边的柴油，抿着嘴笑。小孟说，四周的房子都拆了，你们怎么不拆迁？看这样子像黑店嘛。小孟话音未落，肩膀上就被揉了一下。是柴油在揉他。柴油怒视着小孟，你这位先生怎么说话呢？想住就住，不想住就滚，你怎么可以污辱人？黑店，什么黑店，你把我们当什么人了，啊？小孟下意识地后退了一步。小孟说，开个玩笑，你发什么火？柴油仍然瞪着眼睛，开玩笑不是这种开法，开玩笑也不能污辱别人的人格，你懂不懂？小孟讪笑着，他说，我懂，我懂了。小孟已经退到了门边，他向玻璃门外面张望了一眼，外面黑漆漆的，那辆小面包车已经开走了。小孟无法摆脱上当受骗的感觉，正是这种受骗感使他迟迟不愿办理登记手续。他站在门边，挠着脑袋。那个女的突然咳了一声，她说，你要是不愿意住，我们也不强迫你，出门，沿着街向前走四百米，有一家旅馆条件好一些。小孟感激地看着她，问，那家有暖气吗？女的没来得及说话，柴油怒声嚷嚷起来，哪来什么暖气？这是天城，不是北京，哪来那么多暖气，有空调就不错了！小孟摇了摇头，他觉得多年以后对柴油的嗓门仍然有一种敬畏之感，大气压力！不会就不会，你狡辩什么？小孟想假如他认出我来，不知道会是什么态度？小孟推了一下门，然后又轻轻地关上了，他说，外面真冷，天城现在怎么这样冷？柴油向他翻了翻眼睛，似乎是对这种废话表示不屑。小孟说，我以前在这里生活了八年，我在这里上的学。他注意到柴油脸上充满敌意的表情变得缓和了，他鼻孔里哼了一声，说，那就行了，你是游子回乡，对我们天城应该有点感情的，怎么可以摆阔佬派头，嫌这嫌那的？小孟看着柴油，他希望他继续这个话题，问他以前住在哪里，在哪所中学上的学，但是柴油拿起了一份报纸，不再和小孟搭话，这与小孟对他的记忆相符，他记得柴油以前也不是那么容易原谅犯了错误的学生的。他是一个让你别扭的人。现在仍然这样。小孟挠着脑袋，他还在犹豫。是服务台里的那个女人婉转地挽留小孟，她说，这么晚了，这么冷的天，我看你就在这里将就一夜吧。

房间与小孟想象的一样简陋而破败，床上的印花床单和棉被摸上去是潮的，电视机是十几年前的孔雀牌，彩色的图像已经失真，女播音员的脸是绿色的，而嘴唇像是涂过血浆似的，红得惊人。惟一的意外是那个阳台，一个很大的阳台，像一件奢侈的装饰品徒劳地挂在窗外。柴油用遥控器打开了空调，然后他把遥控器放进了口袋，或许是注意到了客人惊讶的眼神，他坦然地解释了招待所的规章制度，说，没办法，不是我们不相信你，我们已经丢了四个遥控器了。小孟说，你怕我偷你的遥控器？柴油摇摇头，他说，不是怕你偷，不是告诉你了吗，这是我们的规章制度，打开空调以后都要把遥控器拿走。小孟说，你还是不信任我，说来说去你还是怕我偷遥控器。柴油说，咳，你这位先生说话就是不中听，规章制度人人要遵守，今天是我值班，丢了遥控器我要赔的。小孟大笑起来，说来说去你还是怕赔嘛。柴油被小孟逗乐了，他捂着口袋，有点窘迫地向房门外面走，像是逃跑似的，小孟在后面说，我们应该聊聊的，我能跟你聊聊吗？柴油没有回头，他摆摆手说，不聊了，你休息吧。小孟跟着他走到门外，柴油的背影已经消失在楼梯上了，小老头像孩子似的逃走了。小孟理解他的心情。小孟其实也不能确定，是否一定要跟从前的物理老师聊天，即使他们的师生关系雾开云散，小孟也不能确定他们在一起该说些什么。

透过窗玻璃可以看见阳台上积着雪。一只拖把架在阳台的角上，拖把上还晾着一只塑料袋。小孟在房间里转了一圈，他想给表哥打个电话，但很快打消了这个念头。空调呜呜地呜响着，小孟把手举到送风口，风还是冷的。房间的气温没有改变。小孟想这不是享受的夜晚，他已经有这个思想准备了。也许柴油说得对，游子回乡，许多事情应该可以忽略不计了。小孟打开了通向阳台的门，一股冷风扑面而来，他差点放弃了去阳台的念头，但是小孟突然发现他俯瞰的是一所学校，准确地说是一所学校的操场，他突然觉得那片操场似曾相识。

操场就在二十米以外，积雪未能覆盖住椭圆形的跑道的轮廓，而且在夜色中清楚地划出了单杠和双杠的几条直线。学校一定也在拆迁之列，因为几栋楼房都只剩下了一个骨架，门窗都被卸去了。一根高高的旗杆耸立在夜色中，国旗也被收起来了。小孟的目光顺着旗杆往下看，他看见了升旗台的台阶，台阶蒙着雪，远远地闪烁着一层白光。似曾相识。小孟转过脸向西北方向眺望，这次他看见了那座宋代砖塔的黑影，它与学校的旗杆遥遥相对。小孟对于天城的方位感一下恢复了，现在小孟确定他视线中的学校就是东风中学，就是他曾经就读的那所中学。

小孟至今记得东风中学的跑道长度是三百七十五米，比正规的田径跑道短了二十五米。这是当年的体育老师告诉他的。那个体育老师非常赏识小孟在长跑方面显露的才华。小孟俯瞰着雪后的操场，依稀看见一个穿白色背心的少年沿着跑道奔跑着，三百七十五米，跑四圈正好是一千五百米。那是他最擅长的项目。那是他从前的生活。小孟向操场方向怪叫了一声。被遗弃的操场在夜色中显得非常凄凉，一些水泥预制板堆放在沙坑的位置上，有人在上面堆了一个雪人，这使凄凉的操场更加凄凉。游子回乡。小孟突然觉得自己在无意中接近了这种人为的情境，他笑了，他想我不是这种人，我不能再冒着寒冷回忆什么了。一切只是巧合，巧合是什么呢？巧合只是巧合。

房间里温度依旧。小孟很快发现那台空调一直在送风，而没有制热。他来到走廊，向楼下高声喊道，师傅，空调有问题，你上来看看！小孟惊讶于自己对柴油的称呼，他为什么叫他师傅呢？无论如何他不该称他为师傅的。楼梯上响起了一阵懒洋洋的脚步声，他看见柴油穿着毛衣上来了，手里拿着那只遥控器。看上去他已经睡下了。空调怎么啦？柴油说，不是在运转了吗？怎么会有问题呢？小孟从他的表情中看出一丝令人不快的情绪，柴油似乎是在怀疑他寻衅闹事，小孟于是收敛了脸上的笑容，说，有没有问题，你自己去看。

柴油对空调机的知识显然是肤浅的，小孟看着他在遥控器上胡乱地按了一气，风页突然咯地响了一下，然后就不动了。糟糕，柴油突然叫了一声，锁住了？是不是锁住了？小孟说，空调不是照相机，不会自动锁住的。他示意柴油把遥控器交给他，但是柴油不理他。柴油仍然焦急地按着这里那里，嘴里冒出一句，现在的小青年都自以为是，空调不是照相机就不会自动锁住，这种说法就科学吗？小孟笑了笑，让我试试。小孟向他摊开手掌，说，让我试试行吗？他看见柴油的鼻孔抽搐了一下，他猛地把遥控器拍在他的手上，你试试，让你试试，柴油说，我打不开，看你把它打开吧。柴油那种毫无必要的愤怒让小孟想起了从前的物理课，他就是那么愤怒地讲着虹吸原理。大气。压力。大气压力。小孟忍不住地与他开了个玩笑，他说，也许是大气压力不够。柴油没有把它当成一个玩笑，他嗤地冷笑一声，说，现在的小青年就是这样，半瓶子醋乱晃。

小孟有点狼狈，他在柴油嘲讽的目光中按着遥控器，却没有唤醒那台讨厌的空调机。空调机像是失灵了。小孟挠着脑袋，他说，会不会是遥控器没有电池了？然后他就听见了柴油得意的声音，他说，不可能。小孟说，怎么不可能？柴油抢过了小孟手里的遥控器，他说，不可能就是不可能，上礼拜刚刚换的电池！柴油脸上那种得胜的表情让小孟有点恼火，他坐到床上，看着柴油和他手里的遥控器，没有空调让我怎么睡觉？小孟说，你说有空调，闹了半天是这么台破空调！柴油仍然努力地按着遥控器，一边向小孟做着稍等片刻的手势，小孟说，你别瞎折腾了，肯定是坏了，你给我换一间房间吧。柴油这时看了小孟一眼，他看到了小孟的愠色，他说，只有这间有空调，实在不行，只好委屈你一下了。小孟怪笑了一声，说，好，委屈我冻一夜。柴油猛地回头逼视着小孟，然后他的脸上出现了一种决绝的微笑，他用极快的动作将遥控器收回到口袋中，向外面走去，减掉你的空调费，他大声说，不会收你空调费的，请你不要把我当骗子看待。

房间门被重重地摔了一下。小孟坐在床上，内心充满了沮丧感。不光是因为冰冷的房间，他觉得这个夜晚的经历像是一次错误的旅行，他明明是想去南方，却身不由己地往北方去了。他与老师的相遇不该是这样的。也许应该挑明了。但是小孟现在怀疑挑明他们的师生关系还有什么意义。也许已经没有意义了。摆在小孟面前的现实是他必须在这个寒冷的房间里过上一夜，然后让这次相遇再次成为记忆。

小孟卷着被子睡了。他很年轻，其实不是那么怕冷。他甚至想象柴油会对他说这句话，年轻人冻一下不会冻死的。柴油没有说这句话，他是一个让你别扭的人，而不是一个刻薄无礼的人。过去这样，现在还是这样。小孟后来就睡着了。假如是一夜无梦就没事了，后来的事情也许就没有了，可小孟那天做了一个关于考试的梦，他很多年没做这种梦了，他梦见自己在考试，梦见自己小便很着急，于是他推开考卷站了起来。他从床上爬了起来，迷迷糊糊地走到走廊上。厕所在走廊上。小孟打着寒战站在小便池边的时候听见哪扇门被风撞响了，他当时还没有意识到什么，等到他去推自己房间的门时，门却推不开了，是门锁出了问题，这回真的是锁住了！小孟现在感到这个夜晚成了一个问题的夜晚，他只穿着内衣，他终于迎来了真正的寒冷，小孟抱着肩膀向楼梯那里冲去，小孟向楼下高声叫喊起来，快拿钥匙来，我被锁在外面了！

大约在一分钟过后，柴油睡眼惺忪地出现在走廊上，他说，又怎么啦，你出来怎么能上锁呢，上厕所把门带一下就行了。小孟说，不是我锁的，是风把门撞上了，你们这儿什么东西都是坏的，连门锁也是坏的！柴油斜睨着小孟，想说什么又没说，他把一串钥匙在手中晃了晃，说，你去值班室拿件大衣披上，小心感冒。小孟说，不用，你快开门吧。但最大的意外突然出现了，小孟看见柴油不停地晃着那串钥匙，就是找不到需要的那一只。怎么啦？小孟抱着双臂凑过去看他的钥匙，他说，不会是钥匙没了吧？柴油抬起头，从他焦躁的神情中可以看出小孟不幸言中了，柴油说，见鬼了，见鬼！钥匙怎么没了？小孟几乎跳了起来，他说，倒霉！倒霉！我今天倒了八辈子霉了！他发现柴油的脸色很难看，但小孟顾不上他的脸色了，他搓着手跺着脚，说，我今天倒了八辈子霉了！柴油愣在那里，然后他突然向楼下跑去，边跑边说，我先拿件大衣给你披上。小孟在气头上，他对着柴油的背影大叫道，大衣有什么用，我要进我的房间！光是嚷嚷还不解气，小孟飞起一脚踹破了房门，他说，你们这种招待所，趁早给我关门！

招待所里非常安静，除了外面的风声，小孟听见了楼下值班室里传来一阵忙乱的细碎的声响，小孟仰天长叹，心中充满了怨恨，然后他看见柴油慌慌张张地跑上楼，把一件军用棉大衣抛了过来，他说，请你别嚷嚷好吗？嚷嚷也不能解决问题。小孟披上了大衣，大衣还热乎乎的，柴油一定是拿它盖在身上睡觉的。有了御寒的物品，小孟的情绪稍稍地好转了，他看着柴油手中的钥匙，说，这下好了，你让我住到这里来，设施一流，服务一流，没想到是让我站在走廊上冻一夜！小孟看见柴油的脑袋开始左右摇晃，眼睛里喷出了一种可怕的怒火，那种怒火远远超越了他对这位前物理教师的记忆，小孟有点后悔他的过分的言辞，但是后悔来不及了，柴油突然把那串钥匙扔在地上，然后他从走廊上拖过一把椅子，跳了上去。小孟知道他是要从气窗口爬进去，小孟没想到他会采取这个办法。他看着柴油笨拙地用手推着气窗，小孟觉得他不该让柴油为他爬窗子，但奇怪的是他的嘴里却冒出一句不相干的话，气窗肯定也锁死了。柴油爬在半空中的背部颤动了一下，然后他突然挥拳一击，咯嗒一声，气窗应声打开了。柴油侧转脸，向小孟投来轻蔑的一瞥。小孟躲开了他的目光，小孟歪着身子，从眼角的余光中看见柴油的头部伸进了气窗口，胳膊和微胖的身子则挤塞在气窗里，他的脚在门上晃荡着蹬踢着，小孟看见了他穿的那双式样陈旧的棉皮鞋，皮鞋的顶端裂了一个口子，他还看见了柴油穿的尼龙袜子，袜子上也有一个洞，他听见柴油在上面喘息。小孟这时做出了一个迟到的举动，他去抓柴油的脚，他说，算了，你别爬了，我来爬窗。但那两只脚有力地甩掉了小孟的手，小孟甚至感觉到了那两只脚上的怒火，然后他看见柴油的脚慢慢地进入了气窗，柴油的身体终于通过了狭小的气窗口，与此同时，一些灰尘从窗框上从柴油的毛衣上簌簌地掉落下来。

柴油从里面打开了门，小孟站在外面，他仍然歪着身子，躲避着柴油的目光。柴油大口地喘着气，他说，进来啊，你还站在那里干什么？啊？我不是把门打开了吗？

小孟站在那儿不动，他看见柴油向他冲过来，他突然有个错觉，以为他要打他，但柴油只是把他推进了房间，柴油拍打着身上的灰尘，说，你还站在那里干什么？你是顾客，我为你服务，你把自己关在门外，我爬窗子替你开门，你还想怎么样，还想骂人啊？小孟的脸有点发热，他嗫嚅着，我没有骂你，我哪儿骂你了？小孟的肩膀又被柴油搡了一下，没骂就好，柴油说，小青年，现在上床去睡吧！

门是被柴油带上的。小孟听见他在门外捡起了钥匙，他把椅子搬回了原处，然后是一阵静默，小孟站在房间里，他预感到事情不会在静默中结束，果然走廊里突然响起了柴油的声音，柴油的声音听上去像是一种痛苦的哭诉，他说，小青年，我告诉你，我今年就满六十啦！你让我爬气窗，啊？你让我爬气窗啊！

小孟在清晨时分离开了招待所，服务台后面的女人还是半睡半醒，她对他这么早离开表示理解，她说，没睡好是吧，我们这里原来挺不错，主要是要拆迁，最后几天营业，有点乱了。小孟笑了笑，说，反正就一夜，过去就过去了，明天好好睡。小孟看见了值班室里的行军床，柴油的身子埋在那件大衣里，他看不见他的脸，只听见轻微的一阵呼噜声。小孟向行军床那边努努嘴，问女人，那个老先生是姓柴吗？女人说，姓陈，耳东陈，怎么啦，他态度不太好？小孟摇头，说，不是那个意思。我想问一下，他以前是不是东风中学的物理老师？女人说，以前是老师，是不是东风中学的，是不是物理老师我不知道，女人好奇地看着小孟，你是他的学生？叫醒他问一下就清楚了嘛。小孟摆摆手，说，不用了，我也不能肯定，他可能是物理老师，可能不是，我记不清了。女人好像对澄清同事的身份颇感兴趣，她说，叫醒他，我来叫醒他。小孟几乎是惊叫着制止了她的热情，不，不，小孟说，让他睡，我还有一大堆事要办，我该走了。

小孟推开招待所的门，外面的地面上仍然是一片泥泞和冰雪，冬天的阳光照耀着这个久违的城市。这是他曾经生活过的地方，零乱的废墟堆中有没有保存他的足迹，这要去问废墟。小孟不知道。早晨的小孟像早晨一样充满了生气，昨天的心情留在了昨天。小孟确实有一大堆事情要办。他疾步走到街道上，意外地发现天城正是阳光灿烂，而且太阳恰好挂在那座著名的宋代砖塔上。

一辆夏利出租车不知从哪里钻了出来，在小孟身边转了个圈，司机的脑袋探出车窗，向小孟张望着。小孟慢吞吞地走到车窗前，问，你的车打表吗？

这次小孟说的是地道的天城方言。

开往瓷厂的班车

瓷厂的班车在早晨七点左右途经花庄，散居在城北地带的瓷厂工人都在花庄等候厂里的班车。大约有七八个人，都是中年男女，穿着瓷厂统一的蓝色工装，手里提着装有饭盒和搪瓷茶杯的尼龙丝网袋。七八个工人，先后从公路的北边、南面或者水稻田的小路上匆匆地跑向站牌下面，一般来说人到齐了班车也来了。那辆天蓝色的大客车已经很陈旧，它在公路上慢慢行驶，车身摇摇晃晃的，总是有什么东西在车厢内部响亮地震动，七八个工人的脑袋一齐向右转，其中一个女工捂住了耳朵，她的这个动作很快被证明是合理正常的，当大客车在站牌下艰难地停下时，那刹车的声音听来酷似某种禽鸟尖厉的叫声，极其刺耳。

　　司机摘下手套擦拭着挡风玻璃上的水汽，是他首先发现了那两个陌生的青年。两个年轻人突然从公路后面的土坡上冲下来，他们一边奔跑一边向汽车挥手，等一下，等等我们！司机回头问后面的工人，说，是什么人？谁认识他们？工人们都站起来看那两个年轻人，不是我们厂的，他们说，大概是花庄的人，又是拦车送病人上医院吧？司机说，不像花庄的人，你看他们的穿戴，哪像农民？可能想搭便车，不给他们上！

他们跑得那么快，司机刚想把门关上，高个子已经将身子挤上了车，他站在车门口舒了一口气，对后面的矮个子说，快点快点，你跑步还不如一只母鸡快！

然后矮个子也上来了，两个人站在车门口，向车上的人又挥了一下手，算是尽了礼数。工人们用好奇或者厌恶的目光打量着他们，不容置疑的是这两个人来路不明，他们都穿着吊在腰上的短式牛仔夹克，白色高腰运动鞋，两个人的脖子上都系着时髦的风格相仿的丝绸围巾。

你们干什么的？司机过来做出驱赶的动作，他说，这是厂车，不是公共汽车，不给搭车。

高个子已经挑了个临窗的座位坐下了，他说，我知道是厂车，不是瓷厂的厂车吗？高个子看着司机，嘴角上的微笑使他看上去很沉着，是瓷厂的厂车，那就对了，他在座位上欠了欠身子，说，我们去瓷厂上班。

矮个子挤到了高个子身边，他的模样显得有点不可一世，他说，你还不相信？嘿，这有什么不相信的？我们是新招的工人，不信你去问劳资科。

司机没有再说什么，他向后面的工人看了一眼，大概是想让他们证实这件事情。供应科的老徐突然想起了什么，他说，今年厂里是招了几个工人，窑上缺工人。老徐的话在车上明显带有一定的权威性，包括司机在内，车上的人都露出一种如释重负的表情。他们看见那个矮个子向老徐竖起大拇指晃了晃，这种手势引起了工人普遍的反感，但是他们也没有过多地计较，他们对司机说，那就快开车吧。

瓷厂的厂车在公路上行驶。它的行驶路线多年来一直没有变化。从花庄出发后途经农田、刑场、砖瓦厂、国营林场、农田、养鸭场、农田、特种油品厂、农田，大约行驶半个小时后就来到了瓷厂。

蒙蒙细雨中，他们看见厂车从桥上响亮地冲下来，与厂车一齐下桥的还有那两个年轻人，高个子撒腿奔跑，好像是与汽车竞赛，矮个子打着一把雨伞拼命追赶，他们发现矮个子一直努力地把雨伞向前伸，他想为高个子打伞，这种过于谦恭的举动使站牌下的工人们觉得很滑稽。

一群人湿漉漉地上了班车，他们看见矮个子抢先一步，占住了车门旁边的座位，他收起雨伞，对高个子说，来，坐这里看得最清楚！

他们不知道矮个子想看清楚的是什么，每个工人都讨厌这个矮个子。老徐说，你，你姓什么？我看你别姓你们家的姓，你姓他家的姓算了，你就像他的忠实走狗嘛。矮个子对老徐的敌意不以为然，他说，放你妈的狗屁。他这么草草骂了一句就回过头去和高个子说话，高个子得意地笑着，说，听见没有？人家说你跟我姓算了，人家说你是我的忠实走狗！矮个子用雨伞尖在高个子腿上戳了一下，说，放你妈的狗屁。我跟你说正经的呢，今天要枪毙三个人，七点钟，等会儿我指给你看！

他们都听见了矮个子的胡言乱语，他们认为这个青年人满嘴胡言乱语。厂车天天从刑场经过，但他们从来没有见过一次枪决，他们知道那曾经是一个刑场，但现在它已经被弃之不用了，自古以来杀人的地方总要避人耳目，而花庄附近的刑场离城市越来越近，不合适了。

七点钟。枪决三个人。矮个子带来的这个荒唐的消息还是令人莫名地躁动起来。七点零五分，班车驶过刑场，车上的所有人都向一侧的车窗玻璃靠拢，透过蒙蒙细雨和一片杂树林，他们看见了那个凹陷的乱石丛生的地方，有几只鸟从那里突然飞向空中，除此之外，他们什么也没有看见，什么也没有。正如工人们所预料的，刑场仍然徒有虚名，没有执行的人，也没有五花大绑的死刑犯。

老徐鼻孔里发出一声冷笑，他说，那块地方早不是刑场啦。老徐话音未落，其他工人已经纷纷回到座位上坐下了，他们的表情看上去有点窘迫，大概后悔不该轻信一个小青年的信口雌黄，他们坐在那儿，好像从来没有站起来过，一个女工说，这种天气，怎么会枪毙人呢，子弹会受潮的。

班车在公路上继续行驶着，车厢里很安静。工人们听见矮个子突然说，错过了，时间错过了，七点钟执行枪决，他们不会等的。高个子捏着自己的鼻子，捏紧，松开，又捏紧，发出一串怪声，然后他突然嘿地一笑，我看见了，我看得很清楚啊，三个人，五花大绑地跪在那里，三发子弹，三个人立刻变成三条死狗！矮个子扭过脸，用眼角的余光扫了后面的工人一眼，他说，他们在等车的时候应该听见枪声的，他们肯定没有留心。

我没瞎说，今天七点钟枪毙三个人，就在那里，枪毙三个人。

老徐向别的工人挤了挤眼睛，意思是说你们听听这个小青年嘴里在胡说些什么，事实摆在面前，他还在圆谎呢！工人们都会意地微笑，他们示意老徐不要急于戳穿他，且看那小青年怎么继续圆他的谎。

矮个子说，枪声其实不怎么太响，机关枪的枪声就像家里炒蚕豆，也就比炒蚕豆的声音稍微响一点，枪毙人用自动步枪，自动步枪的声音原来很脆，不过法警要是装了消音器，声音就闷了。

高个子说，你他妈的厉害，什么枪都用过？导弹和火箭炮有没有用过？

矮个子说，我没骗你，那三个人已经毙了，只不过他们没有听见，他们的耳朵比聋子好不了多少。

老徐在后面忍无可忍，他说，谁是聋子？你这个小青年怎么说话的？你说话给我注意点！

快到养鸭场的时候矮个子从座位上突然冲到车门前，他对司机说，停车，快停车，我带他去刑场，很简单的事，到底有没有枪毙人，看看有没有血迹就知道了！

司机说，不给停车，你们两个人搞什么名堂，你们是哪个车间的？

高个子仍然坐在原处，他有点得意地看着他的同伴，你是哪个车间的？啊？他说，从窗子里跳出去，你跳我也跳，我不跳是小狗。我要是不跳，你骑在我的身上，我在公路上爬一圈。

工人们看着矮个子。矮个子嘴里骂骂咧咧的，但他终于回到了座位上。两个年轻人仍然挤坐在一起，矮个子向前探着身子，朝窗外张望，他突然叫起来，操他妈的，这么多鸭子啊！

他们发现这两个新工人有点奇怪。老徐有一次看见他们坐在仓库前面，坐在废品堆里抽烟，等他走过去两个人却不见了，只有地上的一堆烟头提醒他，他们在这里坐了很长时间。老徐纳闷，窑上怎么招了这么两个年轻人进厂？怎么没有人管他们呢？

老徐觉得两个年轻人很奇怪。到了第五天他们在花庄上车后老徐就向他提了一大堆问题，让他扫兴的是他们不愿意与他交谈，而且他们一点也不尊重他。

下班回家你们怎么走的？怎么不见你们搭回家的厂车？

我们跑步回家。高个子说，我们比赛，等我跑到花庄，他还没到化肥厂。他跑得还没老母鸡快。

你们在窑上干什么？老徐的语气多少带有一点盘问的味道，他说，窑上的主任是谁？

你是谁？矮个子向老徐斜着眼睛，他说，你是吕贵生啊？什么都管，你管得比长江还宽。

老徐听他提及吕贵生的名字就不再问什么了，那是瓷厂的厂长。老徐想万一他们真的和吕贵生有什么关系，那自己就确实有点管得宽了。老徐看着一高一矮两个年轻人的背影，忍不住又拍了拍矮个子的肩膀。他说，哎，小伙子，你叫什么名字？

矮个子的肩膀敏捷地向旁边一闪，躲开了老徐的那只手，他说，喂，喂，不要动手动脚的行不行？

老徐缩回了他的手，他不无尴尬地对同事说，他说我动手动脚？我问问他的名字，他说我动手动脚！

矮个子仍然不看老徐，他说，问什么问？你是户籍警啊？什么名字不名字的，我没有名字。

老徐对同事讪讪笑着，他说，没有名字，你们听听，他说他没有名字。

高个子这时回过头来向老徐做了个鬼脸，他说，他骗你，他有名字，他叫一片红，他姓一，名字叫片红。

高个子说完自己咯咯笑起来，一边笑一边用拳头捶矮个子。矮个子还击了两拳，然后指着高个子对老徐说，他姓烂，名字叫黄鱼，烂黄鱼，你记住了吧？

车厢里有人发出了笑声，老徐却笑不出来，他说，这怎么是名字呢，这是你们的绰号吧？

高个子回过头，用一种戏弄的眼光看了看老徐，然后他说，名字就是绰号，绰号就是名字。

他们不记得那是第几天的事了，只记得那天厂车在养鸭场突然抛锚，大客车只好停在公路边。司机钻到车下去修车前让车上的人不要动，他说一会儿就修好了，工人们已经有了对付这种意外的经验，两个女工从包里拿出了毛线活，老徐则利用这段时间出去，在路边方便了一下。他看见两个年轻人尾随他跳下了车。

车上的工人们记得两个年轻人起初站在路边，高个子叉着腰，矮个子有点滑稽地用双手转动自己的脑袋，工人们在看他们，他们在看池塘里的鸭子。天气很好，秋天早晨的太阳映照着水边的池塘、草棚和成群的鸭子，养鸭人在远处，手执鸭哨向公路这边张望。工人们对这种景色无动于衷，他们安静地坐在车上等待着班车重新开动。大约过了十分钟，司机满脸油污地回到车上，车上有人问，又是油嘴堵了？司机说，是油嘴，老毛病。

班车开出去一段路了，老徐突然叫起来，把他们拉下了！车上的人很快意识到他们把两个年轻人拉下了。司机刹住车，他说，八个人，我习惯了数八个人，又把他们给忘了。车上的人回首向鸭场那里眺望，隔着一大片树林，一大片农田，一大片池塘，他们远远地看见那两个年轻人的身影，一高一矮两个人影，在早晨的光线中向养鸭人那里移动。司机纳闷地说，他们去干什么？车上的人说，谁知道？这两个小伙子！司机又征求大家的意见，要不要回去叫他们？车上的人迟疑了几秒钟后，几乎异口同声地说，不管他们，随他们去！

现在瓷厂的班车上还是原来那七八个工人，瓷厂的班车向瓷厂摇摇晃晃地驶去，他们谁也没料到以后的日子里那两个年轻人再也没有上这辆班车。以后的日子里，班车曾经在花庄多停了三五分钟，但是两个年轻人再也没到花庄来搭车。所有的人都充满疑虑，多年来他们平静而辛劳地往返于遥远的瓷厂，这么奇怪的插曲是罕见的。

是老徐首先开始怀疑那两个年轻人的身份。世界上怕就怕认真二字，形迹可疑的人怕就怕有心人。老徐后来奔波于瓷厂的许多科室和车间，他终于把那两个人的身份弄清楚了，说起来你不会相信，那一高一矮两个年轻人，他们根本不是瓷厂的新工人，他们不知道是什么人！当老徐把这个调查结果告诉同事们时，所有的人都觉得这件事情不可思议，他们都问老徐，那他们天天起早搭车到瓷厂去，到底要干什么？老徐对此也说不出个所以然，他说，谁知道？他们想干什么，要问他们自己了。

瓷厂的班车现在仍然行驶在环城公路上。你可以从那辆崭新的气度不凡的大丰田判断出瓷厂的效益不错，你也可以从班车上急剧膨胀的人数判断出瓷厂人丁兴旺，效益一定不错，这很不容易。瓷厂班车的行车路线没有改变，但是沿途的地名、风貌甚至自然景色都有了根本性的改变。现在花庄一带盖起了无数高楼，花庄前方新建了一座立交桥，人来车往的，显得非常繁华，而花庄在公交车的站牌上也已经更名为花庄新寓。瓷厂的班车从花庄出发，途经新世界游乐场、绿原森林公园、金帆日化集团、日化新村、淡水养殖场、美丽华大饭店，到达瓷厂，当然瓷厂也在两年前更名为瓷光股份公司了。瓷厂的四十座客车每天大约有三十人搭乘，除了老徐偶尔会提起以前的刑场、农田、养鸭场什么的，没有人对这样的记忆感兴趣。

说的是老徐办退休手续那天的事情。也是个秋阳高照的好日子，老徐从瓷厂出来，突然意识到这是个特殊的日子，他不能等下午的班车了。老徐穿过马路来到中巴车的停靠站，他想搭中巴回家，但是路上车子那么多，就是不见去花庄的中巴。老徐等得不耐烦，心想今天是个特殊的日子，叫出租车回家并不为过，再说叫出租车回家又花得了多少钱，老徐把手伸出去，伸出去没有三秒钟，一辆红色的夏利车就停在他面前了。

这个结局在我们大家的意料之中，老徐碰到了一个人，是当年那两个年轻人中的一个，是那个高个子，是那个叫烂黄鱼的人。老徐虽然年纪大了，眼光却仍然犀利，他一眼就发现出租车司机就是那个什么烂黄鱼。他一眼就认出了烂黄鱼，烂黄鱼却贵人多忘事的样子，一脸的茫然。老徐就耐心地提示他，烂黄鱼终于想起那些往事了，想起那些他显得很不自在，他摆摆手说，咳，那时候瞎混，瞎混。老徐对这个回答不满意，他说，你们为什么天天搭我们的厂车去瓷厂？多远的路啊，再说瓷厂也没什么可玩的。烂黄鱼想了想，说，我也不知道为什么去瓷厂，就是没事干嘛。老徐还是一脸狐疑的表情，烂黄鱼嗤地一笑，你不相信？不相信我也没办法，我们就是玩，没有什么目的。老徐还是摇头，说，不会吧，你们又不是小孩了，怎么会坐车玩？烂黄鱼看上去有点不耐烦了，信不信由你，他的语气也变得像吵架一样，他说，我们没偷你们没抢你们吧？我们在车上没做什么坏事吧？

出租车比厂车快，老徐还有一些事情想问烂黄鱼，花庄的那些高楼已经不识时务地出现在车窗外了。老徐抓紧时间问了他最关心的问题，他说，你那个朋友呢，那个矮个子？他现在干什么？老徐看见对方脸上掠过一丝很古怪的微笑，他说，你笑什么？他在干什么？他也开出租？烂黄鱼眼睛专注地看着前方路面，他重重地吐出一口气，咧嘴一笑，说，毙了。一片红给毙了。

老徐嘴里发出了一种惊叹的声音。他的身子莫名地从座位上弹起来，他说，到了，停车！老徐从红色夏利车中慌慌张张地钻出来，他不知道自己为什么如此慌张。烂黄鱼盯着他，一只手摇下了车窗，老徐意识到自己还没付钱，他赶紧在口袋里掏，掏钱的时候他恢复了常态，他向车子里问，他干什么了？干了什么给毙了？烂黄鱼照数收了钱，他拿了一块口香糖塞在嘴里咬着，反问老徐道，你说呢？你说他干什么了？老徐一时愣在那里，看见烂黄鱼在踩油门，老徐下意识地去抓反光镜，可是红色夏利已经从他身边蹿了出去，老徐什么也没抓到。老徐来不及说什么，就冲着车子大声喊道，那个一片红，他对你很好啊！

蝴蝶与棋

他们告诉棋手，水边棋舍只是一间草棚，就在对面的湖岸上。你可以走路去，你要是怕走路就搭捕鱼人的小船去。寺前村的老人们端详着风尘仆仆的棋手，他们说，那地方没人去，只有放羊的孩子在那里躲雨躲太阳。你为什么要到那里去呢？

棋手拍了拍他的黄色帆布背包，背包里响起了一阵类似石子相撞的清冽的声音。棋手微笑着把背包放到老人们耳边，他说，听，棋的声音，我去那里下棋。棋手初到寺前村就以他的言行引起了本地人对他的注意，他的眼睛当时仍然纯净而明亮，正像他背包里的棋子一样黑白分明。

那年春天我也来到了寺前村。我是听从了一个昆虫学家的建议来这里寻找紫线凤蝶的。当然，假如你了解蝴蝶栖身的习性并且到过寺前村，或许你也会向我提出同样的建议。

再也没有像寺前村这样适宜捕捉蝴蝶的地方了，这么开阔的湖边草滩，这么繁茂的花树灌木，湿润的空气里似乎也浮满了花粉，有时候你甚至怀疑闻到了蝴蝶分泌物的气味。在寺前村周围你随处可见蝴蝶集队起舞的景象，你把纱兜往空中一扑，扑到的不是一只，而是两只，三只，甚至有时是一堆五彩纷呈的蝴蝶。

我记得那天始终没有找到那种紫线凤蝶，但我捕捉到了红翅尖粉蝶、粗脉棕斑蝶，我的标本夹里还躺了一只金裳凤蝶，应该说我已经感到满意了。我忘了湖边的暮霭已经越来越浓重，太阳也早就跌入了远处的山谷，我曾想起路边的那家小旅店，那该是我度过这个乡村之夜的惟一去处了。

湖沉在暮色底部，水面上隐约浮升起淡淡的雾雨，浅滩上的芦苇无风而动，偶尔能听见鹧鸪和野鸭的叫声。我坏湖疾走的时候突然发现寺前村一带充满着罕见的安宁气氛，就是这种安宁使我莫名地慌乱起来，我一路小跑地穿过了一片低矮而茂密的桃树林，也就在那时我看见一只被惊飞的硕大的蝴蝶，它掠过我的额角遁入黄昏树影之中，我依稀看见一丝紫色的荧光。我没有看清那只蝴蝶真实的色彩和线纹，但不知怎么我敢确定那就是我苦心搜寻的紫线凤蝶。

小旅店里空无一人。门厅里的一盏油灯照亮了墙壁和地面的局部，都是灰暗的斑斑驳驳的，柜台实际上是一只学校里搬来的课桌，我的手放在上面摸到了一层油腻和灰尘的混合物，又把手伸到桌洞里，结果掏出了一个笔记本。我猜那算是来客登记簿，在油灯下我看见几个陌生的人名躺在泛潮的纸页上，最近的登记日期距此也已半月之遥。

我始终没有找到小旅店的主人。墙上曾经写过几排字，来客须知，但除了这几个字还能辨认，别的字迹已经完全被胡涂乱抹的墨汁覆盖了。我又朝着走廊深处喊了几声，回应我的竟然是一只野猫的叫声，那只猫奔过我身边，在旅店洞开的窗户上它回过头朝我喷出一些粗重的鼻音，然后便跳到窗外去了。那只猫使我感到心神不宁，我想在登记簿上写下我的名字，那只猫让我改变了主意。

走廊两侧的房间都锁着门，但最顶端的两间门是虚掩着的，我先推开了第一扇门，里面黑漆漆一片，我把油灯举高了，终于看清满屋堆放的那些农具和化肥袋，特别引人注目的是一件红色的塑料雨披，它使我相信这里是有人出没的真实的乡村旅店。我返身走进了另外一个房间，这次我一推门就闻到了香皂和烟草的味道，紧接着我又看见了床和脸盆架，还有搪瓷脸盆里的半盆污水，这一切让我感到安全，我终于放下了手里的标本夹和所有工具。

那颗白色的围棋子是我在临睡前发现的，它就放在枕边，一颗被机器磨成饼形的小石子，在我眼前放出微弱而温和的白光。其实我当时还不知道那是一粒棋，我只是喜欢上了这颗圆形的小石子，我以为它是别人遗落在这家乡村旅店的东西。

不知道棋手是什么时候回来的。我看见一个瘦长的男人站在门边朝我这里张望，很明显他对我的出现没有思想准备，他背包里有什么东西嚓嚓地响着。我不知道该说什么，他似乎也不知道该说什么，但我发现他在朝我这里挪步，我立即警觉地坐了起来。

你睡错了床。那是我睡的床。他说。

我不知道这是你的床。我松了口气说，那我换一张床吧。

不用了，你就睡那张床吧。他摆了摆手，把身上的背包解下来扔在对面的床上，然后他向我提出了一个我预计中的问题，你到这里来干什么？

捕蝴蝶。我说，我是昆虫爱好者协会的会员，蝴蝶属于昆虫类，你知道吗？

蝴蝶？他好像有点愕然，他说，这里有蝴蝶吗？蝴蝶，我怎么没看见有蝴蝶？

这里到处是蝴蝶，可能你不注意吧？我说。

可能我没有注意，我不喜欢蝴蝶。他在脸盆架那儿停留了一会儿，好像在洗手，我看见一个抖动着的瘦长的背影，突然那个背影又转向我，他说，你会下棋吗？围棋，你会下围棋吗？

不会，象棋我会一点。我说，你带着象棋吗？

我不下象棋，假如是象棋我也不用跑到这里来了。他叹了口气说，水边棋舍就在湖那边，有人告诉我围棋二老就在那里下棋，我每天都去水边棋舍，但我一次也没见到他们。

什么围棋二老？我问。

是两位老人，不，是两位棋仙。他的声音在暗夜里透出一种激越之情，你不懂的，他说，我学棋八年，一直想到水边棋舍与他们对弈一次，我在找他们，可是奇怪的是我隔着湖明明看见他们在水边棋舍里坐着，我明明看见他们在下棋，但等我走到湖那边他们的人影就找不到了。

他们下完棋走了吧？我想当然地说。

不，假如那么快就下完一盘棋，他们就不是什么棋仙了。他说，我猜他们故意躲着我，明天我要早一点去，我要把他们堵在那里。

后来我就迷迷糊糊地睡着了。依稀听见窗外下起了雨，雨点打在小旅店的瓦檐和周围的树草上，听来就像催眠的音乐。因为夜雨潇潇，也因为有了一个旅伴，我睡得很好，甚至梦见了那只美丽的紫线凤蝶。我的梦是被夜半来客的脚步和撞门声惊醒的，那个人在进入我隔壁的房间之前不止撞倒了一件东西，我一下子从床上跳了起来。

谁来了？我问对面的棋手。

棋手还没睡，他自己在与自己下棋，黑黑白白的棋子摆了一床。他看了我一眼，走到门边检查了一下门锁，然后他淡淡地说，你睡你的，大概来了一个旅客。

深更半夜怎么还会有人来这里？

我不知道，我在打棋谱。棋手说着又坐到床上去摆他的棋子了，他的表情告诉我他现在需要安静。

但是隔壁房间里的人却并不安静，我先是听见什么重物被乒乒乓乓摔打的声音，然后好像是玻璃被打碎了，我身边的那堵墙也被咚咚地击打着。什么声音？我对棋手说。但棋手埋头于他的棋局，对一切充耳未闻。我无法再睡了，起初我想出去看个仔细，但恐惧使我一直徘徊在门内，我听见隔壁的来客渐渐安静了，后来就响起了一个女人哭泣的声音，是一个女人，这一点完全出乎我的预料。

橱柜后面的那扇门是意外的发现，我先是看见那里有几道微弱的光，很快我就意识到那扇门原先是这两个房间的通道。我请棋手帮我搬动橱柜，他很勉强地下了床，但他毫不掩饰地刺了我一句，隔壁来了什么人，与你有什么关系呢？我说，难道你不觉得有点奇怪吗？他说，奇怪什么？我在寺前村住了半个多月了。告诉你寺前村永远平安无事，否则围棋二老不会选这个地方下棋。

我通过门上的裂缝看见了隔壁房间的景象，一个女人坐在散乱的农具堆里掩面哭泣，我看见她穿着那件红色的塑料雨披，我看不清她的脸，但从她的两条长辫上可以判断她还年轻，还有她发梢和红色雨披上的水珠，它们一齐在幽暗中晶莹地颤动。还有她手里攥着的一个小东西，我花了很长时间才看清那是一粒白色的围棋子，你认识她？我向棋手招手，你看，她的手里也抓着你的围棋子！

我谁也不认识。棋手钻进被窝说，我只想认识围棋二老。

寺前村的早晨真的是在鸟语花香中来临的。我醒来后发现棋手的床已经空了，我后悔自己贪睡而导致了孤身一人的局面，幸亏窗外的阳光和雨后的乡村景色冲淡了昨夜的恐慌记忆。我背起所有行囊匆匆逃出小旅馆，在经过那个堆农具的房间时我推门朝里面偷看了一眼，一切与昨夜的记忆相仿，只是那件红色的雨披不见了。

我是在去往长途汽车站的路上被那群人追赶的，当时我发现了路边灌木丛上盘旋着几只蝴蝶，其中一只是金裳凤蝶，我总是容易把它当作紫线凤蝶，因此我为了那只蝴蝶耽搁了很长时间，当我意识到自己犯了一个错误已经来不及了，那群人，我猜主要是寺前村的一些干部和社员，他们像一群麋鹿一样迅疾地穿过树林出现在我面前。

你昨天夜里住在小旅馆里吗？有一个男人看上去是干部，他始终伸开双臂示意别人安静，他说，为什么不说话？昨天夜里你住哪儿了？

小旅馆。我竭力镇定着情绪说，我是来捕蝴蝶的，我是昆虫爱好者协会的会员。

为什么不在来客登记簿上登记？男人问。

没有人负责登记，我只住一夜。我说，我来找紫线凤蝶，你们这里禁止捕蝴蝶吗？

只住一夜。男人沉吟着说，问题就在这里，为什么只住一夜？

我来不及赶长途汽车回家了。我突然压抑不住地愤怒起来，我朝那群人喊道，那么吓人的旅店，那么脏的地方，谁愿意住？

男人盯着我审视了一会儿，终于朝我摊开他的手，我看见那只粗糙宽大的手掌上躺着一颗白色的围棋子。

你认识这颗小石子吧？他说，是你的吧？

不是我的，是另外那个房客的。我觉得我正在把某种祸端往棋手身上推，我想我不得不这样做，我说，我不下围棋，他下围棋。

那个男人的目光这时候投向果树林搜寻着什么，我听见他在喊，小彩，别害怕，你出来认一下这个人，是不是这个人？

这样我注意到了果树林深处的那个女人，女人穿着那件红色的塑料雨披，两个妇女搀扶着她，也恰恰遮住了她的脸。我听见了她啜泣的声音，啜泣过后便是悲怆的撕心裂胆的尖叫，抓住他，抓住他，你们快抓住他！

刹那间恐惧压倒了我，我一边申辩着一边寻找着逃跑的方法，我瞥见了路边的一辆自行车，在那群人朝我挤来之前我飞奔几步，跨上了那辆自行车。

我不记得他们追赶我的具体过程了，当我骑车急驰通过一座木桥后，我回头望了一眼，那群人在河边止步了。他们没有继续追赶我，这让我感到幸运。我怀着历险过后特有的惊悸的心情到了康镇，我记得我挤上长途汽车时全身衣服都被冷汗浸透了。

当然，我也把那些珍贵美丽的蝴蝶标本连同工具扔在了寺前村。

棋手是在去水边棋舍的路上被那群人堵住的，那群人簇拥着一个穿红色塑料雨披的女人，女人一边啜泣一边低声诉说着，而她的目光始终固定在他的脸上，像火也像冰。棋手觉得女人的目光很古怪，那群人的出现也有点气势汹汹，但他没有在意，他朝他们微笑着，一边拍打着背包里的围棋子，他说，这么多人，你们在干什么？

我们干什么？那个男人冷笑了一声说，正要问你呢，你来这里干什么？

我来下棋，你们知道围棋二老在哪里吗？

就在这里。男人再次亮出了手里的那颗白色围棋子，他的脸上已经浮现出某种胜利者的表情，这颗小石子，不，这颗围棋是你的吧。

是我的，你在哪里捡到的？

这要问你了，男人松了一口气，然后他转向那个穿红色塑料雨披的女人说，小彩，别害怕，昨天夜里是不是这个人？小彩你说，是不是这个人？

那个叫小彩的女人先是捂着脸哭了几声，猛地她抬起头怒视着棋手，她说，抓住他，抓住他，就是这个人！

棋手后来是被他们拉拽着走进水边棋舍的，起初他不理解寺前村人对他的谴责和谩骂，他的平静而茫然的态度恰恰更加激起寺前村人的愤怒，有一个青年大叫一声，你还装蒜？跳起来打了棋手一拳。棋手摸到了鼻孔里的血，终于明白过来，他开始苦笑着重复一句话，无理，无理，棋手说，无理，这一招太无理了。

你别装蒜。干部模样的男人夺下棋手的背包，把手伸进去划拉了几下，他说，寺前村人从来不去害别人，你也别来害我们，什么事情都要讲理，你自己也说了。现在该留一句话了，这事你是要公了还是私了？

怎么公了？怎么私了？我不懂。棋手说。

又装蒜。公了就绑你去公安局。男人说，私了简单，你娶了小彩，留在这里或者带她走。

我为什么要娶她？我不认识她！

还在装蒜，你不娶她谁还肯娶她？

又是无理。棋手高声说，我要下棋，我根本不想娶她。

那个男人的目光落在棋手的背包上，他大吼了一声，让你下棋，我让你下棋，他那么吼叫着开始把背包里的棋子倾倒在地上，你们每人来抓一把，男人对身边那些人说，每人来抓一把，全部给他扔到湖里去，我让他再下棋！

棋手看见许多双手朝他的黑白棋子伸过去，棋手不顾一切地扑倒在地上，用身体保护住他的黑白棋子，他拼命地推那些手，一边推一边喊，我私了，我娶她啦，娶她啦！

从寺前村归来我没带回一只蝴蝶，这个结局你已经是知道了的。但你想不到我带回了一粒白色的围棋子，它不知怎么藏在了我的衣袋里，出于某种玩味旧事的心情，我一直把那粒棋子放在枕边。

我没有预料到那粒棋子会使我每天都想象围棋并迷恋上了围棋，我更没有想到围棋会取代蝴蝶在我生活中的位置，让我从一个昆虫爱好者摇身一变，跻身于本市围棋迷的行列。我一直记得当年的寺前村之行，当然也记得那个到处寻访高人的棋手，在弈棋多年后我终于理解了那个棋手狂热而凄凉的行踪。有几次我向那些资深棋友描述了他的外貌以及他的故事，棋友问，他叫什么名字？我说我不知道，棋友说那就好了，那就是一个无名棋手，这样那样的无名棋手是很多的。

五年后我重访寺前村已与蝴蝶无关，也与围棋无关，我是跟随一个朋友去收购那里的桃子和枇杷的，那个朋友是个聪明人，他听我说过寺前村的故事，我猜他邀我同行也是为了预防某种不测。

正值初夏季节，寺前村在任何季节似乎都是桃红柳绿花草繁茂的，别处罕见的蝴蝶也依然在湖边开阔地里嘤嘤乱飞，当然我说过我对所有蝴蝶都不感兴趣了。我跟随我的朋友在寺前村的果林里穿行，与寺前村人讨价还价，好多张脸都似曾相识，但奇怪的是他们没有一个人能认出我来了。

我没有想到我会在湖边遇见棋手，我先是看见一个干瘦的男人在那挥舞着捕蝴蝶的网兜，那种熟悉的动作使我感到亲切，我站住了，看着他从网兜里夹出一只黑蛱蝶放进标本夹，我看清了他的脸，我差点叫出声来。

棋手，你还认识我吗？

棋手缓缓地偏过脸看了我一眼，他的神情显得疲惫而憔悴，目光与当年相比也浑浊了一些，他只看了我一眼，没有回答我。

棋手，你还在下棋吗？你怎么捕起蝴蝶来了？

我不下棋，我捕蝴蝶。棋手这么说着突然朝远处飞奔而去。我看见远处的桃林里飞起一群色彩斑斓的蝴蝶，我猜那一群蝴蝶里可能会有几只珍稀品种，我猜棋手也是这么判断的。棋手抓着网兜飞奔时我下意识地跟他跑了几步，但我的朋友在后面喊住了我，他说，喂，你去干什么？你不是不要蝴蝶了吗，来，帮我装桃子吧。

一筐一筐的寺前村桃子被抬上了卡车，我被人群和水果筐挤来撞去的，听见寺前村人的乡音此起彼伏地响着。这种时刻你往往会自以为发现了人类生活的微妙之处，其实你什么也发现不了，我就觉得我很茫然。后来我抓住了一个寺前村少年的手，那个少年有着一双诚实而善良的眼睛，是他回答了我对棋手的最后的疑问。

那个人现在不下棋了吗？我问。

你说谁？说小彩的男人？他不下棋，他就喜欢到处捕蝴蝶。少年说，你认识小彩的男人？

小彩是谁？我又问。

小彩是他的女人呀。少年突然笑了，露出一排歪斜的牙齿，他说，你不认识小彩，小彩是蝴蝶精，她是蝴蝶变的！

我想这是我在寺前村听到的惟一的新闻，也是惟一的令我恐惧的新闻。

你丈夫是干什么的

孕妇和她的女友坐在阳台上，一个看上去很臃肿，一个却苗条得有些过分。孕妇从塑料椅子上艰难地站起来，她的眼光向下辐射，叹了一口气说，怀孕太难看了，我现在看不见自己的脚，我不知道自己穿着哪双凉鞋，昨天我从镜子里看见自己走路的样子，活像一只企鹅。

　　女友的脸上露出一种调皮的微笑，装什么蒜，她说，我看你心里很得意，把自己比做企鹅，企鹅多可爱，为什么不把自己比做一只鸭子？

　　鸭子就鸭子，反正都一回事。孕妇突然想起来什么，她问女友，你说你来推销什么？什么东西？

　　杀虫王。女友嘻地一笑。

　　就是灭害灵之类的东西吧？孕妇说，你怎么回事？好好的办公室不坐，整天东跑西颠推销灭害灵！

　　杀虫王。女友纠正说，不是灭害灵，是杀虫王，最新产品，是第六代杀虫剂。高科技产品，药效强烈，无毒无害。

反正都一回事，就是杀蚊子苍蝇的嘛。

还有蟑螂。女友说，天上飞的，地上爬的，见一个杀一个，害虫死光光。

你向我推销没用。我们家住高层，没这些害虫。孕妇抬起她的一只脚，又抬起另一只，忽然叫起来，我穿着鸳鸯鞋啊，黑色的是他的拖鞋！怪不得有点不对劲，你就看着我穿鸳鸯鞋？你就不跟我说一声？

你丈夫是干什么的？女友调皮地一笑，看着窗外，说，你丈夫，他是干什么的？

建筑设计。孕妇说，等会儿就回来了，他明天到深圳去见几个港商。你死了这条心吧，他帮不了你的忙。你丈夫呢，你丈夫现在干什么？

女友脸上的笑意一下就凝结了，她的架在膝盖上的腿撞到了一盆龟背竹，龟背竹的肥厚浓绿的叶子颤动起来。孕妇知道自己多嘴了，她其实已经猜到了几分，她本来决定不问的，但不知怎么那句话还是脱口而出了。

散了。女友说，他去年就滚蛋了。

孕妇负疚地看了女友一眼，将盆栽往旁边移动了一下。

为什么现在的人都喜欢养龟背竹？女友目光炯炯，她说，他也在家里养了一盆，比你们家这盆还要大，说起来也怪，他一走我看着龟背竹横竖不顺眼，我就觉得它是世界上最厚颜无耻的植物，有一天窗外一堆苍蝇嗡嗡乱飞，我就拿着公司的杀虫王冲出去，对着苍蝇就是一通扫射，我们公司的产品质量就是不错，看着苍蝇一个个落在地上，全死了。我摇了摇罐子，里面还是满的，我就想把一罐药都喷了。你猜怎么着，我想也没想，对着那盆龟背竹又是一通扫射，就像给它浇水一样，我把一罐杀虫王全用光了！

龟背竹死了吧？

那还用说？女友挥挥手说，别说是一盆龟背竹，就是个人，吃这一罐也半死不活了。

孕妇用一种惊悸的眼神看着女友，她张大了嘴，想说什么，但最后却被女友的情绪感染了，两个女人对视着，突然一起咯咯地大笑起来。

高层建筑外面的天空渐渐地变得灰暗。客厅里的电视机一直打开着，一个油头粉面的男播音员正指着气象云图，播送明天的天气预报。两个女人现在坐在沙发上，女友面对电视机，说，上海天气不错，我的运气也不错，到哪儿都是大晴天。

孕妇听见门外有什么声音，她侧着身子听，分辨了一会儿，说，怎么还不回来？这会儿该回家了。

女友说，不是你丈夫？

孕妇说，不是，他的脚步声我能听出来。明天要出差，他应该早就到家了，多半是让他买机票去了，他们单位女的多，老的多，什么事都落到他的头上。

深圳那一带也是晴天，不过就是热了一点。女友嗑着瓜子，说，他出差你给他收拾东西吗？

我从来不替他收拾。孕妇笑了笑说，倒是我出差的时候他愿意替我收拾，他属于那种很细心很有条理的男人。

你福气好。女友斜睨着孕妇，拉长声调说，就怕他对谁都很细心，都很有条理啊。

孕妇打了女友一巴掌，说，你少来挑拨我们夫妻关系，我对他很放心。

孕妇看了看墙上的挂钟，看得出来她有点心神不定。她从客厅走到厨房，又从厨房走到客厅，像一只企鹅或者像一只鸭子，然后她用一种决绝的语气对女友说，不管他了，我们吃饭。

就在餐桌上她们谈起了在上海的共同的女友小宁。孕妇起初对小宁的近况一无所知，她建议女友到了上海去找小宁，说她可以住在小宁那里，省下住旅馆的钱，孕妇发现女友的表情很怪，她还说，怎么啦，你跟小宁后来闹翻了？女友就大叫起来，你还问我怎么啦？你真的不知道小宁的事？你要让我住到监狱里去陪她呀？

就在餐桌上孕妇听说了小宁的事，女友还因此把她劈头盖脸地数落了一番，她说，亏你还算小宁的朋友，她的事情都上了全国各地的晚报，你现在连报纸也不看？

怀孕以后我很少看报，用眼过度对婴儿不利，孕妇说，急死我了，小宁到底出了什么事？

泼硫酸！女友几乎是恶狠狠地吐出了这三个字。

谁泼她硫酸？孕妇瞪大眼睛站了起来，她注视着女友的表情，又笨拙地坐了下来，说，吓死人了，你说清楚，到底是谁泼谁的硫酸？

她向人家泼硫酸。女友的声音低沉下去，她用筷子敲了一下碟子，喂，你别这样看着我行吗？是小宁泼人家硫酸，不是我。

吓死人了。孕妇说，不会是同名同姓弄错了吧？小宁，那么文静那么害羞的人，怎么可能泼——你让人怎么相信？

不相信也得相信。我给她母亲打过电话。女友看着桌上的一盆白糖西红柿，她说，这是上个月各地小报的头条新闻。上个月我在外面跑，沿路买小报消遣，看见的都是小宁的事，还有她的照片，就像电影明星的照片，放得好大，我攒下一大堆报纸，都是小宁的事，小宁的照片，厚厚的一堆，不知道拿它们怎么办，扔也不是，留也不是，我就把报纸理整齐了藏在火车行李架上了。

孕妇一直把手按在她的隆起的腹部，似乎是怕腹中的婴儿受到这意外的惊吓，过了好久她才恢复了冷静，对女友说，你吃饭，边吃边说。她泼的到底是谁？

一个女孩子，才二十三岁。女友说，用报纸上的话说，是一个无辜的纯洁可爱的女孩子，而且长得特别美。

三角恋爱？孕妇沉吟着说，我就猜到是三角恋爱。女人犯罪多半是为了爱情。

用报纸上的话说，不是什么三角恋爱。女友说，是小宁多疑，心胸狭窄，那女孩是她男朋友的同事，他们经常在一起，但两人之间并没有什么特殊关系——你别这么看着我，这都是报纸上说的，不是我说的。

我不相信小宁会这么没头脑，她是个聪明的人。孕妇说，假如不是三角恋爱，假如小宁不是爱得太深，她不会做出这种事。

谁管他们是三角还是四角？女友说，我奇怪的是小宁那么理智的人，怎么会对别人下这种毒手。我看见报纸上登的那女孩的照片，一张脸全毁了，不忍心看，我不明白，是什么样的男人值得小宁为他疯狂，做出了这种事。

我没见过那男人。孕妇说。

我也没见过。女友说，听说相貌堂堂，风度很好。

相貌堂堂的男人多半不会是什么好人。孕妇说。

电影里那种爱情骗子风度都很好。我就从来不相信什么风度。女友说。

对那个陌生男人的非议使她们轻松了一些，女友埋头喝下了半碗鸡汤，边喝边说，我那年去上海，小宁也为我煲了鸡汤，她喜欢在汤里放枸杞，汤有点发甜，不过也挺好喝的。

以后你再也喝不到她的鸡汤了。她判了十八年，出来头发都白了。孕妇注视着女友油润的嘴唇，她说，我还是想不明白，她为什么去泼那个女孩？假如她觉得男朋友背叛了她，应该去泼男的，换了我，我就泼那个男的！

换了我，我两个都泼！女友说。

她们被自己的语言震惊了，两个人对视一眼，忽然都笑起来。这时候门外的过道上响起了一阵细微的声音，孕妇立即站了起来，如释重负地舒了一口气，说，他回来了。我能听得出脚步，是他回来了。

丈夫在灯光下收拾行李，孕妇坐在床上看着她丈夫宽厚的背影，隔着虚掩的门，能够听见从卫生间里传来女友洗漱时的水声。

她怎么样？孕妇听着卫生间里的动静，说，是不是比以前漂亮了？

我不知道。丈夫笑了笑说，这要问你，你不是说女人才懂女人吗？

好像比以前性感了。孕妇说，这要问男人，你觉得呢？

我不知道。丈夫仍然笑着，说，她是不是性感，要问她丈夫。

孕妇欲言又止，卫生间的水声停止了，女友的脚步声懒懒地通向另一个房间。屋子里显得异常安静。

你明天走。她明天去上海，你们可以一起去机场。孕妇说。

不行。我们在单位集合，坐单位的车去机场。丈夫说。

那带上她嘛，有什么关系，你们的航班就差一个小时。孕妇说。

丈夫犹豫着，他把两双袜子卷起来放进箱子，说，行，让她搭车没问题。

孕妇仍然看着丈夫，她看见丈夫的背影在灯光下晃来晃去的，投在墙上，就像一幕单调的幻灯片。孕妇听见她丈夫答应了她的请求，但她很快就改变了主意。算了，算了，她说，你还是管你自己走吧，她还能多陪我一个小时。

随便你们。丈夫回过头问孕妇，你知道我的游泳裤放哪儿了？

带游泳裤？孕妇看上去有点意外，你们到深圳还要去游泳？

我们住小梅沙，那儿有浴场。丈夫说，怎么啦，深圳很热，下海游泳不很正常吗？

我没说不正常。我是说你们这次去一定很快活。孕妇笑了笑，走到门边把房间的门轻轻关上，然后她说，祝小姐也要去的吧？

她当然要去。丈夫说，深圳的项目是她联系的。

我知道深圳的项目是她联系的，你告诉过我。孕妇说，她当然要去，你们在那儿游泳肯定游得很快活。

你又来了。丈夫宽宏大量地笑了一声，他在抽屉夹层里找到了游泳裤，放在身上比着，他说，我胖多了，现在穿可能会嫌小。

胖什么？你还是很匀称。孕妇说，祝小姐还夸你体型好呢，你忘了？

你胡说些什么？丈夫又笑，她什么时候夸我体型好的？她从来不夸别人。

她不夸别人，可夸过你，你不要没良心。孕妇说，你其实记得这事呢，假装忘了，去年圣诞节聚餐时候她夸你体型好，你高兴得满脸通红，怎么就忘了？

好了好了，我说不过你。丈夫关上箱子，脸上是一种坦荡的无辜的表情，你该休息了，来了客人忙了一天，该休息了。他说，我看你今天有点兴奋，这样对胎儿不好，医生不是说你的情绪要保持稳定吗？

我很稳定，不稳定的是你。孕妇说，我看你这次出差特别高兴，好像小鸟飞出了笼子。

我说不过你，随便你怎么说。丈夫息事宁人地讪笑着，走到孕妇身边，把她的肩膀往下压，该睡了，他说，明天要出门，你朋友明天也出门，她已经睡了，我们也该睡了。

你们都出门，留下我一个人。孕妇说，明天我也走，到我妈妈那儿去，我才不愿意一个留在家里。

让你妈妈来。丈夫说，你身子不方便，不要出门。一切为了孩子，你自己说的。

他们很快就睡下了。两个人距离大约有一拳之隔，丈夫的手穿过妻子的头发和脖子，轻轻地揽着她的肩膀，另一只手关掉了台灯。房间一下就陷入了漆黑之中。

孕妇的眼睛执著地睁大了，仰望着天花板上的模糊的白光。她能听见丈夫粗重的鼻息和墙那边卫生间龙头的残漏声。孕妇意识到丈夫刚才说出了一个事实：她很兴奋。今天她确实很兴奋。今天她很想说话。

你记得小宁吗？孕妇说，上海的那个小宁，以前来过我们家，送我檀香扇那个，你还记得她吗？

哪个小宁？丈夫翻了个身，说，瘦瘦的戴金丝眼镜的？说话很腼腆的那个？她怎么啦？

她上了报纸。孕妇说，她成了新闻人物，你每天看报，怎么没看到小宁的事？她的照片都上了报纸，你怎么会没看到？

到底什么事？丈夫敷衍着孕妇，他说，说简单点，明天我要起早，我瞌睡得厉害。

我一说你就不瞌睡了。孕妇先卖了个关子，然后用平淡的语气说，她丈夫有外遇，小宁往她丈夫脸上泼了一大瓶硫酸！

丈夫的嘴里果然发出了一种类似惊叫的声音。他说，够残忍的，看不出来，那个女孩敢用这种手腕，她连说话都会脸红啊。

你大惊小怪的干什么？孕妇用胳膊捅了丈夫一下，你天天看报，这种第三者插足的悲剧没听说过？

听是听得很多，可没有认识的人干这种事，丈夫的手从孕妇肩膀上移开了，在哪儿挠了一下，然后他咂嘴感叹说，人不可貌相，那个小宁，她看上去那么文静，怎么下得了这种毒手？

狗急还跳墙呢。孕妇在黑暗中说，她是被逼急了。女人都一样，不能容忍欺骗。她情愿同归于尽。

愚蠢的女人。愚蠢。丈夫说，都是一念之差，要是冷静下来这种事就不会发生了，同归于尽？这是最愚蠢的解决问题的方法。

她丈夫欺骗了她三年。孕妇说，那个男人也够可恶的，我不同情她丈夫，我同情小宁，今天一天小宁的脸老是在我眼前晃。

再可恶也不能往人脸上泼硫酸。丈夫突然想起什么，说，我好像是看到过这个报道，不过和你说得不一样，是那个女的多疑，向她男朋友的同事脸上泼硫酸，被毁容的女孩子是无辜的。

你肯定看得不细致。孕妇说，都泼了，男的女的，都被小宁泼了硫酸。

我肯定看到过她的照片，可是我不知道她是小宁。丈夫说，照片不清楚，就是清楚我也不一定能认出她来。愚蠢。太愚蠢了。早点睡吧。太残忍了。睡吧。

丈夫说话的声音渐渐地疲惫了，很快孕妇听见了他的第一声呼噜。孕妇知道她现在说什么他都听不见。她侧过脸在黑暗中观察丈夫的面容，他显得很疲倦，表情从容舒展，似乎并没有受到任何震动。这使孕妇感到莫名的失落，她用手指捅他的肚子，睡着了？孕妇压低声音骂道，没心没肺的东西，怎么就睡着了？

已经夜阑人静。孕妇是经常失眠的，但所有迹象都表明今天与以往不同，以前她能够借助胎儿的声音使自己恢复镇静，她总是能听见腹中生命的各种声音，今天她听不见了，她的耳朵里灌满了丈夫香甜的鼾声，只有他的鼾声。那种讨厌的声音加剧了她的焦躁，她坐起来，努力地把丈夫的身子转向一边，她的努力奏效了，丈夫的鼾声戛然而止，她听见他迷迷糊糊地说，早点睡吧。

孕妇无法入睡。她屏息倾听着胎儿的声音，却什么也听不见，胎儿一定是睡着了。他们都睡着了，可她却无法入睡，孕妇感到焦躁不安。她想与其这样不如起来去和女友聊天，女友反正是个夜猫子。她轻轻地下了床，穿过黑暗的房间和客厅，站在女友落脚的小房间门前听了一会儿，里面寂然无声，从门缝里漏出了一些灯光，证明女友还开着灯，她多半还没有睡。孕妇推了一下门，这才发现女友把门反锁了，她无从判断女友现在在干什么。孕妇对女友的行为感到意外，她为什么把门反锁上呢？难道在她家里有什么值得戒备的事情吗？

孕妇突然觉得很生气，她决定回到自己的床上去，靠自己的力量与失眠症作斗争。孕妇的脚被什么绊了一下，低头一看，是一只旅行袋，是女友把她的旅行袋放在门口了。孕妇在黑暗中盯着女友的旅行袋，依稀能看见袋子上的拉链松开着，露出里面的一个柱形的金属罐。孕妇知道那就是女友到处推销的什么杀虫王。

孕妇轻轻地将金属罐从袋子里抽出来，一点声音也没有。然后她蹑足走进厨房，打开厨房的灯，在灯光下仔细地打量那只金属罐。金属罐设计简洁流畅，红色黄色的色块中躺着一只苍蝇、一只蟑螂，还有几只垂死的蚊子。孕妇晃动着那只罐子，听见罐子里响起一阵压抑的液体流动的声音。孕妇不知道自己要干什么，她打开了金属罐的小阀门，孕妇并不知道自己要干什么，她对着水池开始喷射药液，孕妇知道自己家里没有苍蝇，没有蚊子，也没有蟑螂，但她对着水池开始了杀虫的工作，她闻到了杀虫液的芳香，听见了液体在压力下喷涌而出的声音，就是那种声音使失眠的孕妇感到无法言表的快乐和惬意。

大约是午夜两点钟，女友被客厅里杂乱的声音所惊醒，她披衣冲出去，看见孕妇和她丈夫挤在卫生间里，一个狂叫着，一个哭泣着，男的站在浴缸里，正用淋浴龙头冲洗他的脸部，他嘴里不停地叫喊着，你在梦游，你是在梦游！而孕妇站在她丈夫身边，手忙脚乱，一边哭泣一边用毛巾在他脖子上徒劳地抹着。

深更半夜的，你们在闹什么？女友大声地问。

孕妇受惊似的回过头，女友看见她满面泪光。孕妇指着卧室的方向，说话的声音因为发颤而模糊不清，蟑螂，孕妇说，一只蟑螂，我们家，有一只蟑螂。

别听她胡说，我们家没有蟑螂。丈夫在水龙头下面喊叫着，她是在梦游，她把杀虫剂喷了我一脸！

有一只蟑螂。孕妇仍然哭泣着，她的手始终向外面指着，就是有一只蟑螂，它在那儿爬，你们没听见，我听见了。

她是在梦游！丈夫叫着女友的名字，麻烦你把她扶到床上去，让她躺下，让她休息。她这么折腾对胎儿很不利！

女友是个反应敏捷的人，她很快意识到发生的事，于是她一手架住孕妇，一手把卫生间的门拉上，对里面说，好好冲洗，杀虫王药力很强，要想不落痕迹，起码冲洗半个小时。

女友把孕妇扶进房间的时候，看见她的杀虫王横卧在地板上。女友捡起罐子晃动了一下，发觉里面已经空了，女友吐了吐舌头，说，我的妈呀，六百毫升，让你一口气喷完了！

孕妇无动于衷，脸上的泪水已经凝结成一层灰暗的光晕，她把脑袋藏在被子里，一只手伸出来握住了女友的手。屋子里充满了杀虫剂浓烈的并不宜人的芳香，女友屏住呼吸握着孕妇的手，那只手冰冷冰冷的，很湿润，很柔滑。女友一直忍不住想笑，但是心却怦怦地跳，她认为自己现在应该说点什么，或者是开导的话，或者是安慰的话，但她就是想不出说什么，幸好孕妇在被窝里说话了，孕妇在被窝里嗤地一笑，她说，六百毫升怕什么？我学过化学，六百毫升杀虫剂也比不上六毫升硫酸。女友一下子就放松了，她听了听卫生间的动静，对被窝里的孕妇说，可怜的人，他还在洗呢。孕妇沉默了一会儿，说，没关系，洗干净就好了，就当我跟他开了个玩笑。

亲戚们谈论的事情

现在亲戚们都在谈论怀倩的事情，他们就站在医院的走廊上，一堆健康而丰满的声音忽高忽低的，说到怀倩怎么抢下珠珠手里的那瓶农药，说到怀倩怎么将那瓶农药一饮而尽时，姑妈、大嫂、三姐都失声呜咽起来，其他的人也纷纷掏出手帕在眼角周围抹来抹去的，这时走廊上的噪音达到了高潮。那个被他们称做烂货的年轻护士从值班室冲出来叫喊道，安静，安静，你们不知道这里是病房吗？

大家当然都知道这里是病房，但是当你听说了怀倩的事情，当你知道怀倩是个多么善良多么可怜的人，当你知道怀倩喝下那瓶毒药意味着什么，你又怎么能安静下来呢？

怀刚来了，怀刚魁梧敦实的身影一出现走廊上便真正安静下来。亲戚们的目光像乱箭般地射向怀刚，那两个可恶的肇事者之一。怀刚明显地感觉到这种尖利的目光，他突然驻足不前，抓了几下耳朵，眼睛朝走廊尽头的那堆人瞄了一眼，很快就躲闪开了。走廊里一下子安静得出奇，大约过了十秒钟左右，猛地听见怀刚大声吸溜鼻子的声音，怀刚横着挪动了几步，对准墙角的痰盂吐了几口唾沫。

怀刚这么做并不能逃脱什么，他手里提着的一兜水果对于这出悲剧也无济于事。亲戚们都注意到了他手里的一兜水果：六只苹果，七只或者八只橘子。三姐首先忍不住地冷笑了一声，说，现在知道给怀倩送水果了？他什么时候把怀倩当人了？就是一颗苹果核也要留给珠珠吃呢。

怀刚朝三姐瞪了一眼，但那种威胁不像以前那样吓人了。其实怀刚很心虚，这从他红一阵白一阵的脸色上就能看出来。怀刚提着一兜水果往前走，脚步是迟迟疑疑的，他想在亲戚们的眼皮底下闯进怀倩的病房，他想这么做，但这明显是办不到的，姑妈一把就抓住了怀刚的胳膊。

到底怎么回事？姑妈说，你给我把事情说清楚。哎？怎么回事？哎？到底怎么回事？

知道了还问？就那么回事。怀刚说。

怎么回事？你跟珠珠吵架，她拿农药是吓唬你，你怎么能让怀倩喝？哎？怎么让怀倩喝？

不是我让她喝，是她要喝，她从珠珠手里抢过去的。对你们讲过多少遍了，你们还弄不清楚，耳朵里塞了屎啊？

我们耳朵里没塞屎，我看你脑子里倒是长了屎。难道你不知道怀倩那个人，她巴望你们小夫妻好，为了你她什么事都肯做，你就看着她喝？珠珠就看着她喝？哎，你们还是人吗？

对你们讲多少遍了？我没想到！我跟珠珠吵架与她有什么相干？我没想到她真喝，我抢下瓶子她已经喝了一大半，我又抠不出来！

三姐推开姑妈冲到前面来了，三姐用颤抖的食指指着怀刚的鼻子骂，你的良心让狗吃了，说什么与她有什么相干？亏你说得出口，爹妈死得早，你就是怀倩拉扯大的，没有她就没有你，你说出这种话，你的良心不是让狗吃了让什么吃了？

什么狗呀猫的，那些事跟这事有什么相干？你在这里哇啦哇啦叫什么？脑子里有屎啊？

大嫂推开了三姐，她轻轻拍了拍三姐的肩膀说，别生气了，现在出了这样的事，生气也没用，指望怀倩好了才是真的。大嫂叹了口气又转向怀刚，她说，怀刚，你这个态度不对，出了这样的事，家里人说你几句也是应该的，怎么说你也有责任，那农药瓶上画着骷髅头呢，你无论如何不该让怀倩喝的。

我让她喝的？越说越滑稽了，要我说多少遍？我拦不住她，我抢下瓶子她已经喝下去啦。

也没说是你让她喝的，不过你这么个壮小伙子，怎么也该抢下瓶子的，你力气大嘛。

好了好了，我跟你们说不清楚，我也不想说，你们不是说我让怀倩喝了农药吗？别在那儿摇头，别给我假惺惺的，说了就说了，没关系，我现在认罪，我现在给你们偿命，你，怀珍，你现在给我去拿一瓶毒药来，去找你药房的朋友要一瓶乐果来，我喝给你看，我让你们舒心，我不喝就不是人，我不喝就是王八蛋。

亲戚们突然鸦雀无声，他们箭矢般的目光被怀刚的怒火折断了几支，慢慢弯曲和碎裂了，他们不再逼视怀刚。只有三姐不依不饶地嘟囔了一句,珠珠不让你喝你会喝吗?三姐的声音很轻,但大嫂还是及时地捏了捏她的手,捏手的暗示再明显不过:不要火上浇油。

走廊里的嘈杂声再次引来了值班室的干涉,被视为烂货的护士又出来了,你们要喝什么?喝什么?要喝什么去冷饮店喝去,不要在病房外嚷嚷!她愤愤地摇晃着手里的一瓶药剂说,这哪儿是病房?这是菜市场!

只有服毒的人安静地躺在病床上。

先看看怀倩的脸,那张比实际年龄更显衰老憔悴的脸现在像涂上了一层蜡,鼻孔里插着两根细橡皮管,再看看怀倩脸上的表情,现在怀倩的表情其实就是没有表情。

二姐握着怀倩的手,怀倩的手冰凉冰凉的,手背上还残留着冻疮的痕迹,而五根手指上被刀割破或洗衣粉浸坏的皮肤看上去酷似石头的纹理。二姐握着这样一只手,想起他们兄弟姐妹凄苦艰难的童年生活,想起怀倩几十年来为这个家庭所做的一切,她的眼眶里便长出两颗珍珠般的泪滴,一颗滴在怀倩的手背上,另一颗后来自己消失了。

二姐说,怀倩,你怎么这样傻?你让他们去打去闹好了,你不是不知道怀刚,他打珠珠一下会让珠珠打他十下,他不是不知道珠珠那人,她真敢喝那瓶农药?她就是真喝了也是白喝,死了也是白死,凭什么你抢过来喝,你的命就这么贱吗?

怀倩说,你们不知道是怎么回事,我不要听他们吵,他们一吵我的脑袋就疼得厉害,像是要炸开了一样,听他们吵架不如让我死了。

二姐说，那你就走开呀，离他们远远的，你也犯不上去抢那瓶农药喝。

怀倩说，你们不知道是怎么回事，我讨厌珠珠的脾气，人不可以那么凶那么自私的，不可以动不动就拿个农药瓶吓人的。

二姐说，你也说讨厌珠珠的脾气了，那你干什么要替她去死？

怀倩说，我不是替她去死，我是想让珠珠有个教训，人不可以拿死去吓人。你们不知道，一点也不知道，我快死了，这回进了医院就出不去了。

二姐捂住怀倩的嘴叫起来，别胡说，医生说你胃里的农药全都清洗干净了，没有危险，听见了吗？不准你胡思乱想。

怀倩微笑了一下，她抬了抬手掌，示意二姐松开她的手，二姐就松开了手，怀倩把鼻孔中输液管移动了位置，脸微微转过去，她说，你捂着我的嘴，我透不了气，死了似的。怀刚是不是来了？你们别骂他，他没有什么错，他其实也不知道是怎么回事，怀刚，可怜的怀刚，你让他进来吧。

不让他进来。二姐却愤然地站起来，她走到门边，随时准备阻挡怀刚的进入，二姐说，他还有什么脸来见你？他要进来就让他跪着，让他一路跪进来！

或许是过于冲动了，二姐的嗓音听来有点歇斯底里，病床上的怀倩被吓了一跳，而病床旁的输液瓶也在挂架上当当撞了两下，怀倩看着输液瓶在挂架上摇晃着，突然莞尔一笑。

你笑什么？二姐不解地问。

我没笑。怀倩轻声说，我笑了吗？

二姐不知道怀倩心里在想什么。

怀刚才不会在这群妇人面前跪下呢，怀刚只是蹲在她们面前。他看见她们的手指在自己头顶上指指戳戳的，他忍受这种指戳并非因为甘心听从妇人的絮叨数落，只是他觉得有点疲劳。当那些手指在头顶上活动得过于嚣张时，怀刚就猛然挥手朝它们拍去，他看见妇人们立即缩回了各自的手指，就像躲避马蜂的螫咬一样敏捷，怀刚的嘴角不由得浮出一丝狡黠的笑意。

你以为怀倩不结婚真是她嫁不出去吗？三姐说，还不是为了你？她怕你照顾不了自己，她要等你成家立业了再离家，这一等等了多少年，白白地把自己耽误啦。

耽误什么呀？现在西方流行独身主义，有六十岁女人都没结婚的，怀刚鄙夷地仰起头说，你们懂什么？你们懂个屁！屁！

话不能这么说。大嫂频频摇头，她说，谁都知道怀倩为你这个弟弟作了牺牲，就说她现在睡的阁楼吧，又闷又小，哪能住人？还不是让你和珠珠能有个好婚房嘛。

北屋也能住，她非要睡阁楼我有什么办法？她非要像老鼠似的躲在那儿，我有什么办法？

你说怀倩是老鼠？你的良心让狗吃了！姑妈的手指再次忍无可忍地指到了怀刚的额头上，怀刚朝她翻了个白眼，但他似乎懂得姑妈是个长辈，所以他的有力的手掌只在膝盖上磨了几下，他朝左右两侧转动着脑袋，让那根手指无法触及自己。怀刚能闪避姑妈的手指，却无法闪避姑妈的言语。姑妈说，良心让狗吃了？哎？你忘了你的小命都是怀倩从河里捞上来的，哎？你忘了你小时候大家叫你小阎王，满世界找不到一个比你更淘气的孩子，还是冬天腊月呀，你坐着那该死的滑板车哧溜一下就窜进河里去了，你倒是知道喊救命，谁救了你？还是怀倩呀，可怜怀倩还不会游水呢，三步两步就扑进河里去了，也不知道她哪来的蛮力，反正就是把你捞上来了。等我们赶到了，看见她紧紧地抱着你坐在地上发抖，可怜她的头发都给你抓掉了好多，她的棉袄袖子也给你扯掉了，怀倩那孩子从小就懂事呀，我们一到她就嚷嚷说，给弟弟熬姜汤，给弟弟熬姜汤，她还舍不得那半截棉袄袖子，让我们去把那袖子捞回来。

姑妈的声音这时候噎住了，走廊里的亲戚们鸦雀无声，又有人开始吸鼻子掏手绢，他们的目光也再一次集结起来，像乱箭一样射向怀刚。

怀刚仍然蹲在地上，但你能清晰地听见他的呼吸慢慢急促粗重起来，他的脑袋不安地扭过来又扭过去，这有什么？她掉进河里我也一样会救她的。怀刚讪讪地笑了一笑，但你从他脸上已经可以看到他内心的不安，怀刚站起来，眼睛看着墙说，怀倩她现在没事吧？没有人回答他。怀刚的眼睛茫然地扫过亲戚们，又盯着病房的门说，水果是珠珠买的，她想来我不准，我让她过几天再来。还是没有人接过怀刚的话茬，但亲戚们现在似乎看到了他们满意的局面，他们互相交流着目光，姑妈首先长长地吁了一口气，她想对怀刚说什么，一块手帕被她捏紧了又松开，她想说什么的，但突然又有一股什么火气蹿上来，于是姑妈斜睨着侄子，只是在鼻孔里哼了一声。

怀刚不想对亲戚们说什么了，他来医院不是为了跟他们说话的。怀刚去推病房的门，门却关紧了，他透过门上的玻璃朝里面张望，望见的是二姐怒气冲冲的脸，那张脸贴在玻璃上，故意遮挡怀刚的视线。怀刚只是从二姐的耳垂下看见了怀倩的病床，看见怀倩的一堆散乱枯黄的头发，它们像一堆枯草堆在雪白的枕褥上。

我来了，让我进去。怀刚敲着门喊。

你回去，怀倩不想看见你！二姐在玻璃那侧尖声说。

让我进去。怀刚用水果兜击打着病房的门。

你还有脸来见怀倩？她刚被抢救过来，你还想来要她的命吗？二姐的嘴离玻璃太近，她说话的热气很快就使玻璃上凝了一层水珠，因此怀刚后来只看见二姐的两片模糊的急速抖动的嘴唇，二姐说，你要是真有那份心，以后别再把怀倩当佣人支使，别让珠珠再骑在她头上，现在别来伤怀倩的心，她不想看见你！

怀刚看不见病床上的怀倩，也听不见她的声音，他想撞门，但医院不是一个适宜于撞门的地方，怀刚对着门喊了一声，怀倩，我来了。怀刚这么喊了一声就愣在那儿了，他依稀闻见走廊上弥漫着一股强烈的刺鼻的异味，他的两侧鼻翼紧张地收缩，再放松，那股异味让怀刚想起了那只可怕的农药瓶，怀刚往后退了一步，然后他听见走廊上回荡着那个尖厉的声音：不想看见你。

不、想、看、见、你。

怀刚不知道那是谁的声音。怀倩的声音和二姐的声音听来是极其相似的，所以怀刚无法分辨那是怀倩的声音还是二姐的声音。

我想见怀刚，你为什么非不让他进来？怀倩虚弱的目光落在门玻璃上，玻璃上现在像蒙了一层雾，怀倩其实什么也没看见。

你有胃口见他，我还没这个胃口呢。二姐坐到床边说，这回让他好好清醒一下。

又不是他的错。我说过多少遍了，你们不知道这是怎么回事，我不想说这事，可现在看来不说不行了。

说什么事？你别吓唬我。

我这回真的出不了医院了，过几天我要转到肿瘤病房去，你们不知道，我得了肝癌，去年就查出来的，你们不知道，我本来就活不了几天。

你别吓唬我，怀倩，你要吓死我了。

我为什么吓唬你？你们不知道，我这样快死的人最恨别人拿死来吓唬，我恨珠珠，她活得那么好，还怀着孩子，她凭什么拿着农药瓶来吓唬人？

二姐木然地瞪大了眼睛，眼睛里又有珍珠般的泪滴在生长，很快就长圆了、很快就无声地坠落下来。

她活得好好的，不该拿着农药瓶来吓人，你们不知道，快死的人最怕说死，你们不知道快死的人，快死的人最恨别人说死这个字。

二姐抹了一把泪说，你不该瞒着我们，你不该再做怀刚他们的佣人的，前几天我还看见你在给他们洗床单，你怎么还给他们洗呢？

反正洗不了几次了，等我死了让他们记得我的好处，我这大半辈什么也没有，落下的也就是这好人的名声，还有什么呢？

二姐抱住怀倩呜呜地哭泣起来，二姐一边哭一边说，你是累出来的病，你是让他们气出来的呀！怀倩任凭二姐摇晃着她的身体，现在她随便二姐怎么说了，她已经无力去更正或澄清别人对自己的说法，还有别人对别人的说法。怀倩现在对一切无动于衷，她觉得疲倦极了，她觉得自己的心突然变成了一个黑洞，她觉得自己该安静地睡上一觉了。

后来二姐蹑足走出了病房，她捂着脸站到亲戚们中间，半天说不出话来。三姐扒掉二姐的那只手，看见她的眼睛肿得像两颗核桃一样，闪烁着一种紫褐色的光。

二姐不说话没什么，二姐一说话走廊上便再次嘈杂起来，起先是三姐呜呜地哭，很快亲戚们尤其是几个妇人都哭开了，哭声中还夹杂着其他人七嘴八舌的疑问。有人想进病房去安慰怀倩，被二姐坚决地拦住了，二姐说，谁也别去吵她，她大半辈子从没睡过午觉，现在让她好好睡个午觉吧。

亲戚们的哭声戛然而止，是那个烂货护士砰地一声出来了，她像一只鞭炮砰然炸响，你们这些人怎么搞的，现在又没有死人，你们哭什么哭？她说，要哭丧就到太平间去哭。

烂货。姑妈低低地骂。

烂货，你们家才死了人呢！二姐却朝烂货吐去一口唾沫。

走廊上的这群人几乎同时扭过脸直视着那个年轻护士，现在他们的目光又一次组成了箭阵，那么多目光乱箭般射向一张故作镇静的脸，年轻护士也许感觉到了某种疼痛，她张大了嘴在走廊另一端站着，忽然一转身就溜走了。

欺软怕硬的烂货。姑妈鄙夷地说。

这群人中间还数二姐最冷静，二姐后来看见窗台上的那些水果，便想起了怀刚，二姐说，呃，怀刚呢，他人呢？

表嫂说，走了，你不让他进去，他就走了。

二姐数了数兜里的水果。六只苹果，七只桔子。二姐说，哼，这些烂水果抵得了怀倩的一条命？

二姐说着说着就不冷静了，她的眼泪又像珍珠般地嵌在眼眶里，最后她用一种严肃的语气对亲戚们说，谁也别去告诉怀刚和珠珠，他们的良心让狗吃了，别让他们觉得怀倩白死了，别让他们觉得自己脱得了干系。

怀倩喝了农药，他们脱不了干系，其实这也是亲戚们一致的看法。

神女峰

轮船码头比任何一个集市都要拥挤和肮脏，滞留此地的人们有的蹲着，有的站着，还有的四仰八叉地躺在仅有的几块空地上，张大嘴呼吸着污浊的空气，一边打着响亮的呼噜，轮船尖利的汽笛声没有惊动那些人，很明显他们并不是旅客。

　　最后的两名旅客大概就是描月和李咏。描月的一只手被李咏紧紧地拽着，另一只手一直提着她的黑色长裙，像一个木偶被牵拉到了检票口。描月意识到自己像一个木偶，因此她的脸上一直凝固着一种窘迫的表情，当她在检票口撞到一个农民模样的人时，描月没有向那人道歉，却猛然甩掉李咏的手，你干嘛这么慌慌张张的，描月说，船还没开呢，你慌什么？

　　李咏回过头匆匆瞥了女友一眼，他的手上肩上各挎了一只旅行袋，脖子上挂着描月的女士皮包。李咏察觉到描月在生气，但他没生气。李咏踮起脚尖朝轮船的甲板上张望，突然高声叫起来，我大哥，我看见我大哥了！李咏朝甲板上的一个男人挥着手，一边揽着描月的肩膀说，看见我大哥了吗？他正跟我们挥手呢。

描月看见一个穿蓝白条衬衫打着领带的男人，叼着香烟伏在栏杆上，一只手高高地举起来，朝左右两侧潦草地晃了两下，他挥手的姿势活像是一个大人物。描月下意识地回头看了看，后面当然没有什么人，她其实知道他在向自己挥手，只是故意不看他。其实不用李咏介绍，描月也知道了，那个人就是老崔。

上船的时候描月仍然目不旁视，但是冷不丁地说了一句，你大哥？哼，你大哥就这模样呀？

描月嘴快，说了话往往自己也不知道是什么意思。描月是个喜欢贬低一切男人的女孩，其实就站在甲板上的老崔来说，他的体型要比描月想象的高大魁梧，他的长相也比她想象的要年轻一些，英俊一些。

他们三个人包下了一个二等舱，舱室不大，却还算干净。描月是第一次坐船，不禁有点喜形于色，她在舱内扫视了一圈，摸了摸床铺说，挺舒服的么。描月说完就后悔了，她看见老崔投来的目光，那么匆匆一瞥，却让她后悔得要命。

老崔含笑道，是第一次坐船吧？

第一次怎么啦？描月说，坐轮船有什么可得意的，又不是坐航空母舰。

老崔愣了一下，看看李咏，说，厉害。

她就是嘴厉害，李咏说，心眼还挺好的。

谁告诉你我心眼好的？描月说，你根本不了解我。

李咏尴尬地笑了笑，转移话题说，操，就我们三个人，没有外人来了，这多痛快。大哥还是你英明，坐二等舱就得包舱。

有钱么，有钱就能摆阔。描月从小包里取出化妆盒，细细地在脸上补点妆，描月对着小镜子说，我倒希望再来一个人，有趣一点的人，要不，这一路上还不把人闷死。

描月听着两个男人无言以对，总算觉得解了气，又觉得他们嘴笨，忍不住偷偷一笑，她从镜子后面偷窥两个男人，他们都微笑着，脸上是一种相仿的宽容的表情。李咏这时候凑到描月耳边，轻声说，你对我大哥客气点，你忘了你的工作都是他帮忙找的？

描月撇了撇嘴，想说什么又忍住了，描月的报复本来已经完成，没想到李咏紧接着就做了那件事。李咏从床下拿出了三双拖鞋，第一双给了老崔，第二双给了描月，第三双放在自己脚下，描月看着他拿鞋的次序，心里很不舒服，偏偏老崔在说话了，老崔说，李咏你又错了，该先给你女朋友呀。老崔话音未落，描月已经把拖鞋踢了出去。

没出息，描月冲着李咏喊道，你是男人吗，他有钱你就甘心当他的奴才？

你这是什么话？他是我大哥呀。李咏涨红了脸，讪讪地说，一双拖鞋，先给谁还不一样？

老崔在一边哈哈大笑起来，他的笑声听上去快乐而暧昧，他一边笑一边拍着李咏的肩膀，然后附到李咏耳边说着什么。描月瞪着他们，她想听清楚他们在说什么，却看见老崔注视着自己，老崔的眼神有点古怪，似乎在赞赏她，似乎又不是，描月觉得那种眼神很隐秘。

不知怎么描月不敢正视老崔的眼睛。她转过脸去望着船窗外面，窗外码头上的景物已经开始移动，浑黄的江水缓缓地后退，船已经离港了。旅行开始了，描月的心情也一点一点好起来，她的脑海里迅速闪过南京、武汉、万县、重庆这些地名，那是她记得的三峡旅行将要经过的城市。描月的心情一点一点地好起来，她想象着长江三峡美丽壮观的景色，依稀看见一座形状奇特的陡峭的山峰，那就是著名的神女峰。描月是在一张长江游览图上知道它的，神女峰的形状确实像一个守江而望的女人。描月也不知道为什么独独是神女峰让她产生了无限的想象。

描月从小包里找到了那张皱巴巴的游览图，描月的手指沿着图上的长江优美地移动着，在标示神女峰的红点上突然停顿了，神女峰，描月莞尔一笑，叹了一口气说，唉，船开得真慢，什么时候才能到神女峰呀？

李咏已经脱下衬衫光着上身了，他正用毛巾在腋下抹擦着。急什么？李咏说，船不是刚开吗，那个什么峰肯定在三峡里，过了武汉才进三峡，进了三峡才能看见呢。

哪用得着你说？描月朝李咏轻蔑地瞥了一眼，她意识到自己是在问老崔，但不知怎么她的目光一旦与老崔相遇就慌忙躲开了。描月又埋头盯着游览图，像是自言自语地说，我估计船过神女峰是在第三天，要不就是在第四天？

我也不知道是第几天，老崔在另一张床铺上收起手里的报纸，说，我就知道第二天到武汉，到了武汉就该下船啦。

武汉有什么意思？描月仍然低着头说，我小姨妈就住在武汉，我妈去过那儿，说夏天热死人，冬天冻死人，又没什么好玩的。

我知道三峡很美，武汉很没意思，可我就是没空往上游走，没时间呀。老崔说，我要是像你们这么自由自在就好了，生意人没时间，我就不能陪你们往上游走了。

大哥得在武汉下船，李咏坐在描月的身边，说，我不是告诉过你吗，大哥在武汉有许多生意。

谁跟你说话了？描月抬起肘部推着李咏，皱着眉头说，没见过你这么讨厌的人，你就一张嘴，说话还结结巴巴的，还想把全人类的话都说完？

李咏似乎从来不生女友的气，他从描月的身边坐到老崔的身边，对老崔挤着眼睛，说，怎么样，厉害吧？

老崔却哈哈大笑起来，兄弟别生气，他一下一下地拍着李咏的肩膀说，有个幽默的女朋友是男人的福气，男人么，不受点女人的气就做不成男人！

描月这时候扑哧一笑，准确地说，那是发生在她和老崔两个人之间的会心一笑。这种微妙的情景来得很突然。描月的心咚地跳了一下，她猛地转过脸去，心里隐隐地有一种不安的感觉。她甚至不知道这是怎么发生的，她与老崔突然达成了某种默契，他们好像是在合伙捉弄或者欺负李咏。

轮船微微轰鸣着行驶在江面上，从窗口望出去天已黄昏，江岸上的乡野景色笼罩在淡淡的暮霭之中，看上去单调而朦胧。描月想打开船窗，但发现窗子被钉死了。李咏挤过来，拼命想把窗子往上拉，这次描月没有责怪他，她只是指了指那几颗钉子，用眼神告诉他，他是多么愚笨。然后描月含了一颗话梅在嘴里，拿出一本时装杂志看了起来。

轮船进入夜航以前两个男人就开始喝酒了。描月难以想象他们这么喝酒有什么乐趣，可是他们就这么津津有味地喝开了，尤其是李咏，他的白净清秀的脸上满是酒色，说话声也变得亢奋而粗鲁，他一直大声说着一个同事卷走五百万公款潜逃国外的事。大哥你想不到吧，猴子竟敢干这种事，李咏说，操，知人知面不知心，猴子那么胆小一个人，就敢干这种事，操，现在的人，想钱都想疯了。

这事你跟人说了有一百遍了。描月厌烦地说，我看你想钱也快想疯了。

老崔对李咏的絮叨却很有耐心，他说，都疯了就好了，疯了就不想钱了。

描月扑哧一笑，确切地说，又是与老崔的会心一笑。描月有点不自然了，转过脸注视着李咏手里的小酒瓶。桌上的两只烧鸡只剩下半只了，李咏还在努力撕扯一只鸡翅膀，描月就用杂志捅了捅他。李咏回头说，怎么了，猴子的事又不是国家机密，报纸都登了，有什么不能说的？

描月说，谁管你什么猴子大象呢，我让你嘴下留情，人家买的烧鸡，倒全让你吃了。

咳，你在说什么呢，李咏说，我跟大哥谁跟谁？我吃了就等于他吃了，大哥你说对不对？

老崔的脸上停留着那种隐秘的笑容，他对李咏点着头表示赞许，手里的酒杯却出其不意地朝描月送过来，坐船无聊，他说，怎么样，你也来一口？

我不喝酒！描月几乎惊叫起来，她觉得自己推开酒杯的动作过于惊慌了，她的声音也过于尖锐刺耳，似乎老崔的酒杯里盛着毒药。描月意识到了自己的失态，她羞红了脸退到门边，看看李咏，又看看老崔，然后猛地打开舱门跑出去了。

灯光下的甲板半明半暗，描月站在暗处，心里乱糟糟的。江上的夜景一片昏朦，甲板上看夜景的人不多，他们说话的声音也湮没在水浪的轰响之中，按照原来的设想，她和李咏应该在这里一起看夜景的，但这次旅行变得有点莫名其妙了，现在她独自一人站在这里，眼前看见的却是一杯酒，老崔手里的那杯酒。描月想，也许自己太敏感了，也许那杯酒没有什么含义，他和李咏是那么好的朋友，会有什么含义呢？

夜幕沉重地垂在江面上，甲板上的人看见的夜景其实只是一片无边的黑蓝色，半轮月亮，点点繁星，还有远处近处散落的灯光，江风很大很猛，描月在风里站久了，觉得有点凉意，脑子里便突然掠过一个奇怪的念头，要是李咏现在来为她披上一件衣服，他们的爱情也许还有希望，可是她知道那只是一种浪漫的想象。

描月走回二等舱去拿衣服，到了门口突然长了个心眼，想听听两个男人的酒话，她把耳朵凑到门边，听见的却是一阵反胃的声音，不知是谁喝吐了。紧接着便听见了李咏的声音，女朋友算什么？兄弟是手足，女人是衣服，想脱就脱！描月怒不可遏，正想闯进去，门被打开了，老崔拽着烂醉如泥的李咏冲出来，看见描月他并不吃惊，他喝多了，老崔轻描淡写地说，拉他到厕所，让他吐，吐掉就好了。

描月跟着他们走了几步，看见李咏一只脚上有拖鞋，另一只脚是光着的，走了几步，李咏就吐开了，描月看见他嘴里喷出一摊污液，溅在走廊上。她本能地站住了，扭过头去喊道，恶心！

舱室里弥漫着一股酒气，描月挥着手徒劳地驱赶那股气味，挥了一会儿就罢手了，她从旅行袋里抽出一件外衣，匆匆逃了出去。经过厕所时她瞥见两个男人挤在里面，一个仍然在吐，另一个却抬起头，用一种明亮而尖锐的目光看着描月，描月低着头疾步而行，她听见李咏在喊她的名字，描月，描月，你在哪里，你怎么不管我？描月一边走一边冷笑，说，有你大哥呢，吐吧，吐完了继续喝！

描月无处可去，走着走着又回到了甲板上。有个船员在栏杆边忙着，一直抬头盯着描月，描月就冲着他发火，你看什么？我又不跳江！描月朝他翻了个白眼，靠着栏杆生闷气，描月在生李咏的气，也在生老崔的气，她不知道自己为什么会生老崔的气，也许仅仅与那杯白酒有关。

甲板上来了几个人，又走了几个人。有一对情侣在夜幕的掩护下紧紧地依偎在一起，那女孩的头发被江风吹乱了，男孩就用双手捧着它。描月后来一直偷偷地窥望着他们，心情渐渐变得湿润而沉重，她突然想起不久前的一个夜晚，她和李咏在街心花园也这么拥吻过，一样热烈，一样浪漫，可是仅仅过了几天，热吻的滋味已经无法回味，这一切竟变得虚假而陌生起来，描月不知道问题出在李咏身上，还是出在她自己身上。

夜航的轮船又驶过了一个港口，万家灯火一点一点地暗淡了，隐隐可以听见岸上哪台电视机的伴音，晚间新闻正告结束，更多的人离开了甲板，只有那对情侣和描月还留在甲板上。描月想着自己和李咏的事，那些事竟然越想越乱，她命令自己不去想它，就把十根手指一根根地掰开，一根根地数着，不知数了多少遍，描月发现一个人影悄然来到她身后，那不是陌生人，不是别人，是老崔。

别数了，老崔笑着说，怎么数还是十根手指。

描月看了老崔一眼，没说话，过了一会儿她说，他怎么样了？

睡下了，吐了一厕所，老崔说，别担心，醉酒没什么，吐完就没事了。

怎么不继续喝？你还没醉嘛。描月说。

我不容易喝醉。老崔说，你有没有听说过，好人一喝就醉，李咏一喝就醉，所以李咏肯定是好人。

我知道他是好人，你可不是好人。描月说。

我是坏人中的好人，可李咏绝对是好人。老崔说。

为什么跟我说这些？莫名其妙。描月突然笑了，扭过脸看着江面说，什么好人坏人的，这儿又不是道德法庭。

到处都可以做道德法庭。老崔说。

你要审判我？你凭什么审判我？描月昂起头直视着老崔，脸上是一种挑衅的表情。

我没资格审判你，我只是在怀疑你。老崔说。

怀疑什么？怀疑我是美国间谍吗？

你这么单纯的女孩做不了间谍。老崔沉吟了一会儿，一只手不停地拍打着栏杆，然后他说，李咏头脑简单，不懂女人，可我一开始就看出来了，你不爱李咏。

描月的心又咚地一响，她扭过脸看着更远处的江岸，为了掩饰某种慌乱，描月故作轻松地摆动她的肩膀，爱是怎么样的，不爱又是怎么样的？她说，这事跟你有什么关系？

有一点关系。老崔的脸上仍然保持着那种暧昧的笑容，他摸出烟盒，抖出一支烟叼在嘴上。李咏是个大好人，老崔说，他是我兄弟，你知道的，他很信赖我。

我知道他信赖你。描月说，你们男人喜欢说这句话，朋友有难两肋插刀，你现在准备捅我一刀吗？

老崔脸上的笑容现在看上去更神秘了，他的眼睛在夜色里明亮如灯。在一阵沉默之后，老崔用一种异常轻柔的声音说，不，谁要让我这么做，我会先用刀捅了他。

夜色遮蔽了描月脸上突然泛起的红晕，现在她丧失了正视老崔的勇气，别说了，她几乎是嗫嚅道，我已经懂了。

每当描月慌乱失措的时候，她就慢慢地数自己的手指，那天夜里老崔的目光明亮如灯，描月却看不见自己的手指，只看见老崔的那只手，那只大手从容不迫地伸过来，握住了她所有的手指。描月没有抗拒，惟一让她不安的是，这事情来得太快了。

描月任凭老崔握住她的手。描月说不出话。

明天就到武汉。老崔说，武汉没有神女峰，可有个黄鹤楼，武汉不如北京和上海，可也很热闹很繁华，你不想逛一逛吗？

描月说不出话，只是凝视着老崔的那只手，过了好久，她说，我小姨妈就在武汉，她一直写信让我去玩呢。

　　描月说完那句话时看见天上的月亮摇晃了一下，月亮大概钻进了云翳深处，甲板上显得更加空旷更加黑暗了，而船桅上的所有旗帜都迎着江风飒飒舞动，发出一种清脆的碎裂的声音。

　　船到武汉是在第二天傍晚，下船的人很多，他们所携带的行李也很多，因此船坞出口处显得异常混乱。不知过了多久，船和码头渐渐安静下来，岸上的职员关上了出口处的铁门，下客用的跳板被撤掉了，轮船驾驶员又拉响航行的汽笛，就在这时候我们看见了那个奇怪的青年，他衣冠不整，一副宿醉未醒的模样，从二等舱那里一路狂奔下来。我们看见他在走廊上撞来撞去，沿路高喊着一个女孩的名字，描月，描月，你在哪儿？描月，描月，你跑哪儿去了？

　　谁都能看出来那青年快急疯了，这很自然，要是别人的女朋友也这么失踪了，也会像他一样失魂落魄的。但旁观者总比当事人清醒，有人说，既然你们坐的是二等舱，为什么不去问问二等舱的服务员呢？

　　那个青年却似在梦里，木然地说，服务员在哪里？

　　于是一大群人就领着他去找服务员，幸运的是那服务员的工作非常称职，她对二等舱内的每一个旅客的情况了如指掌。你是说那个穿得像乌鸦的女孩？不是在武汉下船了吗，跟她男朋友一起下的船。说到这儿她突然意识到什么，用疑问的目光端详着李咏，说，我正要问你呢，你们舱里三个人，二男一女不是？那个女孩，她到底是谁的女朋友？

我们大家都用热切的目光询问着李咏。李咏面色惨白，鼻孔里呼呼喘着粗气，他慢慢地蹲下来，双手抱着自己的脑袋，先往左边扳，又往右边扳，拒绝回答任何问题。就这样他把大家都搞糊涂了。我们依稀记得与他同行的另一个男青年，穿着名牌衬衫打着名牌领带，有人在昨天夜里看见他和那个女孩一起在甲板上。一件简单的事也会变得如此蹊跷，我们当时真的糊涂了，那个名叫描月的女孩到底是谁的女朋友？

船过武汉才是真正往三峡去了。船上剩下的旅客大多是去三峡观光的。我们记得后来的旅程中李咏一直郁郁寡欢，只是在轮船经过著名的神女峰时，李咏突然露出一种难得而古怪的微笑，他盯着神女峰凝望了好久，最后说，操，这就是神女峰？

水
鬼

河水向东流。装满油桶的船疲惫怠地浮在河面上，橹声的节奏缓慢而羞涩。油桶船从桥洞里钻出来，一路上拖拽着一条油带，油带忽细忽粗，它的色彩由于光线的反射而自由地变幻，在油桶船经过河流中央开阔的河面时，桥上的女孩看见那条油带闪烁着彩虹般的七色之光。

　　女孩站在桥上，目送油桶船渐渐远去，她的视线尽头是另一座桥，河水就是在那里拐了弯，消失了。另一座桥的桥畔有一家工厂，工厂的烟囱和一座圆形的塔楼引人注目。女孩一直不知道那座塔楼是干什么用的，即使离得很远，塔楼的那个浸入水中的门洞仍然清晰可见，女孩用她的玻璃柱照着远处的那个门洞，正如她预想的一样，离得太远了，她没有得到任何反射的图像。塔楼若无其事，当西边河上游的天空云蒸霞蔚的时候，塔楼上端的天色已经暗下来了。

　　天色已经暗下来了。女孩看见她姑妈从桥上走过，她慌忙把脑袋转过去，但姑妈还是看见了她，她说，你这孩子，这么热的天，不在家里待着，跑这里干什么？女孩说，不干什么，妈妈让我出来的。姑妈没说什么，她扭着腰肢下了桥，下了桥又回头向女孩喊道，早点回家！你傻乎乎站那里，人家又来欺负你！

女孩站在桥上，她还不想回家。一个穿海魂衫的患有腮腺炎的男孩跳上了桥头，他就住在桥下杂货店的楼上，女孩认识他。男孩用手捂着涂满草药的腮部，他说，你手里抓着什么东西？给我看看。女孩知道他指的是那个玻璃柱，她背过双手，毫不示弱地盯着男孩。不给你看，她这么说着，一只手却突然把玻璃柱举了起来，她说，你别碰它，这是用来照水鬼的！

男孩意欲掠夺的手缩了回去，他说，你骗人，哪来的水鬼？水鬼在哪里？

女孩指了指桥下的河水。现在在水里。她用手指着河面上尚未散去的油带说，你没看见，水鬼就在那下面潜水。你看不见，我能看见。

男孩说，你骗人。那你说水鬼要潜到哪儿去？

女孩脸上露出了神秘的微笑，她收起玻璃柱说，我发现了水鬼的家。我不会告诉你的。女孩向桥下走去，回过头说，你们都以为水鬼的家在水里，其实不对，你们都弄错了。

女孩下了桥，看见那个男孩捂着腮茫然地站在桥上。他什么都不知道。她想即使他看见了远处的那个塔楼，他仍然不会猜到这个秘密。

一个青年像一只青蛙一样在河面上行进。另一个青年像狗刨水似的跟在他身后。他们游到了桥下，也许他们游不动了，也许他们的目标就是游到桥洞，两个人先后钻出了水面，坐在桥洞的石墩上。

女孩打着尼龙伞，站在桥上，她一直期待他们向前游，游到她看不见的地方，她以为他们会一直游下去，游到河下游另一座桥那里。但他们却坐在桥洞里了，他们在下面大声地说话。一个青年说，水太脏了，他妈的，你有没有看见那只死猫？我差点没吐出来！另一个青年还在喘粗气，他说，看见了，是只黄猫。大概是吃了老鼠药。

女孩努力地将身子向桥栏下弯下去，她想看清楚那两个青年的脸，但看见的是其中一个人的腿，那个人的腿被太阳晒得很黑，小腿上长着浓密的汗毛，脚背上好像刚刚被什么扎破过，上面清晰地留下了红汞水的痕迹。

死猫有什么？女孩突然插嘴说，前几天我看见过一个死孩子，看上去像一只兔子！

谁在上面说话？下面的一个青年说。

肯定是邓家那个傻丫头。另一个青年说。她脑筋不好，别理她。

女孩的脑袋先是缩了回去，立刻又探出去，朝下面啐了一口，你才是傻丫头！女孩愤愤地回敬了一句，然后她用玻璃柱向下面照了照，照到的还是一条毛茸茸的黝黑的腿，女孩听见下面的人在说，不理她。女孩就说，谁要理你们？她听见自己的声音被桥洞放大了，显得很清脆。女孩将手里的尼龙伞转了一圈，又转了一圈，她说，骗你们是小狗，有一个死孩子前几天漂过去了，他跟你们一样在游水，让水鬼拽住了腿。水鬼把他拽到河底去了！

桥洞里的两个青年发出了咯咯的笑声，然后有一个人扑通跳入了水中，大声喊叫着，不好了，有水鬼，水鬼，救命！另一个人便更加疯狂地笑起来。

女孩看见他们嬉闹时弄出的水花溅得很高。女孩说，你们别闹，水鬼现在不在这儿，你们把它惹恼了，它会潜来抓你们的。

来了，水鬼潜来了！一个青年在水中翻了个筋斗，他的嘴里发出了一种恐怖的叫喊声，我的腿，我的腿被水鬼抓住了，快来人，救命，救命！

女孩知道他们是在闹着玩，他们不把她的劝告当回事，女孩有点生气，她拾起桥上的一块碎玻璃向河里扔去，她说，你们就会在这里瞎闹，你们有本事就一直游，一直游到那塔楼里，告诉你们，那是水鬼的家！

母亲不准女孩出去。有一天她用凤仙花为女孩染了指甲，她说，我们说好的，染了指甲就不能出去疯了，今天你好好待在家里写作业。母亲看见女孩坐在门前，仔细地观看自己的十片桃红色的指甲，母亲说，今天太阳这么毒，你要再出去疯，别人都会骂你是傻子。女孩竖起她的十根手指对着太阳照了照，看见自己的十片指甲像十朵凤仙花的花瓣，晶莹剔透。母亲说，今天太阳这么毒，你要出去太阳会把你的皮肤晒焦的，你要再偷偷溜出去，让太阳晒死你！

外面的太阳好像是沸腾了，女孩看见石板路上冒出了隐隐的白烟，卖冰水的女人在很远的地方吆喝着，对门宋老师提着一只水壶，打着她家的尼龙伞匆匆跑出去买冰水了。

有人出去的。女孩嘀咕道，谁说没人出门？只要打着伞就行。

女孩的脑袋转来转去的，她在寻找什么东西。母亲知道她想找什么，母亲说，别找了，洋伞让我收起来了，你就是不知道爱惜东西，外面这么毒的太阳，把伞都晒坏了！

母亲坐在竹椅上打了个盹。迷迷糊糊中她觉得手里的葵扇没有了，她没有睁开眼，以为葵扇是掉在地上了。她不知道女孩又出去了，而且还带走了她的葵扇。

那天女孩用一把葵扇遮着午后的阳光来到桥上。没有人注意到她刚刚染过的指甲，没有人注意到她。女孩上桥的时候，恰好看见一个男人扛着一块长木板走下桥，木板差点刮到她，女孩在后面大叫一声，小心！她看见那个男人慌张地回过头来，是一个陌生的农民模样的男人，女孩注意到他的背心和裤子都是湿的，一路走一路滴着水。女孩突然笑起来，她说，你干什么呀？他好像一时没听懂女孩的问题，他说，什么干什么？女孩说，你怎么湿漉漉的？你是水鬼啊？男人把左肩膀上的木板换到了右肩，水鬼？什么水鬼？他木然地看着女孩，过了一会儿似乎明白过来，然后他嘿地一笑，指了指桥下不远处的一块驳岸，我不是水鬼，他说，看见没有？我们在水里干活呢。

女孩顺着他手指的方向，发现化工厂的驳岸上聚集着一群民工。那群人光着上身，有的在岸上，有的在水里，吵吵嚷嚷的。女孩用手扒着桥栏，她说，我要看。女孩回过头对那个民工说，我要看。

民工眯起眼睛看着女孩，然后他又笑了笑，露出焦黄的牙齿。女孩看见他扛着木板下了桥，她注意到他腿上粗壮的凸出的静脉血管，像许多蚯蚓，他的小腿和脚踝处粘满了黄色的泥浆。

夏天，一群民工为化工厂修筑了一个小码头。女孩站在桥上，耐心地目睹了民工们打桩、围坝、抽水的全部过程。起初没有人注意到桥上的那个女孩。女孩站在桥上，手执一把葵扇，挡着午后的阳光。起初她只是站在桥上看他们，不知道她在看什么，她对什么产生了兴趣，她只是在看。女孩偶尔会调整手里葵扇的位置，葵扇便遮住了她的大半张脸，她只是站在那里看，但是有一次她突然叫起来，水鬼来了！起初她只是试探着有所顾忌地吓唬他们，后来她就显得招人憎厌了，她大声地向他们叫喊，水鬼来了，快上岸，小心水鬼抓你们的脚！民工们有时停下手里的工作，恼怒地瞪着桥上的女孩，每逢这时候，女孩就逃，她三步两步跨下桥，一眨眼就不见了。

民工们也议论桥上那个女孩，他们一致猜测女孩是傻的。幸运的是女孩没有影响他们工程的进展。他们计划用八天时间筑好这个小型码头，实际上他们只用了一个星期，一个星期之后小码头就竣工了。竣工的那天他们一直在向桥上张望，整整一天，他们没有看见女孩的身影，民工们不知道她那天为什么不来，就像他们不知道此前几天她为什么天天站在桥上。女孩不在桥上，桥显得很空洞，女孩不在桥上，桥上的阳光到了黄昏时分仍然有点刺眼，这原因也简单，就是因为桥上没有人，女孩不在桥上。

民工们不知道女孩到她姑妈家做客去了。

第七天女孩到城市另一侧的姑妈家去做客，黄昏回家，过桥的时候她发出了一声惊叫。母亲当时拽着她的手，母亲吓得甩开了她的手，你叫什么？母亲说，吓死人了，好端端的你尖叫什么？女孩站在桥上，看着不远处新筑的码头，她想站在桥上，但是母亲粗糙而有力的手再次拽住了她，不准站在桥上，像个傻子，母亲气冲冲地说，你知不知道人家都说你是傻子？大热天，整天站在桥上，不是傻子是什么？女孩被母亲拽着下了桥，她说，别拽呀，你把我的手拽断了！母亲说，不把你拽回家，你就站在桥上让人笑话！女孩努力挣脱着，别拽我，水鬼才这么拽人呀！女孩绝望地盯着母亲紧拽着她的手，突然叫起来：我看见水鬼了！你是水鬼！母亲就扬手打了女孩一个巴掌，整天嘴里胡说八道，母亲说，你再胡说八道的，哪天真让水鬼把你拽到水龙王那里去！

第七天夜里女孩在母亲的眼皮底下溜了出去。女孩以前从来不在夜间出门，所以母亲看着她从竹椅前绕出去，看着她手里抓着一个像手电筒一样的东西，就是没有想到女孩手里抓的是一只真正的手电筒，女孩带着手电筒从她眼皮底下溜出去了。

石板路的两侧有人在乘凉。有人看见了女孩，他们叫着女孩的名字说，这么晚了，你去哪里？女孩说，我到桥上去乘凉。他们就说，这女孩很聪明嘛，桥上风大，是乘凉的好地方呀。女孩走到了桥上，桥上有几个青年，他们坐在桥栏上抽烟，看见女孩上桥，他们停止了说话，一齐看着她，有人先嘿地笑了，说，又是她，邓家的傻丫头。整天站在桥上！女孩鄙夷地扫了他们一眼，她说，你们才傻呢，你们才整天站在桥上呢。女孩伏在另一侧桥栏上，做出一副井水不犯河水的样子。她用手电筒照了照桥下的河面，然后又关上了手电筒。其实她是要看那个新筑的码头。那个码头已经从河面上升了起来，新浇的水泥在月光下面散发出一种模糊的白光。女孩站在那里，莫名地感到伤心，她多么想好好看看那边的码头，她守了六天，亲眼看见了那些民工修筑码头的所有细节，却唯独遗漏了这个新事物从河水中升起来的过程。她想好好观察新码头，但是那几个讨厌的青年在她身后说话、怪笑，弄得她心神不定。

女孩决定离开桥头。她下了桥，向河岸的方向走去，桥头上的青年在她身后喊，傻丫头，你去哪里？女孩没有理睬他们。她心里说，你们要霸占桥头就让你们霸占好了，我才不稀罕站在那里。女孩打开手电筒向新码头走去，看见河水从桥洞里奔涌而出，夜色中的河水看上去比夜色更浓更黑。

一大片水泥地坪袒露在月光下，散发出水泥本身特有的腥味，欢迎女孩的到访。女孩小心地伸出一只脚，试探着水泥的强度，水泥还没有干结，在手电筒的光柱下，女孩看见自己的凉鞋印子，清晰地刻在地坪上。

工棚还在，里面黑乎乎的，没有一点动静。女孩用手电筒照了照工棚里面，照到了角落里的一张草席，草席旁边放着一只搪瓷脸盆，一只饭盒。女孩知道还有一个人留守在码头上。女孩用手电筒向四处照射着，除了化工厂一年四季堆放在这里的大木箱、废旧的机器，女孩没有看见那个人。在更远的地方，在河流突然藏匿的地方，那座塔楼被月光浸泡着，微微发红，现在那个水中的门洞一点也看不见了。女孩谛听着河流的声音，她的耳朵里灌满了河水呢喃自语的声音，还有一种奇异的击水声从塔楼方向渐次而来，女孩瞪大眼睛盯着河面，她没有发现什么，没有游泳的人，没有人。但是那击水声却越来越清晰越来越近了。女孩有点害怕起来，她向远处的桥头张望着，桥头上的几个青年还在那里，女孩就向他们叫喊了一声，水鬼，有水鬼！桥头上的人影晃动了几下，没有任何回应。女孩害怕了，她在河岸边一跳一跳地跑，手里的电筒光摇摆不定，女孩在奔跑的时候看见河水在她脚下无声地流淌，夜色中的河水比夜色更浓更黑，女孩惊惶地跑过新筑好的码头，她听见了自己急促的呼吸声，她听见了水鬼的呼吸声。水鬼来了！突然一下她脚上的凉鞋被什么东西咬住了，女孩惊叫着低下头，看见水泥地坪粘住了她的凉鞋。与此同时，她听见河里响起一阵杂乱的打水声，她看见一个人从黑暗的水面上钻出来，溅出许多晶亮的水花。女孩再次惊叫起来，她认出那是桥头扛木板的民工，但她还是一声声地尖叫起来，水鬼，水鬼，水鬼！女孩认出那是一个人，他的手里还举着什么东西，但她还是一声声地尖叫起来，水鬼，水鬼，水鬼！

　　如果桥头上的几个青年相信水鬼的传说，他们将证明邓家女孩的传奇故事。可是他们不相信河里有什么水鬼。这使女孩嘴里的故事最终成为了真正的故事。

那天夜里九点多钟他们隐隐听见新码头那里传来的声音，有人曾经想过去看个究竟，但被同伴阻拦了，同伴说，哪来什么水鬼？别听那傻丫头瞎叫。他们留在桥头上聊天抽烟，后来，大约到了十点钟左右，女孩走过来了。他们不知道发生了什么事，只是看见女孩浑身湿漉漉的，手里捧着一件东西。他们本来谁也不愿意搭理邓家这个女孩，可是他们听见女孩一边走一边哭泣。桥上的人纷纷跑了下去，他们看见那个女孩像是刚刚从水里爬起来，她哭泣着向桥这边走来，手里捧着的竟然是一朵莲花，是一朵红色的硕大的莲花，他们首先是被这朵莲花迷惑了。那几个青年都围上来看，莲花是真的莲花，不是塑料的，花瓣上还凝结着水珠，他们七嘴八舌地问女孩，从哪里弄来的莲花？女孩仍然哭泣着，女孩像是在睡梦中哭泣，她的双手紧紧地捧着莲花，苍白的手指缝间有水珠晶莹地滚落。一个青年说，别大惊小怪的了，是从水里漂来的，是从公园的莲花池漂来的。其他人就用询问的目光看着女孩，对吧，是从河里漂来的吧？女孩不说话，女孩捧着莲花往街上走，青年们跟在她身后，又有人说，你个傻丫头，你是跳到河里去捞莲花了吧？小心淹死了！就是这时候女孩突然回过头来，女孩的嗓音听上去沙哑而令人心悸，她说，是水鬼送给我的莲花。她说，我遇到水鬼了。

就是这个女孩的故事风靡了整整一个夏天，如果让她亲口来说，别人听得会不知所云，不如让我来概括这个故事，故事其实非常简单，说的是邓家的女孩遇到了水鬼，不仅如此，水鬼还送了她一朵红色的莲花。

一朵红色的很大的莲花。

伞

一把花雨伞害了小女孩锦红。锦红的姨妈在伞厂工作，她从出口品仓库里捞了几把花雨伞出来，兄弟姐妹一家送一把。送给锦红家的这把伞尤其漂亮，绿色的绸布面上洒着红蘑菇，伞柄是有机玻璃的，里面还嵌着一朵玫瑰，看上去像是水晶嵌了红宝石。雨伞归了锦红，从那天起锦红天天听有线广播里的天气预报。天气预报存心与这个小女孩过不去，说明天天晴，后天天也晴，再后天是多云转晴，锦红气坏了，她冲着广播骂，讨厌讨厌，为什么不下雨？去年我没有伞，你天天下雨，等我有了伞，你偏偏不下了，气死我啦！

　　好不容易盼来了雨。那是一个星期天的早晨。屋檐上的雨声一响锦红就冲出去，李文芝在厨房骂女儿，说，死丫头，是短脚雨，下不长的，你急着出去显你的宝。锦红顾不上听母亲的数落，她慌慌张张地把伞打开，听见雨点打在花伞上，啪啪地响了几下，伞面就沉寂了。锦红抬头看了看天色，天气确实像她母亲所说，不像是要好好下雨的样子。锦红很失望，她站在门口，将伞转了一圈，还是没有听见雨的动静，但是下雨前街道上特有的慌乱气氛安慰了锦红。她看见小玉的奶奶抢救晾在外面的被子。不知怎么把三脚杆撞翻了，那老妇人就操着绍兴口音尖叫起来，小玉，快出来收被子了。与此同时，得了肺炎的珠珠正从她父亲的自行车上跳下来，她的头上顶着一只用手帕做的小帽子。珠珠被她父亲拉进家门的时候向锦红这里瞟了一眼。她一定看见了我手里的雨伞。锦红举着伞走到街道中央，向前后左右张望着，她想雨也许会下大的，这么多天不下雨，也该下一场雨了。

锦红打着雨伞向小玉家走了几步，夸张的步态像一只开屏的孔雀。有人注意到了锦红的伞，冯明的姐姐倚靠在门边说，锦红，在哪儿买的伞呀？这么漂亮！锦红犹豫了一下，机灵地撒了个谎，北京，在北京买的。冯明的姐姐很惊讶，追问道，你们家谁去北京了？锦红没有来得及把她的谎言编造下去，一阵大风不知从何而来，风的大手蛮横地掰开锦红的小手，那把雨伞竟然跳了起来，它在空中翻了一个筋斗，然后开始在街道上奔逃，锦红尖叫着，伞，我的伞，快帮帮我。她回头向冯明的姐姐求援，但冯明的姐姐只是弯着腰咯咯地笑。锦红就去追她的伞，伞毕竟是伞，它只有一条腿，跑不快，锦红看见它最终卡在春耕家的门洞里，不跑了。锦红松了一口气，又着腰教训雨伞说，看你跑，看你还跑！锦红后来回想起来都是教训雨伞惹来的祸，她如果当时赶快把雨伞抓在手里就好了，可她偏偏多嘴，站在那里又着腰教训雨伞，结果雨伞在她的眼皮底下被人抢到了手中。

春耕抢了她的雨伞。春耕把雨伞高高地举起来，端详着有机玻璃的伞柄，不让锦红接触她自己的伞。锦红跳几次，都没有够到她的雨伞，她说，你把伞还我，你不还我就叫你妈妈来。春耕说，谁说是你的伞？伞在我手里就是我的。锦红急红了眼，锦红一急就把春耕他母亲的绰号叫出来了，大屁股，她跺着脚叫道，大屁股，你儿子抢我的伞！屋里没有回应，很明显只有春耕一个人在家。锦红对包丽君的不敬把春耕惹恼了，春耕推了锦红一把，瞪着她说，好呀，我看你是不想要这把伞了，你敢骂我妈是大屁股？你妈才是大屁股，你妈不光屁股大，× 也大，你妈是大 ×！锦红惊恐地看着春耕，更准确地说是看着春耕的手，她预感到一种危险，春耕可能会在狂怒中把她的雨伞撕成碎片。锦红的头脑中一片空白，锦红忽然尖叫了一声，然后就抱住春耕的腿，在春耕的腿上咬了一口。

现在已经很难鉴别是什么导致了锦红最终的灾难了。锦红记得春耕的腿上已经长出了男人才有的黑黑的汗毛，这本来会让锦红吃惊的，但是锦红来不及吃惊了，春耕的拳头把锦红打出去很远，撞在墙上，锦红便失去了知觉。此后的事情是锦红所有记忆中的一个黑洞，她记得是私处强烈的疼痛唤醒了她，她浮出一个深不可测的黑洞，看见春耕抓着他的短裤，坐在她身边发呆，锦红起初不知道发生了什么事情，她竭力想看清楚包围着她的幽暗的房间，依稀看见春耕家的那个笨重的五斗橱，五斗橱上的台钟，一只玻璃花瓶里插着一束塑料花，还有春耕父母的一张结婚照。锦红叫了一声妈妈，妈妈不在，她便想到了她的雨伞，她扭过头寻找着雨伞，可是春耕的黝黑的身体挡住了她的视线。春耕坐在地上发呆。锦红呻吟起来，我的雨伞，我疼。她说，疼死我了，我的雨伞呢。春耕动了一下，往上拉他的短裤，于是锦红从春耕的双腿缝隙中看见了她的雨伞，她的雨伞，伞面上的红色蘑菇闪烁着红色的光芒。

起初香椿树街上的人们不知道锦红的遭遇。

包丽君带着老母鸡、金华火腿来找李文芝谢罪。李文芝拒不见客。李文芝在里面咬牙切齿地说，我们法庭上见。包丽君在门外哭。李文芝在里面静静地听，听了一会儿，冷笑一声，说，你也哭？你哭什么？包丽君说，我哭我命苦呀，生了这么个没出息的儿子。李文芝说，现在哭迟了，你那个杂种儿子，畜生儿子，就不该让他生出来，生出来那天就该把他掐死。李文芝把话说到这份上，包丽君在门外也站不下去，掉脸就走了。

隔了一天，包丽君又来了，这次除了老母鸡和金华火腿，还推来了一辆新的永久自行车。包丽君在门外说，文芝呀，你去年托我买的自行车我一直放在心上，这回总算是弄到手啦。快开门，让我把车子推进去。李文芝仍然不开门，而且李文芝在里面呜呜地哭起来，说，该死，包丽君你也该死，你用自行车换我女儿的贞操，你该死，我要了你的自行车我还是人吗？不是人，是畜生！包丽君估计到了这个局面，她似乎有备而来，包丽君说，文芝你别嚷嚷呀，让街坊邻居听到了多不好。你就让我进来，我进来说一句话就走，行不行？包丽君的这招数奏效了，李文芝开了门，让人进来，让贿赂之物都留在了外面。

包丽君进去以后就看见了那把雨伞，雨伞挂在墙上，锦红坐在雨伞的下面，茫然地看着她。包丽君伸手摸锦红的头发，锦红闪开了，包丽君就顺势去摸那把雨伞，讪讪地说了一句，好漂亮的雨伞。李文芝把锦红推进了里屋，行啊，让你说一句话，她冷冷地看着包丽君，忽然转过身，说，其他的话都到法庭上说去。包丽君涨红了脸，说，我就说一句话。可是这一句话包丽君似乎难以出口，包丽君叹了一口气，又叹了一口气，终于憋出了那句话。其实，她说，其实，我们家春耕不满十八岁。李文芝没有什么文化，她没有听懂包丽君的潜台词，说，你就说这句话？这是什么话？不满十八岁怎么的？该杀就得杀，该剐就得剐！包丽君尽管对李文芝的愤怒有所准备，但她还是被她决绝的态度激怒了，该杀该剐由不得你，也由不得我，法院的法官同志说了才算，包丽君开始不卑不亢了，而且她用一种异常冷静的语气告诉李文芝，你再怎么闹我儿子也死不了，你再这么闹下去，锦红以后就嫁不出去了，文芝，你好好考虑考虑呀。

李文芝直到后来才彻底明白包丽君的底牌。原来底牌是春耕的年龄。李文芝听说春耕被送去少年管教所，当场就哭了，她说，这是什么王法，这个小畜生，光是管教一下就行了吗？包丽君开后门开到法院来了，她本事通天！早知道这样我就不告了，我自己动手，看我不把这小畜生给阉了！

纸终于没能包住火。很快春耕和锦红的事情在街上传得沸沸扬扬的，人们在市场和杂货店看见包丽君便左右为难，不知说点什么好，所以打量她的眼神显得有点鬼鬼祟祟的，看见李文芝，则更加不知所措，自从发生了这件事情以后，热情爽朗的李文芝就像变了一个人，走在街上，谁也不理，而且铁青着个脸，好像随时准备要杀人。

春耕是从街上消失了。锦红也不容易看见，据说李文芝后来给锦红定了规矩，除了上学，锦红不能迈出家门一步。这就像不允许猴子爬树，不允许猫捉老鼠一样，对锦红是一个天大的惩罚。邻居们常常听见锦红在家里的哭闹声，有一天他们看见李文芝怒气冲天地跑出来，把一柄绿绸面的花雨伞砸在地上，她在雨伞上踩了一气，还不解恨，又捡起来，把雨伞扔到了她家的屋顶上。

锦红惊天动地的哭声使整条香椿树街颤抖了，许多人都向李文芝家跑，等他们到达李文芝家，事件已经结束，李文芝关上了她家的门，而锦红的哭声也突然沉寂下来。看热闹的人不甘心，他们凑到李文芝家临街的窗户上向里面张望，正好遇到李文芝在窗玻璃上糊报纸，有人眼尖，看见锦红一边抹着眼泪，一边帮她母亲糊窗子。可怜的锦红，她哭过了就做事，替母亲扶着凳子，手里还端着一碗糨糊。

锦红的故事也是一把折断的雨伞，随着有人修好雨伞，再次把伞打开已经是二十年以后了。

一个人在二十年中可以经历许多事情，对于锦红来说，她的履历写满了不幸。她的不幸五花八门：早年丧父（她父亲是卡车司机，有一年除夕急着从外地赶回家过年，出了车祸），童年受辱失身（这事大家都知道了，不宜再提），少女时代得过腮腺炎、甲状腺炎，还得过肝炎（这使锦红的肤色灰暗，眼睛像鱼一样向外面鼓起来。不适宜体力劳动，招工的时候勉强进了油品仓库当保管员，仓库在很远的郊外，每天上下班恰好最需要体力）。最主要的不幸当然是她的婚姻。锦红的丈夫是李文芝相中的，是个干力气活的建筑工人，李文芝认定女婿忠厚可靠，对锦红会好，李文芝的判断没有什么错误，那男人的品德没有问题，问题是出在难于启齿的方面，女婿天天要做那件事，锦红天天拒绝那件事。女婿恼羞成怒，就开始打锦红，起初是威吓性质的，打得不重，后来看锦红在这事情上毫不妥协，就开始大打出手。锦红也古怪，情愿受皮肉之苦，也不愿意与丈夫行房事，那个建筑工人头脑简单，也不知道打听一下锦红的身世，一味地用暴力解决问题，有一次用皮带襻子把锦红的额头打出了一个洞，锦红用一块手帕捂着额头跑回了家，浑身上下都是血，一进家门就说，妈，看你给我找的好人家！李文芝又急又气，替锦红包扎伤口时，随口问了几句，都问在点子上，于是就知道是怎么回事了，李文芝也不净是护犊子，她说，你这个死脾气，也是找打，天下哪对夫妻不做那号事，他打你，一半是他错，一半是你错。锦红一听这话就呜呜哭开了，说，那你让他把我打死算了，打死我我也不跟他做！锦红把母亲推开了，李文芝站在一边，恨铁不成钢地看着她，过了一会儿，她醒过神来，卷起袖子说，不行，得去找他算账，否则他以为我们孤儿寡母好欺负，打上瘾了还得了？

李文芝集合了几个身强力壮的亲戚去找女婿算账，走到铁路桥那里，正好看见春耕的修车铺子，春耕正在替人修理自行车。李文芝的腿一软，就蹲下来了，李文芝突然发现了一个祸害的根源，她蹲在路上，被痛苦压得站不起来，亲戚们问她，不去找小张算账了？李文芝摇摇头，眼泪一下溢满了她的眼眶，二十年以后李文芝再也无法在众人面前藏匿那段往事，李文芝指着春耕说，该打的是那个畜生，你们上去打他，往死里打，把他打死了，我去替你们偿命！

那些亲戚看见春耕向李文芝这里瞟了一眼，立刻就钻回到他的修车棚里去了。亲戚们都没有丧失理智，他们虽然记得那段令人难堪的往事，但谁会为了往事去侵犯一个街坊邻居呢，况且谁都沾过春耕的光，人家现在学好了，给邻居们补胎打气，一分钱也不收。亲戚们后来就本着大事化小的原则，把李文芝从春耕的修车棚那里劝走了，一直劝回了家，他们的态度很清楚，该打的要打，不该打的不打；如果李文芝原谅了她女婿，该打的也可以不打。

锦红的婚姻不伦不类地维持了好几年，她一直住在娘家，丈夫不答应，来拽她回去，李文芝出面调停，说回去可以，但有个条件，那件事情，一个星期最多做一次，女婿答应了，锦红却涨红脸叫起来，说，一次也不行，要做你跟他去做！李文芝气得扇了锦红一个耳光，李文芝说，你这个死人样子，结什么婚，世上女人结婚都要做那事的，你这么犟，只好嫁太监！锦红还是很冲动，说，谁要嫁，是你逼我嫁的！李文芝是做惯了女儿主的，偏偏在这种事情上没法做她的主，李文芝又气又急，听见炉子上水煮开了，正要走过去的时候人突然不会动弹了，李文芝僵硬地站在那里，眼睛愤怒地斜视着锦红，嘴巴也是歪斜的，锦红尖叫起来，上去抱住母亲，她丈夫这时候反应倒是很快，说，大概是中风了。你看你，把你妈气中风了。

所以锦红的不幸好比六月的梅雨，梅雨一场一场地下，她却没有了那把雨伞，不幸的雨点每一点都瞄准她，及时地落下，不让锦红有任何走运的机会。锦红是认命的，冬天邻居们看见锦红扶她母亲出来晒太阳，喂她吃饭，夏天锦红把母亲抱到一只大木盆里，为她擦洗，洗好了还要搽上一脖子的痱子粉。锦红做这些事情时无怨无恨，邻居们突然记起锦红是嫁了人的，怎么光是伺候母亲，丈夫也不要，家也不要了，他们绕着圈子问锦红，锦红从不回答不该回答的问题，倒是李文芝，虽然说话很不利落了，还是用简短的回答打发了那些好事的邻居，离——了，她说，畜——生。后面这句话当然是骂她女婿小张的，别人不会见怪。

锦红也许是世界上最应该离婚的人。她的离婚因此倒不能算是不幸。锦红有时候愿意和她的小学同学小玉说点知心话，锦红向小玉描述了她离开丈夫的最后时刻，她说她回家正好撞见她丈夫和一个女人在做那件事，丈夫和那个女人都很慌张，他们盯着她，防备她做出什么举动，但锦红什么也没做，她从床边绕过去，拿了东西就走了。小玉听了很惊讶，问锦红，你回家拿什么东西？锦红说，雨伞，拿一把雨伞，我最喜欢那把雨伞。

二十年过去以后锦红仍然酷爱雨伞，也许这是锦红的故事能够讲到最后的惟一的理由。

李文芝去世之前人很清醒，口齿也突然变得清楚了，她嘱咐自己的兄弟姐妹照顾锦红。人之将死，其言也善，李文芝却特别，她对兄弟姐妹说，你们如果亏待了锦红，我变了鬼魂也不会放过你们。一边的亲人都听得倒吸了一口凉气。

锦红一个人留在了世上。锦红的头发上别着一朵白花在香椿树街上来来往往，面容有点憔悴，肤色还是粗糙而焦黄，但看她的样子也没有什么受难的迹象，她一个人住在她出生长大的房子里，似乎一生从来没有离开过这间房子。她的舅舅和姨妈信守诺言，经常带着吃的用的来看她，锦红却嫌烦，而且从来不掩饰她的厌烦情绪，你们别来，她说，你们不来烦我就是照顾我了，有空去照顾照顾你们自己的孩子。锦红的一个舅妈来给锦红说媒，锦红居然把她从门里推了出来，舅妈见不得这种不知好歹的脾气，拍腿跺脚地说，我再管她的闲事我就是狗，让她妈妈的鬼魂来找我好了，鬼魂怎么的，鬼魂也要讲道理！

没有人知道锦红对未来的生活有何打算。她的亲戚同样也不知道。锦红对她的同学小玉是比较亲近的，她告诉小玉别再为她介绍对象。我迟早是要结婚的，锦红说，没你们的事，我心里有主张。小玉曾想打探那个人选，费尽了口舌也没成功，只是听锦红说，妈妈反正不在了，我的事我自己做主。

谁也猜不到锦红心里的那个人。也许这会儿有聪明的读者已经猜到了那个人，猜到了也没关系，反正锦红的故事说得差不多了。

锦红生命中值得纪念的第二个雨天很快来临了。那是一个大雨滂沱的日子，傍晚时分下班的人群顶着雨披骑着自行车仓皇穿越雨雾，街上一片嘈杂。锦红扶车站在铁路桥的桥洞里，她没带任何雨具，看样子她是在躲雨，小玉路过桥洞时看见锦红，她停下来要把雨披借给锦红。锦红摇头，她说是自行车的车胎被扎破了。小玉顺手指了指旁边春耕的修车棚，说，那赶快去补胎呀。锦红笑了笑，说，是呀，得去补胎。小玉骑上车以后才意识到自己的建议不合理，她也是知道锦红和春耕二十年前的过节的，小玉回头看看锦红，正好看见锦红在桥洞里打开一把雨伞，一把玫瑰红色的尼龙伞，小玉还纳闷呢，她带着伞，离家又这么近，为什么站在桥洞里躲雨呢？

二十年以后锦红打着一把玫瑰红的雨伞向春耕的车棚走去。春耕对即将发生的传奇毫无觉察，他看见一把雨伞突然挤进了他的局促的修车棚，许多水珠洒落在地上，然后他看见一个女人的脸从雨伞后面露出来，是锦红的脸，锦红的神情很平静，但她的嘴唇在颤动，锦红枯瘦的面颊上很干燥，没有淋雨的痕迹，可是她的眼睛里积满了水，她的眼睛里在下雨。

锦红坐了下来，坐在一只小马扎上，身体散发着隐隐的雾气。她的目光省略了春耕的脸，在他的膝盖和手之间游移不定。

春耕不敢相信自己的眼睛，他的手上还抓着一团擦油用的纱团，你来干什么，春耕没法掩饰他的慌乱，他把纱团塞进了裤子口袋，你要修车吗？

锦红仍然盯着春耕的膝盖，锦红说，今天我送上门来了，我们的事，得有个结果。

什么结果？什么结果不结果的。春耕嘟囔着，向后面缩了缩，他说，都过去二十年了，你没看见这二十年我是怎么过来的？你还要什么结果。

你在装傻？锦红说，我送上门来，难道是找你来算账的？你这样装傻可不行。你一直是一个人，我现在也是一个人过，我的意思，你要我先开口吗？

春耕这回听清楚了，春耕还是不相信自己的耳朵，二十年的往事在这个瞬间全部浮上了心头。春耕有点害怕，有点茫然，有一点惊喜的感觉，也有一点虫咬似的悲伤。春耕不敢相信自己的眼睛，他看见锦红的一只手迟疑地解开了衬衣的第一颗纽扣，锦红浅短的乳沟半掩半露，一颗暗红色的疣子清晰可见。春耕突然嘿嘿地笑了，你是糊涂了？他说，你没听说我跟冷娟的事？卤菜店的冷娟。我们好了两年了，别人都知道，你不知道？

锦红湿润的身子颤动了几下，她的胸腔内部一定发出了尖叫声，只是春耕没有听见。她没有叫出声音来。锦红的目光变得僵直，一点一点地下坠，落在春耕的鞋上，是一双穿破了的旅游鞋，鞋上沾了一块湿泥。锦红慢慢地伸出一只手，把那块湿泥抠掉了。锦红突然清了清嗓子，说，如果我和冷娟都愿意，愿意跟你，你会选谁？

春耕用一种近乎好奇的眼神看着锦红，很明显他想笑，因为忍着不笑，他说话的声音听来有点轻佻，选你——春耕模仿某种笑话的程式，拉长了声调说，那是不可能的。当然选冷娟，她长得漂亮。

春耕说完就后悔自己的言行了。他看见锦红跳了起来，锦红满脸是泪。锦红抓着雨伞像抓着一把复仇之剑向春耕扑来，伞尖直刺春耕，第一下刺到了春耕的胳膊，第二下刺到了春耕的大腿，第三下却扑了空。锦红栽倒在一堆废弃的自行车轮胎中，一动也不动。春耕吓坏了，正要去拉锦红，锦红已经爬了起来，敏捷地躲开了春耕的手。锦红脸色煞白，站在门口整理着衣服，她向车棚的外面张望着，东面看一看，西面看一看，前面也看一看，然后飞快地冲了出去。

　　大概是一个星期以后，锦红的姨妈到春耕这里来补胎，小玉恰好也来打气。春耕听见两个女人在谈论锦红的再婚。提起锦红，春耕便觉得胳膊上和大腿上的伤处隐隐作痛，幸亏她们谈得更多的是锦红的新丈夫。姨妈说锦红是瞎了眼睛，挑那么个男人，快五十了，还有糖尿病！小玉依然是为她的朋友说话，她说，锦红自己有主张，她早就选好老梁了。老梁会对锦红好的，锦红看人的眼光，不会错的。

　　春耕没说什么。女人说话时春耕从不插嘴。他一直耐心地听两个女人说话，等到事情都做完了，春耕从车棚里抓出一把雨伞来，塞给锦红的姨妈，说，是锦红的伞，替我还给她。

白雪猪头

我母亲买不到猪头肉，她凌晨就提着篮子去肉铺排队，可是她买不到猪头肉。人们明明看见肉联厂的小货车运来了八只猪头，八只猪头都冒着新鲜生猪特有的热气，我母亲排在第六位。肉联厂的运输工把八只猪头两个两个拎进去的时候，她点着食指，数得很清楚，可是等肉铺的门打开了，我母亲却看见柜台上只放着四只小号的猪头，另外四只大的不见了。她和排在第五位的绍兴奶奶都有点紧张，绍兴奶奶说，怎么不见了？我母亲踮着脚向张云兰的脚下看，看见的是张云兰紫红色的胶鞋。会不会在下面，我母亲说，一共八只呢，还有四只大的，让她藏起来了？柜台里的张云兰一定听见了我母亲的声音，那只紫红色的胶鞋突然抬起来，把什么东西踢到更隐蔽的地方去了。

我母亲断定那是一只大猪头。

从绍兴奶奶那里开始猪头就售空了，绍兴奶奶用她慈祥的目光谴责着张云兰，这是没有用的。卖光了。张云兰说，猪头多紧张呀，绍兴奶奶你来晚了，早来一步就有你一只。

绍兴奶奶端详着张云兰，从对方的表情上看事情并没有回旋的余地，赔笑脸也是没有用的，绍兴奶奶便沉下脸来，眼睛向柜台里面瞄，她说，有我一只的，我看好了。你看好的？在哪儿呀？张云兰丰满的身体光明磊落地后退一步，绍兴奶奶花白的脑袋顺势越过油腻的柜面，向下面看，看见的仍然是张云兰的长筒胶鞋，紫红色闪烁着紫红色热烈而怠慢的光芒。绍兴奶奶，你这大把年纪，眼神还这么好？张云兰突然咯咯地笑起来，抬起胳膊用她的袖套擦了擦嘴角上的一个热疮，她说，你的眼睛会拐弯的？

柜台内外都有人跟着笑，人群的哄笑声显得干涩零乱，倒不一定是对幽默的回应，主要是表明一种必要的立场。绍兴奶奶很窘，她指着张云兰的嘴角说，嘴上生疮啦！这么来一句也算是出了点气，绍兴奶奶走到割冷冻肉的老孙那里，割了四两肉，嘟嘟囔囔地挤出了肉铺。

我母亲却倔，她把手里的篮子扔在柜台上，人很严峻地站在张云兰面前。我数过的，一共来了八只。我母亲说，还有四只，还有四只拿出来！

四只什么？你让我拿四只什么出来？张云兰说。

四只猪头！拿出来，不像话！我告诉你我看好的。

什么猪头不像话你看好的？你这个人说外国话，我怎么听不懂？

拿出来，你不拿我自己进来拿了。我母亲以为正义在她一边，她看着张云兰负隅顽抗的样子，火气更大了，人就有点冲动，推推这人，拨拨那人，可是也不知是肉铺里人太多，或者干脆就是人家故意挡着我母亲的去路，她怎么也无法进入柜台里侧，她听见张云兰冷笑的声音，你算老几呀，自己进来拿，自己进来拿，谁批准你进来了？

开始有人来拉我母亲的手，说，算了，大家都知道猪头紧张，睁一眼闭一眼算了，忍一忍，下次再买了，何必得罪了她呢？我母亲站在人堆里，白着脸说，他们肉铺不像话呀，这猪头难道比燕窝鱼翅还金贵，藏着掖着，排了好几次都买不到，都让他们自己带回家了！张云兰在柜台那一边说，猪头是不金贵，不金贵你偏偏盯着它，买不到还寻死觅活呢。说我们带回家了？你有证据？

我母亲急于去柜台里面搜寻证据，可是她突然发现从肉铺的店堂四周冒出了许多手和胳膊，也不知道都是谁的，它们有的礼貌、松软地拉住她，有的手却很不礼貌了，铁钳似的将我母亲的胳膊一把钳住，好像防止她去行凶杀人。一些纷乱的男女混杂的声音此起彼伏地响起来，少数声音息事宁人，大多数声音却立场鲜明，表示他们站在张云兰的一边。这个女人太过分了，大家都买不到猪头，谁也没说什么，偏偏她就特殊，又吵又闹的！那些人的手拽着我母亲，眼睛都是看着张云兰的，他们的眼神明确地告诉她，云兰云兰，我们站在你的一边。

我母亲乱了方寸，她努力地甩开了那些树杈般讨厌的手，你们这些人，立场到哪里去了？她说，拍她的马屁，你们天天有猪头拿呀？拍马屁得来的猪头，吃了让你们拉肚子！我母亲这种态度明显是不明智的，打击面太广，言辞火爆流于尖刻，那些人纷纷离开了我母亲，愤愤地向她翻白眼，有的人则是冷笑着回头瞥她一眼，充满了歧视，这种女人，别跟她一般见识。只有见喜的母亲旗帜鲜明地站在我母亲身边，她向我母亲耳语了几句，竟然就让她冷静下来了，见喜的母亲说了些什么呢？她说，你不要较真的，张云兰记仇，得罪谁也不能得罪她，我跟你一样，有五个孩子，都是长身体的年龄，要吃肉的，家里这么多嘴要吃肉，怎么去得罪她呢？告诉你，我天天跟居委会吵，就是不敢跟张云兰吵。我母亲是让人说到了痛处，她黯然地站在肉铺里想起了我们家的铁锅，那只铁锅长年少沾油腻荤腥，极易生锈。她想起我们家的厨房油盐酱醋用得多么快，而黄酒瓶永远是满的，不做鱼肉，用什么黄酒呢？我母亲想起我们兄弟姐妹五人吃肉的馋相，我大哥仗着他是挣了工资的人，一大锅猪头肉他要吃去半锅，我二哥三哥比筷子，筷子快肚子便沾光，我姐姐倒是懂事的，男孩吃肉的时候她负责监督裁判，自己最多吃一两片猪耳朵，可是腾出她一个人的肚子是杯水车薪，没什么用处的，我二哥和三哥没肉吃的时候关系还算融洽，遇到红烧猪头肉上桌的日子，他们像一头狼遇到一头虎，吃着吃着就打起来，我母亲想起猪肉与儿女们的关系不在于一朝一夕，赌气赌不得，口气就有点软了。她对见喜的母亲说，我也不是存心跟她过不去，我答应孩子的，今天做肉给他们吃，现在好了，排到手里的猪头飞了，让我做什么给他们吃？见喜的母亲指了指老孙那里，说，买点冷冻肉算了嘛。我母亲转过头去，茫然地看着柜台上的冷冻肉，那肉不好，她说，又贵又不好吃，还没有油水！猪肉这么紧张，我母亲还挑剔，见喜的母亲也不知道说什么好了，她转过身去站到队伍里，趁我母亲不注意，也向她翻了个白眼。

肉铺里人越来越多了，我母亲孤立地站在人堆里，她篮子里的一棵白菜不知被谁撞到了地上，白菜差点绊了她自己的脚。我母亲后来弯着腰拍打着人家的一条条腿，嘴里嚷嚷着，让一让让一让呀，我的白菜，我的白菜。我母亲好不容易把白菜捡了起来，篮子里的白菜让她看见了一条自尊的退路，不吃猪头肉也饿不死人的！她最后向柜台里的张云兰喊了一声，带着那棵白菜昂然地走出了肉铺。

我们街上不公平的事情很多，还是说猪头吧，有的人到了八点钟太阳升到了宝光塔上才去肉铺，却提着猪头从肉铺里出来了。比如我们家隔壁的小兵，那天八点钟我母亲看见小兵肩上扛着一只猪头往他家里走，尽管天底下的猪头长相雷同，我母亲还是一眼认出来，那就是清晨时分在肉铺失踪的猪头之一。

小兵家没什么了不起的，他父亲在绸布店，母亲在杂货店，不过是商业战线，可商业战线就是一条实惠的战线，一个手里管着棉布，一个手里管着白糖，都是紧俏的凭票供应的东西，我母亲不是笨人，用不着问小兵就知道个究竟了。她不甘心，尾随着小兵，好像不经意地问，你妈妈让你去拿的猪头，在张云兰那里拿的吧？小兵说，是，要腌起来，过年吃的。我母亲的一只手突然控制不住地伸了出去，捏了捏猪头上两片肥大的耳朵。她叹了口气，说，好，好，多大的一只大猪头啊！

我母亲平时善于与女邻居相处，她手巧，会裁剪，也会缝纫，小兵的母亲经常求上门来，夹着她丈夫从绸布店弄来的零头布，让我母亲缝这个缝那个的，我母亲有求必应，她甚至为小兵家缝过围裙、鞋垫。当然女邻居也给予了一定的回报，主要是赠送各种票证。我们家对白糖的需求倒不是太大，吃白糖一是吃不起，二是吃了不长肉，小兵的母亲给的糖票，让我母亲转手送给别人做了人情。煤票很好，草纸票也好，留着自己用。最好的是布票，那些布票为我母亲带来了多少价廉物美的卡其布、劳动布和花布，雪中送炭，帮了我家的大忙，我们家那么多人，到了过年的时候，几乎不花钱，每人都有新衣服新裤子穿，这种体面主要归功于我母亲，不可否认的是，里面也有小兵父母的功劳。

那天夜里我母亲带了一只假领子到小兵家去了。假领子本来是为我父亲缝的，现在出于某种更迫切的需要，我母亲把崭新的一个假领子送给小兵的母亲，让她丈夫戴去了。我父亲对这件事情自然很不情愿，可是他知道一只假领子担负着重大的使命，也只好眼睁睁地看着我母亲把它卷在了报纸里。

醉翁之意不在酒，在哪儿？我母亲与女邻居的灯下夜谈很快便切入了正题，猪头与张云兰，张云兰与猪头。我母亲的陈述多少有点闪烁其词，可是人家很快弄清楚了她的意思，她是要小兵的母亲去向张云兰打招呼，早晨的事情不是故意和她作对，都怪孩子嘴巴馋，逼她逼急了，伤着她了务必不要往心里去，不要记仇——我母亲说到这里突然又有点冲动，她说，我得罪她也就得罪了，我吃不吃猪肉都没关系的，可谁让我生下那么多男孩，肚子一个比一个大，要吃肉要吃肉，吃肉吃肉吃肉，她那把割肉刀，我得罪不起呀！

小兵的母亲完全赞同我母亲的意见，她认为在我们香椿树街上张云兰和新鲜猪肉其实是画等号的，得罪了张云兰便得罪了新鲜猪肉，得罪了新鲜猪肉便得罪了孩子们的肚子，犯不上的。谈话之间小兵的母亲一直用同情的眼光注视着我母亲，好像注视个莽撞的闯了大祸的孩子。她是个聪明的女人，情急之下就想出了一个将功赎罪的方法，她说，张云兰也有四个孩子呢，整天嚷嚷她家孩子穿裤子像咬雪糕，裤腿一咬一大口，今年能穿的明年就短了，你给她家的孩子做几条裤子嘛！我母亲下意识地撇起嘴来，说，我哪能这么犯贱呢，人家不把我当盘菜，我还替她做裤子，不让人笑话？女人最了解女人，小兵的母亲说，为了孩子的肚子，你就别管你的面子了，你做好了裤子我给送去，保证你有好处，你不想想，马上要过年了，这么和她僵下去，你还指望有什么好东西端给孩子们吃呀，我告诉你，张云兰那把刀是长眼睛的，你吃了她的亏都没地方去告她的状。

　　女邻居最后那番话把我母亲说动了心。我母亲说，是呀，家里养着这些孩子，腰杆也硬不起来，还有什么资格讲面子？你替我捎个口信给张云兰好了，让她把料子拿来，以后她儿女的衣服不用去买，我来做好了。

　　凡事都是趁热打铁的好，尤其在春节即将临近的时候。小兵的母亲第二天回家的时候带了一捆藏青色的布到我家来，她也捎来了张云兰的口信，张云兰的口信之一概括起来有点像毛主席的语录，既往不咎，治病救人，口信之二则温暖了我母亲的心，她说，以后想吃什么，再也不用起早贪黑排什么队了，隔天跟她打个招呼，第二天落了早市只管去肉铺拿。只管去拿！

此后的一个星期也许是我母亲一生中最忙碌的日子。其他的家庭主妇也忙，可她们是忙自己的家务和年货，我母亲却是为张云兰忙。张云兰提供的一捆布要求做五条长裤子，都是男裤，长短不一，尺寸被写在一张油腻腻的纸上，那张纸让我母亲贴在缝纫机上方的墙上，我们看着那张纸会联想起张云兰家的四个男孩一个男人的腿，十条腿都比我们的长，一定是骨头汤喝多了吧。我母亲看到那张纸却唉声叹气的，她埋怨张云兰的布太少，要裁出五条裤子来，难于上青天。

我母亲有时候会夸大裁剪的难度，只是为了向大家证明她的手艺是很精湛的。后来她熬夜熬了一个晚上，还是把五条裤子裁了出来，并不是像她描述的那么艰难，五条裤子一片一片地摞在缝纫机上，像一块柔软的青色的梯田。然后我们迎来了缝纫机恼人的粗笨的歌声，我母亲下班回家便坐到缝纫机前，苦了我姐姐，什么事情都交给她做了，我姐姐噘着嘴抗议，做那么多裤子，都是别人的，我的裤子呢，弟弟他们的裤子呢？我母亲说，自己的裤子急什么，过年还有几天呢，反正不会让你们穿旧裤子过年的。我姐姐有时候不知趣，唠叨起来没完，她说，你为人民服务也不能乱服务，张云兰那么势利，那么讨厌的人，你还为她做裤子！我母亲一下就火了，她说，你给我闭上你的嘴，这么大个女孩子一点事情也不懂，我在为谁忙？为张云兰忙？我在为你们的肚子忙呀！

时间紧迫，只好挑灯夜战。我们在睡梦中听见缝纫机应和着窗外的北风在歌唱，其声音有时流畅，有时迟疑，有时热情奔放，有时哀怨不已。我依稀听见我母亲和父亲在深夜的对话。我母亲在缝纫机前说，眼珠子都要掉出来了！我父亲在床上说，掉出来才好。我母亲说，这天怎么冷成这样呢，手快冻僵了。我父亲说，冻僵了才好，让你去拍那种人的马屁！

埋怨归埋怨，我母亲仍然保质保量地完成了张云兰家的五条裤子，她把五条裤子交给小兵的母亲，小兵的母亲为我母亲着想，她说，你自己交给她去，说说话，以前的疙瘩不就一下子解开了嘛。我母亲摆着手说，前几天才在肉铺吵的架，这一下白脸一下红脸的戏，让我怎么唱得出来？你这中间人还是做到底吧。我母亲把五条裤子强扔在小兵家里，逃一样地逃回到家里。家里的缝纫机上又堆起了一座布的山丘，那是为我们兄弟姐妹准备的布料。我母亲在上班前夕为她忠实的缝纫机加了点菜油，我看见她蹲在缝纫机前，不时地瞥一眼上面的蓝色的灰色的卡其布，还有一种红底白格子的花布，然后她为自己发出了一声简短而精确的感叹，劳碌命呀！

而小兵的母亲后来一定很后悔充当了我母亲和张云兰的中间人。整个事情的结局出乎她的意料，当然也让我母亲哭笑不得，你猜怎么样了？张云兰从肉铺调到东风卤菜店去了！早不调晚不调，她偏偏在我母亲做好了那五条裤子以后调走了！

我记得小兵的母亲到我家来通报这个消息时哭丧着个脸。都怪我不好，多事，女邻居快哭出来了，你忙成那样，还让你一口气做了五条裤子，可是我也实在想不通，张云兰在香椿树街做了这么多年，怎么偏偏就在这节骨眼上调动了，气死我了！我母亲也气，她的脸都发白了，但是她如果再说什么难听的话，让小兵的母亲把脸往哪儿放呢？人家也是好心。事到如今我母亲只好反过来安慰女邻居，她说，没什么，没什么的，不就是熬几个夜费一点线吗，调走就调走好了，只当是学雷锋做好事了。

很少有人会尝到我母亲吞咽的苦果，受到愚弄的岂止是我母亲那双勤劳的手，我们家的缝纫机也受愚弄了，它白白地为一个势利的女人吱吱嘎嘎工作了好几天，我们兄弟姐妹五人的肠胃也受愚弄了，原来我们都指望张云兰提供最新鲜的肉、最肥的鸡和最嫩的鸭子呢，不仅如此，我们家的篮子、坛子和缸也受愚弄了，它们闲置了这么久，正准备大显身手腌这腌那呢，突然有人宣告，一切机会都丧失了，你们这些东西，还是给我空在那儿吧。

我们对于春节菜肴所有美好的想象，最终像个肥皂泡似的破灭了。我母亲明显带有一种幻灭的情绪，她对我们说，今年过年没东西吃，吃白菜，吃萝卜，谁要吃好的，四点钟给我起床，自己拿篮子去排队！

我们怎么也想不通，我母亲给张云兰做了这么多裤子，反而要让我们过一个革命化的艰苦朴素的春节！

除夕前那天夜里下了一场大雪，我记得我是让我三哥从床上拉起来的，那时候天色还早，我父母亲和其他人都没起床，因为急于到外面去玩雪，我和我三哥都没有顾上穿袜子。我们趿拉着棉鞋，一个带了一把瓦刀，一个抓着一把煤铲，计划在我们家门前堆一个香椿树街最大的雪人。我们在拉门闩的时候感觉到外面什么东西在轻轻撞着门，门打开了，我们几乎吓了一跳，有个裹红围巾穿男式工作棉袄的女人正站在我们家门前，女人的手里提着两只猪头，左手一只，右手一只，都是我们从来没见过的大猪头，更加令人印象深刻的是女人的围巾和棉袄上落满了一层白色的雪花，两只大猪头的耳朵和脑袋上也覆盖着白雪，看上去风尘仆仆。

那时候我和三哥都还小，不买菜也不社交，不认识张云兰，我三哥问她，猪头是我们家的吗？外面的女人看见我三哥要进去喊大人，一把拽住了他，她说，别叫你妈，让她睡好了，她很辛苦。然后我们看见她一身寒气地挤进门来，把两只猪头放在了地上。她说，你妈妈等会儿起来，告诉她张云兰来过了。你们记不住我的名字也没有关系，她看见猪头就会知道，我来过了。

我们不认识张云兰，我们认为她放下猪头后应该快点离开，不能影响我们堆雪人。可是那个女人有点奇怪，她不知怎么注意到了我们的脚，大惊小怪地说，下雪的天，不能光着脚，要感冒发烧的。管管闲事也罢了，她的眼睛突然一亮，变戏法似的从棉袄口袋里掏出了一双袜子，是新的尼龙袜，商标还粘在上面。你是小五吧？她示意我把脚抬起来，我知道尼龙袜是好东西，非常配合地抬起了脚，看着那个女人蹲下来，为我穿上了我的第一双尼龙袜。我三哥已经向大家介绍过的，从小就不愿意吃亏，他在旁边看的时候，一只脚已经提前抬了起来，伸到那个女人的面前。我记得张云兰当时犹疑了一下，但她还是从她的口袋里掏出了第二双尼龙袜，这样一来，我和我三哥都在这个下雪的早晨得到了一双温暖而时髦的尼龙袜，不管从哪方面说，这都是一个意外的礼物。

我还记得张云兰为我们穿袜子的时候说的一句话，你妈妈再能干，尼龙袜她是织不出来的。当时我们还小，不知道她说这句话是什么意思。张云兰还说了一句话，现在看来有点夸大其词了，她说，你们这些孩子的脚呀，讨厌死了，这尼龙袜能对付你们，尼龙袜，穿不坏的！

听我母亲说，张云兰家后来也从香椿树街搬走了，她不在肉铺工作，大家自然便慢慢地淡忘了她，我母亲和张云兰后来没有交成朋友，但她有一次在红星路的杂品店遇见了张云兰，她们都看中了一把芦花扫帚，两个人的手差点撞起来，后来又都退让，谁也不去拿，我母亲说她和张云兰在杂品店里见了面都很客气，两个人只顾说话，忘了扫帚的事情，结果那把质量上乘的芦花扫帚让别人捞去了。

垂杨柳

离开寺前村的车祸现场已经很远了，司机仍然惊魂未定。

　　雨中的公路一片寂静。车窗外的天空是铅灰色的，雨声绵绵不绝，刮雨器软弱无力地左右摇摆着，挡风玻璃上始终流淌着一条不规则的水流。他从反光镜里看见公路像一排黑色的潮水追逐着他的卡车，而卡车像一条孤单的船在风雨中颠簸。反光镜同时映出一张疲惫而苍白的脸，额头上的汗渍依稀可见，受惊后的眼神还没有恢复平静。他有一种晕车的感觉，准确地说，更像是晕船，他感到公路上波浪滔天，在司机多年的职业生涯中，这是第一次，公路让他感到了深深的恐惧。

　　雨一直没有停，只是拐过一个山口后雨点明显地变小了，庄稼地里雨打玉米叶子的声音不再那么粗暴，可以听见河上湍急的流水声了。北边的天空还是暗的，但南面的天空蓝了许多，也亮了许多。公路左前方出现了几间简陋的红砖小屋，从那里隐约传来一个女流行歌手高亢的歌声，那是一首歌唱青藏高原的歌。司机知道垂杨柳到了。去年他路过垂杨柳，这里的答录机整天就在放这首歌，那就是青藏高原那就是青藏高原。今年还是这支歌。这儿不是青藏高原，司机知道他到垂杨柳了，一个专做卡车司机生意的地方。垂杨柳一共有三家路边店，一家是加油站，一家是卖烟酒食品的小杂货店，还有一家说不清是饭馆还是旅店，饭馆大红大绿地迎着公路，旅社半遮半掩地缩在饭馆后面，垂杨柳的人告诉过他，所有的店铺其实是一家，一个老板娘管的。

一个穿绿短裙的女孩打着一顶花伞站在路边拦车拉客，一只胳膊从伞下面直直地伸出来，手势妖娆，不过看上去更像交通警察放行车辆的动作。女孩交叉着双腿，她的腿一半黑一半白地裸露着，非常引人注目，司机定神一看，女孩原来穿了黑色的长筒丝袜，丝袜上居然还点缀着闪闪发亮的珍珠饰片，看上去好像一小片夜晚的星空。

大哥来呀，喝口水歇个脚再走！女孩做了个手语，做完了她掩嘴一笑。

司机当然见惯了这些手语。他没有马上作出回应，他的目光在女孩的脸上和公路之间游弋不定，显得很犹豫。是他的手率先做出了停车的决定，它放下了刹车掣。司机听从了手的指挥，他的紧张的身体突然一下子松弛下来，压在方向盘上，他说，好吧，歇个脚再走。司机了解自己，但那个女孩竟然让他如此快速地镇静下来，司机自己也觉得奇怪，在倒车停车时他看见自己映在反光镜里的脸，脸色显然还很苍白，但眼睛却率先迸发出活力，闪烁着某种隐晦的期待的光芒，那光芒是热烈的。

女孩看上去还有几分稚气，妩媚的笑容有点讨好人，不过仍然显得羞涩。她很关心车上装载的货物，踮起脚尖往车斗里看，看见是空车，明显有点失望，是空车呀，刚刚走的那客人，人家拉了整整一车可口可乐！司机说，那又怎么样，人家也不给你喝。女孩还不懂男人搭讪的那套路数，误以为司机在奚落她，收拢雨伞甩着水，嘴里回敬司机说，给我喝我也不稀罕喝，跟咳嗽糖浆似的，难喝死了。

垂杨柳还是去年的样子，店铺门口的泥地布满了卡车轮胎的辙痕，一下雨冒出了无数大大小小的水潭。车铺的墙边堆着山一样的湿漉漉的废旧轮胎，饭馆养的几只鸡在水潭边徘徊着，也许是在找寻食物。大哥，这边走。女孩用雨伞指挥着司机向饭馆走，这边，不是那边，那边有水！

这几步路我还不会走？司机笑了笑，说，现在这会儿不用那么周到嘛。

老板娘关照的，要注意第一印象。女孩很认真地解释道，上个月我们老板娘到外面去参观取经的。

什么第一印象？我是老客人，我来过好几次，怎么没见过你？司机跳过一个水潭，突然就想起了去年那个女孩的名字，那个小雪呢，小雪在不在？

哪个小雪？女孩眼睛亮了一下，我就是小雪呀，你认识我？

我不认识你。我认识那个小雪，圆脸，短头发的，比你胖一些，比你黑一些，她还在不在这饭馆干？

这儿就我一个小雪嘛，哪来那么多小雪？女孩说，那个小雪是干什么的?

跟你一样。站在这儿拉客人嘛。

不可能!我在这儿一年多了,我就是小雪,怎么还有个小雪呢,不可能!女孩的样子好像是受到了愚弄,她回过头看一眼司机的脸,又看一看司机的鞋子,哎呀,你的鞋,脏死了,她突然叫起来,让你小心走路你不听,你看你脚上,全是泥!

司机不在乎他脚上的泥,他皱着眉头努力地回忆着什么。那就怪了,我不会记错的,那个小雪下巴这儿还有颗痣,你没有嘛。他说,要不你们这儿的女孩都叫小雪?你也叫小雪?

不可能!都叫小雪怎么行?那不乱套了?怎么管理呀?我们这儿有小梅小玲小丽,她们晚上才过来,白天就我一个人。女孩说着嗓门大起来,突然赌了个咒,说,我骗你不是人,我就叫小雪。

司机有点迷惑,他怀疑自己会不会把垂杨柳的小雪和沿途遇见的哪个女孩混了,但他一贯是相信自己的记忆力的,即使是运输公司的那些同事也承认,他最善于记两件东西:一个是记路,另一个就是这儿那儿萍水相逢的女孩的名字。

老板娘从后面旅店里风风火火地跑出来,手里还捧着一把葵花子,她干瘦的脸上涂了很厚的粉底,嘴唇抹了口红,一笑露出了发黑的错落不齐的牙齿。大哥,你好久没来啦,她觑着眼睛打量了司机一会儿,突然伸出手指在司机肩膀那里戳了一下,你们这些跑码头的,最没良心,上次把你伺候得那么好,还是把我们给忘了。

即使这样，司机也不敢确定老板娘是否真的认识他。也许她记得，也许不记得。路边店里的那一套他见多了。司机只是含蓄地笑了笑，在桌子边坐下了。他说，还那样，来两个炒菜，来一碗雪菜肉丝面。

靠近厨房的地方有两个男人围着个纸箱子在打扑克。他们向司机这儿瞟了一眼，就又埋下头去了。司机没见过他们，他猜是老板娘养在店里的两个人，沿途所有的路边店都能见到这些闲散的男人，他们总是坐着，走动的总是女人们。柜台在门口，漆了粉红色，上面放着一架黑白电视机。自称小雪的女孩一回来就打开了电视机。电视机大概年代久远了，嗡嗡地响着，什么也没有，女孩拿起一只拖鞋，左边拍一下，右边拍一下，电视突然就跳出来了，放的是一部香港电视连续剧，一个男的，一个女的，都操一口古怪的普通话，有一搭没一搭地说话，听一会儿便明白了，他们其实是在谈感情。

司机说，烦死了，车开到哪儿都是这两个人的声音，说话不好好说，拖着调门，呀啦呀啦的，我一听这声音就烦。

小雪在柜台里说，不可能！现在外面流行这么说话的，大哥你不知道？这么好的节目你嫌烦，那你要电视机干什么？

司机说，我家里的电视机就是摆设，一年三百六十天，我一百八十天在外面，哪儿有时间看？我要看电视就看球赛，别的不看，一看就想睡觉。港台剧内容还可以，就是那配音烦人，我听见那两个人的声音就要睡觉。

小雪说，不可能，我要是瞌睡马上看电视，一看就不瞌睡了——我在看呀，最后两集了，大哥你别打岔，我都听不见啦。

老板娘从厨房里端着菜出来，向两个男人之间的纸箱踹了一脚，还在打牌，还在打，你们就不能进厨房帮着择择菜！老板娘走到司机的旁边时脸上很快变出了亲切的笑容，她对司机说，你看你看，现在搞点经营多难，员工都懒呀，我在忙，他们倒好，打扑克的打扑克，看电视的看电视！司机想说什么，却打了个哈欠，说，我就听不得那电视剧的声音，一听就犯困。老板娘眨巴着眼睛，很专注地看了看司机，大哥你脸色很差呀，她大惊小怪地喊起来，脸色不好看，是该休息一下了，开了多长时间了？看上去很累嘛。

司机摇了摇头，斜着身子坐在椅子上，对老板娘含义不明地微笑着。

大哥你没什么事吧？老板娘伸出手去摸司机的额头，不烫不烫，她说，没病就好。挣钱不容易，搭上半条命，大哥我说得对吧？我看你是累的，休息休息就好。

司机说，不是累的，老实告诉你，是吓的。寺前村那里出了车祸。

谁出了车祸？老板娘陡然有点紧张，往后退一步，试探着问了一句，大哥你没事吧。

我出事怎么还能上你这儿来坐着？司机嘿地一笑，在桌子底下抖动着双腿，不是我，他说，你这么瞪着我干什么？不是我，是我前面运煤车的司机！

运煤车开起来最野了，司机都是疯子，存心撞人似的。老板娘顺着客人说话，对灾难本身也流露出适度的兴趣，你亲眼看见撞人的？大哥，是什么人给撞了？

是个老汉，我就看见那老汉像个炮仗炸起来，运煤车一直在我前面，那司机刚刚超了我的车呀，我看见他撞的，砰的一响，他娘的，就像放炮仗，我开车这么多年，还是头一次亲眼看见撞人，那老汉像炮仗一样炸起来了！

那赶紧救人呀，寺前村那里有卫生院的。

救什么人？那家伙撞了都没下车，他娘的，跑啦！我在后面呢，把我难住了，进也难退也难的，我一咬牙往前开，没想到那人没死，我过去的时候他腾地坐起来了，满身是血，要拉我的卡车！

老板娘惊叫了一声，说，是怪吓人的，那人没撞死？现在死没死呢？

我怎么知道，我自己都让他吓了个半死。司机开始夹菜吃，嘴里嚼着东西说，估计活不了，他是从庄稼地里上公路的，下着雨呢，雨点比黄豆还大，路况看不清，农村老汉反应慢，他们都低头赶路的嘛，他娘的，以为国家修公路是为他一个人修的！老汉还背着个箩筐，箩筐里面装着红辣椒，一撞人就像炮仗砰地蹿起来啦，辣椒也飞得满地都是的，我不骗你，人和红辣椒都飞起来了，就像放了一个大炮仗！

他们说话的声音很大，引来了柜台那边小雪的抗议，求求你们了，小声点，我一点也听不见了，方小姐在写遗书，她要去自杀啦！

老板娘向小雪那儿看了一眼，脑袋也伸过去了，很显然她的心思也在电视机上。我以为方小姐昨天那集就要死的，拖到今天才写遗书！老板娘说着对司机笑了笑，好像表示歉意，这个戏很好看的，我天天看。然后她的声音突然低下来，脸凑到司机耳边说，等会儿让小雪到后面去给你捶捶背，放松放松，你看我们小雪长得还不错吧。

司机犹豫了一下，说，她要看电视，让她看，我去后面打个盹就行。

光打个盹怎么行？老板娘亲昵地推了司机一下，你就别管了，这么累该好好放松一下，她该干什么我来安排。

司机看了看电视机前的女孩，又向窗外望了一眼，外面的雨停了一会儿，又下了。公路上看不见什么车流，雨中的公路像一条黑色的河流一样平静，闪着一点一点晶莹的光。不知道是饭馆养的一只鸡还是鸭子上了公路，悠闲地在路上散步。司机看见公路边稀稀落落种着几棵香椿和槐树，树只有半人多高，估计是去年刚刚栽下的，他突然想起来这地方叫垂杨柳，垂杨柳，为什么一棵杨柳也不见呢？

你们这儿为什么叫垂杨柳呢？司机咕哝了一句，老板娘没有听见，她已经坐到了电视机前，神情紧张地盯着荧屏，嘴里噗噗地吐出葵花子的壳。那个叫小雪的女孩现在坐到柜台上去了，除了黑色的长丝袜和丝袜上几朵金线绣的小花，司机只能看见她的侧面和背影，她的乳峰很小心地隐藏在无袖上装里，像地里的玉米藏在苞壳里，她坐着的时候将手压在双腿下面，这个动作似曾相识，让司机想起了记忆中的那个名叫小雪的女孩。也许就是他上次遇见的那个小雪？也许是他弄错了，跑长途这么多年，他认识的路边店的女孩太多了。让司机困惑的是小雪对他的态度，如果她就是那个小雪，她应该能认出他来的。

去年在垂杨柳，他遇见的是一个哭哭啼啼的乡村女孩，她什么也不懂，像一头屠宰场的羊羔准备为八十块钱做祭祀品，但他并没有对她做什么，她的泪水和逆来顺受的样子让他动了恻隐之心。他什么也没做，但他付了钱，还有小费。他记得那个小雪是怎么笨拙地在他脸上亲一口，表示她的感激的。她说，大哥，我一辈子也忘不了你，你是好人。他当然是好人，他没做什么，却付了钱，他为自己做的这件事感到满足。他断定垂杨柳的小雪应该记得他，但事实让司机感到双重的失落，他不能确定谁是小雪，而小雪似乎也不认识他了。

　　房间陈设简陋而土气，老式的木板床，洗脸盆架子，满墙贴着港台影视明星的招贴画，地上铺的塑胶地毯刚刚擦洗过，踩上去滑腻腻的。司机看见一顶大城市久违的蚊帐从天花板上悬垂到床上，觉得很亲切，去年路过垂杨柳，不记得有这样的蚊帐，也许那是因秋天的缘故。司机钻进蚊帐，四处摸摸，卧具好像是干净的，而且洒过香水。他慢慢地躺下来，叹了一口气，他知道老板娘会安排什么，他等待着什么，在等待的时候他用手指梳理着头发，与往日在路边小店度过的那些时光不同的是他心情沉重，他等待着什么，却并不清楚自己想干什么。

　　小雪提着一只热水瓶进来了。很明显她是被老板娘赶进来的，她不情愿，脸上的笑容便显得僵硬，大哥，你先洗一洗，她站在蚊帐外面说，是老板娘吩咐的，让你洗一洗。

　　司机说，洗什么，你让我洗脚吧？

　　小雪扭了扭身子，不说话。她的表情很明确地表明她是在勉强地为司机服务。

你让我洗什么，快说呀。司机的脑袋钻出来，瞟了一下小雪，发现对方无意呼应，便缩回去，在蚊帐里面说，不洗，我不脏，洗什么洗？

小雪说，我不管，你不讲卫生是你的事，反正我先把话说清楚了，我不是上晚班的，不做那事。

你不做哪件事？司机在里面笑了声，说，没见过你这样的女孩子，你什么也不做，待在这里干什么？把你们老板娘给我叫来！

我不叫。反正我没有得罪顾客。外面小雪的声音一下缓和下来，听上去是在为自己辩护，她把热水瓶放在床边，似乎在琢磨着什么，迟疑地说，大哥你要不愿意洗就不洗，我替你洗脚，我替你敲背，替你抓痒痒也行，不过你也要答应我一个条件，好不好？

你哪来这么多麻烦，我不过是放松一下，又不跟你谈恋爱，答应你什么条件？

十五分钟。小雪说，十五分钟好不好，完了我到隔壁房间去看电视，你别跟老板娘说。

不可能。司机弄清楚小雪的意思后忍不住笑起来，他模仿着女孩的口气说，不可能，十五分钟怎么够我放松的？那我付半价怎么样？

大哥你行行好嘛，今天是最后两集，播十分钟广告就又开始了，最后一集我一定得看呀，你答应我，你答应了？

不可能！司机捏着嗓子，你把我当动物对待？啊？他突然想起什么，说，那你干脆做十分钟好了，为什么要十五分钟？

开头五分钟是唱主题歌呀，小雪意识到司机此话是一种通融的表示，高兴起来，说，大哥，你是好人，我就知道你是好人。我一辈子记得你的好！

去年这么说，今年还这么说。司机在蚊帐里冷笑了一声，你们这种女孩，能记得什么？就记得钱了。

什么意思？大哥你怎么说翻脸就翻脸了呢？小雪愣了一下，有点手足无措起来，她掀蚊帐的手退缩了，怎么说起这种话来？我们哪种女孩？你知道我是哪种女孩？她歪过头看着墙上的招贴画，嘀咕道，你要是瞧不起我我也不会求着侍候你，你告诉老板娘我也不怕。什么东西！

你敢骂人？

我没骂人，什么时候骂人了？

你骂我什么东西。

那不算骂人，骂客人要扣工资的，大哥你可别诬赖我。

你到底多大？怎么一点也不懂事？不懂事就出来挣大钱了？司机瞪着女孩，口气有点严厉也有点戏谑，他说，你到底是不是小雪，你真不记得我了？去年我路过这里，你哭哭啼啼，好像个林黛玉，我碰都没碰你一下，钱照付，你也口口声声说记得我一辈子，他娘的，才一年不到，你就一点都不记得我了？我姓林，我是你林大哥！

小雪转过脑袋，司机的自我介绍引起了她的注意，她的手把蚊帐掀开了一条缝，也许想仔细看看司机的脸，却又不好意思，于是腾地坐到了床沿上。看样子她是在努力回忆什么，她坐在床沿上，两只手垫着自己的身体，晃来晃去的，身体似乎也在帮忙回忆，但结果还是摇头，她说，不可能，你做那么好的善事，我怎么一点也不记得？你一定在耍我，你们司机都喜欢耍人。刘大哥，我不认识你的。

什么刘大哥，你是文盲啊，我姓林，双木林，林大哥！

林大哥，好了，别闹了，你这次答应我，下次我一定会记住你的。

你不记得我就算了。他娘的，我也没指望你记住我！司机在里面不耐烦地坐起来，又躺下，突然笑了一声，说，来吧，你不是急着看你的电视吗，要看最后那集动作就快一点。我情绪不好，也累了，没准都不用十分钟！

然后司机看见小雪的一条腿先进来了，另一条腿犹疑着，终于也进来了，司机不看她的脸，他不知道自己为什么不想看她的脸。他叹了口气，低声骂了句粗话，抬眼看蚊帐外的天花板。蚊帐顶部是用细白布做的，略略有点泛黄，透过白布，司机依稀看见几串红辣椒在房间横梁上，司机问，上面挂的是什么？是辣椒吗？

小雪说，是辣椒。厨房用的辣椒，没地方挂，只好挂那儿了。

司机浑身一颤，他几乎是下意识地向蚊帐外面看了一眼。外面好像有人，司机依稀看见蚊帐外面有个老人坐在地上，满脸是血，手里捧着一把红辣椒。司机的手也颤嗦起来，最终停顿在半空之中，他翻了个身，原来在身体内部膨胀的欲望潮水般地退去，一种朦胧的恐惧感袭上心头，他突然甩掉了小雪的手，一脚把女孩蹬了下去。别瞎捏了，司机大喊一声，去看你的电视吧。

小雪这次受到了真正的惊吓，她对司机突发的暴力没有准备，同时也不知道如何应对，她光着脚站在外面，先是发愣，然后她把地上绿色的凉鞋捡起来提在手上。怎么回事，你这人有病！女孩终于哭起来，提着鞋子向外面跑，你们这些人都有病，臭流氓，不要脸，我才不侍候你们这些坏东西！

司机听见女孩的脚步急促地远去，她的哭声听上去是刚刚受了天大的委屈。司机自己也觉得莫名的委屈。一件寻常的事情突然变得如此复杂，他自己也没有预料，他不知道自己在垂杨柳做了什么，甚至不知道到垂杨柳来是为了什么。很快他听见了老板娘的嚷嚷和几个人慌张的脚步声，司机爬起来，敏捷地把门锁上了。

老板娘在外面敲门的时候，司机听见那两个打扑克的男人也在低声商量着什么。司机在里面说，别敲了，什么事也没有，你们看你们的电视，我睡我的觉，睡一会儿再赶路，该付多少钱，你说了算。

大哥你们到底怎么啦？你不说我不好处理嘛。老板娘说，小雪那孩子不懂事，也不听话，她干不了这一行，我已经让人捎话给她家里，让他们家来人把她接走。有得罪的地方你担待着点，晚上等小红她们来了就好了，你还要什么服务我们会尽量提供的。

什么服务都不要，我就想睡一会儿。司机隔着门也闻见了老板娘身上浓烈的香水味，突然之间他对香水也厌恶起来，司机用手捏着鼻子，走到房间惟一的窗户前。拉开窗帘，外面是一大片玉米田，雨后的玉米田，半绿半黄，玉米叶子上仍然盛满晶莹的雨水。偌大的田野和远处的丘陵好像被雨水泡出了一股淡淡的酒味。司机看见有个白影子在窗外晃了晃，蓦然一惊，脑袋探出窗外，却看见两头白山羊，皮毛都被淋湿了，依偎在一起。两头羊在他的窗下大概已经停留很久了。司机伸手去摸羊，摸到了一头白山羊的背，羊背上的毛很柔软很湿润，但是这美好的触觉瞬间即逝，受惊的两头羊马上就离开了窗下。

司机确实很想睡一下，哪怕十分钟，他感到很累，他感到自己快要崩溃了。在钻回蚊帐之前司机走到脸盆架那里，用热水好好地洗了洗手。他发现自己的手很脏，指缝里有柴油和灰尘混合的油垢，洗好手他习惯性地去掏袋里的纸巾，纸巾已经用完了，他只掏出一个空瘪的塑胶包装袋，他感到一个什么东西被纸巾袋带出来了，软软地落在地上。最令他恐惧的事情也是最后时刻发生的，司机看见一颗红辣椒从他口袋里飞出来，那颗红辣椒躺在旅店的人造革地毯上，闪烁着暗红色的冷峻的光芒。

夜里的垂杨柳是另一个世界。小巧玲珑的经济也呈现出繁荣昌盛的景象。白天的雨势一直延宕到夜晚，雨一会儿走了，一会儿又来了，垂杨柳的灯火在夜雨中显得格外明亮。也许是天气不好的原因，也许是路上的交通事故拖延了司机们的行程，这天夜里垂杨柳很热闹，一共有十七个卡车司机在此停车过夜。饭馆的几张桌子全坐满了，后面旅馆的房间都提前亮起了灯，老板娘容光焕发，带着一群穿短裙的女孩子穿梭在她的事业里。

十七个司机中有一个姓李的小伙子，是开油罐车的，他认识小雪，坐下来便一直东张西望的，他在那群花枝招展的女孩中间寻找小雪，却看不见她。小伙子向老板娘打听小雪的行踪，打听好几次，忙乱中的老板娘都让他等一会儿，他就等，也不喝酒，也不和别的司机说话，等了好一会儿老板娘终于来了，带来的却是一个令人意外的消息。

老板娘说，你来得真巧，小雪家里出事了，白天刚刚出的事，小雪的父亲来接她走，在公路上被一辆卡车撞啦！

是寺前村那里的车祸？小伙子愣了一会儿，忽然想起什么，说，现场还封着呢，听说那个司机跑了。

怎么不是？小雪的晚饭吃到一半警察就来了。老板娘指着柜台上的一只塑胶碗，说，看见没有，小雪的晚饭还扔在那儿呢。

姓李的司机一时有点茫然，张大了嘴不知说什么好。老板娘便在他肩膀上拍了一下，咻咻地笑着说，看你那傻相，又不是你撞的人，你紧张什么？姓李的司机顺口问了一声，谁撞的人？老板娘眨巴着眼睛，似乎想对他说什么悄悄话，最后却又打消了念头。我怎么知道呢？我要知道就把那混账司机扣住了！她的手在空中含糊地挥了挥，再次拍在司机的肩膀上。你就别惦记小雪啦，小雪又笨又不开化的，有什么好？老板娘说着凑到姓李的司机耳边，压低声音说，待会儿让小玲为你服务，她是我们这儿的服务标兵，人长得漂亮，还有大专文凭，包你满意！

人民的
鱼

春节临近，鱼的末日也来临了。我们街上的傻子光春热爱垂钓，有一天他从铁路那边的鱼塘回来，棉裤是湿的，裤腿上结了一层冰碴儿，他扛着一根用晾衣竿做成的竹子鱼竿在街上走，沿途告诉别人一个古怪的消息。他们把抽水机搬去了，鱼塘里的鱼就哭起来了，他说，鱼塘里有好多鱼，都在水底下哭！

　　没有人在意傻子光春的话，大家已经在街上看见了鱼，已经有好多鱼告别了河流和池塘，来到了我们香椿树街，让智力正常的人们感到纳闷或者不公的是鱼的去向，干部居林生的家似乎变成了一口鱼塘，那么多的鱼都游到他家里去了。

　　善妒的邻居们倚门传播着这件事情，他们指着几只在街上疾奔的猫说，看见了没有，居林生家快成鱼塘了，街上的猫都在往他家跑呢。

　　鱼和送鱼的人在香椿树街127号门口来来往往。多少鱼呀，有的鱼很威风，是从红旗牌小轿车上下来的，有的鱼坐着面包车、卡车、拖拉机来，也有的鱼被人随便挂在自行车车把上，很委屈地晃荡了一路，撅着个嘴来到了居林生家的天井。居家的天井里荡漾着鱼类特有的甜蜜的腥气。青鱼、草鱼、鲤鱼还有黑鱼，几乎都是五斤以上的大鱼，它们水淋淋的，嘴上被人拴了根草绳，有的绳子上还绑着纸条，未及腐烂的纸条上那个"居"字还清晰可见，含义很明显，这是一条属于居林生的鱼，那么多鱼，躺着的挂着的，都是居林生收到的年货。鱼与鱼之间本来素不相识，来到这么个神秘陌生的地方，死去的鱼保持沉默，幸存的活鱼大多瞪着迷惘的眼睛：这是什么地方？他们要拿我们怎么样？可惜鱼儿们都只能躺在地上，连呼吸都困难了，也就不能交谈。也许有几条聪明的鱼知道自己是一种年货，但再聪明的鱼也无法了解近年来人们送礼的时尚，这时尚可说是抬举鱼类，也可说是与鱼类为敌，不知是从哪个部门哪个区域开始的，鱼流行起来了。本地人将鱼作为最吉祥最时髦的礼物，送来送去，在春节前寒风凛冽的街头，随处可见人与鱼结伴匆匆而行，这景象使冬天萧瑟冷寂的香椿树街显出了节日喜庆祥和的气氛。鱼不懂事，年年有鱼，年年有余，连小学生都懂得其中的奥秘，鱼类自己却不懂。鱼不认识字，不懂谐音，不懂灾难为何独独降临到鱼类身上，它们悲愤地瞪着眼珠子，或者不耐烦地甩着尾巴，有的用最后一点力气在人的手下跳跃着，抗议着，但我们知道，失去了水以后鱼的所有愤怒都是徒劳的，怎么跳也跳不回池塘里去了。

一到过年，居家宾客盈门，我们也就有机会看见我们街上最大的干部居林生了。尤其是傍晚时分，居林生夫妻经常站在门口送客人，有时候是柳月芳送，有时候是居林生送，有时候客人明显来头不小，夫妻俩就一起出来送客。居林生当时尽管只是个科级干部，但他的肚子已经像领导一样鼓得规模很大了，他剔牙齿剔得厉害，大家看见他挺着将军肚，一手叉腰，另一只手随意地向客人挥着，眼睛尖的邻居会注意他的另一只手上还抓着一根牙签呢。相比之下，柳月芳送客有送客的礼数，她笔直地站在门口，脸上堆满了热情的笑容，大家都能听见她清脆的声音，过年来吃饭，一定要来啊，不来看我以后怎么骂你！

好东西多了也棘手，那么多鱼把柳月芳忙坏了。她是个街道办事处的妇女干部，与人打交道的，现在却被迫与鱼群打成一片，所有鱼种中柳月芳最喜欢黑鱼。黑鱼是惟一体贴主人的鱼，柳月芳把它们扔在一只水缸里，黑鱼翻一个身便游开了，好像说，你忙你的，我好养，随便什么时候处理我，其他的鱼都是一副英雄主义的模样，悲壮地瞪着柳月芳和她手里的刀，好像说，来来，杀我，怕死我就不是鱼！那些鱼不能养，也养不活，非杀了不可。柳月芳把鱼一条条的提到厨房里去，刮鳞，剖鱼，都是她一个人干。她让居林生帮忙刮鳞，居林生笨手笨脚的，鱼没怎么样，自己的手倒割破了，也难怪，从来不做家务的男人，怎么会刮鱼鳞？柳月芳只好把丈夫赶回房间里去看电视。她叫儿子出来，儿子在里面恶声恶气地说，让你送人你不舍得送，弄这么多鱼在家里，天天吃鱼，吃得头发上都是腥味，现在看见鱼我就犯恶心！

柳月芳只好一个人对付那么多鱼。柳月芳脾气虽好，也不是圣人，干着干着就发牢骚了。她说，这些人也是死脑筋，怎么光知道送鱼？就不能送点别的？现在的社会风气——真是的，今年过年我们家缺只鸭子，就是没有人想到送只鸭子来。

外面时兴送鱼，我有什么办法？居林生说，我总不能告诉别人，家里鱼太多，缺只鸭子，不让人家笑话？

鸭子也不好，宰起来麻烦，柳月芳说，有人送礼送得聪明，不送别的，送金华火腿，送干货。

居林生听得不受用，在里面讥讽妻子说，好，我明天就告诉他们，别送鱼，让他们送火腿送干货！

柳月芳叹着气说，怎么就时兴送鱼的呢？鱼当然是好的，市场上买条大青鱼起码四五十块，可也不能一窝蜂都送鱼呀，送一条鱼，不如直接送五十块钱实惠呢。

居林生听得火了，冲出来对妻子嚷道，好，我让他们送五十块钱来——你还有没有一点觉悟了？你是要让我犯法蹲学习班去吧？

看丈夫一脸怒气的，柳月芳知道自己牢骚过了头，居林生误会了，以为她在埋怨他无能，柳月芳扑哧一笑，赶紧站起来用肩膀将丈夫往房间里拱，她说，你这人，干什么这么正经，在家里随便说说的话，你也当真？还嫌我没觉悟，没觉悟我就把鱼拎给鱼贩子了，这么大一条青鱼，他们起码给我五十块钱。

即使是能干的柳月芳，忙过了头也会发昏，她出去倒掉了一大盆鱼内脏，突然想起来家里腌鱼的缸不够用，就跑到隔壁张慧琴家去借缸，说是要腌雪里蕻。张慧琴撇着嘴说，什么雪里蕻，你们家的鱼腥了一条街了，没看见街上的猫都往你家门口跑？柳月芳有点尴尬，但还是死撑着说，就送来那么几条鱼，哪能腥一条街呢，我们家老居最反感别人给他送年货了，他也不爱吃鱼。不骗你，是腌菜用的。柳月芳忙昏了头，借回了缸，却把装鱼内脏的盆扔在门口，后来隔壁的张慧琴就来敲门了。

张慧琴拿着那只盆站在门口，侧着身子看天井里的那排鱼，那排鱼挂在一条绳子上，整整齐齐的，像一支有组织有纪律的自缢殉命的队伍，张慧琴捂嘴笑起来说，腌这么多雪里蕻呀？吃一年也吃不光。

人家亲眼看见了鱼，柳月芳也就不瞒她了，说，不瞒你，这都是内部价买的鱼，便宜，不买可惜。

张慧琴也不点破，仍然站在那里笑，指着一只腌鱼缸说，你怎么把鱼头扔了呢，鱼头可以一起腌的。柳月芳说，我一个人对付这么多鱼，哪里忙得过来？说着突然想起来张慧琴做事手脚是最麻利的，干脆请张慧琴帮她的忙，在开口之前柳月芳就想好了，要送张慧琴一条三斤重的鲤鱼。

张慧琴这人大家知道的，没什么优点，就是热心肠，天生喜欢参与别人家的事务。后来张慧琴就蹲在居家的天井里，和柳月芳一起组成一条流水线，一个刮鳞，一个剖鱼，两个女人并肩劳动，免不了要说些与劳动无关的闲话。

这么大一条鱼，够一大家子吃两天。张慧琴抚摸着一条大青鱼隆起的鱼脊，她说，你好福气呀。

什么好福气？柳月芳明白她的意思，偏要装傻。

你好福气呀。张慧琴叹了口气，说的还是那句话。

柳月芳在昏暗的灯光下偷偷地瞟了她一眼，看见的与其说是一张充满妒意的脸，不如说是女邻居哀伤自怜的表情，柳月芳没说什么，站起来从煤堆后面拖出一个麻袋，拎出了那条鲤鱼往张慧琴脚下一扔，说，别跟我客气，这条鱼你带回去，红烧，给孩子们吃。

张慧琴没有推辞，但也没有接受，只是扫了一眼那条鱼，说，你不要跟我客气的。

烧鲤鱼一定要多放黄酒，鲤鱼虽然土腥味重了点，鱼肉还是很嫩的。柳月芳说，我们这里人不大吃鲤鱼，到了北方，北方人还就爱吃鲤鱼呢。

再怎么腥也比不上冰冻黄鱼腥。张慧琴说，不瞒你说，我们家老孙和孩子都是属猫的，穷命偏偏长个富贵胃，不吃蔬菜，吃鱼，只要是腥的，什么鱼都吃。我们家老孙爱吃鱼眼睛，老三更绝，爱吃鱼泡泡。

鱼价钱贵，你要是再去照顾他们的胃口，当这个家就更不容易了。

可不是嘛，不瞒你说，我买过猫鱼给他们解馋的，张慧琴说，没办法，也是让他们逼的，我拿肉膘熬油，炸猫鱼给他们吃，放一点干辣椒，哎，味道就是好，你要是不嫌弃，哪天我端一碗过来让你尝尝。

这倒是的，不值钱的东西也能做出好味道的菜来。柳月芳表示同意，不过她对吃猫鱼心里多少有点障碍，就没接女邻居的话茬，看看几天来积存的鱼处理得也差不多了，房间里居林生已经关了电视，还夸张地打了个哈欠，大概是提醒妻子他要休息了。柳月芳下意识地看了眼门后的洗脚盆，突然发现盆里还堆了一堆鱼头，那些鱼头原来准备送给王德基家的，一忙就忘了这事。柳月芳急着把盆腾空，决定把鱼头改送张慧琴，她说，鱼头你们家吃不吃？本来是送王德基的，他老是帮我家拉煤，你如果要，干脆就给你算了。

怎么不吃？张慧琴说，鱼身上的东西，除了苦胆，都能吃，不瞒你说，我最爱吃鱼头了。

就这样，柳月芳把一堆鱼头也给了张慧琴。隔天柳月芳走过张慧琴家厨房的窗口，闻到一股扑鼻的鲜香，她隔着窗子随口问了一声，你做什么菜做得这么香？张慧琴在里面说，你给我的鱼头呀，进来尝一尝？

柳月芳说，我不吃鱼头的。话一出口柳月芳便觉得自己有点缺心眼，何必把这事告诉人家呢，她听见张慧琴在里面哦了一声，恍然大悟的声音，柳月芳后悔自己嘴快，把好好的一份人情弄薄了。

鱼在很大程度上促进了柳月芳和张慧琴的邻里之情。没有鱼，两个女人的关系也是和睦的，但有了鱼之后，他们的关系几乎可以说是亲如姐妹了。

她们互相赠送自己的拿手好菜。柳月芳善于做腌鱼，这大家也能想见，每年收那么多鱼，一时吃不了，腌起来，这么吃那么吃，熟能生巧，自然就有心得体会，但张慧琴不一样，这个女人是巧媳妇能做无米之炊，她送过来的什么东西柳月芳都觉得好吃，菜肉馄饨好吃，盐水炝毛豆好吃，白切肚肺好吃，有一回柳月芳去串门，看见张慧琴一个人在吃饭，没有菜，只有一碗汤，是海带葱花汤，点了几滴麻油，柳月芳是好奇，拿了勺子尝了一口，味道居然也很好！

那时大家还不说发掘人才这种时髦话，柳月芳尽管自己也很能干，但她是真心赞赏女邻居的厨艺，加之居林生在外面结交的朋友多，家宴便也多，凡是有一定规模的家宴，柳月芳必然央求张慧琴来帮忙。张慧琴从来不推辞，大家知道她这个人的，你看不起她她在你背后吐唾沫，你敬她一尺她还你一丈，柳月芳跟她要好，她用自己的发卡为柳月芳掏过耳垢。张慧琴在居家厨房里忙碌就像在自己家一样，柳月芳无形之中沦落为她的助手，自己还不知道。张慧琴爱听表扬，她这边忙着耳朵还竖着，听桌上客人对她手艺的反响，反响当然是不错的，大家对居林生大夸柳月芳的厨艺，张慧琴也不计较，只是捂着嘴对柳月芳咯咯地笑，倒是柳月芳不好意思贪功，她要把女邻居推出去引见给客人们，张慧琴死也不肯，她说，人家都是头头脑脑的，我又不认识人家，我又不能提干，出去见面算哪一出？

　　就像餐馆里的厨师一样，等到宴席散了，便轮到两个女人吃工作餐了。工作餐以残羹剩饭为主，柳月芳总过意不去，她建议张慧琴带这个回去，不要，带那个回去，人家也不要，张慧琴说，我把那个大鱼头端回家就行了。

　　柳月芳知道张慧琴爱吃鱼头，这不奇怪，还有爱吃蚕蛹爱吃鸡屁股的人呢，柳月芳自己的饮食是比较雅致清淡的，她的饮食风格自然也影响了丈夫和儿子，他们一家人都忌讳吃牲畜鱼禽的头部，也不知道为什么，好像觉得吃那些东西有点低贱，有点野蛮，下不了嘴。张慧琴多次怂恿她尝一筷子红烧鱼头，柳月芳能够想象她做的鱼头有多么美味，可就是不敢接过张慧琴递过来的筷子。张慧琴说，你不吃鱼头就别吃，吃里面的雪菜和粉皮。柳月芳不好拂人好意，夹了一筷子粉皮，味道果然是无比鲜美，但人的心理作用是很强大的，柳月芳莫名地觉得那粉皮的美味也来路不正，美味得有点下贱。

据柳月芳后来告诉邻居，那几年她送给张慧琴的鱼头可以装一卡车了，邻居们清楚她说得有点夸张，但基本上是符合事实的。大家都记得鱼的风光岁月也是居林生的风光岁月，而居林生风光，张慧琴作为居家最亲密的邻居跟着沾光，沾的主要是食物的光，除了春节时候的鱼头，平时张慧琴的炒青菜碗里会盖着两三只鸡头、鸭头什么的，别人好奇，张慧琴也不在乎，指着隔壁说，柳月芳送过来的，她家人嘴刁，什么头都不吃，拿过来我们吃——怎么不吃？鱼头、鸡头、鸭头，都很好吃的！

很可惜，张慧琴与柳月芳两家以鱼为媒的友情后来趋于冷淡了，两家的主妇仍然来来往往，但没有了鱼的穿针引线，这友情好像一件贴身的旧衣服，不知道哪里有点松，随时会绽线，谁也不敢穿。如果我们有心以此为例来考察邻里关系在新形势新时代的嬗变，时尚恐怕是个罪魁祸首。对的，首先要归咎于时尚的变迁让大家摸不着头脑，不知从哪年开始，人们送礼不送鱼了，除了甲鱼偶尔可见，过年时候人们送来送去的东西开始与世界接轨，以西洋参、龟鳖丸、螺旋藻、脑白金一类的营养保健品为主，辅之以包装精美携带方便的山珍海味——都是些华而不实的东西，鱼呢，好像被人遗忘在池塘里了。这是鱼的幸运，但却是张慧琴的不幸——此话是背着张慧琴说，当她面说非挨她骂，不吃饭会饿死，不吃鱼头死不了的。谁都知道张慧琴家的儿女都长大了，挣钱了，有个儿子做个体户，发了财，买多少鱼都买得起。我没有看轻张慧琴的意思，只是要说清楚这其中的变故原因是多方面的。另外一个原因与居林生仕途失意有直接关系。我们香椿树街的人一直以来都对居林生的官运抱有一种盲目的信心，后来却听说他爬不上去了，不仅爬不上去，还因为年龄偏大、没有学历、缺乏政治理论修养和专业领导才能等诸多因素，掉下来了，至于那个谣言，说居林生下台是因为喜欢拧女同事的屁股，拧多了把自己拧下台来，可信度就不高了，从来就没听说过有人因为拧屁股把自己的政治前途拧掉了的事，一定是那些忌妒居林生的人编排出来的谣言。道听途说不足信，不过邻居们相信居林生确实是掉下来了，他们得出这个结论依据的是自己的观察，每年过年前夕送礼高峰的时候，居林生家门前冷冷清清的，有时候迎着暮色看见一个人拎了东西站在他家门口，细看一下，是居林生自己。

好像又换了个人间。居林生一家失意了，张慧琴家的日子却开始红火起来。回顾张慧琴后来的幸福生活的源头，大家一致认为是靠了她的大儿子东风。靠的是东风的什么呢，说起来不那么顺嘴。不是东风有多孝顺，不是东风学历高，也不是东风天生有一颗商人的精明脑袋，是东风有一年捅了人，差点闹出人命，上了"山"去劳改，后来从"山"上下来，没有工作，就干了个体户，结果偏偏靠这名不正言不顺的个体户发了家！东风和几个朋友合伙从海上走私香烟，虽然有一定的风险，风险背后是巨额的利润，东风每次从海上回来，人晒得像一根木炭，一身汗臭和海腥味，但是他怀里揣着一个黑色塑料袋子，里面都是钱。张慧琴提心吊胆地数儿子的钱，数得怕起来，她在丝厂挡车，挡一辈子车不如儿子辛苦一天的钱多，怎么能不怕？她怕儿子再出事，死活不让儿子再到海上去接香烟，一定要他做一件什么安稳的事情，这件事情是什么，一时没想起来，儿子没什么脑子，当然也没主意。有一天夜里张慧琴路过百货商场前的灯光夜市，看见好多人夜里跑出来吃螺蛳吃臭豆腐什么的，夜空中回荡着一片吃的声音，吮螺蛳的声音像一种表达爱情的电子音乐，炸臭豆腐的气味远处闻着是臭，走近了却是香气四溢。那么多人呀，他们在一个国泰民安的夜晚尽情地吃，什么都吃，吃了那么多！张慧琴站在一个卖炒年糕的摊子前，情不自禁地抓住了摊主篮子里的年糕，拿一条年糕去敲另外一条年糕，她眼睛发亮，站在那里敲年糕，摊主不干了，夺下年糕说，你吃什么快说，别敲我的年糕。张慧琴是不愿受人抢白的人，瞟了眼对方摊子上的配料，脸上立刻浮现出了一丝鄙夷之色，你这么炒年糕的？她说，炒年糕不用菠菜能好吃吗？可以这么说，离开了那个炒年糕的摊子后，一个新的张慧琴就诞生了。这个女人虽然没有多少文化，却在无意中发现了一个朴素而永恒的商机，不管时代怎么样变化，人长了一张嘴，总是要吃的呀！有人爱吃，有人爱烹饪，怎么也犯不了法，这不就是天下最安稳的生意嘛。

张慧琴的儿子东风后来就开了那个餐馆，也就是现在我们街上大名鼎鼎的东风鱼头馆。用餐饮业的行话来说，东风的餐馆是特色餐饮，家常风格，主打产品是鱼头。我因为有一点美术功底，被东风拉去为餐馆画了几个鱼头，写了一些美术字，现在大家在鱼头馆看见的玻璃橱窗上的大鱼头，还有菜单第一页上的四行大字，都是我的作品。

白汤鱼头

红烧鱼头

酸辣鱼头

五味鱼头

至于东风鱼头馆的厨师是谁，不用我说大家一定已经猜到了，厨师就是东风他妈张慧琴。

我一直对我们香椿树街的落后风貌直言不讳，这个现代化进程异常缓慢的街区，至今有人在偷国家的电，有人在水表上做了手脚，一滴一滴地偷国家的水——恕我不在这里点他们的名了。令人费解的是大家捂自己的钱包捂这么紧，却都愿意去捧东风鱼头馆的场，这几年来，鱼头馆做的居然是高难度的街坊生意！冷静地探讨一下，此事也许不那么奇怪，是个健康的人都会嘴馋，更何况张慧琴每天在灶上炖那个白汤鱼头，炖得奇香扑鼻的，大家住在附近，天天从那儿经过，总不能掩着鼻子吧——说句题外话，这对餐饮业的从业人员或许会有所启发，好广告不用花什么钱，不用到电视上去做，不用到报纸上做，就在空气里做，大家听到的是更加具体更加可信的广告词：挡不住的诱惑挡不住的诱惑！

大家都挡不住来自东风鱼头馆的诱惑，加上街坊邻居能够享受八折优惠，很多从不上馆子的居民都去鱼头馆品尝了张慧琴拿手的鱼头菜。只有柳月芳一家挡得住，也许是过去鱼吃多了，柳月芳一家从来没去过鱼头馆。邻居知道柳月芳和张慧琴关系好，都纳闷柳月芳为什么不去，有人还自作聪明地分析，是不是张慧琴现在发了，居林生现在无权无势了，张慧琴就那个什么了，柳月芳最不爱听别人提她丈夫的失意，一句话堵住了别人的嘴，她说，你们不知道的，我们不吃鱼头，我们一家人，不吃头，什么头都不吃！

张慧琴是被冤枉的，其实只有柳月芳知道，张慧琴是多么诚心地邀请他们一家去东风鱼头馆做客，当然说好是一切免费。张慧琴一直在劝说柳月芳去她的鱼头馆，她说，我知道你们不吃鱼头，我做别的给你们吃不行吗？柳月芳还是固执地微笑着，她这人有特点，微笑代表了否定，说，你不用客气的，你们做生意，又不是开慈善会，怎么能白吃？张慧琴说，别人不能白吃，你们一家人来是可以白吃的，我以前吃过你们家多少东西，不也是白吃的嘛，柳月芳还是摆手，以前是以前，现在是现在，不一样，不一样了。这句话让张慧琴听出了一点别的味道，她也是聪明人，能够体谅对方的心境，柳月芳这几年不如意，就像鸡群中的一只鹤，突然变成一只鸡，而她张慧琴说，虽不能说从一只鸡变成了鹤，但在别人眼里她现在就是发了，念及这些，张慧琴也就不能动人家的气，她抓住柳月芳的手，用力晃了晃，说，我不管你说什么，反正我这客是请定了，你给面子就自己来，不给面子我让店里的小伙子准备上麻绳，五花大绑的也要把你们一家绑来！

也是张慧琴的一片诚意打动了柳月芳，有一天柳月芳终于带着居林生和儿子居强，还有居强的女朋友去了东风鱼头馆。

张慧琴把他们一家请进了刚刚装修好的包厢。一桌子冷菜就可以看出张慧琴对这次宴请的重视程度，不光是丰盛，是张慧琴的有心让柳月芳一下领了情：柳月芳一进去就瞥见了糯米糖藕，那是她最爱吃的，白切猪肝，那是居林生爱吃的，甚至儿子爱吃凉拌豆腐，张慧琴也记得。柳月芳知道女邻居是用一颗真心在还过去的情，人就有点走神，想起过去的那许许多多的鱼，许许多多的鱼头，不由得百感交集起来，她对丈夫和儿子还有他的女朋友说，人家是真心的，吃，来了就不要客气了，吃！

正如张慧琴事先许诺的那样，他们的桌上没有鱼头。他们本来是不会吃鱼头的，可是当张慧琴亲手端上一锅老鸭汤时，居强的女朋友小声地向居强嘀咕，怎么是鸭汤，我以为是鱼头汤呢，这家馆子不是鱼头最有名吗？

大家都听见了那姑娘的疑惑。这疑惑后面显示了她对鱼头的向往，听得出来的。张慧琴抿着嘴笑，还偷偷地看了柳月芳一眼，柳月芳不知是恼还是窘，躲着张慧琴的目光，看看丈夫，又看看儿子，最后就看着砂锅里的老鸭——老鸭的鸭头也让细心的主人拿掉了。对面的居强此时有点尴尬，他用手盖着嘴向女朋友解释着什么，柳月芳猜得出来，一定是说，我们一家人不吃鱼头的。那姑娘却有个性，什么场合都敢于撒娇，学的是电视里的还珠格格，她好像在桌子底下踢了居强一脚，桌子上的碗盏猛地一颤，她抓着居强的耳朵说悄悄话，嗓音却天生的尖利，柳月芳听得清清楚楚：你前天还吃鱼头的！居强有点急了，慌乱地向父母这里扫了一眼，仍然压低了声音说话，但逃不过柳月芳灵敏的耳朵，儿子说，我是陪你吃的！

张慧琴就是这时候咯咯地笑起来，或许是感谢一对青年维护了鱼头的荣誉，她用疼爱的目光看着柳月芳的儿子和未来的儿媳妇，什么陪你吃陪他吃的，这叛徒当得好！她用手指戳着居强的脑袋说，鱼头最好吃，吃过了你就知道了吧？你不光要陪女朋友吃，还应该陪你父母吃！

宴席的格调突然急转直下，鱼头变成了某种态度的象征，涉及对姑娘的关爱，对张慧琴的尊重，也隐隐涉及当事者对变革的态度。张慧琴把握了时机，眼睛发亮，盯着柳月芳说，怎么样，看清形势了吧？这鱼头不吃不行，我今天非破你这个戒不可。

柳月芳更窘了，她一定是意识到自己的决定不仅关系到鱼头，责任重大，便有点像踢皮球似的，把皮球踢到居林生那里去了，她对张慧琴说，我吃东西哪有这么挑剔？问老居吃不吃，鱼头，他吃不吃？张慧琴知道这是柳月芳让步了，当然乘胜追击，她说，老居呀，你疼不疼儿子，疼不疼儿媳妇，就看你的表现啦！居林生当时正在剔牙，年龄不饶人，他现在吃一点东西就得剔剔牙，听到要他表态，下意识地扔掉了牙签，人也坐端正了，居林生毕竟是居林生，能够认清形势，也善于表态，他的表态豁达而仁慈。这又不是什么原则问题，他说，上鱼头就上鱼头吧，谁爱吃谁吃，什么事都应该百花齐放百家争鸣嘛，鱼头又不是其他什么头，本来就可以吃的。

后来就给居林生一家上了鱼头。上鱼头不吃也不算张慧琴的什么胜利，让张慧琴感到骄傲的是居林生柳月芳最后终于没能抵挡住红烧鱼头的香味，吃了红烧鱼头，再给他们上一盆鱼头白汤，夫妇俩也没推辞！张慧琴后来绘声绘色地向别人描述那场特别的晚宴，她说，我也不知道怎么回事，着了魔似的，就是要让他们吃我的鱼头，看他们一家吃了鱼头，我就心安了。当然张慧琴这么多年来始终没学会谦虚，她借居林生一家之口赞美自己制作鱼头的厨艺，听听她怎么学人家说话的——

居林生是这么说的，鱼头，味道很不错嘛。

柳月芳是这么说的，好吃的，没想到鱼头这么好吃。

居强的女朋友是那么说的，明天要减肥了，这鱼头汤，不要太好吃哦！

居强近来迷上了文学创作，时常即兴地念出一些诗句让女朋友鉴赏，那天在鱼头馆他偶得小诗一首：

年年有鱼

年年有余

有鱼的世界多么美丽

有鱼的世界多么富裕

平心而论，居强那首诗是有感而发，连张慧琴都听出了诗句中饱含着作者的感情和世事沧桑，她在一边为居强拍手，柳月芳没有什么表示，但看得出来她对儿子的才华是很自豪的，居林生听出来儿子的诗韵脚整齐，他说，有一点进步，这首诗还是押韵的。居强那女朋友却很扫兴，她只顾嗞溜嗞溜地喝鱼汤，一边喝一边说，别念了别念了，什么破诗！

骑
兵

我表弟左林是个罗圈腿，这意味着他无论如何努力，腿部以及膝盖是无法合拢的。我姨父左礼生将这不幸归咎于左林幼时对一匹木马的迷恋，也不知道有没有科学根据。那是一匹从街道幼儿园淘汰下来的木马，苦命的大姨当时还健在，是幼儿园的保育员。她利用关系，花五毛钱为儿子买下了这件庞大的礼物。她知道这礼物对丈夫也有益，有了木马，左礼生就不用天天趴在床上给儿子当马骑了。那匹木马我小时候也见过，却无缘一试，左林不让别人骑。我记得马身蓝色的油漆已经剥落，马头两侧的手柄经过无数个孩子的抓捏，很像一对活生生的光滑而油腻的马耳朵。左林从早到晚骑在木马上摇晃，他在木马上吃饭，看连环画，有时候困了，就抱着马头睡着了，左林就是那么自私，宁肯抱着木马睡，也不让别人骑。

　　左林九岁那年冬天，我大姨在幼儿园门口出了车祸，她双手提着孩子们的两个尿桶在结冰的街上走，结果被煤店运煤的卡车撞了。就隔了一夜，好端端的大姨像一只惊鸟似的飞走，飞走再也不回来了，也应了大姨讲的鬼故事里的圈套，任何东西都会变成魔鬼，任何魔鬼都擅长变戏法，最后不知是尿桶魔鬼还是煤渣魔鬼变了这个恶毒的戏法，把大姨自己变没了。据我母亲他们回忆，给大姨办丧事的时候他们便发现左林的腿不对劲，他不会跪。他跪着的时候两个膝盖井水不犯河水，并不拢，人好像盘腿坐在地上。大家当时处在混乱与哀恸之中，有人上去搬弄过左林的腿，弄了几下，没用，也就算了，那样的场合谁还顾得上讨论左林的腿形问题呢？过了很长时间左礼生带左林去看骨科医生，他扒下儿子的裤子问医生，我儿子不会是罗圈腿吧？医生说，就是罗圈腿呀。左礼生急了，在医院里等着医生手到病除，医生却告诉他，你儿子的腿形矫正不过来了，也没有必要矫正，不碍什么事，只不过走路难看一点。左礼生对医生的话是信任的，同时也不盲从，他认定儿子的腿与木马有关，回家后就把那匹木马当柴火劈了。左林那天的尖叫声引来了半条街的邻居，孩子们面对那匹被毁的木马心情复杂，一方面感到可惜，一方面忍不住地幸灾乐祸，而大人们对左礼生的劝慰引起了他更大的愤怒，骑马骑马，左礼生挥舞着柴刀说，骑马骑出个罗圈腿，我劝你们以后别让孩子骑马，木马也别骑！

左林是个罗圈腿。我们香椿树街上的孩子崇拜胳膊上有老虎刺青的三霸，崇拜断了一根食指的阿荣，甚至崇拜练拳击的豁嘴丰收；却没有人瞧得起我表弟左林。大家认为左林走路不仅是难看，而且可笑，他站立的时候两条腿似乎永远准备夹一件什么东西，如果他确实是骑在一匹马上，我们会敬仰他，可惜他不是在内蒙古的大草原上，我们香椿树街除了几条狗、几只猫，还有王德基家不顾卫生禁令擅自养的一群鸡，连一头小毛驴也不产，连地头蛇三霸也无马可骑，他左林能骑什么呢？左林惟一可骑的是我大姨留下来的旧自行车，他借助黄昏暮色的掩护，在街上偷偷地骑车玩，总有人无事生非，斜刺里插出来拽住他的自行车。下来下来，我骑车，你来追！有人特别喜欢出左林的洋相。有人喜欢看左林出洋相。他们互相挤眉弄眼，目光的焦点对准了左林的腿。左林弯着腿站在人们的视线里，他那两个可怜的膝盖似乎在艰难地喘息着，就像牢笼里的困兽在喘息，然后左林奔跑起来，他徒劳地向劫车人高喊道，停住，给我停住！他的两只膝盖也依次发出了嘶哑的呼喊声，黄昏的香椿树街两侧响起了一片笑声——为什么左林一奔跑大家就发笑呢，说起来你不会相信的，左林的膝盖在奔跑时会发出声音，它们会尖叫，它们甚至还会哭泣。

如果左林是一棵树就好了，树永远不需要立正，随便怎么长得歪歪斜斜的，都无人在意。可左林不是树，是人就会听到立正的命令，这命令对绝大多数人是容易执行的，人人都能立正，我表弟左林却立不正。

左林不喜欢体育课，不喜欢团体操，不喜欢军训，可我们的学生时代几乎就忙着做那些事了。平心而论好多教师或领队在处理左林的特殊情况时能够特殊处理，别人立正时只有他一直稍息着，有的干脆就将他从整齐的队列中剔除出来了，但也有人天生多疑，吹毛求疵，比如我们学校的体育教师，他误解了左林那种故作轻松的微笑，始终怀疑左林是以调皮的站姿逃避着什么，发泄着什么，对抗着什么。他曾经把左林从操场拉到了厕所里，让左林褪下裤子，亲手检查了他的膝盖，在分外安静的环境中，体育教师也惊愕地听见了左林膝盖的声音。你的膝盖在吱吱地响！体育教师蹲在地上用两根手指敲打左林的双腿，他受惊似的瞪着左林，你的膝盖怎么会响的呢？

左林的嘴角上流露出一丝得意之色，一种不恰当的表现欲使他把双腿交叉起来，人像一根麻花一样站在体育教师面前，他没说话，但眼神分明是在向体育教师炫耀着什么，于是体育教师清晰地听见左林膝盖发出了尖叫声，一种浊重的带有金属碎裂的尖叫声。

怎么叫起来了？别这么站！体育教师一定被左林的膝盖吓着了，他开始慌乱地替左林摆弄站姿，他说，快别这样，小心拧断了腿！

左林记得很清楚，他是如何依靠自己的膝盖震慑一个粗暴蛮横的成年男子的，这种机会并不是太多，左林因此感到莫名的宽慰，他好像局外人似的欣赏着对方脸上丰富的表情变化，从惊吓到尴尬，从尴尬到悲悯，左林咬着手指偷偷地笑。后来体育教师叹了口气说，是站不直，冤枉你了，可是……可是你这腿，以后不能当兵啦。左林满不在乎地拉好了裤子，拉好裤子后又解下，对着小便池撒尿，他说，谁稀罕当兵！他侧过脸偷窥着体育教师，体育教师是当过兵的，他的军裤在左林眼前放射着沉重的绿色的光芒，绿军裤下隐约可见一个体型标准的男人健壮而笔直的下肢线条。那个瞬间左林耳边响起了很多人和他开过的一个玩笑，左林，你以后可以当骑兵。那些人心情各异，却为他的腿设计了同一个美妙的未来，包括街上的地头蛇三霸，他也这么安慰过他——腿弯怎么了，好骑兵腿都是弯的，左林，你以后当骑兵去！

我以后当骑兵。左林站在小便池前左顾右盼，他开始嘟囔起来。某种处境逼迫他思考着什么。厕所的地面中午时被冲洗过，现在半干半湿的，秋天的阳光从排窗里投进来，左林突然发现那块不规则的光影和地上的水渍尿痕混在一起，形状酷似一匹奔马。我骑马。他说。我当骑兵。

体育教师离开后左林仍然留在厕所里，他瞪着厕所的地面，他看见奔马状的水渍在阳光的辐射下开始膨胀，开始起伏，开始向上跳，向上跳，然后那件神奇的事情便发生了，他听见外面的女贞树丛里响起了一阵细碎但异常悦耳的马蹄声，他抬起头向厕所窗外张望，清晰地看见一匹白色的长鬃骏马从树影中向操场奔驰而去。是一块宣传橱窗挡住了左林的视线，当他追到宣传橱窗后面，白马不见了，马消失的速度比它的到来更加迅捷，最后的马蹄声也被一种嘈杂的刺耳的声浪淹没了。左林看见的依然是学校的灰土操场，操场上尘土飞扬，九月干燥的阳光映照着排练国庆团体操的队列，广播喇叭里一个女声重复着口令，一二，打开……三四，收拢。操场上排成花环形状的人群按照口令模仿花朵的绽放。那匹白马不见了。左林躲在宣传橱窗后心神不定，他怀疑是自己看花了眼，学校里永远也不会跑来一匹马的。但左林不甘心放弃一个奇迹，他耐心地等待着，向每一个发出可疑声息的方向张望。奇迹却没有再次出现，他看见的只是一座类似军营的学校，一半安静，一半喧闹，安静与喧闹尖锐地对峙着。一只金黄色的蜻蜓撞击着玻璃橱窗，一页作业纸在低空中飞了一会儿，落在花坛上。那不是左林等待的奇迹。白马不见了。左林很失望，他不愿意再回到操场上去，在排练接近尾声的时候他独自离开了学校。

按理说左林经过传达室应该是猫着腰匆匆而过的，但左林想再次证实一下来访的白马到底是一次奇迹还是一种幻觉，他敲传达室的玻璃窗，问里面那个老门卫，有没有一匹白马跑到我们学校来？老头说，什么马跑到我们学校来了？左林说，一匹白马，你有没有看见一匹马跑到我们学校来？老头这回听清楚了，他暴怒的反应令左林不知所措，一定是误以为左林戏弄他眼神不好，老头抓过一把扫帚向窗户外扔了出来，我没看见白马，就看见你这头黑驴！

好多人对左林怀着炽热的仇恨，左林下意识地夺门而逃，他是突然想起来老头患有眼疾的，一只眼睛时常用一块纱布蒙着，有时分不清谁是教员谁是学生。他记得老头从传达室里追了出来，老头咒骂他的声音先是愤慨，而后充满了意外的惊喜，他说，好呀，左礼生的儿子！你也配笑话我，我看不清别人看得清你这头小黑驴，你跑呀，跑呀，长着个罗圈腿，你他妈的还想跑多快？

侮辱对于左林是司空见惯的，左林很少为受辱而生气，但他很好奇，为什么别人用了这么多的智慧和词汇来形容他的步态。有人说他走路像撒着尿，一路走一路撒，有人打赌说铁匠家的大黄狗能从他的腿裆里穿过去，有人形容得温和，说他像南极洲的企鹅，有的就令左林记仇了，春耕就这么说过他，像一个刚刚被日本鬼子强奸过的妇女！左林在黄昏的街道上奔跑，他的膝盖照例发出了无声的尖叫。左林听不见自己膝盖的叫声，他纳闷老头为什么把他称为黑驴，隐约记起来在一部战争电影里看见过一个村妇骑着驴子到敌占区去，驴背上驮着两只花包裹，里面装的是地雷。但驴子的模样在他的记忆中有点模糊，左林在一路奔跑的时候看见的仍然是一匹白马，这回他清醒地意识到那是一匹虚拟的马，因此马奔跑的速度近乎疯狂，他看见自己骑在那匹疯马的马背上，从狭窄的人来人往的香椿树街上疾驰而过，所有的人都驻足观望，左林的嘴里发出了驭手雄壮的吆喝，驾，驾，驾，他对准前方的一辆自行车做了个挥鞭的动作，而后他像一匹马或者像一个骑兵一样在黄昏的街道上奔驰起来。

　　那年秋天左林按照他想象中的骑兵那样在马背上生活。我母亲去他家送鸡汤，看见他把一堆棉被放在三张椅子上，人坐在棉被上晃着腿，肩膀一耸一耸的。我母亲说左林你搞什么名堂，被子会让你磨坏的。左林从来不向别人解释他古怪的行为，他坐在那匹虚拟的马上把一锅鸡汤都喝完了。我母亲说，喝鸡汤还抖腿呀，看汤都洒了，左林你都那么大了，怎么还玩小孩子的把戏呢？我母亲回家后一直在哀叹没娘疼的孩子不容易长大，更让她担心的是左林坚定的旁若无人的表情，那表情在宣告，我玩的就是小孩子的把戏，不要你管。那年秋天左林独来独往，心中怀着一个灼热而令人费解的秘密。连我都觉察出左林对骑兵生活的疯狂的妄想，我看见过他骑在学校的围墙上，就像骑在马上，一只手威武地指向空中。左林的举止让大家为之担忧，他们都提醒左礼生注意儿子的心智发育问题，左礼生却不乐意听这些，他说，左林就是腿骨头歪了，大脑没长歪，他脾气怪，是让人欺负的，再说他立志要当骑兵有什么不好？瞎子学算命，罗圈当骑兵，那是造化！

由于香椿树街地处南方，除了动物园养着几匹光吃不跑的斑马，你甚至找不到可以替代的牲畜。左林的骑兵生涯的难度大家可想而知。左林为他的马而时刻焦虑着。他无法慢慢地走路，他一走路就听见踢踏踢踏的马蹄声，这声音逼着他以驭手的速度一路小跑，可是他清楚胯下的马并不存在。他从家里找到了一把镰刀，拆下木柄挂在腰上试一试，有点像一把马刀，马刀马靴马鞭都可以用别的替代，独独最重要的马却很难寻觅，整整一个秋天左林做着马的梦，他在学校的厕所附近等待奇迹，但白马再也没有来。然后是一个雨后的清晨来临了，左林醒来发现宿醉的父亲正躺在他的身下，在梦里他爬到了父亲的背上，在梦里他像一个骑兵跃马一样跃到了父亲的背上。那个瞬间左林很惶惑也很惊喜，他轻轻地在父亲背上颠了几下，左礼生宽厚的后背柔软而坚实，让他联想起一匹好马的马背。左林是多么留恋父亲的后背，可是他听见父亲在睡梦中咕哝了一声，起来，小便去。左林就去小便了，一种奇妙的快感仓促间结束了，它不会再来。左林深知他再也不能跃到父亲的后背上去了。

大家都说创作讲究灵感，我表弟左林也是从一次意外中吸取灵感的，就是从那个雨过天晴的日子开始，左林着手从人中间物色他的马。

左林在纸盒厂附近拦马，第一个拦住的是小安，他让小安弯下腰，做他的马。小安是个精明的孩子，怎么肯做左林的马，推开左林就溜了，回过头还威胁道，左林你给我小心点，明天我让三霸来打你。左林说，三霸算老几，明天我让我表哥来打三霸！左林退回到墙影下，继续在街上来往的人群里物色他的目标。他成功地拦住了纸盒厂张会计八岁的儿子，这次他吸取了教训，用了智慧，他说，怎么没有人跟你玩？我来跟你玩，我们玩个好玩的游戏吧。张会计的儿子上了当，可是当他发现左林其实是把他变成一匹马在街道上骑着玩的时候，他就不干了，他怎么推搡左林左林也不下来，小男孩就哭叫起来了。纸盒厂的好多女工都从窗户里向他们探头张望，左林不得不放开小男孩从纸盒厂转移。只骑了五六米远就终止了骑马练习，左林不甘心，他快快地环顾四周，忽然觉得这条热闹的街道其实很荒凉。

香椿树街上行人无数，每一个行人其实都可以当他的马，他们好像一匹一匹马从左林面前奔驰而过，却没有一匹马愿意停下来让他跃上马背。火车隆隆地驶过了香椿树街，火车是世界上跑得最快的铁骏马，那么多人骑过它，离得这么近，左林却从来没有上过火车。左林向火车车厢里一些模糊的人脸挥手，那些人一闪而过，火车也像一匹骏马一样一闪而过。在秋天苍白的阳光里，左林感受到了某种深深的孤独。

左林沮丧地来到了铁路桥桥洞，他看见傻子光春胖墩墩的身影在桥洞里左右摇晃着，他在水泥墙上磨一把锁。左林说，傻子，你磨锁干什么？傻子光春说，你不知道锁里面的芯子是铜的？把铜芯子取出来呀。左林说，傻子就是傻子，你花那么大力气磨那点铜？有个屁用，收购站不收的。傻子光春说，不送收购站，我跟货郎换洋画片的。左林说，你简直是世界上最傻的傻子，你不会从家里找吗，听说你奶奶以前是个地主婆，别说是铜了，没准她还有金子呢。傻子光春说，我们家什么也没有，我奶奶喜欢藏东西，家里找不到铜了，我奶奶把她箱子上那把铜锁藏起来了，货郎说那样的大铜锁能换十五张，水浒一百零八将，我再有三十多张就收齐啦。左林鄙夷地从鼻孔里哼了一声，这么大的人了，还收洋画片。但与此同时左林听见桥洞里开始回荡着马蹄杂沓的声音，那声音来自傻子的脚下，左林的心跳得厉害。在幽暗的光线里傻子光春呈现出令人欣喜的马的气象，傻子的黑色塑料凉鞋像两片现代化的马掌，傻子修长的骨节突出的双腿比马还要粗壮，傻子浑圆结实的后背是多么理想的马背，而傻子蓬乱的不加修剪的头发似乎模拟着马鬃的形状。左林的呼吸急促起来。他的迷离的眼神透露了一个狂热的心思，傻子光春，多好的一匹马！傻子光春，你就是我的马！

仅仅是在一瞬间，左林的眼前降落下一块小小的草原，还有一匹马。左林像一个驭手向他的马走过去，他忍不住地摸了摸傻子光春的脖子，那脖子很光滑，而且有点油腻，但左林还是感觉到了他想象中的柔软浓密的白色马鬃，傻子光春对左林的举动有点惊讶，他推开左林的手，你为什么摸我脖子？左林凝视着傻子光春，他的手固执地伸过来，在傻子光春的后背上抚摸了一下，他的手告诉他，这是在香椿树街上能找到的最宽厚最安全的马背。但傻子光春怕痒痒，他一边躲闪一边咯咯地笑起来了，他说，左林你疯啦？我又不是女的，你为什么要摸我脖子？左林看了看经过桥洞的行人，竖起一根手指示意他别嚷嚷，他对傻子光春说，我们做个游戏，你当马，我当骑兵，你不会吃亏的，如果你做得好，我马上送你一把铜锁，如果你天天做我的马，我把我的一百零八将洋画片都送给你！

桥洞听见了左林的承诺，当时从两个孩子头顶上经过的一列货车也听见了左林的承诺，却都是没有记性没有嘴巴的东西，没有一个人可以为此作证，傻子光春不放心，他提出要和左林勾指起誓，左林犹疑了一会儿答应了，他说，平时看你傻，要东西的时候怎么不傻了呢？后来他们就隆重地勾了手指。

属于铁路部门的贮木场是左林练习骑术的主要场地。从香椿树街到贮木场去要穿过三条肠状小巷，一个化学品仓库，还有一口池塘。别人不去那里。别人不去的地方是左林的乐园。左林用他父亲的一双高帮雨靴替代骑兵们的马靴，马鞭相对容易一些，左林一开始用的是一条麻绳，但麻绳看起来太粗笨，不像一条马鞭，更重要的是傻子光春怕疼，总是埋怨麻绳抽起来太疼，左林只好换了一条废电线，废电线当马鞭用，傻子光春不怎么抗议了，但它不能发出那种响亮的清脆的啪啪之声，这是左林的一大遗憾。

也可以沿着铁路走到贮木场去。贮木场其实就坐落在铁路路坡下面，很大的一片地方，用铁丝网和木棍草草地围着，除了铁路货运部的人偶尔开着卡车来装运木材，此地永远是安静的。曾经有个高大的长着鱼泡眼的老人看守过这里的木材，后来看不见那老人了，或许是去世了，或许是回乡下养老去了。贮木场的大门锁了起来，但门的两个部分好像闹不团结，都赌气似的歪着，留下一个空隙，正好可容闯入者侧身通过。左林和傻子光春就是从门缝里钻进去的。

看门人的小屋空空荡荡的，透过破碎的窗玻璃能够看见一个脸盆架和半片床板立在满地废纸和煤渣中间，无人居住的屋子看上去都很脏，似乎隐藏着某个阴谋。左林对所有看门人都怀着某种怨恨，包括贮木场的老头。他有个模糊的印象，老头也曾经像别人一样吓唬过他，不知在什么时候什么地方，他也曾模仿过自己走路的模样。左林头一次来贮木场的时候就说服傻子光春，一人在小屋里拉了一泡屎，这让左林感到报复的快乐，但是这个唐突的行为也给他们自己带来了不利，两个人后来走过小屋时，都忍着不向窗户里看，一看就看见了那两堆东西，苍蝇绕着它们飞，更不利的是小屋本来可以作为他们的休息室的，现在却搬了石头砸自己的脚，不好进去了。

秋日的阳光照耀着贮木场的木材和杂草，不远处的铁路上时而有列车轻盈地驶过，车上的旅客如果向南侧路坡下张望，他们会有幸见到左林最辉煌的那段骑兵生涯，他的马是另一个少年，他的马场虽不正规，却是全封闭的无人干扰的，马和骑手当时明显地处于艰难的训练阶段，而贮木场里的一堆堆陈年的圆木和沥青泡过的枕木充当着沉默的观众。

不准偷懒，你再把腰弯低一点，再低一点，左林说，你这么弓着背，哪像一匹马，你像一头长颈鹿！

弯不下来了，再弯我就没法跑了。傻子光春说，你还说我偷懒？你不信，不信我们换一下试试？

慢点，慢点，我要掉下来了。左林说，这哪像个骑兵，像骑驴。

一会儿要快一会儿要慢，我累死了。傻子光春说，我不跑了，休息，休息休息。

不准休息，才跑了一圈你又偷懒。左林高高地举起了他的电线马鞭，练习的不顺利使他控制不了自己的火气，啪的一声，他听见傻子光春尖叫了一声，傻子光春惊恐地回过头，小罗圈，你真用鞭子抽我？你抽那么狠？傻子光春起初仍然以马的姿势驮着左林，突然意识到什么，猛地就把左林从背上掀下去了，一只手使劲地往后背上摸，却摸不到，傻子突然哭起来，说，出血了，一定出血了！

左林跌坐在地上，他知道傻子怕疼，不该抽鞭子的，可是后悔也来不及了，他站起来查看傻子的后背，一边安慰他说，没事，只起了一道红印，划破了一点点皮。左林怀着歉意在傻子光春的伤处比画了一下，没想到傻子推开了左林，傻子空洞的眼睛里燃烧着觉醒的怒火，这怒火使他吼叫起来，我要抽还你一鞭！

傻子光春夺下了左林手里的电线，左林起初一边躲闪一边还用语言威胁对方，很快发现那已经不起作用，傻子就是傻子，他冲动起来就只认惟一一件事，抽还你一鞭！抽还你一鞭！左林能够想象傻子的蛮力会使那一鞭变得多么可怕，所以他只好拼命向大门那里跑，这个情景描述起来似乎有点可笑，一匹马挥着马鞭追逐着骑兵，而骑兵落荒而逃，尽管可笑，但这是一个事实，左林后来脸色煞白地从贮木场逃了出来，他的马不依不饶地在后面追赶他！

傍晚时分绍兴奶奶拉着傻子光春闯进了左林家。他们确实是闯进来的，如果他们事先敲门了，或者绍兴奶奶不是那么沉得住气，先骂几句发个警报什么的，左林是有时间从窗户里逃避这场灾难的。可是左林和父亲两个人吃着饭，只听见门吱嘎一声，绍兴奶奶的声音就像霹雳在身后炸起来了。

左礼生，你还吃得下饭？又吃米饭又吃馒头，你们不怕噎着？

左礼生茫然的表情很快转化为阴郁的怒火，他看了看绍兴奶奶祖孙俩，一只大手敏捷地捉住了左林的手，别动，他对儿子说，你跑我打断你的腿！

绍兴奶奶对事件的描述虽然有添油加醋的成分，但总体上是事实，事实简洁明了，他让傻子当他的马，他答应给傻子一套水浒一百零八将的洋画片，结果傻子一张画片也没得到，后背上却挨了一鞭子。你看看，你那好儿子下的毒手，绍兴奶奶把傻子的衣服撩了起来，看看，看看，皮都烂了，左礼生，平时看你是个忠厚老实的人，我还张罗着给你说媒呢，是不是，你怎么教育了个禽兽不如的儿子出来，别人欺负他，他就来欺负我家傻子，你们家的祖坟要冒黑烟的呀！

左林说，我不是故意抽他的，我不是故意的——这句话没说完，左礼生掴了儿子一巴掌，下半句话咽回去了。左礼生说，给我跪在那里，现在没你说话的份儿，你去把你的一百零八将

246

拿出来给他。左林就跪在地上了。他看见绍兴奶奶还撩着傻子的衣服，展示傻子背上的鞭痕，突然觉得不公平，便在一边嚷了一句，他也要打我——这句话同样没有说完，左礼生过来捆了儿子第二个耳光，他说，你给我去拿你的画片，马上去拿。左林说，你让我跪的。左礼生说，先去拿，拿给他了再跪，你要跪一晚上呢，有你跪的。左林不动，仍然端正地跪着。左礼生踢了儿子一脚，紧接着他意识到了什么，他看见左林的眼睛里突然涌出了泪光。怎么回事，你没有一百零八将的画片了？你舅舅给你的画片呢？左林转过脸看着墙壁说，都送光了，林冲鲁智深李逵，那些好的都给东风拿去了，春耕打我，我让东风去打他的。左礼生焦急之中顾不上别的了，追问道，那剩下的呢，一百零八将，有一百零八张呢！左林似乎感觉到父亲的巴掌将再次袭来，预先用手捂住了脸，他就那么捂着脸交代了画片的去向，其他都给郁勇抢走了，他说他当我的保护人。

左林记得父亲举起了拳头，值得庆幸的是傻子光春突然爆发的哭声救了他，绝望的傻子哭起来就像一个三岁的孩子，左礼生被那样沙哑而稚气的哭声吓着了，他丢下儿子向傻子光春走过去，他摸着傻子的脑袋，傻子晃了晃脑袋，把左礼生的手晃开了，继续张着大嘴，绝望地哭。左礼生手足无措地看着绍兴奶奶，他说，我要打死他，绍兴奶奶，我让左林给气晕了，事情弄到这一步，该怎么罚他，该怎么罚我，你老人家说句话吧。绍兴奶奶向左礼生翻了个白眼，似乎要说出什么刻毒的话来，突然却急火攻心，喉咙里涌上一口痰，就是这一口痰的停顿，让绍兴奶奶想起了事件之外的许多事件，绍兴奶奶一下子悲上心头，捂着胸，叫了一句，我们祖孙俩的命怎么这样苦呀——竟然也哭起来了。

绍兴奶奶和傻子光春一个尖锐一个粗哑的哭声在左家回荡了大约三分钟，三分钟后左礼生恢复了理智，他做出了一个非常合理而公正的决定，他把左林推到傻子光春面前，一只手按住了左林的背部。光春，现在轮到你骑他了！只有这个办法才能解决问题，左礼生一只手按住儿子，一只手去扶傻子上马。傻子光春止住了哭声，看得出来他对左礼生的方案很感兴趣，只是不敢贸然行事，他用眼神向绍兴奶奶征求意见，绍兴奶奶却沉浸在几十年的悲伤中了，她在左家的藤椅上坐了下来，闭着眼睛，一口口地吐气，吸气。傻子光春听从了自己的意愿，他骑到左林背上的时候有点羞涩，还要马鞭呢，他说，左林把马鞭放在抽屉里的。左礼生说，好的，给你拿马鞭。左礼生从抽屉里果然找到了那条废电线，他把电线递给傻子的时候看了看左林，左林弯着腰驮着傻子，他的矮小的发育不良的身体在微微摇晃，他的干瘦的双腿也颤抖着，呈现出一个悲壮的半圆形，左礼生很想看见儿子的脸，却看不见，左林低着头把傻子光春驮在背上，他的脸埋在灯光的阴影里。

傻子光春一会儿便快乐起来了，他咧着嘴笑，似乎对他的角色转变充满了信心和期望。他说，左叔叔，我能把他骑到街上去吗？

左礼生迟疑地看了看藤椅上的绍兴奶奶，绍兴奶奶睁开了眼睛，她犀利而坚硬的目光使左礼生有点慌乱，左礼生嘿地一笑，说，当然能骑到街上去，左林骑你也是在外面嘛。

先是三个人来到了夜色初降的香椿树街上，后来绍兴奶奶也出来了。四个人，其中包括一个骑兵，一匹"马"，两个观众兼裁判，他们在刚刚亮起的路灯下以混乱的队形和速度由东向西行进。路人们和一些邻居都看见了这支队伍，孩子们之间的骑兵游戏并不让人吃惊，人们好奇的是为什么左林和傻子光春的这场游戏由左礼生和绍兴奶奶陪伴着，他们居然不加制止。他们问绍兴奶奶，绍兴奶奶，你为什么让光春骑在左林背上呀？绍兴奶奶觉得人家问得没道理，她气呼呼地不理睬人家，倒是左礼生，自己给自己一路打着圆场，说，孩子闹着玩，让他们闹着玩去。

左礼生一直紧跟着儿子和傻子光春，他关注的是儿子的腿，以及儿子的膝盖，正如预料的那样，左礼生很快听见儿子的膝盖发出了呻吟的声音，儿子没有哭，但他的膝盖开始哭泣了，那声音是努力压抑着的，却像碎玻璃一样溅开来刺痛了左礼生的心，左礼生感到了那种难以承受的刺痛，他向傻子光春赔着笑脸，说，怎么样，出了气了吧，街上人多，还有汽车，要不要先下来，让他给你再道个歉。傻子光春却骑得正得意，他说，不行，他骑我骑了很多次了，他骑我骑得比这久多了。左礼生转过脸看绍兴奶奶，绍兴奶奶偏不回应他的信号，只是看管着孙子手里的电线。不许用鞭子，骑就骑了，不能用鞭子抽人。她说着忽然加强了语气，旧社会的恶霸地主才用鞭子抽人呢。左礼生无奈地说，那就再骑一会儿吧。

左林的膝盖却开始尖叫了，左礼生听见了那尖叫声，他相信绍兴奶奶和傻子都忽略了左林膝盖的声音，左林的膝盖快碎裂了，左林的膝盖快爆炸了，他们听不见那可怕的声音。他们听不见。左礼生在万箭穿心的情况下急中生智，他果断地拉住了骑兵和马，不由分说地把傻子光春架到了自己的背上，给你换一匹大马骑，左礼生说，骑大马最舒服了。快，叔叔让你骑大马！

绍兴奶奶反应过来以后试图去拦马，她摆着手说，礼生这可使不得，孩子的事情，你大人不该夹进去，你这让我的脸往哪儿放？绍兴奶奶命令孙子下马，但傻子光春一定发现骑左礼生这匹大马舒服多了畅快多了，他不肯下马，于是骑兵和他的马在香椿树街上一路奔驰起来，骑马啦，骑马啦！左礼生和傻子光春的欢呼声一个低沉一个高亢，骑兵和马都在急速奔驰中发出了狂热的呼啸声，骑马啦，骑马啦，骑马啦！

我表弟左林记得那天夜里空中飘着些小雨，昏暗的路灯光下有一些昆虫在飞舞，他坐在地上，看着傻子光春骄傲地骑在父亲背上，他像一个真正的骑兵，手执马鞭，身体直立，策马向前飞奔。他看见骑兵和马融为一体，渐渐消失在香椿树街的夜色中，就像他梦想过的骑兵和马消失在草原上。

左林哭了。左林一哭他的膝盖也跟着哭了，膝盖一哭左林就哭得更伤心了。在极度的虚弱和疼痛中他再次看见了马，马从铁路上下来，不只一匹马，是一群马向他驰骋而来，群马穿越黑暗的雨中的城市，无数马蹄发出惊雷似的巨响，他依稀闻见细雨中充满了青草和马的气味，整条街道回荡着马的嘶鸣声，后来他感到马群来到了他身边，他感觉到谁的手，不知道是谁的手，把他扶到了马背上，他骑上了一匹真正的白色的顿河马，他骑在马上，像一支箭射向黑暗的夜空。

堂兄弟

从枫杨树乡通往马桥镇的公路下来，穿过一片棉花地，可以看见池塘那边的乔村。绕过池塘向村里走，看得见白墙黑瓦的乔家祠堂。祠堂一度改为乔村小学的校舍，更早的时候是卫生所，现在小学迁了，卫生所关闭了，除了墙上留下一些孩子们的涂鸦，还有当年用红漆写在横梁上的计划生育的标语，祠堂总体上恢复了祠堂的尊严，阴森也恢复了，这些年乌鸦又飞了回来。

德臣和道林两家近距离地接受着祖先的庇荫，他们的房子就坐落在祠堂西侧的小土坡上。两户人家的房子靠在一起已经很多年了，从他们的祖上开始，就那么头傍头背贴背地靠着了，按照家谱记载的乔姓各家造房的年份推算，他们两家的房子这么靠着也有两百年了。当然这是粗略的算法，其间德臣家房子失火一次，殃及道林家，还有一年秋天接连下了十一天大雨，把道林家的房顶下塌了，德臣家的堂屋也就看得见天，祖宗的画像也让雨淋烂了，自然少不了要修顶筑漏，两家修房盖房是多长时间，又是什么样的情景，在此就忽略不计了。我老家枫杨树乡间历史上也出过些状元秀才什么的人，革命时期也出过人，到外面做了三品官做了大干部，住花园别墅的都有。不过德臣和道林家都是普通的农户，住的自然是农家的房子，之所以谈论他们的房子也是事出有因。早年间枫杨树乡下的房子都是泥墙草顶，再怎么盖也盖不出花样来，只图避个风雨，偏偏房子不通人性，不肯体贴主人的家境，风雨一多，稍微受了点苦，就扛不住了，撂挑子不干。花那么多钱那么多力气，辛辛苦苦盖起来的房子，却不如一把锄头一把镰刀那么耐用，住个几年就要修，等到修也修不起来了，主人就咬牙跺脚的，决心盖新瓦房了。德臣家原先的瓦房是这么咬牙盖起来的，道林家的不一样，但也轻松不到哪儿去。村里的老人都知道德臣的祖父当年在外面游乡弹棉花，把两根手指都弹坏了，才盖起了瓦房。德臣家的瓦房一好，旁边道林家的草房子就显出可怜劲来了，远远看着那草房，好像死死地抱着瓦房的腰，不放手，也好比一个穿戴体面的人被一个泼皮拦腰抱住，甩也甩不掉，总要给个什么说法。果然，隔了三五年，就有了说法，道林家的瓦房也在旁边站起来了。这事说起来好懂，德臣和道林两个的祖父是亲兄弟俩。哥哥后来在马桥镇上开了棉花铺子弹棉花，雇了弟弟做伙计，肥水不流外人田，弟弟就在哥哥的帮衬下把新房子盖起来了。据乡间老人的闲话，说弟弟盖房的时候缺几根椽子，就偷了祠堂里顶门的一根大门闩，拖回家做了椽子，这话不知道可信不可信。祠堂后面的一片竹林，当年让小学生们糟蹋了，不见了，坡上德臣和道林家的两座瓦房，现在你从祠堂的窗户里一眼就看得到。一座大一些，一座稍微小一些（也不过少了北面那两间耳房），靠在一起，大小正好合适，正像是兄弟俩靠在一起仰望着日落日出，在贫穷的枫杨树乡间做着丰衣足食的梦。

说这话的时候已经是好多年以后了，弹棉花的亲兄弟都早已经在柏树林下的祖坟里彻底歇下，他们留下的房子里住着自己的子孙，却不是亲兄弟了，是堂兄弟。德臣和道林，他们是堂兄弟，这堂兄弟的关系在枫杨树乡间是最常见的，可近可远，清明上一个祖坟烧纸，然后都去乔家祠堂祭祀祖宗，祠堂里聚集的男人中有多少堂兄弟呀，一出祠堂他们就各奔东西了，可是德臣和道林回家，走的永远是一条道。

那个走路挺着胸的穿西装的矮个子，是德臣。另一个弯着腰的嘴里永远叼着香烟的瘦高个子是道林，他们的外貌特征很明显，何况他们两家住在坡上，进进出出，村里人远远地就喊起他们的名字来了。

德臣！

道林！

德臣家的新楼房春天开的工，到了夏天就威风凛凛地站了起来，还在坡上，离两家的老屋也只有十几步路远。村里给道林盖新房的地皮也在那里，画了红线的，德臣先下手也没什么，他占不了道林的地皮，也不敢有这种心思，道林的心胸比不上海洋，但比水沟宽得多，他本来是准备忍受一些来自德臣的压力的。春天德臣家开工的时候还去帮了两天忙，第三天帮不下去了，就借口去走亲戚，离开了村子。眼不见为净。他在城里一个建筑工地上干了几天，干几天人家工程就完工了，没有新的地盘可去，又回来了。他从公路上看见了德臣家的新房子，三层楼已经盖好了第一层，红砖墙面，大窗洞，和德臣嘴里描述的一样，没有什么意外，也没有什么惊喜。怎么会惊喜？那是德臣家的房子，不是他的。道林记得他一路穿过棉花地的时候还没什么特别的想法，但棉花地里打农药的几个妇女偏偏拦着他说话，狗子他妈说，道林，德臣家开工你怎么躲出去了？你们还是兄弟呢，也不去帮帮人家忙。道林说，你知道个屁，我怎么没帮忙，是帮不上，你以为现在盖房子还是以前，要图纸的，按照图纸来，不会帮帮的是倒忙。狗子他妈说，那你家房子到底什么时候开工呀？他不愿意和妇女多费口舌，回了一句，该开工就开工，我家房子你操什么心，你又不肯嫁过来做小的。狗子他妈追着他要打他，道林往地里一跳，跳到乔来秀旁边，那乔来秀正眯着眼睛向坡上看，瞥一眼道林，忽然无端地笑起来，笑得道林心慌，说，你个疯婆子吃了笑药了，好好的浪笑什么？乔来秀还是笑，指着坡上的房子说，你自己来看嘛，看你们两家的房子，很有意思的。道林说，房子有什么意思？乔来秀说，原先是你们两家房子，还没看出名堂，现在德臣家的房子好了，怎么觉得他家是站着，你家那房子是跪着的——别跟我瞪眼睛呀，你自己来看，像不像三个人？一个跪，一个蹲，一个站，你家那房子最可怜，是跪在那儿的！

道林盖房的计划是被种种的意外打乱了。不可否认，女人的闲言碎语也会惹是非，比如乔来秀的话，怎么听着就像针一样刺人呢，刺痛的是道林的自尊心。但更大的意外来自道林媳妇那里，道林怎么也想不到媳妇那样敦厚那么死心眼的一个女人，会让德臣家的房子弄得乱了方寸。他回到家里，看见门关着，正纳闷大白天为什么关门，儿子在里面叫起来，快开门，爹回家啦。女儿跑过来下了门闩，给他开了门。道林说，村里闹贼了，好好的怎么闩着门。女儿指着儿子说，他不听话，不让他跑去看盖房，他偏要去。道林说，盖房怎么不能看？让他看去。儿子这时候大声叫起来，是妈不让我去看，她自己也不看，她把眼睛都蒙起来了！道林进了里屋，果然看见他媳妇脸上蒙着块布坐在床上，手里还在纳鞋底。道林说，你这是闹的什么鬼？眼红别人盖新房，也不能装瞎。媳妇说，我就得把眼睛蒙上，不蒙上眼睛忍不住地要到窗口去看，一看心里就堵得慌，什么事也干不了。道林上去揭下她脸上的布，说，你的心眼怎么比针尖尖还小呢？传出去不让人笑掉大牙。媳妇说，还怕人笑话呢，腰杆子都挺不直了，还要那个面子有什么屁用。

　　赶路赶回家，道林不觉得累，只觉得心烦。他把媳妇往床上按，按了几次媳妇都坚强地挺了起来，道林就放弃了。夫妻俩都呆坐在床上，仰头看着自己的房子，房梁和椽子都已经发黑了，挂在梁上的一只箩筐里结了一张蜘蛛网，一只老鼠吱溜一声从梁上跑过去，不见了踪影。媳妇说，他们家一开工，老鼠就往我家跑，欺负人呢。道林说，这几天我一直在琢磨呢，德臣上哪儿弄来这么多钱，他种那么多地，我也种那么多地，他种果树，我也种果树，他养猪我也养了，闲着时他去地盘上干活，我也没歇着，我比他干得还苦，怎么就攒不下盖房子的钱呢？媳妇莫名地气起来，说，偷的！道林说，不兴这么说人家，我估计他是借的钱，我听天武说他去他家借过钱的。媳妇说，当然是借的，不借去偷呀？媳妇说着在门缝里找了个竹竿去挑房梁上的蜘蛛网，被道林拦住了，别挑，让它在那儿，道林说，我一路上一直在想呢，盖房子的苦早吃晚吃都得吃，咬咬牙了，我明天开始出去借，够了钱我们家也开工！

媳妇却一下瘫坐在床上了，她的眼睛眨巴着看着丈夫，要说什么，却一句也说不出口，只是把一只手塞给道林，说，你摸摸我手上的脉，还在不在跳？我怎么透不出气来了呢？道林说，你是让吓的，你要是怕，我们就再攒两年再说。媳妇瞪大眼睛望着房梁，突然哭起来，说，我听你的，你要是能忍，我们就再攒两年钱再说。道林突然火了，甩掉媳妇的手，说，听我的你还哭什么，反正一辈子就盖一回楼房，上刀山得上，下火海也得下，我们不忍这口气，我们也开工。

出去借了钱，道林才知道德臣什么都抢先走了一步。他的估计不错，德臣盖房子的钱也是借的。枫杨树的富裕人家不算少，凡是乔姓，都沾亲带故，但借钱的事比血缘复杂。人人皆知借钱容易讨债难的道理。是有几家亲戚，房子早盖了，儿女大事也办了，手里有余钱，等到道林上门的时候，亲戚都面有难色，说道林你从小就不如德臣机灵，这回又让德臣抢了先，家里富余的钱都让德臣借走啦。还拿德臣的借条给他看。道林这才想起来他和德臣的亲缘关系，他的亲戚好多也是德臣的亲戚。道林心里埋怨为什么偏偏和德臣做了堂兄弟，沾光的事情记不起来，吃亏却吃了不少，这怨恨绵绵密密，却说不出口。道林说，我道林是什么人你们都知道的，嘴皮子不灵，做人是堂堂正正的，人家会赖债我不会赖债的，就是不吃不喝也要把债还清了。亲戚说，德臣也是这么说的，其实你们兄弟做人什么样我们都清楚，不是不借，是没的可借了。也有亲戚说，你们两家为什么非要挤在一起盖房呢？房基地反正归你了，也不会长翅膀飞了，你怎么偏要跟他挤在一起盖房呢？道林一时也想不出什么冠冕堂皇的理由，就把责任都推到媳妇头上，说，我是不急，祖宗留下的房子，好好的，不过就漏雨，漏雨就用盆接嘛，我不急着盖房，是小勇他妈天天跟我闹呢，她怕让德臣家抢了风水。

道林是个爱面子的人，借不到钱从不对人说半句难听话，回家就不一样了，拿媳妇撒气。他说，不盖了不盖了，不去丢那个脸了，就住这老房子，我不信能把人住死，你不是不敢看人家盖房子吗，明天把窗户堵上，把门也掉个方向，你不扭头，什么也看不见！媳妇给他弄哭了，说，你就会说这种屁话，没出息的东西。道林说，我没出息，你怎么不出去借，你不是说你三舅家买了两台拖拉机了吗，他家那么富，你怎么不找他借去？媳妇呜呜地哭了一会儿，说，不盖就不盖，你是男人，丢脸丢你的脸，不丢我的脸。道林跳起来，我丢什么脸了，我乔道林不偷不抢不嫖不赌的，借不到钱就丢脸了？道林要去打媳妇，媳妇向外面逃了几步，突然站住了，咬着牙说，我就不信活人能让尿憋死，我回娘家，找我三舅借，我三舅不给我面子，我就让我妈出面，不信就借不到钱！

乔村人都知道道林家盖房的钱是他媳妇从娘家借来的，也许就因为这事，后来道林家盖房的时候都是女的做主，道林好像矮了一截。工匠也都是女的从娘家那儿请来的，说是江西来的工匠，人多，工钱还便宜。村里人都说道林媳妇平时显不出有多能干，关键时候就显山露水了。

　　道林家的房子后来一直在追德臣家的房子，村里人在棉花地里干活或者从公路上路过时，都能看见坡上的两座新房子比赛一样地蹿高。道林家的工匠搭了棚子在公路边住，开工早收工晚，隔了不多久，后动工的追上了先开工的，两座房子一般高了，看上去又像兄弟了。村里人路过工匠住的棚子里，看见道林媳妇穿着道林的肥大的旧军装，正在灶边忙着为工匠做饭，他们带着惊讶之色恭喜她说，哎呀，快追上了嘛。道林媳妇还装糊涂，说，什么快追上了？人家说，房子呀！道林媳妇便从工棚里探出头，看看坡上的两座房子，说，我们家道林办不成事呀，要不是等砖头，我们家的房子就封顶了。

　　房子封顶的时候两家差点闹出了纠纷，说白了是枫杨树乡下常见的房顶谁高谁低的纠纷。是德臣的媳妇容不下道林媳妇的能干，又迷信，就让工匠等着道林家封顶，说，让他们像狗撑骨头一样撑着我们，我们家开工在先，风水倒让他们抢了？我们家房顶偏要高过他们家。工匠们听主人的，便歇下来了，道林媳妇是明白人，却比德臣媳妇有手腕，她说，好呀，他不停我们不停，他停我们也不停，你们照着料往上盖，盖到哪儿是哪儿，我看她有多少能耐压我一头。这一闹工匠不会干活了，两家男人出面了，德臣和道林从小一起光屁股长大，什么话都可以摊开来说，堂兄弟俩蹲在工地上商量了半天，决定谁也不占那个风水，两家房子用尺子量，一定要一般高，还要请村长来做证人。

毕竟是堂兄弟，堂兄弟头挨头地商量事情，祠堂里祖宗的在天之灵严厉地挡住女眷的脚步，不让她们多嘴多舌，她们不参与，德臣和道林很容易地解决了一个棘手的问题。

他们挑了一个好日子一齐搬的新房子。按照枫杨树乡间多少年来的习俗，盖新房的再怎么穷，乔迁之宴一定要摆。全村人都可以带着一张嘴来吃。也是为了省下点钱来，德臣和道林商量一起把宴席办了，也顾不上别人的风凉话，两家摊分这场宴席，谁也不吃亏，这是好事，女人当然也不会反对。两个女人去马桥镇上割猪肉的时候还各走各的，回来时候虽然不说话，但她们是抬着一麻袋猪肉一起走回来的。到了起灶办宴席的那天早晨，一种共同的负担和另一种相通的利益使德臣媳妇和道林媳妇不计前嫌，彻底走到了一起，他们从早上就开始商量猪肉里应该混土豆还是萝卜，米饭该煮成几分烂，酒瓶让谁来掌管，一切就是为了让贪嘴的村里人少吃一点。

两家的旧屋谁也没拆，正好用来摆宴席。中午十一点钟，所有的乔村人都在往坡上赶。乔村不是大村，但由于地形的关系，那支弯腰爬坡去赴宴的队伍看上去是浩浩荡荡的。房子里里外外都坐满了人，远远听着是一种节日式的热闹和嘈杂。德臣媳妇道林媳妇带着几个女的在树下临时搭砌的灶前忙，德臣家的儿子嘴馋，在母亲身边钻来钻去抓东西吃，德臣媳妇打了他一下，抢下孩子嘴里的一块肉，正要往碗里扔，突然像遭了谁的鞭子抽，人突然打了个冷战，回过身拉过孩子，把肉又塞到儿子嘴里了。道林媳妇有点不满地看着她，没想到德臣媳妇一句话，把道林媳妇也说得心如乱麻，到处找自己的一双儿女去了。

德臣媳妇对儿子说，今天就敞肚子吃吧，欠下这一屁股债，怎么还？只能从牙缝里省钱，从今往后，你别想有这么大块的肉吃了。

枫杨树乡下的人习惯了从牙缝里省钱的生活，这对于德臣和道林两家的大人来说早有思想准备，孩子们却不接受餐桌上从天而降的灾难。孩子不接受了就闹，闹了就挨大人打，打得狠了孩子长了记性，知道不该为吃跟大人闹，就想别的歪点子了。德臣的儿子在学校里抢同学的饼干吃，被人家家长闹上门，德臣便大发雷霆，拿着根扁担追着儿子打，从新房子追到旧房子里，儿子一转眼不知道躲哪儿去了，德臣看见道林家的两个孩子钻在猪圈旁边，生了一堆火，用一只搪瓷杯子煮鸡蛋吃。看见德臣，女孩子惊恐地叫起来，说，叔，求你别告诉我爸。小勇则说，也别告诉我妈，我妈打起来更疼。德臣看得心酸，过去帮他们拨了拨火，德臣说，这是什么鸡巴日子，勒着裤腰带过日子，从孩子嘴里省钱，能省下多少钱来？

德臣后来就不准媳妇天天煮稀饭，他规定每隔一天要煮一顿干饭。德臣在家是说一不二的，媳妇不敢违抗，德臣媳妇没想到自己煮点干饭，又把隔壁道林家得罪了。这要怪两家新房子的厨房都顶在房前，这家厨房里的味道，隔壁那家是闻得到的，孩子的鼻子比小狗还灵，德臣媳妇一煮干饭，道林家的孩子马上就知道了，知道了就有了抗争的理由，尤其是男孩，他居然自作主张舀了米要往锅里添，说，他家也要还债，他家煮干饭，我也要煮干饭。煮粥的姐姐就大叫父母来。道林媳妇下了楼，打了孩子几巴掌，手不疼，孩子也不见得疼，倒把自己的心打疼了，就坐在楼梯上哭了起来。道林也下楼，看见媳妇哭得那么伤心，知道她是心疼孩子，就说，粥也是细粮呢，现在的小孩子有细粮吃，不错了，我们小时候吃红薯南瓜饭的！媳妇哭过了，冷静下来，说，人家德臣家做得也对，孩子长身体，不能天天喝粥，也得吃点干的。道林说，我早这么说了，是你要从饭碗里省钱的。媳妇走到外面去，向隔壁张望了一下，回来说，他们家也是，煮干饭也不关着点门，看把孩子馋的。道林说，总不能让人家煮干饭就把门窗都关了，是我们家孩子不好，他就不能不过去闻吗？他是人呀，又不是狗。道林媳妇站在门口思忖了一会儿，瞬间做出了一个重要的非同寻常的决定，她对丈夫说，你等会儿过去跟德臣说一下，以后煮干饭打个招呼，我们两家反正是一辈子拴在一起了，煮干饭也得一起煮，别让孩子们嘴犯贱！

后来德臣和道林家就有了这个约定，煮干饭两家一起煮，事先要互相通报。由于德臣媳妇和道林媳妇的关系时好时坏，所以他们互相通知的方式也是多种多样的，两个女人关系好的时候是亲自过来通报，关系不睦了，就差孩子来，也有冷眼相向连孩子也不准串门的时刻，这边的女人就在厨房里对着窗户，扯着嗓子叫，煮干饭了煮干饭了！叫得不情愿，又补上一句，小心吃噎着了！

大概是顺带着指桑骂槐吧。

他们两家就在新房子里过着统一的节衣缩食的日子。乡下地方，鱼米之乡，不用花钱也总能填饱肚子，乔村人也看不出那两家人有什么营养不良的迹象。德臣后来一直在马桥镇的榨油厂干活，他做过拖拉机手的，在外面结交的人多，多了就有用，多了条赚钱的门道。道林老实，不如德臣会交际，就一直在村里忙田里的事，果树的事，还有十几头猪的事。傍晚时分村里人经常看见道林拿着渔具在池塘旁边转悠，转了一会儿提着几条小鱼回家了。村里人说，这池塘里的小鱼也能吃呀？道林说，怎么不能吃，用油炸了，又香又鲜，我们家小勇最爱吃！

其实道林的孩子不爱吃鱼，嫌小鱼刺多。道林说，把你们娇惯坏了，鱼的营养比猪肉好，鱼的价钱卖得也比猪肉高，你们还不吃，不吃就别吃，城里的孩子还没有这么活蹦乱跳的鱼吃呢。道林怎么说孩子们也不动心，关于桌上的饭菜，无论大人怎么说，在孩子们看来不是谎言就是圈套。他们要吃肉，说不出口，男孩问他的姐姐，我们家的猪要是从它身上割一块肉下来，还会不会长好？姐姐就把这话密报了母亲，道林媳妇一听就紧张起来，打了他一巴掌，她知道儿子心里在想什么，命令他以后不准进猪圈。

这之后就发生了德臣家吃肉的事。说起来又是个意外，那天德臣回家带来了两个客人，看样子是马桥镇上的什么干部，德臣对他们的态度有点类似太监对皇帝的态度。黄昏时从德臣家厨房里飘出了浓郁的炖猪肉的香气，德臣媳妇在厨房的窗子上拉了一块布挡着，但布幔挡得住她忙碌的身影，却挡不住猪肉特有的香气。德臣家的男孩在门里门外跳出来跳进去的，看见小勇坐在他家门口台阶上发呆，就露出傲慢的神色来，对小勇说，我爹说了，我们家今天有客人，特殊情况特殊处理，吃什么用不着向你们家报告！他看见小勇跳起来跑进了家门，后来就没再出来，后来就只听见小勇的哭闹声了。

道林从地里回来，远远就听见家里闹得厉害，他还以为出了什么事，冲进门却看见儿子躺在灶前的草堆上撒泼打滚，满身满脸都是碎草。他媳妇和女儿都围着小勇，哄他上桌子吃饭。道林不知究竟，说，爱吃不吃，怎么还低三下四请他？他到底为什么闹？女孩子跺着脚埋怨隔壁，都是他家不好，烧猪肉烧那么香，不事先打个招呼！媳妇这次却很理智，说，也怪不了人家，约定说煮干饭打招呼的，谁想到他们家还有钱请客吃饭呢，人家请客当然是要猪肉上桌的，打不打招呼都一样，我们家没钱割猪肉。

男孩还在哭闹，一边闹一边嘟囔，杀猪杀猪，我要杀猪。道林威胁儿子道，杀猪？你知道一头猪卖多少钱？我把你杀了也不杀猪。说着上去把儿子强行抱起来，扔在饭桌前的凳子上。然后一家人坐在桌前吃饭。儿子不吃，道林踹他一下，说，不吃你滚下去，饿死你。儿子也不下去，只是张着嘴哭。道林媳妇看着丈夫的脸色，突然说，要不然拿两个鸡蛋炒了，压压他的馋劲？道林的脸色不对，他端着碗，看着碗里的粥汤，只看不喝，对媳妇的探询没有反应。道林媳妇对儿子说，孩子你懂点事吧，两个鸡蛋拿到镇上能卖一块多钱，你吃了就没了。道林不说话，他的脸色不对，眼睛有点发红，端碗的手颤抖着。道林媳妇发现丈夫脸色不对，人就站起来了，她对孩子说，我给你在酱豆里淋一点香油，保证好吃。孩子仍然哭，他好像是决心把抗争进行到底了。然后道林媳妇就听见丈夫怒吼了一声，他手一挥，把桌上的锅碗都扫到地上去了，道林媳妇看见丈夫从凳子上跳到饭桌上，躺下来，用双手捶着自己的肚子，她是突然间听懂丈夫震耳的吼声的：来，吃，吃，把我吃了吧！

道林躺在饭桌上吼叫着，来，你们都来，把我吃了吧！

道林躺在饭桌上捶自己的胸，说，来，割这里的肉，把我吃了吧！

道林躺在饭桌上捶自己的腿，说，来，割这里的肉，把我全吃了吧！

德臣媳妇过来送那碗肉的时候，敲门敲了很长时间。道林媳妇来开的门，她只把门打开了半扇，就站在门缝里和邻居说话。道林媳妇似乎是刚刚哭过洗了脸的，脸上的水和泪痕混在一起，散发出一种灰白色的冷光，她低眼看了看德臣媳妇手里的碗，说了一句话，让德臣媳妇后来又记了她半年仇。

道林媳妇说，你来迟了，我们已经吃过了。

私
宴

最后一班长途汽车在暮色中抵达马桥镇。正如乘客们一路上所担忧的那样，汽车终于抛锚了。幸运的是抛锚地点在大牌坊，距离终点只有五六十米了，司机决定就地停车，可控制车门的开关不知怎的也出了问题。司机起初还有耐心，沉着地按着什么按钮，渐渐地动作走样，一上一下拍打起来，一车人都站起来向驾驶座那儿看，后面的人问前面的人，为什么不开门？前面的人说，不是不开门，是门打不开啦。

　　车厢里此起彼伏地响起一片焦躁或者气愤的声音。不知是哪个精明人高声建议，这样的车子，应该举报它，让运输公司退一半票钱！有人冲动地附和着嚷嚷，有人则以忍让的口吻淡淡地说，这是马桥镇，又不是北京广州，这点事情去举报，他们把你当神经病！还有知情者无意中透露了长途汽车的产权归属，说，要举报你们就去举报大猫黄健吧，你们都不知道，这条长途线让他承包了。车门在众人的哄闹声中咯嗒嗒嗒地响，响了好一会儿，冷不丁弹开来一半，差点跌下去一个人，那小青年反应快，拉住了栏杆，他手里的行李却夹在门缝里了。小青年火气大，张嘴便骂，×你老娘的，怎么开门开半扇？我的包夹住了，快把门都打开！司机正没好气，回击道，×你老娘的老娘！打开半扇就不容易了，这老爷车早该报废了，骂我有屁用，你要有本事去×大猫的老娘！车厢里的人都急着下车，后面的人顾不上批评谁，也懒得帮忙，一个个抬高腿跨过那个拦路的旅行包，挤搡着从半个车门缝里一起冲下来了。

汽车站的广播员不知道去哪儿了，喇叭里没有抵达信息，仍然是《运动员进行曲》欢快的旋律。迎候的人群中有眼尖的，看见牌坊那儿的动静，说，是车来了吧，怎么停在牌坊前面了？人群动荡起来，有人疾步地跑过来，说，晚点了啊？下车的人说，怎么不晚点？车也不好，路也不好，门也打不开，不晚点才怪！

已经是农历小年的傍晚了，该回家的人终于都回来了。包青不和别人争，就落到最后一个下车，他提着行李箱走到车门口时，看见他的小学同学李仁政穿着长筒胶靴，左手拿着长把刷，右手拖着一条橡皮水管跑来洗车了，包青赶紧转过脸，侧着身子下了车。

包青是典型的马桥镇人嘴里所说的那种知识分子，那种知识分子对人缺乏热情，与几声信口而来的寒暄相比较，他们往往选择一个笨办法，装作没看见。包青就是这样，他做贼似的绕过汽车向牌坊的西边走，可是李仁政的声音却在后面追他，包青包青，你回来了？包青不好再装聋子，就很不情愿地回过头，回过头他发现李仁政脑袋上突然多了一顶红色棒球帽，帽子上印了一排醒目的白字：新马泰八日游。包青笑起来，说，你怎么戴了红帽子，我都认不出来你了，你出国旅游了？李仁政的手伸到帽子里摸了摸，说，我哪有那个福气，人家给我的帽子，我的头发，哎，回头跟你说。包青站在那里，看李仁政的表情还有话要说，他以为他要交代头发的事情，结果却不是，他突然提高声音说，大猫要请你喝酒，他关照我好几次了，你一回来就通知他，他要请你喝酒。包青说，谁，大猫？黄健吗？李仁政对准汽车后窗玻璃喷着水，说，就是大猫嘛，大猫你都不记得了？包青愣了好一会儿，最后低声嘀咕道，怎么会不记得他，喝就喝嘛。

　　远在北京的包青又回来过年了。不回来是个麻烦，回来也是麻烦，对于包青来说，回乡过年已经成为一种仪式的包袱了。过去母亲身体还硬朗的时候会跑到汽车站等他，他不忍心，就不告诉她准确的归期，不告诉她她也来等，从小年夜前两天开始，天天等，一个小小的枯瘦的身影，迎风站在牌坊下，让包青想起来就心疼，他不能不回来。包青的回乡之旅其实是一次孝心之旅，他对马桥镇没有多少牵挂，他妻子清楚这一点，也就不拦他，每逢过年一家三口便各奔东西。母亲也清楚这一点，她对儿媳妇近年来的缺席并不埋怨，母亲在电话里直率地对包青说过，我没几年活头了，你再尽几年孝，以后就可以跟你媳妇去广东过年了，你媳妇不是说了吗，广东过年热闹，天气也暖和，只穿一件毛衣就够了。

　　下了新民桥包青就看见他姐夫推着辆自行车从肉联厂那里向他跑来，后面跟着他姐姐。他们一定是被什么事情耽误了，现在匆匆地跑着，似乎要努力弥补什么。看得出来姐姐在怪罪姐夫，姐姐的身上还穿着肉联厂的白色工作服。包青不喜欢家里人兴师动众的样子，他皱了皱眉，干脆站在桥上不动了。桥下有个穿紫色皮大衣的女人，牵着一条狗上来了。包青起初没在意，是那条小卷毛狗先来嗅他的鞋和裤脚，然后他闻见了一种在夏天北京大商场里弥漫的香水味道，一回头，包青看见了程少红。程少红风情万种地站着，斜着眼睛看他，包青一眼认出了她是喇叭花，就是想不起来程少红这个名字，以前镇上的男孩子都叫她喇叭花的。还是程少红主动，把小狗朝这儿牵了一下，又朝上面拉了一下，命令小卷毛狗说，欢欢，给大博士鞠个躬！

　　这么多年过去以后，包青见到程少红仍然有点慌张。他习惯性地伸出手去，见对方没有那个意思，又缩回了手，盯着她皮大衣上的一颗扣子，说，好多年没见面了，你还在果品公司吗？程少红说，哪儿还有什么果品公司呀？早散了，我现在在私营企业做。没办法，瞎混，没你那么聪明的脑子，做不了你那么大的事业。包青说，我也没做什么大事业。程少红啪地在包青胳膊上打了一下，你就别谦虚了，马桥镇这么个小地方，谁几斤谁几两大家都知道。大猫说他在电视上看见过你的。包青摆摆手，说，那叫什么上电视，我在会议上念论文，人家抓了一个镜头。程少红说，你还谦虚，这倒不容易，从小到大都谦虚。程少红说着想起了什么，扑哧一声，掩着嘴笑了。包青尴尬起来，他猜得到她在笑他的过去，只是不知道具体是哪件事情，包青就转过脸看着他姐姐姐夫，他们正满面歉意地往桥上赶，包青说，我得下去了，我家里人来接我了。他感到程少红在他背上又轻轻地拍了一下，然后他听见她说，大猫说要请你喝酒呢，你架子大，前两次让你推掉了，这次你跑不了啦。

初二下了雨。街上阴雨绵绵，马桥镇正在铺设光缆的道路一片泥泞。包青打着伞，带着礼品奔波在几个亲戚家中拜年。在舅舅那里包青再次听见大猫要宴请他的事，包青的舅舅还嘱咐他说，大猫要请你的话，你跟他提提，能不能让你表弟进羽绒厂，要不去长途汽车上跟车也行。你身份高，没准他会给你面子的。包青一听就不耐烦，又不好发作，对舅舅说，我哪儿有时间吃他的饭，镇长的饭局我都推了，明天就走了，教委刘主任那里还要应酬呢。包青从舅舅家出来，雨忽然下得大了，他就抄近路从小巷子里走，路过他从前上学的马桥二小的时候，他习惯性地朝校门那里看了一眼，看到的却不再是熟悉的小学，正好是大猫的羽绒加工厂。厂门口挂着四个红灯笼，组成欢度春节的字样，围墙两侧刷了醒目的标语，向管理要质量，向质量要效益。包青打着伞站在那里，听见雨点响亮地打在红砖楼的漏雨管上，还有宣传栏的塑料阳棚上，声声清冷，包青打了个寒战，然后他莫名地愤懑起来，嘴里说，买了学校做厂房，暴发户，暴发户呀！

大猫的宴请对于包青来说几乎是他探亲日程中的一个阴影，他准备用天气作借口，推掉大猫在富利华饭店的酒宴。母亲也不主张他去，她至今记得儿子当年与大猫做朋友付出了多么屈辱的代价。包青在电话里推托的时候，听见母亲在一边声讨大猫，她说，现在把你当人看了，当初把你当佣人的就是他，佣人还不如，主人不欺负佣人，他骑在你头上拉屎的呀。包青不乐意听母亲唠叨这些事情，他示意母亲别在电话旁边监听，母亲就挪了几步坐下来，说，他有钱，有钱怎么地？山珍海味怎么地，谁爱吃谁吃去。母亲的态度提醒了包青，包青就把一切推到母亲身上，对着电话说，不是我不给面子，明天就回北京了，这顿饭我母亲不让在外面吃。

包青以为他成功地推掉了大猫的宴请。晚上一家人正要在餐桌前坐下来，门外响起了一阵摩托车尖锐的刹车声。有人在外面敲门。包青的姐姐出去开门，回来告诉包青是李仁政，说李仁政不肯进门，要包青出去说话。包青一出去就看见李仁政僵硬而笔直地站在雨中。李仁政摘下了头盔，包青恰好见到一个半秃的脑袋，几绺头发被压得紧贴在脑门上，还在滴着水。李仁政就那样站在雨中，他的表情看上去有几分惶恐，有几分不安，也有几分神秘，大博士，你的架子太大了吧，人家老同学跟你喝杯酒聚一聚，又不是请你上刀山下火海，怎么就这么难请？

李仁政果然是替大猫来接包青的，看来他已经知道了包青的态度，因此准备了一套逼人就范的措辞，包青，你今天不给这个面子，我就站这儿等。李仁政抬头看看天，说，我不怕淋雨，反正没听说雨能把人淋死。

是包青的母亲首先过意不去了，她让包青的姐姐去给包青拿伞，说，人家这么诚心，不去就是你不对了，人家会说闲话，说我家包青地位高了摆架子，传出去影响不好。临走母亲夹了块熏鱼塞到包青嘴里，包青是嚼着一块熏鱼出的门。

包青一手打伞，一手抱住李仁政的腰，坐着摩托车穿越马桥镇的街道。街上仍然是冷风冷雨，节日的小镇之夜显出一丝不合时宜的凄凉。包青能感觉到李仁政腰部那一小片温暖的区域，尽管隔着劣质的被雨淋湿的皮革，包青的一只手还是感到了李仁政的体温。这样的情景很陌生也很熟悉，包青突然清晰地记起来，好多年前一个春节的夜晚，他和大猫、李仁政合骑两辆自行车去县里看一个歌星的演唱会，回来时李仁政的自行车爆胎了，结果大猫逼他跟李仁政换了自行车，他们像卸包袱一样把包青卸下来了。包青记得他一个人推着一辆报废的自行车走了三十里地。

包青不知道程少红也是大猫邀请的宾客之一。他们一进富利华饭店，先看见的是花枝招展的程少红。程少红站在通往二楼包厢的地方对镜补妆，她打扮得过分的认真，看上去像舞台上的民歌手，看见包青她慌忙把口红往包里一扔，嘴里尖叫起来，说，你怎么背来的，没去十八顶轿子抬你，你也赏脸来了？

包青不说话，只是不自然地微笑着。他对程少红说，你打扮得很漂亮呀。程少红说，漂亮个鬼。你心里怎么想的我知道，打扮得像三陪嘛，三陪怎么地，今天大猫就是让我来当你三陪的，大猫说了，给你大博士当三陪，是我的荣幸！

穿红旗袍斜佩着金色欢迎条幅的引座小姐迎上来，把他们带到了一个叫巴黎厅的包间。包青看见一个肥胖的穿着西装的男人从椅子上慢慢地站起来，貌似大猫，不像大猫，但看他额头上的一块红色胎印，一定是大猫。大猫原本是要和包青拥抱的，由于包青不由自主地退缩，改成了握手。大猫温热的手紧紧地抓着包青，不肯放松。他说，包青呀，你摸我的心，跳得多厉害。他拉着包青的手贴在他的西装胸前，包青，我不骗你，省长接见我我也没有这么紧张。包青笑起来，把手抽出来，说，要是在路上见面，肯定认不出你来了。大猫说，你不认我，我可是认得出你来，你在电视上就那么闪了一下，我就把你认出来了。旁边有几个男女立刻附和道，是的，那天看电视，我们经理一下就把博士认出来啦！

包青被大猫拉到他身边坐下了。除了李仁政和程少红，桌上还有几个人，都是大猫的员工，其中一个戴眼镜的女孩子穿着粉红色的毛衣，一直用一种躲闪的却是灼热的目光看着包青，包青不好意思问，大猫却先知先觉地介绍了女孩的身份，原来是马桥中学钟老师的女儿小钟，现在在大猫的厂里做会计。钟老师现在？包青话没有全部出口，从众人表情里就知道究竟了，小钟立刻埋下头。大猫在旁边踢了踢包青的脚，轻声道，去世了，去年，癌症。包青哑然，突然想起当年教物理的钟老师是惟一宠爱他的老师，因为他学物理有天分。包青正不知所措，那个小钟却突然站起来，举起酒杯过来，说，包大哥，我从小就听我爸爸说，他培养出了个博士，今天见了面，我要敬你一杯。

包青就喝了第一杯酒。来的时候包青准备好了一套说辞，胃不好，酒精过敏，第二天赶路，不能喝。但小钟特殊的身份以及特殊的眼神使他丧失了拒绝的勇气，他开了一个头，后来便是覆水难收了，大猫那些员工还可以推挡，李仁政的劝酒顽固得难以拒绝，而程少红的劝酒则带着某种胁迫，某种没有分寸的色情隐喻，让包青很难堪，也难以抵挡。她要和他喝交杯酒，包青惊讶于程少红的狂放，他涨红着脸说交杯酒不是随便喝的，程少红说，当然不是随便喝的，这算我罚自己的，当年我狗眼看人低，就没看出你包青的出息，我后悔死了，要不然我也是个博士太太啦。包青不知道说什么好，只好赔着笑，人却赖在椅子上，不肯接受程少红环绕过来的胳膊。旁边的人都起哄，程少红被晾得尴尬，突然架不住了，把酒往地上一泼，说，不喝也羞不死我。现在成大人物了，当初偷我胸罩的是谁？啊？包厢里突然一下静了下来，包青不提防程少红这一手，恼了。你疯了？小时候胡闹的事你现在拿出来说。包青提高了嗓音说，那是大猫拿了塞在我口袋里的，大猫就在旁边，可以作证的！大猫在一边笑，推了包青一下，说，你认什么真呢，开玩笑的，小时候的事谁记那么清楚，我都忘了什么偷胸罩的事了。包青却不肯顺台阶下，你忘我没忘，他正色道，是你塞到我口袋里的，她妈妈追出来的时候你塞的。你现在不承认，不是让我背这个恶名吗？大猫局促的表情只停留了一瞬间，很快释然，笑着说，好了好了，我现在想起来了，是我塞到你口袋里的，以前我们是老拿你当炮灰的，我承认还不行吗。包青看到大猫向李仁政挤了挤眼睛，包青记得好多年前他们总是这么互相使眼色的，每逢那时候他就感到一丝莫名的恐慌。现在他不怕他们交换眼神了，但是他感到不快，他突然把酒杯倒扣在桌子上，说，不喝了，我酒量一直不行，已经喝多了。

扣酒杯的时候包青感觉到众人都在盯着他，所有人的眼神都流露出不悦或者紧张之色，他故意忽略他们，对着小钟说，我有胃溃疡，血脂也高。小钟点了点头，她说，喝酒伤身，杂志上都这么说的。除了杂志上的话，女孩子似乎还想说什么，又不敢说，忍了一会儿，终于忍不住了，贸贸然提了一个问题，包大哥，我一直很奇怪，你那时候是个好学生，怎么会和黄经理老李他们做朋友的？她这么一问，把包青给问住了，包青的筷子停在菜碟上不动了，大猫那些员工都半真半假地批评小钟说错话，倒是大猫豁达，自嘲地说，这么说我是坏学生？坏学生就坏学生吧，瞒她瞒不住，谁让她是钟老师的女儿呢。

包青确实让女孩子点到了痛处。这也是他母亲和姐姐以前经常责问他的问题。他从来都答不上来。事实上他没有勇气剖析自己当年追随大猫李仁政他们的动机，他无法正视这份屈辱的选择，又没有足够的才智躲避这个问题，所以包青的脸颊一下涨得通红，只是敷衍地说了一句，我也不知道，小孩子的事情，没有道理可说的。而刚刚一直挂着脸的程少红这时突然冷笑一声，说，我知道，就是小鸡给黄鼠狼拜年，求它去吃别的小鸡，别吃它自己。小钟一定觉得程少红说得新鲜有趣，她咯地一笑，发现别人都不笑，就识时务地捂住了嘴。

大猫看看包青的表情，转过脸来瞪着程少红，勃然而怒，×你娘，你还说人家不会说话，你自己说的什么×话！让包青吃惊的是大猫用一种异常粗暴的方式惩罚程少红，而程少红并没有反抗。大猫骂她的话很脏很粗鲁，你个烂×，就你聪明会说话，你不说话会死吗？程少红说，好，那我不说话。我本来就攀不上人家大博士，说什么都是放屁。大猫说，你就是在放屁，让你陪着热闹热闹的，你倒好，人话不会说，只会乱放屁！程少红欠起身说，好好，我不放屁了，我在这儿惹大家不高兴，我走。大猫怒喝一声，说，说得轻巧，走？走你妈个 × 里去，李仁政，给她倒酒，拿大杯子，罚她三大杯！

包青万万没想到大猫会这么对待程少红，按照常识推理，他觉察到他们的关系非同寻常，亲戚们说过大猫暴富以后的私生活如何如何地放纵，但他没想到程少红在大猫面前会如此驯服，让他吃惊的还有李仁政，他以为李仁政会劝大猫息怒的，但李仁政什么也没说，他真的拿起白酒瓶向程少红走过去了。包青站了起来，他几乎是本能地冲过去拉李仁政，抢他手里的酒瓶，李仁政笑着躲闪，说，没事的，少红的酒量你不知道。包青说，人家是女士，怎么样也不能这么灌她。他们这边扭在一起，程少红却冷不丁地把酒瓶抢过去了，她把瓶子往桌上重重地一拍，说，喝就喝，喝死了拉倒，反正人老珠黄不值钱了，卖 × 也卖不出这瓶酒钱来，喝下去不死人，就是赚了！

外面有服务生推门，惊恐地探进头来察看，大猫对着门喊，滚出去，再进来我让你们老板炒了你。光骂不解气，大猫抓起一把瓷调羹朝服务生砸了过去，旁边的人都一惊，听见砰的一声，瓷调羹像一颗迷你型炸弹在墙上爆炸了，碎片飞了一地。

随后包厢里变得鸦雀无声。包青脑海里突然跳出鸿门宴三个字，尽管自知多虑，他还是敏感地认定宴席毁灭性的气氛将越来越浓。他坐不住了，对大猫说，我明天赶路，今天得早点回家。大猫却摇头，说，你不能走。包青感到大猫的一只手有力地钳住他的手臂，像一只铐子。大猫说，没喝好，谁也不能走。包青说，我喝好了，再也不能喝了。大猫说，你喝不喝的，随意，她冒犯你要罚，我没招待好你，我也要罚酒。李仁政小钟他们也来陪酒的，没有把酒陪好，都要罚！然后包青就听大猫向外面吼叫起来，人都死哪儿去了，快拿酒来，别一瓶一瓶地拿，给我搬一箱来！

包青如坐针毡，现在他很后悔自己心软，糊里糊涂跟着李仁政上了摩托车。服务生抱着一箱酒进来的时候，包青感觉到了一丝恐惧。他对大猫说，这是干什么？拿一瓶出来就行了，让他们把箱子搬回去。大猫拍拍包青的肩膀说，不一定喝一箱的，我待客就是这习惯，你别慌，你是知识分子，有减免政策，喝好了就行，不想喝就不喝。包青直截了当地说，我喝好了，明天动身，又换汽车又换火车的，得早点回家休息了。大猫说，这是什么事，你还怕回不去北京？要是喝我的酒误了车，我派奥迪车把你直接开回北京，包青笑着摇了摇头，一咬牙站了起来，说，不行，我得告辞了。他注意到大猫的脸色霎时变得阴沉了，大猫这次没有动身拉他，但桌上其他人几乎用一种惊慌的眼神看着包青，李仁政看看大猫，一个箭步冲过去堵住了门，他低声说，包青，给点面子，现在不能走，喝几杯再走。包青从李仁政脸上看见的是哀求的神色，如此近距离地面对李仁政，包青发现他充血的眼角四周已经布满了鱼尾纹，而他半秃的脑袋似乎也在倾诉满腹的辛酸。两个男的正在门口对峙着，程少红踉跄着撞了过来，钩住包青的脖子把他往椅子上推，她说，你个大博士就这么难伺候呀，我说错话，已经罚了三大杯了，你还不满意，要不要我表演脱衣舞呀？包青来不及否认什么，那边大猫咯咯一笑，拍起手来，好，就再罚她一个脱衣舞。

看来程少红只是借酒劲说着玩的，真让她跳她又清醒了。程少红开始嘴犟，说，人家小钟还是黄花闺女，怎么能当她面跳这舞？大猫说，别找理由，让小钟先出去一会儿。小钟羞了个大红脸，站起来要走，被程少红一把拉住，程少红说，你们真把老娘当小姐了？哦，看脱衣舞是白看的？钱呢，钱在哪儿？大猫坐在椅子上转过身，抓住小桌上的一只公文包，说，钱在这儿，门票多少小费多少，你开个价。包青看看玩笑开得不可收拾，就拉住大猫说，不闹了不闹了，少红的表现已经够好了，是我不好，我扫大家兴致了，我也罚自己一杯吧。

包青隐隐约约觉得他需要做出一点牺牲。他喝酒了，他一喝桌上的气氛就缓和多了，包青想好了，等气氛正常了他就走，但大猫突然让他的司机抱来一个大锦缎盒子，说要让他看一件东西。打开盒子，一只彩绘瓷瓶隆重地躺在里面。大猫说，你是搞专业的，给我鉴定一下，这瓶子值多少钱。包青说，我搞地质学，不搞文物鉴赏。大猫说，你就别客气了，怎么说你也比我们懂得多。李仁政过来小心地抱出瓶子让包青看，包青一眼瞥见瓶子上的花卉图案有一个落款，唐寅。包青疑惑起来，说，唐伯虎画的瓶子？大猫有点紧张地反问，唐伯虎画的瓶子不值钱？包青说，不是这个问题，恐怕是瓶子的问题。包青拿着瓶子上上下下仔细观察了一会儿，终于忍不住笑了，说，你上当了，虽然我不懂文物鉴赏，可是这瓶底写着嘉庆年号，人家唐伯虎早成灰啦，怎么会在上面作画！大猫乍然变色，说，你再仔细看看。包青说，不用看了，你买的一定是假货，说不定连瓶子也是仿冒的，多少钱买的？包青没有听见大猫的回答，他抬起头，发现所有人都瞪大眼睛看着他，似乎在等候他收回刚才的话，大猫的表情非常古怪，有点窘迫，更多的是暴怒，他斜着眼睛睨视着李仁政，李仁政的脸已经白了，李仁政说，我明天就去上海找小三子，他向我拍胸脯的，他保证不是假货的。大猫鼻孔里哼了一声，说，你在里面拿了多少回扣？李仁政急了，叫起来，我要拿了一分钱，天打雷劈，出门就让汽车轧死。大猫坐了下来，逼视着李仁政，李仁政无辜地仰着脸，一副问心无愧的样子，大猫先放弃了，他把椅子往后压着晃了两下，环顾着众人，咦，你们干吗都像死了亲爹一样的，是我赔了钱，关你们屁事！大猫挥挥手，说，算了，也就是二十万，我做生意这么多年，也不是没让人骗过，骗我二十万走，就赚它二百万回来嘛。

人都端坐着沉默不语，只有桌上的鸡鸭鱼肉和海鲜兀自散发着热情的香气。包青意识到一切的不愉快根源其实都在他这里，他因此充满了内疚，包青站起来和李仁政碰杯，李仁政先是哭丧着脸不动，突然惊醒似的站起来说，我罚酒，罚酒。包青觉得程少红也间接地受到了自己的伤害，就敬了程少红一杯。程少红说，这才像话，你脸都不红，还能喝呢。包青注意到小钟的视线一直停留在他身上，不该忽略小钟，就敬了小钟一下，他又提到小钟的父亲钟老师，说他其实一直记得他的好，只是回乡探亲总是匆匆忙忙，没顾上去看望他。小钟没说什么，程少红在一边插嘴说，现在还可以去看，去墓地看看他嘛。包青知道程少红是在奚落他，但他还是认真地对小钟解释道，这次没时间了，下次吧。

然后包青回到了座位上，他有一个错觉，以为自己尽力地做完了他该做的事，他拿起汤勺准备喝一口鸡汤。但是一只酒杯横刺里伸了过来，和他的汤碗撞了一下，是大猫。大猫说，包青，我们还没喝呢，要不你喝鸡汤我喝酒，我们干两杯？包青放下碗，拿起酒杯，说，再喝我就躺倒了。大猫说，躺倒了我用车送你回去，在马桥镇喝酒，你还怕回不了家吗？

包青不胜酒力。人到四十，包青第一次这么狂饮。包青吐了。他记得是李仁政扶着他去厕所吐，他对着洗手间的窗子吐，看见外面雨停了，夜色微微发蓝，镇上传来零碎的鞭炮声，包青记得回家的事，他对李仁政说，我要回家，我妈一定急坏了。李仁政说，大猫让走你就走，你再跟他喝一杯，让他放你走。李仁政一直半推半架着包青，包青记得那年秋天他们把他扔进河里以后他自己爬不上岸，也是李仁政好心来拉他，半推半架着把他送上新民桥。包青忽然就对李仁政说，仁政，我知道你是个好人。李仁政却不高兴，喷出满口酒气骂道，好人有 × 用，没钱，好人也会变坏人！

从洗手间回来包青记住了李仁政的话，和大猫喝一杯就走。他主动敬了一杯，但大猫说，告辞酒必须是三杯。包青模模糊糊意识到大猫是在整他，只是不清楚大猫是因为喝多了整他，还是因为某种不满，反正他是在整他，包青想无所谓，现在谁也不怕谁，我不靠你吃饭，坚持一下就走吧。但是事与愿违，包青的身体缺乏理性和耐心，软绵绵的不听话了，地球引力对他产生了超常的作用，包青突然就从椅子上滑下来了，坐在地上。包青坐在大猫的脚边喝了最后那杯酒。包青的目光所及是大猫的黑色皮鞋和白色棉袜，大猫的袜子白得刺眼，而皮鞋上沾着的一星黄色的泥巴让包青感到不安。所谓记忆的走廊有时一步而过，昔日重来只在悄无声息之间，包青忽然听见一个熟悉的粗暴的声音，那个声音夹带着武力威胁命令他，把泥巴擦掉，擦掉，擦掉！是大猫的声音，是少年时代的大猫的声音，也是如今的一方富豪大猫的声音，快，把泥巴擦掉！包青顺从地拿起了一块餐巾，就像好多年前他被逼迫做过的那样，他向大猫的皮鞋轻轻吐了一口唾沫，说，我擦，我擦。

包青听见了别人此起彼伏的笑声，他顾不上抬头，他专注地用餐巾擦着大猫的皮鞋，看见皮鞋变得光亮如新，闪烁出一圈奢华的光晕，然后他听见啪的一声脆响，感到自己的脸上挨了大猫一巴掌，由于一方出手突然，一方缺乏防御，那一巴掌打得结实，包青歪坐在地上了，与此同时他听见大猫暴躁地吼叫起来，怎么光擦左脚，右脚呢，快点，擦右脚！

博士包青初三那天就回北京了，镇上人都知道他回乡过年从来都来去匆匆。还是姐姐姐夫去送他，在汽车站他们又遇见了李仁政。包青拿个后背对着他，光明正大地回避李仁政，但李仁政还是跑过来了，塞给他一个大纸袋，说，大猫送的酒，两瓶五粮液。包青坚决地挡开李仁政的手，说，我不喝，你带回去给他，昨天他已经让我出够洋相了。李仁政托着酒，小心地选择着说辞，说，昨天是喝多了点，大猫让你别见怪。这酒是好酒，他的心意，让你带回北京喝。包青赌气似的说，我不喝酒的，回北京也不喝，怎么跟你们说这么多遍也没用？李仁政眨巴着眼睛，是呀，你们知识分子都不怎么喝的，他看了看包青的姐夫，顺手把酒塞到了他手上，说，那干脆让老钱带回去吧，反正我不能带回去给大猫，他还不骂死我。

包青很冷淡地掏出手机来，站在候车室门口给妻子打电话，不再和李仁政说话。李仁政知趣，正要告辞，包青却一把拉住了他。包青把李仁政一直拉到台阶下面，说，仁政，你是个好人，昨天我出那么大洋相，你怎么就在一边看着？你实话告诉我，我是不是替大猫擦皮鞋了？他是不是还打了我一个耳光？李仁政的眼睛闪闪发光，嘴上却说，没有没有，没有的事。包青紧张地注视着李仁政的表情，说，你别打马虎眼，我给他擦皮鞋你也不拦我一下？你就看他借酒撒疯，打我的耳光？李仁政摆摆手说，咳，没有的事，你给大猫擦皮鞋？他敢打你的耳光？都那么大的人了，大猫不会让你擦鞋的，更不会打你的耳光，再说他现在也不敢欺负你嘛。包青下意识地摸了摸自己的脸颊，疼倒是不疼，可我当时脑子很清醒呀。他狐疑地注视着李仁政，说，看来喝醉的人都会出洋相，拉也拉不住，要不，是我记错了？是你替他擦皮鞋了？他打你的耳光了？

包青看见李仁政猛地抬起头，李仁政的表情看上去有点狡猾，也有点难以形容的自豪。我没擦，骗你我不是人养的，我从小到大就没替他擦过鞋，更没挨过他耳光！李仁政郑重地申明着，突然笑起来，在包青小腹上捅了一把，说，你不要耿耿于怀嘛，喝醉的人，不能跟他计较的，你就原谅他一次，大人不记小人过。包青不知为什么，突然用手掌蒙住了自己的脸，然后他听见李仁政感叹着说，三十年河东三十年河西，你们现在都混好啦，那么多同学朋友，只有你能跟他平起平坐，要不是喝醉了，他怎么敢打你的耳光？

他们说话的时候长途客车已经从停车场里开了出来，只听见咣当一声响，把包青一行人都吓了一跳，原来是车门自动地打开了。节日过去了，人人红光满面，汽车也要迎新年，那辆长途客车的车门大概已经修好了。

西瓜船

西瓜船大多来自松坑一带，河边住惯的人都认得出松坑的船，它们比绍兴人的乌篷船来得大，也要修长一些，木头的船体，下面临近水线的船板上包着白铁皮，船篷尤其特别，不是用油毡篷布做的，是一种用麦秆密密实实编结的席子，随意地架在四根木棍上，看上去像闹地震时候街上的防震棚。

　　每逢七月大暑，炎热的天气做了西瓜的广告，城北一带的人们会选一个清闲的黄昏，推上自行车，带着麻袋或者尼龙网兜到铁心桥去买西瓜。松坑来的西瓜船总是停在铁心桥桥墩下。七月第一批西瓜船从酒厂码头那里密集的船只中冲出来的时候，就有眼尖嘴馋的孩子从临河的窗子里看见了，踩着脚对大人喊，西瓜船来了，快去买西瓜！更有傻子光春这样的多事者，他们在岸上领着船往铁心桥那里奔，一边奔一边喊，西瓜船来了，西瓜来了！

　　年年都有西瓜船从松坑一带过来，船多船少而已。连小孩子都能一眼认出西瓜船，顶着那么个麦秆席子，船头上垒了简易的行灶，晨昏时分炊烟照样升起，看上去不像船队，倒像一组违章建筑的棚屋，盖到水上去了。

卖瓜的是老老少少的松坑男人。乡下的男人谁不勤快呢，可是到了铁心桥下他们就显出一种令人疑惑的懒散来，没客人的时候他们不是聚在一起打扑克，就是窝在西瓜堆里打瞌睡，有人跳到船上来，马上就醒了，从船篷里慢慢地钻出来。他们穿着白色的长袖衬衫和灰色蓝色的长裤，不习惯用皮带，裤子用蓝色的布带牢牢地束住，年纪大点的不注重仪表，常常歪敞着裤门，露出里面的花裤头的颜色。他们都带了鞋子，大多是解放鞋、雨鞋、布鞋，也有小青年置了皮鞋，却一律扔在舱里，打着赤脚。总体上来说他们穿得比街上的人多，却显得衣衫不整。他们在铁心桥下卖了好多年西瓜了，有的年年出来，街上的人能热络地喊出他们的名字，上了船和松坑人拍肩膀打屁股的，多半是为省下几个钱笼络人心。有的人还从冷饮店里买了四分钱的赤豆棒冰带上船呢。对于香椿树街人有所图谋的热情，卖瓜人嘴里应着，脸上堆着笑，但眼睛里闪烁着一种精明的防患于未然的光，说，赶紧挑几只回去吧，今年雨水多，瓜地里收成不好，就这么几船瓜，过两天就空船回去啦。

船上没有磅秤，用的是老式的大吊秤，遇到大宗的生意，要两个人用扁担把西瓜筐抬起来过秤，人手不够，别的船上的人就跳过来帮忙了。在船体的摇晃中，讨价还价的声音有时像激烈的口角，有时则像两个国家之间的外交谈判一样各抒己见，最后你让一步，我退一步，达成统一。就这样，一只只松坑西瓜离开西瓜船各奔东西，其中一只投奔到了陈素珍的篮子里去了。

陈素珍买瓜是一只一只买的，差不多隔一天买一只，挑拣讲价都极其认真，松坑人拍了胸脯包熟包甜才肯掏钱。从七月买到八月，到了八月，眼看松坑来的西瓜船渐渐空了舱，陈素珍想想儿子寿来那么喜欢吃西瓜，就有点抢购的想法了，一天买一只，挑得也不仔细了。松坑西瓜外表都是浑圆硕大的，也看不出哪只西瓜隐藏了不安定因素，陈素珍万万没想到那天她歪着肩膀把一只大西瓜提回家，费了那么大的力气，提回去的是一篮子的祸害。

事情过去好多年，谁也不记得陈素珍买瓜的细节了，只记得她买到了一只很大却没有成熟的白瓤瓜。这样的瓜再常见不过，不好吃，但确实是西瓜。类似的事情也经常发生，容易解决，要不你就胸怀大一点，只当是吃萝卜把西瓜吃了，不怕麻烦的话就把西瓜带到铁心桥去，买了白瓤的，松坑来的西瓜船通常是允许换瓜的。

陈素珍选择的是换瓜。她准备去换瓜时还惦记着另外一些家务事，香椿树街有好多忙碌又能干的妇女，恨不得一只手做两件事的，陈素珍就是那样的人。她的篮子里已经装满了酱油瓶黄酒瓶，突然又去拿了一块布料，准备带到裁缝店里去做睡裤。她嫌篮子分量重，就把那半只白瓤瓜拿出来了，空口无凭是常识，陈素珍怎么会不知道？所以她小心地用勺子挖了一块瓜瓤，包在油纸里，作为换瓜的证据。

陈素珍挽着篮子来到铁心桥下，看见三条西瓜船走了两条，只剩下福三的船了。说起来也不巧，她过去都是在福三的船上买瓜的，这次看见另外一条船上人多，就凑热闹上了张老头那条船，没想到相隔一天，张老头和他的船竟然就不见了。陈素珍不相信那一堆西瓜能在一天内卖光，她猜测还是剩下的瓜不好，卖不掉了，船上的一老一少便把船摇去别的地方卖。陈素珍站在桥堍下，手里摸到油纸包里的那堆瓜瓤，忽然对松坑人产生了强烈的厌恶感，心里有恨嘴上就骂出来了，什么包熟包甜，乡下人，总是要骗人的！

她看见福三的船上只剩下福三一个人，另外一个小青年不知去哪儿了。陈素珍不知道福三的名字怎么写，叫是叫得出来的。她印象中福三是松坑人中最不爱说话的一个，不爱说话的人要么是最憨厚的人，要么就是最精明的人，陈素珍吃不准福三是哪一种人。她向福三的船走过去，准备对另外那条船上的人谴责一番，让福三听听，他转达不转达就随便了。还有松坑西瓜的品质，陈素珍觉得她也有义务代表香椿树街的人提出警告，如果明年还有那么多白瓤瓜，你们就别运到这儿来卖了，那样的西瓜，你们还不如留在松坑喂猪呢。陈素珍原来没想拿福三怎么样的，只是到了西瓜船边，看见福三那张黑瘦的脸从舱里升起来，福三的手里正抱着一只红瓤的西瓜，她脑子里忽然就闪出一个念头，并且先发制人地喊起来，福三福三，我买了你多少年西瓜了，你怎么给了我一个白瓤瓜呀？

福三当时在吃瓜，他大概是刚刚睡醒过来的，脸膛上压着清晰的草席的纹路。陈素珍跳到他面前说，你自己吃的瓜那么好，怎么给我一个白瓤的呀？

福三看看陈素珍的篮子，里面有酱油瓶黄酒瓶，一堆湿漉滗的腌菜，还有一个油纸包，他揪了一条腌菜塞在嘴里嚼着，向陈素珍笑了笑，不说话。

陈素珍说，福三你不够意思，给我一个白瓢瓜。

福三转过头，把嘴里的腌菜吐到河里去了，说，酸的，不好吃。他向陈素珍看了一眼，还是不说话。

陈素珍说，福三你是哑巴呀？好好，你不表态就不表态吧，我也不要你表态，动手就行，去舱里给我抱个好瓜来。

福三这时吃完了西瓜，他吃剩下的瓜皮一块块的呈三角形状，像是切出来的。陈素珍看着他把瓜皮一块块晾到船篷上去了。

晾干了吃吧？陈素珍问道，你们腌了吃还是炒了吃的？

福三说，腌了吃，炒它还要用油。然后他回头问，那白瓢瓜呢？你不把瓜带来，我怎么换？

陈素珍就把那个油纸包打开来，说，我拿不动瓜，好大一只瓜，八斤三两的，我把瓜瓢拿来了，反正你一看瓜瓢就知道了，让人怎么吃？

福三盯着陈素珍手里的油纸包看，看看瓜瓢又看看她的脸，突然笑了起来，说，没见过你这样精明过头的人，拿一块瓜瓢来换瓜！

陈素珍让他笑得有点慌乱，说，一样的，有个证据就行了嘛。我在你船上买了这么多年西瓜了，这点后门不能开呀？

福三还是笑着，但笑容已经没有了善意，是冷笑了。你要是买了一只鸡不好，就拔根鸡毛来换鸡？他说，你这个女人，把乡下人都当傻子了，你们街上人多，人再多也记得住，你今年在哪条船上买的瓜？以为我不记得？换就换了，你还拿个纸包来换瓜，亏你想得出来，天下的便宜都让你占了！

陈素珍尴尬极了。她万万没想到福三会来欲擒故纵的这一手，让她意外的不仅是福三的清醒，还有自己对人的错误判断，人不可貌相，她看错福三了。我看错你啦，福三！陈素珍讪讪一笑，说，好你个福三，长了一副老实人模样，没想到这么精明的。陈素珍是个自尊心很强的女人，伤了自尊就赌气，她把油纸包朝水里一扔，说，不换就不换，算我倒霉好了，你们乡下人呀，总要骗人的。

陈素珍两手空空下了西瓜船，光是讨到个嘴上的便宜，结果篮子也忘了拿，是福三在船上用撑篙把篮子挑给她的。福三一边挑着篮子，一边批评了陈素珍带有歧视的观点，大姐你不该这么说话，乡下人怎么了，没有乡下人，你们天天吃空气去。陈素珍在岸上接过篮子，说，我没骂乡下人，谁把白瓢瓜拿出来骗人我骂谁。福三在船上说，不是我们要骗人，是今年雨水多，瓜都不怎么好，我们也没办法。陈素珍在气头上，抢白道，瓜不好还把船摇到这儿来卖？留在家里喂猪去。明年再来，看谁还上你们的当？

事情到这里应该画上句号的。以香椿树街人对寿来的母亲陈素珍的了解，西瓜换到了是好事，换不到也就算了，陈素珍是个要脸面的人，体质也不是很好，才不会为了一只西瓜不依不饶地往铁心桥那里奔。但是从另外一个角度来看，陈素珍买瓜主要是为儿子寿来买的，西瓜的主体是寿来用勺子挖着吃的，边缘部分归陈素珍，所以能不能自认倒霉，陈素珍一个人说了不算，还要看陈素珍的儿子寿来的态度。

寿来那年十七岁。大家都还记得十七岁的寿来在街上走路时皱着眉头斜着眼睛的样子。那样的表情是长期受到迫害的表情，但谁敢去迫害寿来呢？是寿来在迫害其他的男孩，还有一些无辜的动物。他当时已经杀过猫杀过狗，还没有杀过人，有人说他迟早要杀一个人的，此为马后炮，暂且不谈。寿来那天回家，照例看见桌上的半只切好的西瓜，浸在水盆里，他注意到瓜瓤是白的，挖了一块塞到嘴里，就吼起来，怎么是白瓤的啊？这是西瓜还是冬瓜？

我去换过的，张老头的船走了，你将就吃吧，就当吃冬瓜！陈素珍在厨房里忙着，她说，那福三不肯换给我，别看他样子老实，人精明得像鬼似的，我就是把一只瓜都带过去，他也不一定换的，松坑的乡下人，都不肯吃亏的。陈素珍在厨房里怏怏地说着话，声音带着一种明显的受挫后的怨气。陈素珍从不向儿子倾诉心中的冤屈，因为儿子从来不听她的。陈素珍习惯了在厨房里自言自语，一顿饭做好，唠叨结束，心中对一切的不满便也排遣得差不多了。她万万没有料到她教儿子怎么做人，儿子不听，她唠叨勤俭节约的好处，儿子不听，她对松坑来的西瓜船的批评，事关一只西瓜，外面的寿来却都听进去了。寿来抱着半只西瓜冲出去，陈素珍并不知道，她只听见儿子在外面骂了一句脏话。陈素珍后来告诉邻居，她在厨房里用腌菜炒毛豆，一点都不知道寿来抱着半只瓜出去了，就是这么炒一个菜的工夫，她把腌菜炒毛豆盛到碗里的时候，一颗毛豆莫名其妙蹦到地上，然后就有个邻居男孩奔进来说，不好了，寿来在西瓜船上捅了一个松坑人！

陈素珍再次去铁心桥的时候是一路奔去的，由于体质的关系，她奔跑一段要蹲下来歇口气，蹲下来浪费时间，她心有不甘，就用什么东西啪啪地敲打路面来撒气。我们好多人还记得她手里那把小小的铁器，不是什么别的稀罕东西，是一把炒菜铲子。

关于福三的死，最有发言权的是农机厂的王德基，他推着自行车从铁心桥走下来的时候，正好看见寿来像一只惊惶的兔子一样冲上桥，王德基和他的自行车无意中挡了他的道，寿来推了他一下，说，闪开！孩子们怕寿来，王德基他不怕，正要骂人，觉得肩膀那里怎么湿乎乎的，一看，是血。王德基知道不好，他大叫一声，寿来你给我站住！

寿来不理他，只顾向桥下狂奔而去，他穿着一双塑料拖鞋，倒像踩了风火轮一样，跑得飞快。

寿来你捅人啦？王德基在桥顶上喊道，捅了人才这么跑！

寿来不理王德基，一眨眼他就跑到桥下面了，站在那里向上拉了拉田径裤，对着桥顶上的王德基说，他先动手的！说完他在石阶上抹了抹手，抹完手又跑，一眨眼就在香椿树街上消失了。

王德基顺着那摊血迹往桥那面走，嘴里说道，看来是捅了人了，这么多血！他一下桥就看见那个福三手里提着一把西瓜刀，摇摇晃晃地从西瓜船那里走过来，旁边尾随着一群尖叫的妇女和骚动的小孩子。

那个西瓜船上的福三，他拖曳着一条血线走过来，走到公共厕所的墙边走不动了，弯下腰，脑袋顶在墙上，眼睛却愤怒地瞪着王德基。

是你呀？你不是卖瓜的福三吗？王德基胆子大，迎着那个血人走过去。福三浑身是血，倚在厕所的墙上，身体已经抖得很厉害了，一只手努力地举着那把西瓜刀。王德基说，你拿着刀干什么？福三说，给小良。王德基说，给小良干什么？去捅寿来呀？福三先摇头，然后又点头，他瞪大眼睛注视着王德基，手里仍然举着西瓜刀。王德基突然明白他是在向他求救，他要让他拿着那把西瓜刀。王德基就摇头，说，我不能拿刀，我怎么能帮你去捅寿来？现在顾不上那些了，我把你送到医院去。

王德基是热心人，他起初要用自行车驮着福三，但福三对着自行车后架坐上去，坐了几次都掉下来了。王德基扶着车把等了好久，看他坐不上来，干脆把自行车锁了，扔在墙边，说，你失血过多，没力气坐自行车的，不如我背你吧。

是王德基背着福三上了铁心桥。王德基力气大，背着个人，跑得还很快，跑到桥顶的时候他看见陈素珍抓了个锅铲，白着脸向桥上跑。王德基大声说，你现在跑来有什么用？你儿子闯下大祸了！

陈素珍半蹲在桥下喘气，一边努力地要看清王德基背上的人，是福三吧，他要紧不要紧？

王德基说，还要紧不要紧呢，血都流了一路了，你说要紧不要紧？王德基本来指望陈素珍帮他一把的，可是当他们下桥的时候陈素珍看清了福三身上的血，女人毕竟是见不得血的，又是肇事者的母亲，陈素珍呀地叫了一声，人就瘫在桥下了。与此同时，王德基听见后面也当地一响，福三手里的西瓜刀也掉了，刀正好落在陈素珍的脚下。王德基就站住问福三，要不要捡回来？那是物证，别让人捡去了。

福三却听不懂他的提示，他问王德基，你是不是小良？

王德基说，我不是小良，我是农机厂老王，你不认识我了？前两天我们还在杂货店见面的，你不是打了半斤粮食白酒吗？

你不是小良？福三说，小良死哪儿去了？

王德基说，我怎么知道，他去哪儿你不记得了？你失血过多，脑子现在还清楚吗？

我脑子很清楚，就是人不能动。福三说，小良去买肥皂了。你不是小良，我以为是小良在背我。

脑子清楚就好，救命最要紧。王德基说，你就不要小良小良的了，谁背你都一样，背你上医院，救你的命！

街上有男孩子们追着王德基跑，边跑边问，谁呀谁呀？大人都惊讶地站在店铺和自己家门口，随口评价道，又是打群架的吧，打成这样！经过杂货店的时候，王德基喊了一声小良，小良来买肥皂了吗？杂货店里的女店员拥出来看王德基背上的血人，她们不认识什么小良，光是向王德基打听他背上的是谁，还给他提建议，说，王德基你怎么背着他跑，怎么不叫救护车呀？王德基说，我有三头六臂呀？他在我背上，我怎么去叫救护车？

街上那么多人，偏偏小良不在街上。桃花弄弄堂口有一堆人在下棋，王德基冷眼里看见谢胖子坐在小板凳上，谢胖子也是个热心人，可是到了棋盘前他就对什么都无动于衷了，他的脑袋从别人的身体缝里钻出来，向王德基这儿张望了一番，又缩回去了。王德基一赌气就不再去寻帮手了，好事做到底，干脆他一个人送他去医院好了。

福三像一件行李似的静下来了，安心地伏在王德基的背上。王德基说他感觉不到什么，只是觉得福三人越来越重，偶尔地像是打摆子一样颤抖几下，又不动了。背着那么大个人，开始双方都在调整姿势，渐渐地就没有什么不熨帖了，因为血的缘故，福三好像是被胶水黏在他背上了。王德基说他一路上不停地说，挺住挺住，快到了，快到了。鼓励福三，也是鼓励自己，结果王德基挺住了，福三却没挺住。王德基告诉大家，他们走过北大桥的时候看见了一辆运水泥的货厢车，货厢车的司机不肯停车救人，王德基骂他他还狡辩，说什么救人要紧抓革命促生产更要紧。

王德基不知道福三为什么没有坚持到最后，他跑得够快的了，他不敢夸口比救护车跑得快，但一定比自行车跑得还要快。他们快到第五人民医院的门口时，那个叫小良的松坑人追来了，是个没什么用的农村小伙，只会哭，对着王德基喊，谁干的谁干的？那架势倒是要让王德基交人出来，王德基一急就向他吼了一声，先救人再破案！铁打的汉子王德基，这时人也站不住了，他帮着把福三移到小良的背上，赶紧去扶墙，扶着墙呕吐，吐了几下，发现那小良背着人还在哭，他就火了，搡了他一把，哭有屁用，快进去呀！这一推搡他发现福三不好了，福三的眼睛还愤怒地瞪着天，目光却凝固了，王德基胆子大，用手指撑开他的眼眶看了看，福三的瞳孔已经放大了。而那个小良，是个没用的小伙，他背着福三撞进了医院传达室，对着一个老门卫哭喊着，医生，快救人呀！

关于福三的死，王德基怎么说这里就怎么写，当年香椿树街的青少年追着王德基，让他一遍遍地回忆送福三去医院的种种细节，坦率地说有人是对血腥感兴趣的，况且王德基能够掌握分寸，主要强调救人的艰辛和救人不得的遗憾，事情过去这么多年，我不得不考虑西瓜船故事对青少年读者可能产生的负面影响，恕我古板，福三之死，福三在第五人民医院的太平间引起的种种风波，我决定放弃更进一步的描述了。

回到西瓜船来，先说说西瓜船上的另一个人小良吧。

小良是个没用的人，而且有点笨，这一点不用王德基介绍，大家也看得出来。派出所的人在西瓜船上立了一块牌子，闲人禁止入内，包括小良，小良也被禁止上船。派出所的人一定向小良解释过保护现场之类的话，小良似懂非懂，他被有关人员从舱里推到船头，从船头推到岸上，脸上始终是一种梦游般迷惘而顺从的表情，直到派出所的人要走了，他突然又哭起来，对着他们的背影喊了一句，人到底抓到没有？

夜里派出所的人都走光了，来了一些街上的闲杂人员，无端地对事发地点进行种种细致的考察。他们看见小良坐在岸上，抱着膝盖睡，有点碍事，便怂恿他上船去睡，有人受过治安处罚，对所有穿白制服的人都怀恨在心，顺嘴便诋毁起刚刚离开的公安干警来，他们懂个屁，你别把他们的话当圣旨，管管野鸡小流氓他们在行，杀了人他们就乱套了，什么指纹证据的，那么多人看见寿来捅的人，还要什么证据，上你自己的船睡去，你又不是闲人，怎么禁止入内了？又有人替他出主意，说街上的工农浴室重新开张了，只要给看门老头一只西瓜，他一定同意你在铺上睡的。这主意马上被其他人轻蔑地否定了，说，你没脑子，没看出这兄弟放心不下船吗，还有西瓜，他在这儿看西瓜呢。

小良只是用狐疑的眼光看着三霸那些人，那些不三不四的人，一旦热心肠了，就显得居心叵测，小良也许有点怕他们，他警惕地注视着三霸他们，身体则不时地移动着，为他们腾出位置。他说，我就在这儿睡，我要看船的。小良缩着身子，把脑袋埋下去，继续睡，耳朵却在仔细地听着三霸他们对寿来的评价，他听出来寿来和这群人不是一伙的，就突然地骂了一句，杀千刀的东西，为了一只瓜呀，乡下人的命就抵一只瓜？

由于满城的人都听说了西瓜船上的事情，从早晨到夜晚都有人跑到铁心桥下来看那条船。杀人者和死者，不可能滞留原地让人参观，但船被封了，还停在那里，血也还一点一滴地留在船头和岸上。白天的时候小良要勇敢得多，闲人看船，小良就瞪着眼睛看他们，他说，我们松坑马上就要来人了，人已经在路上了。别人听出来那是要采取报复行动的意思，就告诉他说，寿来昨天就铐走了，他在火车站等火车，等得不耐烦，到旁边文化馆里看录像片，刚刚坐下就被铐走啦。小良说，铐走就行了？一条命呢，乡下人的命就抵一只瓜？又有人告诉小良，寿来家里放话出来了，寿来才十七岁，未满十八周岁算少年犯，是去劳教，不会枪毙的。小良就厉声叫起来，你们少来骗人了，十七岁就可以随便捅人？那好呀，让我们松坑不满十七岁的都来捅人，捅死人不偿命嘛！别人看小良的眼睛红红的，人很冲动，很聪明的面孔却一点也不懂法，都不知道怎么跟他讲里面的是非，干脆不惹他。你不惹他，小良自己就慢慢平静了，平静下来更消极，说话是打倒一大片的方式，你们都是穿连裆裤的，你们的思想都一样，他说，乡下人的命嘛，就抵一只瓜。

夜里铁心桥两侧的人家有人起夜，隔着临河的窗便可以看见西瓜船，还有岸上一个货包一样的东西，他们都知道那不是货包，是守船的小良。

松坑人大闹香椿树街的事情发生在三天还是四天以后，我现在已经记不清楚了。人们后来知道从松坑来的两台拖拉机停在城北水泥厂门口，从拖拉机上下来了二十几个人，大多是青壮年，手里提着锄头铁锹之类的农具，水泥厂门口的人正在纳闷呢，看见那个小良从铁心桥方向飞奔而来，小良一边跑一边抹眼泪，人们清晰地听见了小良哭叫的声音，怎么到现在才来，到现在才来！

从松坑搭乘拖拉机来的二十几个人，其中一些人我们没见到，他们从水泥厂那里直接上了北大桥，去第五人民医院的太平间了。另外一些人在小良的引领下，浩浩荡荡地穿过香椿树街，到陈素珍家门上去了。

除了多年前城北地带造反派的武斗，香椿树街的居民们，从来没见过像松坑人讨伐陈素珍家这么紊乱而壮烈的景象。冲到陈素珍家门上的大约有二十个松坑人，是拥进去的，人多门窄，门很碍事，松坑人便把门卸下来了，说要把寿来放到门板上去，抬到医院去陪着福三。极少数松坑人衣冠整齐，有一个像是农村的干部，他手里没有农具，衬衣口袋里别着一支钢笔，大多数人一看就是临时从地里上来的，面孔很凶恶，身上则隐隐地散发出田野或泥土的清香，有的挽到膝盖上的裤腿管忘了放下来，小腿上还结着水田里的泥浆。

他们闯进寿来家的时候，寿来的父亲柳师傅刚刚从江西的什么兵工厂赶回来，他在厨房为陈素珍熬药，陈素珍已经在床上躺了好几天了。她是个长年患有头痛病的女人，没什么事也会犯病，何况家里出了这件天大的事。陈素珍在等药的时候听见门外响起惊雷般的脚步声，然后便是药罐子砰然落地的声音。柳师傅大叫起来，你们这么多人，进来要干什么？此后柳师傅的声音便被淹没了，是高高低低的陌生人的声音，是松坑人嘈杂而统一的愤怒的声音，把人交出来把人交出来！其间夹杂着女人尖厉的哭声。陈素珍预感到要发生什么事了，她想从床上爬起来，但身体起不来，眼前天旋地转，她拼命向丈夫喊了一声，快跑，快去报案！她的声音却在一种巨大的声浪里沉下去了，然后她听见家里门窗被摇晃砸打的声音，橱柜里的碗碟轰隆隆地泻到地上的声音，她听见丈夫的吼声很快低沉下去，变成一阵阵痛苦的嘶叫，陈素珍就抓过床边的一只闹钟向门上砸去，别和他们打，去报案！

陈素珍不知道她丈夫是否听见了闹钟砸门的声音，她记得是几个松坑男人冲到了房间里，其中一个是小良，她认得的，另一个没见过面，凭着那人黑瘦的长相，几乎可以肯定是福三的兄弟。陈素珍并不畏惧，她躺在床上冷静地望着他们，一字一句地说，我儿子已经抓走了。她觉得他们拒绝听她说话，他们说，把人交出来把人交出来！陈素珍，你们上我家来没用，杀人偿命，他也得死，有法律的。他们说，把人交出来，把人交出来！陈素珍知道她说什么也没用，就不说什么了，她躺在床上，异常冷静地注视着他们，还有他们手里的锄头。她说，你们要觉得一命抵一命还不够，把我的命也抵上好了，我不怕的。

陈素珍注视着他们手里的锄头，她相信他们不敢那么做，她看见福三的兄弟茫然地瞪着她，她的目光勇敢地迎了上去，结果他先把目光闪开了。福三的兄弟瞪着她的枕头，还有柳师傅早晨放在枕边的一包饼干，说，你还在吃饼干啊。那人一定是福三的兄弟，他撩起陈素珍身体下面的印花床单，看看床单下面的草席，他说，你把床单铺在席子上睡，这么睡才舒服？福三的兄弟用手里的锄头柄敲敲整个漆成咖啡色的床架，你睡这么高级的床，就养了那么个畜生出来？他讥讽的语调忽然激愤起来，眼睛里的怒火熊熊地燃烧起来，是你养的儿子不是？我娘在家里哭了三天三夜了，一滴水都没进嘴，你还在家里睡觉，你还躺在床上吃饼干！

松坑来的人做了一件令陈素珍永远无法忘记的事。他们不能容忍她躺在床上，或者仅仅是不能容忍她枕边的一包饼干，她记得福三的兄弟先是抢过饼干扔在地上，用脚踩得粉碎，然后他对其他几个人吼道，砸了她的床，看她怎么在床上吃饼干！他们挥起锄头砸打床架榫头的时候，陈素珍的身体在上面被迫地颠动起来，她万万没想到她受到的是这么奇怪的屈辱，她没有一点力气去阻止他们，她的身体可笑地颠动着，而她坚强的神经也随着床架的崩溃在崩溃，陈素珍哭了，突然地一下，她感到自己的身体下沉了，床板的一头落在地上，另一头倾斜着搭在架子上，她的身体也像码头运输槽上的一包水泥一样滑落下去了。

那天柳师傅始终没能走出门去，松坑人手里的农具虽然不是冲着人来，主要是摧毁家中的门窗家具，柳师傅知道那是报复，但如此野蛮的报复他接受不了，慌乱中他抓起了一把菜刀，结果这把菜刀恰好激发了松坑人对那把西瓜刀的联想，有人喊起来，儿子学的是老子样，都拿刀呀！松坑人哪里知道柳师傅其实是个有公论的厚道人，跟他儿子是两种人，松坑人不分青红皂白拥上去教训柳师傅，不知道是谁的农具伤到了柳师傅，柳师傅坐在盛米的缸上，怎么也站不起来，后来才知道他的三根肋骨被打断了。

是邻居钱阿姨去报的案。钱阿姨在陈素珍家门口，几次三番地努力，就是进不去。松坑来的人还安排了站岗的，不准邻居进去。钱阿姨说，你们来解决问题是可以的，但是不能这么闹的，左邻右舍多少上夜班的，白天要睡觉，你们闹得天翻地覆的，让人怎么休息？她对松坑人的说服教育起不到一点作用，就气呼呼地走了，临走说，这不是你们乡下，人多就能解决问题，你们不听我劝可以，等会儿看谁来劝你们！

开始是派出所来的人，一老一少两个户籍警，凭借着身上的制服勉强冲进了陈素珍家。老的是香椿树街人人皆知的秦同志，秦同志有经验，一进去就知道局面不好控制，一边察看柳师傅的伤，一边试图说服松坑人离开，年轻的那个就不注意工作方法，拿出手铐就要往人手腕上戴，结果满屋子的农具都举起来对着他，好在秦同志把他拉到一边去了。秦同志知道这群人不容易对付，他对年轻的同事耳语了几句，年轻人马上就从满屋子人堆里挤出去了，出去干什么？请求支援去了。

　　后来就来了一辆东风化工厂的卡车，卡车上冲下来七八个人，人不多，都束着军用皮带，穿着蓝色工作服，却一律带着步枪。围在陈素珍家门口的人还是第一次这么近距离地看见枪，有个男孩多嘴，尖声说，是工人民兵，枪是假的！这话惹恼了带枪的一个民兵，对着那男孩说，假的？要不要打你一枪试试？

　　带枪的人一进去，陈素珍家里瞬间便安静下来，先是几个民兵把松坑人的农具一件件地拖出来，扔到卡车上，有人在旁边一二三四地数着，锄头七八把，铁锹五六把，甚至还有两把镰刀。农具后面是人，一个个被推出来，有人也在旁边数了，一二三四，一共十七八个人，其中妇女两名。那个正当哺乳期的妇女不知道是福三的什么人，嗓音异常的尖厉，她一手擦拭着胸襟上满溢的奶汁，一边哭一边嚷着什么，听不清她嚷嚷的内容，但看她的眼神是面向外面围观的人群，大抵是要大家评个理主持个公道什么的。

　　松坑来的男人都被工人民兵弄到卡车上去了，不管有没有动手伤人，去调查清楚了再说。两个妇女原来可以赦免，她们开始是站在下面的，一个不停地撩起衣襟抹眼泪。另一个哺乳期的妇女则向旁观者说个不停，松坑话说快了不容易懂，反正听得出来她是在争取别人的同情，好好的一个人来卖西瓜的，你们买西瓜那点钱怎么还买人命呢？人都死了，我们来出口气还不行？听者却不宜对她表达自己的立场，有人很关心他们与死者的关系，忍不住问她，你们两个女的，谁是福三的老婆？她摇头，说，我是他妹妹。另一个呢？另一个不肯说话，还是哺乳期妇女替她介绍了，也是妹妹，福三的妹妹。

福三的两个妹妹原本不用上车的，她们听见卡车鸣笛吓了一跳，看见卡车要开走她们一定想到了某些未知的后果，一齐尖叫起来，两个人扑上去，一左一右拉着后挡板，不让卡车走，看看两个人的力气拉不住卡车，喂奶的那个妹妹就跑到卡车前面去，躺在地上了。

福三的那个妹妹，也不知道叫什么名字，反正大家对她印象是最深的。她就那么躺在地上，视死如归的样子我们以前只在电影里见过，但无论从哪方面来说她又不像人们心目中的女英雄，她躺在卡车轮子前面，衣衫零乱，胸口湿了一大片，肚子极不雅观地袒露出来，圆鼓鼓的，悲壮地起伏着。好多人都跑到卡车前面来看福三的妹妹了，街上人越聚越多，狭窄的香椿树街的交通很快堵塞，交通堵塞以后就有孩子在这儿那儿乱吹哨子，哨子的声音更使香椿树街的空气沸腾起来。

城北派出所所长老金也来了，老金亲自出马，足以说明遇到的局面多么棘手了。照理说老金在香椿树街解决任何事情都容易，但这涉及工农关系的风波弄到这么不可收拾的地步，又没有相应的文件说明，他也没办法了，脸色便很难看。老金找到那个干部模样的松坑人，请他去说服福三的妹妹，但那个干部眼睛里闪着狡黠的光，说，她不要命，你们就让车开过去好了。我们松坑人命反正不值钱嘛。看得出松坑的干部也不懂法，他是不会协助执法了，老金也是被激怒了，卷起袖子说，敬酒不吃吃罚酒，来人，把那泼妇一起抬上车！

这样，就干脆地解决了问题。我们看见福三的妹妹被几个人合作着抬上了卡车，她当然是拼命挣扎的，挣扎也没用，人还是被轻盈地抬了起来，她的尖叫声听上去很恐怖，夹杂着松坑一带的脏话。有人刚刚从人堆后面钻到前面来，脑袋从别人的肩膀上努力地探出去，嘴里发出啧啧的声音，哎哟，怎么像杀猪一样？这乡下女人好凶！前面的人都知道事情的原委了，同情心忽然偏东，忽然偏西，现在都偏向松坑人了，三言两语解释不了自己的立场态度，就简短地说，你没有调查就没有发言权。

乱了好久，卡车慢慢地能开了，松坑来的那些人，男男女女的都在化工厂的卡车上，一张张脸带着疲惫之色从人们头上缓缓而过。看得出那是一些受到过惊吓或威慑的脸，有的人脸上还残存着恐惧，有的恐惧而茫然，眼神便显得楚楚可怜。有的人看上去有点羞怯，像小良，街上好多人在他船上买过瓜的，认得他。当然也有向街两边侧目怒视的，像福三的兄弟。最无所畏惧的还数那个干部，他站在上面摆弄了几下口袋里的钢笔，表情显示出一种故意的傲慢来，而且他还学领导人的样子，向什么人挥了挥手，大家左顾右盼地寻找他挥手示意的对象，也没找到谁，猜他的用意，也许就是显示他的无所畏惧吧，但好多人意识到，他这么随意地一挥手，那架势倒有点像毛主席在天安门城楼接见红卫兵呢。

九月初的一天，福三的母亲来了。

起初没人知道那个在铁心桥边来回走动的老女人是谁，她穿一件蓝色对襟褂子，黑裤子，草鞋，头上包着毛巾，是松坑一带老年妇女寻常的装束。她先是站在桥上向河两边眺望着什么，一边眺望一边擦眼睛，她的眼睛里有一层明显的白翳，也许是白翳遮挡了视觉，她没望到什么，又下到桥堍来，手搭在额上向河的这边那边望着，还是没有她寻找的东西，就拉住过路的幼儿园老师沈兰问了，妹妹呀，夏天在这儿的西瓜船怎么不见了？

沈兰是外地人，一直和儿童们说惯普通话的，听不懂她的松坑话，就让她去居委会。她没有反应，明显不知道什么是居委会，沈兰就用手指着河对岸的一个漆成红色的窗户说，居委会就是居委会嘛，你过桥，去那间房子，房子里面就是居委会。

可是福三的母亲眼睛不好，她既看不见对岸的红色窗子，也听不懂居委会的意义，她说，妹妹我找西瓜船，一条船呀。她感觉到别人不耐烦了，脸上绽出了一个巴结的笑容，说，一条西瓜船，就是出人命的那条西瓜船呀。沈兰这才猜到松坑来的老女人的身份，她看见福三的母亲喉咙里咯地响了一下，似乎要哭了，一只手赶紧抬起来，按着脖子，按了一下，又按了一下，居然把哭声压住了。然后沈兰惊讶地看见老女人的脸上重新堆起了笑容，她说，妹妹你帮帮我，我眼睛不好，看不见的。

西瓜船是不见了。沈兰下到石埠上，在河的两头搜寻了很久，她看见卖大蒜头和猫鱼的小船，捞河泥的铁船，运水泥的驳船，甚至还有一只粪船臭烘烘地停在桥堍厕所那里，偏偏看不见西瓜船的影子。沈兰说，怎么不见了呢，我天天从这儿路过，西瓜船原来一直在这儿的，昨天刮风，大概是漂走了，漂得不会太远的。福三的母亲说，漂到哪儿去了，东边还是西边，妹妹你告诉我，我眼睛哭坏了，你指着我看不见的。沈兰说，我也看不见，指也指不了，我还是带你去居委会，让他们替你找一找吧。

沈兰就领着福三的母亲过了铁心桥，上桥的时候她问，你那么大岁数了，眼睛又不好，怎么让你出来找船呢？福三的母亲说，不是我家的船呀，是福三向旺林家借的船，福三人不在了，船要摇回去还给旺林的。沈兰说，不是问你这个，我问你，你那么大岁数，怎么让你出来摇船呢，让你把船摇回松坑去呀？福三的母亲说，我摇回去，慢慢地摇，摇个两天就到家了。福三的母亲不知道为什么听不懂沈兰的意思，沈兰干脆就直接问了，家里没人手了？听说福三他弟弟妹妹都让他们扣起来了？还没放回去？福三的母亲这时候犹豫起来，人靠近了沈兰，凑到她耳边悄悄说，妹妹你是个好人，我说给你听不怕，福三的弟弟妹妹昨天刚刚放回去的。沈兰说，那让他们来摇船回去嘛。福三的母亲朝桥上看看，又向桥下望望，轻声道，我不敢让他们再来了，说什么也不敢了。警察说这次饶我们一次，也不用赔那家人东西，医药费也不赔，警察说一事归一事，再来就犯法了，也要吃官司。

福三的母亲被领到了居委会的女干部崔主任那里。崔主任当时忙着爱国卫生月的宣传事务，她让福三的母亲喝了一杯水，让她不要急，说那么大一条船，不管漂到哪里，总是在河里，不会长翅膀飞走的。船只要没漂出北大桥去，就算她的居委会的事。崔主任说如果船漂到北大桥外面去，她也会和桃花汀居委会协商解决的。

福三的母亲被沈兰领到了基层组织，是她后来找到西瓜船的关键一步。居委会依靠群众，即使是个风吹草动，自然也有群众会向他们如实反映，何况那么大一条船呢。两天前恰好有人向崔主任反映，有一个叫歪嘴的青年趁西瓜船无人看管，拿了个箩筐把船上剩下的西瓜全部拖回家去了。那两天整个香椿树街的街道干部都在为陈素珍家解决问题，又要准备爱国卫生月的工作，无暇顾及西瓜船上剩下的几只西瓜，就把这事搁下了。

崔主任差人把歪嘴叫来了，她也不透露福三母亲的身份，只是让他坦白从西瓜船上拿了几只西瓜。歪嘴斜着眼睛观察崔主任的表情，判断她是证据确凿的，就反问道，你说还剩几只？你说几只就几只。崔主任板起面孔说，我问你还是你问我？歪嘴我告诉你，你偷鸡摸狗的事情别以为我们不知道，都记在本子上了，几天不找你你就翘尾巴！歪嘴果然老实了许多，说，没剩几只瓜了，我不搬了吃也要烂掉的，有几只都烂了嘛。

崔主任逼问道，到底是几只？你说，对我说了没事，不说以后就对派出所说去。歪嘴说，十一二只吧，好几只是烂的。崔主任说，好，就减半算，算六只西瓜，一只算三毛钱，你现在赔人一块八毛钱！

歪嘴这才注意到凳子上的福三的母亲，看她头上那块毛巾便知道是松坑来的人，他马上就冲她嚷起来，几只烂西瓜，你敲竹杠呀！福三的母亲吓得站了起来，弟弟你说什么，我从来不敲人竹杠，敲竹杠要遭报应的。我找船呀，弟弟你拿我儿子的船了吗？歪嘴说，我只拿瓜，我又不是托塔李天王，怎么拿得动船？你儿子的船去哪儿了，别问我，问王德基的儿子去，我看见他带两个小孩摇船玩的，玩到铁心桥桥洞里去了。

崔主任命令歪嘴立功赎罪，去把王德基的儿子安平叫来。歪嘴靠在门框上思考了一会儿，和崔主任谈了条件，说，那我去把安平拎来，拎来就没我的事了吧？崔主任说，有事没事我说了不算，又不是我的西瓜，要问这位老大娘。歪嘴就把脑袋转向福三的母亲，你到底要不要我赔西瓜钱？要赔我给你五毛钱好了。福三的母亲摆手说，不要赔不要赔，我不是来要瓜钱的，我要把我儿子摇出来的船摇回去，弟弟你行行好，帮我找找船吧。

福三的母亲原来是要跟着歪嘴去的，歪嘴不愿意让她跟着，崔主任也劝她留下来等。福三的母亲就坐下来了，坐在窗边，看着窗外面的河道。崔主任又给她倒了杯水，她客气推托了半天，说喝不进去了。又问崔主任以前在铁心桥下卖葱的老太太还在不在，说她也是好人，也给她喝过开水的。崔主任问，哪个老太太？姓什么？她却说不上来，光说那老太太嘴角上有一颗痣。崔主任其实没有兴趣和福三的母亲交谈，嘴里哼哼着，手上忙自己的工作，听见福三的母亲说，我年轻时候摇船到铁心桥来卖过白菜，认识好多人的。崔主任随口问，都认识谁呀？福三的母亲想了想，说，老虎灶上的人，药铺里的人，烟纸店里的人，我认识几个人的。崔主任说，老虎灶去年刚拆的，药铺就是现在的新风药店嘛。福三的母亲叹了口气，说，我有了五妹以后就没空出来卖白菜了，二十年没来铁心桥了，他们也认不出我来的，我眼睛哭坏了，我也认不出他们的。

正说着话歪嘴在外面把安平推进了门，把安平推进来歪嘴就完成任务，甩手走了。安平镇定自若地站在门口，斜着眼睛看看崔主任，看看福三的母亲，一只手挖着鼻孔。崔主任说，王安平你把人家的船摇到哪儿去了？安平说，不知道，船到哪儿去了？崔主任说，不是你摇的船吗？你不知道谁知道？安平说，我就解了缆绳，谁说我摇了？是达生摇的，我们就把船摇到铁心桥桥洞，船自己横过来，卡在桥洞里了，我们就上去了。崔主任学他的腔调说，你们就上去了？你们把别人的船摇出去，卡在桥洞里你就不管了？安平说，船现在不在桥洞里，它自己漂走了。崔主任火起来，说，自己漂走了，不是你的责任？去把达生叫来，你们负责把船找回来，否则我告诉王德基，看他怎么收拾你！

福三的母亲弯着腰坐在凳子上，过了一会儿坐不住了，起来去拉崔主任的衣服，说，崔同志你跟小孩好好说。又走到安平面前，弯腰替他拍了拍裤子，她的表情看上去忧心忡忡的，但还是努力地向安平挤出了笑脸，她说，弟弟乖啊，我们乡下没有船过不了日子的。安平说，你拍我裤子干什么，又没有灰！他厌恶地瞪了她一眼，在她拍过的裤子上又拍了一下。福三的母亲便去摸安平的脑袋，说，弟弟乖。安平一甩手，身体灵巧地向后一跳，就把福三母亲的手晾在半空了，他继续挖着鼻孔，斜着眼睛看福三的母亲，突然说，是你儿子让寿来捅死的吧？

崔主任这时候冲过来，用报纸在安平头上拍了一下，说，我要不告诉王德基，我就不姓崔！崔主任回头看福三的母亲，福三的母亲弯着腰站在那里，身体抖了一下，并没什么异常。她对崔主任摆摆手，小孩子的话，我不计较的。她撩起衣角在眼睛四周抹了一圈，说，自己命苦，不好跟别人计较。前年我家老头子病殁了，去年春上猪圈里闹猪瘟，死了三头大母猪，今年是福三出事情，一年一灾，我眼泪哭干了，我一哭眼睛痛得厉害，眼睛一痛头疼病会犯，犯了头疼病我就没力气摇船了，我不能再哭的，我要把船摇回家的。

把船摇回去。崔主任听出来这件事情对于福三的母亲来说比天还大。福三母亲的精神状态让崔主任松了口气，有的妇女以为居委会就是让她们哭闹让她们晕倒的地方，崔主任是很反感的，福三的母亲不哭也不闹，让她感到同情，还有一丝侥幸，惟一棘手的是那条船，不知道漂到哪儿去了，不知道是不是还在北大桥以东香椿树街居委会的管辖范围内。崔主任不能扔下工作帮着去找船，她就严肃地对安平说，王安平同学你听好了，你马上带着这位老大娘去找她的船，从铁心桥找到北大桥，这是我给你的任务，你完不成我有办法，什么办法？你不懂？真不懂还是假不懂，很简单的，让王德基替你来完成这个任务！

那天下午我们看见王德基的儿子带着福三的母亲沿着河边人家走，有人指着老妇人问安平，那是你外婆吗？你外婆是松坑的？安平没好气地说，你外婆！你外婆才是松坑人！福三的母亲也不计较他对松坑人的歧视，对着路遇的人笑脸相迎，说，同志你看见松坑那条西瓜船了吗？安平说，你还要不要我找了？要我找你就别问东问西，话又说不清楚，是船不是酒，别人以为你要找酒喝呢！福三的母亲又试图去摸他的头，手伸出去又缩回来了，说，弟弟乖，奶奶眼睛坏了，看不见，要你帮忙呀。安平就哼了一声，说，你懂不懂学雷锋，崔主任在逼我学雷锋呢，我不学雷锋她就让我爸爸收拾我，这个妖婆！

走到达生家门口，安平对福三的母亲说，你在这儿等，我到这家去看看。安平推开虚掩的门，闯到达生家里，嘴里喊着达生的名字，人径直穿堂入室，直扑临河的窗子而去。达生的母亲李金枝正在缝纫机上缝窗帘，让安平吓了一跳，说，死孩子你干什么，吓死人了！安平说，我找达生！李金枝说，达生不在！达生他爸爸不是警告过你不准找达生吗，你把我家达生都带坏了。安平冷笑一声，还警告呢，谁稀罕找他呀？告诉你吧，我在学雷锋，找一条船！安平嘴里说着话，人已经上了达生的床，跪着，打开临河的那扇窗子，探出身子向外面的河道看。李金枝拿了把量衣尺子来打他，安平叫起来，别打我，我骗你是狗，我在学雷锋，是一条船，你看见有船从这儿漂过去吗？

李金枝一边拼命把安平从床上拉下来，一边恨恨地听他陈述他的目的。什么西瓜船冬瓜船的？她说，没见过没见过，我又不是猫，天天蹲在窗台上看船过。安平突然叫道，就是寿来捆死人的那条船呀！李金枝又被吓了一跳，缓过神来就更气愤了，拿着量衣尺朝安平肩上啪啪地打，骂道，该死的小畜生，你到我家来找那死人船，怎么不上你家找去？触了霉头看我不找王德基去，打死你！安平躲避着她的尺子，从达生的床上逃下来，嘴里还申辩着，我家不沿河，怎么找船？你这个笨女人！

　　安平跑到外面，李金枝追了出去，差点撞到门外福三的母亲，看见松坑来的那个老女人，她突然明白安平这次不是撒谎了。福三的母亲叫了她一声阿姐，李金枝倒不见怪，她知道无论年轻年长，松坑人都管女人叫阿姐的。李金枝应了一声，放开了安平，打量起福三的母亲来，是你儿子——她这么问了半句，觉得不得体，又咽回去了。她与寿来的母亲陈素珍是一家纺织厂的工人，平时关系不怎么好，这时忍不住说了一句，那个寿来，不是我诳人，从小我就看得出要闯大祸，娘老子宠出来的，养子不教父母过呀！李金枝没有从福三的母亲那里得到任何回应，她醒悟过来，说这个是白说，人家恐怕还不知道是谁要了她儿子的命呢。福三的母亲显得心慌意乱的，跟着安平要走，李金枝拉着她说，进来喝口水再走！福三的母亲说，多谢阿姐了，我喝过水了，喝不下了。阿姐你在河边住，没见过我家那条船吧？李金枝嘴里顺口说没有没有，记忆中却出现了傻子光春扛着一条船橹从她的自行车旁走过的情景，她的眼睛一亮，叫起来，等等，我带你们去光春家看看！

这样一来，福三的母亲又被带到街那边去了，往回走，去傻子光春家了。

李金枝在光春家门口遇到了光春奶奶的阻拦，她说光春傻归傻，从来不偷人东西。还反问李金枝什么时候看见光春拿人东西的。李金枝说，他是不拿人东西，他拿人摇橹呀！李金枝指着外面的福三的母亲，说，你看看人家，看看人家！光春奶奶探出头去，看见一个松坑老妇人弯着腰站在电线杆旁边，她问李金枝，人家怎么啦？李金枝压低声音说，是西瓜船上那福三的娘亲呀，光春他奶奶呀，光春不懂事，你可是烧香念佛的人，怎么能把那船橹放在家里？

光春奶奶镇静的脸上变了色，抬起小脚匆匆往天井而去，边走边叫，光春光春，你还说你不傻，你不傻怎么把那东西扛回家了。李金枝跟进去，一眼看见傻子光春，正在天井里守护着那条船橹。船橹上的桐油都磨没了，露出发乌的木头的颜色。一向与水打交道的摇橹，离开了水，看上去倒像一种老式的笨重的兵器，正适合傻子光春对战争的一些奇思异想。光春的奶奶在橹头上晾了一把腌菜，湿漉漉的拖把则搁在橹梢上，还在滴水。李金枝也不管三七二十一，拖着摇橹到门口，对着福三的母亲喊，这橹是不是你家的？

福三的母亲迎上来，眨着眼睛没看清什么，摸一下就叫起来，说，正是，是我家那条橹！用了二十年的橹了，我认得出来，这橹把上原来绑着红布条的。

李金枝舒了口气，说，橹在船就在，就看那傻子记不记得船在哪儿了。她正要回去追问，傻子光春已经被他奶奶推到门外来了，向福三的母亲敬了一个军礼。光春奶奶跟出来，摇着福三母亲的手，说，我们家光春脑子不好，拆了橹回来做兵器耍的，你千万别跟他计较，他骗我说是酒厂码头的废船呀！

那天黄昏我们看见一群人抬着一条船橹向酒厂码头方向而去，傻子光春骄傲地走在最前面，尾随他身后的队伍组合得非常牵强，王德基的小儿子安平，李金枝，光春奶奶，还有头上包着一块毛巾的松坑老妇人，后来人们就都知道了，那个被光春奶奶挽着手的松坑老妇人，是福三的母亲。他们一路走着一路有人加入进来，安平就没资格扛橹了，他也不敢胡闹了，因为王德基正好下班回家，看见儿子又在外面野，骑车冲过来吼，滚回家去！安平跳了一下就跳到福三的母亲身后去了，指着福三的母亲说，我在学雷锋，不信你自己问她。

王德基后来告诉别人，他看见福三的母亲吓了一跳，说从来没见过长得如此相像的母子，面容酷肖倒在其次，他惊讶的是福三的母亲弯着腰站在人堆里，满脸疲惫，一手撑腹，一手向他慢慢地伸过来，要来握他的手，那母亲的姿势，让他一下就想起了福三在铁心桥下是怎么扶着厕所的墙，怎么向他出示那把西瓜刀的。

从松坑来的那条西瓜船，二十天以后谁也认不出来了。它被酒厂运送黄酒的船群挤在码头一角，散发着弃船特有的凄凉气息。篷顶上的麦秆席子没有了，四根篷柱不见其三，只剩下一根孤零零地耸立在船上，像小学校里的简陋的旗杆，船头的行灶不见踪影，一定有人看上了那几块垒灶的砖头，拆得很干净，半块砖头都没留下。除了傻子光春，不知是哪些人上过船，有人在西瓜船里倒了点煤渣，倒了点水，还扔了些菜叶子，船舱里看起来很脏，有点像夏天沿河收垃圾的船了。

李金枝站在码头上，手指着运酒船大声批评那些船户，怎么这么缺德？好好一条船，给你们弄成这样，你们自己船上倒是干干净净的，怎么把人家船当垃圾船呢。运酒船上有人厉声地回应道，你还张嘴骂人呢，要不是我们把船钩回来，这船早就漂到太平洋去了！

船在就好，阿姐你不要和他们吵。福三的母亲安慰着李金枝，眼睛看着王德基他们装橹，也怪王德基他们没有经验，笨手笨脚的，福三的母亲一着急，身体一点点地往下面挪，李金枝正要扶她，她已经挪到船上去了。

正是九月黄昏时分，酒厂码头的阳光也像陈年的黄酒一样，馥郁地流淌，河面闪闪发亮，西瓜船上的一摊干涸的血迹吸引了所有人的目光，起初人们都在看福三的母亲和王德基他们装船橹，是傻子光春最先透露血迹的位置的，他指着船头一角对安平说，看那摊血，像不像一头牛？大家顺着光春的手看过去，果然是一摊血，不一定像一头牛，但是一摊非常清晰的血迹。李金枝瞪着眼睛，用手指压着嘴唇，示意大家别嚷嚷。她说，她眼睛不好的，最好别让她看见。安平偏不听她的，对傻子光春卖弄他的知识说，血迹很难洗的，水洗不掉，要用酒精擦。又让光春去拿酒精来，说他可以当场试验给他看。傻子光春问，酒精在哪儿？安平给他问住了，翻着眼睛说，算了算了，试给你看也是白试，你就知道看血迹像牛还是像马，傻子！

后来就剩下福三的母亲一个人在船上了，运酒船已经为福三的母亲让出了水道。王德基他们不会弄船，帮不上忙，干脆下来，在岸上看着她把船慢慢地摇出去。李金枝问王德基他们，你们看见船头那摊血了吗？王德基说，那么一摊血，怎么会没看见？不敢吱声罢了。李金枝叹着气说，她眼睛不好，最好看不见，否则看着儿子那摊血，怎么摇得动船呀？王德基说，本来就摇不动的，去松坑好几十里水路呢。她出来摇船，家里人肯定不知道的，知道了怎么能让她出来！

福三的母亲把船摇出了运黄酒的船群，水上就有路了，她摇摆着的身体突然停了下来，慢慢转过来，抬起臂肘擦眼睛，努力地眺望着码头上的李金枝他们这群人。看得出来她是要告别了。福三的母亲要和码头上的人告别，可是离得远了她什么也看不清，看不清楚码头上站立的哪些是香椿树街的好心人，哪些是酒厂堆积如山的黄酒坛子，她就突然跪下去，向着酒厂码头磕了个头。码头上傻子光春先笑起来了，说，她怎么向黄酒坛子磕头？大人不傻，知道是福三的母亲眼睛不好，磕错了方向，都挥起手，叫喊起来，不敢当的，快起来快起来！

福三的母亲很快就起来了，人在远处站起来，小小的一团，被满河夕阳照着，身影还是很黑很模糊。就这样，松坑的最后一条西瓜船，也在九月的一个黄昏离开了酒厂码头。据去过松坑修理拖拉机的王德基估算，此去六十里水路，一定要在水上过夜了。福三的母亲毕竟年纪大了，她摇船的姿势看上去不像其他松坑人那么流畅，也许是累的，她摇得很慢，船也走得很慢，看上去不是她摇着船走，是船领着她向下游而去。船向河下游而去，那是松坑的方向，福三的母亲虽然眼睛不好，松坑的方向应该是永远记得的。

而王德基他们站在酒厂码头上，眺望着夏天来的西瓜船向河下游而去，一来一去，按节气来说居然隔着夏秋两季了。

拾婴记

一

　　一只柳条筐趁着夜色降落在罗文礼家的羊圈。

　　母羊被惊醒了，它有限的智慧受到了从未遭遇的挑战。柳条筐散发着湿润的青草之香，里面盛着的却不是夜草，是一件被露水打湿了的女装棉袄，蓝底黄花的灯芯绒面料，上面均匀地分布着几朵葵花，母羊以为陌生人送来了一堆葵花，细看之下，葵花掩映的是一张婴儿的小脸！葵花也好，婴儿也好，那都不是饲料，但母羊仍然执拗地停留在柳条筐边，用鼻子辨别着婴儿身上所散发的微妙的香气，那香气让母羊想起了春天清晨的草地，还有夏天在河边失散的一头小羊羔。

　　看起来那几朵棉袄上的葵花一直在守护熟睡的婴儿，葵花闪烁着金黄色的光芒，在黑暗中与母羊尖锐地对峙，仅仅过了一会儿，葵花便获得了胜利，软弱的母羊放弃了主人的权利，躲到角落里去了。

那天夜里枫杨树乡的狗零星地吠了一阵，对岸花坊镇北边似有群狗回应，是较量的回应，带着一种天然的傲慢。河两岸的狗也许是听见了什么，也许只是尽一点义务，狗很快就安静了，只有罗家的羊圈萌动着神秘的迷宫般的气氛。只有三只羊是事情的目击者，凭着那天夜里的月光，它们应该看得见窗洞外面弃婴者的身影，羊耳朵也灵敏，它们一定能够分辨出来那人的脚步声从哪儿来的，又是在哪里消失的。可惜三只羊都是羊，从不承担看门的义务，对什么事情都习惯了沉默。

羊这么固执地沉默，它的主人罗文礼一家也没办法追究，你即使把浑水河两岸所有的青草割来，也无法收买一头羊，人可以收买，可谁有本事从羊嘴里套出什么秘密来呢。

二

他们开始是把柳条筐放在家门口的，有点失物招领的样子。罗文礼的大儿子庆丰看着柳条筐，心不在焉的，一会儿蹲下，一会儿又站起来，庆丰手里捧着个大碗喝粥，喝几口喊一声，来看看，来看看，谁往我家羊圈塞了个孩子？

男人们一早都去花坊监狱送白菜了，孩子们上学去了，闻讯而来的大多是村里的妇女，他们小跑着奔过来，有的手里还拿着镰刀，有的肩上搭着毛线和编针，那么多丰满的身体和蓬乱的脑袋组成一道篱笆，把柳条筐热情地围了起来，后来者只能从人缝里看见筐子里的几朵金黄色的葵花，跺着脚对庆丰说，哪儿有孩子？看不见，就看见葵花了！

先来的妇女们细细地观察柳条筐里的女婴，嘴里啧啧地响，多标致的小女孩，怎么扔了呢？扔了还不哭，你看她还笑呢。有人贸贸然地问庆丰，是谁家的孩子呀？庆丰瞪着眼睛反问道，要知道是谁家的孩子，还放在这里让你们参观？他们知道庆丰脾气坏，不跟他说了，蹲在柳条筐边窃窃地讨论起来。有人说，那做大人的什么铁石心肠，怎么把孩子扔羊圈里了呢？笨死了！

庆丰在一边用手指敲着碗沿，说，你们才笨，说话不动脑子，这么冷的天，扔在外面不冻死才怪，羊圈怎么的，我们家羊圈比你们家温度高，不懂，你们就别乱说！

那妇女回头说，我们什么都不懂，你什么都懂，你什么都懂就教教我们，这孩子，怎么造出来的？

庆丰冷笑道，你以为这就难住我了？怎么造出来的？一男一女，×出来的！

庆丰大了，对许多事情莫名其妙地烦躁，见到饶舌的妇女就更烦，他不愿意守着柳条筐，一碗粥喝光就走了，走到羊圈外面，对他母亲喊，你自己吆喝去，我吆喝来那么多人，都是看热闹来的，没一个要抱孩子！

卢杏仙就出来了，抖着围裙上的草灰对别人说，你们看看这叫个什么事？早上起来出羊粪的，一眼看见这筐子，吓我一大跳，我这辈子手黑，从来没捡到过一分钱，这下好了，一下子让我捡了个孩子，你们说，这枫杨树乡谁不知道我家穷，那丢孩子的是瞎了眼，怎么偏偏丢我家来了？

妇女们大致上是默认卢杏仙的说法的，只是不好指明谁家富裕，谁家适合丢孩子，给她火上浇油，他们都默契地遥望着河那边花坊镇方向，七嘴八舌的，说的是一个意思，杏仙呀，这枫杨树的姑娘媳妇肚子里有个什么动静，也逃不出你的眼睛，这不是我们枫杨树的孩子呀，是花坊镇扔过来的孩子！也有像长炳的女人那样在任何场合都要显示其素养的，她就在人堆里发出不同的声音，撇嘴说，杏仙，你别老是钱呀钱的，钱生不带来死不带去的，哪儿有人好？你家再穷还养着羊，多一张小嘴吃饭，也不能把你家吃垮了，看看这小女孩多水灵，自己留下养嘛。

卢杏仙的目光尖利地落在长炳女人身上，说，她要是一头羊，我还就留下她了！羊吃草，不花钱不占口粮，可你没看见吗，这是孩子，不是羊！你让我给孩子也喂草呀？

谁说让你给孩子喂草了？我们这里，谁不是粗茶淡饭吃大的？杏仙，这孩子不管扔得是不是地方，跟你家也是个缘分，自己养着吧。

缘分不能当口粮！你不是不知道我们家人多口粮紧，怎么张嘴就给我下这个指示呢？卢杏仙悻悻地折她的围裙，一边折一边眼睛亮起来，对女邻居说，你们家就两个女孩，口粮够，你不口口声声说女儿迟早要嫁人，一嫁人，连说话的人都没有，不如你把她抱走，陪你说话去。

长炳的女人说，是送到你家羊圈的呀，要是送到我家，我一定养。

卢杏仙的脸沉了下来，斜睨着长炳的女人，说话的口气里有了威胁的意味，好呀，那我养她一天，她说，明天早晨孩子在谁家门口，孩子就归谁养！

让卢杏仙这么一说，长炳的女人翻了个白眼就走了，其他邻居也莫名地恐慌，很快都散开了，有个女邻居在离开之前提醒卢杏仙，杏仙呀，孩子不管给谁，你先去报告政府，捡孩子不比捡小狗小猫，婴儿也是人口，是人口都要去花坊镇登记的！

登记登记，我怎么不知道要登记？卢杏仙把围裙当毛巾拍打着裤子，一只手突然向后义愤地一挥，指着院子里的一匾晒干了的萝卜，我哪儿忙得过来呀，你们各家的腌菜倒都好了，没看见我家的缸个个底朝天，腌萝卜的盐还没买呢。反正我家庆来要去花坊镇买盐，如果这孩子没人抱，让庆来顺路送到政府去！

三

早晨九点，越过河流，枫杨树少年罗庆来来到了花坊镇。

罗庆来提着那只柳条筐从花坊码头下来，码头上锣鼓喧天，他看见一群穿白衣蓝裤的人在储运仓库前敲铜鼓，文化站的一个干部正拿着电喇叭指挥排练。男孩在后排敲大红鼓，敲一阵举起鼓槌，齐声高喊：毛主席，万岁！女孩腰间用红绸绑着小腰鼓，组成几个圆圈，每人都沿着圆圈跳，一边跳一边敲小腰鼓，敲一会儿人身体都斜过来，脑袋朝天，喊道：祖国，万岁！好多路过码头的人都停下脚步，罗庆来也站在台阶上听了一会儿，说，敲什么敲？敲得一点也不整齐。旁边有个男人，一定是哪个敲鼓学生的家长，对罗庆来不满地瞪了一眼，说，不整齐？那你去敲。罗庆来的脸莫名其妙地红了，转身就跑，一边跑一边说，我才不敲鼓，要敲就敲你们的头！

他的手里提着一只柳条筐。柳条筐里装着一个陌生的女婴。女婴乖得有点出奇。罗庆来一直提防着她哭，她要是哭了他就要找个僻静的地方喂她，可是她不哭，不哭他就不用停下脚步。母亲在筐里塞了一个盐水瓶改装的奶瓶，里面是热过的羊奶，她说，孩子已经把过屎了，她要哭一定就是饿了，饿了你就喂她一口奶。罗庆来知道凡是婴儿都要哭，他为这常识焦灼不安，这个婴儿不会哭，她不哭！罗庆来一边向政府所在的八一街那里走，一边狐疑地看着柳条筐里的女婴，他看见女婴在柳条筐鲁莽的颠簸中坦然地前进，那么红润那么神秘的一张小脸，脸颊上有一层细细的金色的茸毛，乌黑的眼睛忽而睁开，迎接阳光，阳光来了，却又害怕地闭上了。

罗庆来说，你不哭才好，不哭就不要喂了，多谢你了，你不哭就省得我去做妇女的事情！罗庆来研究着女婴在阳光下的脸，脑子里蹦出一个奇怪的念头，你长得很像一头小羊，羊也从来不哭的，你会不会是个羊人呢，你吃不吃草的？罗庆来看见街边一户人家的窗台上种了一盆菊花，菊花枯萎了，土里的一丛草倒是绿的，他就去拔草，草是拔出来了，但他犹豫着，最终放弃了探索的念头，罗庆来把草往柳条筐内一扔，说，开玩笑的，你这么小，我怎么会欺负你？

花坊镇半新半旧，旧的寂静和荒凉藏在那些花格木窗和老墙青苔后面，街上的水泥路永远是热闹的，罗庆来尽量地躲避人多的地方，还是有那些好管闲事的人追着他的柳条筐，喂，你筐子里装的什么好东西？经过供销合作社门口时，他想起母亲关照的买盐的事，要看看价格，是不是六分钱一斤的盐，他把柳条筐放在玻璃门外面，脑袋探进去看盐缸上的那面小红旗，价格没看清，却听见一个妇女在他身后又惊又喜地叫起来，这孩子倒是聪明呀，怎么把你妹妹装在筐子里，没见过！

罗庆来说，谁说她是我妹妹？她是一头羊！

罗庆来不愿意和那些妇女多费口舌，他想反正盐可以回去时候再买的。他提着柳条筐向八一街跑，路过老杜的桌球摊子时他的脚步一下迟疑起来。他看见他的小学同学罗小正弯着腰，站在那儿，有板有眼地打桌球，罗庆来正在纳闷他的桌球什么时候打得有板有眼了呢。罗小正也看见他了，罗小正向他摇着球杆，慷慨地邀请他，过来，一起打，我包了桌子，还有一个小时！

他几乎立即决定要去打白赚的桌球了，惟一让他放不下的是那柳条筐，他不想让罗小正笑话他。罗小正说，你手里提的什么东西？罗庆来顺口编了一句，盐！他指了指前面，说，你等等我，我把筐子交给我三姨去。

白打的桌球，还有一个小时，这让罗庆来心急如焚，他后来就向着镇政府方向一路小跑起来，奔跑的时候他听见了女婴和奶瓶在柳条筐里左右滑动的声音，女婴仍然像奶瓶一样安静，也许她不敢哭，也许她喜欢他奔跑。然后罗庆来经过了花坊镇的红旗幼儿园，幼儿园的风琴声引起了他的注意，他猛然刹住了脚步，心里生出个大胆的念头。他想起那个神秘的弃婴人丢孩子的方法，你可以把柳条筐丢在我家羊圈里，我为什么不可以把柳条筐丢在幼儿园里呢？罗庆来这样思索着，人紧张起来，他看看四周没有人，就去推幼儿园的窗，窗后是一排排漆成天蓝色的小床，如果瞄得准，他甚至可以直接把孩子倒在小床上。可不巧的是窗子被反插上了，他一推窗，里面有个小孩子哇地一声哭起来，然后他看见好多小孩子摇摇晃晃地从床上站了起来，朝他这里张望，他没来得及打开窗子，一个保育员已经冲到大屋里来了。

窗子碍事，罗庆来最终没能把女婴倒到床上去，惊惶之下，他把柳条筐往幼儿园的窗下一放，人一阵风似的逃了。他跑过李六奶奶家门口时，没注意到出来倒痰盂的李六奶奶，一条挥舞的胳膊把李六奶奶手里的痰盂撞翻了。

李六奶奶没有看清罗庆来的模样，只看见那个愣头青的少年一阵风似的跑出去，转眼之间人就不见了，空气中留下一丝可疑的气味，李六奶奶吸着鼻子闻了一会儿，觉得那不是痰盂打翻的气味，是羊身上的淡淡的膻味。

四

　　李六奶奶发现了幼儿园窗下的女婴。李六奶奶站在窗下敲玻璃，快出来个人啊，你们阿姨怎么看孩子的？怎么把孩子丢到外面来了？

　　三个幼儿园阿姨惊恐地挤到窗前，看清了外面的柳条筐，都松了口气，说，不是园里的孩子！不是的！又不无指责地说，六奶奶你吓我们一跳，怎么不看看清楚再说，这是个婴儿呀，最多两个月大，我们这里只收三岁以上的孩子，从来不收婴儿的！

　　李六奶奶见不得他们推脱责任的样子，撇嘴说，什么两个月八个月的，幼儿园就是收孩子的，哪来这么多规矩？你们出来个人嘛，把孩子端回去。

　　一个中年阿姨不屑于理睬李六奶奶，背过身低声骂了一句老糊涂，就走了，剩下一个老阿姨和年轻阿姨，仍然伏在窗台上研究柳条筐里的女婴，一个说，肯定是那个乡下孩子丢下的，脑筋不正常了？把自己的妹妹丢在这里。年轻的阿姨说，孩子又不是垃圾，怎么可以随便乱扔的？就算是垃圾也不能随便扔！老的那个阿姨突然拍拍窗台，说，也不一定是妹妹呀，我看那乡下男孩胡子都黑了一圈了，没准是和哪个女孩闯了祸，孩子钻出来，没办法了，抱出来一丢了事。

　　李六奶奶说，你们怎么说起闲话来了？不管是谁的孩子，你们是幼儿园不是？幼儿园管的就是孩子，你们倒是出来个人呀，外面风这么大，孩子吹坏了怎么办？

两个阿姨都冷静地看着李六奶奶，一个口气还算缓和，说，六奶奶你不懂的，我们是幼儿园，不是儿童福利院，幼儿园有规章制度的，不允许随便收孩子，六奶奶你自己想想，要是别人不要的孩子都往这窗下一扔，我们这幼儿园不成马蜂窝了？另一个对李六奶奶的无知多少有点烦，朝她嚷起来，我们三个人就三双手，三双手要伺候几十个孩子，本来就忙不过来，你还来给我们添麻烦！

李六奶奶说，怎么是我给你们添麻烦了？我又不要你们把屎喂饭，是这个小宝宝呀，人心都是肉长的，外面风这么大，你们怎么就站在那儿看，偏偏不肯出来呢？

一个阿姨说，出来了也不能收的，李六奶奶你不懂，我们这里收孩子都有手续！

李六奶奶说，我怎么不知道手续？我知道手续，你们就不能先收下孩子，再补办一个手续？

那阿姨对着李六奶奶苦笑起来，说，跟你是说不清楚了，李六奶奶，我们是日托，下午各家父母都要接回家的，我现在要是把她抱回来了，下午把她交给谁去？你不是看不出来，这孩子没父母呀！

没父母的孩子才可怜！李六奶奶蹲到地上，手先探进向日葵棉袄里摸索了一下，又抽出来，在女婴的额头上摸了摸，说，不像是个病孩呀，眉眼也秀气，好好的一个女孩子，怎么丢在这里没人管呢？李六奶奶又闻到了一股淡淡的羊的气味，她吸着鼻子，判断出那气味就是羊的气味，但她对窗台上的两个阿姨报告的是另一个消息，她向他们招手说，你们快来闻闻，这女孩子身上香呢，像奶油饼干的香味。

两个阿姨聪明地拒绝了李六奶奶的邀请，说，孩子身上的味道，我们闻多了，不爱闻。

李六奶奶绝望地瞪着窗台，突然冷笑一声，说，谁说人心都是肉长的？有些人的心呀，是冰凌子长的。

年轻的阿姨对李六奶奶终于忍无可忍了，你心好，你自己抱回家去！丢下这句话，她就把幼儿园的窗子砰地关上了。

五

他们看见李六奶奶拖着小木轮车在街上蹒跚地走，有人跟她打招呼，六奶奶，去买煤呀？李六奶奶摇头，说，不买煤，买什么煤，看见煤就想起他们的人心，现在的人心比煤还黑呀。她苍老的脸上残存着委屈而义愤的表情，看上去愈发苍老了。

中午时分花坊镇上的人都行色匆匆，很少有人注意到小木轮车驮着的柳条筐里，装的是一个婴儿，大多数人以为是李六奶奶脱下来的一件棉袄，棉袄上鲜艳的向日葵图案倒是引人注目，他们说，吧，六奶奶老来俏，穿那么一件大花棉袄！

李六奶奶的小木轮车停在侄儿张胜家门口了，张胜媳妇半敞着毛衣，手里抱个婴儿迎出来，她看见李六奶奶弯着腰，从柳条筐里也抱出一个婴儿来，李六奶奶说，快来快来，快给这孩子喂两口奶吧。

张胜媳妇一边喂奶一边听李六奶奶诉说幼儿园那些阿姨的不是，她关心的是女婴的来历，偏偏李六奶奶说不出个来龙去脉。李六奶奶只是盯着女婴的嘴和张胜媳妇蓬勃的乳房，说，多喂几口，你奶多，本来也要挤掉的。张胜媳妇说，几口奶是不稀奇的，可六奶奶你怎么随便在街上捡孩子呢，现在外面流行黄疸肝炎，万一——李六奶奶打断她的话说，哪来这么多万一的，你看看这孩子的脸色，白里透红的，哪里会有什么病？张胜媳妇不时地回头看床上自己的婴儿，似乎在比较两个婴儿的异同，过了一会儿她平缓地将乳头从女婴嘴里抽出来了，六奶奶，你闻到这孩子身上有什么味道吗？她说，怎么有点羊膻味呢？

李六奶奶犹豫了一下，笑起来说，什么羊膻味？是香味，我闻着像奶油饼干的味道。

张胜媳妇喂好了奶，把女婴放回到柳条筐里，看见筐里那只盐水瓶改制的奶瓶，拿出来晃了晃，说，人家给孩子准备了奶的，你偏要让她喝我的。李六奶奶说，就那么半瓶，得省着喝，等会儿把孩子送政府去，谁知道政府里有没有奶？张胜媳妇去抱自己的孩子，回头问了一句，等会儿你用木轮车把孩子送政府去？这一问把李六奶奶问得不高兴了，沉下脸说，你们这些年轻人，共产党白教育你们了？别人丢掉的孩子也是孩子，怎么都是一个腔调？我这把年纪了，腿脚又不好，说话干部也听不懂，你们年轻人不送让我去送？张胜媳妇说，没说让你去送，六奶奶你为什么要管这闲事呢？李六奶奶嚷起来，这不是闲事，是个孩子！

毕竟是长辈，李六奶奶一嚷，张胜媳妇就不吱声了，抱着自己的孩子在屋里走，走了几圈说，反正我也腾不出手来，反正张胜马上要回家吃饭了，要送让张胜去送。

六

贮木场的张胜在中午时分到过政府大楼，他去得不巧，是饭后的午休时间，花坊镇政府的五层楼里寂静无声，信访处、妇联、计划生育领导小组的办公室都关着门，只有五楼的一间办公室引起了他的注意，那一间的玻璃草草地糊了报纸，里面有人声，张胜便爬到窗台上从气窗向里面张望，看见几个干部正围在一起打扑克，有一个干部的鼻子上粘了两张小纸条，张胜就笑着跳下来了，说，他们也打这种牌啊。

他敲了很长时间的门，里面安静了一会儿，终于有人问了，是哪位？出来开门的是一个穿橘红色西装的女干部，她侧着身体，在半开的门缝里警惕地看着张胜，说，现在是午休时间，不办公。

张胜记得她是妇联的。妇联管孩子，他这么叨咕着从地上捧起那只柳条筐来，以一种夸张的姿态献给女干部，你们午休，我可是要赶去上班了。他说，我姑姑在幼儿园外面捡了这孩子，让我交给政府。

女干部下意识地闪避着那只柳条筐，嘴里惊声道，孩子是哪儿的？

张胜道，丢在街上的！

女干部又尖声问，你是哪儿的？

张胜把柳条筐放在地上，说，我是贮木场的革命职工，你那么瞪着我干什么？我送来的是孩子，又不是颗炸弹！你快接着，你不接我就放这儿了。

屋里的其他几个人也拥出来了，其中有个保卫干事认识张胜，说，怪不得呢，是这个愣头，前几年经常到派出所挂号的！看张胜要跑，一个年轻干部冲上来拽住他，你不能把孩子扔这儿，这不是儿戏，要调查要登记的。

张胜说，调查个鬼呀，路上捡了钱要交给你们，捡了孩子难道不交公吗？

少来狡辩，交公也要办公时间来，你把筐子抱起来，下楼等着，两点半到计生组登记！

张胜不肯去抱那个柳条筐，身体一直在往楼梯口悄悄移动，其他两个男干部反应快，识破了他的心计，干脆一起过来，把柳条筐强行塞到他怀里，然后他们一边一个，几乎是架着张胜下了五层楼。

张胜在楼下的传达室里坐了大约有五分钟，五分钟内他一直骂骂咧咧的，看门的老年费了好大的劲才弄清楚事情的原委，他不好多说什么，就给张胜倒了一杯水，还递了支烟给他。张胜气得厉害，不喝水也不抽烟，就是一心要把柳条筐留给老年。老年说，我一辈子打光棍，没弄过孩子，你把这孩子扔给我，不是为难我吗？张胜愤怒地看着窗外，又看看老年，脸上掠过一种决绝的强硬的表情，我不为难你，他说，我走，我把孩子放到外面去！

　　老年是亲眼看见张胜把柳条筐放在楼外花坛边的。张胜走的时候替女婴掖了掖棉袄，掖棉袄也没用，老年隔窗监视着张胜，嘴里忍不住骂了一声，混账东西！他后悔给张胜倒了那杯茶，递了那支烟，这张胜不是个东西嘛，上班再要紧，也不能把孩子这么丢在花坛边，那是个孩子，又不是一盆花。

　　午后的阳光爽朗地照耀着政府大楼外面的花坛，花坛里的菊花半开半靡，对热情的阳光有点爱理不理的样子，倒是那只柳条筐，每一根柳条都接纳了阳光，看上去闪烁着一圈淡金色的光晕。

　　第一个注意到柳条筐的是一只猫，不知道是谁家的猫匆匆地跑过来，绕着柳条筐转了几圈，猫把爪子搭在筐沿上，脑袋探下去很细致地闻了闻婴儿的气味，气味不对胃口，猫转了几圈，最后心灰意懒地走了。紧接着又跑来了一条狗，撒着欢往花坛边奔，是食堂的大师傅养的那条黄狗，看见狗也来凑热闹，老年冲出去，把狗撵回去了，老年说，那是个孩子，不是鱼骨头肉骨头，你们畜生来凑什么热闹！

　　老年隔窗守望着柳条筐，他等着筐里传来女婴的哭声，可是始终没等到，女婴出奇的安静让老年疑虑重重，怎么就不哭呢？这么苦命的孩子，偏偏就不哭。老年想，这孩子会不会是个哑巴？如果是个哑巴，谁抱她都是抱一个麻烦回去，也怪不得别人心不善呢。

后来两个跳牛皮筋的小女孩来到了国旗的旗杆下，他们把牛皮筋的一端捆在旗杆上，另一端谁也不肯拿，都要先跳，正吵闹着，一个小女孩先看见了柳条筐，丢下同伴跑到花坛边去了，很快老年就听见了两个小女孩的惊叫声，谁的孩子？谁把孩子扔了？有坏人扔孩子啦！

老年看见两个小女孩拖着牛皮筋向传达室奔跑过来，一下就慌了。老年赶紧把门反锁了，回头一看，可供藏身的只有一张简易床，他急中生智地跑到床边，鞋子一蹬，掀开被子就钻了进去，他钻进被窝时门已经被擂响了，老年装作没听见，他用被头蒙住脸，在被子里面埋怨两个小姑娘，笨丫头笨死了，小宝宝的事情，怎么找老光棍管？我是看门的，不是看孩子的！

两个小姑娘离开之后老年仍然躲在被窝里，他没法起来了，不起来也没问题，他看着墙上挂钟的时间呢，他会在两点三十分领导们进楼上班之前起来，那时候柳条筐一定有人接手了。窗外开始有人声一浪一浪地传进传达室，看来小姑娘尖利的叫喊声惊动了附近的文化站和卫生院里的人，老年从被子里探出脑袋，偷偷地窥望窗外，看见花坛那里的人影子动荡不安，在一片嘈杂中老年突然听见了女婴清脆响亮的啼哭声，那啼哭与别的婴儿相比没有任何异常，但老年的耳朵被震得又痒又疼的，他一边抠着耳朵，不知怎么松了口气，嘀咕道，还是会哭的嘛，不是哑巴！

大约下午两点一刻，老年从床上起来了，和衣假寐时间长了，人乍然感到一丝阴冷，他从门后摘下了冬天的棉衣披在身上。外面乱哄哄的声音已经平息了，老年在窗边朝花坛那里张望了一会儿，看见几个人还站在那里，指手画脚地说话，柳条筐不见了。人一多，果然就有热心肠的来解决问题了，老年说不出来自己心里是什么滋味，他披着那棉衣朝外面走，觉得外面的空气中残留着一股淡淡的羊膻味，那气味若有若无的，压倒了花坛里残菊的香气，老年记得那是柳条筐和女婴的气味。

是食堂的几个女师傅还站在花坛边，她们忘情地议论着那只柳条筐的归宿，那个惊人的消息也是几个女师傅告诉老年的，一个女人说得简明扼要，是疯女人瑞兰把柳条筐端走了！另一个补充得比较详细，是疯女人瑞兰把柳条筐抢走了，她抢呀，谁也拦不住，她说是她的女儿呀，花坊镇人人知道她女儿在浑水河里淹死了，她偏偏一口咬定，是她的女儿！

老年张大了嘴巴，过了一会儿才反应过来，突然大叫一声，她是疯的，你们也疯了？怎么看着她抢孩子呢，一个疯子怎么能养孩子？女师傅们发现一贯温厚的老年有点莫名其妙的冲动，便开始安慰老年，说，你就别担那个闲心了，瑞兰她领不去的，她哥哥瑞昌也在旁边呢，瑞昌说等她的疯劲过去了，孩子该送哪儿就送哪儿，他负责！老年说，说得轻巧，他负责，神仙也不知道孩子是谁的，他准备把孩子送哪儿去？一个女师傅说，送到河对岸去呀，送枫杨树乡去！老年不明白，为什么认定孩子的父母在枫杨树乡？那女师傅说，这还不明白，乡下人重男轻女嘛，养个女孩就扔掉！另一个女师傅这时候很不客气地打断了她，说，你刚才又不在，胡说些什么，让对岸的乡下人听见了，拿锄头来砍你！她看来是掌握了足够的信息，一番话让老年信服多了，原来是一个顺藤摸瓜的思路，她说卫生院打针的小陆刚才也来了，是小陆透露了孩子的枫杨树乡的身份背景。小陆认得那筐里的奶瓶呀，那女师傅说，你们看见那个盐水瓶了吗，里面还灌了半瓶奶，枫杨树乡的妇女，最喜欢到卫生院来偷盐水瓶，拿回家做奶瓶！

七

一只柳条筐趁着夜色降落在罗文礼家的羊圈。

第二天早晨卢杏仙起来出羊圈，一眼便看见了归来的柳条筐。柳条筐又回来了。卢杏仙惊叫起来，她突然意识到自己家的羊圈已经被谁偷偷地改造成了一个迷宫，迷宫般的羊圈半明半暗，羊藏身在暗处，柳条筐却大胆地沐浴着早晨的阳光。卢杏仙蹑足走过去，发现那件葵花棉袄还在，女婴已经不见了。她壮着胆子摸了摸葵花棉袄，棉袄有点湿漉漉的，有夜露打湿后不易消退的潮气，摸上去有点黏手。卢杏仙嘴里叫起丈夫的名字来，文礼文礼你快来，我们家羊圈闹鬼了！可是勤快的罗文礼已经出门去耕地了，她逃到栅门边，回头望着柳条筐，又大声地唤起儿子来，庆来庆来，快起床，你到底把那孩子送哪儿去了，怎么孩子送走，筐子又回来了呢？

回头之间，卢杏仙突然发现羊圈里多了一头小羊，怯懦地站在角落里。昨天夜里喂草的时候还是三头羊，早晨起来就多了一头羊，过度的惊愕使卢杏仙怀疑自己看花了眼睛，她朝屋里喊，庆来庆来你快起床，我的眼睛怎么啦，我看不清咱家有几头羊！

庆来穿了个短裤就出来了，他看见柳条筐，心虚地转过头看看母亲，又去看羊，脸色大变。他伸出手指数羊，说，是多了一头，跟夏天时候一样，是四头羊了。庆来走过去要拉那头小羊的羊角，手伸出去又缩回来了，回头对母亲说，妈你别怕，我认识它，是夏天走散的那头羊，它回来了。

卢杏仙说，你还在做梦呢，羊又不是狗，认识回家的路，你给我看清楚了，这是谁家的羊，怎么跑到咱家羊圈里来了？

庆来蹲下来，向地上吐了口唾沫，开始严厉地审视飞来的小羊，过了一会儿，所有的恐惧和疑惑都消失了，你是羊，我还怕羊吗？他嚷了一句，手毅然向前一扑，抱住了小羊的脑袋，他自己的脑袋也转过来转过去，端详着羊，突然，庆来叫起来，妈快来看，这头羊在哭，羊眼睛是潮的！

卢杏仙拿起一根扁担在儿子的屁股上打了一下，我都吓糊涂了，你还吓我？她说，羊怎么会哭，我养了几十年羊，从来没见过羊哭，会哭的是牛！

庆来说，妈，我没吓你，这羊的眼睛不一样，你自己来看呀！

卢杏仙走过去，按住儿子的肩膀，看那头小羊的眼睛，羊眼睛里似乎是覆盖着一层泪光。这是谁家的羊呀，怎么还会哭？卢杏仙大声叫起来，菩萨观音苍天在上，我们家对羊有多好，你们是看在眼里的，我们家人吃得半饥不饱，羊肚子从来都吃得鼓鼓的，怎么让我们家的羊圈闹起鬼了呢？

庆来没有像他母亲那样慌乱，那天早晨幸亏了他的冷静和聪明。庆来瞥了一眼窗洞下的柳条筐，又看了看那头羊，突然一个寒噤，打了个响亮的喷嚏。

卢杏仙说，受凉了？你回去穿上衣服再来，把羊牵出去，看看是谁家的羊？

庆来迷茫地注视着母亲，说，妈，再别撵它走了，撵不走它的，都怪你，你昨天说错话了！

卢杏仙说，我说错什么话了？

庆来说，你昨天说那孩子要是一头羊，你就能养，你说错话了！

卢杏仙说，你这孩子怎么回事，怎么云里雾里的，一直在说梦话呢？

庆来沉默了一会儿，把卢杏仙拉了出去。在羊圈的栅门外面，在第二天早晨初升的太阳下面，少年罗庆来对他母亲透露了枫杨树乡间历史上最大的一个秘密。他说，妈妈，我告诉你你别怕，你怕，那不是夏天走散的羊，也不是别人家的羊，我告诉你你别怕，是你说错话，那个孩子认准咱家的门，又回来了！

苏童短篇小说集

一 珍 藏 版 一

下 卷

苏 童

著

夜间故事

PEOPLE'S LITERATURE PUBLISHING HOUSE

人民文学出版社

目
录

茨
菰

姑妈回家先看见了两只芦花大公鸡，它们被网线袋包围着，一只蹲，一只站，但看上去都还乖巧。看见芦花大公鸡，姑妈就知道我表哥回家来了，她仔细地看了看地上，也不知道是鸡讲卫生，还是饿着肚子无法便溺，总之地上很干净。姑妈抓过一只公鸡的鸡冠检查了一下，说，不会是病鸡吧，光知道带公鸡回来，又不能炖汤，又不能下蛋的，早晨还吵死人。姑妈走到厨房边，正要去抓米给鸡吃，看见天井里坐着一个穿桃红色衬衣的陌生姑娘，正在用瓷片刮茨菰。

　　她以为是我表哥带女朋友回来了，有点喜悦，又有点紧张，像做贼一样地往厨房里一闪，闪进去了，又出来，捋着头发，站在那里咳嗽。刮茨菰的姑娘抬起头来，抬起一张黑里透红的脸，一看就是个乡下姑娘。她从板凳上跳了起来，说不上来是害羞还是礼貌，正努力地向姑妈笑着。姑妈听见她嘴里含糊地吐出一个称谓，是乡下方言，分不清是在叫她什么。姑妈下意识地皱起了眉头，那姑娘垂着手，目光在姑妈身上撞了一下，缩回去，怯怯地看着我表哥的房间，突然叫起来，小杨同志，你出来一下，出来一下呀。我表哥就睡眼惺忪地出来了，他一出来那姑娘就埋着头钻了进去。看见我姑妈愣在那里，表哥挠着肚子干笑起来，对她说，你眼睛瞪那么大干什么？以为我带女朋友回来了？我思想还没那么先进呢，找乡下人做女朋友！我姑妈等他往下面解释，他却不解释了，指着房间里的人，又指指地上的两只芦花大公鸡，敷衍了事地说，是顾庄的顾彩袖，人家遇到了麻烦，要在我家住几天，避一避风头！

　　无论彩袖的故事怎么曲折，本来应该发生在我姑妈家，与我们家是没什么关联的。但那天夜里我姑妈提着一篮茨菰鸡心急火燎地跑到我家来了，说是要和我母亲商量个急事。其实那急事就是彩袖的事，急不到哪儿去，只不过我姑妈用了一种人命关天的语气描述，就显出事情的棘手来了。我那会儿还小，不知道换亲这种农村盛行的婚姻形式，光是听清了其中的交换关系，很像我们数学课上学的方程，$X + Y = X1 + Y1$。彩袖的哥哥娶媳妇，那媳妇的哥哥就要娶彩袖。姑妈强调说那男人年纪很大，有羊角风，发病的时候把自己舌头咬掉了，所以还是个没有舌头的男人。听到这儿我母亲便失声大叫起来，这怎么行，好好个姑娘，让她嫁个没舌头的？顾庄不归毛主席管呀？把女同志不当人，他爹妈做下这等糊涂事，党组织就不管呀？姑妈说，你就别来这套了，乡下的党组织忙着学大寨嘛，都忙不过来，哪里管得了谁家换亲的事？又说麻烦在于生米煮成了熟饭，彩袖的哥哥已经把人家妹妹娶回家了，这边彩袖却被一帮知识青年做了思想工作，不肯嫁过去了。

我姑妈提到了一个叫巩爱华的女知识青年，说彩袖本来是准备为她哥哥牺牲自己的，是巩爱华不答应，替她作主，还帮她制定了一个详细的出逃方案。我姑妈一方面数落彩袖的父母狼心狗肺，为了儿子，把女儿往火坑里推，另一方面她一直在数落那个巩爱华，她就是个爱出风头的人，是野心家！不要她下乡她要下乡，就为了上报纸！到了乡下还要先进，还要上报纸，就拿人家彩袖垫她的脚了。我姑妈心怀怨恨，说，她先进我也不反对，她救人我也不反对，可她不能光荣归自己扛，把麻烦丢给别人，我们家大猫没脑子呀，他就听巩爱华使唤，让他领回来他就领了。你说我们家那么窄，又都是男孩子，留个乡下姑娘住在家里算怎么回事？不让人家说闲话么？我姑妈说到这儿，见我母亲收了茨菰却没有什么表示，终于把那件急事兜出来了。我们家没地方搭她的床呀，你们家阁楼就小妹一个人睡，让那姑娘跟小妹一起住阁楼吧。住五天，就五天，算帮我一个忙吧。我姑妈伸出一个巴掌在我母亲面前晃着，晃着，一直等到我母亲点头为止。最后她松了口气，说，我家那个没脑子的说了，我们家是第一交通站，还有其他联络站指挥所呢，他们把这事当革命大业做！等巩爱华国庆节回来，我就让大猫把人家姑娘送到巩爱华家去，我告诉大猫了，我们家那么多孩子，交通够忙的了，哪儿还做得了别人的交通站？

我对那个叫彩袖的乡下姑娘一无所知，但姑妈提到的巩爱华我是知道的。她和我表哥是不一样的知识青年，被有关方面树了典型。我们学校的宣传橱窗里挂着她的照片，一个大眼睛女孩，脸盘尖尖的，胸口扎了一朵大红花。由于拍照的时候微微侧身，摆了姿势，她的目光看上去非常悠远，而且是向上的，在我看来那是一种胸怀共产主义理想的姿势。

　　夜里我表哥打着个手电筒，把彩袖和一只公鸡送到了我家。他就像押送两件行李似的，货进仓库，人就掉头跑了。我母亲让他把盛茨菰的篮子带回家去，他嘴上答应得好好的，最后篮子还是让他丢在门后的角落里了。

　　彩袖就这样成了我们家的客人。

　　公鸡被一只木条箱倒扣在天井里，彩袖和我姐姐一起睡在阁楼上。我们家从来没有接待过这样的客人，不是亲戚，但接待亲戚的礼数少不了。第一天早晨，我母亲煮了一碗水潽蛋给她，她忸怩了一会儿，不知道怎么客气，就接过碗吃下了一个鸡蛋，突然瞥见我的眼神，一下就知道客气的方法了，把碗推给我，说，给弟弟吃吧，我们乡下鸡蛋多，经常吃的。我母亲嘴里威胁我，眼睛里却对彩袖表示着赏识，我看得出来，所以我把水潽蛋端到外面吃，我母亲并没有再阻止我，随口对彩袖说，那你喝粥吧，早晨还是喝粥最舒服，容易消化。

　　我瞥见彩袖喝粥的样子，碗盖住了她的脸，她不用筷子，几乎是像喝水一样，捧着碗往嘴里倒。

　　彩袖你慢点喝，粥一大锅呢。我母亲说，彩袖你夜里睡得好吗？

　　她不会城里人的敷衍，想了想，摇头道，醒了好几次，怎么半夜里还有火车叫，轮船也叫，吓死我了。

　　你不是睡得挺好的吗？八点钟才起床！我听见你还打呼噜

呢。我姐姐在旁边斜着眼睛看她，发牢骚说，我才没睡好，六点钟就醒了，让你磨牙磨醒的！

就你耳朵眼娇气，磨个牙就把你磨醒了？人家乡下喝生水，肚子里有蛔虫，夜里睡觉都磨牙的。我母亲制止了姐姐的抱怨，又问彩袖，彩袖，你在乡下也八点才起床呀？

公鸡没叫，我以为天没亮呢，在乡下我听鸡叫起床的。也怪了，你们夜里火车叫轮船叫，公鸡倒不叫的。她朝天井瞥了一眼，轻轻地嘟囔道，公鸡也怕生的，到了城里都不打鸣了。

公鸡不在啦。我母亲说，孩子他爸一大早已经把鸡宰了，腌了做咸鸡，过年吃正好。

厨房里静下来了，彩袖放下了粥碗，她的表情看上去很惊愕，不知为什么要惊愕。那种表情让我们一家人都感到某种莫名的不适。我姐姐刺耳的声音便响起来了，我们这儿是卫生先进街道，不让养鸡的！

彩袖斜着身子往天井走，脸色有点发灰，她朝晾衣绳上那只光裸的公鸡瞟了一眼，靠在门框上，她没说什么，但是我看得出来，她很不开心。

我们这儿不让养鸡的。我母亲追过来，一边打量彩袖的表情，一边开导她，是只公鸡呀，又不是小兔小羊的，有什么不舍得的，鸡养大了都要宰的。

不是不舍得。彩袖摇头否认，说，那公鸡是我从孵房里挑的小鸡，是我喂大的。

那还是不舍得。是你喂大的，就更不舍得了。我母亲试探地看着她，说，宰都宰了，也没办法了吧？

彩袖依然摇头，说，不是不舍得。我母亲等着她的下文，她却没有什么下文，闪烁其词地说，一只公鸡宰了也吃不到几块肉，我们乡下，不兴吃公鸡的。

我母亲听出来那是有点谴责的味道了，偏偏是个乡下姑娘在谴责她，我母亲有点下不来台，丢下她走了，边走边说，你们乡下要听公鸡打鸣，我们不要，有闹钟的，公鸡还是腌了吃实惠！

公鸡茂盛而漂亮的鸡毛被我父亲拔下来，摊在旧报纸上晒太阳。彩袖蹲在那堆鸡毛前，挑起一根金黄色的鸡毛，捏了捏又放下了，留着鸡毛干什么呢？她问，做毽子吗？弟弟你踢毽子的？

谁踢毽子？我又不是女孩子。我不耐烦地告诉她，晒干了卖给收购站，鸡毛可以卖钱的！

毕竟彩袖是我们家的客人，无论她是否讨人欢喜，待客之礼是一样少不了的。第一天我姐姐带着彩袖出去，说是去逛公园，但彩袖对公园不感兴趣，草草地转了一圈就出来了。彩袖说就那么些大树，就那么个池塘，池塘边堆个假山，假山上搭个亭子，就是公园了？就要收钱了？出来了看见别人都往公园里面走，彩袖又后悔，对我姐姐说，不该这么快出来的，反正不能把三分钱要回来，不如在里面多走走。我姐姐说彩袖一路上都在为那三分钱心疼，直到经过了东风照相馆，她才忘了公园给她的伤害。

彩袖站在东风照相馆门口不肯走了，对着橱窗里陈列的那些漂亮姑娘的照片左看右看的。我姐姐反正也喜欢照相馆的橱窗，就耐心地陪她看。彩袖说她从来没有拍过照片，又打听拍照要花多少钱。我姐姐猜到了她的心思，有点犯难，说，我妈就给我一块钱，说是你的招待费，只够拍半寸的小照片，拍出来就手指甲那么大。彩袖竖起手指掂量了一下，说，那什么也看不见呀，拍了也白拍，再大一点的尺寸有吗？我姐姐说，怎么没有，一寸两寸的都有，就是要你自己贴钱了，你有钱吗？彩袖犹豫了一下，看看街上的行人，把我姐姐拉到了自己身边，你挡着我。她嘱咐我姐姐。我姐姐便用身体挡着她，听见她窸窸窣窣地在裤带下面忙碌，最后摸出了一卷毛票，是用橡皮筋捆好的，彩袖说，我有钱。我们顾庄的女孩子，我钱最多。

她们之所以回来那么晚，就是因为在东风照相馆排队拍照。女孩子在照相馆拍照大多是矫揉造作的，她们回来时还是那种模样。彩袖穿着我姐姐的白色绣花衬衣，两条长辫子卷成一堆马粪似的，盘在了头上。她的头发现在和我姐姐是一样的了，也许是故意没有把照相馆提供的口红抹干净，彩袖的嘴唇很红，看上去像是刚刚从舞台上下来，有点亢奋，有点害羞的样子。由于弄不清楚样片的意义，我听见她一再地问，那么多女孩子去拍照，照相馆会不会弄错，把别人的照片给她，她的照片反而给了别人。怎么会呢？我姐姐被她问烦了，说话不免有点刻薄，告诉你多少遍了，取照片都是要看样片的，谁要别人的照片？你又不是美女，别人拿了你的照片有什么用？

我被迫和彩袖相处了五天。我不认为彩袖有我父亲说得那么朴素，也不认为她像我母亲说得那么有心计。那五天时间里彩袖留给我的印象几乎是一个谜。比如说我不明白她为什么在饭桌上吃得那么少，却要趁厨房里没人的时候打开菜罩子。她像做贼一样地偷吃茨菰烧肉，我看得很清楚，她用手去扒开茨菰，挑里面的肉吃。她偷吃菜不稀罕，我也经常偷吃的，但她把我们家放白糖的罐子抱在怀里，偷吃白糖的动作让我很惊讶，我就向她大喊了一声，你在干什么？我把彩袖吓了一跳，糖罐子落在地上，很干脆地变成一堆碎片，半罐子白糖都撒到了地上。

彩袖的脸吓得煞白煞白的，她傻站在那里，半天回过神来，跺着脚对我喊，你看你干的好事！

我没想到她倒打一耙，尖叫起来，你偷吃糖，是你干的好事！

我干什么了？糖罐里飞进了一只苍蝇，我把它抓出来了。她很快镇定下来，跪在地上，小心地把白糖拢到一只碗里，我不喜欢吃糖的，我的嘴也没那么馋。她抬起头看着我，语气不那么坚定了，就算我嘴馋，你不吓我糖罐子也不会掉地上，弟弟你也有责任的。

我没有责任，是你在偷吃白糖！

她不怎么慌乱了，眼睛闪闪烁烁的，一定是在开动脑筋。阿娘他们就要回来了，她把一碗白糖放回到木架上，试探着看我，这糖罐子，就说是我不小心弄碎的，不过弟弟你不能诬赖我偷吃白糖，千万别诬赖人，啊？

谁诬赖你？我看见你偷吃了。我突然对这个乡下姑娘充满了歧视和仇恨，一句残忍的评价脱口而出，你这种人，只配嫁一个羊角风男人！

彩袖一定没料到我会说出如此刻薄的话来，她惊恐地瞪着我，谁教你的这句话？我看见她的眼睛里有一道暴怒的白光一闪，预感到她会做出什么危险的举动，要跑来不及了，彩袖喉咙里咯地响了一声，她低下脑袋，像一头野兽一样向我的胸口冲撞过来，我一下就失去控制，一屁股坐到我家的水缸上去了。

那也许是我和彩袖惟一的一次正面交锋。这么个不伦不类的事，没有失败也没有胜利，胜利也没意思。糖罐事件后我没有和彩袖说过话。后来她一定后悔用头撞我了，我去上学的时候还殷勤地替我整衣服领子，我对她的手充满厌恶，一下甩掉了她的手。她识趣地退到一边，不知道是安慰我还是安慰她自己，说，没事的，小孩子家，没事的。我当然没什么事，只是每次走过学校的宣传橱窗，看见巩爱华的照片就会想起彩袖，想起彩袖就觉得那橱窗里还匍匐着一个人影，是一个陌生的乡下男子，没有舌头，口吐白沫，于是那个明亮的橱窗一下变得阴森起来。

我姐姐把她和彩袖的样片取回来了。她们像是举行一个隆重的秘密活动，躲在阁楼上看，我听见她们在上面又笑又闹的，照片给我姐姐带来的永远是不满，她总觉得摄影师把她拍丑了，而那张一寸大的样片，给彩袖带来的是一种惊喜，不仅与容貌有关，也许是与生命有关了，我看见彩袖那天从阁楼上下来，黑红的脸上洋溢着一种无与伦比的喜悦。然后彩袖带着那份喜悦在厨房里刮茨菰，我姐姐在一旁给炉子换蜂窝煤，她突然想起那个有羊角风的男人，回头问彩袖，羊角风什么样子？为什么叫个羊角风呢?

彩袖沉默了一会儿,大概是等待我姐姐放弃这种损人不利己的问题,但我姐姐不仅没有放弃的意思,还更深入地问了一句,羊角风要打人吗?彩袖这次毫不含糊地回答,不打人,他怎么打人?人不打他就算好的了。她的声音听上去异常冷静。你见过得病的疯羊吗?就像羊犯疯瘟病一样,倒在地上,抽筋,发抖,嘴里吐白沫。彩袖说到这里突兀地干笑了一声,然后笑声一下沉下去,又过了一会儿,我听见彩袖在厨房里说,其实他们都糊涂,我嫁谁都没有好日子,嫁给他,不是我苦,是他的日子更苦。我姐姐听不懂她的意思,还要打破砂锅问到底,彩袖就把手里的瓷片往地上一扔,蒙着脸冲出厨房,又往阁楼上去了。

我记不清楚那是彩袖到我家来的第四天还是第五天了,只记得是傍晚,我们一家人和彩袖正在吃晚饭呢,我姑妈仓皇地跑来,一来就对彩袖摆手,别吃了,别吃了,快上阁楼躲起来!

原来是彩袖的哥哥长寿来了。我姑妈明显没有做好应对这个突发事件的准备,她满头虚汗,把彩袖推到阁楼的梯子那里,对彩袖说,你哥哥吓死我了,蹲在我家门口,带了一只化肥袋,里面装的是一条大麻绳,他是要来绑人呀!我父亲拍着桌子说,光天化日的带绳子来绑人,还有没有王法了,把他扭送到派出所去!大家都对那条大麻绳感到愤怒,愤怒过后却有点发慌,毕竟是人家的家务事,不好那样对待他的。我母亲对姑妈说,是认准门牌号码来的吧，会不会蹲到我家门口来了？我姑妈让她放心，说长寿认到了她家的门，不会认识我家门的。我母亲却不放心，说你们家旁边那几个邻居我还不知道，都是长舌头，不问她们都会说出来的。我姑妈嘴里一迭声地否定着这种可能性，心里却是虚的，她的脑门上急出了汗，捞了一块毛巾擦着，突然眼睛里冒出怨恨的火光，巩爱华，都是她弄出来的麻烦！姑妈叫起来，她做好人，什么也不管，天下哪有这么便宜的事，我不管她有没有回来，明天就把彩袖送她家去，长寿认识我家，我认识她家！

大家一下子都不表态。我父亲示意姑妈降低她的大嗓门，别让阁楼上的彩袖听见，姑妈压低了声音，但是凭着那股怨恨，她说，不怕她听见，无亲无故的，我们对她很不错了。

太平无事的香椿树街一下风声鹤唳了，我母亲让我去门外看一看，门外没有人，是对面铁匠家的大黄狗蹲在我家门口，我朝街东方向望过去，远远看见我姑妈家门口堆了一团人影。也不知道是我眼花了还是过于敏感，我依稀看见那里的人都在向我家指指点点的。

等我回到屋里的时候，姑妈已经做出了决定，她要马上把彩袖从我家转移出去。你们替我招待她好几天了，不能再连累你们家了。姑妈说，乡下人蛮不讲理的，万一她哥哥来闹，闹出个什么意外来，我对你们家没交代。我母亲问，现在就送巩爱华家去？巩爱华不是没回来吗？姑妈说，夜长梦多，绍兴奶奶和钱阿姨她们的嘴，我也不放心。迟早要送，不如现在就送，巩爱华不在家怕什么？不都是做父母的替孩子受过嘛，我不是心狠，是要个公平，该轮到巩爱华的父母照应彩袖去了。

姑妈把我父亲的自行车推了出来，她要亲自把彩袖驮到小柳巷的巩爱华家，她不去也不行，只有她认识巩爱华的家。我母亲和姑妈商量着行车的路线，怎么能绕过姑妈家门口，掩人耳目，他们一致认为从油脂加工厂穿出去是最科学的路线。为了更加稳妥，我母亲还拿了一套蓝色的工作服出来，准备让彩袖穿上。然后我听见姑妈在楼梯那里叫彩袖的名字。彩袖，彩袖，下来吧。姑妈说，我们去巩爱华家了。阁楼上没有声音。姑妈又对着阁楼喊，彩袖彩袖下楼吧，去巩爱华家最安全，你哥找不到的。彩袖的沉默让大家都聚到了楼梯那里，每个人的脑袋都不安地向上面仰望着。我母亲说，彩袖，不是我们怕事，是为了你好，你哥哥带绳子来的，你们怎么闹都是亲兄妹，都是家务事，我们夹在中间不好办的。姑妈看上去很急躁，她用自行车钥匙敲打着楼梯，彩袖你倒是快下来呀，马上你哥哥就来了，他来了你要走也走不了啦，我们只好看他把你绑回乡下去。姑妈一急就有点像骗小孩子了，她不再把矛头指向巩爱华身上，反而向彩袖夸大巩爱华家的种种优越性。巩爱华家在曲里拐弯的小弄堂里，你哥哥找不到的。又说，巩爱华家旁边就是派出所，她又是先进人物，你哥哥敢到她家去闹，派出所就把他绑起来！

彩袖白着脸下了阁楼。也不知道她是不是哭过，她始终垂着眼睛，是被羞辱过后的严峻的表情，也可以说是悲伤释放过后轻松的表情，我注意到她的下巴颏那里是湿的。彩袖提着她那个灰色的人造革旅行包，慢慢地走下来，走到楼梯最后一格，我看见她突然扔下旅行包，捂着肚子，坐在了梯子上。

我姐姐冲过去扶她，彩袖你肚子疼？

彩袖先点头，看看我母亲已经抻开了那件蓝色的工作服，又摇头，推开我姐姐，自己站了起来，像个木头人一样站着。他们七手八脚地替彩袖穿好了工作服，我姐姐端详着彩袖，彩袖你去照照镜子，你不像你了！她的建议受到了我母亲和姑妈一致的抗议，你来添什么乱，都什么时候了，哪儿有心思照镜子？

穿上工作服的彩袖仍然是彩袖，她不说话，你就不知道她心里在想什么。然后是彩袖跟着姑妈的自行车，我们跟着她，一行人小心谨慎地来到街上。看看街东方向，姑妈家门口的一堆人影子厚了好多，说明泄密的危险越来越大。快点走！彩袖几乎是被我们一起架到了自行车后座上。彩袖坐到自行车上，我才知道她为什么走得魂不守舍的，照片，照片！她突然回过头对我姐姐喊，我的照片，你怎么给我？

那天夜里长寿果然跑到我家门口来了。他敲门，敲门没人开，他就用拳头擂门，一边擂门一边喊，彩袖，你给我出来，死出来！我父亲后来去开门了，不是为了让他进来，是他自己要出去叫人。我父亲冷静地从那只化肥袋上跨过去，瞥了一眼袋子里的绳子，冷笑了一声，你还带了绳子来捆人，还不知道这绳子最后捆谁呢。

我从床上爬起来的时候，父亲的人马已经到了。一大群男人，有老人，是来做说服工作的，还有几个都是我表哥的朋友，三把手之流的人，都是膀大腰圆的，一看就知道他们是来干什么的。三把手他们把长寿从门里拽出来，一边拽一边骂他，你这个乡下佬，把自己妹妹当畜生卖，还敢跑我们这里来闹事？你这种人，买块豆腐撞死算了！

长寿矮小，但很粗壮，他的身体被抬出我家门框，很快又顽强地进来了，彩袖，彩袖，你给我死出来！他被按倒在地上，但一只手死死地抓住我家门框，要往里边来，对于别人的辱骂他并不计较，也不反驳，只是一味地叫喊着他妹妹的名字。昏黄的灯光照着他的脸，可以发现他的脸和彩袖异常地相像，方脸，鼻梁是塌的，眼睛却很大很亮。这样混战了好一会儿，长寿终于安静了，不安静也不行，三把手他们趁他的裤腰带掉下来，干脆把他的裤子扒下来一半，威胁他说，你再闹就这样把你送派出所去，流氓罪把你抓起来！长寿拼命拉着自己的裤子，终于安静下来。三把手他们停不下来，他们把长寿推来搡去的，又开始骂他，娶不到老婆就不娶了，你们乡下那么多猪那么多羊，你不会 × 老母猪去，× 母羊去，为什么把亲妹妹换给羊角风老头？把裤腰带还给你，你用裤腰带把自己吊死算了！

长寿不还嘴，目光躲避着那几个青年，似乎他们的辱骂都是某种事实。他也不听老人们对他的政治教育和道德教育，似乎他们是在教育他们自己。他坐在地上，一只鞋子被谁踩掉了，长寿就一条一条地拨开别人的腿，找他的另一只解放鞋。那只鞋就在我父亲的身后，长寿探起身子去捡那只鞋，三把手手疾眼快，一把捡起来，扔到很远的地方去了。去捡吧，捡完了不准再回来！三把手推了长寿一把，给我往东走，到长途汽车站过一夜，天一亮就有班车了，你哪儿来的就给我滚哪儿去！

看得出来那只鞋对长寿很重要。我们看见长寿站在三把手身边，愤怒地瞪着他，三把手说，你瞪我干什么？又脏又臭的解放鞋，你不赶紧去捡，狗就把它当屎给啃啦。长寿试着推了推三把手，三把手怪笑起来，你还敢推我，你别敬酒不吃吃罚酒，再闹我把你的人也扔出去，你信不信？

长寿去捡那只鞋了，他走路有点罗圈腿，走得很艰难的样子，又有点像伤到了什么关节。我们看着他去捡鞋。我父亲有点不安，对三把手说，你吓唬他一下就行了，怎么那么整他？三把手说，这种乡下人，要无产阶级专政的，不专政治不了他，等他回来还要吓他。大家都以为长寿捡了鞋还会回来的，但出乎大家的预料，长寿只是在远处停留了一会儿，停了一会儿就真的向东走了。他走得很慢，一条矮小的身影，慢慢地在香椿树街的灯光里漂移，大家都以为长寿被驯服了，突然一声凄厉的叫声又在远处炸响，彩袖，彩袖，你给我死出来！

他又开始叫他妹妹的名字了，这回是沿着深夜的街道叫，所以声音听起来有点恐怖，伴随着空旷的回声，我记得很清楚，隔着很远，能依稀听见长寿哽咽的声音，令人同情的哽咽过后，还是那恐怖的叫声，彩袖，彩袖，给我死出来，跟我回家去！

几天以后我姐姐把照片送到小柳巷去。她千辛万苦找到了巩爱华家，却没有看见巩爱华，也没有看见彩袖，只是隔着厨房的窗子，见到了巩爱华的老奶奶。

巩爱华的奶奶也在厨房里刮茨菰。我姐姐说她一眼认出那是来自顾庄的茨菰，胖胖的，圆圆的，尾巴是粉红色的。看见顾庄的茨菰就看见了顾庄来的人。可是我姐姐没能把巩爱华喊下楼来。巩爱华的奶奶满头白发，也许是老糊涂了，也许不是糊涂，是精明，我姐姐在窗外朝里面张望，她不动声色地注视着外面，严密监视我姐姐，我姐姐喊巩爱华的名字时，那老妇人才颤巍巍地站起来。别这么大声叫，邻居有上夜班的，正在睡觉呢。隔着窗子，她忙不迭地对我姐姐摆手，爱华不在家，她是大忙人，又去省里开会啦！

我姐姐说她看见一个短发姑娘的脸从楼上的窗边一闪而过，她怀疑那是巩爱华，而且楼上支出来的晾衣架上有一件白色的年轻姑娘穿的胸衣，还在滴着水，这更加深了我姐姐的怀疑。她不知道巩爱华为什么会不在家。我姐姐只好向老妇人打听彩袖的下落，老妇人更加警惕起来，她问我姐姐，你是谁？哪儿来的？这么个简单的问题偏偏把我姐姐难住了，她说不清楚她是谁，一赌气就把彩袖的照片扔到了临窗的桌子上，我才不管别人闲事呢，我就是送照片来的。扔进去了我姐姐又不放心，退回窗台，手伸进去挡住老妇人，从小纸套里摸了一张出来，说，人家拍一张照片不容易，你们家这个态度，我不放心，替她留一张下来吧。

我姐姐临走听到了彩袖最后的消息。那消息是巩爱华的奶奶透露的，老妇人明显对彩袖的事情有偏听偏信之处，或者说她完全误解了巩爱华在这件事情上所起的作用。她隔着窗子批评我姐姐，你们不要把我家爱华当枪使，什么麻烦事都来找她。人家姑娘的婚事也要她来管？你们就不怀好心，看着爱华是先进，故意影响她的前途！我姐姐让她批评得摸不着头脑，站在那里向老妇人翻白眼，老妇人就忿忿地扔了个茨菰尾巴出来，说，你别跟我翻白眼，那乡下姑娘的事，不归我家爱华管，归妇联管，你要找她，去妇联找！

关于彩袖去了妇联的消息，是我姐姐带回来的。后来我们知道彩袖确实去过市妇联的办公室。是巩爱华的父亲带她去的，他也是个机关干部，最知道什么机关解决什么问题，哪个上级单位管辖哪个下级单位。但是很明显，我们这里的妇联一时无法解决彩袖的麻烦，巩爱华的父亲让彩袖向妇联的干部详细反映她的情况，他急着要去上班，便给彩袖画了张自己家的地图，让她自己找回家来。他们说彩袖那天坐在妇联的办公室里，坐了很长时间，也说了很长时间，旁人都不知道她是在说自己的事，看上去她是在描述一桩别人的可怕的婚姻。后来她被送出办公室，并没有离开，她很安静地坐在一张长椅上，听一对闹离婚的男女在走廊上互相谩骂，互相揭露对方的私生活，她还上去劝了那女方几句，劝什么，别人也听不懂。再后来妇联下班了，干部们都走了，接待处的一个女干部路过铁狮子桥，看见那个顾庄来的姑娘坐在铁狮子桥的桥堍下，一边喝一分钱一杯的热茶水，一边东张西望的对照着那张画在信纸上的地图。女干部去桥堍下的贩米船上买了一包籼米回来，再瞥一眼茶摊，那彩袖还坐在那里，但彩袖的悲伤已经像早晨的太阳喷薄而出了，彩袖捧着一杯茶哭，彩袖看着铁狮子桥上来来往往的人哭，茶摊的主人和几个热心的路人都围到了彩袖身边，他们以为那乡下姑娘是为了那张信纸哭，可是信纸被摊展开来，那些热心的人们看见的是一张简陋的用圆珠笔勾勒的地图。那个女干部犹豫了一会儿，最终还是急着回家做晚饭了，因为她听见有人热心地站出来了，说，小柳巷？你要去小柳巷？我认识，我来带你去！

现在我们都知道了，那个热心人后来并没有把彩袖带回巩爱华的家。这是一个令人费解的结果，直到现在，与此事有关的人们还在争议，那个带路的人到底是谁？他到底把彩袖带到哪里去了。长寿后来没有找到他妹妹，他在巩爱华家闹了两天，没看见彩袖的人影，巩爱华也始终没露面，倒是派出所的人来了，按照有关条文，他们把长寿强行押到长途汽车站，遣送回去了。

我们这一边后来谁也没见过彩袖，我姐姐有一天回来告诉我母亲，她在铁狮子桥下面看见一张寻人告示，是找彩袖的。我母亲说，彩袖失踪了，当然要贴告示。但我姐姐哭了起来，一边哭一边嚷，那张照片，照片！我母亲一下明白过来，明白过来脸就发白了，说，你现在知道哭了，让你带她出去玩，你偏带她去拍照片，为什么要拍那张照片？为什么？这张照片拍了干什么用的，啊？啊？我母亲冲动地质问着我姐姐，把自己也问得哭了起来。他们从逻辑上推理出来的结果是沉重的，我姐姐脱不了干系，因此我母亲在道义上承担了沉重的压力。为了宣泄这份压力，我母亲必然要问责我姑妈，最后的结果可想而知，我母亲和我姑妈绝交了，我们两家住那么近，住在一条香椿树街上，我姑妈是我父亲的亲妹妹，我父亲是我姑妈的亲哥哥，可是我们两家就这么绝交了。

彩袖后来是搭一条贩茨菰的船回到顾庄去的，这些消息都确凿，因为确凿让我们和姑妈一家高兴了一阵子。只是彩袖消失的那儿天里，她到底是在哪里度过的，怎么度过的，和谁在一起度过的，这些细节从来都是个无头案，我们大家一点也不清楚。

　　表哥说彩袖后来兑现了家里的许诺，嫁给了那个患有羊角风的中年人。我表哥春节回来过年时还说他们的婚姻不错，看见彩袖和她男人去赶集，女的卖了小鸡，男的买了锄头，在路上一前一后地走。到了五一节回来，表哥不肯提彩袖的名字了，一追问就问到了那个令人震惊的消息，彩袖服农药自杀了。表哥说彩袖死得很有计划，她在菜园里打农药，打完农药别人看见她拿着个塑料桶坐在地里，都以为她是在喝水，说彩袖刚才还看见你喝水的，怎么一会儿又渴了？彩袖说今天天热，渴死人了。彩袖当着好多人的面喝了半桶农药。我姑妈那边，我们家这边，都被这个消息吓着了。我表哥闪烁其词地提到了村里的一些流言蜚语，说彩袖死的时候可能怀了身孕，大家都怀疑彩袖怀的孩子是野种，不是羊角风的。姑妈立刻大叫起来，羊角风不影响生育的，不是他的是谁的？

　　然后大家都突然沉默了。想到了彩袖失踪的那段时间，想到她是带着一个秘密回到顾庄去的，一下谁都不敢说话了。每个人都在掩饰自己慌乱的内心，却掩饰不住那种带有犯罪感的表情。后来我姑妈突然站起来，一句话让大家都得到了解脱，她说，我们对彩袖问心无愧的，彩袖苦命，怪不得别人呀，要怪就怪那个巩爱华，不是她惹这个麻烦，彩袖她也不至于落这么个下场。

　　香椿树街一带的居民，习惯于把亲朋好友的照片压在玻璃台板下面，彩袖的那张照片一直压在我家五斗柜的玻璃台板下面，平时那位置上是放一瓶塑料花的，那瓶塑料花常年盖着彩袖的照片，就像是盖着一件隐私一样，无法丢弃，也不愿暴露。我们有我们庸常而繁冗的日常生活，谁会无端地想起顾庄的一个乡下姑娘来呢？我们几乎把彩袖遗忘了。直到那年搬家，我和我姐姐清理玻璃下面的照片时，突然看见彩袖的照片，一时竟然都想不起来照片上的人是谁了，我努力地揭下那张粘连在玻璃上的照片，是什么人，脸那么熟？我姐姐突然叫起来，是彩袖呀，怎么她的照片还在这下面？

　　于是我也想起了彩袖，不知为什么，想起彩袖我就想起了茨菰，小时候我不爱吃茨菰，但茨菰烧肉我爱吃，现在人到中年，我不吃茨菰，茨菰烧肉也不吃了。

钟
楼

小唐把计程车停在春天火锅城外面的人行道上，停了已经很长时间了。他在里面下棋，是自己和自己下。一个可折叠的迷你型棋盘放在膝盖上，几十颗黑白棋子已经在局促的战场上开始了较量，由于是被同一只手摆布，看上去每颗棋子的前途都很迷惘。

　　先后有几辆计程车到火锅城这里来觅客，司机看见小唐的汽车停在路边，排气管还冒着白烟，就都走了。天气很冷，寒风呼啸着从街道两侧的高楼间夺路而走。小唐听见车顶上什么东西砰地一响，他把棋盘端到椅子上，打开车门下来一看，却是一坨雪团砸在车顶上，一定是风把它从树上吹下来的，不是故意的。但小唐沉浸在棋局中，他一挥手把雪团粗暴地打掉，顺口说道，提掉你，他妈的。

　　已经是夜里十点多钟，火锅店里灯火辉煌，但差不多是最后的辉煌了，出出进进的客人少了。小唐钻回车里时看见火锅店的两个迎宾小姐仍然很敬业地守在大堂里，她们一个穿着红底黄花的缎子旗袍，另一个穿着蓝底白花的旗袍，闪闪发亮地站在圣诞树旁边，自己也像两棵花枝招展的圣诞树。穿蓝旗袍那个女孩瘦高挑的个子，面容清秀，有点像一个正在走红的影视明星，她侧着脸看一份报纸，从她倦怠的表情中无法判断她关心的是什么内容。另一个胖一点的圆脸女孩，有点土气，却明显地怕冷，手里抱了个小热水袋，还冷，冷得思想不集中，时不时地朝小唐这里瞟，小唐迎着她的目光凑上去，就像汽车向着一个目标疾驶过去，到了那里却突然拐了弯。小唐的目光突然拐了个弯，落在蓝旗袍身上，就凝固不动了。自从上次在火锅店和姐姐一家聚餐过后，他便对那个蓝旗袍有了单方面的想法，他已习惯在生意清淡的夜间跑到这儿来守着了。这么守守不出个名堂，他知道。借他一个胆子他也不敢上去表达什么，人家也没闲钱叫他的计程车，连话都搭不上，有什么用？但小唐心里还是充满了某些模糊而又生动的憧憬，这就像围棋，有定式，更有变化，万一就有个什么机会了呢？守在这儿，心思多了，车资少了，小唐愿意，惟一让他不满的是有心摘花花不开，他的目光总是错误地和那个黄旗袍相遇，而黄旗袍偏偏很多情，又很小家子气，一旦与小唐目光撞击，她总是飞快地扭过脸去，瞪眼撇嘴的，好像在责怪他蛤蟆要吃天鹅肉。

小唐从来没等到过蓝旗袍。惟一一次等到了她下班，当时天上还下着雪，好几个人拍他的车窗，他都回绝人家说在等人。他是在等，但人家打了个雨伞出来后，甚至都没朝他看一眼，一路小跑地朝公交车站台奔了。他没有勇气追出去。他就是开不了口。开不了口人就受委屈了，只好再等。小唐等了好多天了，隔着窗子他能看见别的计程车拉着客人在街上来来往往，当然也有客人朝他的计程车走，大多是那些满身花椒味的食客，他甚至能闻到他们嘴里呼出的各种调料辛辣的气味。小唐觉得自己有一种说不出口的迷惘，就好像一颗白棋，不知怎么随手一投，飞得远了，渐渐地就被黑棋断了，落在一个孤独而陌生的世界里……

从火锅店的大堂里可以清楚地看见楼上下来的食客。下来了几个红光满面的人，其中一个穿黑毛衣头戴棒球帽的，似乎是中心人物。那种打扮的人身份最难推测，也许是搞艺术的，也许是成功人士，但也可能只是一个街头混混。有人扶着他。棒球帽一看就是喝醉了，走楼梯有点像秧歌步，小唐注意到扶他下楼的一男一女，男的很卖力，女的不知道是什么角色，戴着眼镜，脸色红如胭脂，像公安抓小偷似的，一手抓着他的毛衣领子，一路走一路横眉竖目地说着什么。两个迎宾小姐倒是见惯了这种场面，风情万种地迎上去，蓝旗袍刚刚伸出手，被棒球帽一把推开了，另一个黄旗袍吓得往旁边跳了一下，站在那儿噘着嘴，不动了。

三个人拖拖拉拉地朝出租汽车这儿过来。小唐忍不住猜起他们的目的地来。去河西？去江北？没那么好的事，去城南就不错了。这么冷的天，在这儿守了这么久，不会又是个起步价吧。是起步价就不走。他情愿再等。反正他已经等了好多天了。小唐把窗子稍稍摇开一条缝，对着窗缝试探地问道：你们去哪儿？

客人们却不说话，径直拉开了车门。小唐看见那个男的像塞箱子一样把棒球帽塞到后座上，自己退出来，问那个女的，大姐，你们家住哪里？女的厉声道，张麻子你也喝糊涂了？什么你们家我们家的，我跟他离婚离了十几年了，他回他的家，我还要回楼上给你们买单呢！男的摸着脑袋，赔着笑脸说，大姐，我说错话了，我是问你他住哪儿呢？女人仍然怒气冲天的样子，拿下眼镜在羽绒衣袖子上擦着，说，搬了好几次了，鬼知道他现在跟哪个女人在混？去年还住钟楼附近吧，我去过一次，怎么记得清？具体哪条街，问他自己！

小唐回头厌恶地看着他的客人，一个醉汉，地点是钟楼附近，人就没好声气了，冲后面说，快说话，去哪儿，说出个地方来！棒球帽在后座上突然仰起身子，一只胳膊直直地戳过来，你怎么跟我说话呢，开计程车的也敢跟我这么说话，欠扁呢你？小唐把入侵过来的那只手推回去，说，我怎么说话了？你又说不出个地方来，连家在哪儿都不记得了，我看你还是醒了酒再走。客人的脸贴到挡板上来看小唐，似乎要威胁，可长长的帽檐碍事，没看出个究竟来，身体干脆往后一挺，斜靠到后座上，一条腿架在座位上了。我说不出地方？就怕我说出地方来，你这破汽车不让进去。他说，我住北京中南海，北京中南海认识吗？认识不认识？认识就快走。虽然口齿不清，小唐还是听清了客人的胡言乱语，很明显，这种客人会制造麻烦，小唐才不愿意为个起步价做麻烦生意。他对客人喊了两声，快把你的腿放下来，你鞋底踩在座位上，别人怎么坐？客人不听他的。小唐赶紧下车，追上去喊住另两个人，那一男一女却已经慌忙地往火锅城里奔了，男的边走边向小唐做了个抱歉的手势，说，我们还没结束呢，楼上还有朋友在。女的却刁钻，回头反问小唐，你想怎么着？敢拒载呀？谁规定喝醉的人不让坐计程车的？你别跟我瞪眼睛，告诉你，我把你的车牌抄下来了，看你敢拒载！

小唐站在雪地里，他本想回敬戴眼镜女人什么话的，一抬头看见的是火锅城里那两个迎宾小姐，她们站在玻璃门后面，向小唐微笑着，那个穿蓝旗袍的女孩笑得有点歉意，似乎是她做错了什么，这几乎是她第一次正视小唐，虽然隔着好远，小唐还是在行为举止上感到某种莫名的压力，到了嘴边的不文明的话，又咽回去了。小唐整了整皮夹克的领子，向玻璃门那里挥了挥手，他很想引起蓝旗袍的注意，却又有点怕她注意自己，结果一个急转身，仓皇地钻回了车内。

车里很暖和，但空气中的酒气也已经弥漫开来了。小唐把他的棋盘收进了小工具箱里，说，去哪儿，你倒是说句话。棒球帽哼了一声，说，辣白菜怎么说的，她说去哪儿就去哪儿。小唐说，这什么话，什么辣白菜酸白菜的，你住哪儿你自己不记得了？棒球帽说，我住哪儿关你屁事，凭什么告诉你？你又不是鸡，跟我回家打炮呀？小唐火了，你喝成这个熊样还坐什么计程车？你不说个地方出来让我送你去哪儿，去火葬场？棒球帽突然挺起身子，拍着挡板，说，去火葬场就去火葬场，你要不去就不是人养的。

小唐回头看着客人，在微暗的灯光下看见一张瘦削的苍白的脸，曾经应该英俊过的，但现在被什么深深地腐蚀了，覆盖了，已经与英俊无关，他暴躁而神经质的眼神很亮，那种尖锐的光亮让小唐感到一丝莫名的不安，小唐说，好，好，你厉害，我不跟你说话，我找你朋友去说话。小唐打开车门下了车，他决定去火锅城找那一男一女，无论如何，都不能把时间奉送给一个醉汉。小唐下车踩到了雪泥地里，冰冷的雪水刹那间从鞋底渗到他的袜子上，他就顿着脚向火锅城跑，火锅城里的两个迎宾小姐也向门边移动着，但他从蓝旗袍关注的眼神里感到一丝异样，回头一看，客人已经从车里下来，正向驾驶座那里挪过去，小唐急了，大喝一声往回跑，你要干什么？喝成那样还劫车呀！棒球帽歪倚在车门上说，你他妈的欺负我不会开车？我告诉你，我开计程车那会儿你鸡巴毛还没长出来呢。你不送我，我自己送自己回去。

　　小唐花了很大的劲才把客人的手从驾驶座的车门上扒下来。很奇怪，对方的手是冷的，而且很潮湿。毕竟喝醉了，棒球帽用冰冷的手指一遍遍地来捏小唐的鼻子，嘴里重复卖弄着他的不可信的经历，他说，你开的这是什么烂车，我那会儿开的已经是丰田了，别人都用苏联车跑出租，我的是丰田车！小唐说，好，你用丰田跑出租，你有钱，你有钱还不行吗？由于客人一再攻击他的鼻子，小唐顺势抓住他的手，推了他一把，棒球帽一下子就跪坐在地上了。他抬起头瞪着小唐，你敢推我，敢推我的人还没生出来呢？你什么人？小唐对客人动了手，不免心虚，眼角的余光瞥见火锅城里的蓝旗袍正向门边走，一手拉着门一边向外面张望着。小唐有点乱，他伸手去拉客人，说，不是我推你，是你先拧我鼻子，你怎么能拧我的鼻子，我女朋友在那儿看着呢。小唐说完这句话就笑了，他不知道自己为什么要对一个醉汉撒这个谎。客人迷惑地看看小唐，又转过脸去看火锅城里的两个迎宾小姐，谁是你女朋友？他问小唐，蓝的那个还是黄的那个？小唐赶紧挡着他探询的目光，随口说，两个都是，蓝的黄的都是。

他现在不敢向后面看了，他怀疑两个迎宾小姐会听见他的话。小唐注意到客人穿的毛衣，赶紧岔开话题。你的外套呢，忘在店里了？他趁势在客人肩上推了一下，说，赶紧回去穿上吧，这么冷的天，小心冻坏了身体。小唐预先想好了，他回去取外套，自己马上就跑，离开这个醉汉。干脆也离开蓝旗袍的视线。但戴棒球帽的客人仍然跪在那儿，他奇怪的眼神让小唐意识到在外套问题上他是清醒的。棒球帽说，你说我的皮大衣呀？意大利进口的，让张麻子王八蛋扒去了，顶五千块钱债！小唐一时有点发蒙，你说什么，拿皮大衣顶债？棒球帽摇摇晃晃地站了起来，抓着自己的毛衣，拎起来，上下看了看，说，怪不得有点冷。他妈的，便宜了张麻子王八蛋了，我买那件皮大衣花了七千多！

棒球帽也许是清醒一些了，也许仅仅是冷，他抱着自己的肩膀，抬头看天，问小唐，还在下雪吗？小唐说，不是雪，是风刮得你冷，星星月亮都出来了，雪早就停啦。棒球帽的脸上突然掠过一丝愧疚之色，他说，心情不好，喝得猛了，觉得天天都下雪。然后他摇晃着向一只垃圾箱那里走。也许因为寒冷，他的手臂和肩膀一起不停地颤抖着。小唐向驾驶座那儿绕过去，走了两步，偷偷地瞥一眼火锅城里的迎宾小姐，又回头看看客人，突然放弃了逃跑计划。你烦死我了！他大声对客人嚷道，你是不是想吐？吐就给我吐个痛快，吐出来就好了。棒球帽摇摇头说，吐什么？吐还喝什么酒，我在这儿坐一下。小唐说，这么冷的天，你还是回去和你朋友一起吧，让他们送你回去。棒球帽坐在垃圾箱上，说，谁告诉你他们是我朋友的？啊？谁告诉你的，这些白眼狼，怎么配做我的朋友？小唐说，不是就不是吧，我最后问你一声，你到底住哪儿，你要说出来我就送你回去，省得那个女四眼去投诉我。我已经扣了好多分了，不能再扣了。小唐看见棒球帽摘下了头上的帽子，在膝盖上挥了挥，又戴上了，他眨巴着眼睛，明显是在回忆什么，又在思考什么，突然下了决心似的，说，那你送我去钟楼，你把我放在钟楼下面，我就认得回家的路了。

只有冬夜的街道才会如此空阔，计程车穿街过巷，拐过一片漆黑的肉联厂旧址，前面一下亮了，是钟楼楼顶上的彩色灯饰，闪着五颜六色的光。灯光照耀着附近一大片残垣断壁，看上去有点像一部灾难片中地震的镜头。小唐这时候才想起来钟楼附近地区的小街小巷已经拆了近一个月了，同时他敏感地意识到这个落客地点一定是错误的，谁让他带了一个醉汉呢？小唐从反光镜里看他的顾客，他仍然斜靠在后座上，帽子遮住了额头，眼睛半睁半闭，喉咙里呼呼地发出一些杂音。你醒醒，到钟楼了，小唐说准备好十块钱，我没零钱找。

棒球帽突然坐了起来，靠到窗边向外面张望着，冷不丁的，他笑起来了，你蒙鬼呢，这什么鬼地方？他说，这哪儿是钟楼？你告诉我钟楼在哪儿呢？

小唐没有预料到客人还在继续制造麻烦。他其实是有经验的，经验告诉他醉酒的客人真糊涂，也认得自己的家，这个却不同，他连家都不认识了。小唐压着火气说，这不是钟楼是什么？没见过你这样的糊涂虫，几两黄汤下肚，连自己家也不认识了。朝上面看，看呀，钟楼上还亮着灯呢。

棒球帽说，你还狡辩，就是傻瓜都看得出来，这儿上面是霓虹灯，下面是个工地，哪儿来的房子？你想让我睡工地上冻死？

我不管你睡哪儿。小唐说，你喝糊涂了我不糊涂，说到钟楼，我就到钟楼，你找不到家我不负责，把钱给我，下去。

这不是钟楼！客人突然喊起来，用手敲打着挡板，你玩什么鬼名堂，给我往前开，开到钟楼去！

小唐怒不可遏，跑下去拉开车门，一把将棒球帽拽了下来。我看你冻得发抖才带你，你他妈的把我好心当驴肝肺！小唐说，我开车做生意，没时间跟你个醉鬼胡搅蛮缠，交十块钱，给我下来。

醉汉似乎没什么力气，他的抗争有点形式主义，只是向小唐晃了晃拳头，便蹲了下来，抱住了汽车轮胎。他说，好，我现在没力气，算你有种，你敢中途甩客，等会儿我酒醒了，我再打个出租，满城找，不信找不到你个龟孙子！

交十块钱。小唐说，你喝这么多不是我的错，我不能白带你！

十块钱我懒得掏。棒球帽说，你自己到我口袋里掏，掏多少随你便，看你道德观念怎么样？

小唐犹豫了一下，还是扳过了客人的腿。我一分也不会多拿，一分也不会少拿，该怎么样就怎么样。小唐的手在对方的两个裤子口袋里搜寻着，只找到了一张皱巴巴的五元纸币，还有两个一角的镍币。五块两毛钱。小唐冷笑着说，你这种人我见多了，打肿脸充胖子，算我倒霉好了，车费给你打五折。

棒球帽却一把抓住了小唐的手，你狗眼看人低？他愤怒地瞪着小唐，用小唐的手拍着自己的胸口部位，你摸摸这儿，这儿还有钱呢！小唐的手触到一个薄薄的坚硬的东西，他好奇地把手伸到客人毛衣里面，里面是一件衬衣，他从衬衣口袋里抽出了一个存折。存折一抽出来小唐下意识地缩手了，无论如何，他不该看客人的存折，再说这种活期存折小唐自己也有好几本，没什么稀罕的，小唐笑了一声，说，怪了，你的皮大衣都让他们扒去顶债了，怎么存折没给他们拿走？棒球帽说，张麻子王八蛋要拿的，是辣白菜发善心给我塞回来的。小唐突然抑制不住他的好奇心了，小心地把存折打开来，瞄了几眼。一看他就明白存折幸存的原因了，上面所有壮观的余额都不复存在，结余只剩下三百六十块钱。小唐看了一眼他的客人一时说不出话来。过了一会儿，他忍不住嘿地一笑，挖苦道，还有三百六十块钱，你那位什么辣白菜大姐心眼不错，给你留着生活费呢，如果用一年，正好一天一块钱。

不知道从哪儿来的一束蓝色的灯光打在棒球帽脸上。那张脸看上去便也微微地发蓝了，小唐现在不能确定客人的酒醒了多少，他眼神里有一点羞耻有一点哀伤，但稍纵即逝，还是一副气壮如牛的模样，你不是瞎子，看看清楚，第一笔款是多少？他的手指在空中胡乱地点着，你不识数的吗？看看第二笔第三笔款子是多少？小唐说，是很多，但全部提光了，现在只剩下三百六十块了。三百六十块怎么啦？棒球帽突然冲动地扑向小唐，一把扯住小唐衣领，嘴里嚷道，反正打你这辆烂计程车够了。给我跑，带我到钟楼去！

小唐甩掉客人的手，猛然发现棒球帽的眼睛是湿的，很明显有泪水在他眼眶里转动。小唐从来没看见一个醉了酒的男人会以这么克制的方式流泪。他的满腔怒火因为某种恻隐之心而消退，我不跟你一般见识，你糊涂我不糊涂。小唐瞥了一眼钟楼在夜色中的剪影，他苦笑着说，我站在这里告诉你这是钟楼，你不信，不信我也没办法了，这样好了，我就当陪傻瓜旅游，我带你上钟楼，上了钟楼看见那口大钟，你总该信了。

后来发生的事情要怪小唐冲动，一贯冷静的小唐不知怎么冲动了。他强拉着棒球帽的手朝高坡上的钟楼走，走得很辛苦，因为棒球帽不配合，他故意将自己的身体向后倾，就像一个成年人拉着一个闯祸的孩子去接受惩罚。一个说不去不去。另一个说，不去也得去，我豁出去了，我就不信弄不过你个醉鬼！

钟楼其实是个小小的公园，白天是收费的。晚上自然免费，但有兴趣夜游钟楼的人必须从高高的女贞树形成的围墙突进去。高处风寒，树上积雪犹在，泛出一些毛茸茸的冷光。棒球帽缩着肩膀踮起脚向树墙里面张望，说，这是个公园，不是钟楼！钟楼就在公园里！小唐嚷了一声，忽然意识到对这么个客人说什么也是对牛弹琴，干脆就不说了。小唐决定带着客人撞到公园里去。他抬起一条腿先扫荡了一下，好多积雪飞沙般地溅到了脸上。树墙沙沙地抗议起来，抗议也没用，小唐拉起客人的手就往女贞树丛里冲，他感到女贞树在推他，树叶疯狂抖动的声音仿佛一片严厉的谴责，而棒球帽也在试图挣脱他的手，嘴里慌张地叫着，为什么要钻树丛？你他妈的要带我去哪儿？小唐的倔脾气上来了，他说，去哪儿？你没色没财的，我能带你去哪儿？他妈的，我证明给你看，这是不是钟楼！

女贞树毕竟是树，不如人有气力，突然一下便放弃了自己的职责，小唐和他的客人就撞进树墙去了。他们仍然拉着手，站在一片泥泞的草地上，听见后面的女贞树发出了一阵深深的叹息。棒球帽说，你别老是拉着我的手你他妈的要跟我搞同性恋呀。小唐冷笑一声，说，你算老几，我搞同性恋也不找你。他放开了客人的手，转身到后面，推着他的肩膀走，这会儿你后悔来不及了，你承认这儿是钟楼也没用了，我偏要把你弄到钟楼上去，电视里怎么说的，用事实说话？对了，我就用事实说话！

走近了看钟楼，这翻修过多次的古建筑显出了杂乱无章的现代化，五颜六色的小彩灯沿墙线勾勒出建筑的轮廓，电线在墙上爬行，楼上的一只高音喇叭悬挂在栏杆上，非常醒目，借着彩灯灯光，可以看见从钟楼上面垂挂下来的广告条幅，一条被风吹得拧过了脸，另一条上的字却清晰可见：大富贵酒业向全市人民致敬！

小唐几乎把他的客人一步步地推上了台阶。他们站在黑暗的钟楼底层，看见外面的光从木窗里渗进来，斑斑驳驳地洒在地上。墙角处放了一张小桌子，不知是什么人在桌上丢下了一只杯子。没有风了，风在外面呼啸，但钟楼里面更加阴冷难耐。上钟楼的楼梯设了一道门，小唐注意到那道门是关着的，这不意外，夜间需要关门的地方很多，小唐揪着客人的毛衣，一时有点茫然，而他的客人这会儿不知是清醒了，还是故意作对，他几乎是幸灾乐祸地说，有门的，上了锁的！小唐容不下他的态度，咬着牙齿，说，你少来这套，我今天豁出去了，有门怎么着，有锁怎么着，撞开来，我偏要把你弄到大钟前面去，用事实说话！

小唐先推门，推不开，却看不见锁在哪里，小唐顺手拉了一下门，没想到门竟然很轻巧地开了。小唐轻轻地欢呼了一声，回头一看，客人已经溜到门边，小唐扑上去一把抓住他，说，你想溜，我看你是不见棺材不掉泪，见了棺材就想溜，溜？没那么便宜！棒球帽也许完全清醒了，清醒带给他的是对计程车司机的恐惧，他死死地靠在门上，瞪着小唐，很快怯懦地低下头去，你到底想干什么？这位兄弟，我没有钱呀，你绑架了我也没用。棒球帽的声音明显有点发颤，你是打我那张存折的主意吧，要不你就把存折拿去，反正我是死虾一只，再也蹦不起来了，有没有那几百块都一样。

小唐一定对客人最后的表现没有思想准备，他傻傻地盯着对方的手，那只手正颤抖着从毛衣里伸进去，小唐突然醒悟过来，骂起来，你他妈的把我当打劫犯了？我打劫你那三百多块钱？你自己不是东西，也不把别人当人？小唐骂着骂着又笑起来，绑架你？把我当恐怖分子了！他把客人的手从毛衣里捉出来，说，留着你那三百块钱吧，去买大富贵酒喝，喝了就大富大贵了。棒球帽还沉浸在恐惧中，听到喝酒，眼睛亮了一下，嗫嚅道，我现在没条件讲究了，以前我只喝五粮液的。小唐皱了下眉头说，别跟我说以前了，你以前的事不关我的事，现在我问你，这是不是钟楼？我就要你这一句话，是不是钟楼？棒球帽犹豫地看看小唐，又看看通往楼顶的门洞，说，我上钟楼来干什么？我现在在我姐姐家住，在船厂宿舍，离这儿远着呢。

这倒并不出乎小唐的预料。船厂宿舍？金帆路那边？小唐点点头，说，还好，你总算记得家在哪儿呢，我本来还想把你放在楼上，陪钟一起过夜呢。

客人自己拉了闹剧的收场铃，小唐的火气也消了。痛打落水狗是个好手段，但对一个醉酒的客人犯不着。小唐原想扔下棒球帽自己一走了事，回头看看对方瑟瑟发抖地站在墙角里，又不忍心了，说，喂，你是在这儿睡还是回家睡？棒球帽不说话，人却驯服地跟了上来。他们已经跨到了外面的台阶上。夜空中訇然一下，凛冽的空气急剧地震荡起来，他们被吓了一跳，两个人都愣住了，上下左右地张望着。

是在敲钟吗？

谁在上面敲钟？

会不会是风？

胡说八道，再大的风也不会敲钟。一定有人在上面！

突如其来的钟声让两个人有点惊慌。惊慌过后小唐先冷静了，他说，怪不得门开着，原来有人在上面。不用怕，是人不用怕，我们怕谁？别人怕我们才对。

两个人很谨慎地来到楼梯前，他们一前一后地登上木制楼梯，小唐在前面，他能听见身后的棒球帽浊重的呼吸，他的脚步也很莽撞，小唐回头正要示意他不必慌张，第二声钟声就朗朗地响起来了。第二声钟声所显示的人间气息，莫名地消除了两个人的恐惧心，勾起的只是好奇心，他们互相对视一眼，突然都亢奋起来，三步两步就冲了上去。

一个头包围巾穿着棉大衣的人正站在那口青铜大钟前，是个五十多岁的老女人。她回头向小唐他们张望，脸上没有任何慌张之色，在彩色灯光的映照下，她朝钟楼的闯入者友好地挥着手，小唐甚至看见她是微笑着的，她的过于纯真的笑容和过于坦然的姿态都让小唐心生疑窦，小唐叉着腰观察了一会儿，思考了一会儿，对棒球帽说，一定是个疯子。棒球帽说，是个女疯子，我好像在哪儿见过她的。

但没有什么事实可以证明他们的判断。一个人是不是疯子不像一座楼台是不是钟楼一样容易证明。那个女人正用一种孩子般快乐的姿势抱着钟槌，你们也来敲钟的？来吧，来吧，今天腊月十七，是敲钟的好日子，许个愿，这钟很灵，会替你应愿的！

小唐站在那儿，轻声对棒球帽说，不一定是疯子。是来敲钟许愿的人。棒球帽说，敲钟许愿就是疯子，我年年在南山寺烧香许愿都没用，混成什么样了，上这儿敲钟许愿，不是疯子是什么？

老女人仍然抱着钟槌，满脸笑容地鼓励他们。来吧，来敲吧，你们在商量什么？她说，这么冷的天上钟楼来，不敲钟来干什么？敲一下可以许个愿，我已经许了愿了，看看明年我家老头的病能不能好，再不好就不行了，没钱抓药啦！

人在高处了，冬夜的城市灯火阑珊，小唐听见钟声的回响像水波一样渐渐消失，清脆的钟鸣之声过后是一种模糊而富有节律的震颤，它从空旷的街道上滚过去，说不清是风声还是远处城市主干道的车流声，或者就是城市特有的夜声。小唐突然觉得他想去敲钟了，他从来不是迷信的人，但现在他想去敲钟了。他鼓励棒球帽说，去敲一下，都上来了，不敲白不敲。棒球帽说，敲它干什么？小唐说，许个愿，让钟替你应愿。棒球帽说，许什么愿，我看你也疯了吧。小唐说，去吧，你都混成这样了，还清高什么，去许个愿，许个愿我送你回船厂宿舍。

小唐看着那个女人把钟槌虔诚地交给了他的客人。他看着他的客人敷衍了事地撞了第一下钟，撞第二次的时候认真了一些，双手合十，是在许愿了，撞第三次的时候已经很庄严了。他应该是在祈求财运吧。小唐能猜到棒球帽许愿的内容，做男人的，好多愿望是一样的，但肯定也有不一样的。当小唐从客人手中接过钟槌的时候，脑海中浮现了两个愿望，一个是多挣钱，但由于这个愿望比较抽象，很快就被另一个愿望覆盖了，另一个愿望栩栩如生，它与蓝旗袍有关，或者更精确地说，它与爱情和婚姻有关。

要么多挣钱，要么蓝旗袍，两个愿望都很难实现，就看看钟能不能帮点忙吧。

五月回家

永珊带儿子回梨城探亲，到了弟弟永青家的门口，才知道他刚刚搬了家。

　　亲人们有的老去，有的迁徙，有的已经疏远，弟弟永青是永珊在梨城的最后一个亲人，可以想见，他的消失使永珊在儿子面前多么的难堪。永青家人去屋空，永珊从卸去锁的圆孔里看见的是一个空空荡荡的家。狭小的客厅里光线阴暗，惟一看得清楚的是一只残破的白色坐便器，也许在拆卸时弄坏了，被弟弟他们扔在那儿，闪着一圈白光。不知是表达失望还是气愤，永珊重重地捶了两下门，捶一下不解气，换个手又捶一下。儿子把拉杆箱放了下来，人坐在箱子上。他们搬家了，你还拍门，他很冷静地看着母亲，说，使这么大的劲，你手疼不疼。

　　邻居夫妇出来了，他们弄不清外面的母子俩和永青的关系。男的问永珊，你们是亲戚？永珊说，我是他姐姐呀。女的在男的身后打量永珊，是表姐还是堂姐？永珊看得懂夫妇俩疑惑的眼神，她轻声说，是亲姐姐。说完她的脸就红了，她听见自己说话的语气好像是在撒谎。邻居夫妇没有再多问什么，他们建议永珊打永青的手机，永珊说，打过的，是空号，可能我抄号码抄错了。那女的又出主意让永珊去煤气公司打听一下，说凭她的记忆永青好像是在那里上班的。这时候永珊很自信地笑了笑，纠正道，不是煤气公司，是自来水公司。我知道的，春节我弟弟还打过电话来拜年。

后来他们就下了楼。儿子提着箱子跟在母亲后面，不肯好好提，一半是在拖，箱子便和水泥台阶咯咯地冲突起来，你拿箱子撒什么气？永珊回头看了看便叫起来了，刚买的新箱子呀！儿子说，我撒什么气？我不气，是你在气。我气？我气什么？永珊反问了一句。看儿子一副不屑于回答的样子，自己解答说，你舅舅在记恨我，他故意不通知我，故意的，我知道。儿子和箱子都歪着身子站在台阶上，他说，这也叫探亲？你说怎么办吧，还去找舅舅吗？永珊站住了，她没有回答儿子，只是停在三楼的楼梯口，透过打开的气窗向外面看。这儿原来是农村吗，叫什么公社的？胜利公社吧。她说，以前我带永青上这儿来看过露天电影，走夜路，到处是黑乎乎的水稻田，还有菜地，青蛙在水田里咕咕叫，还有萤火虫飞来飞去的。儿子没有兴趣听母亲不着边际的回忆，他说，探亲探亲，劳驾你告诉我，亲戚在哪儿呢？永珊回过头训斥道，闭嘴，谁说我们是来探亲的？我六年没回梨城了，回老家来看看，不行吗？儿子看来是有点怕母亲的，他的讥讽变成了一种委屈的抗议。那我们就拖着箱子在街上晃，别人以为我们是盲流呢。永珊拧过身子，仍然看着气窗外面，回来看看也好，她好像是拿定了主意，说，你舅舅那儿，去也行，不去也行，大不了我们住旅馆，花不了多少钱。

是五月的一个下午，太阳很好，梨城北部的空气中混杂着尘土的腥味和不知名的淡淡的花香。母子俩穿过居民区门口的小广场，小广场粗糙而局促，但搭了水泥葡萄架，架子上没有葡萄藤，但地上开满了月季和芍药花，阳光照耀着这里那里的一些陌生人的脸，那些脸远远看过去是金黄色的。他们在小广场停留了一会儿。儿子去商店里买可口可乐，回来时看见永珊和一个坐在花坛上打毛线的女人聊天，他就跑到一边看两个男人下围棋去了，可永珊在那边已经拉起了箱子，快走呀，你怎么看起棋来了呢？儿子跑过去，说，我以为你遇见熟人了呢，你不认识人家跟人瞎聊什么？永珊说，不认识就不能说说话吗？我认错人了，我以为是黄美娟，小学同学，认错人了。

永珊的脸上浮现出一丝落寞之色，她回头又看了看那个打毛线的女人，那女人低着头，在阳光下打毛线，毛线是艳丽的桃红色。那么俗气的颜色，谁穿得上身？永珊随口评论了一句，忽然叹起气来，说，也奇怪了，梨城也不算大，从下了火车到现在，怎么一个认识的人也没遇着呢？

儿子喝了一口可乐，斜着眼睛看了看梨城五月灰蓝色的天空，思考着什么，然后他说了那句话，听上去是从哪部电视剧里学来的，却学得巧妙，让做母亲的哑口无言。儿子说，可惜，你还记着梨城，梨城早就不记得你了。

他们坐公共汽车到白菜市去。

去白菜市也是永珊独断的主张，她说，不管怎么样，我们得去白菜市看看老屋，这次不看，以后再也看不到了。永珊几乎是把儿子推上汽车的，儿子不愿意让她的手接触自己，他左右扭动着肩膀，驱逐着母亲的手。你别抓我，你就把我当人质好了，他说，你让我去参观什么我就参观什么，参观厕所也行。这次是把老屋隐喻为厕所了，儿子话一出口就后悔了，他吐了下舌头，不敢向母亲看。但侥幸的是永珊忙着找座位，没有留意儿子在嘟囔什么，她占了一个座位让儿子坐，儿子不肯坐，永珊便自己坐下了。

　　永珊微微侧转着脸，看着车窗外的街道，她说，我记起来了，以前这儿还有个坟场，我们夜里看露天电影路过这里，都不敢向这边看，坟场在路的左面，我们就一起向右看齐，拼命地跑。儿子没搭理母亲，他的漠然告诉永珊，别指望我配合你，我对这城市的一切都不感兴趣。永珊的目光在儿子和车窗外的街道之间游动了一会儿，终于凝固在儿子的行李箱上。你舅舅心里的疙瘩我知道，她的思路跳跃了一下，很突然地跳到了永青身上。她说，我知道他是故意躲我呢，老屋拆迁是货币拆迁，他怕我回来找他分钱。

　　儿子鼻孔里哼了一声，说，那你到底是不是要跟舅舅分钱呢？

　　永珊瞪了儿子一眼，就此不说话了，后来直到下车，永珊一直没再说话。儿子从母亲的眼神里看到一种像乌云一样紊乱的东西，他毕竟还小，不知道母亲心里在想些什么。永珊不说话，儿子也不说话，他跟着母亲下车，等着她指引方向，但永珊站在汽车站牌下，东张西望一番，突然说，这是在哪儿呢？

永珊迷路了，永珊走在回家的路上，可她迷路了。肥皂厂的水塔不知什么时候被拆掉了，没有了肥皂厂的水塔，水珊就找不到去白菜市的路了。怎么拆得这样？永珊有点惶恐地看着街道两侧的建筑和人群，她说，走了几十年的路，怎么就不认得了？回到家门口，还要找人去问路？

其实到处都一样，梨城这城市也像别的地方一样被有关部门努力改造过了。旧城特有的狭窄弯曲的街道被果断地拉直拉宽，不仅是气派了，顺便也逼迫人们丢掉了陈旧的不科学的方位感。很多妇女在街道上迷失了方向，她们找不到路口的杂货铺、邮筒或者水塔什么的就找不到相关的路。永珊就是这么个不辨方向的女人。她发了一会儿牢骚，最后放弃了寻找水塔的努力，向路边一个卖水果的老人问了路，路一下就有了，老人指了指北边的一大片废墟，说，往那儿走吧，看见房子都拆得半倒不倒的，就是白菜市了。

永珊没料到七年以后回家的路，是通过一片废墟到另一片废墟。永珊对着满地的碎砖残瓦发愁，说，这怎么过去呀？儿子在后面说，不好过去就别过去了，我们就算瞻仰过故居了嘛。但永珊已经转过来抬行李箱了，她说，我们抬着箱子，脚下当心一点，有玻璃碴的。

白菜市一带的废墟迎来了离别多年的永珊和她的儿子。晚清的、民国的、社会主义的砖瓦木料混在一起，在五月的阳光中哀悼着过去的日常生活，现在这种宁静的哀悼被最后的来访者打破了。让我们做一次幼稚的联想，也许废墟里的一砖一瓦还记得永珊，好多年前那个背着手风琴来往于白菜市和文化馆之间的女孩子，也许它们在说，永珊，你好，手风琴练得怎么样了？但永珊听不见，永珊只听见附近工地上的推土机隆隆滚动的噪声，夹杂着路边音像店里女摇滚歌手的啦啦啦的声音。再说永珊现在是一个十三岁男孩的母亲，早就不拉手风琴了。永珊和她儿子艰难地行走在回家的路上。母子俩表情都并不愉快，他们的怨恨恰好是废墟造成的，谁也无法在废墟上拖拉行李箱，他们在敌对的情绪下抬一只沉重的箱子，所以母子俩都累得气喘吁吁的，那男孩不时恶狠狠地踢掉一个玻璃瓶子，或者踩碎一块无辜的瓦片，而永珊则在诅咒废墟的混乱和无序，要知道废墟从来都不是整洁的，永珊的埋怨未免有点不近人情。废墟中的一只老鼠似乎是为了警告来访者，它突然从砖瓦堆里跳出来，把永珊吓了一跳。

永珊吓了一跳。吓死人了，永珊捂着胸口说，怎么会有老鼠的呢？那么大的老鼠。

儿子说，垃圾堆里没老鼠，哪儿还有老鼠？

永珊皱着眉头环顾四周，看见西边一棵梧桐树还很勉强地站在砖堆里，东面的一幢砖木楼房拆剩下一面外墙，像舞台布景孤单地耸立着，门槛旁边的一排字仍然清晰可见：专修钟表，立等可取。永珊的眼睛突然亮了一下，我知道了，这是大康头家的位置，大康头你知道的吧，人是个丑八怪，手很巧，会修手表的。她说着开始向左侧的废墟里搜寻着什么，水井就在这儿，我以前天天到井边来洗东西，洗衣服，淘米洗菜，涮拖把。永珊说，怪了，怎么看不见水井了呢？

看得见才怪，儿子说，让垃圾盖住啦！

永珊的目光停留在那棵树上了，我们去看看那棵树，她的声音听上去有点亢奋，我小学毕业那年在树上刻过名字的，插队回来看过，名字还在树上，跟着树一起长大了，现在不知道还在不在了？

我不看。儿子说，要看你自己过去看。

永珊瞪了儿子一眼，自己跑过去看树。永珊弯着腰在砖堆上走，围着树转了两圈，看见的是一棵皮绽肉裂的老树的树干，有人在粗壮的树干上用红漆写了一排字，谁在此处小便谁就是狗！还附加了一个很不文明的图画。永珊没有找到她的名字，她低着头想了想，也许并没有总结出原因，怏怏地下了砖堆。她看见儿子又坐到行李箱上去了，他一定是估计到了结果，用讥讽的目光看着他母亲。永珊给自己打圆场，说，没了也好，不知道谁在树上胡涂乱抹，恶心死了。

天色很突兀地暗了下来，他们走到白菜市的废墟深处时，橙色的阳光已经从残垣断壁上消失了。离开老屋还有几步之遥，永珊先松开了抬箱子的手。放下吧，她对儿子说，我不告诉你哪堵墙后面是老屋，你自己认得出来吗？

不认得。儿子说，谁记得这些？

永珊盯着老屋惟一存在的半堵墙，她先看屋顶，屋顶没有了，她看门，门也没有了，她看门前的水泥台阶，台阶淹没在瓦砾里了。永珊看着看着，突然对儿子发起了脾气来，你什么都不记得！外婆带你带到三岁，外婆心脏病发作送医院前还在喂你喝牛奶，你也不记得了？这也不认得那也不记得，那不是人，是猪！

儿子惊讶地发现母亲的眼睛里闪着小题大做的愤怒之光。我记得外婆，并不一定要记得房子嘛。他小声地为自己申辩了一句就不吱声了，他看得出母亲的愤怒由他引起，但他觉得自己仍然是无辜的。关于梨城，关于白菜市，关于白菜市的这间老屋，他确实一点都记不得了。

除了永珊和她儿子，偌大的白菜市的废墟上空无一人，不远处的大街上已是一片夕照，车流人声偶尔沉寂下来，废墟上浮起一种细碎的若有若无的沙沙声，听上去像来自地下的叹息。有一只鸽子迎着暮色向白菜市的废墟飞过来，在永珊母子俩头顶盘旋了一会儿，仓皇地飞到了梧桐树那边去了，大概是谁家迷途很久的家鸽，终于找到了回棚的路，鸽棚和主人却已经消失了。

老屋还剩下半堵墙，半堵墙上挂着半扇窗子。永珊走到了半扇窗子前，窗框用红漆漆过多次，多少年来的日晒雨淋使油漆面起了很多条状的皱纹，像一个老人身上的皱纹。窗玻璃都碎了，但窗框仍然牢固地嵌在残墙上，永珊伸手推了一下窗，窗子应声启开，一个什么东西从窗台上掉了下去，永珊伏上去一看，是一只墨水瓶，墨水瓶落在里面的瓦砾堆里，没有碎，还是一只墨水瓶。

是外公的墨水瓶，永珊说，外公批学生作业用的，他喜欢把墨水瓶放在窗台上。

儿子站在母亲的身后向里面张望，也许他在努力回忆幼年在这座房子里度过的短暂时光，也许什么也没想起来，也许根本就没想。他说，好像在地震灾区，我们好像是两个灾民。

永珊摸了摸窗子，油腻的窗框上覆盖了一层灰，都沾到永珊手上了。我小时候最喜欢站在这扇窗前拉手风琴，她说，你外公懂五线谱的，有时候要汇报演出了，他会督促我练，站在我旁边替我翻乐谱。

我从来没有听你拉过手风琴，儿子说，你的手风琴现在到哪里去了？

给你舅舅了，永珊说，外公让他练，可他不喜欢，你舅舅没出息，我听外婆说他后来把手风琴卖给一个收旧货的人，卖了二十块钱。

梧桐树上的鸽子这时候又飞了过来，飞得很低，永珊他们甚至看得见鸽子灰色的羽毛，好像是被水打湿过的。鸽子在老屋残存的半堵墙头上停下来，停了一会儿，又飞走了。

那只鸽子找不到家了。永珊说。

是不是信鸽？儿子对鸽子是有兴趣的，他的眼睛亮起来，追着鸽子飞行的路线，他说，信鸽能飞一千里路，再飞回家，信鸽飞多远都能回家。

人都找不到了，鸽子怎么找得到家？永珊说。

永珊不再看那只鸽子，她低头找着什么。找找看，她说，兴许能找到外婆种花的花盆，带回去也能做个纪念，你记得不记得了，外婆在门口垒了个花坛，种了好多花，那些花盆都是宜兴紫砂盆，都是很好的花盆。

花盆拿回家也没用，你从来不种花。

不一定种花，做个纪念，你懂不懂？

儿子很明显是在克制自己烦躁的情绪，他捡起一块瓦片朝远处掷去，瓦片恰好落在一块玻璃上，砰的一声，声音很脆很响亮。

你就不能做点正经事？永珊说，多大的人了，还这么不懂事？

在这么一片垃圾堆里，你让我做什么正经事？儿子说，你葫芦里到底卖什么药，天马上就黑透了，还去不去找舅舅？

永珊愣了一下，又扭过头，伏在窗台上向里面张望起来，看得出她一直在回避这个问题。永珊在暮色中凭吊着一个过去的家，心也沉在暮色中了。马上就带你去，你放心，梨城是我老家，怎么也不会让你睡在街上的。她对儿子说着，突然用手撑着窗台，努力地伸长脖颈向目光的死角那里看了一下。儿子以为这是母亲结束凭吊前的最后一眼，没想到永珊突然大叫起来。

五斗橱。我们家的五斗橱还在那里！

儿子半信半疑，干脆翻过窗子进去了。儿子在残墙的角落里果然看见一只五斗橱，用一块塑料薄膜和几张报纸遮盖着，歪着身子站在废墟上。是七十年代南方一带流行的五斗橱式样，并没有五只抽屉，倒很像一只小巧的衣橱，暗红色的橱门上方镶嵌着两块雕花板，一左一右，是对称的。

永珊睹物伤情，儿子是有准备的，他扶着母亲翻过窗台后就不吭声了，他坐在一张被丢弃的塑料凳子上，抬头看着白菜市废墟上黄昏的天空，一定是想起了哪个电脑游戏里的画面。儿子嘻嘻一笑，说，我现在人好像在无极魔宫里，无极魔宫你懂不懂？进了宫里你就把什么都忘了，什么本事都会了，可以用脑袋走路，可以用鼻孔说话！

永珊试着打开橱门，发现有人在门上上了一把小挂锁，门打不开。永珊就用手摸门上的雕花板，她说，你是肯定不记得这五斗橱了，我以前在家的时候天天要跟这橱打交道的，洗好的衣服要放进去，买油买米要从里面的抽屉拿油票粮票，你不会懂那些事情的，过去的事情，你一点也不知道。

知道了又有什么用，儿子说，你的事情你知道就行了。

不知道是谁上的锁，是你舅舅吧。他怎么忘了把五斗橱搬走呢？永珊捏了捏橱上的挂锁，又否定自己说，不一定是你舅舅，他那个人没出息，要么就扔，要么就卖，兴许是哪个拾荒的人锁的。弄不好这五斗橱也让他卖了。

卖了就卖了嘛，这东西又不新潮又不古典的，谁往家里放？

你也没出息。永珊恶狠狠地瞪了儿子一眼，她说，你长大了比你舅舅还没出息。

儿子被迫地再次沉默了，他向废墟的东面看，看见的是华灯初上的梨城，他越过残墙断壁向西边张望，看见的是更大的一片废墟，尘埃蒙蒙的，笼罩在黄昏的暮色中。这是他母亲的城市，这是他母亲的废墟，儿子无法感受到这一切与自己的紧密联系。儿子感到疲倦了，躬起身子抱着膝盖，像猫一样蜷缩在那里。现在他开始用一种很消极的态度对母亲说话，你什么时候看够了叫我一声，你抒情抒累了叫我一声，我打个瞌睡。

儿子听见母亲在五斗橱旁边瑟瑟地做着什么事，他没有抬头，他的意思是你忙你的，与我无关。但是永珊突然叫他了，她说，快起来，帮我把五斗橱抬出去！

五斗橱已经用一段麻绳和几段白色的包装绳捆起来了，捆成一个行李的样子，上端还留了一截拉手。永珊不知道从哪儿找到的绳子，现在她站在橱边，有点得意地看着儿子说，捆好了，我试过，一点也不重，我们能把它拖出去。

你疯了？儿子说，把这个破东西拖出去干什么？你疯了我没疯，我不干！

不干也得干。永珊的嗓音尖厉起来，而且听上去有点发颤，你这孩子气死我了，你怎么一点感情也不懂，这是你外公外婆留下的最后一件东西了，我不能让它丢在这里！

儿子站起来了，但他扭着脸，身体不动，鼻孔里呼呼地响着。他与母亲这么对峙了大约两分钟，听见母亲在那儿跺了跺脚，说，你不帮我难不倒我，我一个人也能把它弄出去！

梨城五月的一个夜晚，回乡探亲的永珊母子俩在街上走，永珊拖着行李箱走在前面，她儿子拖着的东西让行人们觉得有点奇怪，那好像是一件家具。人们都回头看那男孩拖着的家具，它一路与地面摩擦，不时发出刺耳的吱吱嘎嘎的声音，上点年纪的人知道那是七十年代流行过的五斗橱，有人就喊出来了，是一只五斗橱呀！

仍然没有遇见一个认识永珊的人。七年前回梨城她还在路上遇见过以前白菜市的邻居小学同学，甚至一个在少年宫一起拉手风琴的同伴，现在他们都不见了。永珊领着儿子在梨城的街道上走，好像走在一个陌生的城市里。五斗橱在很大程度上缓解了她怅然无助的情绪，她不时地回头看一下儿子和他拖着的五斗橱。小心点，别把绳子磨断了。她说，你别苦着个脸，这么大的孩子锻炼一下也没什么不好，坚持一下，到了香椿树街你表姨那儿就好了。

儿子拖得并不小心，他听见五斗橱上的一条包装绳率先断了，他不吱声，紧接着另一条包装绳也断了，他听见那把挂锁也咯嗒响了一下，如他所愿，五斗橱拒绝前进了。儿子站住了，他几乎是用一种喜悦的声音说，断了，都断了，我说过那绳子会断的！

不仅是绳子断了，五斗橱的橱门似乎也撞坏了，里面的两只抽屉呼之欲出。永珊跑过来，她在儿子头顶上打了一下，你是故意的，我就知道你不会好好拖它，你不拖我来拖！

一只抽屉首先从五斗橱里掉了出来，抽屉是空的，散发着一股樟脑丸的气味，底部垫着的报纸还是一九八四年的。永珊蹲下来，看了看报纸上的字，八四年，她对儿子说，那时候还没有你呢。

儿子看着母亲，他说，丢脸丢到南极洲去了，你没见人家都看着我们呢。

永珊没理睬儿子的埋怨，你外婆以前喜欢把户口本粮证放在报纸下面。她说着把报纸从抽屉里抽了出来，一张照片很唐突地暴露在母子俩的眼前。是一张全家福照片，照片上的四个人，男人女人男孩女孩分前后两排坐着，都穿着军装，除了小男孩哭丧着脸，其他三人一起拘谨地笑着。背景一看就是块画出来的布景，但画的是北京天安门。

儿子被上个世纪的照片逗乐了，他说，这种照片，酷呀，他想从母亲手中拿过照片，发现她的手像是被烫了一下，照片已经被她扔回到抽屉里了。

永珊的表情很奇怪。永珊说，弄错了，这不是我们家的全家福。

儿子一时摸不着头脑，举起照片看，说，怪不得我看那个女孩不像你。

永珊的嘴唇颤抖着，她好像害怕自己会哭出来，猛地用手把脸捂住了。弄错了！她说，怎么回事，这不是我们家的五斗橱！

儿子突然意识到他拖五斗橱的辛苦是多么冤枉，他叫起来，闹半天你让我拖着别人家的东西满街跑，你在跟我搞幽默呀？

这算怎么回事？永珊蹲在地上，茫然地遥望着白菜市的方向。她说，是谁把橱子扔那儿了？偏偏扔在我们家，跟我们家的五斗橱一模一样的。

儿子嘴里呜呜怪叫了两声，在对母亲进行过必要的嘲弄后他变得轻松起来，他开始研究那张陌生人的全家福。是谁家的照片？一定是哪个邻居家的，多傻，傻得可爱！这一家人你认识吗？

永珊白着脸向照片扫了一眼，我不认识，她说，我离开这里也好多年了。没准是后来搬到白菜市的哪家人，我不认识。

一个沉重的包袱终于可以甩掉了，儿子怀着一种喜悦的心情把五斗橱推到了路边。他把它放在一只陶瓷垃圾箱边，那垃坂箱也有半人高，顶部是一个张着大嘴的老虎头。儿子做完这件事退后一步端详着五斗橱和垃圾箱并肩而立的造型：一件主人不详的旧家具，一只威风凛凛的垃圾箱，在白色的路灯光影下垃圾箱像一个卫士守卫着五斗橱。儿子看看母亲，永珊蹲在地上，她好像默认了儿子对五斗橱的处理，儿子便得意起来，自己为自己啪啪地鼓掌，说，酷，是现代艺术呀！

　　永珊没有再向那只五斗橱看一眼。她从地上慢慢站起来，站起来的时候眼睛里突然涌满了泪。梨城已是万家灯火，新铺的街道闪烁着橙黄或者洁白的光影，像一条河流一样漂浮着，永珊的眼睛里涌满了泪，现在她觉得这个城市真正离她远去了，她也已经真正离故土而去了，除了一些回忆，这个城市什么也没给她留下，而她深知自己也没什么留给这个城市。永珊掏出手绢擦着泪，她听见儿子说，我们现在该往哪儿走？永珊犹豫着，她回头看了眼儿子，现在她内心对儿子升起了一丝歉疚之情。你想去哪儿？她问儿子。儿子有点疑惑地看着母亲，他说，我不知道，反正我跟着你，你不是要去你表妹家吗？永珊弯腰拍了下行李箱上的灰尘，不去了吧？她好像是在征求儿子的意见，我和她也已经七年没见面了。儿子不说话，他注视母亲的目光开始透露出一丝怜悯，还有宽容。我随便你，儿子和母亲开了个玩笑，你是老板，我是跟班，反正我跟着你嘛。

　　梨城之夜已经不同于往昔，晚上七点以后街上灯火辉煌，永珊后来带着儿子进了一家老字号的点心铺，吃了梨城著名的蟹粉小笼包，还吃了鸭血粉丝，还吃了生煎馄饨。这么饱餐一顿以后母子俩的体力有所恢复，永珊又带儿子去一家大型商场逛了一圈，站在自动电梯上上上下下的。永珊买了些梨城出名的丝绸和其他土产，是送人的，买了件纯羊毛的毛衣，是给丈夫的，她还替儿子买了双打折的名牌运动鞋，是儿子自己挑选的。后来他们拖着行李箱向火车站走，母子俩，还是一前一后地走，只是永珊的手上多出了两个购物袋，一个是普通的白色塑料袋，另外一个却是红色的精心设计的袋子，袋子上开满了一朵一朵白色的梨花。

在去火车站的路上，永珊看见儿子偷偷地把什么东西从口袋里掏出来，塞到了行李箱的夹层里。她知道是那张照片，别人的照片，四个陌生人的全家福。儿子从小喜欢收藏，他一定是觉得那张照片有意思，那就让他去收藏吧。永珊没有阻止他。永珊靠在一根路灯灯柱上等儿子的时候吸起鼻子闻了闻什么。梨城的空气比我们那儿好，她说，不知道什么花这么香，四月五月，梨城的空气最好了。

后来永珊母子俩带着大包小包地向火车站走，看上去很像旅行社组织的一日游的游客。永珊是个很节省的女人，走了一天的路，还是不舍得叫出租车。她对儿子说，上了火车我们就坐着休息了，不花那个冤枉钱！

桥上的疯妈妈

疯妈妈穿着白丝绒旗袍，手执一把檀香扇，仪态万方地站在桥头。认识她的人知道她是谁，不知情的人还以为来了女演员，在桥上拍电影。疯妈妈左顾右盼，举起扇子向过路的孩子们挥手示意，可是孩子们不理她，男孩吐出舌头扮着鬼脸吓唬她，女孩子指着她的旗袍交头接耳，也不理她。他们像一朵一朵云热闹地浮上桥头，风一吹，便散了。只有一盆菊花始终陪着疯妈妈，与她一起守望在桥头。十一月的菊花，远看还在绽放，近看却已经枯萎了，疯妈妈也一样，粗看是美的，细看也枯萎了。桥上的疯妈妈显得很孤单，又耐不住那份孤单，她的头部以及腰肢都扭来扭去的，似乎桥的两侧都有她的牵挂。她拧起眉头对着桥这头的香椿树街急速说了些什么，大概是在埋怨什么。埋怨什么？埋怨谁呢？谁也不关心。除了一盆菊花，还有一把檀香扇与她亲密无间，熟人都认识疯妈妈的檀香扇，暗黄色的，镶嵌着金线，柄上拖着绿色的穗子，隔了好远也能闻到它的香气。现在早已过了用檀香扇的季节，疯妈妈却还抓着她的扇子出门。她打开扇子斜搭在头顶上方，一张苍白的脸上便印了几条金色的条状光痕，是扇子的木骨缝漏出来的阳光。看上去像华丽的戏妆，也有点像恐怖的伤疤。偶尔地一个熟悉的人影顺着桥坡向上浮动，疯妈妈黯淡的眼睛会突然发亮，静止的身体也妖娆起来，她向人家挥动檀香扇，扭着美人腰款款地迎上去，她拿扇子柄去戳人家的手臂，说，天气好热，热死人了。那些人的脑袋便向桥的另一侧扭过去。表情很不耐烦，他们都是正常人，正常人不理睬疯妈妈，手冷酷地一甩，就从桥头闪过去了。坦率地说我们街上心地善良的具有革命人道主义思想的人不太多，绍兴奶奶不知道算不算一个，算不算现在都无所谓了，反正我们知道那天下午绍兴奶奶留在桥头陪她说话了，说了好一阵话。

绍兴奶奶是小脚，却承担着香椿树街牛奶站的全部工作。小脚毕竟是中看不中用的，不宜行路，绍兴奶奶推着她的小四轮车时总是走走停停，走的时候她会喊号子，给自己鼓劲。下午是收取空奶瓶的时间，她嘴里哼哟哼哟地喊着号子，带领三十多个牛奶瓶爬上了桥头。疯妈妈对她说，天气好热，热死人了。绍兴奶奶从怀里抽出一块手帕抹汗，随口说是呀，热出我一身汗，突然意识到是谁在说话，马上惊叫起来，哎呀，是你，你怎么不在家好好待着，跑到这儿来干什么？疯妈妈打开扇子挥了几下，说，好热的天气，我到桥上来吹吹风。绍兴奶奶打量着疯妈妈，一针见血地说，热什么热，吹什么风，我看你是怕这件旗袍在箱子里会发霉，非要穿出来开展览会！你知不知道现在是什么节气，还以为是夏天呢，又穿旗袍又摇扇子的，马上都要立冬啦。疯妈妈对绍兴奶奶的话似乎是半信半疑的，抬头看看天，一只手伸出去在菊花丛中扫了扫，夏天过去了？菊花还开着呢，夏天怎么就过去了。她嘟囔着，突然眼睛一亮，问道，立冬是几号？立冬了，我就该穿狐皮大衣了。绍兴奶奶惊声道，你还惦记着穿这个穿那个，苦头还没吃够？你若不是打扮得似个妖怪，别人欺负你也抓不到把柄，别人不欺负你你也不会落下这个病，你懂不懂？疯妈妈不懂，她说，狐皮大衣要配靴子的，可惜我的小羊皮靴子被他们抢走了。

失去的服饰使疯妈妈面露悲切之色，她绕着小四轮车，哀伤地走了一圈，又走一圈。高跟鞋，没有了。她看看脚说。翡翠手镯，没有了。她看看手腕说。长筒丝袜，也没有了。她摸了摸膝盖说。绍兴奶奶忍不住地叫喊，没有了好，没有了才好，否则你的命都保不住，你懂不懂？疯妈妈不懂，她低下头研究起四轮车上的那些牛奶瓶来，具体地说是在研究牛奶瓶瓶口上缠着的各种颜色的丝线，她说，多好看的丝线呀，把那些丝线都送给我吧，我给我家素素编个蛋套，明年中秋挂咸蛋！绍兴奶奶说，我再也不上你的当了，去年给你那么多丝线，还给你洗得干干净净的，结果呢，你没走回家，一包丝线都送了人，素素一根也没拿着，可怜的素素，那么懂事的小姑娘，摊上你这个妈！

绍兴奶奶人老眼花，起初她并没有发现疯妈妈身上佩戴的胸针。她弯着腰整理她的牛奶瓶，整理好了牛奶瓶，一眼瞥见疯妈妈的胸前有一个小玩意儿在阳光下闪烁，亮晶晶的，看上去有几分炫目，绍兴奶奶定神一看，就怔在那儿了，好像受了惊。不好了，你怎么把它给戴出来了，那是你奶奶当年用一根金条换来的宝贝，快摘下来！过了好一会儿绍兴奶奶清醒了，一清醒就冲过来捉疯妈妈的肩膀。疯妈妈竖起她的檀香扇左挡右闪，她身上的旗袍也一齐沙沙摇摆着，反对一只苍老不洁的手靠近，可是檀香扇华而不实，白丝绒更是柔软无骨，疯妈妈最终还是不敌绍兴奶奶，只好挺直了身体，任凭绍兴奶奶为她摘下胸针。

那是一枚旧时代遗留的做工繁琐的蝴蝶胸针，蝶翅上镶着一道蓝边和数颗米粒般的宝石，蝴蝶的翅膀高贵地把持着白丝绒旗袍的正面，反面的搭扣却巧设机关，提防着什么，绍兴奶奶怎么也解不开胸针的搭扣。

这是谁做的扣子，存心难为人呀。绍兴奶奶先埋怨扣子，再埋怨人，让我怎么说你？你再怎么贪美，再怎么爱穿旗袍，这枚胸针你不能往外面戴的，我知道你们家的家底，就剩下这一件好东西了，万一一弄丢了，哭都来不及。你快帮我摘下来，我不会贪掉这东西的，替你保管，明天我就交给素素。由于疯妈妈不配合，绍兴奶奶几乎是强行解下了那枚胸针，她从牛奶瓶上揭下一张封纸，把胸针包好了塞在怀里，她说，外面有坏人的，专门骗你这种人的东西，你懂不懂？绍兴奶奶警惕地向四周一望，并没有发现坏人，她便松了口气，用牛奶车顶着疯妈妈把她往桥下推，这么冷的天，别站在这儿受凉了，回家去回家去。

疯妈妈犟着不走，她说，我把钥匙弄丢了，我要在这里等素素，等素素一起回家。绍兴奶奶皱着眉头看看疯妈妈，说，怎么人一病什么都不会了呢？没钥匙怕什么，你走隔壁李三年家，进了天井，不就是你家窗子了？疯妈妈摇头道，我不进李三年家，他们不让我进他家，他爱人一见我就说妖怪来了妖怪来了，他小儿子一见我就哭，拿东西砸我。绍兴奶奶先是不解，其后就明白了，一分为二地说，不怪人家，你这个穿着打扮，要是黑影里让孩子撞见，谁都以为你是妖怪。不过做大人的不该这么讲话，欺负人欺负到你头上就伤天害理了。我带你回家去，从李三年家走，看那泼妇敢不敢骂你。疯妈妈还是一个劲地摇头，我不从他家走，我不能爬窗子，她说，我穿着这旗袍，不能翻窗子的。说的也是，你穿着这东西，除了能开展览会还能做什么？绍兴奶奶不满地瞪着疯妈妈的旗袍，在领口那儿抓了一把，在腰那儿又拍了一下，说，包这么紧，穿着能舒服？你这人，爱美爱得离了谱。我倒想起来了，你年轻那会儿连量米都穿个旗袍，扭啊扭的，你还用个草包拎米！疯妈妈说，不是草包，是工艺编结包，出口转内销的包。出口的草包也就是个草包，你别拿洋屁来压人，绍兴奶奶厉声说，你就是思想坏了才倒了霉，思想一坏生活作风也坏，这么个生活作风，谁看得惯？不是我说你，你这个病，一半怨别人，一半还是怨你自己，我要是做了你婆婆呀，绍兴奶奶说到这儿一只手冲动地举起来，向她做了个打人的动作，我不打你才怪，天天打你，打不动让儿子打，往死里打，非把你打贤惠了不可！

　　疯妈妈从绍兴奶奶的声音和动作中感受到某种敌意，这敌意使她下意识地向后退却，一只手举起来遮挡着什么。绍兴奶奶是个善良的人，怎么会打她？疯妈妈分不清玩笑和暴力，慌慌张张地绕过四轮车，旗袍的一角被车轮胎卷了一下，疯妈妈就哎呀呀地大叫，拉过那一角，拧着脖子检查旗袍是否沾了脏。有一个过路的戴眼镜的男人，他从自行车上跳下来，朝桥上的疯妈妈看了一会儿，咧嘴一笑，又跨上车走了。疯妈妈看见了那个人，眼睛莫名其妙地一亮，对着男人的背影热情地打了个招呼，张老师，今天天气好热呀！那个男人一愣，自行车欲停未停，人快从车上掉下来了，就用腿撑住地，停在桥头。疯妈妈和绍兴奶奶都望着那男人，望着的是一个背影，穿着蓝卡其布的中山装，肩膀有点塌。那个奇怪的有点塌肩的男人，在桥头迟疑了好一会儿，回过头，眼睛闪闪烁烁的，最终还是没说话，匆匆下了桥。

你认识那人？你不认识那人怎么叫人家张老师？绍兴奶奶恨恨地看看那个男人的背影，又看着疯妈妈，你就这么跟人家七搭八岔呀，怪不得别人说你作风不好，你这人，就是不正派。疯妈妈辩解道，谁不正派？你才不正派呢，我记得他的，是张老师，是文工团的化妆师。他替我化妆的。化妆化妆，你就记得化妆。绍兴奶奶推着疯妈妈往桥下走，边推边说，我这把年纪，你说我不正派？你脑子不好，不跟你计较了。你打扮成这样站在这儿，以为自己是一幅画儿呢？是画儿也行，别人看画儿，画儿怎么去看人呢？现在外面的人什么样子你知道不知道，坏人很多，让人欺负了你都不会告状，告了状也没人理你，你还不快回家去！

疯妈妈先是躲，后来绍兴奶奶开始拉拽她的旗袍，她心疼旗袍，突然就反抗起来，拍苍蝇似的拍绍兴奶奶的手，偏偏那手很固执很坚强，疯妈妈急眼了，挥起檀香扇就打绍兴奶奶的胳膊，打了一下，两下，看见绍兴奶奶恼怒的眼神，不敢再打，就用力把老妇人推开了。绍兴奶奶让她推了个趔趄，脸色顿时很不好看，她踩踩小脚，推起她的奶瓶车，咣当咣当地往桥下去，嘴里尖刻地说，好，好，你不听我话，还拿扇子打人，你就站在这儿孔雀开屏去吧，怪不得别人整你，是你自作自受，孔雀开屏也没你这么随便！

秋天的一个下午，疯妈妈站在桥头等她女儿素素，素素傍晚五点钟左右放学回家，可疯妈妈下午两点多钟就站在桥上了，也许她无处可去，也许她已经忘了判断时间的所有方法了，大家都知道去年春天的时候她的脑子就出了问题。说起来也是巧合，花儿等不开，却等来了蜜蜂，半天不见素素路过，疯妈妈等来了崔文琴。

崔文琴来了。原谅我多介绍几句。她是香椿树街卫生所里最年轻的医生，也是整个城北地区最受大众瞩目的女性之一，她容貌出众，却又替人打针，当然容易令人产生一些说不出口的遐想，据说街上有几个思想不健康的人没病没灾的，也拿着针剂往崔文琴那里跑，苦肉计里藏着什么心思，我不说你也猜得到。崔文琴替疯妈妈打过针。疯妈妈的病打针打不好，后来不打了，就忘了是谁替她打针，崔文琴却记住了疯妈妈。疯妈妈处于精神崩溃期的惊人的美貌，打动了崔文琴，崔文琴总是像面对一幅画一样对着疯妈妈指指画画，嘴里发出赞叹的声音。一个理智的女人欣赏另一个女人的美貌，本来是不寻常的，但由于后者脑子出了毛病，那赞美即使是由衷的，也令人怀疑是同情心作怪，自然也引不起旁人的共鸣。好多女人带着孩子去卫生所接受注射时都会讨好崔文琴，说，你看崔阿姨长得多么好看，穿得那么朴素大方，她打针一点也不疼的。崔文琴却喜欢与人谈论疯妈妈的病，还有她的容貌和穿着，对疯妈妈的突兀而俏丽的穿着，崔文琴的赞美是毫无保留的，她说，她什么都敢穿，穿什么都好看，你们看见过她的那件旗袍吗？白丝绒的旗袍，除了在电影里，从来没有见过穿旗袍那么好的人！旁边有同事不以为然，一针见血地说，你穿也好看，可惜你脑子好好的，没毛病，那样的旗袍，你有了也不敢穿！

崔文琴路过桥头，一眼就看见了疯妈妈，或者说，一眼就看见了白丝绒旗袍。看得出来她走向疯妈妈是为了走向白丝绒旗袍。她说，素素她妈妈，你怎么站在这里？那么惊喜的声音其实是另一种欢呼，白丝绒旗袍，你怎么站在这里？谁都看得出来，崔文琴爱死了旗袍，爱在骨子里，就更加炽热。大家只见她穿那种修改过的军装，没见她穿过旗袍，不是她不给旗袍机会，是旗袍不给她机会，她是崔文琴，不是疯妈妈，但是谁敢说两个女人谁比谁更爱旗袍？天机泄露于眼神，看看崔文琴注视白丝绒旗袍的眼神吧，是什么样的眼神？是一只饥渴的蜜蜂发现一片花园的眼神！她停下来和疯妈妈说话，其实是和白丝绒旗袍在说话。多软的料子，裁得多合身呀，扣子也漂亮，这是叫琵琶扣吗，不知道是怎么盘起来的？崔文琴的手触及白丝绒的时候，起初很柔情，小心翼翼惟恐损坏了什么，渐渐地抚摸变得贪婪，失去了礼仪，那只手在疯妈妈的腰间游弋一圈，像卡尺一样丈量着什么，结果不详，继续再来，手滑到了后面的臀部，意识到什么不妥，猛地升上来，在背上拎了一下，不满足，又到肩上抓一下。哎，别提多合身了，崔文琴说，是你在文工团做报幕员时做的旗袍吧？现在满世界找也找不到这式样了。这种白丝绒面料，你跑到上海也买不到啦。

疯妈妈妩媚地笑着，一边检查她的旗袍，别人对旗袍的夸赞让她感到骄傲，但别人触碰过的地方，她有点不放心，怕弄皱了，一只手跷起兰花指做成个熨斗，熨平那些并不明显的皱褶。崔文琴有点不悦，说，哎哟，你这么爱惜这件旗袍呀，摸摸又摸不坏的，也难怪，你好像就这么一件旗袍，夏天时候我也见你穿过的。疯妈妈说，谁说我只有一件？我有六件旗袍呢，这件白丝绒的，还有一件红丝绒的，还有两件丝绸的，是花的，还有两件虽然是棉布的，也很好看，我有六件旗袍，让素素的爸爸剪坏了五件，只剩下这一件了。崔文琴斜睨着她，听着，好像半信半疑的样子，突然打断疯妈妈说，红丝绒，红丝绒做旗袍？疯妈妈说，是呀，红丝绒的那件，他们都说我穿着最好。崔文琴眼睛一亮，说，红丝绒的料子，布店倒是有得卖，还不要布票呢，我们卫生所买过做大红花的！

崔文琴在桥上又站了一会儿，她不再盯着疯妈妈和她的旗袍了，东望西望的，似乎在盘算什么事，突然拍拍手，做了个决定，说，现在就去买！然后她就返身往桥下走了。疯妈妈起初不知道崔文琴干什么去了，她站在桥头等素素，没有等到，等到的还是崔文琴。疯妈妈看见崔文琴抱着一卷红丝绒再次走过桥头，就迎上去问，你买了这么多红丝绒，你买红丝绒做什么？崔文琴就势一把挽住了疯妈妈的胳膊，说，帮我一个忙，你跟我到裁缝店走一趟，借你的旗袍，让李师傅做个样子。说起来也奇怪，凡事关穿着打扮，疯妈妈一听就明白，她瞪大了眼睛，一迭声地说，不，不，我不去，我的旗袍不做样子，崔文琴对此明显是有思想准备的，她紧紧捉住疯妈妈的手，你怎么小心眼了呢，我借你的旗袍，就是做个样子，做个样子你的旗袍也不会少了什么的，何况你的是白丝绒的，我的是红的，不一样，你懂不懂？疯妈妈一个劲地甩手，她说，我没空跟你去裁缝店的，我要在这里等素素，素素快放学了。崔文琴看了看手表，她说，你满嘴说的什么糊涂话，现在才三点半钟，学校放学还早着呢，你别跑呀，你这么跑让别人看见了多不好，以为我拉你干什么坏事呢。崔文琴左扑右挡的，终于又把疯妈妈的胳膊紧紧地挽住了。崔文琴也是病急乱投医，脑子一热，就对疯妈妈说，你不会吃亏的，你帮我这个忙，我把我那条黑金花丝巾送给你，你那次来打针，不是一个劲地夸那条丝巾的吗？一句话顶了一万句。崔文琴说完已经感觉到被挟持的人放弃了反抗，一条丝巾让疯妈妈顺从起来，她的目光迷离了一会儿，似乎在努力回忆崔文琴许诺的丝巾的色彩，然后她突然笑了。我的旗袍配一条黑丝巾，配一条黑丝巾，多好的搭配！她对崔文琴笑了一会儿，突然说，说话算数，你不准反悔，谁反悔就是狗。崔文琴后悔也来不及了，有点窘，皱着眉毛说，别人怎么说你不正常呢，做个旗袍样子赚条丝巾，你比谁都精明呀。

　　下午三点多钟，有人看见疯妈妈随崔文琴离开了桥头，疯妈妈一只手小心地提着她的旗袍角，另一只手被崔文琴紧紧地挽住了，她们往东方红街的方向而去，从背影看两个女人的智能是平等的，步态是一样婀娜多姿的，她们很像一对结伴散步的姐妹。

李裁缝有点驼背，头上戴了顶军帽，脖子上挂了一条软皮尺，他淹没在裁缝店里零乱堆放垂挂的布料和服装中，与外面洁净的街道甚至一个时代格格不入，因此他的脸上有一种自知之明的谦卑。女顾客上门来，他从缝纫机前坐起来，好像基层单位欢迎上级领导莅临指导，但崔文琴来，情况有所不同，男女角色不知怎么让李裁缝巧妙地颠倒了，崔文琴一来，他倒有点像个撒娇的女人，故意做出冷淡的样子，探出头去打量她后面的人，一看也是女的，就舒了口气，说，怎么，今天还给我带了个顾客？

崔文琴夹来一卷红丝绒，还有一个穿白丝绒旗袍的女人，说话有点语无伦次的，把疯妈妈往李裁缝面前一推，说，做旗袍，旗袍！我跟你提起过的，白丝绒旗袍，我把人带来了！

裁缝说，人是人，旗袍是旗袍，你把话说清楚了。裁缝先看人，看见一个三十来岁的女人，粗看面容美丽，细看有点憔悴，这么看有点矜持，那么看又透出些许呆滞，裁缝的眼睛一亮一亮的，发现对方不看他，对方摇着檀香扇左顾右盼，随口批评店里的衣服，都是什么衣服呀，难看死了。裁缝眼睛里的亮光便熄灭了，转而看她身上的旗袍，说，我不是在做梦吧，历史的步伐倒退了吗？现在还有人这个打扮出门！

崔文琴躲在疯妈妈后面做了个手势，指指脑袋，结果裁缝会错了意，说，谁难缠？你难缠还是她难缠，别人怕顾客难缠，我不怕，你也不是不知道我的手艺。崔文琴没办法，干脆就不介绍什么了，一大卷红丝绒扔在缝纫机上，又推一推疯妈妈，说，照着这样子，给我也来一件。

怎么想起来做旗袍的？不做，做了你也不敢穿。李裁缝不知道卖的什么关子，说，上次给你做的喇叭裙，也没见你穿。

你怎么知道我没穿，我又不穿给你看的。崔文琴先是霸道，霸道过后又婉转起来，说，咳，你管那么多干什么，你一不是我领导，二不是我爱人，你是裁缝嘛，只管做就行。再说了，我做衣服也不一定非要穿出来的。

做了衣服不敢穿？要求上进，怕领导批评？裁缝说，就在家里穿？光穿给你家老罗看？那多浪费。

你个死驼子，我穿给谁看关你什么事？崔文琴拿起一块画粉朝李裁缝扔过去，说，告诉你，我做的好多衣服就是压箱底的，虽然不一定穿，拿出来看看，心里也舒服。

我辛辛苦苦做的衣服，你拿去压箱底？做的时候那么挑剔，线头粗了都不行，拿回家就压箱底？李裁缝似笑非笑地盯着崔文琴，突然板起脸说，不做你的衣服，不做了，挣你的加工费，就像卖国求荣一样，自己都看不起自己。

你是不会做旗袍吧？崔文琴明显有点恼，忍了一会儿，用了激将法，说，我还以为你手艺全市最好呢，好个屁，不会做旗袍，算什么全市最好？

我也没说过我全市最好嘛，裁缝这行当，谁说好都没用，衣服说话最有用。李裁缝在一番插科打诨过后开始正经起来，他躲避着崔文琴的目光，觑着眼睛打量起橱窗边的疯妈妈来。他说，那位女同志跑这儿散步来了？怎么停不下来，你坐嘛。疯妈妈站在橱窗边，一只手伸进去，不知道在摸什么。崔文琴说，别管她，她坐不住的，你告诉我怎么量尺寸就行了。裁缝说，你比她要丰满一些嘛，三围都不一样，怎么量？让她把旗袍脱下来，你穿上去，一个脱，一个穿，尺寸要咬得准，只能这么量。

疯妈妈仰着头莲步轻移，她举着檀香扇点着横架上垂挂着的服装，点一点黄军装，说，解放军。点一点白衬衫，说，红卫兵。点一点蓝裤子，说，红小兵。点一点黑裙子，说，张阿姨。一件件点过来，点到一件小女孩子的蓝色小圆点的连衣裙时她想起了女儿素素，回过头问崔文琴，几点了，素素该回家了吧？崔文琴看了看手上的表，嘴上说还早还早，身体却紧张起来，对李裁缝瞪了一眼说，谁有心思跟你吹山海经？赶紧动手吧，我家里也是一堆事，急着回去呢。李裁缝嘿嘿地笑，说，你让我动手？对谁动手？让我替你们俩脱衣服呀？崔文琴竖起手指戳了戳自己的额头，说，我是让你给骗了，每次来都是陪你说话，让你吃了豆腐自己都不知道。

崔文琴连哄带骗地把疯妈妈架到了花布帘子后面。花布帘子后面算是李裁缝的卧室，一张单人木架子床，床头的墙上贴着《杜鹃山》里的女英雄的画像，那女英雄怒目圆睁，手势却显示她很有心计，是少安毋躁的意思。床下有一只痰盂，痰盂好多天没倒过了，里面散发出一种酸臭的气味。崔文琴在里面换衣服是有经验的，一进去就非常谨慎地拉好帘子，两边用铁夹子夹住，她这么小心，疯妈妈还是如临大敌，惊慌地叫起来，这是什么地方？我要出去，我不在这里换衣服。崔文琴说，你快急死我了，现在也不是你在文工团报幕那会儿了，还有更衣室，上这儿来的女人，都在这儿换衣服。有帘子挡着，你怕什么？你以为李师傅是大流氓呢？

帘子外面的李裁缝确实是规矩的，他先是去倒茶喝，咕咚咚地喝得很香，然后他嘴里哼起了样板戏：朝霞啊哈映在阳澄湖上啊啊啊啊。里面的两个女人合作并不顺利，要脱的不情愿，要穿的太性急，费了好一番周折，斗争平息了，只听见细碎的衣料与衣料还有手摩擦的声音，过了一会儿，崔文琴掀开花布帘子出来了，身上已经穿好了那件白丝绒旗袍。她把两手向裁缝一张，半转身，做了一个羞涩而自信的造型，意思是问，我穿着怎么样？李裁缝嘴里便哎呀呀地叫起来，一边拍手一边凑过来，在崔文琴的腰上率先抓了一把，好，比她穿着还好看。

李裁缝给崔文琴量尺寸的时候忘了疯妈妈的存在，不知道做了什么多余的工作，让崔文琴啪地打了一巴掌。崔文琴说，死驼子，我今天高兴，就让你占点小便宜，不过，这件旗袍你给我多用几个脑袋去做，做不好，我饶不了你。李裁缝说，做不好我也不接这个活，你的衣服，借我十个胆子也不敢糊弄呀。外面的人说着话，听见帘子里面的疯妈妈突然躁动起来，疯妈妈在里面走来走去，现在几点了？几点了？不好了，天都黑透了，素素早就放学了！花布帘子突然鼓出来一堆，是疯妈妈的脸贴在那儿说话：天都黑透了，你们怎么不让我回家？快把旗

418

袍还我，让我回家！崔文琴说，马上就好，马上就好，好好的你喊什么？你是不是怕黑？里面没光线，是有点黑，怕黑我让李师傅给你开灯。李裁缝不知道为什么笑，笑着去开灯，灯一亮，帘子后面的疯妈妈被灯光剪出一个清晰的影子，那影子把疯妈妈自己也吓着了，啊呀一声，人影子跳了起来。崔文琴一看不好，就冲上去关了灯，回头骂李裁缝，我就知道你，狗改不了吃屎，没安什么好心肠。李裁缝说，怎么骂我？你自己让我开灯的。崔文琴一时有点乱，走过去要掀帘子，手又缩回来，对李裁缝说，量肩膀吧量肩膀吧，快点量。李裁缝说，是在量肩膀呀，你老是躲着缩着，我不好量嘛。崔文琴瞟一眼帘子，压低声音说，你别吓她，她头脑有毛病，你看不出来？

　　李裁缝的表情看上去有点惭愧，说，已经看出来了，可惜呀。他带着那种惭愧的表情加快了工作节奏，突然叹口气，拿着软皮尺在崔文琴的腰那儿打了一下，说，腰这儿，其实我也没什么把握，旗袍难做难在腰上，万一腰这儿不好，你别怪我。崔文琴说，不好就罚你，给一半加工费嘛。李裁缝没有表态，斜站着研究崔文琴与旗袍的所有细枝末节的关系，发现了什么，手猛地又抓上来，抓着旗袍的扣子，说，我差点忘了，这琵琶扣我得拆一个下来，太难做了，不照着样子，我没那个本事做。崔文琴一听就为难了，使个眼色让裁缝注意帘子后面的疯妈妈，自己放低嗓门商量道，你不是会画吗，现在把扣子画下来，按照画样做嘛。李裁缝说，你倒是聪明，那我照着飞机的样子画下来，能不能做出飞机来呀？崔文琴哑然，绞着手说，这可怎么办？我哪儿忍心拆她的扣子，她要是个正常人，什么都能说通，可她头脑不好还小气，说不通的呀。要不就不做这个琵琶扣了，做个别的好看的扣子代替？李裁缝不置可否，崔文琴自己先摇起头来，不行，不行，我喜欢死这扣子了，花这么多心血做件旗袍，扣子不能马虎。李裁缝说，那怎么对她交代，先斩后奏，拆下来再说？崔文琴看看花布帘子，看看李裁缝，咬了咬牙说，拆，反正用完了再给她缝上的。李裁缝顺手拿了个薄刀片，已经准备拆了，又犹豫起来，低声说，我怎么有点心慌呢，别看她头脑不好，旗袍是她的命，拆了一颗扣子，她会不会跟我们闹？崔文琴捂着胸口说，我也心跳得厉害，这么好看的东西，偏偏是她的，跟她商量，怎么商量得通？李裁缝眨巴着眼睛思考了一会儿，找了一颗别针递给崔文琴，说，我拆领口上这颗，不容易发现，等会儿你替她扣，拿别针扣，我们打打岔，看看能不能混过去。崔文琴直直地瞪着那颗琵琶扣，脸上的表情一会儿畏惧一会儿坚定，我要这种扣子，一定得要。最后她说，反正也不是大不了的事，借用几天而已，混得过去混不过去都得拆。拆吧。

　　傍晚时分他们看见崔文琴领着疯妈妈走过东方红大街，两个女人以不同的方式引人注目，他们当然都注意到疯妈妈那天穿了一件白丝绒旗袍，眼尖的人发现了疯妈妈旗袍领口处的异样，一颗别针大煞风景，也惹人发笑，但由于人们深知疯妈妈的精神状况，这颗不正常的别针在疯妈妈身上反而显出了它的合理性，所以没有人去多余地思考疯妈妈的纽扣到哪儿去了，人们印象中疯妈妈从前就喜欢卖弄风韵，现在失去了最后那点束缚，她穿什么都无人计较，怎么穿也都是自由，穿旗袍就穿旗袍，扣别针就扣别针吧。

一路侥幸无事。经过葵花弄崔文琴家时，崔文琴心里打起小算盘，试探地问疯妈妈，你自己回家，认识路吧？疯妈妈却不上当，她牢牢地记住了崔文琴的许诺，丝巾，那条黑金花丝巾。疯妈妈说，你说好给我的，不给就是狗。崔文琴翻了个白眼，说，你记性比我都好呀，怎么有病？不就一条丝巾吗，我说给就给，你在这儿等着，我回家拿。疯妈妈说，不行，你要是走了不回来怎么办？我要跟着你。崔文琴有点火了，没见过你这种人，有病怎么的，有了病干脆就装小孩子了？什么狗呀猫呀的，还要做跟屁虫。她训了疯妈妈几句，看见有人向她们这儿张望，便缓和了语气，说，我家公公躺在床上养病呢，见不得生人，你实在不相信我就跟我来吧，不过不要进去，我婆婆有封建迷信思想，你这样的人是不可以进病人家门的。

疯妈妈站在葵花弄崔文琴家的门口，葵花弄里没有葵花，人家窗台上地上养着白色、黄色和紫色的菊花，都是半开半谢的。疯妈妈一边等着崔文琴的丝巾，一边低头观赏门前的菊花，光看不够，弯下腰想摘，身后响起了一片很大的动静，倒让疯妈妈吓了一跳。原来是个戴红领巾的小女孩跳着绳子过来了。戴红领巾的小女孩总是让疯妈妈想起她的女儿。不是素素，我以为是我家素素呢。她追着跳绳的小女孩，问，现在几点了，我家素素你认识吗？你们放学了吧。那女孩站住，诧异地望着疯妈妈，先是望着她的脸，然后紧张地研究起她的旗袍来，你为什么穿这种裙子呀？这是电影里女特务穿的裙子！疯妈妈说，这哪儿是裙子，这是旗袍呀，以前的女人都是穿旗袍的。小女孩似懂非懂，好奇的目光终于落在疯妈妈的旗袍领口处，她指着那里的别针说，你怎么这么懒呢，掉了扣子就缝上去，怎么用别针呢？

疯妈妈的手伸到领口处，很快就发出了她的第一声尖叫。崔文琴拿着丝巾出来时，惹祸的小女孩已经跑得没了踪影。剩下疯妈妈一个人，脸色苍白如雪，檀香扇扔在地上，左手揪着自己的领口，右手按着胸部，一声声地尖叫，一声声地叫。崔文琴知道是纸包不住火，事情败露了。崔文琴也慌，邻居们都已经向她家门口汇集过来，更令她慌张的是疯妈妈不仅发现了那颗琵琶扣失踪，从她泣不成声的哭喊中，崔文琴得知还有一颗什么镶嵌了宝石的胸针，也失踪了！

崔文琴情急之下忘了疯妈妈的精神状况，她用手指一下一下地捅着疯妈妈的脸，什么胸针，什么宝石，你别血口喷人，我从来没见你戴过什么胸针呀。崔文琴怎么能不慌？扣子事小，自己脱不了干系，不过是一颗扣子，她不在乎，胸针就是飞来横祸了，她怎么能不慌，一慌就骂起人来了：什么蝴蝶胸针，什么宝石胸针，你个疯女人，疯就疯了，疯进不疯出，没想到你还会敲竹杠！

所谓疯妈妈大闹葵花弄就是指那天傍晚的事情。其实疯妈妈不是闹，是在葵花弄尖叫，哭喊。人人都听清楚她丢了两件东西，一颗纽扣和一枚胸针。纽扣虽然别致，只是颗纽扣，胸针听起来是珍贵的值钱的好东西，丢了就显出问题的严重性了。人人都用目光向崔文琴索要答案，因为疯妈妈后来一直拼命地揪住崔文琴的衣角，好像人赃俱获的样子，但崔文琴拒绝提供答案，崔文琴手里抓着的是一条黑色的丝巾，她要把丝巾围在疯妈妈肩上，疯妈妈不要，看起来是拒绝某种收买。两个女人疯狂地扭在一起，嘴里都在尖叫，崔文琴姣好的面容因为暴怒涨成了猪肝的颜色，她是疯子，是疯子，你们都知道的！她努力地挣脱疯妈妈，腾出一只手对着邻居们指天发誓，她脑子有病你没病，我得跟大家交代清楚，我是借了她的纽扣做样子，什么胸针不胸针的，完全是她的疯话，我要是见过她的胸针，就天打雷劈！

其间崔文琴的丈夫老罗出来了一次，他上前尝试拉架，没有拉开，大概是顾及到影响，老罗没再做什么，黑着个脸叉着腰站在那儿。他也只好站那儿了，两个女人干仗，任何一个丈夫都不好做什么的，何况那是香椿树街的疯妈妈，老罗自己又是卫生局的干部。老罗听见疯妈妈在哭。他妻子也在哭，他妻子一边哭一边回过头骂他，老罗你是死人呀，怎么不想想办法，把这个疯子弄走，快把她弄走呀！老罗搓着手，向前跨了一步，一只手去抓疯妈妈，最后还是抹不开面子，缩了回来，也就是这时候，邻居们看见老罗拍了拍自己的脑袋，明显是找到了解决问题的办法。他们看见老罗向弄堂外面跑，几个孩子跟着老罗跑，一直跑到了杂货店的公用电话前。老罗的办法是用电话解决问题，孩子听见老罗在跟什么人打电话，老罗让那人立刻开急救车过来。拉什么病人？老罗对着电话嚷道，什么高血压心脏病，什么严重不严重，不严重我怎么会让你们过来？亏你问得出来，是一个疯子，疯得不成体统，在我家门口胡闹呢！

后来一辆白色的急救车就开到葵花弄来了。那时天色差不多已经黑透，急救车的灯光像探照灯一样把葵花弄照得亮如白昼，灯光打在崔文琴脸上，她绝望的脸上出现了胜利的曙光，灯光照在看热闹的邻居们脸上，他们都傻眼了，一个个眨巴着眼睛，交头接耳起来，灯光射到疯妈妈的脸上，疯妈妈向着光举起一只手，好像是投降，好像是与光博斗，然后葵花弄的人们听见疯妈妈发出了最凄厉的那声尖叫，犹如晴天霹雳。人们禁不住捂起了耳朵，捂着耳朵看疯妈妈如何逃跑。疯妈妈往前跑了几步，前面是救护车，又转身往后跑了几步，后面都是人，疯妈妈就要赖皮了，她坐在地上，一边蒙着脸哭，一边蹬着腿，把脚上的丁字形皮鞋也蹬掉了，她说，我不哭了，我不要我的扣子了，我不要我的胸针了，你们别过来，求求你们，别过来。别过来。

该过来的人还是过来了。救护车上跳下来三个人，穿着白衣服，戴了口罩，有一个人的手上还带着一圈绳子。他们大概是准备病人抵抗用的，可是事到临头，疯妈妈失去了所有的力气，她只是蜷缩成一团，整个身体都剧烈颤抖着，她说，求求你们，别过来。一只手举起来，本意是阻挡别人，结果却把自己的手柔软地交给了他们。她说，素素放学了，我该回家了。又举起一只手，把另一只手也交了出去。疯妈妈最后简直是在配合救护车上的人。葵花弄的人们看见两个人轻松地把疯妈妈架到了车上，另外一个人看上去力气很大，却没派什么用场，是他从崔文琴手里接过了疯妈妈的丁字形皮鞋，提着鞋上了车。

大多数聪明人知道救护车将把疯妈妈带往何处，但也有人天生愚笨，追着救护车问，喂，你们把她送哪儿去？车上的人回答说，能上哪儿？去三里桥嘛。

三里桥是另一座桥，离我们香椿树街大约有二十多公里，从我们这儿去三里桥，需要换三次公共汽车，最后在南门搭乘郊区线。比我更年轻的人都知道三里桥是一座历史悠久的七孔古桥，桥下有一所白墙红瓦的老干部活动中心，但他们不知道三里桥的桥下过去柳树成荫，柳树林中曾经有一所精神病医院。所谓去三里桥，当然不是指去桥上，而是去桥下。这么简单的修辞手法，你不会不知道。

哭泣的耳朵

哥哥比弟弟大三岁，天经地义的，哥哥应该照顾弟弟。但那年夏天哥哥交了几个不三不四的朋友，人像水一样地往低处流。他的喇叭裤勒紧了屁股，看上去随时会绽线，他的军帽歪着戴，帽檐下支出几簇长头发，油腻腻的，抹过发乳，散发着一丝堕落的香气。他天天带着象棋到铁路桥下的公厕去，一边方便一边和人下棋，是赌残局的。这个哥哥，你还让他照顾谁去？人不学好的另一个标志就是懒惰，而哥哥的懒惰正在损害弟弟的利益。就说去白铁铺取水壶的事，早晨母亲出门前把它写在厨房的小黑板上了，注明是哥哥做的事，注明要带上五毛钱，还写了一句：别忘了盛上水试试。弟弟在厨房吃早饭的时候看得清清楚楚的，可等他去了一趟公共厕所回来，发现黑板上母鸡变了鸭，春风的名字已经改成了春生，是弟弟的名字了。弟弟知道是哥哥做的手脚，他想也没想，随手就把那个"生"字擦掉，又把名字改回去了。

　　整个夏天弟弟看上去都愁眉不展，不为别的，是为了游泳的事。母亲有一天路过护城河的酒厂码头，亲眼看见有人从那里捞起了一个溺水的男孩，母亲在那儿看了会儿，突然产生了许多不必要的联想，看见河对岸一群孩子还在水里打闹，母亲便春风春生地狂叫起来，对岸有人呼应道，春生刚刚还看见的，春风没看见！母亲就慌慌张张地往家赶。还好，路上看见了春风，春风和他的朋友坐在菜场卖豆制品的架子上，鬼头鬼脑的，不知道在干什么。母亲没心思去调查他们在干什么，她问大儿子，你弟弟呢？哥哥先说不知道，马上改口说，在家呢。母亲骑着车赶到家门口，一眼看见门口的晾衣竿上挂着弟弟的游泳裤，是两条红领巾改制的，还滴着水，母亲才松了口气。弟弟迎出来为母亲例行公事似的拿饭盒，母亲脸上仍然是一副劫后余生的表情，她看着弟弟头发上残留的水滴，说，好，上来了就好。但她的脸还是白着的，不得了啦，酒厂码头又淹死一个，肚子胀得那么高！她向弟弟描述了那个男孩膨胀的孕妇似的腹部，还说男孩的嘴里塞满了泥沙，泥沙里还长了一堆水草。弟弟不相信什么泥沙什么水草的事，那只是母亲在吓唬人，为她下达禁令添油加醋罢了。

弟弟愁眉不展。他再也不能下护城河游泳了，这道禁令，弟弟知道违抗不得。但他不能不游泳，去年夏天他刚刚在护城河里学会了游泳。弟弟偷偷地跑到工人文化宫的游泳池去游，游了没几天，不巧，得了红眼病，一双眼睛躲避着光线和别人的目光，依然红得令人心痛。母亲大怒，一口咬定是游泳池传染的红眼病。怎么能不传染？她说，你难道不知道，有人在游泳池里小便的！红眼病也来和弟弟作对，这样一来，母亲连游泳池都不准兄弟俩去了。

　　禁令对哥哥没什么影响，他对游泳不感兴趣，他和那些不三不四的人混，其他事都偷懒，这么热的天，哥哥洗澡也偷懒，拿水在身上胡乱抹两下，就骗母亲说是洗过了。弟弟夜里闻得到哥哥身上强烈的汗臭，像熏醋的气味，弟弟埋怨哥哥比猪还臭，但他不敢嚷嚷，许多事情上他也要哥哥替他打埋伏。比如游泳的事，弟弟红眼病一好就违抗了禁令，偷偷去阀门厂游泳，母亲不知情，但哥哥知道弟弟藏游泳裤的地方，瞒不住他。就像一个山头的强盗和土匪，他们谁也不能要挟谁，弟弟也捏着哥哥的把柄，哥哥和冯青他们在家里赌博、赌香烟、赌光屁股、赌吃牙膏、还赌钱，好几次都被弟弟撞见了。

　　下午弟弟去阀门厂游泳时路过了白铁铺子，一顶草草搭制的遮阳棚从门檐上挑出半米多远，没有挡住多少毒辣的阳光，他经过那儿的时候觉得四周翻腾着一股热浪。那五个老头坐在闷热的铺子里，叮叮当当地敲着白铁，一台破旧的台式电扇坐在地上，摇晃着脑袋，向五个老头公平地分配着热风。好多铁皮桶"花洒"烧水壶堆在地上，有的挂在墙上。弟弟不认识他们家的水壶，认识他也不拿，那不是他的事，是哥哥的事。五个老头在炎热的午后集体劳动的景象倒是有趣，弟弟看见瘦的历史反革命分子刚刚修好了一只铝盆，他用油漆在盆底写着什么字，其他几个都在敲，胖的历史反革命分子在鼓捣谁的铝饭盒，他的脸热得通红，白背心被汗弄湿了，紧贴在身上，透出两个像妇女一样的乳房。逃亡地主背对着街道，他在用锤子敲一块圆形的白铁皮，弟弟只能看见他的裸露的后背上贴着一张膏药，他穿着长裤，却把长裤挽成了一条短裤；由于严重的静脉曲张，他的小腿看上去好像爬满了蚯蚓，让人反胃。

资本家看上去最年轻，他戴眼镜，头发还是黑的，身上的军用衬衫不知从哪儿弄的，这么热也不肯脱；他还模仿炼钢工人，在脖子上系了一条白毛巾，好像这么一打扮别人就忘了他是资本家了。他们四个人都埋着头劳动，没有注意弟弟，只有门边的老特务抬起花白的脑袋，疑惑地看了他一眼，他的眼睛让弟弟吃惊，左眼角有一块淤青，好像被人打的，肿着，睁不开的样子，右眼安然无恙，但弟弟清晰地看见眼眶里盛满了莫名其妙的泪水，弟弟说了一句，又不枪毙你们，哭什么？说完他就走了。

七月炎热的天气把人都赶到阀门厂的游泳池来了。游泳池不正规，长度宽度都不够，水有点发绿，也许好几天没消过毒了。来的人大多成双成对，男男女女的年轻人在一起，男的看上去便很骄傲，也不管他带来的女朋友是美是丑。女孩子不一样，有的害羞，像个木桩似的插在水里不动，有的就一点不害羞，靠在池边上东张西望搔首弄姿的。他们都不怎么游，好像是来泡冷水降温的。弟弟不甘心，在人堆里钻来钻去地游，结果不小心撞到了几个人，其中一个是烫头发的姑娘，撞她撞的部位不巧，那姑娘竟然尖叫起来，小流氓，小流氓！她骂人弟弟不在乎，弟弟不怕女的。他回敬一句你是女流氓就继续游，但有个家伙突然冲过来拎住弟弟的耳朵，瞪着眼珠子吼，你活腻了？你敢调戏我的女朋友？那家伙手劲好大，弟弟好不容易才挣脱了他的手，觉得耳朵很疼，疼得快从脑袋上掉下来了。

他懂好汉不吃眼前亏的道理，没有盲目地与那个家伙正面交锋，回头去寻找那个烫头发的姑娘，她靠在池边上，一边咬着指甲一边冲着弟弟这里笑，看上去很自豪的样子，把弟弟气坏了，弟弟从小嘴不干净，一张嘴就骂了句最脏的，姑娘听没听见他不知道，反正那个家伙一定听见了，他后来发疯似的，一手继续揪住弟弟的耳朵，另一只手掐住弟弟的脖子，把他往游泳池外推。就那样当着游泳池里那么多人的面，好像小偷被警察当场捉拿一样，弟弟被一个力大无比的家伙推出了游泳池。

弟弟捂着耳朵。剧烈的疼痛使他丧失了任何报复的念头，他很想找到一面镜子看看耳朵的情况。他自觉颜面扫地，也没勇气再跳回游泳池了，所以他向那个家伙匆匆喊了一声我认得你，然后就跑了。

弟弟回到更衣室时发现他的拖鞋没有了。进来的时候他没有租到小箱子，只好把拖鞋毛巾肥皂放在角落里，好多没租上箱子的人都把东西放在角落里，可他的拖鞋失踪了。不知让谁穿走了。弟弟气冲冲地跑去质问那个女管理员。那女人一点也不肯承担责任，她说，告诉你人满了别进，你非要进，鞋子丢了怪谁？你倒是教教我，我一双眼睛怎么照看三十几双鞋子？女人一边发牢骚一边嚼着一块糍饭糕，弟弟怨恨地瞪着她的嘴，忽然想起母亲描述的那个溺死的男孩，弟弟浮想联翩，就冲女人骂了那句没头没脑的话，嘴里全是泥，嘴里还长草！

只好回家去。弟弟后来用一块毛巾和一条裤头裹着脚，穿过阀门厂外面那条长长的砂石路，向香椿树街走。七月毒辣的阳光不仅把路上的砂石烤得滚烫，折磨着他的双脚，它还像无数针尖戳着他受创的耳朵。弟弟的心中充满了受辱后尖锐的仇恨。仇恨主要针对游泳池里的那对男女，也有针对空中的太阳的，还有针对一些不明事物的，比如那个不负责任的女管理员，那个穿了他拖鞋的人，无论是偷鞋还是错穿都令他痛恨，还有东风他叔叔，他恰好骑着自行车经过那条砂石路，经过他身边，弟弟拉住他的自行车后架，想搭坐着回家，没想到他反应敏捷，后腿一蹬，倒踹了弟弟一脚。弟弟追着他跑了几步，他头也不回，说，滚！全世界的混账东西都让弟弟碰上了，怎么能让弟弟再讲文明礼貌？弟弟一张嘴又骂了起来，李三年，你强奸过幼女，东风说的！东风他叔叔还是不回头，他很冷静地回击了弟弟一句，我强奸过你妈妈！弟弟没捞到什么便宜，只能怀着满腔的仇恨在滚烫的路上走，他一跳一蹦地走，突然想起来街上是曾经出过一个强奸幼女的人，不是李三年，是谁呢，就住在化工厂旁边的，他的名字，弟弟怎么也想不起来了。

其实搭不上自行车也没什么大不了的。弟弟走了没多久就看见桥。走过桥头他就得救了，街上开始有树荫，路面是青石板的，光脚走路也不怕。弟弟在桥头拆下了脚上的裤头和毛巾，突然听见哥哥的声音，他在喊弟弟的名字，准确地说是喊他的绰号，粉皮，粉皮，你下来。粉皮这种绰号起得没什么水平，不过就是影射弟弟拖鼻涕的历史，谁小时候不拖点鼻涕呢？弟弟本来不和哥哥计较这些事，但那天下午哥哥一喊弟弟的绰号，他觉得好像一支冷箭射来了，射的不是别处，是他的耳朵，他的耳朵一阵剧痛。弟弟抓着自己的耳朵，寻找哥哥的影子，四周都没有，原来在下面。弟弟看见哥哥和黄瓜正坐在阴凉的桥洞下面下军棋。粉皮你跑哪儿去了？哥哥仰着头说，妈让你去白铁铺取水壶，怎么还不去？还不快去，铺子快关门了！

弟弟对他这一套并不意外，他说，放屁。

你说谁放屁？哥哥说，你说妈放屁？吃豹子胆了？

你放屁！我说你放屁。

黄瓜他们在桥下面都笑起来，哥哥手里攥着一只棋子从下面冲上来，铁青着脸在弟弟头上刷了一下，你敢在外面拆我的台？小心我揍你。他从裤子口袋里掏出一张皱巴巴的纸塞给弟弟，说，别废话，你没看见小黑板？快去白铁铺子取水壶，否则妈今天就烧不了开水了！

烧不了也不关我的事。弟弟说，那是你的事。

什么你的事我的事，是家里的事。哥哥瞪着眼睛说，你比猪还懒，吃得比谁都多，还不肯干事，你要不去拿水壶，以后就不准喝开水！

不喝就不喝。反正我从来不喝开水。弟弟说，我喝冷水的。

你是猪脑子，冷水是用开水凉出来的，你不知道？好像是弟弟的智商激怒了哥哥，弟弟看见哥哥的脑袋开始斜过来，目光直直地盯着自己的脸部——主要是耳朵，哥哥开始抖动手腕，弟弟知道他的目标和游泳池那家伙是一样的，目标是他的耳朵。这个夏天哥哥不知道拧过多少次弟弟的耳朵了。弟弟下意识地大叫一声，滚开。弟弟来不及思考，身体首先后退了一步，双手拢紧了他的耳朵。哥哥的目光好奇地在弟弟全身上上下下地跳了几下，你慌慌张张的，又去游泳了？还干什么坏事了？他瞪着弟弟的耳朵，说，你耳朵怎么啦？松手，让我看看，你的耳朵怎么啦？好呀，你还光着脚，你的鞋怎么也没了！

不知道是缘于耳朵还是脚，还是一种手足无措的慌乱，或者是从游泳池归来后的辛酸，弟弟差点哭出来，幸好他把眼泪忍住了。他垂着头，看见父亲从上海捎来的新拖鞋在哥哥脚上闪烁着宝蓝色的光芒，弟弟决定向哥哥妥协。弟弟说，我替你去拿水壶，可以，那你把你的拖鞋给我。哥哥说，你穿我的鞋我穿什么回家呢？你还没说清楚呢，怎么把鞋弄没了？难以解释的事情用不着解释，弟弟没有多嘴，弯下腰去把哥哥的两只脚从人字拖鞋里强行搬了出来。

哥哥毕竟大了三岁，任弟弟扒走了自己的拖鞋，你要是把拖鞋弄坏了，我敲死你。他推了弟弟一把，快点，快点去，妈回家以前一定要把水壶取回来。

弟弟穿上了哥哥的蓝色人字拖鞋，好像穿着两条船下了桥。一种响亮的声音从他的脚下传出，回荡在午后的香椿树街上，嗒，嗒，嗒，节奏清晰明快，听上去类似宣传队敲小竹板的声音。蓝色人字拖鞋带给弟弟一丝莫名其妙的快乐。弟弟一路跑着，一路看着脚上的拖鞋，他的心情被脚上的一小片蓝色照亮了。弟弟不知道自己是否微笑了，只知道他看着脚走路时耳朵不那么疼了。但他走过诊所旁边的向阳院时，他的同学金桥看见了他的微笑。金桥倚着门怪叫起来，你这个傻货，穿人字拖有什么了不起的？走路还看着它，走路还在笑！弟弟站住了，他说，谁在笑？你才是傻货，小心我敲你！他们一个倚着门，一个在路边站着，两个人的眼睛都骨碌碌转着，一边对峙一边思忖着什么。金桥先骂起来，谁敲谁？你敢敲我？弟弟说，那你敢敲我？你来，来敲，我就站在这里，你有种来呀。金桥朝身后的向阳院里瞟了一眼，看见一个男人在收晾衣竿上的衣服，金桥就改口说，你有种我们约地方，明天下午三点，酒厂码头见，你不来就不是人！弟弟也向院子里瞥了一眼，他认出那个收衣服的男人是金桥的父亲，弟弟鼻孔里哼了一声，说，码头见就码头见，你不来的话，我以后看见你就不叫你金桥，叫你大便！弟弟骂得有点得意，走了几步，仿佛看见金桥正浑身紫胀，挺着孕妇般的大肚子躺在酒厂码头上。于是他又回过头，一脸神秘地对金桥喊道，嘴里塞满泥，嘴里长满草！

离开了向阳院，弟弟才发现天色已经暗下来了，有三个刚刚下班的女人各自提着一个网袋在他前面走，无意中做成一排人墙挡着道，网袋里的饭盒让弟弟一下想起了水壶的事。他从三个女人的缝隙中穿过去，把女人手里的饭盒撞得都当当响起来。女人们在后面骂，弟弟头也不回，向白铁铺的方向一路奔跑过去。

弟弟正好赶上白铁铺关门的时间，敲白铁的声音早已平息，弟弟远远地看见一个瘦老头在用叉杆把凉棚上的塑料布收下来，抱着那堆东西进去了。

白铁铺的排门已经依次上好，只剩下最后一片了，五个敲白铁的反动老头，也只剩下了老特务一个人。弟弟看见老特务抱着一片门板，正从里面狭窄的门缝里挤出来。弟弟堵在了他身前，掏出那张纸条，高喊了一声，取水壶！老特务缓缓地移动了一下身子，脑袋从门板后面探了出来，他眼角的青肿在暮色中看起来就像一条黑色的虫子在蠕动，他的另一只眼睛睁开着，仍然泪汪汪的。他就用那只泪汪汪的眼睛瞟了一眼纸条，瞟一眼又闭上了，弟弟注意到他抬起胳膊擦了下眼睛，还是抱着门板不放。

明天来取。他说，我们下班了，你没看我在上门板了吗？

不行。弟弟说，明天取，我们今天拿什么烧开水？

那我管不了。他说，我不负责取货。取货要找老孙。老孙已经走了。

放屁。弟弟说，取个水壶哪有这么多规矩？

你这孩子怎么说话呢？他说，我这把年纪了，我七十多岁的人了，犯得上跟你一个孩子斗气吗？

那你就把我家的水壶给我。弟弟说，要不我自己进去找，我认得我家的水壶。

我们这儿也有规章制度的。他说，取货是老孙负责的，他不在，我们就不能把壶给你，这是我们的制度。

你们牛鬼蛇神还讲什么制度？弟弟的脑袋探进门去，四处搜寻着，他说，我不管你们那一套，我得把水壶拿回家去。

是牛鬼蛇神就更加要守制度了，你是孩子，还不懂。他摇了摇头，取水壶也要讲制度，破坏制度就犯错误，你们小孩子，不懂里面的道理的。

不懂就不懂，你把水壶给我就行了。弟弟不耐烦了，整整一天的失败让他对最后这件事情认真起来，他把老特务往旁边推了一把，一猫腰钻进了白铁铺，铺子里没有灯，弟弟看见许多的桶、盆、壶和"花洒"，或者堆在地上，或者吊在空中，一时找不到他家的那只水壶。弟弟说，老特务，你把我们家的水壶放哪儿了？

可是弟弟的行为把老特务惹恼了。滚出去！老特务抱着那块门板，对着地面撞了好几下，滚出去，他对弟弟叫喊着，你再不出去我就不客气了。

弟弟没想到老特务会如此愤怒，即使在幽暗的白铁铺里，他也能看到老头的烂眼睛里迸发出愤怒的火花。老头怀里的门板也调整了方向，老头抱着门板好像抱着一件武器，弟弟有点慌，但弟弟的嘴不饶人，你对我不客气？你个老特务也敢来惹我！弟弟说，你吃了豹子胆了，看我不收拾你？弟弟从来没有和一个老人干仗的经验，老特务到底还有多大的力气，心里没底，他就试着去拍拍那块门板。这一拍把老特务彻底惹毛了，老头突然地把门板抢到了半空，弟弟感觉到一股风，他迅速地向后跳了跳，蹲了下来，弟弟说，你干什么，用门板砸我？你吃豹子胆啦？老特务说，我就吃豹子胆了，今天就砸死你这个小兔崽子，本来就活腻了，砸死你我偿命，我还赚一命！弟弟这时候意识到了某种危险，他抱着脑袋向门那边退，退到门边他觉得安全了，正想说句什么，脖子上突然被一个人啪啪扇了两下，原来是哥哥来了。

哥哥怒气冲冲的，哥哥的脚上穿的不知道是谁的鞋，是一双破了口的解放鞋。我就知道你什么事也做不成，取个水壶也不会，哥哥几乎是吼着问，妈已经到家了，让你取的壶呢？

不怪我。弟弟闪避着哥哥的手，他指着里面的老头说，你问他去，是他不让我取。

哥哥向里面扫了一眼，看见老特务正把门板放下来，靠到墙上。哥哥很冷静地说，他为什么不让取，你不跟他说清楚，妈等着壶烧开水洗澡呢！

你问他去！弟弟尖叫起来，他说什么也不让取，还用门板拍我！

哥哥的眉头皱了起来。哥哥把弟弟向外面一推，自己闯了进去。你用门板拍我弟弟？哥哥问老特务。老特务冷笑了一声，似乎是表示不屑，也似乎是表示否定，他不吭声。哥哥说，你不让我弟弟取水壶，还用门板拍他？你这种人，还敢欺负小孩子？哥哥逼到了老特务面前，在一片幽暗中与老头脸对着脸，你这把年纪活到狗身上去了？哥哥在老特务的肩上戳了一下，你个四类分子，也敢欺负小孩子？老特务还是沉默不语，不过他的手开始行动，他去抓门板，哥哥傲慢地让开一条路，说，我让你抓。哥哥让他抓，老特务偏偏又把门板扔掉了，站在门边的弟弟看见老特务突然向哥哥身上扑去，然后他们就扭打在一起了。

滚出去，滚出去！弟弟听见老头一迭声地怒吼着，他的声音听上去已经变调了，比女声更加尖厉更加单薄。他的声音让弟弟体会到一种模糊的快感，弟弟凑上去，看见哥哥强壮的身体把老头压在墙角，很像一块岩石压着一段枯木，在这次真实的格斗中弟弟发现了哥哥惊人的青春的力量。力量对比很悬殊，老头其实没有什么力气了，只剩下一只手颤抖着，顽强地在空中抓挠着什么，弟弟意识到那只手袭击的目标，于是他大声提醒哥哥，小心，他要抓你的耳朵！哥哥喘着粗气对弟弟喊，你去找我们家的壶，赶紧送回家去！弟弟只当没听见，他瞪着老头的手，突然一下，按住了它，我让你揪耳朵！弟弟愤愤地说着，自己的手抓到了老头的耳朵，老头的耳朵很薄很大，也很柔软。我让你抓耳朵！弟弟说着将手里的耳朵拧了一圈。

我让你揪耳朵！弟弟说着又把老头的耳朵转了一圈，这次他听见了老特务的一声尖叫，那尖叫声凄厉得令人心惊，哥哥和弟弟一下都愣住了。哥哥猛地松开手，有点慌乱，问弟弟，你干什么了？我让你别在这儿，去拿水壶！弟弟说，我没干什么，就揪他耳朵了，他是装死吧。

老特务跌坐在地上，他的脑袋顺着一只水桶向右下方倾斜，然后枕在一只"花洒"上。他的喉咙里先是发出了含糊痛苦的呻吟，随后呻吟声完全变成了另外一种声音，哥哥和弟弟听得很清楚，是笑声。老头竟然笑了，尽管笑声嘶哑而短促，但仍然是笑声。哥哥和弟弟一时不知所措，哥哥问弟弟，他怎么啦？弟弟说，他疯了，肯定是装疯。然后他们听见老特务开始说话，由于喘着粗气，声音也微弱，听不清楚。哥哥和弟弟都弯着腰凑上去听，总算听清了，老头其实没说什么，他说，我这把年纪是活在狗身上了。老特务仰着头，望着白铁铺低矮的顶棚说，我这把年纪是白活了，我怎么活的？我和小孩子打起架来了！

兄弟俩看见一张扭曲的老人的脸浸在白铁铺幽暗的角落里，一动不动。除了三个人的喘息声，铺子里静下来了，剪切过的白铁皮零乱地扔在地上，长条形的，圆的，方的，都保持安静，修理好的器具大多挂在墙上，没有修理的都堆在墙角，脸盆，洗脚盆，水桶，"花洒"，都闪着淡淡的白光，保持安静。哥哥和弟弟弯着腰研究老头的脸，没有得出什么结论，他们无法确定那是一张笑脸，还是一张哭泣的脸，老头看上去是笑着的，但泪水正像泉水一样从他的眼睛里涌出来，涌出来。

外面却有动静了，有人从外面探头向白铁铺里面张望，探了探又走了。一定是察觉到白铁铺的异常，那个人走过去又返回来，敲了敲白铁铺的门，老孙，你还没走？老孙不知道是谁，兄弟俩不知道老特务的姓名，只知道他是个特务。敲门的是个女人，弟弟以为是母亲跑来了，弟弟说，不好，妈来了，哥哥立刻用手盖住了弟弟的嘴。但女人只是嘀咕了一声就走了，说明不是母亲。兄弟俩都松了口气，然后他们开始在满地的杂物中寻找他们家的那把水壶。

他们找到了，水壶的壶底已经换过，哥哥用手摸了摸，弟弟也伸手上去摸，摸到的是一块平滑崭新的铝皮。弟弟说，妈关照要盛上水试试，要不要试？哥哥摇头，向老头那边歪了歪嘴，低声命令弟弟，拿上壶。赶紧走！

他们挤出白铁铺狭窄的门洞时，听见老头喉咙里喀地响了一下，然后是一阵寂静，然后便是一阵急促而奔放的恸哭声在白铁铺里炸响了。

我至今还记得我们家的那只烧水壶，现在各地的铝制品厂不再生产这么大的水壶了，一壶水烧开了，能够灌满三只热水瓶，你想想它有多么实用吧。我记得那只水壶的提手上缠着红布条，壶身平时是黑乎乎的，但到了逢年过节前我母亲会用粗盐把它擦得干干净净的，一擦就像新的了，壶底却是个例外，由于让白铁铺子的老家伙们换过，补上去的白铁皮多少有点让人放心不下，我母亲害怕会把壶底擦薄了，只能让它黑着。

他们都骂我懒。我母亲说我懒，我哥哥自己那么懒，他居然也口口声声骂我懒。我不是懒，我只是怕烧开水，他们偏偏最喜欢让我去烧开水。我不能告诉他们我为什么怕烧开水，告诉他们他们也不相信的。当我提上水壶去自来水龙头上接水，听见水柱落入壶底的喷溅声，我会想起白铁铺的老头们敲白铁的声音，咚咚咚，咣咣咣，我的耳膜受不了。等我再把壶提到炉子上，听见火苗吞噬壶底的水迹时发出哧哧的声音，一切就更令人难以忍受了，我会耳朵疼，火苗会蹿进我的耳朵，我会感到一种细微而尖锐的灼痛袭来，那灼痛感发生于壶底的圆形白铁皮，终止于我的耳朵。

壶里的水，壶里的日子，好多冷水烧成了开水，日子也一天天过去了。我们街上的白铁铺有一天关门大吉，据说是给里面的老头们落实政策了。就我的理解，这对于白铁铺里的五个老头是一种解放，对于我母亲这样节俭成性的家庭妇女却是一种不公，那五个老头不敲白铁，苦了街上所有勤俭持家的妇女，后来他们只好把坏了的盆啊桶啊都拿到河对面的小柳树街去，那条街上的人倒是敲白铁的世家，手艺比老特务他们要好得多，但是带着那些东西走那么多路，毕竟是不方便的。

我最后一次见到老特务是在体育场旁边的街心花园里，大约是八十年代的一个春天。有一群老人在街心花园里打纸牌，我看见一个戴耳朵套子的老头坐在人群里，格外醒目。那是一对紫红色的绒布做的耳朵套子，这稀奇的东西逼你向他的主人多看两眼，我认出了他。老头气色不错，模样没有变得更老，当然也没有变年轻，我认出他以后就下意识地躲开了。多少年来我一直害怕撞见这个老人，但是他的那副耳朵套子确实太滑稽太招惹人了，我走过去又退回来，假装看他们打纸牌，目光忍不住地落在那副耳朵套子上。我在猜老头为什么要戴这么个玩意儿，春天了，天气一点也不冷，别人的耳朵都大大方方地沐浴着阳光和春风，他为什么非要戴着这个怪模怪样的东西？

我对老头的耳朵套子很敏感，敏感了就会多虑，会不会我们兄弟俩当初把他的耳朵揪坏了呢？这份疑虑使我的心情沉重起来。我和我哥哥曾经谈起老特务和他的耳朵套子，他居然是一副惘然不解的样子。我是记得那老头，他敲白铁嘛，手艺不错，我哥哥瞪着我，眼神中充满了被羞辱后的恼怒，你说我打他，打过他的耳朵？造什么谣？我什么时候扁过老头的？我以前是好打架，可怎么打也打不到个糟老头身上，怎么打也不会去打人家的耳朵呀！

我不敢确定我哥哥是健忘还是故意抵赖，往事都一样蒙着岁月的灰尘，有的部分清晰，有的部分模糊，就看风吹过后灰尘是越积越厚还是悄然消失了。我哥哥的态度起初让我吃惊，最终却是令我感到轻松的。既然他已经把那年夏天在白铁铺发生的事情忘了个精光，我何苦非要对一次青少年时代的恶行耿耿于怀呢？我们兄弟俩的感情一直很好，不仅如此，在许多事情上我们是同盟，比如对待家里的那些破烂，母亲怎么也不舍得扔，谁扔就要跟谁拼命的样子，而我们兄弟俩经常在一起密谋，如何让那些破烂自然而必要地消失，又不伤害母亲的感情。

消灭旧水壶的事情是我干的，有一天我在厨房里帮母亲准备未婚妻第一次登门的晚餐，我母亲的目光落在那把水壶上。春生，去烧点水。在母亲的命令发出之前，我突然感到了一种极度的冲动。我冲出门去，骑上车到百货商店买了一把新上市的不锈钢水壶。回家后我就把那只黑乎乎的旧水壶沉到了护城河里，母亲追在后面骂我，我不管，我蹲在河边的石阶上，听见沉重的旧水壶坠入深水时泛出了无数的水泡，我感到自己沉浸在某种残酷的享受中。说起来奇怪，人们对特定事物的恐惧其实可以找到解决的途径，有时只是举手之劳，自此以后我再也不怕水壶烧开水的声音了。

告诉他们，我乘白鹤去了

儿女们没有见到过那只白鹤，他们的年纪都不小了，可是没有谁见到过白鹤。老人说每天黄昏那只白鹤会到水塘边饮水，长长的嘴巴浸在水中，松软的羽毛看上去比新轧的棉花更白更干净，它就站在离核桃树三步远的地方饮水，有时候青蛙从水草丛中跳到岸上，它就扑开翅膀飞走了，有时候牛在地里哞哞地叫起来，它就扑开翅膀飞走了。春天以来老人一直在向儿女们叙述仙鹤饮水的情景，但儿女们说他们就在水塘边灌溉耕地，他们从来没见过什么白鹤。

　　老人就站在离核桃树三步远的地方，弯着腰背着双手观察白鹤在水塘边留下的痕迹，他想要是白鹤留下几对足印或者一片羽毛，他就可以证明它来过了，可惜的是白鹤来去匆匆，什么也不肯留下。即使这样老人也不会怀疑自己的眼睛。他的一生都依赖自己的眼睛看天气，看庄稼，看人来人去，他的眼睛到了七十三岁仍然清朗明亮，谁要是说他老眼昏花，那他自己才是瞎了眼呢。

老人绕着核桃树踯躅了几圈，抬头望树，树枝和树叶上也没有留下白鹤的羽毛，老人长时间的仰着头，脖颈有点酸了，他就按住自己的脖子，慢慢地倚树坐下来。又是黄昏，天边的云朵像一堆未被燃尽的柴堆，他所熟悉的原野、孤树、池塘和房屋又发出一种低沉的叹息声，这种声音只有他能听见，儿女们有耳朵，但他们是听不见这种声音的，他们不相信天黑前的家园会发出叹息。老人在树下坐着，他摸出旱烟袋吸了几口，一阵剧烈的咳嗽声从喉咙里滚出来，他觉得背后的树也被他咳得摇摇晃晃了。或许在烟的事情上儿女们说得对，女儿说他的身体一半是毁在烟上，或许是不该再吸烟了。老人把烟袋里的烟丝倒在地上，很快又捡起来，他想我这是怎么啦，真的是老糊涂了吗？不吸就把烟丝留在烟袋里，怎么把好端端的烟丝倒掉了呢？

　　老人坐在核桃树下，脸上久久凝结着一种自责的表情。池塘对岸翻地耕种的人们早已经走了，儿女们不在那儿了，除了大片翻起的黑土块，除了从土地深处发出的那种叹息声，四周一片寂静，连原野尽头的太阳也寂静地往地上沉落。老人想等会儿天就黑了，天一黑儿女们就要来喊他回去吃晚饭了，他们对他还不坏，没有嫌他老来多病，但他们只会对他说，爹，回家吃饭了，爹，上床睡吧。他们根本不知道他的心思。他的心思谁知道？核桃树是知道的，核桃树下的白鹤也是知道的，它们不会说话，它们就是说给儿女们听，他们也听不明白，他们根本就不相信那只白鹤在池塘边饮水嘛。老人远远地听见家里人喊他的声音，他站了起来，在离开核桃树之前，他捡起一根树枝，在池塘与核桃树之间的地上来回走了几步，最后他用树枝在泥地上画了一个很大的圆圈。

一个小男孩在池塘边捉泥鳅，一个小女孩在核桃树下捕蝴蝶，他们是老人的孙子和孙女，老人带他们来看白鹤，白鹤的踪影迟迟不见，而老人靠着核桃树睡着了。

白鹤怎么还不来呀？小女孩没有抓到蝴蝶，就伸手去抓老人的耳朵，你说白鹤在池塘边喝水，我怎么没看见白鹤呢？

太阳烧得正旺呢，白鹤还不会来。老人睁开惺忪的双眼望了望天空，他说，太阳一下山白鹤就会来的。

白鹤住在哪儿？住在大山里吗？小女孩问。

不是，白鹤从很远的地方飞来，又飞到很远的地方去。老人说，连我也不知道白鹤住在什么地方，大概在一千里之外吧，白鹤住在我们看不见的地方。

小男孩抓到了一条泥鳅，他用衣服包住泥鳅，跑过来向老人展示他的战利品，我抓到了一条泥鳅。小男孩对他祖父说，你把泥鳅切碎了扔进水里，那只大鸟就会来的，大鸟最喜欢吃泥鳅。

那不是大鸟，老人说，是白鹤，白鹤是最吉祥的鸟，白鹤飞到哪儿，哪儿就有一个人乘着白鹤到天堂去。

你要乘着白鹤去天堂吗？小男孩问。

我想乘着白鹤去天堂，可我不知道白鹤肯不肯驮我去。老人唇边掠过一丝悲凉的微笑，他站起来沿着地上划出的圆圈走了几步，他说，不是什么人都能乘上白鹤的，我也不敢想我能乘上白鹤，可我说什么也不会让他们把我拉到西关去。

他们拉你到西关去干什么？小男孩说，谁要把你拉到西关去呀？

西关有个火葬场。老人对孙子比画了几下，嘴里发出噼噼模拟火焰的声音，他说，人到了西关就化成一股黑烟，看着你爹你叔叔你姑姑他们吧，等我一死他们就会把我拉到西关去，他们商量好了，他们要送我去火葬。

你不想去就不去呗，小男孩话一出口就知道自己说错了，于是他咯咯地傻笑起来，你要是死了就不能动了，我明白了，小男孩说，你要是死了，他们想拉你去哪儿就去哪儿。

对了，他们想拉我去哪儿就去哪儿。老人摸了摸孙子的头发，忽然剧烈地咳嗽起来，老人揪着自己的喉部，一边咳嗽着一边说，我让他们……长成……人……他们……要……把我变成……烟。

小男孩发现祖父的眼睛里突然噙满了泪，他用手去抹了抹祖父的眼睛，你别怕，小男孩想了想安慰祖父道，他们是吓唬你的，人怎么会变成烟？人不会变成烟的。

人会变成烟，老人终于止住了咳嗽，老人一动不动地靠在核桃树上说，人是会变成一股烟的。

春天午后的阳光照耀着祖孙三人，蜻蜓在池塘的水面上飞，粮食种子在池塘边的泥土下生根发芽，蒲公英在路边开出了黄色的小花，那些年幼的生命都环绕着七十三岁的老人飞翔或者生长，老人朝它们挥了挥手，他靠在核桃树上又闭上了眼睛，但他刚睡着就被孙女的声音吵醒了。

小女孩跳到地上的大圆圈里蹦着跳着，她大声说，为什么要在这里画一个大圆圈呢?

别在里面玩。老人睁开眼,他朝孙女摇着头说,那是爷爷的地方,你们别在里面玩。

这是你睡觉的地方吗?小女孩说,家里有床,床上才是你睡觉的地方呢。

等爷爷死了就不能睡家里的床了。老人摇着头说,爷爷只能睡在这儿,就连这儿也睡不成,他们会把我拉去西关的,你爹你叔叔你姑姑他们,他们肯定会把我拉去西关的。

你要是把自己藏在这里,他们找不到你就不会拉你去西关了。小男孩眼睛一亮,忽然拉住祖父的胳膊说,你要是钻到地下死了,他们找不到你,你不是可以永远躺在这里吗?

不能躺在这里,小女孩尖声说,这里没床,还会有毒蛇来咬你的。

老人转过脸凝望着孙子,他把小男孩揽到怀里说,你刚才说什么?让我钻到地下去死?那是个好办法,可我怎么能钻到地下去呢?

活埋。男孩眨巴着眼睛想了一会儿,大声说,活埋就是挖个坑,把人埋进去,再把土盖住,你喘不出气来就会死,这样你不就钻到地下去了吗?

聪明的孩子。老人的身子哆嗦了一下,他的眼神黯淡无光,所以他的笑意看上去凄苦而无奈,多么聪明的孩子,老人紧紧地搂住孙子说,可是谁来给我挖这个坑呢?爷爷年纪大了,力气没了,挖不了这个坑,谁肯来为爷爷挖这个坑呢?

我来挖,男孩说,我会挖坑!

我也会挖坑！女孩也在旁边唯恐落后地叫起来。

你们太小了，老人推开了孙子，一边揉着眼睛一边埋下头来说，挖坑是个力气活，你们干不了的。

干得了，我挖过坑的。男孩在焦急之中暴露了一件秘密，他附在祖父的耳边说，你记得三叔家的那头羊吗？那头羊不是走丢的，是被我活埋的！

老人下意识地伸出手去，他想揪孙子的耳朵，但手伸出去后便疲乏地落下来，落在膝盖上，老人的手在膝盖上哆嗦着，他说，埋羊和埋人不是一回事，羊是牲畜，可爷爷是一个人，爷爷还是一个活人呀。

人也一样嘛，把坑挖大一点不就行了吗？男孩说。

可是你怎么能把爷爷活埋了呢？我是你爷爷，没有我就没有你爹，没有我也就没有你，你怎么能把你亲爷爷活埋了呢？老人捂着胸又咳嗽了一通，他卷起衣角抹了抹眼睛，说，那不行，你爹知道了非揍死你不可。

只要我们保密，他们就不会知道。男孩回头看了眼他的妹妹，他说，你别担心她，她不敢说出去的，她要敢说出去，看我不揍死她。

老人笑了笑，他不再说话。他闭起眼睛想着孙子的那一番话，老人的嘴角上残存着那丝宽和的微笑，但他知道眼泪正在不知不觉中流出来，他听不见眼泪滚落的声音，只听见四周的土地仍然散发着沉沉的叹息声。

男孩把手放在老人的鼻孔下试了试，他说，爷爷，你还在呼吸吧？

我还在呼吸，我还活着呢，老人仍然闭着眼睛靠在核桃树上，他说，带你妹妹到池塘那边去玩吧，别太吵，你们不是想看白鹤吗？太吵就会把白鹤吓跑的。

　　小男孩带着小女孩跑到池塘那侧捉泥鳅，他们站在一条新开的沟渠里忙乱了一会儿，没有再捉到一条泥鳅，却看见沟渠里扔着一把铁镐和一把铲子，不知是谁在挖好沟后忘在那儿了。小男孩起初没在意那两件农具，但是在不见白鹤也不见泥鳅的情况下，他觉得很无聊，后来他就捡起了它们，一手拖着铁镐，一手拖着铲子朝核桃树下走去。小男孩一边走一边对小女孩说，你什么都不懂，爷爷害怕火葬，他不想被火烧成一股烟，他想把自己埋起来，埋人一定要先挖一个坑！

　　他们走到核桃树下时发现老人睡着了，老人睡梦中的脸让兄妹俩想起了冬天里丝瓜架上的最后一条丝瓜，兄妹俩站在地上的那个大圆圈，他们朝老人看了一会儿，又互相小声地嘀咕了一会儿，后来哥哥就模仿大人挥起铁镐，在大圆圈的中心挖下了第一块泥土。

　　铁镐的声音再次惊醒了老人，老人睁开眼说，我让你们别吵，怎么还在这儿吵？白鹤会被你们吓跑的。

　　没有白鹤，小女孩说，爷爷你骗人，我爹说你老眼昏花，把池塘里的鹅当成白鹤了。

　　白鹤会来的。老人抬头望了望天空，他说，太阳还很高呢，等太阳落山白鹤就会来的。

　　小男孩把铁镐藏在身后，把铲子踩在脚下，他看见老人的目光轻易地找到了它们，突然黯淡，突然又亮了。老人凝视着那两样农具，一直喘着粗气，小男孩便有点惊慌失措，他说，是你自己要活埋的，你可不能去跟我爹告状！

我不告你的状。老人笑了笑，垂下头用手揉着眼睛说，我睡糊涂了，睡这么会儿就把自己的话给忘了，是我自己要活埋的，我不想让他们拉去火葬，我不想变成一股烟，我想留在这里让白鹤把我带走嘛。

爷爷你忘了？要活埋就要先挖一个坑呀！小男孩说。

是得先挖一个坑，可是这个坑要挖得很大很深，要能把爷爷的身体藏住，你能挖得那么大那么深吗？老人说。

不用挖得很大，只要挖深就行了，你可以站进去的。小男孩说。

聪明的孩子。老人慈爱地看着孙子，还有孙子手中的铁镐，还有地上的铲子。过了一会儿老人说，那你就挖吧，抓镐抓得高，挖起来会容易些，挖吧，要是有人问你在干什么，你就说挖坑种树。

小男孩响亮地答应着，再次挥起了铁镐，他对他妹妹说，闪一边去，你什么都不会干，别在这儿碍我的事。

小女孩朝祖父跑去，她伏在祖父的膝盖上看着她哥哥挖坑，她说，爷爷你别把自己埋起来，埋起来透不出气，你会死的。

老人在孙女的脸上亲了一口，他说，聪明的孩子，爷爷是会死的，可是死在土里比死在火里好，死在火里爷爷就变成一股烟，死在土里爷爷还能看见白鹤，爷爷想让白鹤带着走呢。

老人紧紧地搂着孙女，看着他的孙子挖坑，老人说，歇口气再挖，别累着，爷爷现在觉得有点力气了，让爷爷自己来挖儿镐吧。

池塘那边的小路上偶尔有人经过，有人看见老人带着孙子孙女在核桃树下挖土，他们以为那祖孙三人是在种树，他们想老人疾病缠身，多年未作农活，那么个老人也只能栽栽树了，还有人看见老人带着孙子孙女坐在池塘边东张西望的，他们听说过老人与白鹤的事情，他们从来没见过白鹤，因此就不相信那件事情，他们捂嘴一笑，说，这老汉，今天带着孙子孙女来看白鹤呢。

黄昏时候池塘边仍然没有白鹤饮水的身影，核桃树下的土坑却挖得很深了，参加挖坑的祖孙三人都已经累坏了，他们坐在潮湿的新土堆上俯视着脚下的深坑，看见阳光无力地透过核桃树投在坑内，坑内似乎闪烁着许多碎金的光芒，看上去温暖而神秘。

老人替孙子抹去了额上的汗，他说，看把你累成什么样子了，可你不知道你帮爷爷干了件多大的事呀。

男孩说，不累，等会儿盖土就省力啦。

老人让孙子去听深坑里的声音，他说，你听见坑里发出的声音了吗？那是泥土在下面叹气呢，泥土其实一年四季都在叹气的。

男孩趴在坑沿上听了会儿，抬起头说，没有叹气，土里什么声音也没有。

你也听不见。老人摇了摇头说，你们都听不见泥土叹气的声音，只有我知道它在叹什么气，现在泥土正为我叹气呢。

爷爷，你是不是不想进去了？男孩端详着祖父的脸，他说，你怎么哭了？是你自己要这样的，你要是不想埋就别埋了，我们回家吧。

不，我就要进去了。老人缓缓地站起来，他扶住孙子的肩膀说，我是高兴才掉的泪，你才这么小，却帮了爷爷的大忙，现在爷爷真的要藏起来了，等会儿盖土的时候千万别怕，你得把爷爷盖得严严实实的，他们才找不到我，千万别怕，记着你是在帮我，爷爷不想变成一股烟呀。

我不怕。男孩看着手里的铲子说，我会用铲子，铲土很容易。

老人朝池塘上空观望了一会儿，自言自语着，太阳下山了，白鹤该飞过来了。老人扣好了衣服的扣子，又转向呆坐在旁边的小女孩说，等会儿你别朝爷爷看，你看着池塘，你会看见白鹤的，喏，白鹤就在那边喝水。

老人小心翼翼地滑进了深坑中，祖孙三人的劳动竟然巧夺天工地容纳了老人的身体，老人站在坑内，仰着脸对孙子露出了满意而欣慰的笑容，他说，好孩子，现在开始铲土吧，记住，一铲接住一铲，我不让你停你就千万别停，来，开始铲土吧。

男孩顺从地开始铲土，除了几声沉闷的咳嗽声，他没再听见祖父的嘱咐，祖父已经嘱咐过了，不让他停他就不能停。于是男孩一铲接一铲地往坑里填土，他看见潮湿新鲜的黑土盖住了祖父花白的头发，这时候他犹豫了一下，他说，爷爷，再填你会透不过气的，他听见了祖父在泥土下面的回答，祖父说，别停，再来一铲土，告诉他们，我乘白鹤去了。泥土下面传来的声音听来很遥远，但却是清晰的，男孩记住了他祖父最后一句话，他想祖父在泥土下面或许也能透气的，他还在说话嘛，他说他乘着白鹤去了。

那天夜里男孩一手拉着他妹妹，一手拖着把铁铲回到了家，男孩站在门口拍打着身上的泥土，他突然觉得有点害怕，他用一种尖厉的声音对大人们说，爷爷乘着白鹤去啦！

犯罪现场

启东有一天满头大汗地闯到莫医生家，说他祖母死了。启东拉起圆领衫的下摆在额角和鼻子上胡乱地擦着，露出一个浑圆的食物过剩的肚子。"我祖母死了！"启东一连说了三遍，说到第三遍时他已经不再结结巴巴，他的目光绕过莫医生和他手里的书，像一束探照灯的灯光照亮了橱柜上的那堆东西：听诊器、血压计、红十字药箱和一只异常光滑而洁净的铝盒。莫医生没有留意启东的目光，他一边穿上白大褂一边说："什么时候死的？"启东说："刚刚死的，莫医生你干嘛把针筒藏在饭盒里？"莫医生这时突然意识到什么，他的脚步停在橱柜旁边。"已经死了？"莫医生皱着眉说，"死了我去有什么用？你叫我去干什么？"启东咽了一下唾沫，脖子扭来扭去的。"我没说她死了，也许，也许她还没死透呢，"他偷偷地瞄了莫医生一眼，又说，"你是医生嘛，不找你找谁？"

　　你知道莫医生那个人的，他是个古道热肠的好心人，虽然他的医术囿限于治疗感冒惊风一类的病症，但只要你求助于他，他总是一丝不苟地把你的嘴用木片撬开，把听诊器按在你胸口，听你的心是如何跳动的，我们街上不知有多少人的心跳声被莫医生听过。所以那天莫医生照例拿起听诊器塞在口袋。"去了也不一定有用，"莫医生说，"可不去也不行，都是街坊邻居嘛。"

莫医生随手拉上门走到街上，走了几步突然发现启东不见了，他想启东应该在前面带路的，怎么一下子就不见人影了呢？他高声喊了几声，没听见启东的回应，倒是几个妇女满脸堆笑地跟他打招呼，莫医生柔声应酬着，一边大步流星地朝街东走，他心里想启东肯定先跑回家去了，病人的亲属们跑起来都像一阵风，这没什么奇怪。莫医生一边走一边又想起启东的祖母，那个眉毛上长了三颗痣的老妇人，几天前还看见她提着一篮腌菜在街上走呢，怎么突然就不行了？莫医生对这件事突然有点疑惑，但你知道莫医生那个人，救死扶伤是他的最高信条，有人在奄奄一息地等他，他不容许自己产生这样那样的疑惑。在通往启东家的路上，莫医生预先设想了老妇人的病症，他猜那肯定是脑溢血，肯定是脑溢血。

莫医生不知道他随手把启东反锁在家里了。

我们至今难以确定那天的事是一次意外，还是谁蓄谋已久的计划。让人哭笑不得的主要是启东，莫医生拉门的时候他一声不吭，鬼知道他葫芦里卖什么药？惟一可以确定的是启东愿意被反锁在莫医生的家里。

门被拉上后光线突然暗了下去，启东的心随着撞门声怦然一跳，然后它也渐渐地沉到一种奇妙的幽暗中去了。启东张大了嘴，呼呼地喘着粗气，他闻到一股酒精或者乙醚的气味，有点刺鼻，但也令人警醒，眼前的处境酷似某个梦境的翻版，启东只是记不清什么时候做过这个梦了，你可以想象他当时脸上的表情，一个间谍潜入敌方的档案库该是什么样子？启东就是那样，他握住一支假想中的手枪，朝屋子的门窗瞄准着，一步步往橱柜那儿退去。

启东打开了橱柜上的那只铝盒，不出所料，盒子里装着整套的注射用品：三个针筒，七八个针头，二瓶普鲁卡因还有一堆药棉。启东先是抓起针筒往口袋里塞，转念一想他为什么不连盒子一起拿走呢。启东想把铝盒往口袋里塞，但口袋太小了，塞不进去，一着急就把口袋撕扯坏了。启东抓着铝盒在莫医生家里徘徊，他在假想莫医生失去了这只铝盒会怎么样，会怎么样呢？不会怎么样的，他是个大好人，启东想他这样的大好人不该把他当小偷的，再说，他是个医生，医生才不会稀罕针筒针头这些东西呢。

墙上的自鸣钟当当地敲了几下，突然敲响的钟声使启东吓了一跳，启东决定离开莫医生的家。当启东从门上的气窗缝里一点点地挤出脑袋时，他最后打量了一眼莫医生的家，古旧的漆色剥落的家具，有点潮滑的水泥地面还有被他最后撞到的电灯绳，它们都在启东的视线里摇摇晃晃，启东仍然觉得这幕画面像一个梦境，这个梦境很像一个熟悉的犯罪现场，只是他想不出究竟在哪儿见过这个犯罪现场了。

启东落地的时候差点踩到一只猫的尾巴，他认出那是理发师老张的猫。老张的猫用冷峻的目光瞪着启东，它的叫声听起来夸大其词地尖锐，启东挥起手朝猫做了一个打耳光的手势，他说："你他妈的瞎叫什么？我又不是小偷！"

眉毛上有三颗痣的老妇人是启东的祖母，有一天她躺在床上午睡，突然看见一个瘦长的男人站在纱布蚊帐外面，男人伸手要撩起蚊帐，老祖母便像一个姑娘一样尖声大叫起来。

"原来是莫医生！"是莫医生老祖母就放心了，但她仍然不知道莫医生为什么突然造访。她掩饰了惊慌之色起床招待客人，但她的眼光仍然疑窦丛生，试探着莫医生的来意。

莫医生脸色苍白，他在藤椅上坐了三次，结果都站起来了，莫医生说话吞吞吐吐的，他说："你不像……你没什么不舒服吧？"

"就是偏头疼，"老祖母说，"老毛病了，都是让启东气出来的。"她端详着莫医生的脸，犹豫了一会说："我看莫医生你的脸色倒不太好，你也没什么不舒服吧？"

"我不，我不太舒服。"莫医生苦笑起来，他的手在白大褂口袋里愤怒地抓挠着，但他就是不愿意把愤怒摆到脸上。"启东，启东这孩子，"他说，"启东是不是很喜欢撒谎？"

"就是，没有他不敢撒的谎，"老祖母蓬乱的脑袋左右摆动起来，"我不能骂他，一骂他，他就对别人说我死了，说我死了。"她的声音突然堵在喉咙里，巨大的悲愤之情使老祖母的诉说语不成调。"有一次他打电话到火葬场，火葬场……装死人……车……车就开来了。"

莫医生没有让她再说下去，他挥了挥手，好像要把这件不愉快的事情驱走，然后莫医生就匆匆告辞了。老祖母追出去向莫医生要几张麝香药膏，莫医生没有听见，他大概还在思考启东撒谎的原因，启东的祖母看见莫医生突然站住，回过头说了一句无关痛痒的话："不要骂他，骂有什么用？他毕竟是个孩子嘛。"

那天傍晚时分莫医生神情空茫地来到公共小便池附近，逢人便问："你看见启东了吗？"人们都反问他："莫医生你找启东干什么？"又有人说："刚刚见他在码头上呢，你现在去肯定能找到他。"莫医生站到一只废油桶上朝码头那儿瞭望了一会儿，旁边有人说："启东肯定在码头上，你去找他吧。"但莫医生最后摇了摇头，他说："算了，算了，他毕竟还是个孩子嘛。"说完他踮着脚尖走到了小便池边，我们都听见莫医生一边小便一边沉重地叹息着。

我们当时不知道莫医生是什么意思。那天夜里理发师老张的猫暴死在街头，老张用一只畚箕装着死猫沿街咒骂一个不知名的凶手，老张不知道他在骂谁，我们就更不知道了。我们街上有许多人自以为聪明盖世，但没有一个人具备侦探必备的嗅觉和眼光，没有人会把老张的死猫与莫医生在小便池边的言行联系起来，更没有人会由莫医生寻找启东的事件中想到那只猫的死因了。

你知道老张的死猫仅仅是开始，后来街上发生的怪事就不可收拾了。

启东给老张的猫打了一针，猫很快就死了。事情进行得如此干脆有效，出乎启东意料之外。启东原先并没有想置猫于死地，他记得那天夜里拿着针筒在街上走，他只是想给什么东西打针，一时却找不到目标。走过浴室外的煤堆时启东又看见了老张的猫，猫的眼睛让启东想起恫吓、目击者和敲诈勒索这些字眼，猫爬过煤堆时频频回首的样子显得诡秘而阴险，启东不怕那只猫向莫医生告密，但当他决定把猫作为第一个注射对象时，脑子里确实闪过了哪部电影中杀人灭口的画面：一个杀手捧着鲜花去敲一个女人的门，枪就藏在那束鲜花里。启东杀猫的灵感就来自这里。后来他用一包鱼干诱捕了老张的猫，他为猫注射了自己配制的针剂，针剂中含有盐、糖、味精、蓝墨水等多种物质，启东最满意的就是针剂的蓝色，他相信那是世界上独一无二的针剂。

启东回家时街上已经是漆黑一片了，老祖母拿着一支手电筒倚门而立。"你还知道回家呀？"老祖母说，"我以为警察把你抓走了呢。"启东不理睬她，他觉得手上粘粘的很不舒服，而且有一股难闻的怪味，老张的猫那么脏，启东想那么脏的猫死了也是活该。老祖母撵着启东，用手电筒照他的脸，她说："你肯定是做坏事了，我管不了你，写信让你爹回来收拾你！"启东不理她，他打开水龙头，一遍遍地往手上抹着肥皂。老祖母用手电筒照启东的手，不知是老眼昏花还是神经过于紧张，她把黑色的皂沫看成一种红色。"启东你杀人啦？"老祖母尖叫起来，"启东你把谁杀啦？"

惊惶的老祖母把手电筒扔在地上，启东俯身捡起它，冷静地关掉了电源。启东嗤嗤地笑了几声，然后低声嘀咕了一句："要杀人第一个把你杀了。"老祖母说："你说你把谁杀了？"启东便不吱声了，这么威胁老祖母只是出于对她的厌烦，就像他到处报告祖母死亡的消息只是想看看别人的反应。启东认为他做的一切都是有道理的，只是他无法说清这种道理，即使说清了别人也听不懂，就像老祖母，不管你对她说什么，她总是作出错误的理解，而且还喜欢大惊小怪地哇哇乱叫，所以，他干脆什么也不说。

启东把针筒放在铝盒里，把铝盒藏在抽屉里，他记得盒盖闭合时发出清脆的咯嗒一声，这种声音后来在夜梦中再次出现——在梦里他打开了铝盒，他拿着一支针筒在一条人声鼎沸的街道上走，街道上的人七嘴八舌地争吵着，他看见自己威风凛凛地闯进人群中心。"你们都给我闭上嘴！"他听见自己严厉的声音，有几个人仍然固执地喋喋不休，他就亮出了那支针筒，撩起这个人的衣袖，扒下那个人的裤子，给他们每人都打了一针。启东清楚地记得针筒中水剂的颜色，不是蓝色，它是黑色的。

启东最初是把一些小动物做他的试验品的，主要是左邻右舍的鸡。

那些鸡夜间猝死在屋前房后，鸡主人剖开鸡腹时有一种黑色汁液溅出来，他们以为那是病毒。"杀鸡的时候启东还凑近了看热闹呢！"后来有几个妇女撇着嘴这么说。说起来我们许多人都注意到启东走路有点鬼头鬼脑，他把手插在口袋里，眼睛也斜着看人，我们之所以对启东无所察觉，是因为看不见他口袋里的那支针筒。事情败露以后曾经有人说他看见过启东口袋上的黑渍，说他曾经把它与死鸡腹内的黑色汁液联系起来，那已经是无济于事的废话了。

只有莫医生一个人知道启东口袋里藏着什么，假如莫医生像我们一样聪明就好了，可这个大好人却不聪明，他完全没有想到街上纷纷死去的鸡鸭猫狗与那盒针筒的关系。他想找到启东把那盒东西要回来，但你想想吧，启东那孩子怎么会甘心把它交出来？

启东看见莫医生就溜，有一天他从桥上一阶一阶地蹦下来，恰好撞在莫医生怀里，莫医生就一把抓住了他。莫医生说："你以后不能骗人了，就是骗人也不能说你祖母死了，怎么能这样对待老人？你小时候生肺炎，不是你祖母天天背你来打针，你自己就死啦。"启东不说话。莫医生说："你怎么把我打针的东西都偷走了？偷去干什么？"启东扭过脸说："我没偷，你说我偷有什么证据？"莫医生一下子反倒给他问住了，莫医生笑了笑说："好，不算偷，那我问你，你拿我打针的东西去干什么？那又不是小孩子玩的，你想给谁打针呀？"启东猛地昂起脖子说："我没拿！"他甩掉了莫医生的手跑出去，跑出去几米远，启东回过头，恶狠狠地说："给你打一针！"

莫医生那次被启东吓了一跳，主要是启东眼睛里莫名的怒火，它使莫医生感到惊愕，他这辈子从来没见过别人的这种怒火，他的一颗善良温和的心被这种怒火严重地灼伤了。莫医生不知道启东是怎么回事，直到后来也不知道，据他后来回忆说，那天的事让他特别伤心，孩子们恶语伤人总是可以原谅的，但他开始担心启东拿着那盒东西做出什么坏事来，从那天开始，莫医生一直在寻找启东，他想把那只铝盒要回来，但他索要东西的方法或许太仁慈太迂腐了，启东每次都从他身边轻易地逃脱。莫医生也曾经去启东家，他刚走到门边，门就从里面撞过来，把他的鼻子撞出了血。这件事终于使莫医生肝火上升，他捂着鼻子对门内喊："启东啊启东，这样下去你会走上犯罪道路的！"启东却在门内说："你才会犯罪呢！"莫医生说他一辈子与人为善，不动肝火，没想到最后会对一个孩子生这么大的气。

　　事情是从一个星期天的早晨开始变坏的，莫医生正要去白铁铺给铁匠老王打针，走到半路上就给马凤山堵住了。马凤山背上驮着一个啼哭不止的小男孩，马凤山说："不好了，我儿子手腕上鼓出一个大黑包，莫医生你给看看吧"。莫医生抓过小男孩的手，果然看见腕上有一个大黑包，皮肤下好像积了一包污液。莫医生下意识地叫起来："危险，这是哪个医生给孩子打的针？"马凤山说："不是医生，是启东那杂种干的，他骗孩子说打预防针，那杂种，那杂种，不知把什么打到孩子手里去啦？"

　　莫医生的脸色立刻变得煞白，他掏出一块手帕把小男孩的胳膊扎紧了。"送医院，以防万一，"莫医生的声音听上去很虚弱，他说，"就怕他找到了静脉，不会的，他不会找到静脉。"莫医生说着摇了摇头，他注意到马凤山的表情很紧张，他想安慰马凤山几句，但最后却在他肩上推了一把。"快去医院，"莫医生说，"我不能陪你去了，我得去找启东，我一定要把那盒东西要回来，姑息养奸会惹出大乱子来的。"

　　莫医生背着红十字药箱在街上疾步如飞，我们都看见他了。那天莫医生神情异样，对路上所有挥手微笑的熟人视而不见，我们都以为是谁家出了流血事件，便有人跟在他身后走，你知道跟着莫医生走是常常能看到热闹的。

走过石码头时莫医生站住了。马凤山家的几个大人正围住启东吵吵嚷嚷的，有人逼着启东把针筒交出来，马凤山的妻子已经把手伸进了启东的口袋。启东的双手死死捂住口袋，他像一匹受惊的小马左冲右突，终究没有冲出大人们的包围圈。莫医生听见启东狂叫着。嘴里发出一串污秽不堪的骂街声。莫医生终于忍不住他的怒火，他冲过去大叫了一声："把他摁住，把他摁住！"

莫医生的指令使马凤山家的人有点惊讶，但他们很快听从莫医生的话，齐心协力把启东摁在了地上。你可以想象启东反抗时又咬又蹬的样子，但他毕竟是个十三岁的孩子，最后我们看见启东被许多手紧紧地压在地上，启东的叫骂声渐渐地变成受辱的啜泣。

莫医生怒不可遏，那几乎是莫医生一生中第一次愤怒，他从启东的口袋里拿出了那支针筒，我们看着莫医生熟稔地朝空中推出一股细细的黑水，把针筒放回了红十字药箱里，我们看着莫医生取出一支干净的针筒，又取出一瓶纯净透明的针剂，有人凑近了看那瓶针剂，看见那是一瓶链霉素注射液。

莫医生怒不可遏，他扒下了启东的裤子，他在启东又白又胖的屁股上打了一巴掌。"你喜欢打针？你以为打针好玩？你以为针筒是拿来做坏事的？"莫医生手执针筒高声责问着，他颤抖的声音使在场的人为之心酸，他眼睛里的怒火却使人感到陌生而震惊，这时不知是谁说了一句："莫医生也发火啦！"

莫医生当然是发火了。莫医生怒不可遏。那天我们看着莫医生向启东的屁股注射了链霉素，注射了整整一针筒的链霉素。我们记得莫医生的手抖得很厉害，而启东的屁股开始时还像一只苹果，后来就像一只鼓胀的气球了。

　　假如你稍具医学常识，你会知道链霉素过量是导致人们后天失聪的原因之一，我们街上的人本来是不会懂得这种常识的，但莫医生给启东打针的故事家喻户晓，嘴唇传播的是故事，而人类的许多知识就这样借着故事传播开来了。

　　启东就是那个年轻的白铁匠，人人都知道他是一个聋子。因为启东是个聋子，他敲铁皮就敲得特别响，遇上雷雨天气，遇上启东在白铁铺里敲铁皮，你就别想听见天上打雷的声音。孩子们听从父母的告诫，至今不敢去招惹白铁铺里的那个聋子，而年长的人们每次看见聋子启东，不由自主便想起已故的莫医生，他们都记得莫医生是怎么死的，但没有人忍心谈论他，在他们看来缄默是怀念莫医生的最好方法。

　　现在我们遇上看病打针的事就不太方便了，医院离我们这儿很远，假如是头痛脑热的小病，我们干脆就不去管它了。

公园

数以千计的自行车已经覆盖了公园门口的所有空地，姓张的男人好不容易才把妻子的女车塞进密密匝匝的车群中，剩下的一辆车因为驮了一个儿童座架，却无论如何也挤不进去了。姓张的男人把自行车提在半空中，一时手足无措，他说，哪来这么多自行车？让我放哪儿？负责存放车辆的管理员像一阵风似的从他身边掠过，他对他的怨气不闻不问，只是挥着一叠毛票朝远处某人叫喊着：那边不能放车，不能放车！

　　姓张的男人皱着眉头环顾四周，他看见十米开外的公厕墙边停着几辆自行车，那大概是公园门口仅有的空地了，姓张的男人嘀咕了一句什么，推着车就往公厕走，他听见妻子在后面高声说，喂，你去哪儿？他一边走一边粗声粗气地回答道，还能去哪儿？去厕所！

　　周末前来游园的人很多，姓张的一家可以说是人群的典型，一家三口，男的，女的，还有一个四岁的像小猴一样调皮好动的儿子。

男的放好车匆匆地跑到入口处与妻儿会合，他看见妻子的脸色有点阴郁，她的眼睛斜睨着入口处一堆堆涌来的人群，一只手揪着儿子的裤子背带，另一只抓着两张门票朝栏杆上摔打着。男的刚刚想去牵儿子的手，女的就把儿子推到他怀里，她说，他要吃羊肉串，出去给他买吧。

不准吃羊肉串，吃了拉肚子。男的声色俱厉地把儿子的手抓住，抓住了往公园里面拉，男的一边拉拽儿子一边对妻子说，我说过周末不能来公园，你偏不信，这么多人，人挤人，有什么意思？

周末不来什么时候来？不是周末你有空出来吗？

男的一时语塞，朝左右前后的人群望了望，说，哪来这么多人？连自行车都没地方放，他妈的，只能放厕所那儿。

女的兀自在前面悻悻然地走，女的一边走着一边把淡黄色的门票撕成了碎屑，她说，说是有郁金香展览，门票卖八块钱一张，涨了三块！哪有什么郁金香？我怎么没看见有什么郁金香呢？

儿子说，郁金香是什么？是一种动物吗？

男的说，不是动物，是荷兰的国花，荷兰你知道吗？荷兰在欧洲，那里出产许多鲜花。

儿子说，我不要荷兰！我要去看海狮表演！

男的说，你妈妈喜欢看花，先去看郁金香，然后去看海狮表演，听话，你要不听话就不带你去看海狮表演。

女的终于看见竖在路边的那块告示牌，上面写着：郁金香展览在苗圃。女的把告示牌念了一遍，回过头问男的，苗圃在哪儿呀？

男的像老鹰捕鸡捕住了儿子，男的说，什么苗圃，再乱跑我就揍你！苗圃？苗圃大概在人工湖那边吧，走过去很远，起码要走半个钟头，男的指了指远处的人工湖，脸上出现一丝犹豫之色，走过去太远了，他说，要不就别去看郁金香了，先带儿子去看海狮表演吧？

女的用一种冷峻的目光注视着男的，突然就转过脸说，你带儿子去看海狮表演，我去看郁金香展览！

男的说，这算什么？一家人出来玩，哪有兵分两路的？我说你今天情绪不正常，你还不承认。

女的说，没什么不正常，你嫌路远，你别去，我想看郁金香，我不嫌路远。

男的皱了皱眉头，那就一起去看吧，反正我也无所谓，看什么都行，反正我陪着你们。

女的瞪了男的一眼，说，谁要你陪？我自己去，我们4点半在出口处会合，你给我管好儿子就行了。

女的说完就朝通往人工湖的小径走去，男的拽着儿子的手跟在后面，男的对儿子说，听话，我们先看郁金香，再去看海狮表演。但儿子开始想挣脱父亲的手，儿子扯开嗓子尖声大叫，我不看香！我要看海狮表演！男的挥起手掌威胁儿子说，再闹就揍你，再闹我们什么都不看，马上回家。

男的强行把儿子架到肩上，跟着女的朝人工湖走，但儿子是个任性的娇宠惯了的孩子，他开始用手揪扯父亲的头发，用双脚蹬踢父亲的胸部，男的怒不可遏，腾出手在儿子屁股上狠狠地拧了一下，于是儿子便哇哇大哭起来。

女的闻声站住了，女的回过头厌烦地瞪着父子俩，脸色涨得绯红，你们闹什么？公共场所，也不嫌丢人现眼。

是孩子在闹，又不是我在闹，男的捂住儿子嘴说，这有什么丢人现眼的？

不去了，不去了，女的挥了挥手说，就依他，去看海狮表演吧。

这可是你说的，回头别再说是我惯坏了他。男的说。

大约是午后两点钟左右，姓张的一家人走在通往公园动物馆的林荫路上，孩子跑在前面，男的居中，女的殿后，看上去是一支小型而整齐的游园队伍，走过花坛的时候，女的超到男的前面，把儿子抱到花坛边坐下，女的并不是为了赏花，她替儿子脱下了毛衣，露出里面那件可爱的绣有米老鼠图案的衬衫。女的把孩子的毛衣塞进背包，又问男的，你要不要把外套脱了？男的抬头看了看天，说，我不脱，我不觉得热。

其实5月的阳光已经很热很烫了，尤其是在午后时分，尤其是在游人如织的公园里，漫步行走的人们常常会有燥热的感觉。

海狮表演的水池附近空空荡荡的，他们一到那儿就知道出了问题，水池肯定是很久未放水了，池里被人扔了许多易拉罐、塑料袋之类的脏物，他们所熟悉的那块海狮顶球的广告牌也断裂成两半，一半在池里，一半在木台上。

趁孩子还不知就里的时候，男的悄悄地向管理员打听了情况，情况果然如他猜想的那样，海狮表演团已经移到别处去表演了。未等管理员说完，男的就说，别说了，我知道，他们赚了钱就溜了。管理员在后面说，什么叫溜？合同到期了嘛。男的边走边说，他妈的，在哪儿不是一样赚钱？非要走马灯似地换地方？

男的竭力轻描淡写地向儿子解释海狮的失踪，儿子却不听，儿子迭声叫起来，我不要，我不要，我就要看海狮。

女的在旁边气恼地看着儿子，她说，你看看，都惯成什么样子了，一点道理也不懂。

男的说，没有海狮了，你让我给你变一头海狮出来呀？

女的说，你就给他变一头海狮吧。

儿子的嘴咧大了，儿子快哭了，男的再次用手捂住儿子的嘴，不准哭，男的说，你在这里哭老虎就会从笼子里跑出来咬你，男的指了指不远处的虎舍，你听见老虎叫了吗？它肚子正饿着呢，谁哭它就把谁吃了。

男的这次异常成功地止住了儿子的哭闹，他说，带你去看猴子，看不看？不看我们就回家，什么也不给你看了。儿子无疑是被制服了，他的目光顺从地投向猴房那儿，男的不无得意地朝女的眨了眨眼睛，女的没说什么，她用一种浊重的声息叹了口气。

父子俩去猴房看猴子，女的无所事事地往养孔雀的栅栏墙走去，那儿主要围了一群女人和女孩，她们向孔雀挥舞着许多手帕和纱巾，等待里面的孔雀开屏，女的也掏出手帕朝孔雀们挥了几下，那群孔雀无动于衷，很快地使她索然了，她收起手帕挤出围观孔雀的人群，远远地看见那个形如巨塔的猴房，许多猴子在铁丝网内窜来窜去地欢迎人群来临。她能从那堆人群中找到丈夫和儿子,她看见那父子俩的脑袋,一大一小,一上一下,它们在无数脑袋中随波逐流,她甚至还听见了儿子响亮而快乐的笑声。

女的讨厌猴子,自从少女时代看见一只公猴向众人翻开它的生殖器,猴子就给她留下了一种肮脏无耻的印象。女的想去看梅花鹿,但梅花鹿与狐狸、鬣猪比邻而居,还未走近梅花鹿她就闻到一股浓烈的恶臭,这股臭味使她却步而退,她捂着鼻子朝门口走,而她对动物馆仅有的一点点兴趣就在一瞬间消失了。

女的远远地朝猴房那里喊着丈夫的名字,她看见丈夫回过头来,他说,等一下,马上就来。女的就站在一丛慈竹下等着。女的等了好久,心中便冒出一股无名火,她又高声喊起丈夫的名字,男的大概听出了女的声音中的火气,他的脑袋连续向后面转动了三次,终于还是把儿子从人堆里扛出来了。

男的说,你着什么急?他还没看够呢。

女的先发制人地把儿子抱下来说,不准闹,现在得走了,你要不肯走就把你留在这儿,晚上跟老虎狮子睡觉。女的拉住儿子的手往外面走,边走边抢白男的,我看你比他还喜欢动物园,看个脏猴没个够,没闻见这儿有多臭?

喜欢动物有什么错?男的说,那是人类的爱心嘛,你没听说国际上有好多动物保护组织吗?

那你留在这儿保护它们吧。

我当然先要保护你们了,喂,你这么急急忙忙地带他上哪儿?

去凉亭。

去哪个凉亭?这公园有许多凉亭呢。去凉亭里坐着?那有什么意思?

没意思你别去,我没让你去。

我说你今天情绪不正常嘛,难得出来逛公园,为什么不能高高兴兴的?早知道你这么扫兴,不如在家看电视。

那你回家看电视好了,反正电视一天放到晚,你回家吧,你回家吧。回家去陪电视机。

男的不再说话,他飞起一脚踢飞了路上的一只塑料瓶,有的游人对他侧目而视,男的略显窘迫地笑了笑,他蹲下来系旅游鞋松动的鞋带,看见林荫道的一小块路面,灰白色的、异常坚硬的一小块水泥路面,在午后的阳光树影下闪烁着斑驳的光芒。

他们至少路过了三座凉亭了,每路过一座凉亭,男的便停下脚步看着女的,女的扫视着那些凉亭和凉亭周围的环境,最后无一例外地摇了摇头,说,不是这个凉亭。

男的欲言又止,但鼻孔里忍不住露出了一种讥笑的声音,他说,凉亭,哼,找凉亭。

亭子上有个紫藤架的,怎么不见这个凉亭了呢?女的好像是在自言自语,她说,奇怪,我记得就在这附近的,怎么突然找不到了呢?

男的哂笑着说,那就继续找呀,那么大个凉亭,怎么会找不到?

女的瞪了男的一眼，女的拉住儿子的手，边走边寻觅着。一条林荫道走去了一大半，不见那座长了紫藤的凉亭，儿童游乐园的滑梯和秋千架却赫然在目。正如夫妇俩所预料的那样，儿子像脱缰的野马朝滑梯那儿冲去。女的没能拉住儿子的手，顺势就坐在路边的石凳上了，看上去她显得有点疲倦了。

男的说，我去买点饮料，喝点饮料再找凉亭。

女的说，就买矿泉水，别的不准买。

男的在小卖部的柜架上没有看见矿泉水，便不假思索地买了三罐雪碧，男的确实未加思索，假如他知道妻子会为此大发雷霆，他干脆就什么也不买了。

男的捧着三罐雪碧走近女的，女的抬起头来，他立刻从她的眼神和表情中嗅出了一股浓烈的火药味，于是他抢在前面说，什么都没有只有雪碧。

没有就别买，这么大的公园会没有矿泉水卖？女的冲男的厉声嚷起来，让你别买雪碧，你故意把我的话当耳边风。

你不喝雪碧儿子爱喝呀，男的说，加起来还不到十块钱，你发什么火？

那两罐给谁喝？你喝两罐？嘁，说话口气跟大老板似的，女的似乎无法控制她的怒火，她的手在空中狠狠地挥了一下，叫道，那两罐给我退掉！退掉！

我不退，男的说，你今天就像个神经病。

我就是个神经病，你不退也别想喝，女的突然站起来夺过男的手里的两罐雪碧，一手一个，两罐雪碧被重重地砸在草地上，罐口自动地打开，那种被称为雪碧的液体涌泉似的淌了出来。

男的脸上的一抹笑意凝结了，他看见儿童游乐场门口的人都在注视他，有个男人幸灾乐祸地嘿嘿笑着，男的咬着牙骂了一句，操他妈的，神经病。他突然朝女的扑过去，女的闪开了，女的站在石凳后面，仍然以挑衅的姿态瞪着他，你敢打我？女的说，你敢在公园里打我？男的冷笑了一声，他从草地上捡起半罐雪碧，冷不防地朝女的掷去，他看见那个绿色的铝罐从妻子肩胛处弹落，发出了沉闷的回声，他说，神经病，我还陪着你个神经病找什么凉亭呢。

姓张的一家人在儿童游乐场门口不欢而散，事情来得简单而激烈，附近的游人全部看在眼里，有个妇女走到女的身边好言相劝，为了一罐雪碧，不值得吵架嘛。女的脸色煞白，一遍遍地用手帕擦着毛衣上的水渍，擦了一会儿女的喉咙里迸出裂帛似的声音，女的忽然捂着脸一路小跑着，朝公园出口处跑去。

男的站在原地不动，人们看见他用鞋底蹭着草地，好像鞋底上沾了什么东西，男的嘴里咕哝着，神经病，神经病，过了一会儿男的突然想起什么，他气冲冲地奔向人字滑梯，把一个小男孩从滑梯上揪了下来，回家！人们听见那个男的大吼了一声。

男的带着儿子走到公园出口处，尽管他知道妻子不可能在此等候他们，他还是伸长脖子朝四周张望了一番，公园门口仍然拥挤不堪，他没有找到妻子的身影。

男的去厕所那里推他的自行车，但他没有找到那辆自行车，他妈的，今天是活见鬼了！他忍不住在别人的自行车车座上拍了一掌。他猜是自行车管理员把他的车挪了地方，就跑去问那个管理员，管理员却文不对题地说，问路到别处去，你没见我这儿正忙着吗？

管理员沿着自行车的尾灯线来回奔走，姓张的男人只好跟着他跑，跑了几个来回他实在按捺不住了，一把揪住管理员的衣领叫起来，你耳朵聋啦，我让你把我的自行车交出来！

管理员终于站住了，他说，你他妈的喊什么？你把车停哪儿了？找不到也不奇怪，这么多车，慢慢找吧，我可没空帮你找。

男的说，厕所那边的车挪哪儿去了？

厕所那边的？管理员的眼睛突然变得明亮起来，谁让你把车放那边了？违章停放自行车，罚款十元！

男的说，你放屁，想敲我的竹杠？

不是我敲你的竹杠，违章罚款，这是制度，管理员扫了眼围墙下面的一个角落，他说，违章车都拴在那儿呢，我不跟你啰唆，交钱取车，不想交钱你就走人。

男的说，你放屁，我拿我自己的车，一分钱也不给你。

男的拽着儿子气冲冲地走到围墙下面，他看见自己的车与另外几辆自行车被一条链条锁拴在一起，可怜巴巴地歪倚在墙上。中午以来的怒火一直在添油加柴，现在终于冲破了他的头顶，他对着管理员骂了一句脏话，然后就捡起一块砖头，乒乒乓乓地砸起锁来。他听见儿子的惊叫声，爸爸，警察来抓你啦！他感觉到几个人在一起揪他的手和衣服，但他仍然挣扎着去砸那把链条锁，直到他手里的石块被人夺下，扔在旁边的树丛里，他才意识到自己惹了麻烦。

两个警察虎视眈眈地站在他身后，男的并不感到奇怪，让他觉得意外的是他妻子，他妻子不知从哪儿冒了出来，是她夺下了他手里的石块。

女的没有多看男的一眼，她只是对两个警察赔着笑脸，对不起，他不是故意的，她说，主要是情绪太恶劣了，他真的不是故意的。

一个警察说，我看他脑子有病，这种行为可以拘留他的，他这种行为当然不好，女的仍然赔着笑脸说，不过管车的那人也有问题，车子没处放一半是他造成的，对他的工作你们也应该监督一下。

男的木然站着，听女的与两个警察耐心斡旋，他没有听清他们在说什么，每次他想作出辩解的时候身子就会被女的推一下，女的并没看他一眼，但她的一只手却总是从背后伸过来，异常准确适时地推他一下，又推一下。男的后来就顺从了妻子的意愿，他看着妻子放在身后的那只手，那只手里还抓着十元纸币，正好是罚款的数目。那只手使他渐渐平静下来，男的后来干脆就抱着儿子退到一边去了，他想他们是一家人，这件事情由她来解决也是一样的，她说什么或者他说什么也都是一样的。

后来他们就取回了那辆自行车。

回家的路上夫妇俩还是不说话，但男的知道一切已经恢复了正常。两辆自行车并排在黄昏的街道上驰行，途经一个报摊时，女的说，今天晚报还没买。男的就跨下车去买了一份晚报，他把报纸扔进妻子的车篓里，突然问了一句，你今天怎么啦？

那你呢？你怎么啦？女的反问道。

那个什么凉亭，男的说，你今天为什么非要找那个凉亭呢？

到现在你还没想起来？女的半怨半怒地看了一眼男的，她说，今天是什么日子？

今天是周末，5月18号呀。

5月18号是什么日子？我们结婚的日子呀，你连这也忘了？

那凉亭呢？为什么要找那个凉亭？

你什么都忘了，你不记得那个凉亭了，那是我们第一次约会的地方！

男的嘿嘿地笑起来，他看了看妻子，又伸手捏了捏儿子的耳朵，男的最后对女的说，你的记性真好，我怎么就把那些事忘了呢？

声音研究

他们是在无意之中走到五一广场来的。一个男孩，有着柔软的抹过定型摩丝的头发，穿着蓝牛仔短夹克和蓝牛仔裤，另一个女孩，有着更为柔软更为湿亮的披肩长发，也穿着蓝牛仔短夹克和蓝牛仔裤。他们手牵着手走到了五一广场。十分钟前男孩还坐在附近的电子游艺室里，男孩操纵着荧光屏上的一场模拟拳击比赛，女孩就站在他身后，女孩不停地用手去拉他的衣袖，每拉一次荧光屏上的两个拳击手就像两个木偶撞在一起，男孩忽然甩手给了女孩一记耳光，打不死你？他高声骂了一句，眼睛仍然盯着荧光屏。游艺室里的人都回头朝这里望，女孩捂着脸，向那些家伙们投去恶狠狠的白眼，他们果然纷纷把脑袋转回去了，游艺机的音乐在沉寂了几秒钟后又重新喧响起来。女孩从小皮包取出一面小圆镜和粉饼，对着镜子往脸上敷了些粉霜，然后她突然凑到男孩耳边，低声说，我们吹啦！

女孩走到街上男孩就追出来了，他们拉拉拽拽地在街上走，路过的行人可以听见女孩用许多侮辱性的字眼咒骂男孩，男孩一声不吭，他的手执著地拉着女孩不放。女孩后来就不再挣脱了。他们在一家冷饮店门口对视了一会儿，突然安静下来。男孩跑到柜台前买了一个巧克力蛋筒，塞到女孩手里。女孩说了句什么，一边扭着身子一边把巧克力蛋筒往嘴里送，后来他们就手牵着手往广场这里来了。

他们来到广场时已经重归于好，那时女孩刚吃完了冰淇淋，她说，手上黏黏的，难受死了。男孩指着广场上的喷泉说，那儿不是能洗手吗？就这样他们走到广场来了。

广场并不太大，准确地说它只是一个街心花园，说它是花园也不太准确，因为没有树，也没有什么花，只有一圈环形冬青树丛和几张长条椅，还有一个新近出现的青铜雕塑。但是人们都称这个地方为五一广场，那我们就该把它当作一个广场。

他们原先不准备留在广场的，女孩在喷泉下洗完手，附近的一对男女恰巧离开了东边那张长条椅，女孩急忙跑过去抢占了惟一空余的长条椅，过来，这儿有座位，女孩向男孩喊道，过来坐呀！

男孩没有留意女孩，他仰头望着那座高高的青铜雕塑，说，这叫什么艺术？怪里怪气的，是什么东西？

女孩说，你管它是什么东西？快过来坐！

是什么东西？男孩仍然仰着头观察那座铜像，他嗤地一笑，说，是个机器人吧？

你过不过来？女孩的声音显得有些恼怒，她从地上捡起一个苹果核朝男孩掷过去，你傻头傻脑地站在那里，看什么呢？

男孩跑过来，挨着女孩坐下。男孩将一只手搭在女孩肩上，脑袋却仍然朝青铜雕塑转过去，他说，你看那雕塑，是个机器人吧？那帮人真他妈会瞎闹，要搞雕塑也该搞个维纳斯嫦娥奔月什么的，怎么搞了个机器人竖在那儿？

你什么眼神呢？女孩扭头瞥了一眼，说，那不是三把钥匙吗？

让你这么一说还真有点像，男孩专注地凝视着雕塑，对，就是三把钥匙，男孩说，真他妈的，怎么弄了三把钥匙竖在那儿？

你不懂，那肯定有什么意思的。

什么意思？男孩扳着手指说，三把钥匙，一把大门钥匙，一把抽屉钥匙，还有一把什么钥匙？是防盗门钥匙？

胡说八道。女孩拧了男孩一把，女孩说，你什么都不懂，人家那是艺术嘛。

那你说，三把钥匙是什么意思？

你没听歌里都这么唱，给我一把钥匙，打开你的心灵，打开心灵，肯定是这个意思。女孩说着忽然想起了别的什么，你见过我表姐吗？女孩说，她以前交过一个男朋友，他就是搞雕塑的，那没准就是他搞的呢。

搞雕塑有什么了不起的？男孩鼻孔里发出一种轻蔑的声音，他说，我最烦那帮家伙了，头发比女人还长，腿比麻秆还细，张嘴就是什么感觉呀线条呀，我看他们是欠揍，你要是跟他们动真格的，他们就尿裤子啦。

你就会动手打人，打人有什么了不起的？女孩用胳膊肘搡了男孩一下。她从包里掏出一颗蜜饯放在嘴里，打人又挣不来钱，女孩说，会挣钱的人才叫有本事，你要是像大头那样会挣钱，我们现在就可以去南方大酒店喝咖啡了，喝完咖啡去吃北京烤鸭，吃完烤鸭去棕榈宫唱卡拉 OK，那多享受呀，那才叫生活。

大头有什么了不起的？男孩沉默了一会儿，说，其实他比驴还要笨，还不是靠他姐姐家有权有势，他那些钱也吓不死人，全是在深圳坑蒙拐骗弄来的。

那你也可以去深圳呀，你怎么不去骗点钱来呢？

深圳的钱现在也不好挣了，你别听他们把那儿吹得天花乱坠的。你闭上眼睛想吧，要是那儿好挣钱，大头他们还回来干什么？

那你说哪儿好挣钱，你说一个地方给我听听。

你烦不烦？男孩突然按捺不住地吼了起来，打不死你，他愤怒地瞪了女孩一眼，然后伸手到口袋里掏出了香烟和打火机。

女孩吐了吐舌头，不吱声了。女孩这次没有真的生气，她把头枕在长椅背上，朝广场四周随意地张望着，她看见对面的广告墙挂着一块牌子，牌子是用大玻璃制成的，上面的液晶显示器不停地闪烁着一些数字：60，65，67，这些数字有时静止，有时跳跃，女孩琢磨了半天也不知道那些数字是什么意思。后来她发现每逢驶过广场的汽车增多，那牌子上的数字就会往上跳，她发现了这个奥秘，但仍然不知道那是一块什么牌子。

大约是下午四点钟光景，辐射在城市上空的阳光开始变得柔软和苍白起来，而远处的高层建筑工地的水泥框格渐渐地从灰色转变为橙红，远远望去就像一只巨大的燃烧着的箱盒，下午四点钟以后广场附近的交通开始变得繁忙，潮汐般的市声沿着街道涌来挤去，最后栖留在广场中心的这块绿地上。一个清洁工人拿着水管开始冲洗广场上的冬青树丛，地面上便很快积起了几个水洼，长条椅上的人们有些坐不住了，先是一对老年夫妇起身走了，后来几个外地人模样的也站了起来，广场上一下子显得清寂了许多。

男孩对女孩说，走吧，我们也走吧。

女孩不理睬他，只是朝他翻了个白眼。

男孩以一种讨好的姿态贴近女孩，他把一只手搭到女孩肩上，另一只手揪住她的一绺头发，他说，老坐在这儿干什么？再坐下去要坐出痔疮来了。

女孩忍不住咯咯笑了，但她仍然坐着不动，女孩说，不坐这儿又能干什么？反正坐这儿比坐在家里强。女孩扭过脸去看相邻长条椅上的那个男人，那个男人正在读一本杂志。他在看什么书？女孩嘀咕了一句，她弯下身子斜转过脸瞟了眼杂志的封面，只依稀看见研究两个字，什么研究？女孩重新坐好了，对男孩说，他在看什么研究，这么吵的地方，他怎么看得进去呢？

男孩不屑地说，研究个狗屁，他是装模作样，肯定在这儿等女朋友。

女孩又扭过头去看西边那张长条椅，她看见有两个人各据长椅一侧，一个是鬓发花白的老年男人，那个老人留着如今已属罕见的山羊胡子，手里挂着一根竹拐棍，另外一个是女人，一个包着花头巾的风姿绰约的年轻女人，他们正在热烈地交谈着，根据他们夸张多变的手势和表情，谁都可以得出这个结论。让女孩觉得奇怪的是他们没有发出任何声音，他们是在无声中热烈地交谈。女孩突然想起她在公共汽车上曾经遇见的一群聋哑人，眼睛便莫名地亮了起来，哑巴，哑巴，女孩对男孩说，快看那两个哑巴，他们在打哑语呢！

这有什么大惊小怪的？男孩说，不就是两个哑巴吗？又不是两个外星人。

我觉得哑语挺好玩的。女孩嘻地一笑，说，那老头也挺好玩的，你看他那把胡子，留那么长的胡子，也不怕长虱子。

怎么会长虱子呢？胡子跟头发一样，也要经常用肥皂洗的。男孩说。

你猜他们现在在说什么？女孩说。

我不知道，管他们在说什么呢。男孩说。

我也猜不出来。女孩的目光专注地盯着那两个聋哑人，她说，用手说话，不用声音说话，哑语真好玩。女孩又捂着嘴咯咯地笑了几声，问男孩道，你猜猜，那两个哑巴是什么关系？

大概是父女关系吧，要不就是爷爷和孙女吧。

不对。女孩摇着头说，他们要是亲人关系就不会这么各坐一头，那多别扭呀。

那就是情人关系，老家伙们搞恋爱都是这么假正经的。

又胡说八道。女孩在男孩嘴角拧了一把，你一点也不会看人，什么事都往歪处想，女孩数落着男孩，目光却仍然被两个聋哑人的哑语所吸引，你看那老头的手，翻来倒去的，他在说什么呢。

管他说什么呢，男孩不耐烦地站了起来，他说，别在这儿看两个哑巴了，我们去录像厅看录像，有言情片，你爱看的。

我不看录像，我就在这儿看他们，我爱看哑巴说话。女孩说。

邻近长条椅上的男人这时候抬起头朝他们扫视了一眼，他已经不止一次地投来这种目光了，目光中明显地含有厌恶和谴责的意味。他大概觉得男孩和女孩的声音扰乱了他的阅读。男孩察觉到他的敌意，便用一种挑衅的目光瞪着对方。四目对峙的结果是那个男人挟起杂志站起身来，他慢慢地走过男孩和女孩身边，突然站住，他抬起手指着对街广告牌中的那个玻璃屏幕，你们知道那叫什么？男人古怪地微笑着说，那叫噪声显示器，现在的噪声是六十五分贝。

男人说完就匆匆离开了广场。女孩和男孩一时都愣在那儿，眼睛凝视着噪声器上的绿色数字，噪声器？六十五分贝？女孩茫然地说，那家伙为什么告诉我们这些，什么意思？

男孩嗤地一笑，望着那个男人的背影骂了一句：傻×！

天色渐渐地黯淡了，附近百货公司的霓虹灯率先亮了起来，环绕广场的马路上车流更显拥挤和嘈杂，远远地看过去，广场的那一小块绿地就像一个孤岛。

现在广场上就剩下了男孩和女孩，还有那两个用哑语交谈着的聋哑人，女孩几乎是强制性地把男孩拉到了邻近聋哑人的长椅上。女孩对哑语充满了好奇，她很想弄清楚两个聋哑人的谈话内容。

你看那女人的手，你猜出来了吧，她在说些什么？女孩压低了声音说。

你不用低声细气的说话。男孩说，没听说十个哑巴九个聋吗？你说什么他们都听不见的。你就是骂他们他们也不知道。

女孩捂住男孩的嘴不让他说话。女孩的目光仍然死死地盯着两个聋哑人的手，是四只手，两只苍劲的动作沉稳的手属于那个老人，两只柔韧的翩翩舞动的手属于那个包花头巾的女人。

一辈子用手说话，真不知道是什么滋味。女孩突然叹了口气，她说，我小时候发过一场高烧，我母亲说要不是高烧退得快，我说不定也变成一个哑巴了。

做哑巴也没什么不好，男孩说，你要是用哑语骂我，我也不知道。

女孩捶了男孩一拳，她说，我不要听你说话，我要听他们说话。女孩说着把脑袋转向长椅的背面，实际上她现在离聋哑人的手已经是咫尺之遥了。老人停止了他的手语，他朝女孩看了一眼，女孩朝他莞尔一笑，老人便也笑了。包花头巾的女人也朝女孩投来匆匆一瞥，女孩又挤出一张笑脸，但聋哑女人不为所动，她朝女孩摆了摆手，女孩猜到了她的意思，但一个手势并不能让女孩离开，女孩根本就不想离开，她觉得她快要明白他们的手语了。

我明白了，女孩突然高声叫起来，她对男孩说，我明白了，他们在谈论那女人的儿子，她的儿子不是哑巴，她的儿子能说会道，她的儿子是一个播音员！

你在胡猜。男孩说，哑巴的儿子做播音员，这倒真好玩了，你怎么不说她儿子是相声演员呢？

不是猜的，我真的弄明白了，女孩说，她儿子肯定是播音员，不信你去问他们。

男孩说，我怎么问？我又不会哑语。

两个聋哑人再次停止了他们的手语。他们没有再看男孩或女孩一眼，他们只是突然静止下来，一动不动的坐着，过了一会儿包头巾的女人从她身上找出了一张纸和一支笔，她在纸上写了什么，然后递给了女孩。

女孩接过纸条便看见了那排端正而秀丽的字：请你们安静些。

男孩也凑过来看那张纸条，男孩说，十个哑巴九个聋，奇怪，他们怎么听见我们在说什么？他们怎么知道我们不安静？

女孩脸色绯红，女孩把纸条折成细细的一条抓在手上，都怪你不好，她对男孩说，你为什么非要大喊大叫地说话？

奇怪，我为什么不能大喊大叫？男孩说，我又不是哑巴，我想喊就喊，想叫就叫，这是我的自由。

女孩脸色绯红，她看了看两个聋哑人的背影，她觉得他们在静止不动的时候有一种说不出的威严。女孩对男孩说，我们走吧，我们该走了。

女孩拉着男孩的手走到广场的边沿，在穿越马路之前她回过头朝绿地里的两个聋哑人望了一眼，她看见他们的手又开始活动起来，他们的手语在暮色中发出某种寂静的声音，女孩说，他们还在说话，他们怎么有这么多的话要说呢？

男孩也回过头去，他说，就兴他们说话，不让我们说话，要不看他们是哑巴，看我怎么收拾他们。

女孩厌恶地看着男孩，突然甩开了他的手，说，请你安静些，请你安静些好不好？

你说什么？你也不准我说话了？男孩的表情急遽地变幻着，最后他哈哈笑起来，说，都成哑巴啦？你们要安静我偏不安静，让我喊一嗓子给你们听听。

后来男孩松了松皮带，蹲下来运了一口气，男孩突然张大嘴，发出一声尖利的冗长的狂叫，男孩张大了嘴，整个脸部因为充血过度而涨得通红，他听见自己的狂叫声像一架飞机回旋在城市上空，他还看见了那个噪声仪，在他制造的声音里，噪声仪显示的数字不停地跳跃上升，65，70，75，80，最后停留在 90 分贝。

男孩后来告诉别人，九十分贝是人声的一个极限。我们对声学缺乏研究，我们不知道他的话是真是假。

表姐来到马桥镇

表姐站在我们家的镜子前，镜子里映现出一个城市女孩矜持而散淡的面容，你说不清那张脸是美丽还是丑陋，表姐有着一双小镇人最推崇的乌黑的大眼睛，还有接近于传说中的樱桃小嘴那样的——嘴，但是不知怎么搞的，表姐的整个脸部都长满了暗红色的粉刺。

　　我看见表姐贴近了那面镜子，她用双手捂住脸，对着自己的影子研究着什么，突然莞尔一笑，我知道女孩子们都喜欢在镜子前搔首弄姿，这没有什么奇怪的。但表姐不一样，她在镜子里的表情像梅雨季节的天空一样变幻无常，我觉得她的微笑只是为了给哭泣作准备，她竖起右手食指在脸上指指点点，很快一切都不对劲了，她朝镜子呸地啐了一口，然后捂住脸呜呜地哭起来了。

　　不管表姐对我们的小镇抱有什么样的偏见，镇上的人们都是可以忽略不计的，事实上他们对每一个来自城市的客人都怀有盲目的热情。那年春天当表姐手执一只蝶形风筝走过镇中心的砖塔时，不知有多少双眼睛直勾勾地盯住她看，看她蒙住大半张脸的白口罩，看她身上的那件仿水貂皮大衣。你知道，我们小镇的生活，世世代代都是朴素务实的，口罩和皮毛制品在我们眼中代表着时髦和奢华。而我因为像一个忠实的卫兵紧随表姐前后，几个妒火中烧的男孩突然从砖塔后面冲出来，向我发起了一场袭击：他们抢走了我的军帽，他们把我的军帽扔来扔去的。这是对我的侮辱，我知道它的根子在哪里，我并不指望表姐帮我干什么，但是在夺回军帽的过程中。我下意识地扭过头朝她那儿看了几眼，不知为什么，表姐当时的姿态和眼神后来一直留在我的记忆中。

表姐无动于衷，她的乌黑的眼睛在口罩上方漠然地注视着我，还有我的那些敌人，我看见她一只手握着蝶形风筝，另一只手抓着线筒，她的眉毛拧弯了，这是厌烦的表现，我不知道她是厌烦我还是厌烦我的敌人，反正我记得她皱了皱眉头。后来她对我说，你们怎么这样？这句不咸不淡的话是表姐对帽子事件的惟一的评论，我不知道表姐是在谴责谁，但我想是他们抢了我的军帽，表姐总不该谴责我吧？

我们准备去油菜地里放风筝，那是我们小镇生活中惟一让表姐赞赏的部分。我们穿越小镇北端羊肠般的小街，一个妇女突然从房子里窜出来，一把抓住了表姐身上的仿水貂皮大衣，问，你这皮衣在哪儿买的？受惊的表姐闪躲到一边，她不说话。而我把那个愚蠢的妇女狠狠地抢白了一顿，我说，在哪儿买的？东京，告诉你你也去不了，你去得了也买不起！那妇女缩回到门洞里，讪讪地说，我以为是在县城买的呢。东津？东津县可够远的。

你们怎么这样？表姐的声音从口罩后面慢慢地钻出来，我仍然不知道她在责怪谁，我想我有义务保护她的大衣，要是谁都来抓几下摸几下，大衣上的银色灰色的毛毛不就会掉光了吗？

镇外的油菜地已经开花了，你可以想象一个城市女孩面对油菜花、蝴蝶和池塘，迎面吹来的风带有新土草芽的清香，你想想她会多么的忸怩作态或滥于抒情。表姐不是那种女孩，她不说话，但我看见她摘下了口罩，对着春天的乡野景色露出了赞许的微笑。阳光现在率直地投在表姐的脸上，也照亮了她脸上所有暗红或褐色的粉刺，不知为什么，当我第一次在野外的阳光下看见那些粉刺，我的心里有一种莫名的隐秘的欣喜。那时我还不懂得掩饰自己，因此突然低下头嬉笑起来，我听见表姐在说，你笑什么？有什么可笑的？我不敢抬头，拿起风筝胡乱比划了几下说，谁笑了？我准备放风筝啦。我不知道表姐为什么对我的嬉笑不依不饶，她走过来抓住我的风筝说，你笑什么？给我说清楚，不说清楚不准放风筝。

我觉得这种不依不饶的脾气使表姐变得很讨厌，她一定猜到我在笑什么了，否则她的脸色不会这么愠怒。我站在油菜地边张口结舌，粉、刺，这两个字差点就脱口而出了，恰好在这时我们身后的土路上响起了自行车的铃铛声，我回过头，看见铁匠老秦的三个女儿挤在一辆自行车上，棉花骑着车，瘦小如猴的稻子和玉米一个坐在车杠上，一个坐在后架上，她们都侧过脸直勾勾地盯着表姐，自行车便摇摇晃晃地朝路边的柳树撞过去了。

表姐惊叫了一声，但余音未落棉花她们已经从地上爬了起来。棉花伸手在膝盖上拍打了几下，仰起脸朝我笑着说，你们家的亲戚呀？我没有搭腔，我就不愿意跟铁匠老秦家的人说话，况且说的又是废话。棉花一点也不知道自己说的是废话，她又羞答答地望着表姐说，你是他家的亲戚呀？表姐点了点头，在陌生人面前她又端出了一张矜持冷淡的面孔，但我发现她的眼光像朝鲜电影里的女特务一样鬼鬼祟祟的，她似乎很想研究棉花的脸，而天生的傲慢又阻止了这种欲念，因此表姐的眼光真的就像女特务一样鬼鬼祟祟的。

我不知道棉花那张红扑扑胖乎乎的脸有什么值得多看一眼的，男孩子通常称它为柿子脸，我问表姐，还放不放风筝？她说，等一会儿放。这么说着她的眼睛又朝棉花的柿子脸瞟了一下。棉花就趁机又说了句废话，你们放风筝呀？

稻子和玉米当时站在一边，痴痴地望着表姐，稻子把肮脏的小手含在嘴里，但我知道那个泥猴似的小女孩会对表姐有所企图，未出我的预料，稻子突然吐出了她的小手，那只小手伸向表姐的仿水貂皮大衣，揪住了一绺灰白色的纤维，稻子大叫道，你怎么把老虎皮穿在身上呢？玉米跟在后面拉住稻子的手，老虎皮不能穿，这是豹子的皮，玉米一边纠正稻子，她的手也很不老实地在表姐的大衣上摸了一把，玉米还假充世故地问，都春天了，你穿着豹子皮不嫌热吗？

表姐没有理睬她们，你能看出来她很讨厌两个小女孩乱摸乱抓的，但她只是顺手在她们摸过的地方将了几下。表姐没说什么，是棉花冲上来给妹妹们一人一记巴掌，棉花对表姐说，没弄坏你的衣服吧？表姐摇了摇头。棉花站在那儿，扭了扭身子，又说，要是弄坏了你的衣服，我们赔都赔不起。

你别以为棉花对表姐的毛皮大衣就不感兴趣，她其实不比稻子玉米她们强多少，当我举起风筝率先冲进菜花地时，回头一看，棉花正弯着腰站在表姐的身旁，她不知对表姐说了什么，表姐让她弯着腰欣赏仿水貂皮大衣，不，是让她嗅那件大衣。我似乎看见棉花的鼻孔大惊小怪地一张一吸，我猜棉花她无法鉴定那种皮毛的类属，她这样嗅来嗅去的，大概是想弄清城市女孩有什么气味吧。

第二天放学回家，我一眼看见了门口的青草篮子，镇上那么多户人家，只有棉花家喂兔子，我知道是棉花来了，来干什么呢？我管不了那么多，就在青草篮子里埋了一块大石头。

棉花像一个小偷似的从表姐住的厢房里闪出来，她冲我做出一个笑脸，放学啦？她知道我是不理睬她的，又朝厢房里的表姐喊道，我走了，你坐着吧。其实不用她说表姐也肯定在厢房里坐着的，我看着棉花在我家愚蠢地转了一个圈，然后拎起青草篮子风风火火地走了，她甚至没有觉出篮子里那块石头的重量。

表姐坐在镜子前读书，我不知道她为什么要对着镜子读书，也许她想利用一切机会观察粉刺的发展情况吧。她手里的那本书也显得来历不明，封面没有了，纸页都已经发黄磨烂了，她不让我碰那本书，我猜她心里有鬼，那肯定是一本什么坏书。

棉花来干什么？我说。

没干什么。表姐从桌上拿起一根黄瓜，她说，她给我送来一根黄瓜。

送黄瓜干什么？谁还没吃过黄瓜？我说，你别理棉花，她家的人脑筋都缺一根弦。

她缺一根弦？你就那么聪明吗？表姐说。

我听出表姐的语气不对劲，她就是这种乖戾多变的脾气，你要是想拍马屁不小心就拍到马蹄子上了。

那天傍晚表姐帮着我母亲做晚饭，我听见她们在谈论棉花，表姐对棉花的评价简直让我摸不到头脑，她说，棉花很聪明，棉花很懂事，她还说，棉花的皮肤很好，虽然黑了一点，但黑里透红，看上去多健康呀。

现在回想起来，我做表姐的卫兵其实只做了寥寥几天，我的位置很快就被铁匠家的女孩棉花挤占了，当然我也不很计较这事，一个男孩天天像跟屁虫一样跟着女孩，本来也没什么荣耀。让我疑惑的是我们镇上有许多女孩渴望陪伴表姐，表姐为什么独独挑中了棉花？要知道镇上的女孩对棉花一直是嗤之以鼻的。

棉花天天跑到我家来，她的青草篮子天天都丢在我家门口。棉花告诉铁匠老秦她去割草，但她在野地里三心二意地割了几把草，拎着篮子就偷偷跑我家来了。她每次都把一根或两根黄瓜藏在青草下面，我不知道那是什么意思。棉花和表姐在厢房里喊喊地说话，我也猜不出她们在说些什么。有一天我怀着一种类似捉贼的心情隔窗窥望，结果就看见了她们可笑而古怪的秘密。

表姐坐在镜子前，她的脸上贴满了一种绿色的小圆片，很快我看清那不是什么化妆品，那是切得很薄的黄瓜片，我看见棉花一边切一边把黄瓜片往表姐的脸上敷贴，不仅仅是厢房里诡秘的气氛让我惊悸，表姐脸上的那些黄瓜片也让我头晕目眩，你想想吧，一个人的脸敷满那些黄瓜片会是多么怪异，那天表姐在我眼里就像一个鬼魂一样，所以我哇地大叫了一声，然后转身就逃走了。

据我所知，现在的城市女性已经开始使用黄瓜制品保养皮肤，商店里正在公开出售几种黄瓜洗面奶什么的东西，但是多年以前表姐以黄瓜片敷面的举动被我们家视为异端，我母亲认为她是在作践自己的皮肤，你怎么去听棉花的鬼话？那女孩疯疯癫癫的，她懂什么呢？母亲看表姐的脸色有点难堪，便换了一种方法开导她，母亲说，粮店里的素兰以前脸上长满了粉刺，可结了婚嫁了人粉刺就全褪了，现在谁见了素兰不夸她脸蛋漂亮？粉刺这东西又不是天花麻子，到时候自然就没有啦。

表姐没有听完母亲的疏导，她突然站起来跑进了厢房，木门的碰撞和插门闩的声音充分宣泄了她的恶劣情绪。我发现表姐最恨别人当她面说到粉刺这两个字，她肯定是以为别人在嘲笑她吧。我觉得她这种态度有点蛮不讲理，好像她的粉刺是国家机密似的，不管谁都无权提及。还有一点我也很有意见，表姐从城市来，照理该给我带些礼物，但她什么也没送我，不送也就算了，可我亲眼看见她把一盒包装精美的什么糖果塞在棉花的篮子里，那个可恶的柿子脸女孩，她嘴上说不要不要，最后还不是把那盒糖果拿回家了？

我当时认为棉花跟表姐这么热乎就是想混点糖果什么的，但后来发生的一件事完全改变了我对她们关系的看法，这件事也把表姐在我们小镇逗留的日子打满了问号。

那天早晨表姐告诉我母亲她要去冯镇，中午不回家吃饭。母亲觉得很纳闷，她说，冯镇离这儿二十里地呢，你去那儿干什么？表姐说，不干什么，去玩。母亲说，冯镇就一条街，什么也没有，有什么可玩的？表姐的脸上立刻又有了受迫害的表情，她阴阳怪气地说，一条街也可以玩嘛。我母亲想到了什么，又是棉花来邀你的吧？母亲说，棉花那女孩缺心眼，鬼知道她带你去干什么呢。表姐这时候已经戴上了她的口罩，她说，你们不都说她缺心眼吗？反正她也不会把我卖了，她陪着我我放心。

棉花已经推着她家的自行车等着表姐了。我看着表姐跳上了自行车后架，两个女孩的背影亲昵地叠合在一起，一起消失在春天的晨雾中。我觉得她们的冯镇之行很神秘，尤其是棉花，她的柿子脸上充满了无以言表的快乐，我注意到棉花那天又穿上了过年的新衣服。

对于我们家来说，那是一个令人忧心忡忡的日子。午饭时分天气突然变了，一场典型的春雨开始在我们小镇上空噼啪作响，不用说二十里地以外的冯镇肯定也在下雨。你知道遇到这样的天气，屋顶下的人们都会为出门的亲友担心，我母亲在家里坐立不安，她一边埋怨天气一边埋怨棉花，她说，没见过这么缺心眼的女孩，下雨天带她去冯镇，我就知道跟着棉花没有好结果。我觉得母亲这么说也不对，腿不是长在表姐的身上吗？再说表姐跟棉花鬼鬼祟祟的，谁知道她们去干什么秘密勾当呢？

大约是下午三四点钟的时候，雨还在下，表姐突然冲进了我家，她的口罩耷拉在耳朵下，露出了湿漉漉的似哭非哭的脸，她的那件仿水貂皮大衣被雨水洗出许多沟沟坎坎，看上去也是湿漉漉的似哭非哭的。表姐就这样从冯镇回来了，她径直扑到厢房里，扑在床上高声呜咽起来，我母亲吓坏了，她看见棉花推着自行车站在雨地里，棉花正朝我们家张望，但我母亲顾不上去盘问她了。怎么啦？出什么事了？母亲一声高过一声地问表姐，她想把表姐的头部从床上搬起来，但表姐的脸死死地抵住了一只枕头，母亲无法搬动她，只是听见她的一串含糊的令人迷惑的哭诉。

她骗了我。表姐说，她骗，我，骗，我。

你说棉花骗了你？她怎么把你骗了？她把你带到哪儿去了？

她说她带我去治……刺……，表姐说，她为什么要骗我？冯镇根本没有……粉刺……医生……

我们直到此时才知道表姐去冯镇的目的，我听见母亲长长地舒了一口气，现在表姐的哭泣不再使我们紧张了，母亲的焦虑也被一种好奇感所替代，冯镇没有治——冯镇没有医生？母亲说，那你们在那儿干什么呢？

她骗了我。表姐仍然啜泣着说，她把我领到她外婆家，领到她舅舅家，还有她姨妈家，她让他们看我身上的大衣，好像我是什么展览品，她怎么能这样……怎么……这样……

我母亲差点想笑了，但她大概不忍心，我看见她用手胡乱地指着窗外说，这个臭棉花，我就知道她干不出什么好事来，要是告诉老秦，看不把她揍扁了！

窗外的雨仍然淅淅沥沥地下着，我看见肇事的棉花仍然站在我们家门外的雨地里，她已经淋成个落汤鸡了，我不知道她还站在这里干什么。看见我她想迎上来，她说，你表姐生我气啦？我朝她挥了挥手说，你还不快走？你脑子有病啊？棉花就往后退了一步，她说，你表姐哭了？我说，你还指望她在笑？你脑子有病啊？

我看见一种负罪的绝望的表情爬上棉花的脸，她的蒜瓣形的鼻翼首先抽搐起来，她的嘴角向下沉没，嘴唇左右摇晃，然后棉花大声地呜呜哭起来，她一边呜呜地哭着一边骑上自行车回家去了。我从来没见过像棉花这样一边哭一边骑车的女孩。

我记得表姐离开我们小镇时棉花也来了，我完全可以说棉花是一个不识时务的人，她自以为是表姐的朋友，但表姐甚至懒得朝棉花看上一眼。表姐坐在长途汽车临窗的位子上，她一直忙于挪移脸上的那只口罩，顾不上多说什么话。我看见她的乌黑的眼睛，从那种散淡的目光中不难发现她的心已经提前离开了我们的小镇。这是没有办法的事情，你知道表姐属于一个著名的繁华的城市，她到我们这儿只是来走亲戚的。

棉花起初远远地站着，我以为她会一直那样傻乎乎地站着，但司机揿响第一声喇叭时，棉花像是被什么刺了一下，她朝汽车窗边奔跑过去，我看见她把一个小布包塞给表姐，表姐想推开它，她们隔着车窗把小布包推来推去的，但不知是因为棉花的力气大，还是因为别的什么，表姐最后收下了棉花的那包礼物。

小布包里是什么？我不说你可能也猜到了，是新鲜的刚刚摘下的黄瓜。我看见一根黄瓜从布包缝里掉出来，落在地上，我特意走近了检查那根黄瓜，不是别的，就是一根新鲜的刚刚摘下的黄瓜。

穿仿水貂皮大衣的表姐一去不回，她曾经给我们来过信，信也写得像她人一样懒洋洋的，让我不满的是信封的地址也写错了，她竟然把我们的马桥镇写成马娇镇，马怎么会是娇的呢？这简直莫名其妙。

表姐的信中没有提及棉花的名字，提及棉花的名字就让人联想到黄瓜、粉刺以及可笑的冯镇之行，我猜那是表姐永远忌讳的事情。

城里的表姐一去不回，镇上的棉花仍然在我们镇上，有一天我拿了一口锅去找铁匠老秦补锅，走到他家门口就看见棉花冲了出来，棉花说，你表姐有信来吗？没等我回答，她嘿嘿笑起来，她指了指自己宽大的前额，用一种欣喜莫名的声音说，看见这儿了吗？一颗疙瘩，我跟你表姐一样，我也长了疙瘩啦！

红
桃
Q

有些人就是改不了小偷小摸的毛病，在我们香椿树街上这种情况尤其严重，你稍不留神家里的腌鱼、香烟甚至扫帚就会失踪，所以那天当我发现我的扑克牌少了一张红桃 Q 时，我立即想到有人偷去了我的红桃 Q。

　　你不知道我有多么爱护我的扑克牌，那是我在一九六九年惟一的玩具，我常常用它和我哥哥玩一种名叫大洛克的游戏。玩扑克牌是不能缺少任何一张牌的，也正因为如此，我在每一张牌后面都写了我的名字，我以为这样一来谁也不会来偷我的扑克了，可是我错了。我去向我哥哥打听红桃 Q 的下落，他说，丢一张牌算什么？我们学校李胖的儿子都丢了，一个人丢了都没人找，谁替你找一张破牌？我从他的表情里察觉出某种蹊跷之处，几天前他向我借一毛钱，我没理睬他，我怀疑他故意偷走了红桃 Q 作为对我的报复，我这么想着就把手伸到他的枕头里、床褥下还有抽屉中搜查起来，你知道我哥哥不是什么好惹的人，他突然大叫起来，你他妈的把我当牛鬼蛇神呀？你他妈的敢抄我的家？说着他就朝我屁股上狠狠地踹了一脚。

后来我们兄弟俩就扭打起来了，后来当然是我挂了眼泪灯笼，我哥哥一看局面不堪收拾了，纵身一跃就跳到了窗外的大街上，隔着窗子他对我说，你真他妈的没骨气，丢一张破扑克牌有什么了不起的？不就是一张红桃Q吗，哪天我给你弄一张红桃Q不就完了？

我哥哥是个吹牛皮大王，即使他说那番话是认真的，我也不相信他能弄来那张红桃Q。那是一九六九年，我们这个城市处于一种奇怪的革命之中，人们拒绝了一切娱乐，街上清寂无人，店铺的大门半开半闭，即使你走遍整座城市也看不见一张扑克牌的影子。你想象一九六九年一个雨雪霏霏的冬日，一个孩子在布市街（当时叫红旗街）一带走走停停，沿途爬在每一个柜台上朝货架上张望。营业员说，这位小同志你要什么？孩子说，扑克牌。营业员便都皱起了眉头，语气也不耐烦了，哪有什么扑克牌？没有！

我这么精心描述我当时寻觅扑克牌的情景，只是为了让你相信，我说的一切都是真的。

我跟随我父亲到上海去就是为了买一盒新扑克牌。从我们那座城市坐火车去上海大约需要两个钟头。那是我生平第一次坐火车，但我不记得当时是什么心情了，况且两个钟头的旅程过于短暂，只记得我父亲一直与邻座谈论着橡胶、钢铁什么的，谈着谈着火车就停下来了，上海到了。

一九六九年的上海是灰蒙蒙的死城，我这么说其实多半是一种文学演绎，因为除了那些土黄色的有钟楼的大圆顶房子，还有临近旅社的一长溜摆放豆制品的木架，我对当时上海的街景几乎没有什么记忆。我跟随出公差的父亲走在上海的大街上，眼光只是关注着路边每一家店铺的玻璃柜台。你应该相信，即使是在一九六九年，上海的店铺也比我们那儿的店铺更像店铺，不管是肥皂、草纸还是糖果糕点都整洁有序地摆放在柜台货架上，有几次我一眼就看见类似扑克牌的小纸盒，但每次跑过去一看，那却是一盒伤湿止痛膏或者是一盒香烟，上海也没有扑克牌？上海也没有扑克牌，这让我失望透顶，我想香椿树街上的那些妇女常常叽叽呱呱地谈论上海的商品，她们把上海说成一个应有尽的城市，现在看来全是骗人的鬼话。

我说过我父亲公务在身，他没有时间陪我在店铺里寻觅扑克牌，他要赶在别人下班前办完他的事情。在一幢灰白色的挂着许多标语条幅的水泥大楼前，父亲松开了我的手，他把我推到传达室的窗前，对里面的一个中年女人说，我上你们革委会办点事，你替我看一下我儿子。我看见那女人漠然地扫视着我们，鼻孔里哼了一声，出公差还带着孩子？什么作风！

我父亲无心辩解，他拎着一只黑色公文包匆匆地往楼上跑去，剩下我一个人站在上海的这座陌生的水泥大楼里，站在一个陌生女人冷冰冰的视线里。我看见传达室的炉子上有一壶水噗噗地吐着热气，那些热气在小屋里轻轻地漫溢着，墙上的毛泽东画像和几面红旗便显得有些湿润而模糊，那个女人的双手一直在桌下做着某种机械动作，偶尔地她抬起头朝我瞟上一眼。我突然很想知道她在干什么，于是我撑住窗沿腾起身子，朝桌子下面的那双手看了一眼，我看见一只苍白的手抓着一只圆形绣花架，另一只苍白的手捏着绣花针和丝线，我还看见了那块白绢上的一朵红花，是一朵绣了一半的硕大的红花。

你干什么？女人发现了我的动作，她几乎是惊恐地把手里的东西扔在桌下，她伸出一只手来抓我的胳膊，但我躲闪开了，我发现那个女人的眼睛里露出一丝凶光，她从桌上捡起一支粉笔朝我扔过来，嘴里恶声恶气地说，哪来的小特务小内奸？鬼头鬼脑的，给我滚开！

我逃到了街道的另一侧。我觉得那个女人莫名其妙，她把两只手藏在办公桌下绣花莫名其妙，她对我喷发的怒火更是莫名其妙。我其实不在乎她把手藏在桌下干什么，不就是绣一朵花吗，为什么要偷偷摸摸的呢？我想假如知道她是在绣花，我才懒得望她一眼，问题是她不知道我的心思，其实当我撑住窗沿看她的手时，我最希望看见的是扑克牌或者只是一张红桃 Q。

我第一次去上海充满了失落感，我父亲拉着我的手在上海的街道上怒气冲冲地走，他说，扑克牌，扑克牌，你知不知道那是封资修的东西，那不是什么好东西！

现在我可以确定当年随父亲投宿的旅社临近外滩或者黄浦江，因为那天夜里我听见了海关大钟、小火轮以及货船汽笛的声音，我还记得旅社的房间里有三张床，每张床上都悬着夏天才用得上的圆罩形蚊帐。除了我和父亲，房间里还住着一个操北方口音的男人，那个男人长了一脸硬如猪鬃的络腮胡子。

起先我一个人睡一张床。灯开着，窗外的上海在一种类似呜咽的市声中渐渐沉入黑暗，我看不见窗外的事物，我只是透过蚊帐看着房间的墙。墙是米黄色的，墙上有一张爱国卫生月的宣传画，我觉得宣传画上那个手持苍蝇拍的男孩很像我们街上的猫头（猫头也许与失窃的那张红桃 Q 有关，他是我的重点怀疑对象），我想了一会儿猫头与红桃 Q 的事。突然就看见了墙上的那摊血迹，真的是很突然地看见了那摊血迹，它像一张地图印在墙上，贴着床上的蚊帐，离我的枕边仅仅一掌之距。

墙上有血！我朝另一张床上的父亲大叫起来。

哪来的血？我父亲从床上欠起身子，朝我这里草草地望了一眼，他说，是蚊子血，夏天谁打蚊子时留在墙上的。

不是蚊子的血。我有点惊恐地研究着墙上那摊血迹，蚊子的血没有这么多！

别去管它了，闭上眼睛好好睡，马上要拉灯了。父亲说。

我看见那个络腮胡男人钻出蚊帐，他三步两步地跳过来，掀起我床上的蚊帐，是这摊血吧？他看了我一眼，掉头用一种明亮的目光盯着墙上的那摊血迹看，然后我看见那个男人做了一个令人震惊的动作，他把食指放进嘴里含了一会儿，突然伸到墙上的血迹中心狠狠地刮了一下，又把食指放回到嘴里，我看见他微微皱了皱眉头，往地上啐了一口唾沫。

是人血。他三步两步地跳回自己的床，在蚊帐里嘿地笑了一声，是人血，我一看就知道是人血。

刹那间恐惧使我的心狂跳起来，我扑向父亲的那张床，什么也没说，一头钻进了父亲的被窝。

是从谁头顶上溅出来的血，我一看就知道了。络腮胡男人说，你要用锥子戳谁的头，血溅到墙上就是那样子，用皮带头抡也差不多，我一看就知道了，这儿肯定押过人。

那不可能，这是旅社。父亲说。

旅社怎么就不能押人？络腮胡男人在蚊帐里再次发出了轻蔑的笑声，他说，你好像什么都没见过，我们单位的澡堂都押过人，那血可不是在墙上，是在天花板上，天花板上呀，你知道人血怎么能溅到天花板上？你没亲眼见过，让你猜也猜不出来。

别说了，我带着孩子。我父亲堵住那男人的话茬说，我带着孩子，孩子胆小。

那男人后来就不再说了。灯熄灭了，旅社的房间也突然陷入一片黑暗之中，包括墙上的那摊血迹也被黑暗湮没了。除了一种模糊微白的反光，我看不见旅社墙面上的任何东西。我听见对面床上的男人打起了浊重的鼾声，后来我父亲也开始打鼾了。

孩子们胆小，那天夜里我一直抓着父亲的一条胳膊，我想象着旅社里曾经发生的这件事情，想象那个流血的人和手拿锥子或者皮带头的人，一时无法入眠，我记得我清晰地听见了上海午夜的钟声，我想那一定就是著名的海关大楼的钟声。

第二天上海没有阳光，天色始终像灰铁皮似的盖在高楼与电线杆的上端，我父亲捧着一张纸条，带着我在一家巨大的商场内穿梭，纸条上列着毛线、床单、皮鞋尺码之类的货品清单，那是邻居们委托父亲购买的。在那座明显留有殖民地气味的建筑物里，人比货品更为丰富芜杂。在皮鞋柜台那里，我差点与父亲失散，我走到文具柜台前，误以为柜台里的一盒回形针是扑克牌。当我沮丧地坐回到试鞋的长椅上，突然发现坐在旁边的不是我父亲，是一个穿着蓝呢子中山装的陌生人。

后来我张着嘴站在椅子上哇哇大哭，我父亲慌慌张张地跑过来，扔下手里的东西就在我屁股上打了两下，他说，让你别乱跑，你偏要乱跑，告诉过你多少遍，这是上海，走丢了没地方找你。我说我没有乱跑，我去找扑克牌了。我父亲没再责备我，他拉着我的手默然地往外面走，上海也没有扑克牌，父亲像是自言自语地说，或许小地方小县城还有扑克牌卖，等我去江西出差时给你看看吧。

大概为了抚慰我，父亲决定带我去黄浦江边看船。我们走到江边时空中已是雨雪霏霏，外滩一带行人寥落。我们沿着江边的铁栏杆走，我第一次看见了融入海洋的江水，江水是灰黄色的漾着油脂的，完全违背了我的想象。我还看见了许多江鸥，它们有着修长而轻捷的翅膀，啼叫声也比香椿树街檐前树上的麻雀响亮一百倍，当然最让我神思飞扬的是那些船舶，那些泊岸的和正在江中行驶的船舶，那些桅杆、舷窗、烟囱、锚柱以及在风中猎猎作响的彩旗，我认为它们与我在图画本上描绘的轮船如出一辙。

雨和雪后来一直飘飘洒洒地落在上海的街道上，直到我和父亲登上那列短途火车的车厢。我的上海之旅结束得如此仓促，再加上恶劣的天气使午后的时间提前进入黑暗，我印象中的回程火车是灰暗而寒冷的。

车厢里几乎是空荡荡的，每一张木制座椅都透出一股凉意。我们原来坐在车厢中部，但那儿的窗玻璃被打碎了，因此父亲领着我走到了车厢尾部，那儿临近厕所，隐约地会飘来一股尿味，但毕竟暖和多了。我记得父亲脱下他的蓝呢子中山装裹在我身上时我问过他，这火车没有人？就我们两个人？父亲说，今天天气不好，又是慢车，坐这车的人肯定就少了。

火车快要启动的时候突然来了四个人，他们挟着车窗外的寒气闯进那节车厢，四个男人，三个年轻的都穿着军用棉大衣，只有那个年长的戴口罩的人穿着与我父亲相仿的蓝呢子中山装，他们一进来我就知道外面的雪下大了，我看见那些人的帽子和肩头落满了大片的雪花。

我想说的就是那四个匆匆而来的旅客，主要是那个戴口罩的老人，让我奇怪的是他始终被另外三个人架着挤着，他们走过我们身边，选择了车厢中部我们原先坐过的座位，他们好像不怕那儿的冷风。我看见那个老人坐在两个同伴中间，他朝我们这里转过头来，但那个动作未能完成，那个花白脑袋好像被什么牵拉着，又转了回去。隔着座椅，我看见的是几个僵硬的背部，有一个人摘下头上的帽子拍了拍雪，仅此而已，我没有听见他们说过一句话。

他们是什么人？我问父亲。

不知道。我父亲也一直冷眼旁观着，但他不允许我站起来朝那群人张望，他说，你给我坐着，不许走过去，也不许朝他们东张西望。

火车在一九六九年的风雪中驶过原野，窗外仍然是阴沉沉的暗如夜色，冬天闲置的农田里已经蒙上了一层薄薄的雪衣。父亲让我看窗外的雪景，我就看着窗外，但我突然听见车厢中部响起了什么声音，是那四个人站了起来，三个穿棉大衣的人簇拥着戴口罩的老人穿过走道，朝我们这里走来。我很快发现他们是要去厕所，让我惊愕的还是戴口罩的老人，他仍然被架着推挤着，他的目光从同伴的肩上挤出来，盯着我和父亲，我清晰地看见他的眼泪，那个戴口罩的老人满眼是泪！

虽然我父亲用力把我往车窗那侧拉拽，我还是看到了三个人一齐挤进厕所的情景，其中包括戴口罩的老人。另外一个年轻人站在门外，他比我哥哥也大不了多少，但他向我投来的冷冷一瞥使我吓了一跳，我缩回了脑袋，轻声对我父亲说，他们进厕所了。

他们进厕所了，进去的是三个人，但那个戴口罩的老人没有出来，出来的是两个年轻人，我听见那三个穿棉大衣的人站在车厢连接处耳语着什么，我忍不住悄悄歪过脑袋，看见的是那三个穿棉大衣的人，其中一个正把大衣领子竖起来护住耳朵。我看见的是那三个穿棉大衣的人，他们推开另一节车厢的门，消失在我的视线里。

我不知道戴口罩的老人怎么样了，我很想去厕所看一眼，但我父亲不准我动弹，他说，你给我坐着，不许走过去。我觉得父亲的神态和声音都显得很紧张。不知过了多久，列车员领着一群带着锣鼓铜钹的文艺宣传队员走进我们这节车厢，我父亲终于把一直抓着我的手松开，他舒了一口气说，你要上厕所？我带你去吧。

厕所的门虚掩着，推开门时一阵狂风让我打了个哆嗦，我一眼发现厕所的小窗敞开着，风与雪一起灌了进来，厕所里没有人，那个戴口罩的老人不见了。

那个老人不见了。我大叫起来，他怎么不见了？

谁不见了？父亲躲避着我的眼睛说，他们到另外一节车厢去了。

那个老人不见了，他在厕所里。我仍然大叫着，他怎么会不见了？

他到另外一节车厢去了，你不是要撒尿吗？我父亲望着窗外的风雪说，这儿多冷，你快点尿吧。

我想撒尿，但我突然看见厕所潮腻的地上有一张扑克牌，说出来你简直无法相信，那正是一张红桃Q，我一眼就看见那是红桃Q，是我丢失了而又找不回来的红桃Q。你完全可以想到我的举动，我弯腰捡起了那张扑克牌，准确地说是抢起了那张扑克牌，我抹去了扑克牌上的泥雪，向我父亲挥着它，红桃Q，正好是一张红桃Q！我记得我父亲当时急遽变化的表情，错愕，迷惑，震惊，恐惧，最后是满脸恐惧，最后我父亲满脸恐惧地抢过那张红桃Q，一扬手扔到窗外，嘴里紊乱地叫喊着，快扔掉，别拿着它，血，牌上有血！

我敢打赌那张扑克牌上没有一滴血迹，但我父亲那么说似乎并非谵妄之言。一九六九年的上海之旅在我的记忆中有一个神秘的句号。关于那个戴口罩的老人，关于那张红桃Q。整个童年时代我父亲始终拒绝与我谈论火车上的那件事情，因此我一直以为那个戴口罩的老人是个哑巴，直到前几年我已能与父亲随便地谈论所有陈年往事时，他才纠正了我记忆中错误的这一部分，你那时候还小，你看不出来，父亲说，他不是哑巴，肯定不是哑巴，你没注意他的口罩在动，他的舌头，他的舌头被，被他们，被……

我父亲没有说下去，他说不下去，他的眼睛里一下子沁满了泪，而我也不需要再说什么了，其实我也不喜欢多谈这件事情，多年来我常常想起火车上那个老人的泪水，想起他的泪水我心里就非常难受。

无论如何红桃 Q 仅仅是一张扑克牌而已。现在我仍然喜欢与朋友一起玩扑克，每次抓到红桃 Q 时我总觉得那张牌有某种异常的分量，不管是否适合牌理，那张牌我从不轻易出手，我也不知道为什么，我习惯把那张牌留到最后。

八只花篮

我看见她从花店里冲出来，像一匹小马那样跑了一会儿，又像淑女那样扭摆着走了几步，然后她站住了，我看见她把手伸到后背搔痒痒。

　　女孩子怀抱一束红石竹花站在区医院的门外，踮着脚仰脸望着六层楼上的某个窗口，看得出来她正在为什么事情犹豫着，她的两只手轮番梳理着花的细长的枝干，她的乌黑发亮的长发焦躁地向左右两边甩动。那天我恰巧路过区医院，女孩子看见我眼睛突然就亮了，她把那束红石竹花塞在我怀里，说："你把这束花送给我母亲，我不上楼了，我要赶火车！"我还没来得及追问什么，女孩子已经飞奔起来，她一边奔跑一边向我挥着手说："我来不及啦，他们在火车站等我呢！"

　　女孩子名叫朱卉，我这么一说你大概就能猜到是住在煤店隔壁的那个朱卉，那个美丽的不可一世的女孩，她总是像一只金虫在街上没头没脑地飞。人人都看见她在飞，却不知道她要到哪里去，她自己也不知道会飞到哪里去。后来她终于决定要去南方，但是这么大的事情她却瞒着家人，更让人生气的是朱卉的母亲当时正躺在癌症病房里，我替她送去那束花，听说那可怜的女人正等着朱卉送稀粥去呢。

朱卉一去杳无音讯，谁也不知道她的下落。朱卉的姐姐朱梅曾经接到她的一个长途电话，朱梅在电话里训斥了妹妹一通，训完了问朱卉人在哪儿，朱卉拖长了声调说："在广东，不在广东在哪儿呀？"朱梅一时疏忽了，她该问清楚朱卉的详细地址的，但她当时只顾向朱卉打听广东那边的时装行情了，姐妹俩在电话里讨论夏天的花边凉帽，说着说着电话就咯嗒断了，好像是朱卉的磁卡用完了，后来就杳无音讯了。

朱梅后来一直懊悔这件事，她母亲临终前一直重复着一句话："让朱卉回来，朱卉怎么还没回来？"家里人就说："朱卉马上就回来了，朱卉已经在路上了。"母亲又说："让朱卉乘飞机回来，别坐火车，这会儿就别省钱了。"家里人就说："朱卉就是坐的飞机，朱卉在广东挣了不少钱，她才不会省那点钱呢。"

说起朱卉的母亲，那也是一个典型的受人尊敬的妇女，她死后几乎半条街的人都出席了葬礼，当然在葬礼上许多人交头接耳的，谈论的都是朱卉，因为他们发现朱卉还是没有回来。这种事情要是没人谈论才怪呢，就是一只小兔子吃过青草后也记得归窝，她朱卉凭什么就把母亲忘得一干二净呢？

用不着再说什么了，反正你也认识煤店隔壁的那个女孩，那个女孩美丽而活泼，可是却没心没肺。她不是我们香椿树街人喜欢的好女孩。

这些年许多青年离开香椿树街远走他乡，走就走了，也没有人稀罕他们。他们一走别人就开始忘却他们，渐渐地那些人的名字放在嘴里便含糊不清了，他们的模样也像水底的鱼朦朦胧胧了，人们正要如此忘记朱卉时，朱卉却回来了。

我最初是从我祖母那儿听说朱卉回来的消息的，我祖母又老又糊涂，但她眼观六路耳听八方，是香椿树街最称职的哨兵。那天她坐在煤店与人闲聊时，一眼就看见朱卉从出租车里钻出来，祖母说虽然朱卉把嘴唇涂得像鸡血一样红，把眉毛画得比棉纱线还要细，把头发钳得像钢丝卷那样顶在头上，她还是认出了朱卉。朱卉朝煤店里的人摆了摆手，然后就开始从出租车上搬箱子，我祖母当时数了数那些箱子，一共有六只，几年不见，朱卉竟然带了六只箱子回家。祖母说到这儿便开始怪话连篇了。"她出去做的什么事呀？脖子手上都有金货，还带着六只箱子！"祖母的嘴里啧啧响着，突然说，"煤店的彩凤说了，她在外面不会做什么好事。"

有一天我在桥边的水果店里看见了朱卉，朱卉在挑选荔枝，一边挑着一边品尝着，我听见她对水果店的主人说："告诉你啦，荔枝要用叶子垫着，你这种荔枝又干又老，在广东那边没人吃的，你这种荔枝，嗨，也只能骗骗这里的老土啦。"我发现水果店的人眼睛都直勾勾地瞪着朱卉，主要是瞪着她的上半身，朱卉那天穿着一件不怎么像衣服的衣服，大概属于背心之类的，肚脐竟然露在外面，还有她的黑色短裙也像黎明的夜色罩不住双腿的春光，你也不能怪别人直勾勾的目光，朱卉现在确实让人觉得触目惊心。

我自以为与朱卉熟稔，用一种老友重逢的热情向她搭讪，没想到朱卉不领这份情，她眨巴着眼睛打量着我说："你好面熟，你到底是谁嘛？"我很窘迫，转过身想走，可是我听见朱卉在后面扑哧一笑，她说："你这人好奇怪，不认识就发张名片嘛，你不给我名片我可以给你，何必这么小家子气？"那番话说得我进退两难，我只好愚蠢地向她伸出一只手去，然后我看见朱卉一边吐掉一颗荔枝核，一边伸手到皮裙口袋里掏出了她的名片，用两根手指掐着给了我。

我敢断定朱卉其实是认识我的，我不知道她装作不认识我是为了说明什么问题，反正我觉得她看我的目光脉脉含情的，她脸上的微笑虽然略显做作但总的来说还是妩媚的，鉴于这种魅力，我还是原谅了朱卉，所以那天我站在水果店门外与她交谈了很长时间。

名片上的朱卉是一个什么美容中心的经理，单凭这张名片便足以让我对她肃然起敬了。像我这样的街道青年很容易犯不懂装懂的毛病，也很容易在女孩子面前卖弄幽默，朱卉便一边怜悯地看着我，一边捂着嘴咯咯地笑，她说："你搞什么搞呀，美容中心不割双眼皮，你说的是整容中心！"朱卉笑够了就剥一颗荔枝，她好像并不愿意多谈那家美容中心的事。"现在生意不好做，我把它交给合伙人啦，"她轻描淡写地说着，脸上忽然浮现出一个灿烂的笑靥，"告诉你啦，我要在这里开一间发廊！"朱卉的表情和口气很像在宣布她要发射一颗原子弹，她就那么向我摇晃着肩膀，得意洋洋的样子，突然用纤纤素指点了点我的鼻子，撒娇似的说："我的发廊八号开张，你可记得来捧场哦！"

我看着朱卉风风火火地离开了水果店，她肯定是搽过了香水，人到哪儿哪儿就暗香浮动，我和水果店的几个人面面相觑，不知怎么发现人们的表情都很轻薄，而且有点鬼鬼祟祟的，水果店主人学着朱卉的腔调，对我挤眉弄眼地说："你可记得来捧场哦！"

朱卉的发廊租用了从前五金店的门面，装潢倒是简单，门前挂了一盏波浪灯，玻璃橱窗上贴了许多美人头，其中一个美人头最大最鲜艳，你一眼能看出那是朱卉自己。我觉得这个朱卉就是不同凡响，她就是敢于与那些世界闻名的超级美女比一比，根本就不管站在橱窗前的那些女孩如何掩嘴窃笑。

发廊开张那天我看见店门口放着许多花篮，许多孩子大声念着红布条幅上的贺词和人名，除了孩子，大人却不多，我就看见朱梅和她的秃顶丈夫从玻璃门里出出进进的，不知在忙些什么。我没有进去，虽然我记得朱卉那天对我的期待，但一看见煤店里那群交头接耳的妇女，一看见我祖母也挤在她们中间监视着发廊的动静，我就打消了这个念头，况且我的头发刚理过，就是进去了也不知道该怎么捧场。

我说过我祖母是街上的消息灵通人士，那天晚上她对朱卉的发廊又发表了一通议论，尤其是对那堆花篮的说法使我感到很意外。祖母说："你以为真有人给她送花篮？八只花篮全是她自己花钱买的！这个公司祝贺，那个经理祝贺的，全是瞎编，彩凤亲眼看见她姐夫从花店买的八只花篮！"我祖母看见全家人瞪大了眼睛，便又在这个话题上自由发挥起来。"她倒是很有钱，盘下五金店的门面要花好几千元呢，"祖母的鼻孔里轻蔑地哼了几声，说，"年纪轻轻的女孩子，挣这么多钱？我看彩凤她们说得对，不是什么干净的钱！"

我祖母又封建又糊涂，你要是觉得我会受她影响那就错了。我祖母三番五次地警告我不要走进朱卉的发廊，但我却在等待头发生长，我觉得在理发中接近朱卉几乎成为我的一场预谋，尽管这样的预谋缺乏一个明确的目标。

后来我的头发就长了，于是在一个星期天的下午，我衣冠楚楚地溜进了朱卉的发廊。

店里只有朱卉一个人，顾客也只有我一个人，这种场面反而使我局促起来，我站在盥洗池边东张西望，不敢去看朱卉，我说："怎么没有顾客呢？"

"你是第一个顾客，"朱卉斜倚在椅背上抱着双臂，对我莞尔一笑，说，"开业快一个月了，你是第一个顾客，还是你够朋友嘛。"

"我要理发，"我坐到椅子上，仍然东张西望着说，"喂，你会理发吗？"

"你搞什么搞？不会理发我怎么会开发廊？"朱卉走过来用一块白布扣在我脖子上，然后她的手在我头上轻柔地抓了一把。"你这是什么头发呀？"她说，"又干又涩，丑死了，要焗油啰。"

"我不知道，随便你啰。"我学着她的腔调说。

不知怎么我忍不住地把头扭来扭去，我坐在那里一直东张西望着，突然我的脑袋被朱卉用手扳正了，我听见朱卉说："理发就理发嘛，干什么老是东张西望的？"

"怎么没有顾客呢？"我努力使自己安静下来，我说，"没有顾客你开发廊干什么？"

"我也不知道，"朱卉说，"鬼知道是怎么回事，好像我会吃人的样子，我知道许多人在背后说我的闲话。"

"说你什么闲话？"我明知故问地转过头去。

"你没听说过？怪不得你敢来。"朱卉忽然嘻嘻一笑，她在我头上喷了一点水，用梳子轻轻地梳理我的头发，梳了一会儿我听见她又在嘻嘻地笑，她说："你真的没听他们说我？说我在那边做妓女呀！"

尽管针对朱卉的风言风语已经在街上传得沸沸扬扬，但这话从朱卉自己嘴里蹦出来，还是吓了我一跳。我又开始东张西望起来，也就在这时我看见我祖母扭着小脚从煤店那儿过来了，一看她那种救火似的步态和表情，我就猜到她是来救我的，与其让祖母进来还不如我自己出去，于是我一下子从椅子上弹起来。"我上班要迟到了，"我扯下脖子上的白布，慌忙往门外走，一边走一边说，"改日再来，改日再来吧。"我冲出发廊的玻璃门，听见朱卉愤怒而尖厉的声音："你搞什么搞？神经病，三八，你们都是神经病！"

我后来一直为那天下午的行为感到羞愧，当然我不会去把责任推到我祖母身上，问题主要出在我身上，其实我说不清去朱卉的发廊的真正目的，用我祖母的话来说，去那里的没什么好人，都是心怀鬼胎。我想我可能也是心怀鬼胎的那类人，否则我不会再有勇气走进朱卉的发廊。

我记得那天下着雨，街上店铺里都没有什么人，我拎着雨伞走进去一眼就看见了朱卉和狗狗，朱卉正在给狗狗理发，你知道狗狗就是小学王老师家的那个傻儿子，我一进去狗狗就用鱼一样的眼睛瞪着我，嘴里嚷着："我在理发，你别来捣乱。"

朱卉始终没有朝我看上一眼，她用剪子细心地修整着狗狗杂乱如草的头发，我听见她对狗狗说话的声音异常温柔而沙哑，她说："狗狗别乱动，小心我剪着你的耳朵。"

"这一阵生意怎么样？生意好点了吧？"我坐在一旁随口搭讪道。

朱卉不理我，她对狗狗说："狗狗的头发又长又脏，臭死了，你妈妈怎么不给你洗洗头呢？"

"我要好好理个发，"我摸着头皮说，"上次你说我的头发该焗油？等会儿你给我焗油吧。"

朱卉不理我，她对狗狗说："狗狗的头发其实又黑又亮，弄干净了很好看呢，我给你剪个最时髦的发型，像郭富城那样，好不好？"

狗狗嚷嚷道："你会把我的头发弄成卷卷毛吗？我要卷卷毛！"

朱卉笑了笑，我以为她这时会疯笑一气，但她只是淡淡地笑了笑，她说："狗狗不能要卷毛，女孩子才烫头发呢，男孩得有男孩的样子。"

我感觉到了朱卉的敌意，我想化解她的敌意，因此我坐在那儿七拉八扯地说了许多话，后来朱卉终于向我转过脸来，朱卉的眼神冷若冰霜，她说："你别等了，等不到什么好事，我给狗狗理完发就回家。"

我很尴尬，我觉得朱卉装出这种烈女的样子未免太过分，忍不住说了一句猥亵而阴损的话，然后我就看见朱卉的双手抓着剪子和木梳停在半空中，朱卉红润而年轻的脸变得苍白如纸，然后我听见傻子狗狗愤怒的咆哮声："我在理发，你别来捣乱！"

我不记得那天的事情为什么如此恶化起来，或许只是因为我的出言不逊，或者因为朱卉终于忍无可忍，我匆匆走出发廊的时候，一瓶洗发液从背后飞过来，差点砸到我的脚跟上。

某种街头青年的恶习使我的行为近乎疯狂，我把脸贴在玻璃门上朝朱卉扮着鬼脸，还做了一个下流的手势，朱卉不再看我，她的双手仍然停在半空中，她的目光无力地落在傻子狗狗的头顶上，我看见傻子狗狗转过脸，茫然地瞪着朱卉，我看见朱卉把狗狗的脑袋再次扳回去，朱卉用梳子在狗狗头发上轻轻地挑了一下，然后我清晰地看见一滴晶莹闪亮的泪珠，那滴泪珠恰好滴落在狗狗的头顶上。

那滴泪珠后来使我愧疚了很长时间。

假如不是因为遗忘在发廊里的雨伞，我第二天绝不会再走到朱卉的发廊前面转悠，我在煤店附近转悠了半天，发现贴在橱窗上的朱卉的美人照不见了，透过那一大块玻璃可以看见一个女人在里面给自己吹头发，我终于认出那是朱卉的姐姐朱梅，那不是朱卉。

我走进去寻找那把雨伞，这才注意到发廊里已经空空荡荡，只有八只花篮堆放在台板和椅子上，朱梅知道我找雨伞，显得很吃惊的样子。"你来理过发？"她说，"听朱卉说没有做成过一笔生意，朱卉就给狗狗理过发，还是免费的。"

我不知道说什么好，只是抓着雨伞往外面走，走到门边我忍不住还是问了一句："朱卉怎么不在？这店要关门啦？"

"开不下去只好关门，"朱梅说，"不关门怎么办？没人找她做头发，总不能到街上拉人进来呀。"

"朱卉人呢？"我又问了一句。

"现在大概已经上火车了，她又回广东去啦，"朱梅在镜子前照了照刚吹好的头发，"她在那边过惯了，回来反而不习惯，她想走就走，谁也拦不住她的。"

我的脸突然燥热起来，不知为什么我觉得自己像一个杀人犯逃离了现场，我抓着那把雨伞低着头走过煤店，我听见我祖母在喊我的名字，我没有理睬她。煤店里的那群妇女还在叽叽喳喳地议论朱卉，一个声音说："她哪里做过什么经理？小白知道她在那边的底细，天天晚上在舞厅等人嘛，什么狗屁经理？"另一个声音像打气筒一样嗤地笑了一下，然后一大群声音跟着快乐地笑起来。

我早就说过就连香椿树街上空的云都是由闲言碎语组成的，我习惯了这种叽叽喳喳的声音，但那天我极其仇视那种声音，就像一个杀人犯总是会有嫁祸于人的举动，我突然怒火中烧，把手中的雨伞狠狠地扔进煤店店堂，我听见了一阵尖叫声后心里就舒服一些了，妇女们和我祖母都惊惶地追出来喊："怎么回事？你疯啦？"我嬉皮笑脸地对她们挥挥手，我说："你们才疯了，神经病，一群神经病！"这么骂着我突然想起朱卉骂人用的那个新词汇，于是我一边笑一边对她们喊着："三八，三八，你们都是三八！"

我的行为愚蠢可笑，实际上只是想减轻心中的罪孽。我真的不希望你把我看成一个街头无赖，我心里其实藏着许多美好的东西。就说那个远在南方的朱卉，我每次想起她便想起一个怀抱红石竹花站在医院门口的女孩，但那个女孩你现在再也见不到了，她又去了南方。当然她在香椿树街还是留下了一些痕迹，譬如那八只花篮。我每次经过那间荒弃的发廊，总是会伸头朝玻璃窗内望一眼，总是会看见那八只花篮，后来朱卉走的时间久了，人们不再谈她的事，那八只花篮也就不见了。

吹手向西

到了后来，我再也想不起子韬的脸了。据其他同学回忆，子韬的容貌一般，或者说没有什么特色。他的左脚踝关节处长着一块酱色的疮疤，仅此而已。就是这块疮疤后来渐渐溃烂发炎，直至把他送到射鹿县的麻风病院。

　　那辆白色救护车停在操场上，大概是午后三点钟光景，子韬站在足球场上，看见三个男人从救护车里跳下来。子韬把足球踢给别人，低着头站着，双脚轮流蹭打地上的草皮。子韬穿着田径裤和蓝白相间的长筒线袜，他站在那里，抬头看了看天空，然后弯下腰把线袜拉下来，匆忙地朝自己的踝部扫了一眼，他的脸色立刻苍白起来。当三个男人走近子韬把他凌空架走时，子韬进行了顽强的抵抗。他蹬踢着那些人的脸，同时发出愤怒的狂叫。

　　我不是

　　我不去

　　操场上的人听见了子韬的叫声，他们看见子韬脚上的运动鞋在挣扎中掉下来了，而他的袜子也快剥落，露出踝部一大块酱色的疮疤。

还有一个女人戴着口罩从救护车里下来，她提着一架喷射器沿着足球场走，在每个地方都喷下了一种难闻的药水。她对围观的人说，你们快走，我在喷消毒药水。三天内足球场停止使用。

我所供职的报社收到一封读者来信。信中称他是从射鹿麻风病医院逃出来的惟一幸存者，他亲眼目睹了焚烧医院和病人的残酷事实。一百一十三名麻风病人被活活烧死，尸骸埋在公路边的麦田里。

我注意了一下来信，信纸是从小学生作文簿上撕下来的，信封是那种到处出售的印有花卉图案的普通信封。我洗了洗手，用铁夹把信夹着又仔细看了一遍，信尾没有署名，只有三个遒劲有力的大字：幸存者。幸好邮戳还算清晰，邮戳上盖的是射鹿湖里。

这封读者来信被套上了一个塑料袋，在我的同事中间传阅。第二天，我的上司就通知我到射鹿县去调查此事。

射鹿一带河汊纵横，空气清新湿润。公路总是傍着水面向前延伸，路的两侧是起伏均匀的洼地，长满茂密的芦苇和散淡的矢车菊。秋天水位涨高，河汊里的水时而漫过公路路面，汽车有时就从水中驶过，溅起无数水花。开往射鹿的长途汽车因此常常需要紧闭车窗。时间一长，窗外的秋野景色变得单调无味，而车内浑浊的空气又使我昏昏欲睡。

在一个水坝上，汽车莫名其妙地停住了。我随几个人下车探个究竟，看见司机和一个奇怪的男人对峙着。那个男人光着脚，身上裹一件肮脏油腻的军用大衣。他的脸被什么东西涂得又黑又稠，一手高举着一块牛粪状的东西，一手朝司机摊开，嘴里含糊地咕噜着。我问司机，他要干什么？司机笑了笑，说，拦路的泼皮，要两块钱。我凭什么给他两块钱？那个男人突然清晰地狂叫起来，不给钱不让走！司机无可奈何地说，好吧，我上车拿给你。说着眨了眨眼睛。司机把车下的乘客都赶上车，然后他坐到驾驶座上，猛地点火发动，汽车趔趄了一下后往前冲去。我看见那个男人惶乱地跳起来，摔在路坡上，朝木闸那儿滚动了五六米远。最后他趴伏在陡坡上，远看就像一只巨大的蜥蜴。

汽车在受到意外的惊扰后越开越快。我回头看见那个裹着军用大衣的男人已经重新站在水坝上，他现在变得很小，隐隐地传来他愤怒的骂声。根据动作判断，他好像徒劳地朝我们的汽车砸着那团牛粪。

射鹿这地方给我的最初印象很坏，这也影响了我后来的调查。

我在射鹿城里住了一天，发现这个小城没有任何趣味可言，惟一让我惊奇的是城里有几家棺材店，从窄小的门洞望进去，可以看见那些棺材在幽暗中闪着隐晦的红光。我所栖身的招待所房间、床单和枕头上都洒上了劣质花露水，香得让人透不过气来。一切都是刚洗净换上的，但是我无意中发现枕巾上有一块硬斑，不知以前擦过什么东西，头发碰在上面就唑唑地响。陪同我的县委宣传部副部长说，小地方条件差，请你多多包涵了。

我把那封信交给副部长看，他匆匆看了一遍就递还给我，说又是这个疯子，他又出动了。我说，他是谁？副部长苦笑说，要知道他是谁就好办了。这个人每年都要写信给报纸，说我们把麻风病医院烧了，把麻风病人都烧死了，纯属造谣惑众，在你之前已经有许多记者上过他的当了。我把信重新收起来放进包里，我说，射鹿好像是有一个麻风病院。副部长说，有过，但是五年前就迁往别处了。病人也随医院迁走了。我说，医院旧址还在吗？他说，当然在，那么好的房子怎么舍得拆？现在那里是禽蛋加工厂。每年为县里创收三十万元。他暧昧地对我笑笑，又说，你想去那里看看吗？去吃鸡，厂里有的是鸡，我陪你去吃百鸡宴。我点了点头，我说我最喜欢吃鸡了。

第二天我随副部长驱车前往射鹿湖边的麻风病医院旧址。旧址濒临浩渺的射鹿湖，远远地就看见一片白墙红瓦掩映在石榴树林里，空气中隐隐飘来鸡粪的腥臭。吉普车在狭窄的乡间公路上左冲右突，冲进了一片高高的颓散的铁丝网包围圈里。副部长说，这就是以前医院的地盘了，以前还有两圈铁丝网，后来被拉断了，麻风病很危险，隔离措施不严密不行，曾经有病人想逃，结果就被电网打死了，这也是没有办法的事情。

在禽蛋加工厂我参观了宰鸡车间，看见一种奇妙的宰鸡流水线，一只活鸡倒挂在电动铁钩上，慢慢送进宰割机中修饰加工，最后就从一个大喇叭口里晕头晕脑地飞出来，已经是光溜溜地开肠破肚一毛不剩了。我面对无数鸡腿鸡翅瞠目结舌。许多宰鸡工人在流水线上安静地操作，我逐个观察他们的皮肤，他们个个红润健康，脸上、手上、脖颈上没有任何可疑的疮疤，很明显，他们不是昔日的麻风病人。

午宴上果然都是鸡，加工厂的厂长热情好客，他竭力劝我把各种鸡都尝一下，并说明哪种鸡是出口的，哪种鸡获得部优称号，但我还是偏爱油炸鸡腿，一连吃了五只。我记得吃到第六只的时候我有点神思恍惚了，我看见第六只鸡腿的踝关节上有一块酱色的疮疤，于是我看见昔日的同学子韬站在足球场上，他慢慢地把线袜往下剥，露出一块酱色的溃烂发炎的疮痂。这时候我感到一阵恶心，捂住了嘴，我飞快地跑到外面，面对一只巨大的塑料鸡笼呕吐起来，吐得很厉害，我几乎把吃进去的鸡全部吐出来了。

副部长和禽蛋加工厂厂长都站在一边看我吐，等我吐完了他们上来扶住我。副部长说，我知道你为什么吐，其实习惯了就会好的。厂长则解释说，这些鸡都是很干净的，卫生检查完全合格，国内国外市场上都很畅销。我为自己的失态而窘迫不安，我说，这跟卫生无关，只是我的胃有问题。

关于麻风病医院旧址的情况，我无法再详细描述了。我沿着业已锈蚀的铁丝网，搜寻某些特殊的痕迹。这里的石榴树长得异乎寻常的高大苗壮，但很少有结果的。树下可以看见几张歪斜的石桌石凳，有一只木质羽毛球拍和袜子、手套之类的杂物在草丛里静静地腐烂。我不能判断它们是何时遗弃在这里的，也许它们同那座迁徙了的医院没有关联。

在射鹿城逗留的那些日子里，我时常有一些谵妄的阴暗的念头。一切都是那封群众来信生发的效果，我对所有的触摸保持高度警惕。除了自由流动的空气，我避免任何东西对皮肤的接触。我不跟人握手。我和衣而睡。我用自己的饭盒和匙子去餐厅吃饭。但即使这样，我在睡眠状态下仍然感到身上处处发痒，尤其是左脚踝关节处，那里奇痒难忍，我在睡梦中仍然记着对麻风病症状的验证办法，我狠狠地掐拧左脚踝关节处。那样的深夜，我听见远远的射鹿湖的潮声和第一声鸡啼，对左脚的疼痛又高兴又惶恐。

走在射鹿城枯燥单调的街道上，对旧友子韬的回忆突然会变得清晰起来，我会发现街上的某个行人很像子韬，我的视线下意识地扫向他们的左脚踝关节，什么也看不见。现在是秋天了，射鹿的男人大多穿着化纤长裤和黑色皮鞋。所以，在大街上寻找一个人常常会一无所获。

你知道一个叫黄子韬的人吗？我问副部长。

他是射鹿人？副部长说，说详细点，射鹿的人我都认识。

不，他是一个麻风病人。

我不认识麻风病人，我怎么会认识他们？

随便问问。我说，他是我的中学同学。

你如果想打听麻风病人的情况，可以去找邓大夫，副部长说，他以前是医院的主治大夫，退休后就留在射鹿了。

后来我真的按地址找到了邓大夫。那是个干瘪苍老的老头，独居在一个潮湿的种满花草的小院里。我是一个人去的，事实上调查至此已经纯属私人性质。我有点胆怯地推开一扇长满青苔的木门，看见台阶上站着那个老头，他背对着我，往墙上挂一只蝴蝶标本。当他回过头时，我猛地看见一只巨大的白纱口罩。那只大口罩把邓大夫的脸全部蒙住，只露出一双敏捷的鹰鸷般的眼睛。

你是谁？我现在不看病了，你要是有病请到县医院皮肤科去，那里有特别门诊。邓大夫在口罩后面发出的声音嗡嗡的。

我意识到发生了一场难堪的误会。我的心情立刻变得很坏。我提高声音说，我不是麻风病人。我来向你打听一个人。

谁？邓大夫依然在挂蝴蝶标本，墙上几乎挂满了五颜六色的蝴蝶标本。他说，他们都跟着医院迁走了。

你知道一个叫黄子韬的病人吗？

黄子韬？邓大夫猛然回过头，口罩外面的眼睛亮了一下，你是他的什么人？你是他兄弟？

没有什么特殊关系，我和他是中学同学。

如果是这样，告诉你也不要紧。邓大夫走下台阶，在距离我两米远的地方站住，他说，黄子韬死了，他逃，让电网电死了。

我一时无言。在满院的茑萝和美人蕉的阴影里，我看见一只白色线袜渐渐剥落，露出一块模糊的疮疤。除此以外，没有其他感觉。

他为什么要逃？我说。

他不相信自己是麻风病，怎么也不相信。他逃了七次，我们对他毫无办法。

明知有电网，为什么让他逃呢？

医生只管治疗他的皮肤，管不住他的头脑。他不相信自己有病，他要逃，你有什么办法？

确实没有什么办法。我想了想说，转身轻轻地离开小院。我把那扇木门按原样虚掩上，然后从门缝里最后张望了一眼邓大夫，我看见的还是那只巨大的白纱口罩。邓大夫自始至终没有摘下那只口罩。一些茑萝精致的叶子在他的头顶飘拂，让我联想起死亡所具有的诗情画意。

我在射鹿县的调查显然是劳而无功的。新闻就是这样，当一方提供的事实真实可信时，有关的另一方必须隐去，或者说，必须忽略不计。那个写匿名信的幸存者无疑属于后者。况且，在射鹿县的五十万人口中寻找写信人不啻海底捞针。

最后那天，我搭便车去了湖里。湖里是一个乡，在射鹿湖的西岸。我想湖里大概是射鹿县景色最优美的地方了，我独自在水边的乡间公路上走，拍下了一些典型的风光照片。我甚至在一片水洼地边拍到了野生天鹅的照片，那只天鹅风姿绰约，独饮清泉，它也可以替代那篇无法完成的惊人新闻登上报纸头版。我怀着一种愉悦的心情跟着那只天鹅穿越了乡间公路。天鹅步态轻盈欲飞欲走，它在一个大草垛上停留了片刻后，飒飒地飞离地面。我不知道它会飞到哪里去，我是无法测定天鹅的行踪的。

关键是那个大草垛，我突然注意到草垛上用石灰水刷写的几个大字：吹手向西。我觉得这个路标的语意很奇怪，在空寂的乡间公路上，它指点人们向西寻找吹手，吹手是凭借乐器送死者升天的行当，那么在荒凉无人的湖里地带，吹手能等到他的雇主吗？

我极目西望，方圆几里看不见一座村庄。在公路的西面，在一片瓜地中央，有一座低矮的窝棚。我似乎还看见一件白色的衬衫在两棵树之间随风飘动。我朝西走去，路标告诉我，吹手就坐在窝棚里等待。

我弯腰钻进窝棚，看见一个满面络腮胡子的男人坐在一张草席上，他在吃一只熟透了的西瓜。窝棚里光线黯淡，看不清吹手的脸，我只觉得他的牙齿很白而他手里的西瓜很红。

你家有丧事？吹手把瓜往地上一扔，朝墙上摘着什么。

不，我只是看看。

是你父亲还是妻子，还是孩子？

不，都不是，我有个同学死了。

我只吹唢呐。吹手将一只发亮的唢呐朝我晃晃，你如果要请吹箫人、打鼓的，还要往西走，再走三里地。

我往窝棚的门口挪了挪，坐下来。我闻见窝棚里有一种植物或者生肉腐烂的气味。我转过脸看了看挂在两棵树之间的白衬衫。我说，我有个同学死了。

同学是什么？吹手问，是亲戚吗？

吹手挨近我，他的一条腿懒散地斜伸着，伸到我的面前。阳光投射到窝棚的门口，照亮吹手光裸的粗壮的小腿，我差点叫出声来，因为我看见吹手的左腿踝关节处有一块酱色的疮疤。

我跳起来，离开了窝棚。我站着大口地喘气，四周是空旷的湖里野地，风从湖上来，拂动吹手晾晒的白衬衫，这个时刻，世界对于我变得虚幻不定。

我听见窝棚里传来了沉闷的唢呐声，戛然而止，好像呜咽，接着唢呐大概被吹手悬挂了起来，发现清脆的金属碰撞声。

喂，到底是谁死了？吹手在窝棚里问。

我没有说话。我的眼前固执地重复着一个画面：我看见子韬的白线袜渐渐地从腿上褪落下来，他单腿站在足球场上，沉重地抬起左脚，他的左脚踝关节处结着酱色的疮痂，它在阳光的照射下溃烂发炎。

你如果要请吹笛的、拉琴的，还要往西走。往西再走三里地。吹手在窝棚里说。

从射鹿回来的第二天，我发现我的左脚踝部开始发痒，细细一看，还有一块隐隐的红斑。我到医院的皮肤科挂了急诊，我怀着异样焦灼的心情观察医生对那块红斑的检查。但是我不能从医生漠然没有表情的脸上得出任何结论。

会不会是？当我的左脚被医生抓住时我欲言又止。

是什么？医生已经推开了那只脚，她说，什么也不是，你不过是被跳蚤咬了一口。

灰呢绒鸭舌帽

老柯的那顶鸭舌帽是灰呢绒的，看上去似乎有一段历史了。事实确实如此，购置那顶帽子的人是老柯的父亲。老柯的父亲年轻时风流倜傥，喜欢收集各式各样时髦的帽子，灰呢绒的鸭舌帽是他在旧上海的一家洋货行偶然购得的，帽子制作精良考究，尤其是内衬用柔软的海绵和苏格兰绒布缝制，这使他光秃的头顶感到异常舒适。

　　老柯的父亲生前最喜欢那顶灰呢绒鸭舌帽，当他濒临弥留之际把帽子传给了惟一的儿子，老柯记得父亲让他弯下腰，他弯下了腰，父亲冰凉的颤索的手在他头发的空隙中慢慢地划动，你也开始谢顶了。父亲突然说。老柯看见父亲枯槁的脸上浮现出一丝欣慰的笑容，然后他从枕边拿起那顶灰呢绒鸭舌帽，艰难而又很坚决地把它戴在了老柯头上。

　　这顶帽子很好，留给你戴吧。老柯的父亲最后对老柯悄悄耳语说。

　　老柯记得父亲让他靠近他的嘴唇，他就把右耳一点点地贴近父亲失血的干瘪的嘴唇，结果他听见的就是这句话，这顶帽子很好，留给你戴吧。老柯想也许是父亲在帽子内衬里藏了什么东西，所以在为父亲守灵的时候，老柯曾经偷偷地拆开了帽子的内层，但是里面什么也没有，帽子里面竟然什么也没有，这种结果同样出乎他的意料。老柯不知道父亲为什么独独要给他留下一顶帽子，他对这种可有可无的东西从来都采取藐视的态度，老柯觉得十顶帽子加起来也不及一双袜子重要。

那顶灰呢绒帽子在箱子里存放了大约两年时间。两年以后一个秋天的早晨，老柯早早地起床为妻子和儿子准备早饭，他隐隐察觉出妻子在背后注视着自己，妻子正对着镜子梳理她的一头秀发，但她不时地侧过脸看他的后脑勺，而且她的表情显得有些古怪和神秘。

你在看什么？老柯问。

看你的头发。妻子脸上突然出现一种暧昧的笑容，她用木梳随意指了指老柯，你的头发越来越少了，好像每天都在掉，看上去很滑稽，就像——

就像什么？

就像儿子图画本上的太阳，四周涂了些光芒，中心是空的，光秃秃的，妻子扑哧笑了一声，她观察着老柯的反应，发现他的茫然多于愠怒。你过来。我再拿面小镜子，让你看看自己的头发。

老柯顺从地站在两面镜子之间。这样他第一次看见了自己头发的形状，夸张地说很像儿子随意画的太阳和光的形状。一切都酷似已故的父亲。在这个春寒料峭的早晨，老柯不无酸楚地想到了人类遗传方面的一些危害，仅仅几年光阴，他的一头乌黑发亮的头发就消失不见了，就像一些干草被风卷走了。即使是一个不修边幅的男人，也是一种残酷的打击了。

我有一顶帽子，我要戴那顶帽子去上班，老柯后来用一种严肃的语气对妻子说。老柯所说的就是那顶灰呢绒的鸭舌帽。

就这样箱子里存放了两年之久的灰呢绒鸭舌帽被翻了出来，老柯的妻子把它挂在窗外晒了一天的太阳，等到太阳落山，帽子上的霉味也消失殆尽了。老柯的妻子后来又细针密线地缝好帽子脱落的内衬。

香椿树街的男人们衣着简朴，不事修饰，不管什么季节很少有人戴帽子，戴灰呢绒鸭舌帽的老柯因此显得与众不同，帽子成了老柯的标志，人们可以从很远的地方发现那顶帽子，常常就在很远的地方招呼老柯，老柯，剃头去呀？

这当然是男人之间常开的玩笑，老柯对于他们无礼的调侃挖苦并不计较。他想你们头发茂密也不是什么骄傲；谢顶的人即使变成秃顶也没什么可耻的，不过是每人的生理状况有所不同罢了。但是老柯意识到自己内心多少有点问题，每次经过街口的理发店他都会偏过脸去，为什么要偏过脸去？是不是有点心虚和羞怯？老柯在心里拷问自己，这时候他感到一种难以言传的孤独，夹杂着无可奈何的怨恨，老柯发现自己有点怨恨已故的父亲，假如不是父亲的遗传因子，他也会像所有的香椿树街男人一样经常光顾理发店了。

秋去冬来，老柯在天寒地冻之季常常留心那些街头偶遇的戴帽子的男人，他注意到他们露出帽圈外的浓密的头发，看来他们只是把帽子作为御寒之用，老柯仍然觉得自己与人群格格不入，惟一聊以自慰的是那顶家传的灰呢绒鸭舌帽，它在所有的帽子中显得独树一帜的高雅风格，从众多的粗糙俗气的工作帽、军帽和老式毡帽中脱颖而出。

不知是从哪天开始的，老柯开始欣赏起父亲留下的这顶帽子，他发现自己似乎离不开它了，即使在家里他也时刻戴着。夜里，睡觉前他把帽子挂在床栏杆上，早晨醒来的第一件事就是去摘那顶帽子。这个古怪的习惯渐渐引起了妻子的厌恶，有一次她拉住了老柯伸向帽子的那只手，烦死了，从早到晚戴着那顶帽子，老柯的妻子掩饰不住她的恶劣的情绪，她说，我从来没有嫌弃你秃顶，你何苦一睁眼就去摸那顶该死的帽子？

不，不是这么回事。老柯说，你不懂，我现在戴惯了它，没戴帽子反而不舒服，好像缺了点什么。

那么到了夏天你怎么办？到了三伏大热天你也戴着它吗？老柯的妻子诘问道。

我不知道，到了夏天再说吧。老柯沉思了一会儿，含含糊糊地把这个问题搪塞过去了。但是妻子无疑提醒了老柯，到了夏天怎么办呢？老柯确实拿不定主意，他想以后的事就以后再说吧，冬天过去了还有春天，夏天是否戴帽子就到夏天再决定吧。

日子一天天穿梭而过，时光就在窗外的香椿树街上一点一滴地流淌。老柯这一年三十五岁。老柯三十五岁时头发所剩无儿，他依稀记得父亲在世时曾经预言，柯家的男人到了三十五岁就成了秃头了，你到了三十五岁也过不了这一关的。老柯偶尔站到镜子前，摘下帽子，脑袋转来转去，从各个角度端详分析自己残存的那些发茎，他发现这半年来他的脱发现象似乎越来越严重，他不知道是手里这顶灰呢绒鸭舌帽坏了事，或者是命运注定他的头发将继续不停地脱落下去？老柯低头凝视着父亲留下的灰呢绒鸭舌帽，突然觉得自己的头发乃至整个生活都被父亲和父亲留下的帽子控制住了，细细想来这似乎是一件天经地义的事情。

老柯用双手轮流揉摸着他的灰呢绒鸭舌帽，手指动作温柔而娴熟，这顶帽子有时令他惶惑，但他深知自己是爱惜这顶帽子的。不管怎么说，老柯已经离不开他的帽子了。

事情发生在清明节的前一天，老柯一家搭了一辆大卡车前往郊外的公墓，车上的人大多是香椿树街的，他们结伴去公墓给自己家族的亡灵祭扫焚香，其间夹杂着一些快乐的吵吵嚷嚷的孩子。老柯一家在卡车上并不引人注目。只是在卡车启动驶离化工厂前的空地时，人们听见老柯的妻子说了老柯一句，去扫墓你还戴着帽子？而老柯对妻子的当众抢白似乎有点愠怒，他不耐烦地避开妻子的视线说，你什么都管，到公墓再摘掉不就完了吗？

去公墓要驶过一条长长的乡村公路，碎石路面铺得很粗糙，卡车因此不时地颠晃着，孩子们都被他们的母亲搂住坐在车厢里，男人们则都站着，一边观望着春天的乡野景色一边随意地交谈。那天的风很大，站立的男人们都被大风吹得眯起了眼睛，他们的头发和衣领也被吹得飘飘扬扬的。事情也许就缘于那天的风，人们看见老柯的帽子突然被卷到了空中，就像一只无形的手突然把老柯的帽子摘到了空中，老柯惊叫了一声，他下意识地举起手去抓他的帽子，但只触到了帽子的边缘。卡车上的人都仰头看那顶帽子，它只在空中滞留了短短的瞬间就开始向下滑翔了。令人吃惊的是老柯对这次意外作出的反应，卡车上的人都看见老柯飞身跨出卡车挡板去抓那顶帽子，老柯就这样以一种奇怪的姿势跌到了乡间公路上。

事情是在几秒钟之内发生的，老柯的妻子因惊吓过度昏厥在卡车上。后来卡车调转方向折回城里，那些遇险不惊的男人把受伤的老柯抬进了一家医院。那时候老柯已经无力说话，他的一只手艰难地抬起来向旁边的人索取着什么，帽子，他要帽子。有人说。于是老柯的那顶灰呢绒鸭舌帽最终又回到他的手中。

老柯在医院里挣扎了一天，但死亡之光仍然一点点地爬上他苍白失血的面颊。老柯的妻子带着儿子守候在床边，她看见老柯的手里还紧紧握住他的帽子。女人突然迁怒于那顶帽子，她啜泣着去抽老柯手里的帽子，老柯却抓得很紧。该死的帽子，都是帽子害了你。女人啜泣着说。她看见老柯的唇边浮出一丝令人费解的微笑，老柯轻轻摇了摇头，但他的手终于松开了那顶帽子。老柯的眼睛充满柔情地注视着儿子，嘴巴张大着，想说什么却又说不出来。于是老柯的妻子只能一遍遍地征询他的意思。

你想把帽子留给儿子戴？

老柯点了点头，但他仍然张着嘴想说话。

现在就给儿子戴？现在给他戴太大了。不合适吧？

老柯摇了摇头，他的手抬起来想去触摸儿子的头顶，但是这次最后的触摸没有成功，不仅因为老柯的手已经无法抬高，更因为老柯的儿子年幼无知，儿子尖叫一声逃离了父亲沾满污血的那只手，躲在了他母亲的身后。

灰呢绒鸭舌帽从病床无声地滑落到水泥地上。老柯的妻子俯身捡起帽子，随手掸了掸上面的灰尘。我知道你的意思了，日后儿子的头发假如像你一样，让他也戴上这顶帽子。老柯的妻子一声声地啜泣着说，不管这顶帽子是不是吉利，我会按你的意思做的。

老柯的妻子以为自己了解老柯遗愿，但她后来发现老柯一直在微微地摇头，直到最后老柯的呼吸猝然中止。老柯的妻子对死者遗愿仍然一知半解，这是她在后来的孀居生活中无法解脱的一个疙瘩。

多年以来香椿树街人对老柯之死记忆犹新，人们因此对老柯的儿子的成长倍加关注。那个调皮的被母亲宠惯的男孩已经长大，人们都叫他小柯。

小柯经常骑着一辆蓝色的自行车在街上来去匆匆，聚集在杂货店门口聊天的妇女也经常讨论小柯的容貌长相像他父亲还是母亲，尤其是小柯的头发到底像他父亲还是母亲，这些讨论貌似琐碎，其实却是对一个街坊邻居善良的关怀了，因为上了年纪的人都记得老柯的头发和帽子的故事，而且那确实是一个不幸而古怪的故事。

杂货店门口的妇女们无法确定小柯到底像谁，后来她们一致认为小柯既像他母亲又像他父亲，说起来这也是一个正常的结论，作为一个英俊的追求时尚的青年，小柯喜欢在短夹克里随意系上一条格子围巾，但他从来不戴帽子，这种服饰打扮与他亡父当然是格格不入的，而小柯生活的时代与灰暗单调的六七十年代更加是两个世界了。

小柯的母亲是个神经质的女人，她经常趁儿子熟睡之际偷偷捋顺他凌乱的头发，小柯有时被母亲所惊醒，他对母亲的这个习惯很反感。小柯不知道母亲心里的事情。小柯的母亲不知道儿子的头发以后会像她还是像他已故的父亲，不知道以后该不该把柯家留传的灰呢绒鸭舌帽传下去。小柯现在正是二十岁的青春年华，小柯到了三十五岁会不会谢顶落发？即使是他的母亲也无法判断。

西
窗

西窗里映现的是城市边缘特有的风景，浑浊而宽阔的护城河水，对岸的绵延数里的土壤其实是古代城墙的遗址，一些柳树，一座红砖水塔，还有烟囱和某种庞大的工业建筑从水泥厂的工地上耸入天空。河大概有二十米宽，这样的护城河在南方也是罕见的，河岸两侧因此停泊了许多木排和竹排，沿河的居民不知道它们从什么地方运来，也不清楚它们的具体用途，只是看见那些木排和竹排一年四季泊在岸边，天长日久，被水浸透的圆木上长满了青苔，而竹排的缝隙里漂浮着水葫芦、死鱼和莫名其妙的垃圾。

河这边就是香椿树街，我们从小生长的地方。

红朵的祖母在她家门口晾晒腌菜，那天天气很好，久雨初晴的日子使妇女们格外忙碌，不仅是红朵的祖母，许多香椿树街的妇女都在晾晒腌菜，我母亲也在家门口搭木杖准备晾晒腌菜。从外面清晰地传来盐卤从腌菜上滴落在地的声音，以及沿街盘旋的苍蝇的嘤嘤嗡嗡的低鸣，在午后的寂静中我突然听见红朵的祖母与我母亲的谈话。

你看见我家红朵了吗？红朵的祖母说。

没看见，大概在竹排上洗纱吧？我母亲说。

哪儿有她的人影，她把洗纱盆放在门口，不知跑哪里疯去了。红朵的祖母说。

其实红朵当时就坐在我家的西窗前，她无疑也听见了外面的谈话，奇怪的是她的表情显得很漠然。别理她，别让她知道我在你家，红朵对我说。她在藤椅上欠了欠身子，侧首望着窗外。午后的阳光经河水折射投到女孩的前额和脸部，制造了一种美丽的肤色，金黄色的，晶莹剔透的，可以发现女孩的脸部轮廓上还残存着儿童的细小的茸毛。唯有这些茸毛提醒我这只是个十四岁的女孩。

我猜不出红朵瞒着她祖母呆坐我家的理由，也许她想告诉我什么事情，只是不知道怎么启齿，她这样呆坐在我对面看我朝一杆气枪上涂凡士林油，已经好久了。我不知道她想说什么，她这样呆坐在西窗前的藤椅上，除了藤椅残朽的部位偶尔发出几声难听的吱嘎之声，并没有对我造成任何妨碍，但我还是想知道她到底要说什么。

你替我出去看一下，我祖母还在不在门口呢？红朵用一种急迫的声音请求我，使我感到唐突而可笑。

你到底想干什么？我放下手里的枪，走到门口看了看对面的红朵家。红朵的祖母现在正坐在门口拆手套，像往常一样，她把拆下来的纱线塞在一只木盆里，一边腾出手去驱赶那些叮吸腌菜的苍蝇。我返身回来对红朵说，她又在拆手套了，盆里的纱堆满了，你该去洗纱啦。

不，不去，我再也不替她洗纱了，红朵坚决地摇着头，左手手指拨弄着右手的指甲，然后她仰起脸说，你再替我到对面家里看看好吗？看看老邱在不在家。

怎么啦？你到底想干什么？我终于被女孩莫名其妙的遣差惹恼了，我拾起那杆擦了一半的气枪，拍了拍泡桐木的枪柄说，你没看见我正忙着呢，我没工夫给你跑腿。

红朵站了起来，我的恶劣的语气大概出乎她的意料，女孩的脸立刻涨红了，她拎着裙角闪到后门边，惶惑的目光从我的脸上滑落，最后停留在我那杆香椿树街独一无二的气枪上，我看见女孩的黑眸突然亮了一下，她说，我要是有一杆气枪就好了。

对面的门洞里住了两户人家，红朵和她的祖母住在前厢，后面就是泥瓦匠老邱一家。据说那从前是一座尼庵的院落，有一只青铜香炉至今还存留在天井的墙边，还有两棵菩提树在天井里半死不活地遥遥相对。很少有人去那里串门，在香椿树街的妇女堆里红朵的祖母属于令人嫌厌的一类，自私、饶舌、搬弄是非，而且她的身上永远有一股难闻的气味，也许是长年清洗那些肮脏油污的工业手套留下的气味，也许是别的什么。反正妇女们从来不去红朵家串门。至于老邱家的冷清，明显是老邱的患有肺病的妻子造成的，那个女人面黄肌瘦，眉宇间凝结着深深的愁云，白天她坐在竹榻上，往一只破碗里不停地吐痰，夜里她的干咳声很响也很刺耳，即使隔了半条街也能听见。

老邱却是个好人，他的热心肠和乐善好施的品德在香椿树街有口皆碑。不管谁家的房顶漏雨或者有线广播坏了，主妇们都会说，去找老邱来修吧。老邱是个什么活都会干什么忙都肯帮的好人。我们家临河的小屋就是老邱带着几个工友来帮忙修筑的。我的父母偶尔为家事争执的时候也会提及老邱的名字，我母亲说，看看人家老邱，也是男人，你要是及上他的小拇指也就行了。

所以我第一次听见有人说老邱的坏话很不适应，我不知道红朵说的话是真是假。

红朵坐在我家小屋的西窗下，用左手手指拨弄着右手的指甲，过了好半天她从指甲缝里抠出一块黑垢，把它弹到窗外。红朵回过头偷偷地瞥了我一眼，终于说出了那句耸人听闻的话。

老邱不是好人，他偷看我洗澡。红朵说。

红朵说完就走了，她拎着裙角走到后门，端起装满圈状纱线的水盆往河边走。我看见她蹲在木排上，用一根棒槌努力捶打盆里的纱线，远远望去她的背影和姿态就像一个成熟了的香椿树街妇女。

我后来忍不住把这个秘密告诉我母亲。我母亲很诧异，她对红朵的话采取了一种鄙夷的态度。这个该死的红朵，我母亲说，她怎么可以往老邱身上泼污水呢？她家的日子全靠老邱帮衬，老邱待她就像亲生父亲一样。什么偷看她洗澡？骗人的鬼话，她跟她祖母一样，嘴里吐出来的全是骗人的鬼话。

不知从哪一天开始的，红朵总是在黄昏前推开我家的后门，她似乎是利用了去河边洗纱的这段时间前来与我约会。但我们之间并没有通常的初恋之情，我始终无法揣摩她的意图。她有点拘谨有点木然地端坐在西窗前，手臂上还沾着洗纱留下的水渍和肥皂的酸味。她目不转睛地望着我，或者凝视窗外的护城河，但她似乎并不关心我在干什么，也不关心河上驶过的油船和驳轮的动静。我想她或许没有任何意图，她只是想在别人的窗前坐上一会。

离她远一点，我母亲告诉我说，她跟她祖母一样，小小年纪就会说谎，她家的人说谎从来不脸红。

红朵告诉我的一些秘密后来被证实是谎言。譬如她经常说起她的母亲在北京的一家医院里当医生，说她母亲如何美丽，如何喜欢洁净，如何体恤和呵护她，但我后来亲耳听见红朵的祖母描绘的是另一种类型的女人，丑陋、放荡、缺乏人性，把自己的亲生女儿抛在这里不闻不问。事实上红朵的母亲是一个纺织女工，她在丈夫车祸身亡后的第二月嫁给了一个外地的男人。红朵还曾用一种古怪的语调谈起老邱妻子的病情，她说那个病入膏肓的女人很快就要咽气了，即使她不死老邱也会把她弄死。你相信吗？红朵的湿润的手指在窗沿上来回划动，她突然睁大双眼盯着我说，昨天我看见老邱用瓦刀对着他女人，他想趁她睡着的时候砍死她，碰巧我到井边去提水，他就没有下手，不过你等着瞧吧，过不了几天老邱的女人就要咽气。

几天后我就看见老邱推着一辆板车从香椿树街经过。他的面黄肌瘦的妻子靠着棉被坐在板车上，女人虽然满面病色但目光仍然炯炯发亮，并没有丝毫死亡的预兆。路遇者都停下脚步询问病人的病情，病人说，一时半会的好不了，也死不了，就是拖累了老邱。老邱扶着车把站在路上，精瘦的脸上浮现出一丝疲惫的微笑。他的五根粗壮的手指在车把上灵巧地弹击着，发出一种沉闷的类似乐器的声音。我听见老邱说，今天是星期一，每个星期一都要去医院检查的。

我不知道红朵为什么对我说谎。

对于一般的香椿树街人来说，最耸人听闻的莫过于老邱偷看红朵洗澡的谣传。我曾经向红朵问过一些细节，譬如她在两家合用的厨房里洗澡的时候，她的祖母是否替她守着门？红朵说，她是替我守着门的，我每次洗澡都让她替我守着门的。

这就怪了，我审视着红朵的表情追问道，既然你祖母守着门，老邱他怎么能偷看到呢？

他是从窗户里偷看到的。红朵的回答明显是支支吾吾。

还是不对，难道洗澡不拉上窗帘？再说你家厨房的门和窗子是在一起的，老邱如果偷看了你的洗澡，你祖母怎么没发现呢？

红朵受惊似地望着我，她的眼神悲哀、恐慌而显得孤立无援。我看见她的渐趋美丽丰满的身体在藤椅周围坐立不安，她像一只被追逐的兔子蜷缩在西窗下，左手挡住苍白的脸颊，右手顶住她的粉红色的不停颤动着的下唇，大约过了一分钟左右，我听见红朵说出那句更为耸人听闻的话。

我告诉你，你千万别告诉别人。红朵说，我祖母从老邱那里收钱，每次收一块钱。

我惊愕地望着西窗下的女孩，仍然无从判断她的秘密是真是假。我记得那是一个初夏的黄昏，临河的小屋里潮湿燠热，而红朵的白底蓝花裙子在斜阳余晖中闪烁着一种刺眼的光芒。

现在想想无论如何我要为红朵保密，但我不知是由于幼稚还是别的什么，我把这件事作为一条可笑的新闻告诉了别人，从前的尼庵里的隐私很快就在香椿树街上传得纷纷扬扬。有一天我看见红朵的祖母在沿河的石街上追打红朵，红朵逃了几步就站住了，她端起木盆里洗到一半的纱线朝她祖母泼去，换来的是一串肮脏恶毒的咒骂。红朵木然地站在台阶上看着她祖母和河边洗衣的妇人们，她祖母一边咒骂着一边朝红朵扇了三记耳光，我看得很清楚，红朵的祖母一共朝红朵扇了三记耳光。

红朵后来疯狂地向我家奔来，她的因愤怒和屈辱变得雪白如纸的脸贴在西窗玻璃上，我看见女孩的嘴边有一丝血渍，她在窗外啜泣，她在骂人，但所有的声音听来都是含糊不清的。我知道她现在的愤怒缘于我的背信弃义，但我听不清她在骂些什么。红朵想推开我家的后门，但通往河边的后门已经被我父母钉死了。

进入雨季以来红朵不再到我的小屋来。那些日子城市里雨声不断，护城河水每天都在上涨，河岸上的青草疯长着遮盖了满地的瓦砾和垃圾。我凭窗观雨的时候偶尔看见红朵，她穿着一件宽大的塑料雨衣蹲在木排上洗纱，端着木盆来去匆匆，我知道那个女孩不再会偷偷地跑到我的小屋来了。

也就是在这个潮湿的雨季里，红朵突然长成了一个成熟妇女的模样。有一天我看见她和几个女孩并肩走出东风中学的铁门，她的丰满的体态和落落寡合的表情使我感到很陌生。当我的自行车从她身边经过时，红朵猛然回头，直视我的目光充满了蔑视和鄙夷，我听见她用一种世故的腔调对同伴说，这条街上没有一个好人。

我心里突然很难受，而且感到莫名的失落。如此看来红朵以前是把我当成街上惟一的好人了。我不知道她作出这种判断的依据是什么，说到底红朵毕竟只是个十四岁的女孩子。

我家的房顶又漏雨了，泥瓦匠老邱应邀前来补漏，我作为他的帮手和他一起在房顶上度过了一个中午。当红朵扭着腰从街道上翩翩走过时，老邱用瓦刀敲碎了一块青瓦，然后他叹了一口气说，红朵那女孩子老是说谎，她的脑子可能有点毛病。我记得老邱说话的时候脸上呈现着类似青瓦的颜色，眉头紧锁着，看上去悒郁而烦躁，谈到红朵我无言以对，心里有无限的疑惑和猜测。我还是第一次听到老邱对红朵的评价，它有点出乎意料却又在情理之中。

老是说谎，老是说谎，她的脑子肯定有毛病。老邱一边干活一边重复着那句话。我体察到老邱的心情抑郁而烦躁，我没有附和老邱的说法，因为我还不知道这种说法是不是另一种谎言。根据我以往的经验，香椿树街居民是经常生活在谎言和骗局之中的。

站在我家房顶上可以清晰地俯瞰香椿树街周围的街景，红朵的背影已经从街角拐弯消失了，于是我只能看近处，看能干而热心的老邱怎样修筑漏雨的房顶。骤雨初歇的正午阳光灼热而强烈，我的右侧靠近夏日涨水的护城河，左侧就是这条湿漉漉的狭窄肮脏的香椿树街。

红朵从香椿树街突然消失是那年秋天的事，红朵把装满脏纱线的木盆放在木排上，人却不知跑到哪里去了。红朵的祖母第二天挨门逐户地打听红朵的下落，沿河的人家有人看见红朵一边洗纱一边和船上的船员搭话，还有人看见红朵跳到一只运煤的货船上去了。

那天护城河的航道堵塞，有许多船只滞留在岸边。我从西窗里看见大大小小的货船、驳轮和农用机帆船像人群一样在河道拥挤着，到了黄昏时分仍然不见浚通的迹象，船上的人们就靠着桅杆捧着碗吃晚饭。我看见红朵蹲在木排上一边洗纱一边和船上的人搭话，我听见她发出尖厉的快乐的笑声，但我不知道船上的那些年轻男子对她说了什么笑话，那群陌生的异乡来客无疑给红朵带来了一份快乐，但我没有看见红朵跳到哪只船上去，我不相信后来流传在香椿树街的说法，他们说红朵跳到一只运煤的货船上去，跟着船上的一群陌生男人走了。他们说红朵是一个少见的自轻自贱的女孩子。

无论我怎样想，红朵确实是突然离去了。她的洗纱盆还放在木排上，人却突然离去了。那天深夜河道里的船只终于散尽，红朵的洗纱盆依然放在岸边木排上。夏夜的月光照耀着城市的边缘，这个时而热闹时而空旷的地方，护城河水轻轻摇晃着那只孤独的洗纱盆。西窗外漾满汩汩水声。我发现那天深夜的月光出奇地皎洁明亮，月光在红朵的洗纱盆上涂满一层霜雪似的白光，它深深刺痛了我的眼睛。

香椿树街的居民没有谁再见过红朵。

最初我曾怀疑红朵溺水而死的结局，怀疑红朵像那些不幸的戏水孩童一样葬身于木排或竹筏下面，这与人们的想法大相径庭，但我确实被种种可怕的不宜宣扬的设想困扰过。有一天我孤身下河，多次潜到红朵最后驻留的那块木排下面，我想打捞什么，结果是一无所获，我打捞上来的只是些已经腐烂的手套和纱线，即使是这些物品上红朵的气息也已不复存在，我想那是红朵无意遗落或有意抛掷的累赘，只是手套和纱线而已。

后来我不得不默认香椿树街的普遍说法。如此说来红朵就是一个更不幸的女孩了，一个被出卖和抛弃的女孩，有人把红朵抛给一条过路的货船，有人把红朵出卖给一群过路的陌生人。

就这么回事，你从西窗里还能看见什么？

像天使一样美丽

我们街上的女孩与男孩一样，从小到大都有一种自然的群体概念，她们往往是三个一帮五个一伙的，帮派之间彼此不相往来，在街上狭路相遇时女孩们各自对着同伴耳朵喊喊咕咕，有时干脆朝对方吐一口唾沫。这也是香椿树街的一种风俗，我说过香椿树街是有许多奇怪的莫名其妙的风俗的。

　　小媛和珠珠两个人的群体很早就形成了。小媛家住化工厂的隔壁，而珠珠家则在桑园里的底端，她们住得很远，隔着一条长长的香椿树街和江上的石桥，但小媛和珠珠长期以来一直形影不离。每天早晨珠珠都要去小媛家，她们两人总是一起走在上学或放学路上的，小媛长得又细又高，眉目温婉清秀，珠珠矮一点胖一点，但珠珠有一双美丽的黑葡萄般的眼睛。小媛喜欢穿洗旧的男式军装和丁字形皮鞋，珠珠的军装要新一点小一点，但也是一件军装，她们挎着帆布书包肩并肩走过长长的香椿树街，途中要经过街上惟一的药铺。经过药铺的时候两个女孩就会加快脚步，因为吕疯子每天站在药铺门前朝街上瞭望，吕疯子手里提着一串中药包，看见小媛和珠珠走过时他会跟她们说话，他经常说的一句话就是你们像天使一样美丽。

你们像天使一样美丽。吕疯子说。

女孩子之间的事男孩们是弄不清楚的，就像国际形势一样风云变幻难以把握。后来听说了小媛和珠珠分道扬镳的消息，暗恋着小媛或者珠珠的男孩都感到吃惊。事情的起因是有一天下午突然降临的暴雨。哗哗的雨声使教室里的中学生人心惶惶。放学时间已经过了，男孩们大多用书包顶在头上朝雨中冲去，女孩们则焦虑地站在走廊上议论纷纷，一边等着家里人送来雨具。那天小媛和珠珠仍然是紧挨在一起的，珠珠大声而快活地指责历史教师在课堂上抠鼻屎，小媛的表情却显得忧心忡忡，小媛望着雨点在操场上溅起的水雾，心里想着这场雨怎么还不停下来呢，她晾在外面的衣裳和被子也许已经被雨淋透了。

他真恶心。珠珠拉着小媛的一条胳膊摇晃着，珠珠格格的笑声听来是清脆而不加节制的。你看见他把鼻屎往地上弹吗？你不觉得他很恶心吗？

这雨下得该死，怎么还不停呢！小媛很不耐烦地推开了珠珠的手，小媛说，真急死人了，我妈上中班，晾外面的毛衣和被子都要湿透了。

苗青就是这时候突然招呼小媛的。苗青撑着一顶细花布雨伞从她们面前走过，她们没有说话，她们从来不和苗青说话，但苗青在雨里袅袅地走了几步，突然回过头望着小媛和珠珠。苗青的目光有点高傲有点诡秘地停留在小媛脸上。小媛你来吧，苗青说，我们一起走好了。小媛愣了一下，她看看珠珠。珠珠毫不掩饰她的鄙夷，珠珠朝走廊吐了一口唾沫。你先走吧，我再等一会。小媛轻声嘀咕了一句。苗青转动了一下手中的伞柄，嘴角浮现出一丝冷笑。她说，狗咬吕洞宾，不识好人心。小媛又看看珠珠，珠珠就尖声骂起来，你嘴里放干净点，谁是狗！你才是狗呢，看见人就乱摇尾巴。珠珠握着小媛的手，她感到那双手正在慢慢滑脱，她看见小媛的脸上有一种窘迫不安的神情，这使珠珠感到惊讶。我要走，小媛朝苗青的背影张望着说，我得回家去收衣裳了。紧接着小媛冲出了走廊，珠珠听见小媛的叫声在雨地里刺耳地响起来，苗青，等等我一起走。

留下珠珠一个人木然地站在走廊上，珠珠看见她们合撑一把伞在雨地里渐渐消失，眼泪就止不住流下来。珠珠少女时代的感情受到了一次最沉重的打击，后来她抹干脸上的泪水，捡起书包抽打着走廊上的水泥廊柱，珠珠的嘴里一迭声地重复着：叛徒，叛徒，叛徒。

第二天早晨雨过天晴，小媛在家里焦急地等候珠珠，珠珠却没有来。小媛回忆起昨天的事，预感到她们之间可能发生的事，她想她今天只能一个人上学了。走进红旗中学的校门，小媛恰恰看见珠珠和李茜在一起踢毽子。珠珠踢毽子的技艺是很高强的，珠珠在等候鸡毛毽下落的时候，用眼角的余光飞快地瞄了小媛一眼。

叛徒。珠珠说。

小媛的脸立刻变得苍白如雪，她迟疑了几秒钟，最后低着头绕过珠珠身边，小媛的手伸进书包摸索着，最后摸到一条鲜艳的粉红色缎带，那是几天前珠珠送给她做蝴蝶结的。小媛从书包里抽出那条粉红色缎带，揉成一团扔在地上，然后她头也不回地朝教室走去。

从这天起小媛和珠珠两个人的群体就分裂了。珠珠已经是李茜她们一帮的人了，而小媛在保持了一段时间的独来独往以后，也就投靠了苗青为首的漂亮女孩的阵营。

小媛现在经常和苗青一起结伴上学。她们走过香椿树街东侧的药铺时，吕疯子依然手提一串药包站在门口。他的头发不知被谁剃光了，脑袋和嘴唇呈现出同一的青灰色，当小媛拉着苗青从他身边匆匆跑过，吕疯子反应一如既往，他的呆滞的眼睛突然掠过一道惊喜的光芒。

你们像天使一样美丽。吕疯子说。

小媛很想知道吕疯子现在看见珠珠是不是也一样说这句话。但小媛是不会去向珠珠打听的，小媛和珠珠现在互不理睬，偶尔在学校或者街上擦肩而过，她们从对方的脸上读到了相似的仇恨的内容。有一次小媛在水果摊前挑选梨子时，听见背后响起熟悉的呸的一声，小媛敏感地回过头，她看见珠珠和李茜勾肩搭背地站在后面，珠珠还用脚尖踩地上的那摊唾沫。小媛再也不想忍让，她毅然从水果筐里拣出一只烂梨狠狠地朝珠珠的身上砸去。她听见珠珠尖叫了一声。那个瞬间对于反目为仇的两个女孩都是难忘的，她们在对方脸上互相发现了惊愕而痛苦的神情。

我说过小媛是个漂亮女孩，小媛投靠了以苗青为首的漂亮女孩的阵营。苗青她们酷爱照相，小媛受其影响也很自然地爱上了照相。起初她们就在香椿树街惟一的工农照相馆照，后来苗青不满于工农照相馆简陋的设备和粗糙的着色技艺，她认为那里的摄影师总是把她的脸照得很胖很难看。苗青建议去市中心的凯歌照相馆，她说她母亲披婚纱的照片就是在那儿拍的，那是家老牌的久负盛名的照相馆，可以随心所欲地美化你的容貌。女孩子们对苗青的权威深信不疑，欣然采纳了她的意见。

五月的一个下午，四个女孩结伴来到凯歌照相馆，她们的书包里塞满了色彩缤纷的四季服装，有式样新颖的毛衣和花裙子，有冬天穿的貂皮大衣，甚至还有一套用以舞台表演的维吾尔族服装。女孩们将嘴唇涂得鲜红欲滴，提着裙裾在照相馆的楼上楼下跑来跑去。只有小媛静坐在一旁，她坚持不肯化妆。苗青把她的胭脂盒硬塞给小媛，她说，搽一点吧，搽一点你就显得漂亮了。小媛仍然摇着头，她说，我不搽，我妈不许我搽胭脂涂口红，她知道了会骂死我的。

小媛穿着那件洗得发白的旧军装照了一张，是侧面的二寸照，然后她换上那套借来的维吾尔族服装，又照了一张正面的二寸照。小媛坐在强烈的镁光灯下，表情和体态都显得局促不安。摄影师让她笑，她却怎么也笑不起来。苗青在一边看得焦急，她灵机一动，突然模仿数学教师的苏北口音说了一句笑话，小媛才露出一个自然的微笑，摄影师趁机抓拍了小媛的这个微笑。小媛最后如释重负地卸下那套舞台服装，她对苗青说，肯定照得丑死了，我以后再也不来照相了。

大约过了半个月左右，小媛的着色放大照片在凯歌照相馆的橱窗里陈列出来，许多人看见了小媛的这张美丽而可爱的照片。苗青来告诉小媛这个消息，小媛还是不相信，苗青的脸上露出莫名的愠色，她说，你别假惺惺的了，嘴上说不知道，暗地里谁知道你搞什么鬼？

小媛偷偷地跑到凯歌照相馆去了。那是个有风的暮春夜晚，空气中弥漫着紫槐花浓郁的芬芳，街道上人们行色匆匆。小媛独自逗留在照相馆的橱窗前，久久注视着那个照片上的女孩，女孩头戴丝织小花帽，身穿维吾尔少女的七色裙装，眼神明净略含忧郁，微笑羞涩而稍纵即逝。那是我自己。小媛的眼睛渐渐噙满了喜悦的泪水，小媛第一次意识到自己是美丽的纯洁的。当有人走近橱窗并对着里面的照片指指点点时，她飞快地逃离到街道的另一侧，她害怕别人认出她来。紫槐树在小媛的身旁轻轻摇曳，风吹落了一串淡紫色的花朵。小媛望着吹落的紫槐花在空中划过的线痕，突然很奇怪地想起药铺门口的吕疯子，想起他一如既往重复的那句话：你们像天使一样美丽。小媛打了一个寒噤，欣喜和甜蜜的心情很快被一种恍惚所替代。小媛在暮色熏风中回家，她觉得很害怕，却说不出到底害怕什么。

红旗中学的女孩子们几乎都知道了小媛的名字，知道小媛的照片陈列在凯歌照相馆的橱窗里。后来男生们也见到了小媛的那张照片，胆大的男生就敢跟在小媛的身后大喊大叫：何小媛，新疆人；新疆人，何小媛。一些低年级的男生则不谙世事，他们对小媛的照片如此横加指责——何小媛，她冒充新疆维吾尔族，她是个搔首弄姿的小妖精。

我告诉你那是在七十年代初期，那时候在我们香椿树街上缺乏新闻，小媛的照片因此成为一件天经地义的新闻被广为传播。人们都对化工厂隔壁的女孩侧目而视，小媛后来的厄运就是在声誉鹊起下慢慢开始的。

何小媛有狐臭。一个女孩对另一个女孩说，你别看她长得漂亮，其实她有狐臭。

那段时间在女孩的群体中充斥着这样的对话，女孩们对这个惊人的发现同样很感兴趣，尤其是珠珠李茜那个阵营里的女孩，她们毫不掩饰幸灾乐祸的表情。她们走过小媛身边时都特意掏出手绢捂住自己的嘴和鼻子，或者用手绢在空中扇来扇去地表示厌恶。小媛起初对此毫无察觉，她以为那是新近流行的向对方唾弃的动作，于是她也如法炮制地予以还击，她听见对方扭过脸骂，臭死了，污染空气。小媛下意识地说，你才臭呢，你才污染空气呢。小媛骂完了突然发现有人盯着她的腋下看，她就摸了摸腋下，腋下什么也没有，旧军装没被划破也没沾上什么脏物。小媛觉得事情有点蹊跷，她问同桌的苗青，这是怎么啦？她们为什么盯着我腋下看？苗青用铅笔刀刮着指甲上的红色染料，她瞟了小媛一眼说，你自己不知道？她们说你有狐臭。

小媛惊恐地望着苗青，小媛的脸很快变得苍白如纸。她的整个身体在椅子上战栗不止，而且怕冷似地缩成一团。这样沉默了很久，小媛从极度的悲痛中恢复过来，她的嗓子已经嘶哑了，她的声音突然爆发把苗青吓了一跳。

谁造的谣？告诉我是谁造的谣？小媛问苗青。

我不清楚，大概是珠珠先说的吧。苗青说。

小媛的眼睛里掠过一道冰凉的光芒，她站起来看了看坐在前排的珠珠。珠珠正和李茜她们在课桌上玩抓骨牌的游戏。我饶不了她。小媛咬牙切齿地发誓，然后她拉住苗青的手说：苗青，你知道我没有狐臭，你为什么不给我作证？苗青没说什么，她仍然想把指甲上的红色染料全部刮光。小媛夺下了苗青手里的铅笔刀，小媛突然举起了双臂，她说，苗青，我让你闻闻我到底有没有狐臭，苗青，你一定要给我作证。苗青抬起脸望着小媛的腋下，苗青皱了皱眉头，小媛听见她漫不经心地回答，现在闻不出来，现在穿着毛线衣，怎么闻得出来？

小媛的双臂僵硬地停留在空中，泪水从她的眼睛里夺眶而出。后来她从课桌下拉出她的帆布书包，捂着脸跑出了教室。正是上第五节课的时间，电铃声在学校的走廊上尖厉而清脆地炸响。男孩女孩都在朝教室跑，而小媛却拽着书包往学校的大门飞奔。小媛没有发现书包里的东西正在沿途掉落，书本，铅笔盒，卫生纸，还有一张照片已经被风吹动，像一个小精灵随风追逐小媛的背影。那是凯歌照相馆陈列照片的样片，虽然没有着色，虽然尺寸小了许多，但它确确实实是那张美丽而骄人的陈列照片。

午后的香椿树街在暮春时分的慵懒和寂静之中，街上人迹寥寥，阳光直射在满地的瓜皮果壳和垃圾堆上，有成群苍蝇在街道上空盘旋。小媛拽着书包跌跌撞撞地跑着，经过药铺的时候，她再次看见了肮脏的形销骨立的吕疯子。吕疯子朝小媛晃动着手里的草药，他说，你像天使一样美丽，不过你要多吃一点药，不要怕吃药。小媛躲开了吕疯子，小媛边走边啜泣着，她说，我不要美丽，你们去美丽吧，你们为什么要造谣诽谤伤害我呢？

小媛对珠珠的报复来得迅速而猛烈。

第二天珠珠上学经过石桥，她看见石桥站着两个高大魁梧的男孩，其中一个是小媛的哥哥。珠珠以为他们在观赏河上的风景，她嚼着泡泡糖走上桥顶，两个男孩冷不防揪住了她的辫子，珠珠刚想呼叫鼻唇之间已经挨了一拳，她听见小媛的哥哥说，你再敢欺侮小媛，我就把你扔到河里去。珠珠跌坐在桥上，嘴里的泡泡糖带着血沫掉在她的腿上，她看见一颗牙齿黏在泡泡糖上。我的牙齿，珠珠尖厉地哭叫起来。但两个男孩已经一溜烟地跑下了石桥。有人走过石桥时看见珠珠满嘴血沫地坐着，一边哭泣一边诅咒着什么人。他们就去拉珠珠的手，珠珠你让谁打啦？珠珠一边哭泣一边说，还能是谁？是何小媛，她跟流氓阿飞勾勾搭搭，是她让他们打掉了我的牙齿。

珠珠是个倔强的女孩，珠珠用手绢包好那颗牙齿去上学。在小媛家临街的窗户前她站住了，她拣起一块砖砸碎了小媛家的窗玻璃，然后冲着窗内高声骂道，狐臭，狐臭，何小媛你有狐臭，你们一家都有狐臭。珠珠看见屋里有一张苍白的脸一闪而过。她知道那是小媛，她知道小媛现在是不敢出来还击的。

珠珠走进红旗中学后径直来到了校长办公室，她打开那块包着牙齿的手绢交给校长看。何小媛跟流氓阿飞勾勾搭搭，珠珠哭哭啼啼地报告校长，何小媛让两个流氓打掉了我的牙齿。

校长和班主任把小媛叫到了办公室，他们让小媛看桌上的那颗牙齿，小媛充耳未闻，她扭过脸去看墙上的两幅宣传画，表情显得漠然而恬静。

是你让人打了萧珠珠？

她活该。

为什么要打她？

她造我的谣。

造什么谣？她造你的谣所以你就可以打她啦？

小媛低头不再作任何申辩。她听见校长和班主任轮流训斥着她，校长要她写一份检查认识错误。小媛的皮鞋在水泥地面上吱吱地摩擦着，最后她站起来说，我不写检查，但是我现在可以告诉你们，珠珠她妈以前是个妓女，珠珠她爹以前当过土匪，珠珠和好几个男生在码头约会，你们为什么让我写检查，为什么不让她写检查？

小媛一口气说完她想好的话，然后就擅自跑出了办公室。她听见校长和班主任在后面愤怒地喊她的名字。她知道她已经惹祸了，但她无法控制这种灼热的报复的情绪，小媛一路奔跑着，她听见自己的心脏急剧地蹦跳着，有什么硬物卡在她的喉咙里，使她感到窒息。小媛在操场上站住了。她对着草坪一口一口地吐着，结果什么也没有吐出来，吐出来的只是一口一口的唾沫。

小媛的厄运就这样来临了。

红旗中学里贴出了一张处分报告，被处分的就是曾经闻名于香椿树街的漂亮的女孩何小嫒。布告贴出的第二天，校长打电话给凯歌照相馆，要求撤掉小嫒的那张照片。他在电话里告诉对方，那张照片影响了学校的秩序，给校方添了不少麻烦，他请求对方以后不要随意在橱窗里陈列他学生的照片。照相馆的人茫然不知应对，但他们还是作出了积极的配合，很快把小嫒的那张照片撤掉了。

　　小嫒从此后变得沉默寡言，她不再和任何女孩子接近，当然包括苗青她们。小嫒独来独往地度过了最后的学校生涯。那时候已经临近毕业，女孩们和男孩一样，一半人将去农村或者农场插队劳动，另外的一半人则按政策留城，他们的各个小团体现在分崩离析，形成两个泾渭分明的阵营，去插队的每天挤在走廊上议论着陌生而遥远的未来生活，留城的那群女孩以珠珠为中心，仍然陶醉于课桌的骨牌游戏。小嫒一个人站在不为人注意的角落里嗑瓜子或者沉思默想，小嫒不想和任何女孩说话，而别的女孩也不想和小嫒说话了。

　　九月的一个早晨，许多披红挂绿的卡车驶进香椿树街，带走了那些上山下乡的女孩子。化工厂隔壁的漂亮女孩小嫒也在其中。我看见她站在最后一辆卡车上，胸前的红花反衬出她的苍白和忧郁。小嫒没像有的女孩那样哭哭啼啼，也没有像有的女孩那样一路高喊豪迈的口号，小嫒倚靠在卡车栏杆上，平静地扫视着欢送的人群，她看见珠珠追着卡车跑着，珠珠手里挥着一条红纱巾。她知道珠珠是来送李茜的。那条红纱巾是小嫒送给珠珠的，现在小嫒很想把它讨回来，但是锣鼓和喧闹声遮蔽了整个天空，即便小媛真的向珠珠索还红纱巾，珠珠也不会听见，即使珠珠听见了也会装作没听见。小媛是个十六岁的女孩，因此小媛最了解别的十六岁的女孩。

卡车缓缓地驶过药铺的门前，小媛发现吕疯子不在那里，她很奇怪这么热闹的日子，吕疯子怎么反而不见了。小媛站在车上百思不得其解，她就问同车的一个男生，怎么好久不见吕疯子了？你知道他去哪儿了吗？那个男生很费劲地听清了小媛的问题，他用手掌充话筒，在周围的嘈杂声中报告了又一个惊人的消息，吕疯子死了吕疯子天天乱吃药吃死啦。

小媛插队的农场在很遥远的北方。小媛再回香椿树街已经是五年以后的事了，她的以洁白如雪著称的脸在五年以后变得黝黑而粗糙，走起路来像男人一样摇晃着肩膀，当小媛肩扛行李走过香椿树街时，谁也没有认出来她就是化工厂隔壁的漂亮女孩。

只有珠珠一眼就认出了小媛。她们是在石桥上不期而遇的，当时两个女人都很尴尬。珠珠下桥，小媛上桥，她们起初没有说话，走了几步珠珠回过头发现小媛也在桥头站住了。两个女人就这样相隔半座石桥互相凝视观察，后来是珠珠先打破了难堪的沉默。

我在凯歌照相馆开票，什么时候你来照相吧。珠珠说。

我不喜欢照相，你还是多照几张吧。小媛淡淡地笑着摸了摸她的腋下，小媛说，我有狐臭，而你像天使一样美丽。你知道吗？你现在又白又丰满，你像天使一样美丽。

一个礼拜天的早晨

李先生大约在早晨五点钟左右醒来，他不记得自己是被邻家的公鸡啼醒的，抑或是被李太太梦魇中的一条腿压醒的，他记得有什么东西在他胸前重重地敲了一下，然后他就醒了。

　　是暮春的一个早晨，并且是礼拜天的一个早晨。李先生不用在打开煤炉煮粥的同时心急火燎地批改学生作业。李先生把李太太肥胖的身体温柔地搬动了一下，然后下床找到了四只拖鞋中的两只。右脚觉得紧绷绷的，仔细一看是女鞋，于是及时地作了调整。尽管这样，李先生走到天井里时心情仍然是愉快的，礼拜天的早晨总是使李先生感受到一丝别样的安慰和怜悯。

　　天井里的夹竹桃花开得很鲜艳，花蕊及枝叶间微微蕴藏了几滴露珠。李先生用一把小刀给那些价廉物美的花草松了松土，这时候他突然想起李太太昨夜关照的事情，买蹄髈。李先生嘀咕了一句，跳起来就回屋子，他找到菜篮子朝床上的女人嚷嚷了一句，我去买蹄髈啦。然后他把旧自行车哐啷哐啷地推出天井，走到外面的香椿树街上。

李先生就是那个骑自行车的人。李先生不管是去学校上课，不管是去杂货店买香烟火柴还是去公共厕所解手，都喜欢骑着那辆破旧的蓝漆已经斑驳的自行车。

自行车的圆锁已经锈蚀得很厉害，李先生没有再配新的，现在他用的是一种自制的由铁丝和废挂锁组合的链条锁，李先生骑在车上时就有一种琅琅之声尾随在他身后。

菜市场的电灯仍然乱七八糟地亮着，电灯下的人头攒动，买菜的人们脸上普遍残存着眼屎和瞌睡的痕迹。李先生看见他班上一个女生在买莴笋，她看见他时眼神好像非常惊恐，一猫腰就消失在菜筐后面，李先生觉得这个女生的表现很滑稽，到菜场买菜有什么不好意思呢？我是你的先生，我不是一样要拎着菜篮来买菜吗？人活着都要吃饭，要吃饭就要买菜的。

给我挑一只蹄髈。李先生对肉贩子说。

这只怎么样？肉贩子从案板上拎起一大块肉，大概有四斤重，便宜一点卖给你好了。

太大了。我家里的让我买一只两斤重的。李先生观望着案板上的一摊摊的肉、内脏和骨头，他说，吃不起，现在的猪肉比人肉还贵。

两斤重的还真难挑。肉贩子的手在案板上摸了一圈，最后拎起一块肉扔进秤盘里，就秤这块吧，看上去肥了一点，其实是肉蹄。

李先生根据形状判断肉蹄是蹄髈的某一变种，于是认可了肉贩子的选择。最后他很干脆地跟肉贩子讨价还价，少付了二角钱。

李先生在替盆栽仙人掌浇水的时候听见厨房里乍然响起一声尖叫，什么蹄髈，是一堆肥膘。李太太伏在菜篮上表情悲痛欲绝，紧接着那块肉从窗口飞过来，恰巧落在李先生的脚背上。

是肉蹄，肉蹄就是蹄髈。李先生捡起肉对李太太申辩道，你怎么把肉当皮球一样乱扔呢？

你气死我了，连肥肉和蹄髈都分不清楚，我从来没听说过有肉蹄这种东西，什么肉蹄？是肉贩子骗你的鬼话，你还当真了，你要把我气死了。

李先生将肉举高了，仔细地检查了一遍，他的愠怒的表情渐渐变得无可奈何，最后他气馁地说，好像是更像肥肉一些，但瘦肉也还不少，就凑合吃吧。

说得轻巧。李太太隔窗厌恶地看着李先生和李先生手上的肉，她提高了嗓音说，多少钱一斤？他是按蹄髈的价格卖给你的吧？

不知道，反正我跟他还价了，我杀了他两角钱。李先生嗫嚅着，以一种息事宁人的态度安慰女人，就算是肥肉吧，做红烧肉也挺香的，我最喜欢吃你做的红烧肉了。李先生拎起那块肉往屋里去，他想把肉放到水池里。但是李太太突然冲过来用身体把他挡在门外，李太太的眼睛里闪着愤怒和怨恨的泪花，这使李先生感到惶惑不安，以往只有在李先生动手打她时，李太太才会有这种激动的反应。

你怎么啦？李先生拎着肉，站在台阶上进退两难，他说，为了一块肉，何必发这么大的脾气？

你倒是想得开？我问你你每月挣几个钱？那几个钱养家糊

口都难，你凭什么白白给肉贩子送去六块钱？李太太穿着棉毛衫和短裤堵住李先生，她的脸因为情绪激愤而变得苍白。李太太突然想起一些伤心事，眼泪忍不住挂了下来，她说，我弟弟的结婚大事，你当姐夫的只肯掏五十元，可你今天白白送给肉贩子六块钱，你真的要把我气死了。

不到六块钱。李先生皱了皱眉头，他不满意李太太这种夸张的说法，我一共付了六块钱，怎么会是白白送他六块钱呢？这块肥肉本身也起码值三块钱。李先生扭过脸看着天井里的夹竹桃花，他停顿了一会说，肉贩子最多赚三块钱，赚就赚吧，只当是买回一只真蹄髈，反正一样地吃到肚里。

你要把我气死了。李太太抬手掠了一下蓬乱的头发，她用一种陌生的严峻的目光直视着李先生，你马上去菜场找那个肉贩子，你把这块肥肉还给他，把六块钱给我要回来。

我不去。我不想为了三块钱一天跑两次菜市场，要不是照顾你身体，我今天也不会去菜市场，也不会买回这块倒霉的肉。

你就这样照顾我。李太太鄙夷地冷笑了一声，然后伸手去夺李先生手里的肉。她说，你不去我去，你不在乎六块钱我可在乎，你身体娇贵一天不能跑两次菜市场，我是做佣人的命，一年四季我哪天不跑菜场？冬天买处理大白菜时我一天跑过五次菜场！

李先生躲闪着退到天井里，李太太不依不饶地冲过来，李先生终于忍不住又打了女人一次，准确地说是连推带搡了一次。李太太跌坐在地上，立刻发出凄凉的哭叫声。

你又打我，你白白送给肉贩子六块钱，还有脸动手打我。

李太太边哭边说。

我没有打你，我只是推了你一下。

我天天头晕眼花，你却来动手打我，这日子看来是没法过下去了。李太太边哭边说。

李先生突然想起女人这两天是病着的，于是心里一阵发虚。他低头看了看手中的肉，迁怒于肉但又无从发泄，他舍不得把这块惹是生非的肉扔到香椿树街上去，假如扔出去它无疑会被街坊邻居捡回自己的锅里。李先生抖了抖手中的肉，有一些淡红色的血沫和黏液从指缝间流了出来。他听见女人的哭闹已经转为低声啜泣，她一边啜泣一边倾诉她在家庭生活中的辛劳及其种种不幸。李先生叹了口气，他说，别哭了，为了一块肉不值得这样，我去找肉贩子退赔不就完了吗？

李先生就是那个骑旧自行车的人。阳光已经升得很高，香椿树街的石板路面泛出一种刺眼的光泽。空气中充溢了主妇们生煤炉弄出的煤烟，两侧房屋的屋檐上已经跨满了晾衣的竹竿，来往路人就从煤烟和湿衣服下通过。李先生哐啷哐啷地骑着自行车，曾经有数滴水珠从高空中坠落，落在他的鼻尖上，给他一种奇异的冰凉刺骨的感觉。在街口拐弯的时候，李先生遇到学校的同事朱先生，朱先生下了自行车朝他迎过来，好像有什么话要说。但李先生装作没看见，他用一只手遮挡住自行车龙头上悬挂的肉，加快速度冲过了街口。他听见朱先生在后面喊，喂，老李你上哪儿去？李先生装作没听见，李先生根本不想被熟人知道他这天庸俗的行踪，否则第二天自己将成为办公室的课前闲聊的话题。

菜市场已经渐趋冷落，烂菜叶和鸡屎混染的气味却依然如故。李先生匆匆忙忙地拨开挎菜篮的人群往里面站。有许多摊贩在提前撤摊，李先生赶到肉市恰恰看见那个年轻的肉贩子在清洗案板，他用潮抹布狠狠地擦着肉案，一些血水夹杂了几星肉沫溅得到处都是。

别撤摊，你骗了我。李先生把那块肉扔到案板上，他指着肉质问肉贩子，你说这是蹄髈还是肥肉？

是肥肉。肉贩子镇定自若地打量着李先生。

可你刚才说是肉蹄，你把它当蹄髈的价格卖给我。一块肥肉你竟然要了我六块钱。

不会的，肥肉是肥肉的价，蹄髈是蹄髈的价，肥肉怎么卖得出蹄髈的价呢？肉贩子绞干了抹布，朝旁边的一辆黄鱼车走去，他说，我天天在这里卖肉，从来没干过这种缺德事，你肯定记错了，要不你就是存心来诈我。

我没记错，就是你。你还说这肉看上去肥了一点，其实是肉蹄。李先生追上去挡住了肉贩子的黄鱼车，他用愤恨的目光盯着肉贩子年轻而红润的脸，他说，你别溜，请先把六块钱退给我，我不会让你这么溜掉的。

我溜？肉卖完了我得回家睡觉。肉贩子鄙夷地扫了李先生一眼，然后跨上黄鱼车的坐垫，他说，你大概是穷疯了，买块肥肉还不想花钱，还想让我贴补你六块钱？你让大家评评世上有没有这个道理？

旁边已经围上来一群看热闹的人。李先生气得满脸通红，这种庸俗的局面使他感到一丝恐慌，也使他的一腔义愤转化成另一种自怨自艾的情绪。他拎起案桌上的那块肉嘟囔道，我自认倒霉好了，我要向市场管理委员会反映，一块肥肉竟然卖了六块钱！李先生拎着肉冲出围观的人群，胸口觉得很闷。他朝地上吐了一口唾沫，好像要把心中的怨气一起吐出来。那辆破旧的自行车原来是靠在一辆运货板车上的，板车被人拖走后自行车就倒在了地上。李先生把自行车扶起来，心想我今天真是倒霉透了。然后他发现自制弹簧锁的钥匙不见了，搜遍每个口袋都没有，急得李先生想骂娘，正要弯腰拾砖砸锁的时候，那把钥匙从他手掌心里掉了下来，原来钥匙一直就在他的手心里。

　　李先生骑上自行车，猛然看见那个年轻的肉贩子骑着黄鱼车从他身边擦过，肉贩子骑黄鱼车的动作幅度很大，透露出一股骄横的不可一世的气息，他的背影对李先生是一个强烈的刺激，李先生的与之论争到底的念头也就在瞬间突发而起了。

　　破旧的蓝漆斑驳的自行车发出一阵哐啷哐啷的巨响，李先生现在与肉贩子保持并行的速度，他冷静地对肉贩子侧目而视，就像一个猎人紧紧地盯住狡猾而强悍的猎物。

　　你跟着我干什么？你要是闲着没事，不如回家睡个回笼觉，盯着我有什么用？

　　你骗了我，你得把六块钱退还给我。

　　别瞎缠了，你想跟我回家？跟我回家也没用，我起早贪黑挣几个钱，凭什么白白地还给你六块钱？一分钱一分货，我从来不做赔本的买卖。

我不是缠你，我桌上还堆着学生作业没批，哪有工夫来缠你？问题是凡事都得讲理，我这样的家庭经济素来拮据，你怎么能白白骗去我六块钱呢？

六块钱，六块钱！肉贩子突然不耐烦地叫起来，难道那块肉就不要钱买吗？什么六块钱，最多一块钱。

李先生感到一阵欣喜，事实上肉贩子至此已经承认了他的欺骗。李先生用力蹬了几下他的破自行车，这时候他也换了一种温和的口气，怪我说错了，不是六块，但也不止一块。根据这块肉的重量和价格来推算，你应该退还给我三块，这样我也不用把肉还给你，带回家做红烧肉其实也好吃的。

三块？你认为肥肉就不是肉啦？有时候你想买肥肉都买不到。肉贩子放慢了黄鱼车的速度，侧过脸对李先生说，最多退还你一块五，算我今天倒霉吧。

两块钱。李先生想了想很坚决地说，你最少得还我两块钱，因为那块肉最多值四块钱。

好吧，两块就两块吧，我缠不过你。肉贩子终于失去了耐心，他单手扶着车把，另一只手伸进围裙的大口袋里掏钱，掏出一大把油腻腻的毛票。肉贩子懒得下车，他就抓着那把毛票隔车递给李先生，算我倒霉，白白赔了两块钱。

李先生匆忙跳下车去接钱。李先生将自行车停在香椿树街与龙门路交会的十字路口，人就站在交通红线内侧清点那堆毛票。李先生在点钱之前仍然没有忘记交通规则。

他点了两遍，发现总数都是一块八，肉贩子少给了两毛钱，恰恰就是李先生买那块肉时杀下的价钱。李先生的胸口再次感到沉重的一击，他抬起头发现肉贩子的黄鱼车已经疾速通过了十字路口，从他的背影中李先生再次感受到了嘲谑和侮辱。

回来，你少给我两毛钱！

李先生举起那把毛票朝马路对面高声大喊，肉贩子没有回头，肉贩子也许听见了也许根本没有听见，要知道十字路口往往是嘈杂和繁忙的，来往的车辆喇叭淹没了李先生嘶哑的声音。

李先生突然怒不可遏，他骂了一句粗鲁的下流话，然后飞快地骑上自行车去追赶那个肉贩子，他决定跟奸猾而可恶的肉贩子纠缠到底。李先生不顾一切地骑车横贯路口。这是一个不容选择的灾难的时刻，一辆运送冰冻海鱼的卡车迎面驶来，司机在踩动刹车闸的同时听到一声狂叫，然后是自行车被撞倒后发出的清脆的令人恐怖的声响。

是一个暮春的早晨，并且是一个礼拜天的早晨。阳光散淡地照耀着路口的车祸现场。香椿树街的人们来到路口，看见水泥地上有一摊鲜红的血污，血污的旁边横陈着一辆熟悉的破旧的自行车，现在它已经完全散架了，而自行车笼头上悬挂的一块肥肉却完好无损。在早晨八九点钟的阳光下，那块肥肉闪烁着模糊的灰白色的光芒。

纸

他看见老人的手埋在纸堆里，一只苍老的骨节突出的手，一堆或红或白的废纸，当那只手抓起剪刀时，少年听见纸张碎裂的声音，很细微的声音，但他仍然被吓了一跳，似乎觉得室内陈腐凝固的空气被老人剪了一刀。

从墙上撕下来的那张白纸上残留着墨迹，现在它已被老人剪成一种古怪的形状，老人对少年说，他要把它折成一匹马。

纸马最难弄。老人抬起头看了看少年，他用食指蘸了蘸唾液，然后在纸上轻轻地涂抹着，少年发现老人的食指上缠着一条白胶布，白胶布已经变成了脏灰色。老人的手颤动得很厉害，手中的纸因此窸窸窣窣地响着，少年想这并不奇怪，街上的人都说纸扎老人快九十岁了，他快要老死了。从前的我的纸扎店里只有两个人会扎这种纸马，我，还有我女儿青青，老人声音哽咽了一下，他的手突然在纸堆上停栖不动了。

怎么啦，怎么不折了？少年说。

我女儿青青，她跟你这么大的时候让街上一颗流弹打死了，她去布店人家送纸扎，扎着满满一箱纸扎走到吊桥下，不知是哪里飞来的一颗流弹，穿过纸箱，正好打在青青的胸口。

那是抗日战争，少年说，是日本鬼子打死了你女儿。

青青那天穿着她母亲的花旗袍，我记得布店要的纸扎都是她折的，她折完了一匹纸马后就用白缎把纸箱子扎好了，我说差人送到布店，但青青非要自己送去，她想顺便到布店给我扯一段棉布做鞋帮，青青，你不知道她是个多么巧的女孩，你不知道她是个多么孝顺的女孩。

假如她不去送货，假如换个人去送货，那她就不会死了。少年想着几十年前那个纸扎店女孩被流弹击中的情形，眼前便浮现出一只用白缎捆扎好的纸箱子，似乎看见它从女孩手中坠落，轻盈地跌在从前的吊桥下，纸箱子上有一个焦糊的圆洞，一些颜色鲜艳的纸人、纸马、纸床、纸椅和女孩的血从圆洞中散落出来，散落在从前的香椿树街上。

青青那天穿着她母亲的花旗袍，后来替她换衣服时还有许多碎纸条从旗袍里掉出来，我把旗袍抖了好几遍，抖啊抖啊，抖出许多碎纸条碎纸角，红的、绿的、黄的，你不知道青青多么喜欢做纸扎。她天生就是个纸扎店的女儿，可是一颗流弹打死了青青，我不知道找谁讨还我的青青，我救不活她。有人说我家的纸扎太像真东西了，是阎王爷到我家来订纸扎了，他把青青带去给他扎纸人纸马去了。

他们在骗你，少年打断老人的回忆说，流弹就是流弹，流弹不长眼睛，哪来的什么阎王爷？那是迷信。

我不知道是谁害死了青青。我到棺材铺拖了一口最好的棺材给青青睡，那会儿店里还摆着青青做的许多纸扎，我把它们都放进了棺材，它们就都跟着青青去了。

老人在伤心的回忆中停止了他的工作，他说过他要用这张街头的标语折一匹纸马，少年一直盯着老人那双手和桌上的那堆红白废纸，但他发现老人的手颤得厉害，好像已经无法使用剪刀，无法将一堆纸片改变成一匹马了。少年有点焦躁地等待着老人重新拾起纸和剪刀，但他看见老人的身体慢慢地向藤椅靠过去，那颗花白的脑袋像一块石头压在藤椅靠背上，发出一声钝响。

你不折纸马了？莫名其妙，是你自己说要给我折一匹纸马的。少年愠怒地站起来，顺手把桌上的废纸拍乱了，他说，我以为你会送我一匹纸马，我可不是来听你唠叨你女儿的事的，什么纸扎店，什么死人活人的，都是迷信的玩意，我不要听。

扎一匹纸马其实就是马背马肚上的功夫，其实就是最后撑马的三下子，我只教过青青，青青早不在了，现在只有我了。老人的手在空中无力地划了一下，少年知道那只苍老的手在模仿马的奔跑，老人说，要让纸马有奔跑的样子，一定要看纸扎店撑马的功夫，现在没有人会这个绝活了，孩子你走吧，你不是我的青青，我不想让你偷去我撑马的绝活。

莫名其妙。少年倚着门朝后面冷笑了一声，我只是想要一匹纸马，谁要偷你的东西？

少年长得十分英俊，他的浓眉大眼不管是在学校还是在香椿树街上都备受妇女们的称颂。学校里负责文艺宣传的女教师认为他适合扮演样板戏里的任何一位英雄人物。少年曾经粉墨登场扮演《红灯记》里的李玉和。那一次他在化工厂的露天舞台上初次亮相，台下一片喝彩之声，提篮小卖拾煤渣，他刚刚唱完第一句唱腔，就听见不远处响起惊雷般的一声巨响，化工厂的天空刹那间一片火光焦烟，台下有人喊，别逃，快去救火。台下的人群乱成一团，少年拎着那盏信号灯木然地站在舞台上，看着琥珀色的火光映红了化工厂的烟囱、油塔和厂房，他从来没看见过真实的大火，那个瞬间他把它假设成一种舞台背景，用鼓风机扇动红绸可以制造火的视觉。突然爆发的火使少年想起了洪常青就义那场戏，是《红军娘子军》里的一幕戏，浓眉大眼的党代表洪常青就是被火烧死的。少年放下了信号灯，他的双臂下意识地缚到后面，假设后面就是一棵老榕树，假设前面就是南霸天、还乡团和群众，他应该以洪亮的声音高喊一句口号，少年屏足力气刚想喊出那句口号，学校的女教师冲上来把他往台下拉，不演了，快救火去，女教师对着舞台一侧的化好妆的孩子们说，不演了，大家都去救火。

少年记得他被救火的人们撞得东倒西歪的，他拎着那盏信号灯在火场周围跑来跑去，对大火无所畏惧，另一方面对后来扑灭化工厂大火也无所裨益。那天本是他和《红灯记》的好日子，结果却让大火烧走了一场好戏和好梦，少年觉得那是一个奇怪的布景般的日子。他忘了擦去脸上的油彩，回到家里把母亲吓了一跳，母亲一时没认出那个少年就是英俊的儿子。

你去哪里了？母亲把儿子堵在门边。

演出，演《红灯记》，我昨天告诉过你了。

我知道你去演出，可是化妆也没有这样化妆的，怎么像是被锅灰涂了一层？

我去救火，化工厂失火了。

你到底是去演出还是去救火了？母亲狐疑地诘问儿子，她怀疑他在撒谎。

碰到一起了，戏刚开始化工厂就失火啦。少年突然悲怆地喊叫起来，他的眼睛蒙上了一层不可名状的泪光，你怎么这样蠢？告诉过你了，我没演成李玉和，去救火又找不到水，找到水又找不到水桶和脸盆。我今天什么也没干成，那个化工厂偏偏今天失火了。

一九七一年的夏季，香椿树街以北三公里的郊区稻田一片嫩黄之色，少年脖子上挂满了装蟋蟀的小竹管走在郊区的稻田里。他听见胸前的竹管相互撞击着，撞击声空洞而美妙。另一种声音来自原野上的风，风吹响了柔弱的稻穗，风把稻子灌浆的声音也放大了。少年弯下腰把耳朵贴着一株稻子听，他对自己说，灌浆，它们在灌浆。

这个夏季少年的裤管被母亲接了一截布，白球鞋则被两颗脚趾顶出两个洞，少年突然长高了，他也像一株正在灌浆的稻穗，但他无法分辨自己生长的声音。

穿过稻田少年看见了竹板庄的墓地，墓地上的石碑，坟包，青草和柏树、乌桕树都沐浴在夏日的阳光下，显得静穆而秀美，少年想这里果然是捉蟋蟀的好地方，怪不得街上斗蟋蟀的好手都偷偷地跑到这里来。少年跑进了墓地，他知道脚下的泥土深处埋着死人们的尸骨，那没有什么可怕的，活人不怕死人，更不怕死人留下的白骨了。

至少有一百只蟋蟀的鸣声灌进了少年的耳朵，少年手持三叶草搜寻着蟋蟀王的叫声，他捕捉着那种被称为黑头的蟋蟀的鸣叫，它应该是低沉的略带沙哑的。少年在几块墓碑间转悠了一圈，他觉得他已经发现了一只黑头的藏身之处，它就在一块墓碑下面，没有碎石砖块，那么它肯定藏在草丛下的泥缝里。

少年在坟包上发现了一条缝，他用三叶草伸进去试探了一下，果然有一只黑色的蟋蟀凌空跳起，仅仅凭它的颜色和跳跃的姿态，少年断定那就是凶猛的战无不胜的黑头。他看见它在坟包上跳，他不能让它跳进茂密的草丛里去，于是少年几乎是扑在坟包上逮住了那只蟋蟀。

墓碑差点绊倒了少年，当他把蟋蟀放进竹管用草叶小心地堵上管口时，抬眼之间看见了碑上的一排铭字：小女青青之墓。青青，这个名字少年耳熟能详，青青，坟下埋着的死者名叫青青？少年当时并没有把它与纸扎老人的故事联结起来，他只是觉得这个名字很亲切，就像他认识的香椿树街女孩的名字一样。少年微笑着朝墓碑上吹了一口气，然后他用三叶草在那两个字槽上轻轻地划了一遍。

蟋蟀们在行军床上依然鸣唱，少年在行军床上酣然入梦，借着北窗的月光可以看见墙上挂着的一只信号灯，那是废弃无用的，但却是一盏真的信号灯，是少年的父亲从铁路局的仓库里翻找出来的。当化工厂的那场演出最后变成泡影后，只有这盏信号灯上还散发着《红灯记》和李玉和的荣誉的气息。

入夏以来，少年已经忘了《红灯记》的事，每天白天他为蟋蟀、链条枪、滑轮车忙碌着，夜里则重复着睡眠，即使是在睡梦中，少年的面容仍然是香椿树街最英俊最可爱的，即使是他的梦呓，听来也是清新而独特的。

纸马。

青青。

三十年前的香椿树街空寂而灰暗，街景是模糊的闪烁不定的，少年看见一个穿着肥大的花旗袍的女孩，她手里捧着一只红色的纸箱子，风拂动了女孩的齐耳短发和旗袍的下摆，也拂动了纸箱子上的白色缎带。少年看见女孩捧着红纸箱朝他走过来，她的面容苍白失血，眉眼似曾相识，她确实是在朝他走近，而不是像纸扎老人说的那样朝吊桥走去。少年在梦中惊恐地挣扎起来，别过来，错了，你该往吊桥上走，少年尖声叫喊着从行军床上坐起来，黑暗的室内漾着一片月光，床下的蟋蟀罐里传出一声两声的歌唱，怀抱纸扎的女孩不见了。但少年依稀看见一团奔腾的白影，在北窗上或者在墙上和地上，它酷似一匹白色的纸马，当他打开电灯时，纸马就无声地消遁了。

少年的母亲说纸扎老人大概活不过这个夏天了，这么热的天气他每天紧闭门窗在家里烧纸，许多老人临死前都喜欢这么做。少年说，那是迷信。母亲不置可否地笑了笑，她说，纸扎老人怪可怜。孤苦伶仃的一个人，哪天死了不知道谁把他送去火葬。少年没说话，他用锤子用力敲打着滑轮车上的滚轴，突然想起什么，问他母亲：纸扎，纸扎用来做什么？母亲说，那是送给死人的东西，扎得再漂亮也要烧掉，烧成了灰就被死人带去了。

少年放下了手中的锤子，他的眼前浮现出一匹高大美丽的纸马被火苗吞噬的情景，心痛的感觉使少年的浓眉皱紧了，他几乎是愤怒地朝母亲嚷着：烧掉？为什么要烧掉？那是迷信，迷信，那都是迷信。

香椿树街很短很乏味，假如只是在街上走来走去，谁也无法消磨富裕的夏日时光。午后的太阳在少年的头顶上烤着，少年突然觉得日子过得无聊之极，他听见酱园的楼上开着收音机，收音机里放着李玉和痛斥鸠山的高亢而雄壮的唱腔。李玉和不错，但是李玉和已经与少年失之交臂了，时隔数月，少年回味起这件事情仍然感到惆怅。

少年推开了纸扎老人家的门，纸扎老人似乎是从一场漫长的昏睡中醒来，他那浑浊的眼睛注视着闯入者，青青，你不是青青，老喃喃地说，你是杂货店刘家的孩子。

我们家不是杂货店，少年说，我们家是无产阶级。

你是来看纸扎的？老人指了指屋角的那张红木桌子，他说，掀开布，看看我的纸扎，我的手艺大不如从前了，但是你们谁也不会，我的纸扎仍然是方圆八百里最好的。

少年掀开了那块残破的罩布，他惊讶的发现那种被称之为纸扎的东西赫然在目：五个小纸人，一张纸床，三只纸椅，三只纸柜，它们酷似精美的仿真玩具。最令少年心动的是那匹白色的纸马，纸马足有半人之高，姿态栩栩如生，欲飞欲奔。少年的手不由自主地按了按马背，他听见马背下有细竹条颤抖的声音，但纸马仍然不动，保持着欲飞欲奔的姿态。

纸马，真的一匹纸马。少年大声地说。

你想要吗？老人说，你不能要这些东西，它是给死人的，给我的。

我只要这匹纸马。少年说，我可以用别的东西跟你换，你要什么东西？

我要什么东西？老人突然低声笑了起来，我快死了，什么都不要了，我只要这些纸扎，等我死了有人帮我烧掉它们。孩子，你愿意帮我烧掉它们吗？

不，纸马不能烧。少年说，我帮你烧掉这些纸人纸床什么的，但你要答应把纸马送给我。

你这个不懂事的孩子，我告诉你，你千万不能把它带回家。你假如是个好孩子，就该在我死后帮我烧了它们。

少年咬着下唇，心中突然升起一个大胆的念头，他用眼角的余光偷偷打量着藤椅上的老人，他想老人快要死了，老人的四肢已经像被蚀的枯木无力行动，他完全可以把这匹马从老人眼底下带走，为什么不呢？于是少年突然抱起桌上的纸马，以风一般的迅疾的速度踢开门，远离了老人的屋子，他甚至没有听清老人最后说的那句话。老人最后肯定说了句什么话，但他没有听清。

有蟋蟀的鸣唱中女孩青青再次降临少年的梦中，风吹动着三十年前的那个死于非命的女孩，她怀里的红纸箱子像太阳一样鲜艳欲滴，风吹着女孩青青肥大的花旗袍，风把瘦小的女孩青青吹大了，吹成一个丰满成熟的妇人，吹到少年的行军床上，少年爷卧在一堆美丽精巧的纸扎中，身体的每一个部分都受到了柔软缠绵的抚摸，然后他被惊醒了，他觉得很凉，梦里发生了一件神秘的事情。

少年光着脚站在地上，情绪仍然在梦中飘荡，他蹲下来察看一遍床底下的东西，链条枪、滑轮车、蟋蟀罐都在，从纸扎老人家抢来的那匹纸马也安然无恙，纸马是白色的，现在它藏匿在最黑暗的床底下，遍体迸发着一种冰雪似的荧光。少年茫然地站在黑暗中，他的身体各个关节正隐隐散发出类似稻穗灌浆的嚓噗之声，但少年照例没有发现自己的声音。

学校的女教师在杂货店门口喊住了少年。女教师说，马上就要开学了，开了学就要准备《红灯记》的排练，要参加国庆节的文艺会演。女教师看着少年心不在焉的样子，有点不放心，她拽了拽少年的耳朵问，你没有忘记怎么扮演李玉和吧？少年摇头说，没忘，我记得。

那天下午火葬场的尸车开进了香椿树街，是街西的纸扎老人死了。少年跑到那里时尸车已经呼啸着离去，他看见老人的屋前点了一堆火，几个妇女正在火边忙碌着，一股热气和焦味在四周弥漫开来。少年绕过火堆扒着门框朝屋里看，另外两个妇女戴着口罩正在把屋角的垃圾放在箩筐。一个妇女说，这个怪老头，他把街上的标语全撕回家里来了。另一个说，亏他想得出来，用标语做纸扎，换了前几年，老头早让红卫兵打死了。

少年注意到红木桌上的那堆纸扎，五个纸人，一张纸床，三只纸椅以及三只纸柜，它们在消毒药水的气味中散发着宁静而忧伤的气息。少年在门边犹豫着是否进去，一个妇女朝他扬着手中的扫帚说，孩子家别进来，没见屋里刚死了人？有细菌的。少年反驳了一句，关你什么事？又不是你家死了人。那个妇女在口罩后面骂了句什么，没再理睬他，然后她挥起扫帚把桌上的那堆纸扎扫进了箩筐。

后来少年目睹了那堆纸扎被焚烧的简短的过程，它们混杂于废纸、破布和草席之中，只是一个瞬间，那些美丽精巧的小玩意已化为灰烬。那是少年在这个夏天面对的第二场火。他想化工厂的大火是多么令人惊恐，而这堆火烧去的是纸扎老人的遗物，是形形色色的纸，少年突然觉得以火焚纸是世界上最轻松最简单的事情了。

少年的母亲发现儿子在这个夏天正悄悄长成一个男人，不仅因为少年把他的短裤藏在凉席下面，更重要的是那个暴雨初歇的夜晚，母亲隔着墙听见儿子在睡梦中发出一声狂乱的叫喊，当她匆忙跑过去时却看见儿子睡得正香，儿子英俊可爱的脸上挂着一丝痛苦的表情。母亲知道那其实不是痛苦，因为她已从少年的父亲那儿熟悉了这种独特的表情。母亲在黑暗中笑了笑，她想离开让儿子做他的好梦，但这时候她听见了儿子那一声响亮的梦呓。

儿子说，青青，青青。

第二天少年从墙上摘下了那只废置多日的信号灯，他觉得母亲正在后面窥视自己。少年有点厌烦地说，你老是望着我干什么？我又要排练《红灯记》了，学校宣传队通知今天排练。母亲说，我也没说你去干坏事啊，信号灯上落了层灰，我来帮你擦干净它。

母亲用一块抹布擦拭着信号灯，一边用忧虑的目光打量着儿子，母亲终于忍不住问了儿子：青青，青青是谁？

少年的脸色顿时一片惨白，他的目光躲避着母亲，从行军床的床底下掠过去，最后停留在北窗窗口的鸟笼上，鸟笼里的一只画眉是少年在夏季最后的宠物。

母亲说，告诉我，青青是谁？

少年的表情突然从惊惶变得愠怒，他从母亲手中粗暴地夺过信号灯，告诉你也没用，少年朝他母亲吼道，她是个死人，是个鬼魂。

炎夏之季平平淡淡地过去了，香椿树街上游荡的少年终于回到了学校，空寂的街道便更加空寂了。在距离香椿树街两公里处，在城市惟一的公园里，有一群工人在乒乒乓乓地搭建一座新的露天舞台，路过此地的行人都知道那是为盛大的国庆文艺会演准备的。

香椿树街的英俊少年再次粉墨登场就是在那座新舞台上。少年记得那天舞台上还散发着新鲜木材的清香，台下聚集着黑压压的人群，有一种欢乐的浑厚的气流自始至终挤压着他的耳膜，锣、鼓、钹和人群的掌声喧闹声把无数节日彩球送上了天空。当少年提着信号灯从舞台左侧入台时，他听见人群中有人尖声叫着他的名字，那肯定是香椿树街的欢呼，他意识到这个瞬间他是整条街的荣耀和骄傲。他知道他该亮相了，该唱那段唱词了，提篮小卖——拾煤渣，但是少年的眼前突然出现了那个名叫青青的纸扎店女孩。三十年前的女孩青青怀抱着一只红纸箱子朝舞台跑来，她的身后还跟着一匹纸马，是那匹白色的纸马，它也朝舞台飞驰而来了。少年惊恐地睁大了眼睛，他知道他该唱下去，拾煤渣——担水劈柴，但他的嗓子突然哑了，他的嗓音突然像片枯叶无力地下沉，连他自己也听不清了。他似乎听见台下一片哗然，他想唱下去，脑子里却是一片空白，紧接着他觉得自己朝女孩青青那里倒下去，朝白色纸马的马背上倒下去，他听见手里的信号灯砰然落在节日的舞台上。

少年病倒在他的行军床上，持续的高烧使少年的脸上笼罩着一层不祥的红晕。医生对少年的母亲说，孩子好像没有什么病，或许是那天演出吓出来的，休息儿天会好的。母亲对儿子的病疑虑重重，她总怀疑他在夏天经历了某种秘密的事情。有一天她听见儿子在半梦半醒的状态下说，火，点火，把它烧掉。母亲觉得儿子或许泄露了天机，她握住那只汗津津的手，焦灼地问：烧什么？快告诉我点火烧什么？少年无力地指了指行军床的床底，少年说，烧，把它也烧掉吧。

少年的母亲在床底下发现了那匹纸马，白色的欲飞欲奔的纸马，纸马的一半已经被地面的潮气所腐蚀，但它的姿态仍然欲飞欲奔。

小
莫

名叫诗风的女人有一天来到我们香椿树街，沿路打听联合诊所的莫医生的住址，诗风步履匆匆，姣美的面孔被一层愁云拉长了，因此街上的妇女起初并没有留意她的美丽。

　　有人告诉诗风，联合诊所去年就关门了，诊所现在改为废品收购站了，但莫医生还住在里面。又问诗风，你找莫医生看病吗？诗风拎着一只红色的尼龙手袋，把手袋里的一捆青菜往下面塞了塞，她有点焦躁地环顾着香椿树街两侧的房屋，不是我，她说，是我男人病了。

　　收购站里照例荡漾着各种废品腐臭的气味，最刺鼻的是那些未及晒干就被变卖的鸡毛。诗风穿过一堆鸡毛朝院子里走，一只手下意识地捏住了鼻孔。收购站里的店员们指点着诗风，进去喊一声他就听见了。

　　诗风就站在院子里高一声低一声地喊起来，莫医生，莫医生。她看见两侧的窗户都应声打开了，似乎两扇窗后都有人答应。一个蓄胡子的男人嘴里嚼咽着什么，木然地打量着诗风。

诗凤扭过脸看看西边的窗子，没有人出来，对着窗子的是一只老式红木床，床上的蚊帐动了一下，但随之又没有动静了。

你是莫医生吗？诗凤转向窗台蓄胡子的男人问。

你有什么事？

我男人病了，都说莫医生治这病有秘方，我从城北找过来，找得我好苦。

他哪里不舒服？

就是，诗凤说话有点吞吞吐吐，两只手绞着尼龙袋的带子，就是，就是喝凉水喝坏了。

喝凉水喝坏了？窗后的男人审视着诗凤的表情，眼睛突然亮了一下，他很快对诗凤作出允诺，我跟你去看看，我带上箱子马上就来。

诗凤在收购站的院子里等了一会儿，莫医生就穿好白褂背了药箱出来了。诗凤的一只手仍然捂着鼻子以抵御鸡毛烂鞋们的臭气，她心急如焚，隐约听见莫医生在西边屋子里跟谁说了句话，你躺着吧。诗凤并不关心那间屋子里的人，也没有察觉蓄胡子的男人与民间名医莫医生的形象是有差距的，因为诗凤的男人正躺在家里呻吟，诗凤心急如焚。

香椿树街的人们对莫医生的儿子普遍抱有厌恶之感。莫医生的儿子好逸恶劳，终年装病在家，春天在街上串门闲逛，夏天去乡下钓鱼，秋天不知在干什么，冬天则像黑熊在家里冬眠睡觉。莫氏父子品行的强烈反差常常使街头的老人感怀身世，嗟叹时人是一代不如一代了。

人们无法猜度小莫那天随诗凤去行医的意图，只听说莫医生那天有点感冒头晕，静卧在床休息。也许小莫的荒唐的举动是出于对父亲的体恤，但医道不是儿戏，小莫无论如何是不该去替父行医的。

那天恰逢梅雨季节后的七月艳阳天，小莫与诗风并肩走过嘈杂的香椿树街，一个轻松自得，另一个愁眉紧锁，但小莫似乎不停地用语言排遣诗风焦虑的情绪，诗风偶尔露齿一笑，显出少妇特有的腼腆而美丽的风韵。走过铁路桥那边的开阔地时，炽热的阳光直泻行人的头顶，诗风突然停下来说，等一等，我带着阳伞，诗风从尼龙包里抽出折叠伞打开，于是小莫就与诗风合撑一把伞行医去了。

诗风的家在城北的布市街上，只有一间房子，床、煤炉和马桶也都集中在一起放着。诗风的男人半倚半躺在床上，两只手捂着小腹，额角上结满了细碎的汗珠子。看见诗风带着小莫进来，男人的嘴动了动，含糊地叫了声医生然后又轻轻呻吟起来。

小莫站在门口朝床上的男人瞟了两眼，脸上的微笑突然凝结了。小莫想到他马上要做的事，眼神不可避免地有点惶惑和紧张。

诗风在脸盆里捞起一块毛巾，绞干了替男人擦额上的汗。她说，还像刚才那么疼吗？

男人说，稍好一点，现在是往下坠，好像一块尖的石头在往下坠。

小莫坐在床沿上思考着什么，一只手很鲁莽地朝男人的下腹按过去，是这里疼吗？你说像一块尖的石头？

男人皱着眉头说，疼，像一块尖的石头。

你割过阑尾吗？小莫问道。

割过。诗凤在一旁打断了小莫的问题，她说，是凉水，他口渴，喝了碗凉水。

从床上爬起来喝了碗凉水，男人顺势补充了一句，很明显他不愿意再作更明显的诠释了。他对小莫说，我们听说莫医生治这病是最拿手的。

小莫的表情顿时有点茫然，喝凉水喝坏了？他在心里嘀咕了一句。我知道你是喝凉水喝坏了，问题在于喝凉水怎么能喝坏了呢？小莫这样想着，觉得面前的这个病人确实很滑稽，小莫的嘴上却轻描淡写地说，不用再说了，我知道你这病了，给你开个药方，服上三帖药就会好的。

在打开药箱寻找处方笺的时候小莫很紧张，他的记忆中闪过黄芩、当归、桔梗、车前子这些草药的名字，反正普通的草药都是有益无害的。小莫把父亲的处方笺摊开在油腻零乱的桌子上，使他感到喜出望外的是处方笺的第一页有一张现成的方子，不知是父亲开给谁的。小莫舒了一口气，他镇定自若地把父亲写的方子抄了一遍。

小莫最后拿把蒲扇扇了几下就告辞了。诗凤一边称谢一边把小莫送到门外的布市街上。外面已经是微黑的天色了，小莫突然嘿地一笑，问了诗凤一个奇怪的问题。

他就是你的男人？

是，他怎么啦？诗凤明显不解其意。

他真的是你的男人？

真的是，诗风惊愕地望着小莫的脸，莫医生你是什么意思？

没什么意思，小莫的手指在药箱上弹出一串音节，朝诗风做了个鬼脸说，这叫鲜花插在牛粪上，太可惜了。

未及诗风作出反应，小莫三步两步地跑到街对面去了。诗风没想到莫医生还是这种调皮的促狭的男人，这与他的名声和身份都不合拍，但诗风没有时间去细细斟酌了，她要赶在药店关门之前把莫医生开的药方抓来。

最初的问题当然是出在那张药方上。隔天早晨，无所事事的小莫坐在收购站门口与人下棋，他看见那个名叫诗风的女人急匆匆地走来，小莫的脸立即变白了，昨天的游戏现在终于使他害怕了，小莫开始想往收购站里溜，但转念一想那样事情反而会变得更坏，干脆就站起来迎着诗风过去了。

怎么样？你男人的病好了吗？

疼倒是不疼了，可是他拉开了肚子，拉了一夜，我怕这样下去他支撑不住了。诗风赶路赶得气喘吁吁，一夜之间她的红润白皙的脸就变憔悴了，诗风一把揪住了小莫的胳膊，莫医生，求你再给我男人看看吧。

小莫心里庆幸他的游戏没有出现最坏的结果。没出人命就好，小莫本来几帖草药也不会出什么人命的，现在他猜父亲留在处方笺上的药方是一帖泻药。她男人拉肚子该怎么办？小莫不知道。小莫不知道是否该及时结束他的游戏，回家问问父亲怎么再给病人开止泻的药。但是现实不允许他暴露真相了，小莫看见诗凤正用虔敬求助的目光凝望着自己，那双眼睛因为数星泪光更添动人的韵味，美丽而感人。小莫情不自禁地拍了拍诗凤的肩膀，劝慰她说，别着急，我这就跟你去。

小莫第二次到布市街的诗凤家里，穿的是白的确良衬衫和肥大的黄军裤，嘴里哼着小调，脚上趿着塑料拖鞋，他的样子与一个著名的中医已经毫无联系。但是诗凤和她的男人可谓病急乱投医，他们被难以启齿的急病折磨得手足无措，对于小莫没有引起任何警惕。

狭窄零乱的屋子里弥漫着一股酸臭之气，诗凤的男人坐在马桶上，双手痛苦地抱住了头部，看样子他已经极度虚弱了。男人偶尔松开手看看小莫，目光是绝望而羞惭的，明明想说什么，结果只是一味地唉声叹气。

泻掉就好了，小莫点一支烟对夫妻俩说，治这病都要泻的，泻掉就好了，那块尖的石头已经排出来了。

可是我怕他的身子撑不住。诗凤说，莫医生你有办法替他止泻吗？

止泻？小莫想了想说，先不止泻，你把药停了，也许他就不会再拉肚子了。

小莫那天在诗凤家里待了整整一个上午，奇怪的是诗凤男人的泻肚渐渐平息了，男人倚在床头用语言和目光感谢小莫，还吩咐诗凤炒菜留下小莫吃午饭。小莫也没有推辞，留下来吃了顿简单但又美味的午饭。诗凤拿了半瓶粮食白酒出来，小莫平时不怎么喝酒，那天却想喝，而且喝得极快，诗凤的男人就在床上为小莫的酒量叫好。酒意上来后小莫心里残存的那点惶恐也就无影无踪了，他对诗凤夫妇夸口说，以后得了什么怪病尽管找我，保证人到病除。然后他随手抓起诗凤家里的一只旧口琴，用娴熟的技巧对着诗凤吹奏了一首温柔动听的情歌。

香椿树街的人们起初并不知道小莫替父出诊的故事，一件荒唐的事情由于偶然的因素完成得天衣无缝，这在生活中也是常见的。小莫作为香椿树街著名的浪荡青年，也很快地把自己的这场危险的游戏遗忘了，而且他确信他父亲对此一无察觉。小莫仍然热衷于下棋、游泳、闲逛，往女孩子堆里钻，到处插科打诨。小莫的生活仍然是属于小莫的生活。

后来的事情是从秋季的一天开始的，小莫有一天从朋友家聚会回来路过布市街诗凤家的门口，看见门口晾衣竿上晾着那件熟悉的桃红色衬衫，小莫突然就想进去看看。下了车从一条木板隔成的夹弄往里走，恰恰看见诗凤坐在门槛上剥毛豆。诗凤一眼认出了小莫，又高兴又慌张，差点踢翻了装毛豆仁的碗。小莫倒是很坦然，寒暄了几句就坐下来帮诗凤剥毛豆。

他还没下班？小莫问。

没有，他六点钟才下班。诗凤说。

他现在没事了吧？

什么？

我是问他那回的病，现在不疼了？

早不疼了。诗凤有点羞赧地扭过身子去拨弄篮子里的毛豆，过了一会儿她又说，够倒霉的，他现在的身体就不如以前了。

是不是又添了别的毛病？

其实那也不算什么病的，诗凤欲言又止，脸上倏地染了一层酡红色，眼睛只盯着地上的黄黄绿绿的毛豆壳。不说那些了，诗凤岔开话题说，莫医生你等会在这吃饭吧。

小病不治养大病，我知道他是什么病了。小莫观察着诗凤的表情，嘴角上浮出一丝暧昧的笑意，那病其实是最好治的了，就看你愿不愿意治好，我有现成的药方。

诗凤的眼睛仍然盯着地上的毛豆壳，身子则慢慢地从小莫边上移开。就剥这些吧，诗凤抓过装毛豆的碗走到煤炉边，喉咙里突然响起了一声模糊的哽咽，我真够倒霉的。她把一碗毛豆往锅里一倒，又哽咽了一声，我为什么这么倒霉？有时候想想这日子过得没劲透了。

喂，你没打开炉门，怎么炒菜？小莫原地坐着，冷不防提醒了一句。

诗凤就蹲下来把煤炉的风门打开了。

喂，锅里还没放油呢，小莫又说。

诗凤站起来到桌上去拿油瓶，发现油瓶是空的。倒霉，倒霉透了。诗凤一边嘀咕一边烦躁地晃着那只油瓶。

我去帮你打油吧。你告诉我哪家粮油店最近。小莫站起来说。

诗凤拿着那只油瓶没有松手，诗凤第一次抬起头直视着小莫，眼睛里已经一半是泪一半是火了，她的一只手很灵巧地背过去撞上了房门。诗凤的一句话出乎小莫的意料之外，小莫后来对别人说他当时其实并没有思想准备。

诗风说，他六点钟回家。

小莫与布市街的诗风相好的消息很快在香椿树街传开了，因为收购站有个女店员在护城河边亲眼看见了他们从树丛里钻出来。每当小莫从收购站进进出出的时候，女店员们都津津有味地盯住他看，说，小莫，又去钻树丛了？小莫就挥挥手说，钻，不钻白不钻，有得钻为什么不钻？

那是秋风渐凉遍地落叶的季节，香椿树街的小莫沉溺在一场意外的爱情游戏中，每天行踪不定，人们在街上不再容易发现他无聊的空虚的背影。德高望重的莫医生被蒙在鼓里，他猜测儿子是在恋爱，但他确实不知道儿子恋爱的对象是布市街的有夫之妇诗风。

正如收购站的女店员们所预料的，小莫会惹祸的，她们坐在店堂里可以看到一出好戏。她们后来果然就看到了好戏。有一天三个粗壮的脸色铁青的男人闯进收购站，说要找姓莫的医生。女店员们就用手指后面的院子，男人三步两步跳过满地的破烂，嘴里先就骂起脏话，有个男人顺手操起了地上的一根拖把棍。女店员们发现来者不善，赶到后面一看，已经打起来了。令人瞠目的是三个男人袭击的目标是莫医生，莫医生老夫妻俩和来人扭在一起。莫师母尖声叫喊着，莫医生却脸色煞白，捂着额角上的一个血口说不出话来。

女店员们拥上去拉架，一边喊小莫，东屋里没有动静，小莫肯定是出门了。女店员们突然想到来者肯定是打错人了，打的应该是儿子而不是父亲，于是就一齐喊起来，别打了，打错了，你们打错人了。

幸而三个男人很快罢手了，很明显他们也意识到莫医生不像他们要找的莫医生，操拖把棍的人很扫兴地扔了手里的家伙，拍了拍手说，我说有点怪呢，诗凤怎么会跟个老头？又满腹狐疑地问莫医生，你不是莫医生，那么谁是那个流氓莫医生？愤怒的莫医生拒绝回答他这个问题，也许他意识到自己是在替儿子受过。莫医生试图用云南白药敷在额角的伤口上，但这次突如其来的打击使他双手颤索，无法完成他素日熟练的动作。莫医生一气就把药瓶狠狠地砸在地上，他对三个男人喊，滚出去，快给我滚出去。

整个下午莫医生躺在他的红木床上，低声咒骂着儿子小莫，莫师母陪着他落泪。老夫妻俩都侧耳倾听着小莫归家的脚步声，一直到半夜。半夜里外面有了响动，莫医生对着窗外喊，滚出去，快给我滚出去，可是外面原来是邻居家的一只猫。

小莫一夜未归。

小莫第二天浑身湿漉漉地闪进了收购站的后院，几个女店员发现他的衣服是湿的，就跟进来隔着窗子窥视他。小莫啪地关上了窗子，在窗后说，偷看什么？我在换短裤呢。

莫师母看见儿子平安回家，心里的一块石头落了地，但她不知道儿子为什么浑身湿透了回家，莫师母一边敲门一边问，你怎么搞的，是掉河里了吗？

不是掉河里了，是往河里跳了。小莫说。

好好的为什么往河里跳？

她非要让我跳，我就跳了，她不知道我会游水。小莫说。

莫师母大吃一惊，声音就发颤了。

她人呢？她怎么样了？

不知道，我在河里摸了半天，摸到她的一绺头发，可惜又滑脱了，后来就摸不着了。

闹出人命啦。莫师母眼前冒出无数金星，一下子就瘫坐在地上了。

收购站的后院里乱成一锅粥，幸亏几个女店员帮忙，小莫得以把精神崩溃的父母安顿在红木床上，替他们抹上安神醒脑的麝香膏。正在忙乱的时候，偏偏有个女的来找莫医生配药，小莫就粗暴地朝女病人吼起来，都什么时候了你还来配药？我给你配上二两砒霜。

莫医生的中风症就是从这天开始的，多年来一直受人尊敬的一代名医躺在红木床上，眼睛睁大了怒视着儿子小莫，却只能保持沉默。小莫这时候如梦初醒，他捡起地上的一堆湿衣服，眼前闪过殉情的诗凤在护城河里漂浮的画面，小莫突然问旁边的几个女店员，你们说我会被判刑吗？

不会的，又不是你杀的她，是她自己要死的，这种事情男女双方都有责任。一个女店员好言安慰着小莫。

谁说不会？另一个女店员却捂着嘴边笑边恫吓小莫，她说，不是无期徒刑就是死刑，反正你小莫已经玩到头了。

从布市街拖来的尸车缓缓地经过了香椿树街，人们都离开饭桌跑到街上观望尸车和那群披麻戴孝的人。许多人都是第一次看见那个名叫诗凤的女人，死者的脸部随板车的行驶节奏左右摇晃着，浮肿、苍白，但依然不失美丽。诗凤的名字已经在香椿树街上流传数日，现在终于以溺死者的姿态在人们的视线里暴露无遗。

尸车停在收购站门口，诗凤的男人还有亲友们执意要将死者停尸在莫家，作为对肇事者小莫罪行的揭露。从古老的风俗传统来说这是一种最有效最彻底的手段，莫家人对此无力拒绝。小莫已经悄悄到外地亲戚家避风，而莫医生夫妇则终日躺在红木床上期待命运对他们一家作出裁决，生死两可，老夫妇已经心如死灰。

死者诗凤就这样在莫家停尸了三日。收购站的女店员们和顾客对空气中更加难闻的气味怨声载道。当然这是香椿树街人作出的一种反应。另一种反应是许多居民捂着鼻了疾步穿过收购站，伸长脖子朝死者诗凤看一会，然后又捂着鼻子离开了。

除了死者诗凤，人们还可以看见诗凤的忠厚而可怜的男人，他在向围观者细述小莫作为骗子害死诗凤的全部经过，我们以为他真是莫医生，谁知道他是骗子，诗凤的男人絮絮叨叨地说，谁知道他是个恶棍，谁知道他是个流氓？

那是秋风渐凉遍地落叶的季节，香椿树街的所有话题几乎都贴着小莫展开，人们不得不从小莫的童年时代开始回忆，回忆里几乎全是顽劣和荒唐，小莫从小到大竟没有做过一件值得赞誉的事，如此看来小莫最后惹出人命案子也不足为怪了，小莫假如要吃官司也是活该。可惜的是死者诗凤，一时的糊涂牺牲了自己年轻美丽的生命。收购站的一个热衷于巫术的女店员回忆初见诗凤的情景说，她一进来我就猜到这个女人会大祸临头，我看见她的身后拖拽了一条红光。

木壳收音机

莫医生撑着黑布雨伞走过铁路桥的桥洞，听见一种咣当当的金属撞击声从头顶上滚过去，手里的伞轻轻地往上蹦了一下，莫医生把伞斜撑着快跑了几步，回头看见一列货车刚刚从铁路桥上通过。货车是黑色的，漆写了一些白色的文字和标码，没有车厢的那几节蒙着油布，它们挟卷着一阵风响在莫医生的视线里一闪而过。

　　莫医生吓了一跳。

　　雨已经停了，或者城北的这条街道上并没有下过雨，莫医生收起伞，发现碎石路面仍然很干燥，没有雨的痕迹。莫医生觉得天气有些奇怪，他从城南的那位病人家里出来时，明明是下着雨的。他竟然不知道雨是什么时候在哪段街道上突然停止的。

　　莫医生沿着街道的左侧走了一段路，看见石码头的空地上堆积着一座小山似的垃圾，有一条狗在垃圾堆旁边转悠。莫医生用伞朝嗡嗡乱飞的苍蝇挥了几下，走到街道的右侧，右侧是密集的民居，没有垃圾堆。昔日棉花店的大门虚掩着，莫医生无意中看见一个陌生的女人躺在竹榻上，女人好像睡着了，莫医生发现她穿着短裤。莫医生因此在昔日棉花店的门前停留了两秒钟。他没有想到竹榻上熟睡的女人突然翻了个身，她睡眼惺忪地朝着门外啐了一口，莫医生听见她骂了一句极其难听的脏话。

莫医生又吓了一跳。他拔腿就走，在剩余的那段归家路上，他的心情忽然变得阴郁而烦躁起来。

钥匙拴在钥匙圈上，钥匙圈拴在钥匙链上，钥匙链拴在莫医生的皮带襻上。莫医生站在他的家门口，焦急地寻找铜质的马头牌钥匙。铜质的马头牌钥匙有两把，莫医生总是分不清哪把是开家门的，哪把是开诊所门的。按照惯例他依次试了一遍，这时候他突然听见房顶上有人在走动，莫医生又吓了一跳。

谁在房顶上？莫医生往后退了几步，踮起足尖竭力想看清楚房顶上的动静。房顶上瓦片咯咯地又响起来，并且有一股尘土从屋檐上落下来，莫医生挡住眼睛，继续朝房顶上喊，谁在房顶上？再不说话我要喊人了。

你喊谁？两个泥瓦匠的脸在屋檐上渐次出现，姓孙的用瓦刀当当地敲着铁皮漏水管，姓李的拔下一颗瓦松从上面扔下来，姓李的说，你看他急得那样，不让干拉倒，大热天的谁想跑房顶上晒太阳？

你们怎么跑到我房顶上去了？莫医生仰着脸喊。

筑漏呗，你不是向房管所打了修房报告吗？姓孙的说。我们在上面忙了一上午，连半口水也没喝到。

筑漏？我的房子不漏，为什么要筑漏？莫医生觉得很疑惑，他说，你们肯定弄错了，我没有打过修房报告，我的房子也不漏。

你是香椿树街十七号？你不是邓来先吗？

果然弄错了。莫医生舒了口气，指指北面的方向，这是七号，十七号在前面，化工厂隔壁，你们下来赶紧去吧。

我们得歇一会儿，我们累坏了。房顶上的人说。

你们既然累了就歇一会儿吧。莫医生想了想说。他走进屋子后用力关上了门。地上很潮湿，这是雨季留下的烙印。莫医生发现家中的地面和桌椅到处落下了墙泥以及毛茸茸的灰尘，墙上祖传的挂钟位置也倾斜过来。这就是房顶上的两个泥瓦匠的责任了。莫医生想想这事来得莫名其妙，心情也因此变得更加恶劣和低沉。

莫医生拧响了木壳收音机，电台正在播放一段熟悉而难以记住的乐曲。莫医生知道在乐曲播放完毕后就是天气预报节目了，他坐在红木靠椅上，静心等待那个圆润动听的女声的出现。天空情况，最高气温和最低气温。风向和风力。多年来莫医生一直习惯于午间收听天气预报，他对这个节目的程序可以倒背如流。木壳收音机里的音乐戛然而止，然后出现了一片沙沙的磁盘空转的声音，然后女播音员的声音准时响起来，一切都在娓娓地重复，但当她谈到气温的时候，莫医生愣了一下，很快发出了一声惊叫。

今天最高气温二十五度，最低气温三十一度。女播音员说。

莫医生从红木靠椅上站了起来，他听见自己的叫声在闷热的房屋里悠悠回荡，散发的情绪介于欢喜和恐惧之间。莫医生弯下腰，凑近了木壳收音机朝它注视着，他觉得手足无措。说错了，你说错了。莫医生拍了拍收音机。那个播音员一无察觉，现在重复一遍，她在收音机里说，今天最高气温二十五度，最低气温三十一度。

不对。她在胡说八道。莫医生拧小了收音机的音量，走到后门的石阶上。莫医生端着脸盆在石阶上擦洗。穿城而过的河水就在他的脚下汩汩流过。河水是暗绿的类似苔藓的，微微泛着氨肥的气味，水面上时而可见零星的油污、死鼠和形状各异的塑料制品。莫医生最后举起一盆水自头顶往下浇去，他看见紊乱的泛着肥皂泡沫的水流激溅而下，沿着石阶汇流到河水中去。

铁路桥横跨在百米之遥的河面上，午后一点相对静寂，没有车辆从那些菱形的桥栏里急速驰过。莫医生远眺铁路，两手绞干了毛巾。屋里的收音机换了一套节目，是弹词开篇《林冲夜奔》。莫医生一边擦着身体，一边听着陈旧的听过无数遍的弹词。林教头烧了马料房，顶风冒雪直奔梁山泊而去。评弹艺人在收音机里抑扬顿挫地说。莫医生微笑了一下，他对着桌上那台收音机做了一个轻蔑而猥亵的动作。

你们都在胡说八道。他说。

莫医生孤身一人住在这栋临河的房屋里。莫医生有午睡的习惯。莫医生有午睡时听收音机的习惯。莫医生有时候认真地收听午后的评弹节目，有时候想着忍冬和黄芩这些草药，有时候想着粉红色的内脏和蠕动其中的细菌以及积液。有时候莫医生什么也不想，很快睡着了。除了桌上那台木壳收音机，偌大的房屋里空空荡荡，莫医生或者睡在床上，或者睡在地板上，或者干脆睡在方桌上。只要能够顺利入睡，莫医生就能听见自己的心脏猛地敲击一记，就像墙上的挂钟一样，然后他就睡着了，睡着了就什么也听不见了。

但是莫医生没有睡着。屋顶上的两个泥瓦匠始终没有下来。他们在屋顶上不时地踩动青瓦，弄出一些清脆的刺耳的声响。莫医生不知道他们长久地逗留在上面出于什么用意，从天窗玻璃上可以看见他们晃动的身影。他们马上就要下去了，莫医生想，用不着去催促，他们马上就会下去了。他们不会无缘无故地留在我的房顶上的。莫医生想着，看见天窗玻璃突然黯淡了一下，好像有一张报纸盖在上面了，然后有什么东西软软地摊在报纸上，又有一只重物砰地撞击了天窗玻璃，他们还在干什么？莫医生惊诧地从草席上爬起来，他跳到桌子上仰脸朝天窗张望，终于发现压在上面的是一堆卤菜和一瓶酒。这么说他们正在我的房顶上就着卤菜喝酒？莫医生苦笑着摇了摇头。他抓起一根竹竿朝天窗玻璃捅了捅，你们快给我下来，你们凭什么在我的房顶上喝酒？

屋顶上的两个泥瓦匠没有丝毫动静。莫医生想也许是收音机开着，又隔着一层屋顶，上面的人听不见。莫医生就抓着竹竿走到后门那里，用竹竿的头端敲着瓦棱，你们快下来，你们不是要去十七号筑漏吗，怎么在我的房顶上喝起酒来了？

不去十七号了，我们喝点啤酒解解渴。姓李的说。

你也上来喝点吧，最好带一只杯子上来。姓孙的说。

我要午睡。你们要喝酒下来喝，随你们上哪儿喝，就是别在我的房顶上。莫医生用竹竿继续敲击着瓦棱，提高了嗓音说，我真不懂你们为什么要跑到我的房顶上喝酒。

你睡你的，我们喝我们的，别管闲事。姓孙的说。

可是你们在我的房顶上喝，吵得心烦。莫医生说。

谁说是你的房顶？屋子里是你的地盘，房顶可不是你私人的。姓李的哂笑了一阵说，我们是房管的，我们最懂这些了。

你们都在胡说。莫医生涨红着脸说。我从来没碰到过这种怪事。莫医生还想说什么，最终还是语塞。他抓着竹竿走进屋子，突然骂了一句脏话。他想起这就是棉花店女人骂的那句脏话，竟然很快被自己动用了。莫医生想这是因为他气愤过度的缘故，对此他并不感到自责。

莫医生重新躺到凉席上，听见收音机里的弹词已接近尾声，他无奈地意识到这天的午休将归于失败。他睡不着，也不想起来整理一周来接触的病例。莫医生怀着一种憎厌的心理想到一些令人恶心的东西，譬如湿疹和痔疮，譬如尿失禁和前列腺肥大症，它们现在就像烂糟糟的卤菜，从莫医生的眼前一一掠过。

大约是午后两点钟，有人忽轻忽重地敲着莫医生的门。莫医生开门看见一个穿灰裙的女人站着，她身后跟着一个十岁左右的小男孩。莫医生想起男孩是他的一个病员，几乎隔一个月就要跟他母亲来一趟。男孩患了肾炎，因为拒绝打针就被他母亲带到莫医生这儿来了。莫医生是中医，莫医生从来不给他的病人打针。

穿灰裙的女人以一种温柔的姿势牵着男孩的手，男孩的手却下意识地挣脱着，他的手里握着一个彩纸和细木棍做成的风车。莫医生注意到那只彩色小风车，它由红、黄、蓝三色组成，在幽暗的屋子里异常炫目。

敲门敲了好一会儿，莫医生在睡午觉？女人坐下来后问。

你听见房顶上的响动了吗？你猜是什么人？两个泥瓦匠，他们在我的房顶上喝酒。他们说房顶不是我私人的。

尿还是不好，又黄又浑，我拿到医院验了一下，红血球还有两个"＋"。女人迟疑了一会儿说，真把人急死了。

你说什么？莫医生如梦初醒地去抓孩子的手，孩子敏捷地闪开了，他鼓起腮吹着风车，风车无力地转了一圈又停住了。莫医生再抓孩子的手，这回抓住了。别躲。莫医生说，不把脉怎么给你治病？莫医生屏息感受着男孩的脉息，视线却被男孩另一只手里的风车所吸引，莫医生觉得风车的彩色叶片鲜艳刺眼，他忽然产生了一种虚弱而困倦的感觉。

我真不明白这么多帖的药下去，孩子的病情怎么还不见好？女人抚摸男孩细软的头发。她说，我真是急死了。

孩子是不是偷吃咸的了？我告诉过你别让他偷吃咸的。否则我的药方不起作用。

我真是急死了。女人对莫医生的问题不置一词，她说话的声音变得暗哑凄楚，有没有办法让孩子沾点盐？大人老不吃咸的也不行，别说这么小的小孩子。

莫医生微笑了一下，他觉得女人的想法很奇怪也很糊涂，莫医生说，你不是在给孩子治病吗？治好了就能吃咸的，但是治疗过程必须忌盐，你不能让他偷吃咸的了。

我只是让他沾一丁点咸的。想让他长点力气。

莫医生叹了一口气，他的心里涌上一种愤怒的情绪，又不宜表现出来，他突然觉得无需跟这个女人费什么口舌，于是，他转向孩子说，你想病好吗？想病好可别偷吃咸的了。

不想。男孩大声地说，我就要偷吃。

不想？莫医生又微笑了一下，然后他俯在男孩耳边说，难道你不怕死吗？

我不死。我才十岁。你才会死呢。你马上就要死了。

莫医生吓了一跳，松开男孩细瘦的腕部。莫医生装作没有听见男孩的话。让我看看舌苔。他用消过毒的木片撬开了男孩的牙齿，动作有点粗暴，男孩发出了一声尖厉的哭叫。穿裙的女人在一边不满地说，请你轻点，孩子说话不懂事。莫医生摇了摇头，他想孩子确实不懂事，但你做母亲的也不能处处宠着孩子。再想想确实没有必要跟一个患病的孩子怄气，于是他换了一种轻松调侃的语气对女人说，你听今天的天气预报了吗？播音员说今天最高气温二十五度，最低气温三十一度。莫医生说着自己先笑了起来，他说，真滑稽，播音员重复了两遍，结果都说错了。

我不听天气预报。我没有闲工夫听。女人随口附和着，侧脸看了眼桌上的木壳收音机，收音机里现在没有节目，红色指示灯却亮着，仔细分辨时可以听见嗡嗡的电流声。女人说，没有节目了，你还开着收音机？

马上就有新闻节目，我在家就得听收音机，到夜里九点钟才关掉。莫医生伏案写了一纸新的药方，塞到女人的手里，他

644

说试试这帖药，也许病情会很快好转，千万记住别让孩子沾盐，否则他的病永远好不了的。

女人已经站了起来，她牵着男孩的手走到门口，突然回眸注视着莫医生，一副欲言又止的样子，而男孩再次挣脱了他母亲的手，他的一只脚踩在外面的街道上，另一只脚踏着莫医生家的门槛。我不要玩风车了，送给你玩吧。男孩一边说一边用力将风车扔进莫医生的家里。莫医生看见那只残破的风车无声地落在地上，看上去就像一只滑翔的彩鸟。

你脸色很难看。女人终于对莫医生说，你是不是有心脏病？你肯定有心脏病吧？

莫医生又吓了一跳，他不知道女人凭什么判断他有心脏病，况且她还是登门求医的病人。莫医生注意了女人脸上的表情，她的表情含有一丝狡黠和复仇的意味。莫医生下意识地摸了摸自己的心脏部位，心脏病？他说，也许有一点，问题不大，我会给自己治病的。

你要当心。女人拉着男孩走了几步，最后回过头朝莫医生喊了一句。

街上洒着一半淡金色的阳光，另一半则是经屋檐遮挡后产生的阴影。莫医生站在门口目送母子俩远去心里突然有些疑惧。你要当心。他琢磨着女人的这句话，听见房顶上突然哐啷滚下一件东西，是一只酒瓶，一俟落地就碎成几片了。莫医生从玻璃残片中嗅到了强烈的酒气，他朝房顶上徒劳地仰望着，什么也看不见。惟一可以肯定的是两个泥瓦匠仍然在上面喝酒。莫医生张大了嘴，他想高声地喊叫什么，喉咙却变得干涩发黏，伴随着一种刺痛，他的脑袋也晕眩起来。没办法，就让他们在我的房顶上喝下去了，看他们能喝到什么时候。莫医生回屋关上了门，他感觉到了身体内部出现的变化，他想在弄清病因之前首先应该给自己量量血压。

莫医生坐到楸木圆桌前，将绷布绑在手臂上，绑了好几次才绑紧了，然后他竖起血压计的盒子，开始给自己测量血压，他听见桌上的木壳收音机里出现了前奏曲的音乐，它预告了新闻节目的来临。莫医生想音乐并不妨碍他测量血压，但奇怪的是水银柱在不断上升，他却始终听不见那熟悉的咔嗒一声。莫医生恐慌起来，难道我的血压高得已到极限了？莫医生觉得他的脑袋很沉重，他的虚弱的肩胛、脖颈和脊椎支撑不住他的脑袋。莫医生坐在椅子上慢慢往下塌陷，往右侧倾斜，他最后看见的是被男孩丢弃的彩色风车，它就丢在莫医生的脚下，他最后看见的是彩色风车的自然旋转。午后有风从临窗的河面上轻轻拂来，那只彩色风车在微风中飒飒地旋转起来。

到了黄昏，莫医生家里有收音机奏起一支欢乐而喧闹的进行曲，房顶上两个醉酒的泥瓦匠就是被乐曲声惊醒的，他们觉得音乐响了很久了，那台收音机几乎要把他们的耳朵震聋了。姓李的瓦匠爬到屋檐边，发现原来架在西墙上的梯子不知被谁抽走了，梯子跑掉了，我们怎么下去？姓李的瓦匠对姓孙的说。跳呗。姓孙的迷迷糊糊地回答。姓李的又问，从哪里跳呢？姓孙的说，废话，当然从最矮的地方跳。

姓李的泥瓦匠选择了莫医生的后门，那里距屋檐不高，而且地上有一只盛满鸡毛菜的破篮子，还有一只红色的塑料痰盂。

姓李的先弓着腰往下跳，恰恰跳到鸡毛菜里，软绵绵的，一点也没有不适的感觉。姓李的高兴地叫了一声，然后他掀起了莫医生家后门的竹帘，径直闯了进去，借个道走走，我要走到街上去。姓李的走过莫医生身边时，朝他肩上亲昵地拍了一下，莫医生没有动。姓李的说，怎么你还在生我们的气，我们还不是下来了吗？莫医生仍然没有动。这时候姓李的看见了桌上的血压计。怎么还有自己给自己量血压的？姓李的走过去拽了拽血压计上的连线，桌子上的血压计和椅子上的人同时摔到了地上，这时候他才发现事情有些蹊跷。

快来看，这人是怎么啦，姓李的匆匆跑回后门的石阶上，他看见姓孙的站在齐腰深的河水里洗头，他好像顺手在莫医生的窗前捞了块肥皂。姓李的看见姓孙的用肥皂一遍遍地往头上抹，然后一次次地往水里沉，姓李的看见姓孙的脑袋，一会儿是白的，一会儿是黑的。而且姓孙的根本不理睬姓李的叫声。

虽然夏季的河水很脏很臭，姓孙的泥瓦匠还是洗得很惬意，他看见从河的上游驶来一条木船，船舱里满载着棉布和谷糠。撑篙的是个年轻的女人，摇橹的是个更加年轻的女人。姓孙的泥瓦匠莫名地觉得快乐，他朝木船挥舞着湿漉漉的汗背心。

你们要去哪里？姓孙的高声呐喊。

去常熟。船上的人回答说。

櫻

桃

对于邮递员尹树来说，枫林路是一个特殊的投递区。枫林路其实是一条被树荫覆盖的坡道，坡很长也很陡，从大钟楼前骑车下坡，假如不用刹把花费两分钟便可以纵贯整条路区，但一般来说邮递员骑到枫林医院便可以原路折回了，这个路区被医院和医学院的高墙所占据，门窗寥寥，邮袋里的信和报纸几乎都是送往枫林医院的。

　　以前的邮递员年轻毛躁，下枫林路的路坡时疾如流星，有一次恰恰就把路上一个拄着拐杖的老人撞倒了。出了这样的事，邮局方面很自然地想到要更换枫林路的投递员，于是尹树瘦小的慢条斯理的身影便在枫林路上出现了。

　　尹树确实是慢条斯理的一个人，其外形也与性格融洽，瘦小得没有任何多余的部分。在邮局人们视尹树为一个怪物，尹树能不说话就绝不说话，他的冷漠散淡的目光拒绝着同事们的任何交谈的愿望，同事们背地里都称尹树是个怪物，他们注意到尹树的一些古怪的习惯，每次投递前他都要使用许多橡皮筋，他给信件分类不仅按照地址和人名，还要按照信封的颜色和尺寸，这种自找麻烦的习惯，往往使旁观者暗自窃笑。尹树上路前总要用两只木夹子夹住裤脚，他的那条绿裤子其实是极小的号码了，根本没必要使用木夹子。但尹树毕竟是尹树，谁也不会去干涉他的自由，他有他的工作方式，与别人毫不相关，就像他洗手用的那块淡黄色硼酸肥皂，锁在抽屉里，是他单独使用的，是他自己花钱买的。

尹树从来不在乎别人对他的看法，只有他自己知道心里的那个怪物不是别的，只是报纸上常常探讨的孤独或者寂寞而已。尹树每天早晨八点三刻骑车绕过那座古老的大钟楼，看见彩色的阳光把钟楼描绘得辉煌四射，而大钟的指针却永远停留在七点十分，尹树略略地把身子前倾冲上枫林路的顶端，然后他就看见了坡下的枫林路，一条长满了梧桐、红枫和雪松的街道，安静而洁净，空气中隐隐飘来一丝药水的气味，但那种气味也同样给尹树以安静而洁净的感觉，只有他自己知道，他喜欢这条特殊的投递路线。

那天早晨下过雨，枫林路的水泥路面积满了水渍和落叶，看上去有点潮滑，因此尹树是推着邮车走下去的，尹树走近医院的一扇边门前，注意到那扇长年封闭的边门几近腐烂，木缝里已经长出了薄薄的一层青苔，就是那扇门，它突然被谁慢慢地打开了。

一个穿白色睡袍的女孩从门后闪出来，她迎着尹树和他的邮车站定了，尹树惊愕之余下意识地扭过自行车龙头，但他发现女孩轻移莲步又挡住了他的去路。一个年轻而苍白的女孩，她的美貌和凄楚的表情使尹树怦然心动。尹树看见她从白睡袍宽大的衣袖中伸出右手，一双晶莹如玉的纤纤小手，与那双乌黑湿润的眼睛一样充满着某种渴盼之情。

你要干什么？

信。有我的信吗？

你叫什么名字？

白樱桃。

什么？

白雪的白，樱桃树的樱桃。也许信封上只写了樱桃，那就是我，只有我一个人叫樱桃。

尹树觉得这个名字又美又怪，但他没有说什么，他迅速地查看了一遍邮袋里的信封，没有寄给白樱桃的信，尹树就说，没有白樱桃，没有你的信。

怎么会没有？女孩慢慢地缩回她的手，现在她美丽的脸上掠过一丝灰暗的阴影，女孩说，怎么会没有我的信？我等了这么多天了。

女孩仍然挡着尹树的邮车，尹树打响了车铃铛，他说，让一让，让我过去。他发现车铃铛的响声把女孩吓了一跳，女孩闻声立即闪到围墙一侧去了。

尹树有点慌乱地推车跑了几步，回头一望，那个白色的背影正好消失在医院的边门里，门吱溜溜地关合了，而墙头门楣上的几丛藤草还在簌簌晃动。尹树觉得他碰到的这件事有些蹊跷，但转念一想医院的病人经常会偷偷跑出来，到外面散步或者只是为了看看街景，也许并不奇怪。尹树断定穿白睡袍的女孩是个住院病人，只是他无从猜测女孩患了什么病。

秋风一天凉于一天，枫林路一带的蝉鸣沉寂下去，枫树的角形叶子已经红透了，而梧桐开始落叶，落叶覆盖在潮湿的地面上，被风卷起或者紧贴地面静静地腐烂，从高处俯瞰枫林路的秋景，这条街道竟点缀着层层叠叠的红黄暖色，过路人极易忽略高墙里侧医院的存在，也极易忘记从你身边掠过的是一个疾病和死亡的王国。

邮递员尹树喜欢枫林路的秋天。

邮递员尹树听见自行车轮子柔和地碾过地上的腐叶，耳朵里灌满的是一种类似人声的喁喁私语。尹树抬眼四望，看见的是十月辽阔清朗的天空和天空下的老树新叶，这种时刻尹树觉得自己的呼吸与世界准确地叠合，他的心中充满了诗情画意。从来就没有人理解尹树在秋天特有的欢乐，正如没有人理解他在另外三季的孤独和乖僻，心中的怪兽只属于他自己，尹树从未想打开心扉让别人触摸它。邮递员尹树唱起一首东北老家的民谣，但是他的沙哑而温情的歌声很快地戛然而止了。

尹树看见那个穿白睡袍的女孩又出来了，她的手里抓着一枝从墙头拖坠而下的茑萝，倚门而立，看样子像是在等人，她在等谁？尹树很快从她的顾盼中发现，女孩等待的人就是他自己。

白樱桃，尹树的记忆中立刻跳出这个名字，他下意识地捻开了枫林医院的一叠信件，其实不用查找他也记得清楚，没有寄给白樱桃的信，他记得邮袋里从来没有出现过白樱桃的信。

邮递员，有我的信吗？

没有，尹树摇了摇头，他想绕过女孩，但是女孩凄楚的热切的目光阻止了他的脚步，尹树把手里的信捻成个扇形，送到女孩面前让她过目，他说，医院的信都在这里了，你自己看，你叫白樱桃，可是没有你的信。

他们都叫我樱桃，女孩朝那些信封凑近了，纤细如玉的五指轻轻地把每一封信翻过去，女孩的声音中仍然存有一线希望，也许他们就写了樱桃这个名字。

没有，你自己也看见了，没有樱桃的信。

尹树听见了女孩的那声幽怨的叹息，它使尹树第一次直视了她的红颜朱唇，如此幽怨的叹息中应该饱含岁月风霜之苦，而面前的女孩多么年轻多么美丽，她的乌黑柔软的长发泻下的都是青春之光。尹树看见女孩的手指在墙上轻轻划着，她的眼睛里已经沁满了泪光。没有她的信，从来都没有她的信。尹树觉得有一股温和的流泉化开了心中的冷血，对于这个名叫樱桃的女孩生出无边的怜悯之情。

尹树说，你老是站在那里等信，能不能告诉我是在等谁的信？

等我母亲的信，我天天在等，从去年等到现在，可是她没给我写信。

尹树对樱桃的回答，生出了一些疑惑，他说，你住进医院很长时间了，你母亲怎么会不知道？她没来看过你吗？

她在很远的地方，我知道她天天在想我，我也天天想她，可是她为什么不给我写信？我天天在等，她为什么还不给我写信呢?

尹树说，也许她不知道你的地址，也许信在路上寄丢了，这种事是常有的。

尹树听见樱桃的呜咽声渐渐清晰了，秋天的阳光从墙影藤丛里散落下来，投在樱桃的脸上和白色的睡袍上，斑驳而晶莹，倚墙呜咽的女孩，一举一动都是比海水更深的悲伤。

尹树就说，你再耐心等等吧，也许你母亲的信已经在路上了，尹树不安地摇晃着手里的那叠信件，他不知道该怎么安慰她，尹树咳嗽了一下又问，除了你母亲，还有谁会给你写信?告诉我可以为你留意信封，还有谁呢?

大春，大春也早该来信了，他知道我在这里，女孩抬起睡袍宽大的袖子掩住一半泪容，她的泣诉现在似乎又蕴含了另一种内容，大春，他该来信了，我把什么都给他了，我为他受了多少苦，别人忘记我他不会忘记，可是他为什么到现在也不给我写信?

不知道，也许他的信也在路上丢了。尹树这么说着看见一辆白色救护车疾速驶下了枫林路路坡，朝医院大门拐进去了。救护车提醒了尹树，他该去完成早晨的投递了。我该去送信了，尹树怀着一丝歉意望着女孩。女孩身上的白色睡袍被风吹乱了，女孩脸上的泪滴却没有被风吹去，尹树推着他的邮车走了几步，又回过头说，天凉了，你该多穿衣服了。

城西邮政局的人们注意到尹树近来有了微妙的变化，一个最明显的迹象是他唇边偶尔浮起了微笑，人们猜测尹树也许找到了女人。尹树每天一反常态地跑到邮件分拣室去，帮那里的人分信。尹树仍然不愿说话，人们很快发现他醉翁之意不在酒，他好像在找信。就有人直截了当地问，尹树你要找谁的信？尹树迟疑了一会儿说，你们看见过一封寄白樱桃收的信吗？是寄往枫林医院的。人们又问，白樱桃是谁？是你女朋友吗？尹树听到这种庸俗的问题脸立刻沉下来，不予回答，他唇边残存的微笑也就显得倨傲而神秘了。

尹树还是尹树，他在这个秋天的奇遇只属于他自己。

秋天是湿润的落叶之季，雨水往往在夜间洗刷这个城市，城市的所有落叶乔木也在夜雨中脱下它们的枯叶。尹树记得那个名叫樱桃的女孩总是在雨后早晨出现，她的白色睡袍和倚墙而立的整个身体也散发出雨水或树叶的气息，湿润、凄清而富有诗意。

女孩又在等他了，女孩仍然穿着那袭难御秋寒的白色睡袍，而睡袍仍然纤尘不染，白得像雪像水。尹树朝女孩身边走过去，尹树对这种奇异的约会有了一种喜忧参半的心情，没有她的信，仍然没有她的信，尹树现在离女孩很近，但他愧于正视她的眼睛。

还是没有你的信，尹树的脚轻轻踢着地上的腐叶，他说，别着急，再耐心等一等吧。

不，我已经没有耐心了。女孩的声音似乎没有以前的悲切了，女孩站在门扉与垂藤之间，以手指为梳一遍遍梳理着她的长发，尹树感到她的目光久久停留在自己的脸上，他抬起头，看见的是女孩深如秋水的眼睛，有森森情意也有脉脉柔情，女孩说，我不再等信了，我只是在等你。

尹树对女孩的话一时无法领会，他挠了挠头，为什么等我？假如你不等信，等我也就没有意义了。

我想跟你说说话，女孩折过一条垂藤，拉扯着藤上的细叶，她的所有细小的动作都给尹树留下了仪态万千的印象。女孩说，我想跟你说说话，在医院里没有人跟我说话，每个人都不爱说话，我快闷死了，我寂寞得要疯了。

尹树觉得事情到这里突然发生了变化，女孩的表现使他猝不及防，说说话？只是为了说说话？尹树尴尬地望着女孩，他苦笑了一声说，我恰好是最不爱说话的人。

可是我每次偷偷跑出来，恰好都遇见你。

你是医院的病人，其实你应该多跟医生说话，尹树说，你需要医生，怎么不多跟他们说说话呢？

他们从来不听我说，他们不想听我说。你与他们不一样，我觉得你是惟一一个能交谈下去的人。你是人世间惟一一个好人。

为什么这么说？你其实一点也不了解我。

不，我已经了解你了。女孩突然莞尔一笑，她交叉双臂抱着肩膀，低头看着身上的那袭白睡袍，我一年四季都穿着它，天凉了，起风了，下雪了，我常常觉得冷，一年四季，从来没有人告诉我，天凉了，你该多穿衣服了，只有你对我说过这句话。

尹树的脸莫名地有点发热，他嗫嚅着说，天真的凉了，你为什么还穿着睡袍呢？

因为我只有这件睡袍。我什么都没有，我有许多辛酸的事情想告诉你，你想听吗？

我想听，可我是邮递员，我还要去送信。

尹树注意到女孩的脸上再次出现了幽怨和失望的表情，而她的双眼在瞬间已是泪光涟涟了，尹树欲离欲留，他紧张地考虑了一下适宜的措辞，最后他说，告诉我你的病床号好吗？到了休息天我会来看你。

九病区九号床，很好记的，女孩转过脸对着医院的高墙，她用一种哀婉的声音重复了一遍，九病区九号床，你不会忘记诺言，你会来看我的。

尹树说，我从来不忘记诺言，一定会来的。尹树跨上他的邮车骑出几米远，他觉得后面一阵清风一串脚步，女孩又追上来了，她挡住了尹树的去路，用一种奇怪的目光凝视着他。

怎么啦？尹树只能停下车，他说，我不会骗你，我会去看你的。

我相信你，女孩的目光突然变得羞涩起来，她低下头说，你能不能送我一件东西？随便什么东西，只要是你现在带在身上的。

随便什么东西？尹树狐疑地问，他先是摸了摸头上的邮帽，又摸了摸口袋里的钥匙，觉得都不合适，尹树充满歉意地说，真不巧，我穿着工作服，身上什么都没带。

随便什么东西，我不要礼物，只要得到你的东西。女孩的声音听来是焦渴而真挚的。

尹树终于在口袋里摸出一条手绢，是男人常用的蓝灰格子手绢，他说，给你这条手绢行吗？脏了一点，可只有它了。

尹树记得女孩接过手绢时幸福而满足的表情，女孩抓着他的手绢像一只白鹿跳进医院的边门，他最后看见女孩一路挥舞着那条手绢，手绢在风中轻盈地舞动，还有女孩的白色睡袍，它们一起在十月秋风中轻盈地舞动。

以后的日子晴光艳好，尹树去枫林路送信时注意到医院的边门都是紧闭着的，门扉上的青苔和锈蚀的铁锁再次证明那是一座禁止出入的死门。

穿白色睡袍的女孩不再偷跑出来了，邮递员尹树觉得奇怪，就像当初突然在那里看见她一样。尹树侧首凝望着那扇门，心里竟然是一片怅惘。

尹树没有忘记他的诺言，一个礼拜天的早晨，他脱下绿邮服，以一个普通男子的装束走进枫林医院，医院传达室的老人认出了尹树，他说，你今天是来看病人吧？尹树点了点头，并没有作任何解释，他的脸上浮现的还是倨傲和神秘的微笑。

医院很大，尹树几乎都是走在一片无尽的落叶残草上，走出秋天的花园就走进充满消毒药水气味的回廊式病房，如此循环往复，尹树突然惶惑起来，邮递员善于识路认门，但他怎么也找不到白樱桃所在的九病区，九病区在哪里？他终于拦住两个匆匆而过的女护士问询，你们这儿有九病区吗？而她们的回答使尹树大吃一惊，以至怀疑自己是否置身怪梦之中。

一个女护士说，现在没有九病区了，九病区早就改成太平间了。

另一个则指了指后面的树林说，过了树林有一座红瓦房，那儿就是太平间。

尹树不记得他是怎么通过树林走近红瓦房的，也不记得当时的勇气和冲动从何而来。有个工人正在太平间门口乓乓乒乒地修理推尸车，尹树就问他，这里有叫白樱桃的女孩吗？工人说，有，好像是九号。尹树就问，你知道她什么时候死的吗？工人说，好像夏天就死了，放在那里一直无人领尸，那女孩不知道是怎么回事。你是她什么人？尹树说，什么也不是，我是一个邮递员，我只想来看看她。

尹树脸色苍白，捂住胸口一步步走向九号尸床，他再次看见了穿白色睡袍的女孩，她的美丽的容颜栩栩如生，她的孤寂的神情一如既往。尹树看见女孩纤细如玉的右手，她的右手紧紧握着那块蓝灰格子的手绢。

玛多娜生意

一

那些年，我也做过生意。

我和庞德合伙的鸢尾花广告公司开张了五个多月，人气很旺，庞德每天都在公司接待好几拨客人，咖啡机烧坏了两台，一次性纸杯用掉了好几箱，但我后来得知，并没有一份像样的合同，那些人都是来找庞德谈艺术的。有一个摇滚乐手喝啤酒喝醉了，捏着那玩意儿在公司里跑来跑去，对着每一盆植物撒尿，嘴里高喊，Come on！Come on！那些杜鹃、龟背竹、发财树不知所措，没几天，就一盆一盆地枯死了。

必须介绍一下庞德。他是我的朋友，一个业余诗人，一名音乐发烧友，本业则是美术设计，朋友圈公认他为最有艺术才华的人，但现在，他是我们公司的经理，才华不能挣钱，要它何用？大家可以想见我的恐慌，五个月颗粒无收，我对庞德的敬佩，已经变成了愤怒。我多次奚落了庞德的无能，也顺带抨击了他所热爱的一切事物，诗歌的酸腐、音乐的无用，甚至诋毁了庞德最崇拜的大师毕加索，说他不过是个色情狂。也许是类似的电话接多了，庞德的抵御非常理智，逻辑性很强，他说，我请问你，失去一点金钱，就有资格诋毁艺术吗？然后我听着他对经营的失败做出流利的辩解：一切都归咎于一个香港天王巨星的爽约，朋友介绍来的合作伙伴极不可靠，其中一个是诈骗犯，还有一位洽谈户外广告的家具商人，竟然是目不识丁的文盲。后来不知怎么提到了公司的名称，他埋怨我们盲目听从一个女画家的建议，注册了鸢尾花这个倒霉的名字。鸢尾的花季很短很短，知道吗？梵高画了鸢尾花就疯了，知道吗？现在可好，鸢尾的诅咒应验了，我也快被你们逼疯了。说到这里，他旧事重提，我本来是要叫南方草原的，记得吗？庞德大声嚷嚷，南方，草原，多么开阔多么好听的名字，是你们反对的。

那一阵子庞德还坚持续租太平洋酒店裙楼的写字间，悉数保留所有雇佣的员工，每天西装革履，开着他的桑塔纳轿车出没在太平洋酒店。他对人心惶惶的员工说，放心吧，苹果树上的最后一只苹果，一定是最红最甜的。有人告诉我，他女朋友桃子生日的那一天，他给桃子送去了九十九朵玫瑰，这让我怀疑他对浪漫与享乐的追求，会把公司账户上最后一点余额挥霍一空。我再一次打电话谴责了庞德，也就是那一次，庞德与我翻脸了。我听见庞德电话里的声音变得傲慢而尖锐，你那点钱，可以撤走，我根本不在乎。然后在一阵蓄意的沉默之后，他向我亮出一张底牌，令人难以置信。玛多娜，玛多娜你知道的吧？庞德清了清喉咙说，我透露一个消息给你，玛多娜要来了，我们的大生意，马上来了。

我在太平洋酒店的咖啡厅里看见了庞德。

他和一个陌生姑娘面对面坐着，喝咖啡，说话，耸肩膀。与以往一样，庞德与姑娘在一起的时候显得格外帅气，意气风发，耸肩的动作会极其频繁。我走过去的时候，他似乎忘了之前的不悦，很大度地向我介绍了身边的姑娘。深圳来的简玛丽小姐，玛多娜生意的合作伙伴。他这么说着，看我猜疑的表情，用胳膊肘捅了我一下，轻声补充道，简老大的侄女啊。

庞德嘴里的简老大，我当然知道是谁。所谓广告界的大鳄和教父，一个传奇的成功人士，白道黑道还有红道，路路皆通。我只是本能地怀疑这笔大生意的真实性，庞德社交生活的浮夸与芜杂，多少让我对这个陌生姑娘心存戒备。我记得很清楚，简玛丽当时没有站起来，似乎是回敬我多疑的眼神，她皱皱眉，将一只手懒懒地伸出来，让我握一下，明显是作为恩赐的。她将嘴里的咖啡渣吐在纸巾里，团了团扔在烟灰缸里，愤愤地说，这叫什么咖啡？瞟一眼远处的侍者，又宽宏大量了，说，什么样的地方做什么样的咖啡，不计较了。什么时候我带你去喜来登，那儿的蓝山咖啡，还算不错。

是一个时髦、高贵而且神秘的姑娘，穿皮裙，短靴，白衬衫。肤色微黑，脸型稍显方正，谈不上多么漂亮，但是，有某种说不出的动人之处。当她的面孔朝向庞德，眼神单纯清澈，微笑的时候，那一丝妩媚与羞怯，似乎还属于一个少女，偶尔目光朝我瞥过来，一切都不同，我从她的脸上发现某种明显的骄矜与冷酷之色，我相信那是刻意流露的，对我的多疑，她给予了必要的报复。

我其实插不上什么话。他们在热切地谈论玛多娜。她的音乐。她的舞台。她的造型和头发的颜色。甚至谈及她新婚的丈夫，一个英国导演，他最近拍了一部什么黑帮电影，杀人，杀得很浪漫。我急于打探玛多娜巡演的代理细节，庞德明确阻止了我，称现在我们还没有资格商谈细节，鸢尾花能否承接这笔生意，还要等简玛丽回到深圳再说，一起都要简老大决定。听起来这是可信的。我问简玛丽，简老大是你叔叔还是伯父？她抿了抿嘴唇，用征询的眼神看看庞德，庞德照例耸耸肩。她突然凌厉地看着我，你猜呢？我并没有从她眼睛里发现任何的虚弱，倒是看到一丝孩子气的调皮，我像庞德一样耸了耸肩，这怎么猜？她发出了突兀的一声冷笑，其实你猜得出的。然后她从包包里掏出一支口红，开始修补唇妆，问我，吕先生你听过玛多娜吗？我说我听过，就是一时不记得她唱了什么了。她斜睨我一眼，忽然灿烂地一笑，我知道你们这款男人最喜欢什么，《像一个处女》，你肯定喜欢吧？

玛多娜生意后来不了了之，这在我们很多人的预料之中。好在事情并未能向前推进，除了庞德陪同简玛丽去黄山和杭州的那点旅游费用，鸢尾花公司并没有什么损失。那个简玛丽究竟是不是骗子，暂时成为了我们心底的一个悬念，难以追究。

朋友圈内有人在上海遇到过简老大，有幸与他攀谈了几句，自然问起了那笔玛多娜生意，回答是确有其事，只不过中间人太多，演出承包商那边的预付没有谈拢，生意最后黄了。后来问起简玛丽这个人，简老大矢口否认，说他从来没有什么侄女。大家对简老大浪漫的私生活都有所耳闻，身边美女如云，否认是侄女，并不排斥是其他什么人，简玛丽与简老大的关系尚待多方查考，那朋友只好自己找台阶下，说，一定是碰巧了，姓简的人不多，那姑娘恰好也姓简。

鸢尾花真的很快凋谢了，广告公司关了门。庞德愤怒了几天，又沮丧了一阵，最后一次去公司的办公室，他枯坐在办公桌前，对着一本画册发呆，手里把玩着一把美工刀。有人注意到那是梵高割耳后的自画像，立刻引起了警惕，告诫他道：庞德你别想不开，公司开开关关很正常的，割了耳朵你怎么泡妞？割了耳朵你怎么听音乐？庞德说，别吵，我离发疯还早呢，我不过是在体会，什么是背叛，什么是悲伤。还好，庞德最后化悲痛为力量，他只是用美工刀在办公桌上刻了四个大字：壮志未酬。刻得缓慢艰难，因为是篆体的。之后他把美工刀扔在字纸篓里，扬长而去了。

有一段时间庞德销声匿迹。谁也找不到庞德，包括他的女友桃子。庞德向我们描述过他的好多人生计划，最惊人的莫过于去青海塔尔寺做喇嘛，其中并不包括失踪这一项。有人猜他是设法去美国了，那是他多年的梦想。但桃子说庞德被美国大使馆拒签了，无论是去拉斯维加斯听玛多娜的演唱会，还是去哈佛大学留学的计划，暂时都还是庞德的空想而已。

桃子是少年宫的琵琶老师，也是圈内公认的淑女，容貌酷肖邓丽君。之前庞德狂热地追求她，追了三年，还是个朦胧的恋人。桃子的父母嫌庞德浮夸不可靠，一直反对女儿的爱情。等到桃子终于说服了父母，准备谈婚论嫁，庞德却不告而别了。我们都同情桃子的境遇。她的生活已经习惯了两个内容：被庞德宠爱、孩子和琵琶。庞德不在，孩子和琵琶的陪伴便可有可无，桃子的生活彻底失去了平衡。她憔悴了许多，跑到庞德的所有朋友那里哭诉，言辞之间多少流露出对我们这班朋友的抱怨，是我们把庞德拉上一条贼船，现在船沉了，大家都不管他了。哭到伤心处，桃子要大家设法转告庞德一个限期，如果在六一儿童节之前不回来，她会抱着琵琶从少年宫的塔楼上跳下去。有点危言耸听，但桃子以满眼泪水告诉我们，那不是威胁。看着一个知书达理楚楚动人的淑女形象，转眼成为一堆绝望恐怖的碎片，大家都心痛，也感慨爱情的变幻无常。都说他们的爱情是一坛浓烈的蜂蜜，可是这坛蜂蜜居然就打翻了，打翻之后凝结成一把锋利的刀，连我们都被刺伤了。

寻找庞德，就这样成了一件人命关天的事，当然也成了我们这个朋友圈的义务。证券公司的小辛先找到了一丝线索。是一张用傻瓜相机随意拍下的照片，背景灯光紊乱刺眼，导致影像有点模糊，但还可以分辨出庞德那张意气风发的面孔，倚靠在他身边的那个外国女郎，银发红唇，艳光四射，引起了我们的一片惊叫，玛多娜玛多娜！那分明就是大家错失了的玛多娜。庞德真的去了美国吗，这么快，他就见到玛多娜了吗？

很快就冷静下来，不可能的。定下神来分析那个玛多娜，应该是一次模仿秀，一个替身而已。细看照片的一角，隐约可见庆祝什么股份公司上市的横幅标语。至于庞德身边的那个冒牌玛多娜，她眼神里放出的空茫而妖媚的气息，几可乱真，但仔细甄别容貌，应该是我们的同胞。是谁呢？有人说出了几个当红歌星的名字，而我当时就联想起了简玛丽，只是印象里的简玛丽的脸型稍显方正，做玛多娜的替身，她的脸该怎么拉长呢？还有鼻梁和眼窝，是怎么化妆的呢？

后来的消息证实了我的直觉。那个玛多娜，是蛇口玛多娜，所谓蛇口玛多娜，其实就是简玛丽。我们寻找庞德的义务，就这样演变成对一个外地女孩的暗中调查。

很快就水落石出了。简玛丽的履历背景，不像庞德说得那么神秘，也不像我们猜想的那么简单。她最初是川东一个小城的歌舞团演员，跟着几个朋友南下深圳，成立了一个舞蹈团，专门为晚会伴舞。舞蹈团不久散了，朋友各奔东西，只有她留了下来，拜师学声乐。有很多深圳一带爱泡夜场的朋友，见过她狂放的歌舞，说她唱功一般，经常对口型，但舞台形象令人难忘，劲爆火辣，性感无敌，蛇口玛多娜这个艺名，对于简玛丽来说是恰如其分的，她确实住在蛇口。有人了解到的信息属于隐私，说简玛丽曾经被一个香港的中年地产商包养，有一次不知为何拿了一只高跟鞋追打那个香港人，从电梯追到公寓大堂，再追到停车场，邻居们看见她用高跟鞋将香港人的轿车玻璃砸出一个坑，光着脚提着鞋子往回走，对邻居说，这下有点爽了。所以，她在那幢公寓里又有个特殊的绰号，叫作"有点爽"。还有一些人在电视上见过简玛丽。她参加过很多选秀活动，也在几部电视剧里跑过龙套，甚至还经商，是一种韩国美容乳液的代理商。关于简玛丽的种种消息，我们最关心的是她的现状。她的现状简洁明晰，却没有人敢告诉桃子。

听说在深圳，简玛丽与庞德已经同居了。

二

五月将尽的时候，桃子的父母和庞德的兄嫂联袂去了趟深圳，把庞德押回来了。

不知道为什么，庞德如此归来，竟仍然给人衣锦还乡的感觉。他约了我们一帮老友见面，不在以前我们的聚点太平洋，而是在喜来登酒店的西餐厅，喝香槟，吃牛排，花销明显要贵很多。桃子也在，她很少说话，只是以一种悲伤的手势握着庞德的手，告知我们爱情失而复得的艰辛。庞德穿了一套奇怪的镶白边的黑色西装，当我们对他的西装表示出好奇，他不以为然，说，你们是穿惯冒牌货了，少见多怪，知道吗？阿玛尼的新款，从来都这么出位。我们又问他出位是什么意思，他懒得解释了，耸耸肩，给我们递上了新的名片。公司名字叫热带风暴演出经纪公司，他身兼三职，法人、董事长、总经理。有个朋友讽刺地说，庞德你在深圳就这三个职务？不止的吧？庞德倒是不介意，自嘲道，别的职务，名片上就不写了。他身边的桃子听出了话音，脸上乍然变色，大家就不忍心再拿庞德开涮了。无论如何，六一的隐患已经消除，他们的复合是一件好事，至少省却了朋友们的烦扰。

最初谁也不知道，简玛丽尾随庞德，一起回来了。庞德后来声称他对此毫不知情，那是否谎言，我们一时无法证实。只是在事情发生之后，我们很多人联想起桃子那天在喜来登西餐厅的奇遇，她不过是去了趟洗手间，白色长裙的裙摆上，居然被人用口红打了一个红色的大叉叉。

那天是六月五日了，照理说桃子的通牒已经失效，但她还是上了少年宫的塔楼。学习琵琶的孩子们说，有个金色头发的玛多娜阿姨一直在等桃子老师，后来庞德叔叔也来了，他们在课堂里听见庞德叔叔与玛多娜阿姨在外面争吵，等到孩子们跟随桃子出去，庞德叔叔已经不见了。当天的琵琶课程因此草草结束。孩子们看见桃子和玛多娜阿姨说着话，先是在草坪上，后来桃子老师就拿着琵琶往塔楼上走，那个玛多娜阿姨跟在她身后。

他们站在塔楼上，塔楼上有一面鲜艳的少先队队旗迎风飘展，他们就站在那面旗帜下面，为爱情交涉。两个人影，一个是黑色的，一个是蓝色的。孩子们听不清他们在塔楼上的交谈，只是目睹了黑色与蓝色长时间的对峙，突然，他们听见了玛多娜阿姨尖利的声音，你跳啊，你跳我陪你跳！

孩子们看见他们的桃子老师扶着栏杆哭泣，看起来真的有跃身而下的危险。有聪明的孩子叫来了别的老师。书法老师先来了，据说他一直暗恋着桃子，他径直冲向了塔楼，随后少年宫的负责人严老师也来了，严老师不敢上去，她脸色煞白，嘴唇哆嗦着，向着塔楼质问，那位小姐，你从哪儿来？玛多娜阿姨回答，从地球上来。严老师跺了跺脚，又向桃子发出了严正的谴责，这是少年宫！看看你头顶的旗帜吧！桃子你别让爱情冲昏头脑，孩子们都看着你呢，当着孩子们的面，就在少先队队旗下面，你怎么敢？立刻下来！

桃子被书法老师扶下来的时候，一直用琵琶盒子遮着自己的面孔，很明显她不想让孩子们见到她崩溃的样子，但琵琶盒子遮掩不了她颤抖的身体。桃子的身体在颤抖，她不停地对孩子们说，对不起对不起，我太软弱了，不配做你们的老师。有个女孩上去扶住了桃子，出于一颗爱憎分明的心，女孩朝玛多娜阿姨啐了一口，你不是玛多娜，你是女魔鬼！

少年宫的人们都看着玛多娜阿姨。那天她黑衣黑裙，戴着两个硕大的贝壳耳环，脚踝上套了一圈彩色布条，布条上系了一只红色的铃铛。他们看见她皱起眉头，用纸巾擦去了女孩的唾沫。再抬起脸来，她猩红的嘴角出现了一丝宽容的微笑。你那么小，还不懂玛多娜。她用手指在女孩脸上刮了一下，有时候玛多娜是仙女，有时候她就是魔鬼。

三

简玛丽就这样成为了一个黑暗的传说。

六月发生的事情，让我们对庞德失望透顶，甚至无法确定他的归来，究竟是为了与桃子复合，还是为了与她做个了断，或者干脆相信，庞德到最后都没有拿定主意，他是需要桃子，还是需要简玛丽。对于庞德残存的友谊，迫使很多朋友向他晓以利害，告诉他简玛丽今天对桃子有多么冷酷，未来对你就有多么冷酷。庞德为简玛丽做出了辩护，你们不了解她。他说，她其实很善良。有人尖刻地问，跟一块石头比，还是跟一头狼比？他说，跟我们大家比。又说，跟我在一起的时候，你们不知道她是多么善良。这是可能的，因为爱情。大家没有反驳，他便来了精神，你们猜猜看，她收留了多少流浪猫？没人理睬，他自己回答，举起一个巴掌说，五只啊，她收留了五只流浪猫，一只叫白玛，还有一只叫花玛，跟我们睡在一起的。又期盼地看着大家，等待谁来提问白玛和花玛是什么意思，偏偏没人配合他，他只好自己解释，白玛是白猫，就是白色玛多娜的意思，花玛是一只花猫，花花玛多娜，懂了吧？看朋友们的表情充满讥讽，他无奈了，整了整领带总结道，我知道你们对她有偏见，你们不懂得爱，爱，是独占性的。告诉你们吧，是爱的独占性，才让她变得那么疯狂。

　　庞德留在了我们的身边。可以说，是在多种逼迫之下做出的选择，也许算是悬崖勒马，也许是出于对桃子剩余的爱，也许，仅仅是某种畏惧，他害怕桃子的以死相胁。不久之后，庞德与桃子举行了婚礼。桃子那天的打扮，以及她的一颦一笑，都酷似我们众人热爱的邓丽君，有个朋友注视着容光焕发的新娘，忽发感慨，说，毕竟是在我们的地盘上，看，邓丽君打败了玛多娜！

　　我们挽留了庞德，多少也为自己挽留了一些累赘。庞德的热带风暴公司还在，只是离开了简玛丽，也就离开了玛多娜，离开了玛多娜，他对自己能做什么陷入了空前的迷惘。他与桃子的婚房坐落在聋哑学校附近，有一天路过那里，他看见两个美丽的聋哑女孩在学校门口以手语激烈争论，忽发奇想，决定要组织一场聋哑人辩论大赛，让电视转播。必须承认，我们的朋友圈里不再有人愿意再与庞德合作，却有人还愿意赞美他的创意和智慧。庞德受到了鼓励，开始为此奔忙。聋哑学校方面倒是有兴趣借此推广他们的品牌，电视台也勉强承诺，可以先录一台节目，看看节目效果再说。关键是赞助商，要找一个愿意赞助聋哑人辩论的商家，很不容易。那一段时间里我们频频接到庞德的电话，记得最清楚的就是庞德沙哑而充满激情的声音，类似宣言，也好像是恫吓。会轰动的，这一次，商业效益跑不掉，社会效益无法估量，一定会轰动的，他说，你们现在敷衍我，到时后悔也来不及！

　　只剩下桃子陪着庞德，到处游说。那个做大理石生意的郝老板，我们原来都不认识，听说是桃子的琵琶班上一个学员的父亲。庞德能够与郝老板签署赞助协议，是琵琶，或者说是弹琵琶的桃子立下了汗马功劳。庞德那一阵子去赴郝老板的饭局，总是带着桃子，或者说，是桃子带着庞德和琵琶，吃完饭，她照例要为满桌客人弹一曲《春江花月夜》。我们知道，那是桃子最擅长的琵琶曲。

　　电视台录制节目的前夕，我们很多人受到了庞德的邀请。

为了见证庞德这次辉煌的起步，我也去了电视台的录播大厅。庞德忙得团团转，无暇顾及我们，只是匆匆地向我们介绍了郝老板。那是个胖胖的黑乎乎的福建男人，笑起来很憨厚，眼神里又透出几许精明，桃子陪着他，不知为什么，看起来并没有多少成功的喜悦，倒是心事重重的样子。

聚光灯下的聋哑孩子们在辩论一个关于爱与怜悯的主题，相信那是庞德的构想，对于孩子们来说有点难了，所以我不断地看到一个美丽的聋哑女孩忘记台词，急得要哭的样子，另一个男孩则情绪激烈，以旋风般的手语向对手发起攻击，我问旁边的人他说了些什么，原来那男孩在控诉对手不配谈爱与怜悯，昨天夜里他还被对手逼迫，喝了一杯尿液。突然，那男孩涨红了脸，以手做枪，扳动扳机，向对手做了个开枪的动作。下面一片哗然，有人不停地哄笑，我隐约听见庞德在摄影机那边大叫，红方红方！二辩住嘴！Cute！Cute！

桃子和郝老板静静地坐在一起，有点混乱的录像场面并没有影响他们的坐姿。他们的腿应该在一起，挨得近一些，无伤大雅。但是我无意中瞥见，他们的手在暗处交流。郝老板抓着桃子的手，尽管很快被桃子推开，但我相信，那不是我的幻觉。在郝老板与桃子之间，似乎已经发生了什么。我所不能确定的是，在桃子与庞德之间，到底发生了什么？这么快，桃子就决定背叛庞德吗？为了庞德，桃子背叛了庞德吗？他们之间那份以命相许的爱情，再一次让我陷入了疑惑之中。

庞德的聋哑学生辩论大赛在电视台播出了一期，紧急叫停了。有关部门认为节目导向不明，又涉及特殊人群，没有任何积极意义。庞德写了洋洋万言的申诉材料，奔波于各个部门，最终徒劳，不得不放弃了他的心血之作。之后他疝气发作，住进了医院。我们到医院去看他的时候，他有点委顿地总结了自己的得失，我跟官僚机构天生打不了交道，我还是适合做音乐。他说，你们知道吗？玛利亚·凯丽要到香港了！大家一下就都不说话了。庞德的眼睛放出光来，我过几天准备飞香港，去见见她的经纪人，我有个同学在纽约，认识那个经纪人。我们看他的眼神，等着他的下文，果然他的声音开始变得神秘，那个经纪人对中国市场很有兴趣啊，这是个好机会，你们有兴趣吗？

我们因此提前离开了庞德的病房。在走廊上，我们遇见了桃子。桃子一脸倦容地提着她的琵琶，说是刚刚去乐器行给琵琶换了弦。我们问她是否要跟庞德一起去香港。她露出一丝哀婉的微笑，还去香港呢，机票都买不起了。现在都是我在挣钱养家。她突然拨响了琵琶，拨出一声刺耳的杂音，我现在，上门给学生做家教啊！

四

那年冬天多雪。

庞德在一个雪夜不约而至，敲响了我家的门。一定是临时起意，我注意到他只穿着毛衣和睡裤，满身雪花，看见我他的手举起来，亮出一只料酒瓶子，你看，我家里的料酒都喝光了。他说，现在没地方买酒，你借我一瓶酒。

他的眼神是破碎的，走路的脚步已经踉跄。我把他扶进屋子的时候，他很感恩，忽然在我脸上亲了一下，喷出一嘴酒气。他说，还是朋友好，只有友谊，可以天长地久。

其实我猜到发生了什么，桃子去为郝老板的女儿做家教，做出了些意外的插曲，庞德与桃子分居多日，朋友圈里已经有所耳闻。大家没有想到的是，庞德悬崖勒马，桃子变了心。听说郝老板的妻子曾经找到少年宫去，不知为何，最终也跑到了少年宫的塔楼上。桃子跟着那女人，与她并排站在一起，桃子说，你想想好要不要跳，要跳就数一二三，我陪你跳。这件事听起来很像谣言，桃子这么快就变成了简玛丽，谁也不敢轻信，但有人认识少年宫那个美术老师，按照他吞吞吐吐的口径来推敲，似乎那是真的。

我不知道该怎么开导庞德。我们坐下喝酒。他不说话，指指喉咙，捂捂胸口，意思是嗓子哑了，心碎了。我害怕他跟我谈论他的婚姻危机，试探道，你喝成这样，我们还是谈谈诗歌谈谈音乐吧，要不谈谈毕加索也行。

他目光炯炯地审视着我，看透了我的畏惧，忽然发出一声尖锐的冷笑，诗歌，是狗屁。音乐，也是狗屁。顿了一下，打了个嗝，他哑着嗓子说，毕加索算老几？他不过是艺术的男妓。

我几乎要笑，不忍心，打岔道，玛多娜呢？玛利亚·凯丽呢？她们是什么？

他想了想，没有再贸然羞辱他曾经的偶像，只是坚定地摇着头，我现在不听她们了，一个太商业，一个太肤浅了。他说着从毛衣里挖出一张 CD 来，你可以放一下听听，震撼，震撼，我现在天天听这个，听一下，心情就好多了。

是一张黑色封面的进口 CD，银色的骷髅头长了两片鲜艳的红唇。我不认识那一排花哨的洋文。庞德介绍道，骷髅玫瑰乐队，曼哈顿的地下摇滚。我好奇地把 CD 放进音响，先听见一阵阵呻吟，伴随着玻璃碎裂汽车奔驰和推土机打桩机的噪声，然后各种电声乐器涌入，夹杂着一个女声疯狂的尖叫。正值夜深人静时分，我赶紧把 CD 退出来，问庞德，谁给你的 CD？吵死人了。他的脸上又出现了我所熟悉的神秘表情，你猜？我照例不猜。他说，是简玛丽给我的，她现在在纽约。又问，你知道那女主唱是谁？我摇头。他说，听不出来？就是简玛丽啊！她的乐队，键盘，吉他，贝斯，鼓手，不是白人就是黑人！他们去过黑暗厨房演出，黑暗厨房你听说过的吧？简玛丽现在不跳舞，做地下摇滚，成功了！

我知道简玛丽去了纽约。我以为她是去寻找玛多娜的，预计她暂时会在一家中餐馆或者服装厂洗衣店打工。庞德嘴里简玛丽的成功，我凭本能觉得可疑。然而，庞德不容我对简玛丽的成功提出任何质疑，他捏着拳头捶了下大腿，我错过了她，我说过只要给我五年时间，我就会把她打造成国际巨星，你们都不相信我。庞德说着说着伤感起来，抱住头说，我错过了她。也错过了我自己的幸福，我不怪你们，怪我自己被绑架了。我一惊，谁绑架你了？他愤愤地看着我，突然吼道，道德！还有你们这帮虚伪的朋友！你们利用了我的善良！然后是他所擅长的自问自答环节，善良是什么东西，你知道吗？他说，告诉你们吧，善良，是个最大最臭的道德狗屁！

窗外大雪飘飞。我想象此刻纽约的街道上说不定也在下雪，此刻的简玛丽会在做什么，我头脑里却一片空白。我与简玛丽匆匆一面的印象已经模糊，说起简玛丽，我眼前浮现的竟然都是玛多娜且歌且舞的样子，有点吵，有点窒息，但某种妖娆的挑逗隔空而来。真的有点奇怪，一个川东姑娘，就这样以玛多娜的形象驻扎在我记忆里了。

那个雪夜庞德留宿在我家里。他酒醉严重，去卫生间吐了两次。第一次呕吐的间隙，他还清醒，向我透露了下一个人生计划，说他在等简玛丽的绿卡，她有了绿卡，他就可以去美国了。第二次呕吐很厉害，庞德抱住马桶，流出了眼泪。他抱着马桶哭泣，有点胡言乱语了，他说他恨不能从马桶里钻到美国去，要是可以钻过去，简玛丽一定会在下水道的出口等他。

五

现在看来，庞德的去国之路，其遥远程度堪比丝绸之路。

简玛丽的绿卡遥遥无期，而庞德等不及了。是一个旅行社的朋友替他安排了一条漫长而诡谲的路线。他先去了云南，从云南去了越南，从越南去了澳大利亚。按照他们事先的计划，最终还是要越过太平洋，目的地确定不变，是美国。

大多数朋友都收到过庞德在悉尼歌剧院门口的照片，是与卡拉扬的演出广告合影，他说他听了卡拉扬的音乐会，无比震撼，还将去听瓦格纳的歌剧《尼伯龙根的指环》，必将更加震撼。这如果是真的，当然令人羡慕，只可惜无从证明。悉尼有我们的朋友。最初我们听到他的消息，大抵是找工作找住房之类的琐事，庞德没少去麻烦别人，后来便失去他的音讯了。大家以为他是设法去了美国，后来知道，庞德没有能去美国，不清楚是他无能，还是简玛丽那边的变故，他瞒着悉尼的朋友，去了新西兰，到一家葡萄园摘葡萄去了。

没有人料到他在新西兰摘葡萄，摘了那么多年。也是葡萄，后来与庞德结下了不解之缘。大约是五年之后的一个夏天，朋友圈里纷纷得知一个消息，庞德回来了，兜里揣着一本新西兰护照。他以一个葡萄酒酒庄经理的名义回来，回来开拓营销市场，顺便邀约了过去的朋友，参加一个品酒会。

五年后的庞德依然相貌堂堂，衣着考究，我们想象的艰辛与沧桑在他的脸上并没有留下多少痕迹，只是白色的紧身西裤夸大了他的肚腩，看起来是发福了。他向我们展示了几款葡萄酒，不停地说着单宁、甜度、果香、黑皮诺之类的词汇，我们都听不懂，只是注意到席间有个戴耳环的白人男子，看起来四十岁左右的样子，忙着招呼几个洋人，不时与庞德传递眼神，热烈，多义，还有点诡秘。我们都察觉到他与庞德之间关系亲密，悄悄打听他的身份，庞德说，他是杰克，伟大的酿酒师啊。庞德忽然笑了，笑得有点腼腆，大家都看着他，不明白他笑什么，然后我们就听见庞德压低声音说，他妈的，我明明是一串西拉，被他酿成了一杯夏多内！

我们都对葡萄酒一无所知，也就没有人听得懂庞德隐晦而真诚的告白。庞德的美国梦，他自己已经放下，我却记得清楚。我想起那个雪夜庞德的誓言，忍不住追问他，这些年来，你究竟去没去纽约，见没见过简玛丽？他叹口气说，去了，见了，人家已经是两个孩子的妈妈。我问他简玛丽嫁给了什么人，他说，谁也没嫁，一个女孩，是跟白人的混血，一个男孩，是跟黑人的混血。我一时默然，问，现在呢，她会不会还在等你？他又耸肩，做了个天知道的动作。我试探庞德，你为什么还是单身，你还在等她吗？他发出一种短促而夸张的笑声，不知道是对我的愚蠢表示轻蔑，还是表示感伤。你知道我在等谁吗？他的笑容很快变得狡黠起来，瞥一眼远处杰克的身影，打了个响指，告诉你，我和杰克在等李嘉诚，李嘉诚已经收购了我们隔壁的酒庄，我们在等他收购我的酒庄。又晃了一下手里的酒杯，你看我们的酒，这酒体，这果香！庞德说，都是黑皮诺，都在玛尔堡，我们不比他们差啊！

庞德与简玛丽依然隔着太平洋，天各一方。他们之间，似乎还刻意保留着朋友关系。两年前的一个春天，我忽然接到庞德打来的电话，说简玛丽要带着孩子回国探亲旅游，会在我们这个城市停留，他要我们几个朋友替他招待一下简玛丽。坦率地说，大家都想看看这个传奇的简玛丽，现在是怎样的一位母亲，朋友们都一口应允，为了纪念大家的相识，也为了向一个破碎的爱情故事致意，我们特意将他们安排在太平洋酒店。

我们请简玛丽一家吃饭。简玛丽带着两个混血孩子，姗姗而来。她那天穿了件白色镶嵌蓝边的旗袍，头发恢复了黑色，盘成一个复古的圆髻，她的脸被很厚的粉底罩住，口红很重，岁月的痕迹被谨慎地涂抹之后，看起来很像是从前三十年代的烟草广告女郎。有人这么直白地说出自己的感受，她淡然一笑，说，我的打扮很正常啊，现在纽约流行复古风。

我带去的葡萄酒来自庞德的酒庄。她瞥一眼酒瓶就猜到了，说，基佬酿的酒，味道都很复杂，我要多喝一点。果然就喝了不少，人也显得松弛了。席间不知是谁提起了桃子，被人在桌子底下踢了一脚。没想到她倒坦然，主动问，听说桃子后来嫁给一个大富翁了？听说有几个亿？大家猜到是庞德夸大其词了，在任何时候，我们都需要掩护庞德的虚荣心，没有人轻率地接茬，简玛丽也没有再追问下去。庞德酿造的葡萄酒在她身上起了奇妙的效用，她勤于回忆往事，又毫无保留地披露她在纽约的生活。是她自己主动提起了少年宫塔楼上的那件往事。说到跳楼，真的没什么大不了的。我在曼哈顿，差点也要跳，三十七层的大厦啊，比少年宫那塔楼高多了。她这么说着，诚恳地看着我们，我不光是为了爱情，也是为了房租，为了，为了——心碎。她艰难地选择了心碎这个词汇，眼睛里忽然闪烁出一丝泪光，我都已经写好遗书了，我已经走到楼顶了，知道是谁救了我吗？空气骤然紧绷，大家都紧张地看着她，猜测她要宣布的人选，我记得我当时思维偏向电影化，脑子里跳出的是玛多娜，而我注意到对面小辛的嘴形，他明显轻轻吐出了庞德的名字。简玛丽抿了一口酒，以莞尔一笑，原谅了我们的轻浮或愚昧。别猜了，你们猜不到的。她突然用手指着她的混血女儿，是露西亚，露西亚那年才五岁，她穿着睡衣追到楼顶上来了，她对我说，妈咪你别丢下我，我陪你跳，你抱着我，我们一起跳。

一时满桌静默，谁也不敢说话，大家的目光都聚焦在露西亚脸上。露西亚是一个美丽的混血女孩，腿很长，头发是亚麻色的，眼睛有一点点发蓝。我们很少见到蓝眼睛，难以定义露西亚的眼神，它流露的究竟是纯真还是早熟，是羞怯还是无畏。她正与弟弟一起玩游戏机，这时候抬起头，以一种谴责的目光看了看她母亲，她用英语说，妈咪，你喝多了。我不准你再说话了。

简玛丽吐了下舌头，果然不说话了。为了调节气氛，有人小心地与露西亚搭讪，露西亚，小美人，你喜欢玛多娜吗？

露西亚摇了摇头，说，不喜欢，玛多娜早就过时了。